El último vuelo de la abeja reina

El último vuelo de la abeja reina

Marta Platel

Papel certificado por el Forest Stewardship Council®

Primera edición: enero de 2023

Printed in Spain – Impreso en España

ISBN: 978-84-666-7344-0
Depósito legal: B-20.301-2022

Compuesto en Llibresimes

Impreso en Rodesa
Villatuerta (Navarra)

BS 7 3 4 4 0

A mi madre

El amor hallará su camino, aunque sea a través de senderos por donde ni los lobos se aventurarían a seguir a su presa.

LORD BYRON

Cuando crucé por primera vez las puertas de Nightstorm tenía diez años. Era demasiado joven para valorar la misteriosa belleza de su entorno y demasiado mayor para adaptarme sin sufrir el peso de las ausencias. Una voz sabia me advirtió que si le concedía la oportunidad, la mansión me robaría el alma.

Me marché tiempo después decidida a no volver.

Pero el destino es caprichoso y maneja nuestras vidas a su antojo, como marionetas que penden de un hilo invisible...

1

Abro los ojos sobresaltada. Por unos instantes no recuerdo dónde estoy, hasta que oigo el timbre agudo de sus voces. Un grupo de desconocidos rindiendo pleitesía a la mujer que pagó los estudios a sus hijos y financió la restauración de su iglesia.

Cordelia MacDonald, benefactora de la comunidad.

Dentro de dos días habría cumplido cien años.

La chimenea de la biblioteca está encendida, pero la viveza de sus llamas resulta insuficiente para templar la amplia estancia y el tiempo no tiene visos de mejorar. Grisáceos nubarrones avanzan en el cielo como heraldos de oscuros augurios. En un día despejado alcanzaría a ver las Cuillin, cimas majestuosas que atraen a escaladores y senderistas como la dulce flor de la glicinia a las abejas; esta tarde, las montañas se me antojan una lejana sombra a través del tupido velo de niebla y humedad que las envuelve.

La lluvia no nos ha dado tregua. No debería extrañarme. Viví en la isla de Skye el tiempo suficiente para acostumbrarme a su clima: durante el verano, un cielo plomizo como la panza de un asno puede despejarse en segundos; en los meses de invierno, los rayos de sol son rápidamente engullidos por la bruma.

Hace una semana, mi prima Bárbara y yo recibimos una carta de un bufete de abogados de Portree, la ciudad más importante de la isla. En un lenguaje profesional revestido de amabilidad, se nos comunicaba el fallecimiento de Cordelia MacDonald y se requería nuestra presencia en la lectura de su testamento. Leí la misiva con estupor antes de romperla en pedazos.

No tenía intención de acudir, pero mi prima, seducida por los cantos de sirena de una herencia inesperada, me ha traído a rastras.

Y aquí estoy. En la biblioteca de Nightstorm, donde tantas tardes me vi obligada a leer para Cordelia. Las voces me llegan ahora con mayor nitidez, al igual que los pasos que arrancan lastimeros quejidos al desgastado suelo de madera. Presiento que he dejado de estar sola. Al volver la cabeza, media docena de rostros ajados me observan con la misma curiosidad con que lo hacían esta mañana en el cementerio.

Bárbara se abre camino agitando con vigor un abanico; habida cuenta de que la temperatura ambiental es poco menos que gélida, su excentricidad deja perplejos a los presentes y les arranca un bisbiseo.

—Me has dejado sola con estos carcamales. Quería emborracharme para soportar su cháchara, pero ¿te puedes creer que en el bufet no hay ni gota de alcohol? Se supone que estamos en Escocia, la tierra del whisky, no en un poblado amish. ¿Se quejará alguien si fumo? ¡Bah!, da igual.

—Ni se te ocurra fumar aquí —le advierto cuando hace ademán de encender un cigarrillo. A regañadientes lo devuelve al paquete.

El abogado de Cordelia parece inquieto. Echa continuas ojeadas a su reloj, como si esperase la llegada de alguien. Finalmente susurra unas palabras a su ayudante y, tras aclararse la voz con un ligero carraspeo, nos invita a tomar asiento en las dos hileras de sillas dispuestas frente al escritorio de roble. Los murmullos cesan cuando se ajusta las gafas, abre su portafolio y extrae los documentos. Me alegra comprobar que va directo al grano.

—Nos encontramos aquí para leer las últimas voluntades y el testamento de Cordelia MacDonald, fallecida el 20 de diciembre de 2012.

Bárbara se retuerce las manos, presa de la ansiedad. Su pellizco me pilla desprevenida, y a punto estoy de gritar. Le dedico una mirada reprobatoria y me froto el brazo para aliviar el dolor. No reconozco a ninguno de los asistentes. Tal vez sean los viejos criados de Cordelia. Aunque se muestran contritos y tienen los ojos acuosos, arden en deseos de saber cuánto les ha dejado.

El abogado inicia la lectura.

—Yo, Cordelia Mary Drummond MacDonald, en pleno uso de mis facultades mentales, por la presente afirmo que estas son mis últimas voluntades...

Hacía más de dos décadas que ni mi prima ni yo teníamos ningún contacto con Cordelia. No la felicitábamos por su cumpleaños ni le enviábamos postales en Navidad. El desprecio era mutuo. Sin embargo, en su lecho de muerte se acordó de nosotras. Y no puedo dejar de preguntarme por qué.

—Espero que la vieja bruja haya enmendado sus errores dejándonos una pasta. Pensaba que habría fallecido hace años... —resopló mi prima por teléfono tras leer la carta del abogado.

—Me parece inmoral que quieras su dinero cuando hemos pasado de ella durante tanto tiempo. Además, te recuerdo que la odiabas.

—¿Y qué? A falta de parientes, a alguien tenía que dejárselo, ¿no? Será una fortuna porque la vieja era tacaña como el Scooby-Doo del cuento de Navidad.

—No te hagas ilusiones. Cordelia tenía un sobrino nieto. Y el avaro al que te refieres se llama Scrooge. Scooby-Doo es el perro de unos dibujos animados.

Me dio la tabarra durante días, llamándome a horas intempestivas. Aunque yo no estuviera interesada en el contenido del testamento, ella sí lo estaba, y lo menos que podía hacer era acompañarla, me dijo. La capacidad de persuasión de Bárbara es legendaria, así que hice el equipaje y cogí un vuelo con destino a Londres, donde nos encontramos para viajar hasta Inverness. Luego seguimos por carretera hacia la isla de Skye.

Ahogo un gemido al sentir otro pellizco. Es de agradecer que no me esté pateando los tobillos con sus zapatones. Solo a Bárbara se le ocurre calzarse esas espantosas plataformas para caminar por terrenos enfangados. También me resulta incomprensible que a punto de cumplir los cincuenta se vista como una quinceañera. En el aeropuerto de Heathrow casi me dio un pasmo al verla aparecer enfundada en unos leggings de leopardo, un top que dejaba poco a la imaginación, un abrigo sintético a juego con las mallas, un sombrero negro y sus sempiternas gafas de sol. Bárbara despliega su abanico estampado con motivos orientales y lo agita con frenesí. Clas, clas, clas... Se me erizan los nervios de manera proporcional al rítmico golpeteo de las varillas sobre su pecho.

—¿Te importaría dejar de hacer eso? —le susurro en voz baja.

—¿Prefieres que empiece a sudar? Es por la menopausia.

—Solo te pido que te abaniques con discreción. Estás dando la nota.

—Por no hablar de los kilos que he cogido —continúa—. Parecen decididos a instalarse en mis muslos de por vida. Oye, ¿son imaginaciones mías o se me ha puesto el pecho en forma de pera? Y otra cosa te digo: eso de que la soja alivia los sofocos es un cuento chino.

El abogado hace una pausa y nos taladra con la mirada. El señor Ferguson, a quien agradezco la deferencia de abrir el testamento en Nightstorm después del entierro en lugar de hacernos ir a su bufete, es un hombre delgado, de baja estatura, cabello ralo y un rostro redondo que oculta parcialmente tras unas gafas de montura negra. Viste un traje clásico príncipe de Gales y debe de haber estudiado en Oxford o Cambridge porque se expresa en un inglés académico, sin enmarañar su discurso con palabras en gaélico.

Me pierdo en la jerga legal.

Doy un respingo cuando un grito histérico casi me perfora el tímpano. Si hubiera estado más atenta a las palabras del letrado, sabría qué ha motivado la entusiasta reacción de mi prima. Abro la boca para preguntárselo, pero la severa mirada de desaprobación que le dirige el abogado frena mi curiosidad.

—¿No es increíble? —Bárbara hinca sus garras en mi brazo ajena a las llamadas de atención del señor Ferguson—. ¡Cordelia me ha dejado su joyero! Al final va a resultar que me apreciaba y todo.

Estoy tan sorprendida como mi prima. Cordelia sentía animadversión por ella. Mientras que yo fui una niña sumisa, Bárbara disfrutaba desafiándola. Nada le producía más satisfacción que desobedecer sus órdenes, infringir sus normas y escaquearse de los castigos.

Hago un esfuerzo por centrarme en la voz del abogado mientras lee las disposiciones para el personal de servicio. A dos ancianas con más años que Matusalén les ha dejado 3.000 libras por cabeza. Dios salve a la reina Cordelia. El dinero les llega cuando posiblemente ya han olvidado lo que es darse un capricho; imagino que les consuela pensar que lo disfrutarán sus familias. El jardinero recibe 500 libras. Al parecer, llevaba pocos años en la casa. La más joven de las mujeres —rondará los sesenta a juzgar por las arrugas que surcan su rostro— ha venido en representación de su madre. Cuando escucha la cifra de 10.000 libras, su boca se ensancha en una amplia sonrisa.

El letrado está a punto de concluir la lectura y aún no me ha mencionado. ¿Me habrá mandado venir para hacer bulto en el sepelio? Con excepción de Bárbara, los abogados y yo, únicamente los viejos criados y media docena de vecinos han acudido a las exequias de Cordelia. También es cierto que la mayor parte de sus coetáneos están criando malvas.

Una corriente de aire frío azota mis entumecidas piernas provocándome un escalofrío. Debería haberme sentado cerca de la chimenea, donde crepita un agradable fuego, o no haberme quitado el abrigo. Daría cualquier cosa por una bebida caliente.

Fijo los ojos en las llamas, fascinada con su sinuosa danza, hasta que el picor en las pupilas me obliga inevitablemente a parpadear. Sobre la chimenea hay un paisaje marino. Un velero a punto de zozobrar en medio de una tormenta nocturna. Nunca presté atención al cuadro; ahora no se me ocurre metáfora más idónea para definir mi estado anímico. La pintura me trae a la memoria otro lienzo que descubrí en un rincón de la buhardilla, camuflado entre una serie de viejos y polvorientos cuadros apilados contra la pared. Había pasado la tarde leyéndole a Cordelia uno de aquellos libros de Edgard Allan Poe o Mary Shelley que me provocaban pesadillas y aproveché que se había rendido a Morfeo para escabullirme. En el vestíbulo tropecé con mi prima.

—¿Qué haces aquí? ¿No estabas castigada en tu cuarto? —bisbiseé—. Como te pille mamá...

No recuerdo con exactitud qué había hecho Bárbara, posiblemente algo con un chico de por medio. Con ella siempre era así.

—Tu madre no se enterará si no le vas con el cuento. Voy a explorar el ático. ¿Vienes?

—¡Estás loca! ¡La señorita Cordelia nos ha prohibido subir!

—Se ha quedado dormida, ¿no oyes sus ronquidos de hipopótamo?

Sabía que era una equivocación seguirle el juego, que acarrearía consecuencias si nos descubrían, pero tenía once años y mucha curiosidad. ¿Qué habría en la buhardilla? Dada a fantasear, imaginaba que tras las paredes desconchadas y recubiertas por el polvo y las telarañas acumulados durante décadas se ocultaba el tesoro de un pirata. A juzgar por cómo se movía Bárbara, resultaba evidente que no era la primera vez que se aventuraba en aquel espacio prohibido.

Sirviéndose de un oxidado candelero de metal, rompió la cerradura de un desvencijado baúl y levantó la tapa. Apolillados vestidos de seda y encaje, sombreros y tocados de plumas volaron por los aires interrumpiendo la danza de millares de motas de polvo en suspensión. Zapatos y botines cayeron al suelo con un golpe sordo. A medida que Bárbara hurgaba entre el contenido del arcón, sus gruñidos de desilusión se tornaban más audibles. Observé sus tejemanejes hasta que unos cuadros me llamaron la atención.

Aquella tarde, entre una sangrienta escena de caza y un anodino bodegón, descubrí a la dama desnuda. El autor del lienzo, quienquiera que fuese, la había inmortalizado de pie, el brazo derecho apoyado en el alféizar de la ventana, la mirada perdida en el horizonte. De su rostro, prácticamente oculto tras el cabello que le caía en una cascada dorada sobre los hombros, apenas se atisbaba el perfil.

Recuerdo la belleza de aquella imagen y cómo me dolió el coscorrón que me propinó Cordelia. Al oír sus pasos, Bárbara, más avispada, había corrido a esconderse detrás de una cómoda. Cuando la miré suplicando ayuda se llevó el dedo índice a los labios en muda exigencia de silencio. No es que la petición fuese necesaria. Sabía que tendría problemas por desobedecer a la señorita MacDonald, pero mi castigo sería una minucia comparado con lo que le haría Cordelia a mi prima si la descubría. Con el fin de facilitarle la huida, intenté distraer a la anciana preguntándole por la mujer del cuadro. Sin pronunciar palabra, me agarró de una oreja y me arrastró hacia la escalerilla.

Cuando mi madre regresó del pueblo, Cordelia la amonestó advirtiéndole que si no era capaz de inculcarnos valores tan nobles como la obediencia y el respeto hacia los mayores, tendría que valorar la conveniencia de que permaneciera en la casa.

No volví a subir a la buhardilla. Bárbara tampoco.

Me ha parecido oír mi nombre, pero podría haberlo soñado. Duermo tan mal por las noches que me habré quedado traspuesta. Parpadeo para despejarme, decidida a escuchar al abogado; había empezado a decir algo sobre Nightstorm House cuando se ha abierto la puerta. Vuelvo la cabeza, intrigada.

—Buenas tardes —saluda un desconocido mientras se acomoda en un sillón junto a la chimenea. Era el preferido de Cordelia. Si cierro los ojos, puedo verla sentada como una reina en su trono, mientras yo, a sus pies, leo para ella.

Verlo repantigado al calor de las llamas me produce envidia. Aunque todas las miradas convergen en él, no parece intimidado.

—¿No prefiere sentarse más cerca, señor Hamilton? —El abogado señala con la mano una silla libre. Estaría loco si aceptara. El asiento se encuentra en el extremo más alejado de la chimenea.

Hamilton. ¿De qué me suena el apellido? Hago memoria mientras mi prima me da pataditas en el tobillo intentando llamarme la atención.

—Estoy bien aquí, gracias —responde el aludido en tono displicente. Sus ojos barren la sala sin detenerse en nadie en particular.

—Espero que no le importe que haya procedido a leer el testamento de su tía abuela. Dada la hora que es, y puesto que no ha acudido al entierro, supuse que ya no vendría.

El tono empleado por el letrado me suena a regañina, pero el otro contesta sin inmutarse.

—Anoche cerraron el aeropuerto de Edimburgo debido a la niebla. No se ha reabierto hasta hace unas horas.

Hamilton no se disculpa por el retraso. Se diría que incluso espera que el abogado le dé las gracias por dignarse hacer acto de presencia.

Bárbara ha dejado de agitar el abanico. La expresión intrigada de su cara me pone en guardia de inmediato.

—¿Quién es ese?

—El sobrino nieto de Cordelia.

—Mmm.

—Se apellida Hamilton —continúo—. ¿Quién podría ser, si no?

—Aquel chico era un esmirriado.

—Bueno, es evidente que ha mejorado desde la última vez que lo vimos.

—Ya te digo... —murmura mi prima babeando como una adolescente ante el capitán del equipo de fútbol del colegio. Esta vez soy yo quien le propina un codazo, para que recobre la compostura.

Reconozco que Hamilton es atractivo. Alto y de complexión atlética, tiene el cabello negro y sus ojos verdes, enmarcados por espesas pestañas, brillan como esmeraldas pulidas. Bárbara acaba de recordarme al adolescente que conocimos el primer verano que pasamos en Nightstorm, un quinceañero con el pelo largo y enmarañado, que se complacía en tirarme de las trenzas cada vez que me cruzaba en su camino. Le tenía más miedo que a los truenos. Una mañana de finales de agosto desapareció y no supimos nada más de él hasta hoy, que ha regresado a nuestras vidas con una entrada digna de Broadway.

El señor Ferguson se ajusta las gafas y devuelve su atención al documento. Si le ha molestado la actitud de Hamilton, no lo da a entender.

Bárbara sigue escrutando al sobrino nieto de Cordelia igual que una leona hambrienta acecharía a un ciervo. El testamento ya no le interesa. Cuando el letrado inicia la lectura del último párrafo, escucho mi nombre. Otra vez. No lo había soñado.

Sus palabras me dejan petrificada.

2

He subestimado la capacidad de concentración de mi prima. Al parecer, seguía con atención la lectura del testamento mientras devoraba a Hamilton con los ojos. Se gira hacia mí con la rapidez de una cobra. No me hubiera sorprendido advertir estupefacción en su rostro, pero ¿contrariedad? No me atrevo a volver la cabeza para ver cómo ha encajado el pariente de Cordelia que la mansión familiar pase a manos de una extraña.

—Tiene que tratarse de un error... —musito sin dar crédito a lo que acabo de oír.

El señor Ferguson niega con la cabeza.

—En absoluto, señorita Martín. Yo mismo redacté el testamento según los deseos de Cordelia MacDonald. A partir de este momento, es usted la legítima heredera de Nightstorm House.

—Pero yo no puedo hacerme cargo de la casa —protesto.

—Si le preocupa el pago de los derechos de transmisión que conlleva la herencia, le diré que la señorita MacDonald depositó en una cuenta bancaria una cantidad más que suficiente para cubrirlo. También le dejó una carta. Me dio orden de entregársela tras ponerla al corriente de su legado. Puede que en ella le explique el porqué de su decisión.

El ayudante del abogado, que en todo momento ha permanecido de pie, avanza unos pasos y me entrega la carta. Cuando abro el bolso para guardarla me indica que debo leerla de inmediato, así que rasgo el sobre ante las miradas curiosas de los presentes. Miro hacia atrás un instante. El hombre sentado junto a la chimenea parece observarme con renovado interés. La sonrisa ladeada de su boca me irrita. Se está divirtiendo. A mi costa.

—¿Qué te dice la vieja? —me pregunta Bárbara en voz alta, la cabeza inclinada, intentando leer por encima de mi hombro. Me aparto un poco para impedírselo, aunque temo que me arranque la carta de las manos.

Oigo al abogado enumerar las disposiciones para Christopher Hamilton.

—¿Qué te ha escrito? —insiste mi prima.

Los trazos desiguales y temblorosos, ligeramente escorados, que construyen las palabras son una sombra lejana de la otrora estilizada y elegante caligrafía de Cordelia. Debió de escribir la carta poco antes de morir. Estaba a punto de cumplir cien años, es un milagro que no emborronara de tinta la cuartilla.

> Querida Nora:
>
> Siempre supe que la ambición de Bárbara sería más persuasiva que un poderoso bufete de abogados. Por eso la incluí en mi testamento. Tenía el convencimiento de que la posibilidad de heredar un pellizco de mi fortuna la atraería a Nightstorm. Tu prima es como esas polillas que revolotean alrededor de una vela, fascinadas por su resplandor, sin percatarse de que puede destruirlas.
>
> Imagino su estupor cuando descubra que el cofre no contiene los diamantes que tanto ansía. ¿De verdad es tan ilusa que cree que pondría en sus manos las joyas de mi madre? Aunque le cueste comprenderlo, le he hecho un favor. Confieso que Bárbara no era de mi agrado, pero no la odiaba hasta el extremo de condenarla en vida.

Te preguntarás por qué he legado mi casa a la hija de una antigua criada, y no a mi sobrino nieto, a quien, mal que le pese, me unen lazos de sangre. Si sospechas que tras mi decisión hay gato encerrado, has dado en el clavo.

Es mi deseo que en el plazo de un mes, a partir del momento en que leas estas líneas, Nightstorm House sea reducida a cenizas. Recurro a ti, Nora, porque no te mueve la ambición ni la codicia y sé que respetarás mi voluntad.

Mis abogados desconocen el contenido de esta carta. Habrían intentado disuadirme con todos los medios legales a su alcance, y es probable que hubiera acabado mis días en un sanatorio mental. También tú pensarás que estoy loca, no obstante, nunca he estado más cuerda; la única realidad es que Nightstorm es mía y no deseo que me sobreviva. Debí haberla destruido hace años, pero no tuve coraje. Tampoco para enterrar bajo tierra las lágrimas de los dioses, cuando comprobé en carne propia la realidad de su maldición.

Naturalmente, existe la posibilidad de que te haya juzgado mal y hagas caso omiso de mi petición. Estoy informada de que la vida no te ha tratado bien y, si decidieras vender esta casa, no podría impedírtelo.

Comprendo que las dudas y los interrogantes se funden ahora mismo en tu cabeza como los cristales de aquel caleidoscopio con el que jugabas de niña.

Busca mis diarios. Ellos te darán las respuestas. Hasta que no conozcas los hechos no comprenderás por qué deben regresar las lágrimas al lugar de donde jamás debieron salir.

Puesto que mis exigencias son altas, te concederé algo a cambio. ¿Recuerdas el cuadro de la mujer misteriosa? Aquella tarde en la buhardilla monté en cólera cuando me preguntaste por ella. Mi sobrino nieto, Christopher Hamilton, tiene instrucciones de entregarte esa pintura, si bien, la verdad, ignoro en qué estado se encuentra. Tal vez la humedad la haya corroído de la misma manera que el tiempo ha carcomido mi alma.

Recibe mi más sincero afecto,

CORDELIA

Conmocionada y confusa a partes iguales, doblo la carta, la meto en el sobre con manos trémulas y lo guardo apresuradamente en el bolso ante la mirada inquisitiva de mi prima. Se va a poner hecha una fiera cuando descubra la jugada de Cordelia.

—Bueno, dispara, ¿de qué va esto? —insiste.

—Si me lo permite, señora, terminaré la lectura para que todos los presentes puedan regresar a sus casas —anuncia el señor Ferguson con un mal disimulado tono de reproche en la voz.

Bárbara frunce los labios en un gesto de impaciencia mientras el abogado concluye la perorata legal. Christopher Hamilton ha heredado las tierras colindantes a la mansión, una elevada suma de dinero y el encargo de subastar los cuadros y las antigüedades de Nightstorm House. Todas las ganancias irán destinadas a las obras benéficas que él elija.

Mi prima vuelve a la carga.

—Cordelia tenía casi cien años, está claro que chocheaba. Verás como el sobrino te reclama la casa.

—Por mí puede quedársela —respondo con excesiva brusquedad.

—Menudo dineral le ha dejado su tía, y él ni se ha dignado asistir al funeral.

—No seas hipócrita. ¿Acaso estás tú aquí por amor a la difunta? Solo has venido por si te caía algo. Y baja la voz, que te van a oír.

La actitud de Bárbara me desconcierta. Debería alegrarse por mi supuesta buena suerte. Estoy tentada de dejarle leer la carta;

tal vez si conociera las condiciones que encierra la herencia de Cordelia dejaría de sentir celos.

Quemar Nightstorm House.

¿Por qué ha tenido que pedírmelo a mí?

La explicación solo puede ser una: Cordelia los engañó a todos y en realidad no estaba en su sano juicio cuando escribió la carta.

Debo leer sus diarios.

Tras hacernos firmar unos papeles, el abogado y su ayudante dan por concluido el acto. Los beneficiarios de Cordelia echan un último vistazo a su alrededor antes de salir renqueando hacia el vestíbulo, donde recogen sus impermeables, sombreros y paraguas. La mujer que estaba sentada junto a mí se ofrece para acompañar a casa a un par de ancianas. No hay ni rastro de Hamilton. Mi prima se dirige al señor Ferguson.

—¿Cuándo puedo recoger mis joyas? —le pregunta, ansiosa.

—Ahora mismo, si lo desea —responde el letrado—. Encontrará el joyero en el dormitorio de la señorita MacDonald. Está en el piso de arriba. Siga el pasillo hasta el final, es la segunda puerta a la... —Se interrumpe al ver que Bárbara ha echado a correr hacia la escalera que conduce a las habitaciones.

—¿Conocía bien a Cordelia? —le pregunto al señor Ferguson mientras su ayudante nos entrega los abrigos.

—Mi bufete se ha ocupado de sus intereses durante los últimos quince años, desde que falleció el señor Dewitt, antiguo letrado de la señorita.

—Por lo que he visto, tenía pocos amigos. Al entierro solo ha acudido el personal de servicio y algunos vecinos del pueblo.

—La mayoría de sus conocidos ya fallecieron, aunque es cierto que la señorita MacDonald era poco sociable. Es de agradecer que los viejos criados que todavía viven hayan acudido al funeral, y más teniendo en cuenta el estado físico de algunos. Cordelia fue muy generosa al recordarlos en su testamento.

—¡Qué menos, después de lo que habrá tenido que aguantar

esa pobre gente! —exclamo con una sequedad a todas luces innecesaria. El comentario ha estado fuera de lugar. El abogado, en un alarde de discreción, finge no haberme oído.

—Era una mujer de gran fortaleza. ¿Sabía que le diagnosticaron cáncer de estómago hace veinte años?

—En realidad, hacía mucho tiempo que no estábamos en contacto.

—Le dieron seis meses de vida, pero ella aseguró a los médicos que los enterraría a todos. No se equivocó.

—Genio y figura hasta la sepultura —mascullo en castellano. El abogado me explica cómo fueron los últimos días de Cordelia.

—Se turnaban dos enfermeras para cuidarla día y noche. Las pobres chicas aguantaban poco —suspira—. Melva, la mujer que se ocupa de la casa, me llamaba para informarme. Ella también tuvo que pernoctar aquí a menudo.

—¿Estaba Cordelia mentalmente sana?

—Por supuesto —afirma con vehemencia—. Pese a su avanzada edad y las enfermedades que la incapacitaban, gozaba de plenas facultades mentales. Había perdido algo de oído y mostraba repentinos cambios de humor, pero...

El señor Ferguson se interrumpe cuando oímos gritar a mi prima. Tengo la impresión de que no está sorprendido. Bárbara baja los peldaños a toda velocidad, por un instante temo que tropiece y caiga de bruces.

3

—¿Dónde están las joyas? —brama mi prima, presa de un sofoco que poco tiene que ver con sus molestias menopáusicas.

—¿A qué te refieres? —le pregunto, aunque imagino el motivo de su enfado. Mi prima me aparta con un manotazo y se planta frente al abogado.

—¡Está vacío! ¡Y usted lo sabía! —masculla ella, los ojos entornados, una pantera presta al ataque. Intervengo antes de que le clave las uñas.

—Por favor, cálmate.

—¡No me da la gana! Tú heredas la mansión; yo, un cofre podrido. Apuesto a que él estaba al tanto de esto —vocifera Bárbara en castellano señalando al señor Ferguson con un dedo acusador—. A ver, ¿dónde está el collar de diamantes, eh? —le pregunta retomando el inglés—. ¿Se lo ha quedado?

El letrado, que sin duda ha previsto su reacción, lejos de ofenderse, se muestra tranquilo y conciliador.

—Las joyas de la señorita se subastaron hace meses —explica—, y puedo asegurarle que en el inventario no figuraba ningún collar de diamantes.

—Eso es porque lo vendería a sus espaldas. Pero si estaba forrada... ¿Por qué lo haría?

—Verá, el mantenimiento de esta propiedad es muy costoso. Por otra parte, la señorita Cordelia quería disponer de suficiente efectivo para liberar a sus herederos de la carga impositiva. El bufete procede siempre conforme a los deseos de nuestros clientes. Ahora, si me disculpan, me marcho antes de que la tormenta empeore.

Bárbara, ciega de ira, la emprende conmigo.

—Te dije que no valía la pena hacer el viaje. Sabía que no vería un céntimo.

Estoy a punto de recordarle que fue ella quien se empeñó en venir, pero lo último que quiero es iniciar otra trifulca. Ya hemos dado suficiente espectáculo. El abogado rebusca en el bolsillo interior de su abrigo.

—Imagino que se quedará unos días en la isla, señorita Martín. ¿Se alojará aquí?

—No lo sé, tengo que pensarlo.

—Me encargaré de que la mansión se mantenga en las mejores condiciones posibles, es decir, si decide poner su confianza en mi bufete.

—Mmm, sí, aunque no estoy segura de que necesite...

El abogado continúa.

—Le agradeceré que después de Año Nuevo me comunique sus planes respecto a Nightstorm. —Me entrega una sobria tarjeta con la dirección y el teléfono impresos en letras negras—. Tal vez tenga intención de alquilarla o ponerla en venta, dado que reside usted en España.

—Si sigo un minuto más dentro de esta casa, me va a dar algo —refunfuña mi prima—. Larguémonos de aquí, necesito una copa.

—Hace años esta mansión debió de ser fabulosa, pero el paso del tiempo ha provocado estragos. Haría falta una importante inversión para devolverle todo su esplendor —asegura el abogado dirigiéndose a mí—. Intenté convencer a la señorita MacDonald de que instalase calefacción en las estancias de uso cotidiano, pero se negó. Insistía en mantener el espíritu original de la casa. Menos mal que accedió a reparar el tejado, de lo contrario no hubiera tardado en venirse abajo. Por cierto, aquí tiene las llaves.

Son de hierro, antiguas y pesadas.

4

El trayecto en coche hasta el hotel se convierte en una odisea. Por si no fuese bastante peligroso conducir bajo la lluvia, con una niebla tan espesa que podría cortarse con un cuchillo, Bárbara no se aclara con el volante a la derecha. La carretera es angosta y mi prima no está por la labor de ceder el paso a los escasos conductores que se aventuran a circular en una noche tan desapacible.

Desde que salimos de Nightstorm ha fumado un cigarrillo tras otro mientras aludía, con el peor de los propósitos, a los antepasados de Cordelia. Comprendo su irritación; ella esperaba heredar diamantes y ha obtenido un joyero vacío y desvencijado. Por mucho que refunfuñe, la realidad no cambiará. Sospecho que parte de su ira se debe a que yo he heredado la mansión. La conozco, no tardará en sacar el asunto a colación.

—No veo el momento de dejar este pueblo —murmura entre dientes. Acaba de pasarse el desvío hacia el hotel.

—Yo tal vez me quede unos días —comento como de pasada, como si la idea se me acabara de ocurrir. Cuando bajo la ventanilla para airear el interior del coche, se cuela una ráfaga de viento húmedo que me corta la respiración.

Mi prima aparta los ojos de la carretera y me mira de hito en hito.

—Me voy a congelar. Sube la ventanilla.

—Apaga el cigarrillo y da la vuelta cuando puedas, te has pasado el desvío. Por favor, mantén la vista al frente.

—Pero ¡si no circula ni un alma!

—Da igual. No quiero acabar en la cuneta.

—A ver, ¿qué es eso de que te quedas? ¿Para hacer qué, exactamente?

—¿A ti qué te parece? He heredado una casa. Tendré que decidir qué hago con ella.

—Eso puedes decidirlo en Barcelona.

—Será más fácil solucionar el asunto aquí.

—Te aburrirás como una ostra. No hay un turista de menos de setenta años. Además, ¿qué pasa con tu trabajo?

Bárbara no sabe que estoy en el paro. No se lo he dicho para ahorrarme un sermón. Mis padres nos inculcaron que el trabajo es sagrado, pero estaba harta de que mi jefe me ninguneara y en vez de fantasear con la idea de mandarlo todo a la mierda, la convertí en realidad. Aunque no me arrepiento de mi decisión, he aprendido que la dignidad no paga facturas.

—Me quedaban unos días de vacaciones —miento—. De todas formas...

—¿Qué?

—Estoy valorando trabajar por libre.

—¿Eh?

—Puedo hacer colaboraciones. Otra opción es montar un catering. Se me dan bien las tartas.

—Sí, sobre todo comértelas —contesta carcajeándose.

—En realidad, lo mejor sería alquilar Nightstorm.

Ya me imagino a Cordelia revolviéndose en su tumba.

—Hay que estar muy chiflado para vivir en ese caserón. ¿En serio quieres quedarte allí sola en Nochevieja?

—¿Por qué no? Igual encuentro algún fantasma con ganas de juerga.

—No te hagas ilusiones. Si lo había, cruzó al otro lado hace siglos, de puro aburrimiento —replica—. Por cierto, ¿dónde se ha metido Hamilton? ¿Tú lo has visto marcharse?

—No. ¿Acaso te interesa?

—Me vendría bien echar un polvo para sacarme el mal humor de encima. Él es mi mejor candidato ahora mismo, por no decir el único.

—Pregunta en recepción, igual se aloja en el hotel —le sugiero. La posibilidad es tan remota como que mañana hará buen día para ir a la playa.

—Podría ser —responde animada—. Por aquí no hay mucho donde escoger y no me parece que sea un hombre de *bed & breakfast* ni de albergues.

—Siento lo de las joyas —le digo de corazón. Por mucho que me mosquee con ella, me cuesta mantener el enfado largo tiempo.

—La muy zorra me la ha jugado bien, aunque la culpa es mía. ¿Cómo se me ocurrió pensar que me dejaría algo? ¡Si no me tragaba!

—Puede que el joyero tenga algún valor, parece muy antiguo.

—¡Bah!, lo habría vendido ella. Oye, el avión sale mañana a mediodía. Yo me largo, contigo o sin ti.

Cuando llegamos al hotel, bastante más tarde de lo previsto, estoy tan cansada que solo quiero cenar algo ligero en la habitación, tomarme un somnífero y, con suerte, dormir ocho horas. Bárbara se ha emperrado en bajar al restaurante y salir de copas.

—No puedo con mi alma. Ve tú, si tanto te apetece.

—Hija, mira que llegas a ser sosa.

Como no tengo ánimo para discutir, accedo a acompañarla. Nos sirven el menú del día: pastel de carne con demasiadas especias, pudin de queso y cerveza negra. Un festival de calorías.

Me resulta difícil prestar atención a la cháchara inconexa de mi prima, que, después de dos cervezas, tan pronto suspira por los diamantes de Cordelia como hace cábalas sobre el paradero de su sobrino nieto. Era de esperar que Hamilton no se alojara en nuestro hotel. Me parece oírla explicar que piensa llamar a los hoteles de los alrededores hasta dar con él. En cuanto termino la última cucharada de pudin alego una migraña y subo a la habitación que compartimos. Bárbara me ha dicho que no la espere levantada. Tampoco tenía intención de hacerlo.

Nightstorm centra mis pensamientos. Jamás habría imaginado los sentimientos encontrados que ha despertado en mí regresar a Skye al cabo de tantos años. Cuando llegué a la isla por primera vez era una niña que solo había salido de Barcelona para ir al pueblo de los abuelos durante las vacaciones de verano.

5

Nunca había oído hablar de las Highlands, Tierras Altas de Escocia, tampoco de la remota isla de Skye, pero enseguida me enamoré de su mágico paisaje. Era imposible no rendirse a las abruptas cumbres, a los imponentes acantilados batidos sin piedad por las olas y a los pastizales que se extienden a lo largo de kilómetros como un océano esmeralda. La certeza de que aquel era mi nuevo hogar me hizo sentir algo parecido a la felicidad.

Aquel sentimiento se desvaneció en el aire como una pompa de jabón en cuanto el taxi cruzó los herrumbrosos portones de hierro que daban paso a Nightstorm House. La casa me pareció enorme y amenazadora. Mi madre, en cambio, la encontró majestuosa. Si a Bárbara la sobrecogió, supo disimularlo. Más que un hogar, se me antojó una fortaleza de piedra con torres protegidas por intimidantes gárgolas cuyos rostros demoniacos amagaban con cobrar vida de un momento a otro. Pronto descubrí que aquellas horribles esculturas eran inofensivas comparadas con la dueña de la mansión. La anciana, cuyo rictus de amargura parecía esculpido en su rostro marmóreo, frunció el ceño al ver que su recién contratada empleada aparecía con un equipaje inesperado.

—Nadie me informó de que venía usted con su familia, señora Martín —gruñó la mujer señalándonos a Bárbara y a mí con su afilado mentón.

—Supuse que la hermana Mary se lo habría dicho —respondió mi madre en su vacilante inglés, plagado de errores gramaticales—. Ella sabía que la condición para aceptar el empleo era traer a mi hija y a mi sobrina. Está a mi cargo desde que murieron sus padres.

—Al menos son lo bastante mayores para acatar las normas de esta casa —murmuró la vieja con aspereza. A continuación apartó la mirada de mi madre y nos escrutó con ojos de halcón—. Espero que os gusten los libros, jovencitas, de vez en cuando tendréis que leer para mí. Podéis sacar libros de la biblioteca, siempre con mi permiso, por supuesto, y en mi presencia. Hay ejemplares muy valiosos, no quiero que se malogren por tratarlos de forma descuidada. Bajo ningún concepto entraréis en mi dormitorio. Tampoco subiréis al desván. ¡Ah!, guardaos bien de corretear por los pasillos. Aprecio la tranquilidad y el silencio. ¿Cómo te llamas? —preguntó mirando a mi prima. Bárbara no contestó—. ¿Y tú?

Asustada, di un paso atrás. Mi actitud irritó sobremanera a la mujer. Mal empezábamos.

—¿Eres muda? ¿O retrasada, como tu prima?

No entendí sus palabras, si bien intuí que no habían sido amables al ver que mi madre apretaba los labios hasta convertirlos en una fina línea. Aquella señorita MacDonald le desagradaba tanto como a mí, pero tenía que morderse la lengua. Si le soltaba cuatro frescas perdería el trabajo por el que habíamos dejado nuestro país y a nuestros familiares y amigos. Yo no comprendía por qué la antipática anciana prefería contratar a una extranjera antes que a una mujer de la vecindad. Más tarde me contaron que nadie de los alrededores aguantaba mucho tiempo en la casa, aunque el sueldo era más elevado que los que se pagaban en mi país. En su afán por darnos una vida mejor, mi madre no había dudado en abandonar el pequeño piso en el que había compartido años de felicidad con mi padre.

—Se llama Eleonora, pero la llamamos Nora —respondió mi madre, nerviosa. La mención de mi nombre me ayudó a comprender que estaban hablando de mí—. Acaba de cumplir diez años. No habla inglés, las lecciones que ha recibido en el colegio son muy básicas, pero se pondrá al día enseguida. Es espabilada, igual que su prima —añadió.

La vieja no parecía convencida. Por un instante albergué la esperanza de que nos mandara de vuelta a casa. Frunció el ceño y dijo:

—No sé cómo van a seguir las clases si no son capaces de desenvolverse en nuestra lengua, el gaélico. Creo que ha sido un error contratarla.

Mi madre apretó los labios de nuevo. Yo conocía bien ese gesto. Estaba furiosa, sin embargo, logró dominarse y contestar con firmeza.

—En absoluto, señorita MacDonald. Le garantizo que no se arrepentirá.

Para mi disgusto, la anciana claudicó.

—De acuerdo. Admito que sus referencias son inmejorables. Confiaré en la hermana Mary. La sirvienta las llevará a sus habitaciones. —Pulsó un timbre oculto tras una pesada cortina de terciopelo—. Ordenaré que instalen a cada niña en un cuarto diferente, así no parlotearán por las noches.

En nuestro piso, Bárbara y yo compartíamos una habitación pequeña. Si la anciana imaginó que al separarnos nos fastidiaba, le salió el tiro por la culata: nos pareció un lujo disponer de un espacio propio. Mi entusiasmo menguó cuando vi el cuarto que me había asignado. Aunque espacioso, los anticuados muebles y los polvorientos cortinajes con los que evitaban las corrientes de aire no conformaban la decoración más acertada para el dormitorio de una niña. Tampoco había chimenea. Cuando se lo comenté a la cocinera, una oronda mujer llamada Rosie que chapurreaba castellano porque en su juventud había tenido un novio gallego, se rio a carcajadas antes de contestarme que el frío me ayudaría a crecer sana y fuerte. No alcanzaba a entender cómo el hecho de congelarme el culo iba a contribuir a mi desarrollo.

El inicio del curso en una escuela nueva, con alumnos y profesores que hablaban un idioma desconocido, fue una pesadilla. A causa de la ansiedad, padecí una gastroenteritis que me duró dos semanas. Por fortuna descubrí que tenía buen oído para los idiomas, y en pocas semanas encajaron en mi cerebro las suficientes piezas del rompecabezas para seguir las clases, aunque mis notas bajaron notablemente.

A Bárbara le fue mucho peor. Mediado el curso llegó a la conclusión de que acumular suspensos no le resultaba tan traumático como ser incapaz de entenderse con los chicos.

Creí que podría volver a Nightstorm sin sentir rencor. Confiaba en que el paso de los años habría apaciguado mi odio, pero este ha vuelto a enroscarse en mis entrañas como una pitón al cuerpo de su presa.

Cordelia sabía que los recuerdos alimentarían mi ira y que el resentimiento me serviría de estímulo para cumplir su voluntad.

No se equivocó.

Nada me complacería más que ver arder Nightstorm hasta los cimientos, sin embargo, la carta ha despertado en mí la necesidad de encontrar respuestas. ¿Por qué querría Cordelia destruir el hogar de sus antepasados?

—¿Me harás el favor de cambiar mi billete? —le pido a mi prima cuando nos sentamos a desayunar.

Pese a que anoche ingerí un somnífero, tardé horas en conciliar el sueño y me he levantado cansada y ojerosa. El aspecto de Bárbara es peor; se acostó pasada la una de la madrugada con varias copas de más.

—¿Eh? —murmura mientras unta una tostada con una pasta marrón.

—Te lo dije ayer. Voy a instalarme en Nightstorm.

Bárbara da un mordisco a la tostada.

—No pensé que hablaras en serio. ¿Por qué quieres quedarte en la mansión de Drácula?

—No lo entenderías.

—Claro que no. Allá tú. Y bien, ¿cuándo piensas mudarte?

—Hoy mismo. Espero que no te importe acercarme en coche antes de irte al aeropuerto.

—Esta mermelada sabe raro —masculla haciendo una mueca.

—Es Marmite. —Le muestro la etiqueta del tarro—. *Love it or hate it*. La amas o la odias. Me ha extrañado que te la comieras, sé que la detestas.

—¡Muy graciosa! Podrías haberme avisado.

—Si estuviéramos en verano, no se te acercarían los mosquitos. Leí en *The Sun* que el Marmite los ahuyenta.

—Vaya tontería —refunfuña, y hace aspavientos para llamarle la atención a la camarera—. Espero que tengan mermelada de arándanos.

—Bueno, ¿qué tal anoche? ¿Encontraste a Hamilton? —le pregunto irónica.

Bárbara frunce el ceño.

—No te regodees. Sabes perfectamente que no. Y mira que lo intenté. Está claro que no se aloja por los alrededores.

—¿Qué hiciste? ¿Llamar a todos los hoteles?

La expresión de su cara me confirma que he dado en el clavo. La camarera deja sobre la mesa un tarro de mermelada de fresa de un tono tan intenso como el de su pelo. Se les ha terminado la de arándanos.

Paramos frente a una tienda de comestibles, a la salida del pueblo. Sin darme tiempo de rechazarlo, el solícito dependiente añade a mi bolsa un buen trozo de *haggis*, la especialidad de la casa. No me gusta ese embutido hecho a base de vísceras y harina de avena que los escoceses toman con patatas y nabos, pero lo acepto con una sonrisa agradecida ante el estupor de mi prima. Media hora después llegamos a la mansión. Las oscuras nubes que nos han acompañado desde que salimos del hotel han empezado a descargar agua. Bárbara corre hacia la casa mientras yo cargo con la compra. Antes de abrir la puerta me detengo unos segundos a observar la imponente fachada de piedra grisácea, semioculta por las enredaderas que trepan a capricho. El escenario idóneo para rodar una película de terror o una miniserie de época basada en *Jane Eyre* o *Rebeca*. Sonrío al pensar que Nightstorm, al igual que Thornfield Hall y Manderley, podría acabar sucumbiendo a las llamas. Mi prima interrumpe mis divagaciones con sus airadas protestas.

—¿Qué haces ahí pasmada? Abre la puerta, que me meo encima.

Mientras ella emprende una loca carrera hacia el baño, permanezco en el vestíbulo, sumida en un mar de dudas. ¿Y si me equivoco quedándome aquí? A los pocos minutos, mi prima regresa frotándose las manos.

—¿Sabes que no sale agua caliente del grifo? Me pregunto cómo vas a sobrevivir en este mausoleo.

—No ha cambiado nada. —Señalo las pinturas encastradas en sus barrocos marcos, inertes vigilantes del paso del tiempo.

—Sí, pura decadencia. Ni siquiera han quitado esa tela tan horrorosa de las paredes del baño; ya tenía agujeros cuando vivíamos aquí. ¡Cómo me gustaba meter el dedo para ensancharlos! Hasta que tu madre me pilló y me cayó la de Dios es Cristo. Mira a esos tipejos. —Bárbara me señala los retratos de unos caballeros dieciochescos ataviados con *kilt* de tartán—. Me juego la paga de enero a que en cuanto anochece resucitan y se ponen a tocar la gaita. Por si acaso, cierra con llave la puerta de tu habitación.

De pronto repara en unos huevos de Fabergé dispuestos sobre las consolas de media luna que flanquean las puertas de la biblioteca.

—Vaya, mira qué tenemos aquí. ¿No son esos huevos rusos que valen una pasta? Me quedo con uno para compensar lo de las joyas —dice metiéndose el más grande en el bolso.

—¡No puedes llevártelo! —Forcejeo con ella tratando de recuperar la pieza.

—Ya lo creo que sí. Además, ¿quién va a echarlo en falta, eh? Me largo antes de que llueva más.

Al abrir la puerta, una ventolera húmeda me azota las piernas entumecidas. Hace rato que la sangre ha dejado de circular por ellas.

6

Respiro aliviada cuando el coche se aleja. Me sorprende que Bárbara no haya mencionado la carta de Cordelia. Anoche la examiné intentando descifrar sus enigmas, pero sigo sin entender qué son las lágrimas de los dioses y por qué al privar a Bárbara de los diamantes la anciana le estaba haciendo un favor.

De repente, un escalofrío me recorre la espina dorsal, vuelvo a sentirme en la piel de aquella asustada niña de diez años amenazada por el peso de unos muros cuyo destino, ironías de la vida, ha quedado a su merced.

El suelo de madera, deteriorado por las huellas del tiempo y el trasiego de varias generaciones de los MacDonald, cruje bajo mis pies. Es un sonido familiar que, sin embargo, no me ayuda a sentirme mejor. Tampoco el frío. ¿Por qué habré sido tan testaruda? A medianoche añoraré la calidez del hotel.

Sacudo la cabeza para desechar los pensamientos negativos y bajo a la cocina a dejar las bolsas. El frigorífico es un modelo antiguo, me sorprende que todavía funcione. Todo a mi alrededor me resulta conocido: las ollas y cazuelas de cobre dispuestas sobre la repisa de la chimenea, la pila de piedra pulida, la encimera de mármol jaspeado blanco y gris, las cestas apiladas en una esquina y en el centro, la robusta mesa de pino.

En el cuartillo anexo hay una lavadora. Antes, la ropa se lavaba a mano, en barreños de aluminio. Durante el invierno, a la encargada de la colada le salían unos sabañones del tamaño de las avellanas. Lástima que el señor Ferguson no pudiera convencer a Cordelia de instalar un sistema de calefacción. La vieja era agarrada. Frunciría el ceño al calcular el coste que le supondría mantener encendidos los radiadores varios meses al año. El frío me recuerda que tengo que buscar un dormitorio antes de que caiga la noche.

Las habitaciones huelen a cerrado y a humedad, pero están limpias. Paso de largo ante la que ocupé de niña. También ante la de mi madre. El oneroso pasado volvería a cernirse sobre mí con el impacto de un martillazo.

Al anochecer, la tormenta ha arreciado; un dolor agudo y persistente me taladra la cabeza. No he comido nada desde el desayuno, aun así solo ansío dormir. Busco en el bolso la caja de lorazepam que me recetó el médico y desciendo los cinco escalones que conducen a la cocina para coger un vaso de agua. A mitad de camino, la luz del vestíbulo que orientaba mis pasos desaparece. Lo que faltaba. Palpo a tientas la pared hasta dar con el interruptor. No funciona. Guiada por los intermitentes relámpagos, avanzo con cuidado para no tropezar.

Oigo pasos en el vestíbulo.

Todo el pueblo sabe que la propietaria de Nightstorm ha pasado a mejor vida, que no hay nadie en la casa, ni alarma disuasoria; cualquier ladrón se sentiría a sus anchas. Asciendo la escalera con sigilo, y hasta que no chirría el último escalón bajo mi peso no se me ocurre que debería haber cogido un cuchillo. En ese momento, la puerta se abre de golpe y, con el susto, doy un paso en falso. Alguien me sujeta firmemente del brazo. A oscuras, tardo unos segundos en reconocer la formidable silueta de Christopher Hamilton. Atónita, me aparto como si acabara de picarme un escorpión.

—¡Me ha dado un susto de muerte! ¿Qué hace aquí?

—Acabo de evitar que rodaras por la escalera, no estaría de más que me dieras las gracias.

—Vale, le agradezco su ayuda, aunque si nos ponemos quisquillosos, usted debería disculparse por aparecer a estas horas. Casi me da un infarto —replico, brazos en jarras. También yo puedo ser arrogante.

—*Touché.* Siento haberte asustado.

—¿Sería tan amable de decirme cómo ha entrado?

—Con mi llave. Es la casa de mi tía. Rectifico, lo era. ¿Te he hecho daño?

—No. —Me froto el brazo con disimulo—. ¿Por qué no me ha llamado?

—Ni siquiera sabía que te encontraría aquí.

—¡Ah!, claro —contesto más calmada. Tiene razón. No podía saberlo.

—Has crecido bastante desde la última vez que te vi. —Me repasa de arriba abajo.

—Eso es mucho decir, puesto que fue anoche.

Hamilton esboza una sonrisa.

—Me refiero al último verano que pasé en esta casa. Han transcurrido unos cuantos años desde entonces.

Por aquella época yo medía un metro veinte, estaba por debajo de la media de mis compañeros de clase y me aterrorizaba la idea de quedarme así. Con la pubertad di el estirón, alcancé el metro sesenta y ocho. Él me supera de largo. Subimos al salón. Las velas que ha encendido potencian su aire tétrico.

—¿Dónde están los interruptores automáticos? —me pregunta como si yo tuviera que saberlo—. Quiero ver si ha saltado el diferencial.

—No tengo la menor idea.

—Echaré un vistazo en el sótano.

Diez minutos después reaparece con una botella y dos vasos.

—Me temo que seguiremos sin luz. Lo más probable es que se trate de una avería general. He encontrado esta botella de whisky escocés de malta. A la vieja le gustaba empinar el codo. Suerte para nosotros, en esta casa hace un frío de mil demonios. ¿Te apetece una copa?

Mezclar alcohol y somníferos nunca es buena idea, pero acepto. Tras el primer sorbo me inunda un calor reconfortante. No me opongo cuando me rellena el vaso. La lluvia repiquetea en los cristales; un sonido rítmico, relajante, me invita a cerrar los ojos y sumergirme en un plácido sueño.

—Esto no ha cambiado nada —afirma él mirando a su alrededor.

Como no creo que aguarde respuesta, me limito a observarlo. A la mortecina luz de las velas, sus ojos verdes brillan como los de un vampiro de novela gótica. Solo espero que no le crezcan los colmillos.

—¿A qué ha venido exactamente, señor Hamilton?

—Quería repasar la lista de bienes que me ha facilitado el bufete, pero sin electricidad es imposible.

—¿A estas horas? Ha tenido todo el día para hacerlo —le espeto con brusquedad.

Hamilton me mira, las cejas arqueadas. Si me soltara una fresca, la tendría merecida. Ni yo misma comprendo por qué he sido tan desagradable. Por regla general soy amable con la gente, pero hay algo en este hombre que me eriza los nervios, y cuando pierdo los papeles saco a relucir mi vena más agresiva. Tampoco me hace ningún favor estar un poco bebida.

—Mi intención era venir a primera hora de la tarde —responde sin acritud—, pero Ferguson se ha empeñado en que pasara por su despacho para comentar unos temas relativos a la herencia. También hemos hablado de ti, Eleonora.

—Nora, por favor.

—Te espera después de Año Nuevo.

—Le dije que iré cuando decida qué hacer con la casa, y eso puede que...

Me interrumpe con un siseo.

—¿De dónde viene esa corriente de aire?

Hamilton se mueve en la penumbra con la seguridad de quien conoce el terreno. Lo sigo curiosa, aunque mantengo el equilibrio a duras penas. Un reguero de agua ha encontrado un resquicio junto al marco de un ventanal entreabierto y avanza inexorable hacia el suelo. Christopher cierra la ventana, limpia el cristal con la palma de su mano izquierda y masculla entre dientes.

—Maldita sea. Si sigue lloviendo así, dentro de poco será imposible circular.

¿Es una indirecta para que lo invite a pernoctar en la casa? ¿O tiene intenciones de hacerlo? Esto sería lo peor.

—Debería marcharse ahora, antes de que el tiempo empeore —le aconsejo, pese a no estar segura de querer quedarme sola—. ¿Dónde se aloja?

—En un hotel de Portree.

—Naturalmente. No iba a dormir en una de esas granjas rurales con el techo de paja. Son muy pintorescas.

—No, gracias. Se las dejo a los turistas.

Contengo la risa. A saber qué pensaría de Bárbara si supiera que anoche lo estuvo buscando por los hoteles y tugurios de los alrededores.

—¿Y tú? ¿Por qué te has quedado en Nightstorm?

—¿Por qué no? Hay muchas habitaciones libres.

Espero una réplica que me indique qué es lo que pretende. Una advertencia sobre su voluntad de impugnar la herencia de su tía abuela. Se limita a arquear las cejas mientras me contempla con expresión burlona.

—Esta casa no reúne las condiciones necesarias, Eleonora, ni siquiera tiene calefacción.

—Encenderé las chimeneas.

—Por si no te has fijado, apenas quedan troncos en los cestos; no creo que te apetezca ir al cobertizo bajo este diluvio. Además, ¿sabrás encenderlas?

Utilizaré todas las mantas de la casa. Si es preciso, incluso los polvorientos tapices de las paredes. Me niego a reconocer que tiene razón, pero quedarme en Nightstorm no ha sido buena idea.

—Me las arreglaré. Váyase antes de que la carretera se inunde.

Hamilton saca su abrigo del armario de la entrada. Antes de marcharse hace otro intento de convencerme.

—¿No prefieres dormir en un hotel? Te invito a cenar.

Cualquier otra mujer habría aceptado sin dudar; yo, en cambio, no estoy de humor para aguantar su arrogancia. Por muy condenadamente guapo que sea. La vida me ha enseñado a desconfiar de los hombres como él.

—No, gracias. Quiero acostarme temprano.

—De acuerdo. Vendré mañana para empezar con el inventario. —Echa una última mirada en derredor suyo; sus ojos se detienen en la consola isabelina—. Qué extraño, juraría que anoche había tres huevos —murmura.

—No sé a qué se refiere —acierto a balbucir. Me siento culpable por haber permitido que Bárbara se llevara uno.

—Da igual. Son imitaciones. Buenas noches, Eleonora.

Tras la marcha de Hamilton, apoyo la espalda en la puerta y me concentro en respirar de forma pausada para eliminar la tensión. Por lo general, la mezcla de alcohol y lorazepam logra sumirme en un celestial estado de sopor, pero esta noche me ha alterado los nervios. Todo es culpa suya.

No ha mencionado el cuadro que debe entregarme, según el deseo de su tía abuela. Puede que mañana suba yo misma a buscarlo; de paso comprobaré en qué estado se encuentra.

El dormitorio que he elegido es grande e inhóspito. Tengo tanto frío que me meto en la cama vestida, cierro los ojos y dejo la mente en blanco esperando sumergirme en la placidez que precede al sueño. No lo consigo, mis pensamientos vagan a su antojo, sin orden ni control: la extraña petición de Cordelia, la ira de Bárbara ante su herencia frustrada, la seductora presencia de Hamilton... Conducir bajo este aguacero es una temeridad, debería haberlo invitado a pasar la noche en Nightstorm. ¿Habría accedido? Probablemente no. Nadie en su sano juicio lo haría.

7

Al principio, Nora creyó que el sonido procedía del universo de los sueños. Le llevó varios minutos comprender que fluía de su móvil. Desde que leyó en una revista que las radiaciones son perjudiciales, jamás lo dejaba sobre la mesilla. La fluctuante luz del despertador le permitió ver la hora: las doce treinta y cinco de la madrugada. Alguien le estaba enviando una batería de mensajes. Maldijo en silencio, acababa de quedarse dormida.

Palpó el otro lado de la cama y lo encontró vacío. Recordó que Ignacio se había marchado esa misma tarde. Un viaje de trabajo. Cuando le comentó que el fin de semana tendría que ir a Sevilla para supervisar un rodaje, ella le sugirió acompañarlo, pero Ignacio alegó que no era un viaje de placer, que se aburriría. Ni siquiera le dijo el nombre de su hotel, y Nora no preguntó por temor a irritarlo.

¿En qué momento empezaron a torcerse las cosas?

Podía achacar los problemas a las presiones del trabajo o podía ser sincera consigo misma, reconocer que su relación no funcionaba. Creyó que un hijo lo solucionaría. El día que sacó el tema a relucir, Ignacio le respondió que no estaban preparados. «¿Cuándo lo estaremos?», replicó ella. Sin decírselo, Nora dejó de tomar la píldora. Mientras tanto, las discusiones fueron en aumento.

La naturaleza es sabia, admitiría años después.

El verano instauró una especie de tregua. Él parecía relajado, incluso se avino a pasar dos semanas en Menorca, pese a que era incapaz de aguantar media hora tumbado al sol. Nora confiaba en que las aguas volverían a su cauce.

Vanas ilusiones.

Durante los últimos días de agosto, la tensión se instaló de nuevo en sus vidas como un pariente inoportuno. Temerosa de decir algo que desatara una discusión, Nora aprendió a guardar sus recriminaciones para sí. Al volver a casa cayeron en una rutina de silencios que resultó balsámica para ambos.

Nora se resistía a aceptar que Ignacio se había alejado de ella. Confinó la desoladora certeza en el compartimento del cerebro donde almacenaba las frustraciones de su vida. Si no pensaba en ellas, no existían. Se empeñó en salvar la relación sin ver que se aferraba al fracaso. Igual que cuando trató de recomponer una de las figuritas de Lladró que atesoraba su tía Carmen. Tras romperla en un descuido, recogió los pedazos, se esmeró en pegarlos. Fue una pérdida de tiempo, la figura había perdido su valor.

Barajó la posibilidad de hacer caso omiso de los mensajes, leerlos al día siguiente, pero la descartó. No se quedaría tranquila. Puede que Ignacio se hubiera dejado un documento importante y lo necesitara a primera hora. No era tan tarde. Debía haber supuesto que aún estaría despierta. A regañadientes, Nora se levantó, cogió el móvil que reposaba sobre la cómoda y abrió los mensajes. No se había equivocado. Eran de Ignacio. En uno le informaba de que no volvería a casa. Los restantes vomitaban reproches. Descompuesta, marcó su número con dedos trémulos. Apagado o fuera de cobertura. Ignacio jamás apagaba el teléfono. Ni siquiera de noche. ¿Era posible que hubiera tenido una pesadilla? Abrió de nuevo el WhatsApp. Los mensajes seguían ahí. Caminó como una autómata hacia la cama y se dejó caer.

8

Me despierto de madrugada, tiritando y con dolor de cabeza. A tientas, hurgo en el bolso en busca de un ibuprofeno. Intento tragarlo con el agua del grifo del lavabo, pero su color arenoso me obliga a cambiar de idea. No me queda otra que bajar a la cocina.

La casa sigue sin luz eléctrica. Con sumo cuidado para no tropezar y una manta sobre los hombros, desciendo la escalera hasta el vestíbulo. Si no me ocupo pronto de las chimeneas, moriré congelada. Las velas que Hamilton encendió anoche han quedado reducidas a retorcidos cabos de cera. Antes de regresar al dormitorio, entro en el aseo de la planta baja, un pequeño cubículo con las paredes revestidas de seda con estampado *toile de Jouy.* A lo largo de los años, la humedad ha hecho estragos en el tejido; la que antaño fue una bonita y delicada tela se muestra ahora carcomida y llena de manchurrones.

Mientras me arrebujo bajo las mantas intentando entrar en calor, maldigo la tacañería de Cordelia. Quería darme una ducha caliente, pero no he sido capaz de encender el viejo calentador. Tras varios intentos he desistido por miedo a que explotara. Un ruido en la planta baja me saca del letargo. Alguien ha abierto la puerta. Me incorporo adormilada, miro el reloj: las siete de la mañana. Hamilton dijo que vendría hoy, pero es demasiado pronto. ¿Y si han forzado la cerradura? Me pongo los zapatos y salgo de puntillas al descansillo. En el vestíbulo hay una mujer, su rostro me resulta familiar. Carraspeo para anunciar mi presencia.

—*Madainn mhath*, buenos días, señorita Martin —Melva pronuncia mi apellido como si fuera anglosajón—. Espero no haberla despertado —dice alzando la vista.

—Disculpe, ¿nos conocemos? —pregunto al bajar la escalera.

—Lo siento, debería haber llamado a la puerta en vez de usar mi llave. Soy Melva, ama de llaves de Nightstorm hasta que la señorita MacDonald falleció, Dios la tenga en su gloria. No sé si me recuerda, nos vimos en la lectura del testamento. Acudí en representación de mi madre. El señor Ferguson me llamó anoche para que me pasara por aquí, por si necesitaba algo.

—Gracias, es usted muy amable.

—No es ninguna molestia. Cuando le comenté al señor Ferguson que iría a su despacho para devolverle la llave, me dijo que se la entregase a usted... —Deposita el llavero en una bandejita sobre la consola, junto a los falsos huevos de Fabergé.

La mujer repara en mi aspecto desaliñado.

—¿Ha pasado aquí la noche, señorita? —Parece sorprendida—. Alma de Dios. Si resulto inoportuna, puedo volver más tarde.

—No, no, quédese. Llámeme Nora, por favor.

—¿Se encuentra bien? Tiene mala cara.

—Me duele un poco la cabeza.

—Puede que haya analgésicos en el botiquín. Caray, ¡qué frío hace! ¿Cómo no ha encendido las chimeneas?

Ignoro deliberadamente la pregunta.

—¿Le apetece un té?

—*Aye*, sí, me vendría muy bien, aunque no queda ni pizca. Yo misma limpié la alacena tras la muerte de la señorita MacDonald. No quería dejar restos que atrajeran a los bichos —me cuenta mientras bajamos a la cocina.

Melva habla de forma atropellada, intercalando palabras gaélicas en sus frases. Aunque no comprendo todo lo que dice —mis conocimientos de la lengua están bastante oxidados—, me siento cómoda con ella. Enseguida comprueba la falta de luz.

—El señor Hamilton tuvo que encender velas —le informo.

Mueve la cabeza ligeramente contrariada.

—Las he visto. Debería haberlas apagado antes de acostarse. Las velas son peligrosas. ¿Y si una corriente de aire hubiera tirado una al suelo? En la casa hay mucha madera y cortinas. Podría haber provocado un incendio.

Ante su alarmismo, frunzo los labios para contener la risa. Un incendio habría estado bien. El deseo de Cordelia convertido en realidad.

Con el abrigo todavía puesto y el bolso colgado del brazo, Melva entra en el cuartucho anexo a la cocina y abre un armarito. A los pocos minutos vuelve la luz. La caja de los plomos no se encontraba en el sótano, después de todo. Esboza una amplia sonrisa al verme sacar un cartón de huevos del frigorífico.

—No me diga que también compró té.

—Por supuesto. ¿Conoce al señor Hamilton?

Espero que mi voz haya sonado tan natural como pretendía. No quiero que mi repentino interés le lleve a formarse una impresión equivocada o que me tome por una chismosa.

—¿Se refiere al sobrino nieto de la señorita Cordelia? —Se queda pensativa, como si tratara de hacer memoria—. Lo conocí el otro día —dice finalmente—, aunque había visto fotos suyas. La señorita me contó que de jovencito pasaba los veranos aquí. Me pareció un hombre muy guapo. Si me disculpa, voy a por leña. Después le prepararé el desayuno.

Sin esperar respuesta, Melva sale al jardín. Al cabo de un rato vuelve cargada con un pesado cesto y se dirige al salón. Cuando me ofrezco a echarle una mano, me mira con curiosidad.

—¿Sabe cómo hacerlo? —me tantea mientras se arrodilla frente a la boca de la chimenea.

Niego con la cabeza.

—Primero hay que poner unos troncos gruesos; luego, palitos finos. Se han terminado las pastillas de encendido, le recomiendo que compre algunas en cuanto pueda, así le resultará más fácil. Por la leña no se preocupe, en el cobertizo hay suficiente para todo el invierno. Eso sí, asegúrese de que está seca. Antes utilizábamos turba, pero es muy húmeda, tarda varios meses en secarse. Ya casi nadie quema turba, la gente tiene calefacción de gasoil. Mire, puede regular la entrada de aire a su antojo, pero no se le ocurra cerrar del todo el tiro principal —me instruye señalando con el dedo índice el interior de la chimenea.

—Parece sencillo.

Melva aparta los ojos de las llamas, que brotan vivaces entre los troncos. Me mira, la ceja derecha arqueada.

—No lo crea. Si se excede con la leña, producirá más humo que fuego.

De vuelta en la cocina, le comento que el calentador no funciona. Ella lo enchufa y pulsa un interruptor. Al instante aparece una lucecita roja en la parte frontal. Me siento una completa estúpida.

—Es eléctrico. Le aconsejo que lo deje encendido, el agua tarda mucho en calentarse. Además, así no se congelarán las cañerías si nieva. De todos modos, la nieve no es habitual, aquí tenemos un clima templado. Las montañas forman una barrera protectora. Como le he dicho, he venido porque el señor Ferguson me lo pidió, aunque la casa está bastante limpia. Tengo que marcharme pronto, no me gusta dejar a mi *màthair* sola. Es muy anciana, no anda bien de salud. Si lo desea, puedo recomendarle a una mujer de confianza.

—Solo me quedaré unos días, podré arreglármelas —contesto mientras lleno el hervidor de agua.

Melva enciende el fogón y me dedica una mirada escéptica. «Allá usted», leo en sus cálidos ojos castaños. Luego, con la seguridad de saber que encontrará lo que busca, abre uno de los armarios y saca dos tazas, además de la caja de bolsitas de té. La veo fruncir el ceño. Apuesto a que ella sigue el ritual de colar las hojitas.

—Así que su madre trabajó en Nightstorm —digo por cambiar de tema.

—Nunca habla de ello, pero, según he oído, era una mansión impresionante. Claro que eran otros tiempos, había mucho servicio para ocuparse de todos los detalles. Durante los últimos años de vida de la señorita Cordelia no dábamos abasto. Aparte de mí, solo venía una mujer del pueblo tres días a la semana. Un jubilado se ocupaba del jardín, más que nada por entretenerse.

—Yo pasé aquí unos años.

—La mujer abre los ojos, intrigada.

—¿De verdad? ¿Cuándo fue eso?

—Llegamos en 1977.

Cuando la tetera emite un agudo pitido la retiro del fuego y vierto el agua en las tazas. La infusión, fuerte y especiada, me ayuda a entrar en calor.

—Entonces no vivíamos en la isla.

—Me gustaría conocer a su madre. Quizá ella pueda responderme algunas preguntas sobre Cordelia y Nightstorm.

Niega con la cabeza.

—No sé. No le gusta recordar aquellos años.

—Si a usted le parece bien, querría intentarlo.

—Hablaré con ella —dice dubitativa—. Si la pillo de buen humor, quizá tenga suerte. A mamá le gusta recibir visitas. —Señala los huevos—. ¿Le apetecen fritos o revueltos? ¿Hay beicon?

—Fritos. En el frigorífico.

—He salido tan pronto para coger el primer autobús que no he podido comer nada. Mi madre y yo vivimos en Kyleakin, a unos kilómetros de aquí —comenta mientras trajina con los huevos, la mantequilla y la sartén.

En pocos minutos deposita sobre la mesa dos platos rebosantes de huevos grasientos y beicon churruscado. Melva da cuenta del festín antes de que yo haya cogido el tenedor.

—Si me dice cuál es su dormitorio, le encenderé la chimenea.

—Todavía tengo que elegir uno definitivo. No se preocupe, seguro que sabré hacerlo.

Advierto la desconfianza en su rostro redondeado, pero no me parece una tarea complicada. Basta con apilar troncos y prender una cerilla, ¿no?

—Sobre todo, no deje que se apague el fuego, entrarían corrientes a través del tiro principal. Cuando salga, acuérdese de poner la pantalla protectora por si saltara alguna chispa. Mire, ya que estoy metida en faena, no me cuesta nada encenderlas todas. Antes le anotaré mi teléfono, no dude en llamarme si necesita algo. —Saca del bolso una libretita y un bolígrafo.

—Una cosa más, Melva. He visto que la caja de los plomos, me refiero a los interruptores automáticos, está en ese cuarto junto a la cocina, pero anoche el señor Hamilton bajó al sótano y dijo que...

—Esos interruptores no funcionan desde hace años, desde que se cambió el sistema eléctrico. Bueno, tengo que irme. ¿Seguro que no quiere que avise a Bridget? El señor Ferguson prescindió de sus servicios, pero ella me ha dicho que no le importaría ayudarla. Esta casa da mucho trabajo.

—Me las apañaré, gracias. —En realidad, no puedo permitirme una asistenta. Cordelia, tan generosa con su testamento, podría haberle dejado a Bridget el sueldo de un mes pagado.

Melva se encoge de hombros y sale de la cocina cargando el cesto de troncos. Sin duda piensa que en un par de días la casa estará hecha un asco. Veinte minutos después reaparece. Tras colgar la cesta vacía en un gancho junto a la puerta, recoge su bolso y el abrigo.

—Me ha encantado conocerla, Nora, la llamaré cuando hable con mamá.

9

Como sigo hambrienta, me preparo una tostada con mantequilla y mermelada. Por el bien de mis caderas, más me vale no acostumbrarme a estos desayunos tan calóricos. Debería haberle dicho a Melva que se llevara el *haggis*.

Subo a darme una ducha. Hamilton tiene suerte de que mi prima haya vuelto a España. Desde la lectura del testamento lo tenía en el punto de mira, y no se da por vencida fácilmente cuando se trata de conquistar a un hombre. Se ha divorciado dos veces y su lista de amantes es tan larga como el canal de Panamá.

No tenía previsto permanecer más de dos días en la isla, así que traje poca ropa. Se me ocurre que, a lo mejor, encuentro algo en el armario de Cordelia.

Al traspasar el umbral me asalta el olor a humedad mezclado con unas notas de perfume empolvado. La cama está hecha; los almohadones, ahuecados. La habitación parece impoluta. Con cierto sentimiento de culpa, temiendo tontamente que el fantasma de Cordelia me propine una colleja, me recuerdo a mí misma que es la primera vez que entro en el austero mausoleo. Los muebles son oscuros y pesados, con excepción de un elegante escritorio isabelino.

Las fotos sobre la cómoda captan mi atención. La mayoría

son en tonos sepia y de seres de otro tiempo. Una Cordelia intimidante comparte marco con un joven al que no reconozco. La imagen debió de ser tomada en los años sesenta. En otra foto, una cara enfurruñada: Christopher adolescente. Su aspecto dista años luz del Christopher adulto que sonríe desde el portarretratos plateado. Parece un recorte de revista.

Frotándome los brazos para darme calor, dirijo mis pasos hacia el armario. La suerte está de mi parte. Nadie ha pensado en empaquetar un vestuario que apesta a naftalina. Repaso las perchas en busca de alguna prenda de mi talla y me decido por un vestido de lana marrón con el cuello ribeteado de encaje. De un cajón de la cómoda saco unas medias tupidas de color negro, aún por estrenar.

Tras la ducha me encuentro mejor, hasta que el espejo me devuelve la imagen de un espantajo. Me cambiaré antes de que llegue Hamilton.

Para entretener el tiempo trato de encontrar los diarios de Cordelia. Convencida de que tuvo que guardarlos en su dormitorio, reviso los cajones del armario, de la cómoda, de la mesita... Nada. Contemplo el escritorio frente a la ventana. Da la impresión de que no ha sido utilizado en mucho tiempo. Tiene dos estantes en el centro, que acumulan cuartillas amarillentas, y cajoncitos laterales. Mientras acaricio el intrincado dibujo de la marquetería, recreándome en sus delicados detalles, un clic apenas audible deja al descubierto una hendidura oculta bajo los estantes. Al meter la mano rozo con los dedos una bolsita de terciopelo. La saco y vuelco su contenido: un collar de perlas de dos vueltas con el cierre cuajado de esmeraldas, unos pendientes de brillantes, un par de broches. Uno, en forma de mariposa, está salpicado de gemas; el otro es un camafeo. Las piezas son espectaculares y a buen seguro valiosas. Me las guardo en el bolsillo. Más tarde decidiré si le cuento a Hamilton mi hallazgo. Estoy a punto de subir a la buhardilla a proseguir la búsqueda cuando suena el timbre. Mi prima hace una mueca al verme.

—¿Qué llevas puesto? Pareces un espantapájaros.

—¿Qué haces aquí?

—Da gracias porque soy yo quien te ha visto con esa facha. Vas a pillar una pulmonía con el pelo mojado.

—No he encontrado el secador. ¿Por qué no has vuelto a Madrid? —insisto.

Bárbara olfatea el ambiente como un perro de caza y arruga la nariz.

—¿Qué es esa peste? ¿Naftalina?

Hago oídos sordos.

—¡Ni se te ocurra fumar! —le advierto cuando saca una cajetilla del bolso.

—Qué nazi te has vuelto, hija —rezonga volviéndola a guardar—. He venido a decirte que me voy a quedar unos días en la isla. ¡Joder con las compañías baratas! Me ha costado una pasta el cambio de billete. Por cierto, no he podido hacerlo con el tuyo.

—¿Por qué? —pregunto suspicaz.

—Bueno, como no tenía ni idea de cuándo piensas volver...

—No me refiero a eso. ¿Por qué has decidido quedarte?

—Digamos que me da pena dejarte sola. Mañana es fin de año.

Estoy convencida de que tiene una razón más poderosa para pasar la última noche del año en un pueblo de Escocia.

—No me vengas con milongas. ¿Qué te traes entre manos?

—¿Por qué siempre piensas mal?

—Porque suelo acertar. Además, estas fechas te importan un cuerno. El año pasado te largaste a Cuba. —El rostro de Bárbara adquiere un intenso tono rojizo—. ¿Y qué me dices de este año? En Navidad tuve que comer con la tía Carmen porque tú...

—Estaba enferma. Y no me gustan las fiestas como a ti.

¿Qué puedo decir? Disfruto la Navidad. Me encantan las luces, atiborrarme de dulces, cocinar elaborados platos que no pruebo el resto del año, gastarme el dinero que no tengo en regalos. La última vez que la pasamos juntos, invertí la paga extra en un Tag Heuer para Ignacio. A cambio, recibí colonia.

—Mira —prosigue Bárbara—, tengo vacaciones hasta después de Reyes. Me vendrá bien pasar unos días contigo, a ver si me tranquilizo. Con la dichosa menopausia estoy siempre de mala uva. Javier agradecerá perderme de vista.

—No puedes abandonarlo en Nochevieja —le recuerdo con la esperanza de que entre en razón.

—Si se queja, inventaré alguna excusa. Pero te adelanto que yo aquí no duermo. ¡Ah!, ya sé dónde se aloja Christopher —declara con aire distraído.

—¿Y qué harás? ¿Pedir la habitación contigua?

—Claro que no, su hotel es demasiado caro. Lo llamé un par de veces, y me dijeron que no estaba. O no quiso coger el teléfono, cosa que no me extrañaría porque es un sieso. En la lectura del testamento ni siquiera nos saludó. No te preocupes, no di mi nombre.

Si dice que lo ha llamado un par de veces, habrán sido veinte.

—Bueno, yo me largo, aquí hace un frío que pela. Prima, cámbiate de ropa. ¡Apestas!

10

Una vez que mi nariz se ha acostumbrado al fuerte olor de la naftalina no me siento tan a disgusto llevando el vestido de Cordelia. Puede que no sea una prenda estilosa, pero su gruesa y confortable lana me ayuda a combatir el frío. Además, Christopher tardará en llegar.

Eso es lo que creo, por lo menos.

Subo a la buhardilla a buscar los diarios y, de paso, echar un vistazo al cuadro que he heredado. Los lienzos descansan en un rincón, protegidos bajo una polvorienta sábana, ajenos al paso del tiempo. Mientras admiro la pintura de la mujer desnuda, que milagrosamente ha sobrevivido a la humedad y los bichos, llaman al timbre. Maldigo a Bárbara entre dientes.

Al pasar frente a uno de los espejos del vestíbulo doy un respingo. Llevo el vestido sucio de polvo y el pelo, secado al aire, convertido en un amasijo de rizos. Parezco una loca. Abro la puerta con un resoplido de hastío.

—¿Has olvidado algo?

Christopher Hamilton me mira de arriba abajo y dibuja en sus labios una sonrisa sardónica. No le daré opción a que se burle. Levanto la barbilla con altivez, le sostengo la mirada.

—Yo no, ¿y tú? —responde irónico.

—Pensaba que era mi prima. ¿Qué hace aquí?

—Tengo que preparar el inventario. Te avisé de que vendría hoy.

Y un cuerno. Quiere saber si he birlado algo más, aparte del maldito huevo de imitación.

—¿Por qué ha venido tan pronto?

—A decir verdad, son las dos de la tarde.

¡Ostras! Se me ha ido el santo al cielo.

—Vale. Entre. Yo subo a cambiarme. No tenía nada que ponerme y he cogido ropa de Cordelia.

¿Por qué le doy explicaciones? Cada uno en su casa se viste como quiere.

—El vestido es un poco anticuado, pero lo vintage está de moda —afirma al tiempo que arruga la nariz—. ¿A qué diablos huele?

Me escabullo a mi dormitorio para bajar poco después ataviada con la misma ropa que llevaba cuando llegué a Skye: pantalón de pana de color mostaza, jersey de cuello alto beis. En el último minuto, he alegrado el conjunto con un collar étnico. Hamilton está en el salón escribiendo en una libreta. Aparta la mirada del papel y la centra en mí.

—¿Qué tiene que hacer exactamente, señor Hamilton?

—No seas tan formal, Eleonora. Tutéame. Como sabes, Cordelia estipuló que los bienes de Nightstorm fueran subastados con fines benéficos. Dentro de unos días vendrán a tasarlos. Yo me limito a hacer inventario.

—Todo el mundo me llama Nora. ¿Crees que alguien pujará por esto? —Levanto el mentón hacia los cuadros—. Vaya panda de adefesios. No los colgaría en mi piso de Barcelona aunque me los regalaran.

—De hecho, el testamento de Cordelia estipula que debo entregarte uno, que no es ninguno de estos. Si sabes de cuál se trata, sírvete tú misma.

—Gracias. Ahora mismo estaba revisándolo.

No me interesa hablar de pintura. Su presencia en la casa ha interrumpido mi búsqueda de los diarios, pero quizá una charla intrascendente me permita averiguar si tiene intención de litigar por Nightstorm. Observo que no se quita el abrigo. Pese a que en las chimeneas arden buenos fuegos, gracias a Melva, es difícil combatir las corrientes de aire que se cuelan por puertas y ventanas.

—Estos... adefesios, como tú los denominas, además de ser muy preciados, tenían un gran valor sentimental para Cordelia. La mayoría eran antepasados suyos. Mira, ese tipo de ahí arriba con pinta de bonachón es Robert Bruce. Los MacDonald tenían mucho que agradecerle.

Christopher me examina unos instantes, calcula si le merece la pena perder tiempo ilustrándome. Cuando declaro saber quién fue Bruce —he visto *Braveheart*— y menciono a William Wallace, me regala una sonrisa sarcástica.

—¡Ah, Wallace, el líder de la resistencia contra la opresión inglesa! Se sabe poco de sus orígenes, salvo que no pertenecía a la nobleza; en consecuencia, carecía de formación militar, pero tenía arrojo. Después de matar al sheriff de Lanark formó un grupo de renegados con el que derrotó al poderoso ejército inglés. Su victoria en el puente de Stirling le valió el título de guardián del reino. Como ha sucedido con muchos grandes hombres a lo largo de la Historia, fue traicionado y encarcelado.

—Y su tortura lo convirtió en leyenda —añado.

—Y en un héroe nacional. Tras su muerte, el pretendiente al trono escocés, Robert Bruce, fue coronado rey. Posteriormente, durante las guerras de la independencia, Bruce concedió títulos y tierras a los jefes de los clanes que lo apoyaron contra los ingleses. Eso hizo que los MacDonald prosperasen por encima de otros clanes y acumularan poder hasta convertirse en Ceannard nan Eilean.

Christopher sonríe ante mi claro desconocimiento de la historia escocesa. ¿Qué esperaba? No tengo tan buena memoria como él y esa asignatura no formaba parte del programa educativo cuando iba al instituto.

—Significa «jefe de las islas». ¿No estudiaste gaélico en el colegio? En fin, si te interesa profundizar en la historia de los antepasados de Cordelia, te recomiendo visitar el Clan Donald Centre, en Armadale.

Tengo tanto interés en su árbol genealógico como en la reproducción de los reptiles, pero me abstengo de decirlo en voz alta. Mientras él se enzarza en una tediosa perorata sobre las luchas de los clanes, me concentro en examinar su perfil, perfectamente cincelado. Debe de rondar los cuarenta y tantos años, aunque aparenta menos. Y huele bien. A lima, canela y musgo con un toque de madera. Desde luego, no compra el perfume en un supermercado.

—Estás muy versado en el tema —reconozco con franca admiración cuando hace una pausa para mirar un cuadro. Sin embargo, me malinterpreta.

—¿Te resulto aburrido?

—En absoluto.

—Cordelia era un demonio —prosigue—, pero la isla ofrecía muchos alicientes a un chico inquieto como yo. Me gustaba ir de pesca y avistar aves: cormoranes, frailecillos, gaviotas... Neist Point es un sitio estupendo para ver delfines, leones marinos e incluso ballenas, con paciencia y suerte. Ríete, si quieres, pero yo recorría el bosque en busca de seres mágicos, ya sabes, hadas, duendes, elfos... Cuando me cansaba de perseguir leyendas devoraba historias sobre los héroes escoceses. Cualquier cosa con tal de alejarme de las garras de mi tía abuela. A los quince años decidí que ya había tenido bastante de esto. —Christopher abre los brazos como si quisiera abarcar el espacio que nos rodea—. ¿A ti Cordelia también te obligaba a leerle en voz alta?

—Todas las tardes al volver del colegio.

—A ver si lo adivino: te ordenaba que leyeras a Edgard Allan Poe, a lord Byron y a Robert Burns.

Hago una mueca. Ha dado en el clavo.

—Cordelia decía que Burns era una institución nacional,

pero sus poemas me aburrían tanto como el *haggis* que cenábamos en su honor cada 25 de enero.

Christopher clava en mí sus penetrantes ojos verdes. Nunca he conocido a un hombre con el iris de ese color. Resulta difícil sostenerle la mirada durante mucho tiempo.

—No me imagino a Cordelia respetando esa tradición. ¿Te hacía recitar la «Oda al *haggis*»?

—No, de eso se encargaba la cocinera. Había un criado que tenía una vieja gaita y la hacía sonar cuando Rosie sacaba su fuente de *haggis* con patatas, nabos, mantequilla y pimienta negra. Mi prima y yo nos partíamos de risa hasta que nos tocaba comérnoslo, claro.

—Es un plato contundente, como casi todos los de la gastronomía local. Cuando veraneaba aquí salía a pescar algunas mañanas. Si tenía suerte, le entregaba a Rosie una cesta llena de pescado. Le pedía que lo cocinara al horno, pero ella siempre lo rebozaba con avena y queso y lo freía.

—Yo odiaba sus guisos de bacalao ahumado con leche y aquellas sopas tan espesas de cuello de cordero, cebada y verduras.

—¿A qué edad le leías esos poemas a Cordelia?

—Tenía diez años.

—Es normal que no los entendieras. Burns manejaba la sátira de forma brillante. Me inclino ante el buen gusto literario de la vieja. ¡Ah!, aquí está mi cuadro favorito. —Christopher se detiene frente a una joven de rostro rubicundo y mirada melancólica, ataviada con un vestido azul de mangas acuchilladas y corpiño de amplio escote rematado con puntillas. De frente ancha, nariz recta y labios carnosos, según los cánones actuales de belleza no sería ni guapa ni fea, más bien del montón, aunque en el siglo XVIII bien pudo ser considerada una beldad. Hamilton la contempla en silencio, casi con veneración, antes de volverse hacia mí—. ¿Has oído hablar de Flora MacDonald?

¿Debería? ¿Tan extraño es no conocer a gente que murió hace siglos?

—¿Pariente lejana de Cordelia tal vez? —pregunto con tiento.

—Aparte de eso, Flora fue toda una mujer. Ayudó al príncipe Carlos Eduardo Estuardo a fugarse tras la batalla de Culloden en abril de 1746. Carlos reclamaba la Corona británica en nombre de su padre, Jacobo, y tomó Edimburgo con un ejército de *highlanders* en 1745. Desde allí intentó proseguir su avance hasta Inglaterra, pero las tropas del duque de Cumberland le hicieron retroceder hasta las Tierras Altas, donde se esfumaron sus pretensiones a la Corona. Antes de huir a Francia se refugió aquí, en la isla.

»Flora tenía veintitrés años cuando conoció al príncipe Carlos en la isla de Benbecula y lo ayudó a llegar a Skye. Hugh MacDonald, jefe de la milicia local y también su padrastro, les proporcionó un salvoconducto para viajar al continente a ella y a su séquito: una tripulación de seis hombres y dos criadas. Una de ellas se llamaba Betty Burke. ¿Adivinas quién era? Flora disfrazó a Carlos de doncella y, tras burlar al ejército enemigo, convenció a los jefes de los clanes locales para que lo escondiesen. Cuando fue acusada de traición y encarcelada en la Torre de Londres, confesó al duque de Cumberland que había ayudado al príncipe movida por la caridad cristiana, que habría hecho lo mismo por el duque de haberse hallado este en una situación similar.

—Debía de ser muy valiente para plantarle cara.

—Según los libros, Flora era bella, dulce e inteligente, no se arredraba ante nadie. Imagino que encandilaría a Cumberland: solo pasó un año en prisión.

—¿Cómo es que siendo tan lista se dejó atrapar?

Christopher desvía los ojos hacia mí. Cuando nuestras miradas confluyen, el océano esmeralda de sus iris me hipnotiza y me guía a otro tiempo, a otro lugar. Visualizo a Flora MacDonald, me impregno de su espíritu, me siento capaz de burlar a un ejército, desafiar a un poderoso duque y enamorar a un príncipe. Trago saliva y sacudo la cabeza para volver a la realidad.

—En cualquier trama que se precie tiene que existir un traidor —continúa él—. En este caso, su tripulación habló más de la cuenta en la taberna. Ya se sabe que el alcohol desata las lenguas. Como muestra de agradecimiento, antes de huir al continente, el príncipe le regaló a Flora un camafeo con su efigie y le prometió que la mandaría llamar tan pronto llegara a Londres. Luego, la realidad fue que el joven Estuardo se quedó en Francia.

—¿Habían sido amantes?

Christopher alza las cejas, me mira inquisitivo. Esta vez evito sus ojos.

—¿Tú qué crees?

—Bueno, no tiene nada de excepcional que el príncipe le hiciera un regalo, puesto que ella arriesgó su cuello por él, pero...

Me interrumpo al recordar el camafeo oculto en el escritorio. ¿Y si fuera el de Flora? Abro la boca para contarle mi hallazgo, y entonces la voz de mi ángel de la guarda, o del demonio que todos llevamos dentro, emerge desde lo más profundo de mi subconsciente. «Prudencia, Nora —me aconseja sibilante—. Cordelia encomendó a Hamilton la tarea de subastar las piezas valiosas de la casa, lo que incluiría el camafeo y el resto de las joyas». De acuerdo, no es que pierda la cabeza por ellas, aunque bien sabe Dios que necesito el dinero. Persuadida por la cautelosa voz, mantengo la boca cerrada. En cuanto llegue a Barcelona llevaré el camafeo a un gemólogo para que lo examine.

—Pero... ¿qué? —Christopher está intrigado.

—¿Dónde crees que habrá ido a parar el camafeo? —Trato de que mi voz denote un mero interés histórico.

—Me imagino que lo heredaría alguno de los hijos de Flora. Tal vez lo vendió para saldar deudas, o lo perdió en una partida de naipes. Quién sabe.

Me quedo más tranquila. De momento, nadie lo echará de menos.

—Respondiendo a tu pregunta —prosigue—, creo que sí fueron amantes. Es más, me aventuro a asegurar que el príncipe Carlos fue el gran amor de Flora.

—Qué bonito. —El matiz burlón de mi voz no le pasa desapercibido.

—Pensé que te emocionarías más tratándose de una historia de amor. A las mujeres os gustan.

—¿Ahora vas a decirme que Flora y su príncipe comieron perdices y fueron felices para siempre?

—No exactamente. En Francia, Carlos terminó convertido en un alcohólico y un libertino. Se casó a los cincuenta y tantos años con una princesa de veinte que acabó huyendo, harta de borracheras y alguna que otra paliza. En cuanto a Flora..., en el siglo XVIII las mujeres tenían pocas opciones. O se casaban, o vivían de la caridad de un pariente, o ingresaban en un convento. Después de que fuera puesta en libertad, regresó a la isla, donde se casó con el capitán de la Armada Allan MacDonald. Tuvieron siete hijos.

—¿Otro MacDonald? Parece que todos estaban emparentados. En fin, teniendo en cuenta la esperanza de vida en aquella época, Flora se pasó la suya embarazada. Debía estar muy enamorada del capitán —afirmo con cierta ironía.

Tal vez Christopher me considere una mema integral por mofarme de su heroína favorita, pero en este momento de mi existencia no me siento inclinada a apreciar la felicidad ajena. Aún me falta por oír lo mejor.

—Que se casara con otro hombre no quita que el amor de su vida fuese el príncipe Carlos. Cuenta la leyenda que poco antes de morir pidió ser amortajada con una sábana en la que había dormido su príncipe. Ahora que lo pienso, tal vez la enterrasen con el camafeo.

Genial. No objetará nada si me lo quedo. De cualquier forma, poner una pieza tan valiosa en circulación provocaría que la gente hiciera preguntas. «¿Y de qué te sirve si no la vendes? —me cuestiona la pertinaz vocecilla—. No seas tonta, ¿quién reconocería el camafeo de un príncipe borrachín y pendenciero que murió hace siglos?».

—¿Qué pasa? ¿No crees en el amor verdadero? —Christopher me mira con intensidad. Ha malinterpretado la expresión de mi cara.

—Cuando somos jóvenes todos soñamos con un gran amor, pero la mayoría al final nos conformamos con lo que la vida nos pone en el camino.

—Reniegas del amor con tanto ardor que apuesto a que en realidad eres una lectora compulsiva de novela rosa. Te complace buscar en los libros lo que la vida te niega. ¿He acertado, Eleonora?

El rubor me asciende por las mejillas hasta la raíz del cabello. Reconocer ante Christopher Hamilton que me gusta la literatura romántica sería darle munición extra.

—No estábamos hablando de mí —replico molesta—. Volviendo al romance entre esos dos, creo que es una bonita leyenda convenientemente adornada para emocionar a los turistas. Señor Hamilton, si de verdad te crees este culebrón... Caray, quién hubiera dicho que fueras un sentimental después de la entrada que hiciste en la biblioteca. Molestaste al abogado casi tanto como a mí cuando te empeñas en llamarme Eleonora.

—No soy en absoluto sentimental, pero Ferguson es un pomposo engreído. ¿Por qué no te gusta tu nombre?

Seguirá llamándome Eleonora. Le da igual lo que yo diga, así que no respondo. Él cambia de tema bruscamente.

—¿Has decidido algo respecto a Nightstorm?

Por fin, las cartas sobre la mesa. Me alivia no haber sido yo quien ha abordado la cuestión. Si Christopher quiere la casa, que se la quede. Así no me veré en la tesitura de tener que cumplir la voluntad de Cordelia. Escojo mis palabras con cautela, no vaya a sospechar que hay gato encerrado. Después de todo, ¿quién en su sano juicio no lucharía por tan cuantiosa herencia?

—Aún no, pero mi vida está en Barcelona. No me veo instalándome aquí. Supongo que la pondré en venta.

—El mercado inmobiliario no se encuentra en su mejor momento. Resultará difícil vender una mansión tan grande como

Nightstorm House, que, además, precisa muchas reparaciones. Imagino que después de la tormenta de anoche la buhardilla se habrá inundado.

—De eso nada. Se encuentra en óptimas condiciones. ¿Te ha molestado que tu tía abuela me nombrase heredera? —le suelto a bocajarro—. Si decides reclamar la propiedad, lo entenderé.

Inopinadamente, Christopher rompe a reír a carcajadas.

—¿Para qué quiero este mausoleo? Sería una fuente de problemas, y bastantes quebraderos de cabeza tengo con la subasta.

—¿A qué te dedicas, si no es indiscreción?

Christopher fija sus ojos en los míos. Por un instante me parece entrever una expresión de incredulidad en su rostro, como si acabara de decirle que he visto un alienígena deambulando por el jardín.

—Escribo.

—¿Sobre qué?

—Novela negra.

—¿Has publicado algo?

—Sí.

—Y aparte de eso, ¿en qué trabajas?

—Escribir es mi trabajo.

—¡Ah! ¿Y las ventas te dan para vivir?

—No me quejo.

Por el tono irónico de su respuesta, juzgo adecuado no insistir en el tema. Contengo las ganas de coger mi móvil para indagar en internet.

—¿Y tú, Eleonora? ¿A qué te dedicas?

—Soy periodista.

Si me pregunta dónde trabajo le diré que me he cogido un año sabático. Me relajo cuando se conforma con la escueta respuesta.

—Debo irme —dice tras consultar su reloj.

—¿Y qué pasa con el inventario?

—Volveré otro día. El tiempo que pensaba dedicarle lo he perdido charlando.

—Vaya, lamento haberte entretenido.

—En realidad, hablar contigo ha sido estimulante, pero tengo que coger un avión. Por cierto, te aconsejo que vigiles el fuego de las chimeneas. Nunca conseguirás caldear esta casa si dejas que las llamas se apaguen.

Cuando estoy a punto de cerrar la puerta, él se vuelve interesándose por mis planes para la última noche del año. *Hogmanay.*

—No tengo ninguno —respondo con poco entusiasmo.

—Bien, pues, feliz Año Nuevo.

11

La búsqueda de los diarios me proporciona la excusa perfecta para explorar los dormitorios. Mi preferido es uno situado a pocos metros del de Cordelia, menos espacioso pero muy luminoso, con un mobiliario ligero y femenino. El papel de la pared, descolorido por el paso del tiempo, muestra un dibujo de pájaros y flores en tonos verdes y rosas, a juego con las cortinas. No hay fotos ni detalles personales que aporten pistas sobre su antiguo ocupante, probablemente sería una habitación de invitados. Abro la ventana para eliminar el olor a humedad. Si quiero dormir aquí tendré que encender la chimenea. Lo haré más tarde, ahora necesito aire fresco.

Camino un buen rato sin cruzarme con nadie. Ni siquiera me doy cuenta de que he invadido la carretera hasta que el conductor del autobús que recorre la isla de punta a punta hace sonar el claxon. En vez de regañarme me saluda con la mano. Si hubiera tenido una bicicleta, habría ido hasta Neist Point a ver delfines, aunque con este frío dudo que se atrevan a sacar la cabeza. Y la optimista de Melva asegura que aquí el clima es templado.

Muy a mi pesar, no dejo de pensar en Christopher. En cuanto vuelvo a casa lo busco en Google. Resulta que es uno de los escritores que más vende. Su último libro lleva tres meses encabezando la lista de los más vendidos de *The New York Times*.

Me siento a comer un sándwich frente al televisor del salón. El aparato es tan viejo que la imagen se ve distorsionada, así que después de intentar arreglarlo a golpes me doy por vencida. Al final tendré que darle la razón a Bárbara en que Nightstorm es aburrido. Estoy a punto de llamarla cuando suena el móvil. Ni que me hubiera leído la mente.

—Hola, ¿cómo estás?

—Muerta de asco. En un rato paso a recogerte y vamos a cenar.

Con el sobrino nieto de Cordelia fuera de su alcance, no le queda otra que conformarse conmigo.

—¿Has conseguido hablar con Christopher? —pregunto con malicia.

La oigo resoplar al otro lado de la línea.

—¿Crees que no tengo otra cosa que hacer que ir tras él? Bueno, vale, lo he llamado a su hotel para invitarlo a cenar con nosotras, pero se ha marchado. Me han dicho que volverá dentro de un par de días. Él se lo pierde.

Si supiera que ha estado en Nightstorm esta mañana...

—¿No hay ningún tío bueno en tu hotel?

—Solo jubilados y montañeros pirados. Oye, rica, ¿por quién me tomas? Yo no me llevo a la cama a cualquiera. Bueno, ¿qué me dices de la cena?

—De acuerdo.

—Te recojo a las seis.

—Espera, no cuelgues, necesito un favor.

Es una suerte que Bárbara viaje siempre con exceso de equipaje.

12

No imaginaba que fuera tan difícil encender una chimenea. He seguido al pie de la letra las instrucciones de Melva, he recordado los pasos que dio esta mañana, pero lo único que arde en mi dormitorio son unas tristes ascuas.

Como de costumbre, mi prima llega tarde. Desde que nació, con dos semanas de retraso, ha convertido la impuntualidad en una cuestión de principios. Al menos se ha acordado de la ropa, aunque no sea exactamente de mi estilo: un par de pantalones (demasiado ajustados), una falda plisada negra (demasiado corta), una camisa blanca (demasiado transparente), tres jerséis que no me tapan el ombligo y cuatro tangas por estrenar. Por ahí sí que no paso. Como es Nochevieja, opto por la falda y la camisa.

Bárbara parece malhumorada. Debe de haber estado dándole vueltas al fiasco de su herencia porque no tarda en sacar el tema. En un intento de animarla, le pregunto dónde ha reservado mesa, y masculla algo sobre Portree. ¡Ni hablar! La conozco. Tras dos copas de vino no estará en condiciones de conducir. La convenzo para entrar en el primer restaurante que encontramos, un pequeño y colorista local con diez mesas, todas ocupadas por grupos de amigos con ganas de fiesta. Reacio a perder un par de clientas, el encargado corre a hacernos hueco en un rincón. Una camarera con el pelo castaño muy corto nos trae la carta con el menú especial de la noche: salmón ahumado y perdiz asada con beicon. Bárbara pide una botella de vino.

—¿Por qué lo haría?

Tardo un minuto en captar que se refiere a Cordelia.

—Tenía un sentido del humor un poco especial.

—¿Sentido del humor? ¡Lo que tenía era mal genio!

Asiento tratando de mostrarme comprensiva. Mientras siga hablando de las joyas no mencionará la carta.

—¿Recuerdas cuando me pilló poniéndome su collar de diamantes? Se lo chivó a tu madre, y ella me castigó una semana sin postre, lo único decente que se podía comer en Nightstorm.

—¿Por qué te obsesionan tanto esas joyas?

Bárbara se encoge de hombros.

—¿Por qué les gustan a los hombres los coches deportivos? Cuando me ponía aquellos diamantes, y lo hice a escondidas muchas veces, me sentía especial... y rica. ¿Por qué no me los habrá dejado? —lloriquea—. Me habrían solucionado la vida. ¿Cuánto crees que vale un collar así?

—Una fortuna, claro. Bueno, piénsalo de este modo: de haberlos heredado, no habrían hecho más que complicarte la vida. No sé, a lo mejor Cordelia te hizo un favor.

—¡Anda ya!

—Hablo en serio.

—No digas tonterías. Mi vida es un desastre. Ni siquiera he sabido elegir marido.

—Tampoco has tenido tan mala suerte.

—¿No? Juan, mi segundo marido, era un embustero. Derrochaba como si fuera un magnate y resultó que no tenía un céntimo; un mangante es lo que era. Nada más casarnos me di cuenta de que me había dado gato por liebre. Si no me hubiera divorciado, habría acabado endeudada hasta las cejas. Gracias a Dios, no tuvimos hijos.

—¿Por qué no te divorciaste antes si no eras feliz?

—Yo estuve casada dos años, pero tú viviste más tiempo con Ignacio. ¿Acaso vuestra relación era un paseo por las nubes?

La ironía implícita en la pregunta me obliga a mostrarle mi malestar.

—Eso ha sido un golpe bajo.

—Lo siento, cuando estoy enfadada digo burradas. No me divorcié para no darle la razón a la tía Carmen, que le vio el plumero enseguida y no paraba de darme la vara. Además, me separé de mi primer marido por él. Con Alberto había estado casada diez años. ¿Qué podía hacer? Una tiene su orgullo. Tenía que seguir hasta que me estrellara. Pensaba que casándome con Juan iba a vivir como una reina, y aquí me tienes, con casi cincuenta años trabajando en la consulta de un dentista por un sueldo ridículo.

—Míralo por el lado bueno: al menos te hará descuento en las fundas.

—¿Crees que las necesito? —Coge la cuchara, saca brillo a su parte cóncava y se examina la dentadura. George Clooney hacía lo mismo en una escena de *Crueldad intolerable.*

—Bárbara, ¿por qué te empeñas en buscar un hombre que te solucione la vida? Tienes cerebro. Utilízalo para valerte por ti misma.

—Mira que llegas a ser ingenua —murmura haciendo un gesto de hastío.

Cuando la camarera nos sirve la perdiz, mi prima la ataca con ansia. Yo la aparto tras unos bocados. La han cocinado con beicon y queso, está salada. El postre consiste en una selección de quesos. Había olvidado que el queso en Escocia es como el ajo en España. Condimento para todo.

—Espero que el nuevo año sea mejor —suspira Bárbara masticando su tercer pedazo de queso.

—Yo también.

—Tú no tienes motivos de queja. Quizá si Christopher hubiera estado en su hotel...

La interrogo con la mirada. No acabo de entender adónde pretende llegar.

—¿Te acuerdas de aquella boba que trabajó una temporada

en Nightstorm? La pelirroja que siempre llevaba las uñas sucias y le tiraba los tejos al jardinero. Se llamaba Daisy, Treisy o algo parecido.

—Maisie.

—Decía que si un hombre apuesto, preferiblemente moreno, llama a tu puerta el 31 de diciembre, el año entrante será de película.

—Maisie tenía la cabeza llena de pájaros. Además, se inventaba la mayor parte de sus historias.

—Esta no, era una leyenda que su abuela le había contado de pequeña.

—Ahora me vendrás con que la creíste.

Bárbara suelta un bufido.

—Claro que no, pero no dejo de pensar que si fuera cierto... Christopher es moreno.

—Olvida ya el tema, ¿vale? —digo ligeramente irritada. Mi prima se aviene de mala gana.

Son casi las diez y he bebido tanto que empiezo a estar mareada. Bostezo ruidosamente, pero Bárbara tiene planes.

—Ayer, mientras daba una vuelta por el pueblo, entré en un bar a tomar una cerveza. El camarero me dijo que esta noche montan una fiesta.

—No sé, ya he bebido suficiente.

—No seas aburrida, prima —me riñe enfurruñada mientras saca del bolso el abanico y empieza a agitarlo con tal frenesí que temo que las copas salgan volando de la mesa. Al menos esta vez no se da golpecitos en el pecho—. ¡Es Nochevieja! Además, necesito olvidarme de las joyas. Bueno, ¿me vas a dejar sola o qué?

En cuanto acepto acompañarla recupera su buen talante.

—Ya te puedes imaginar cómo será la fiesta —masculla mientras pago la cuenta. Ha insistido en que ahora que soy rica tengo que invitarla, qué menos—. Seguro que hay tipos con gaitas tocando canciones tradicionales.

En el bar no cabe un alfiler y la mayoría de la gente lleva

rato dándole al whisky. Nadie regresará a casa sin estar completamente borracho. Cuando logramos llegar a la barra pido agua mineral. Mi prima frunce el ceño.

—No hace falta que te lo bebas, pero pide un whisky para amortizar lo que nos ha costado la entrada —me sermonea.

Primal Scream suena a todo volumen con uno de sus éxitos de los noventa. La canción termina y le sigue una de Simple Minds. ¿El disc-jockey no ha oído hablar de Rihanna o Lady Gaga? A este paso acabará sonando Lulú.

Entre el vino ingerido en la cena y las copas en el bar, mi prima no tarda en estar ebria. Le ha dado por coquetear con el camarero, un chico que podría ser su hijo. Cuando un compañero lo reclama desde la otra punta de la barra, Bárbara se vuelve hacia mí.

—Es mono, ¿verdad?

—Si tú lo dices...

—Lo afirmo. Por cierto, ¿qué vas a hacer con la casa?

El súbito cambio de tema me coge desprevenida.

—No lo sé. La alquilaré o la pondré en venta.

El barullo nos obliga a hablar a gritos. Cuando se inclina hacia mí para decirme algo al oído huelo su aliento, una desagradable mezcla de alcohol y tabaco que me provoca náuseas. Me echo hacia atrás de forma instintiva.

—No esperaba menos de ti. Tienes sentido común, no le harás caso a Cordelia.

Con la música sonando a todo volumen y la distancia que he interpuesto entre nosotras no estoy segura de haberla entendido.

—Qué afortunada eres, te ha dejado la mansión y un cuadro —continúa ella.

¿Cómo se ha enterado? A no ser que... Abro el bolso. La carta sigue en el bolsillo interior, justo donde la guardé; la certeza me golpea como una bofetada en la mejilla.

—No tenías derecho a leerla —le recrimino irritada.

Me mira con expresión inocente.

—¿A qué te refieres?

—No has parado hasta salirte con la tuya.

Mi prima pone los ojos en blanco.

—Vale, soy culpable... La he leído en el restaurante, mientras estabas en el baño —reconoce arrastrando las palabras—. Tranquila, no le contaré a nadie los delirios de esa urraca. No la obedecerás, ¿verdad? Claro que no, lo que tienes que hacer es poner la casa en venta y esperar a que nos lluevan unos cuantos millones de euros, que buena falta nos hacen.

—¿De verdad piensas que te daría parte del dinero? ¿Por qué debería hacerlo?

—Porque somos como hermanas. Las hermanas lo comparten todo.

—Si hubieras heredado las joyas, ¿me habrías dado la mitad? No. Mira, no quiero seguir hablando de esto. Estoy cansada y tú, muy borracha. Vamos, te acompañaré al hotel para que duermas la mona —digo poniéndome en pie.

—¿Y cómo volverás al caserón? Además, no quiero irme, la noche acaba de empezar. Todavía no me has contestado. ¿Vas a vender la maldita casa o la quemarás como te ha pedido la arpía? Después de todo, tú siempre fuiste la niña buena, su preferida, aunque eso es mucho decir teniendo en cuenta que Cordelia no quería a nadie más que a sí misma.

—¡Baja la voz! Y te agradecería que no hablases de esto con nadie. Ni con la tía Carmen.

La tía Carmen era hermana de mi padre y de la madre de Bárbara. Tuvo que acogerla cuando Cordelia la echó de Nightstorm. Aunque no simpatizaba con mi madre, cuando ella murió no le quedó más remedio que hacerse cargo de mí también. Siempre que nos vemos, que es muy raramente, aprovecha para recordarme lo mucho que le debo. Bárbara cada vez se parece más a ella.

El camarero le sirve otra copa a Bárbara; a cambio recibe una sonrisa lobuna.

—Córtate un poco, por favor —le sugiero.

—Parece que te molesta que quiera divertirme.

—Trato de evitar que te pongas en evidencia. ¿Has llamado a Javier?

—No, ni pienso hacerlo. Eres un muermo, igual que él. Para que lo sepas, le he dejado. Su madre no me traga, y ya he tenido suficiente con dos suegras malmetientes.

—No será para tanto.

—Se pasa el día hablándole mal de mí a Javier. Estoy harta de los dos, así que si me da la gana tontear con el camarero, no puedes impedírmelo porque... —me observa con los ojos entornados antes de asestarme el golpe—, al fin y al cabo, hago lo que a ti te gustaría hacer si no fueras una reprimida.

—No digas tonterías. —Me esfuerzo en mantener la calma, sé que el alcohol habla por su boca—. A mí no me interesa el camarero.

—¡Ah, no, claro! A ti no te gusta... No me extraña que no pudieras retener a Ignacio.

A duras penas consigo que mi voz suene serena al responder.

—Cállate.

—Los vi en un restaurante de la Gran Vía, a él y a su amante, poco antes de que te dejara. Se comían con los ojos.

La adrenalina fluye por mi cuerpo mientras ella continúa su prolija explicación, aunque cada vez le resulta más difícil articular las palabras.

—Javier y yo había... mos ido al teatro, a ver un monólogo peñazo de esos que le gustan, y entramos a picar algo. Al dar... se cuenta de que era Ignacio, insistió en que nos fuéramos, pero yo le pedí al camarero que nos sentara a una mesa cercana, solo nos sepa... raba un biombo. Esperé a que la fulana fuera al aseo, me acerqué y puse a Ignacio a caldo. Le armé una buena escena, ya me conoces, pero él no se achantó. Qué va. Me pidió que no te conta... ra nada. Tampoco me hubiera atrevido. La gente siempre mata al mensajero. Entre otras cosas, me dijo que estaba harto de tus...

De pronto se interrumpe, mira hacia otro lado, como si haciéndose la despistada pudiera conseguir que olvide sus palabras.

—Sigue.

—Bah, déjalo.

—¿De qué estaba harto Ignacio? —insisto.

—Es que... te vas a enfadar.

—Ponme a prueba.

Bárbara claudica con un bufido de resignación.

—Está bien. Cuando le solté que era un hijoputa in... fiel, se quedó mudo, luego me hizo prome... ter que no te comentaría que lo había visto con otra. Yo le recordé que eres mi prima, casi mi her... mana.

—Ve al grano.

—Dijo que vuestra relación estaba muerta porque habías perdido interés en el sexo. Tenía la impresión de que te acostabas con él para quedarte emba... razada. Son palabras suyas, ¿eh?, no mías.

La sangre hierve en mis venas, me cuesta controlar la furia.

—¿Ignacio te dijo que no me gustaba el sexo?

Ella asiente con la cabeza.

—Hice bien en largarme de aquel colegio de monjas. Nora, reconoce que la educación re... presiva que te dieron ha sido un lastre en tu vida. En el fondo, todavía piensas que acostarse con un tío por placer es pecado.

—No es cierto.

—Siempre has sido una mojigata, no me extraña que no pudieras seguirle el ritmo. Con lo que le gustaba experimentar...

Un ápice de sentido común emerge de lo más recóndito del embotado cerebro de mi prima. Intenta dar marcha atrás, demasiado tarde.

—Lo que he querido decir es...

Dejo de oír la música, las conversaciones, las risas... Solo las hirientes palabras de Bárbara retumban en mi cabeza. La evidencia me atraviesa el corazón como un puñal.

—¿Cuándo te acostaste con él?

Bárbara evita mirarme. Ni las parpadeantes luces multicolor que decoran las estanterías de detrás de la barra logran camuflar la lividez de su rostro. Mi prima. Casi mi hermana.

—Solo lo hicimos una vez. Hace años. Yo no... —balbuce nerviosa.

—¿Cuándo? —la presiono.

—No lo recuerdo. En realidad, fue una tontería.

—¿Cuándo? —repito a gritos.

Bárbara parece haber recuperado la sobriedad, mira a su alrededor avergonzada. A decir verdad, al resto del bar no puede importarle menos nuestra discusión.

—Hace dos ve... ranos, en el bautizo de su sobrina. —Le tiembla la voz por los nervios—. Pero no significó nada, habíamos bebido mucho.

Mi mano derecha cobra vida y le atiza tal puñetazo que Bárbara pierde el equilibrio y cae de espaldas. Su falda, levantada hasta la cintura, deja al descubierto un tanga de encaje negro. Casi me entran ganas de reír al verla en semejante trance. Dos chavales la ayudan a levantarse. Un hilillo de sangre mana de su labio superior. El camarero le acerca una caja de servilletas de papel y se aleja rápidamente al otro extremo de la barra para atender a unos clientes.

Bárbara me mira de hito en hito, como si no acabara de entender qué ha motivado mi ataque de ira. Espero haberle partido el labio.

Cuando parece que nada puede superar el patetismo de la situación, se sube al mostrador un tipo barbudo con pinta de levantador de pesas; viste falda escocesa y en sus manazas sostiene la tapa de una enorme cacerola y un cucharón. En medio del jolgorio general, el hombre golpea la tapa varias veces, y al grito de «¡Feliz Año Nuevo!», los parroquianos se estrechan las manos y se funden en abrazos mientras entonan una especie de himno a la fraternidad.

For auld lang syne, my dear, for auld lang syne
we'll tak a cup o'kindness yet, for auld lang syne...

(Por los viejos tiempos, amigo mío, por los viejos tiempos
tomemos una copa de amistad, por los viejos tiempos...).

—Por cierto, Bárbara, no intentes vender el huevo que robaste —le advierto antes de marcharme—. Según Hamilton, no vale nada. ¿No te lo he dicho? Esta mañana estuvo en Nightstorm. Vaya, se te está empezando a hinchar el labio, alguien debería echarle un vistazo. Te recomiendo que cojas el primer avión para Madrid. En cuanto a mí, no quiero volver a verte. Ni siquiera que me llames. Y si le mencionas a alguien una palabra acerca de la herencia, te mato.

Dando empujones, apartando a manotazos a la marea de borrachos que tratan de que me una a sus coros, me abro paso hasta la salida. La nostálgica canción golpea mis oídos sin piedad.

Should auld acquaintance be forgot, and never brought to mind?
Should auld acquaintance be forgot, and auld lang syne?

(¿Habría que olvidar a los viejos amigos y nunca volver a recordarlos?
¿Habría que olvidar a los viejos amigos y los viejos tiempos?).

Tengo que hacer un esfuerzo sobrehumano para no volver sobre mis pasos y gritar: «¡Sí! Habría que mandarlo todo al carajo».

13

La pérdida de un amor te deja devastada, vacía. La traición de la propia sangre te rompe el alma en pedazos. Bárbara me ha llamado varias veces, no he contestado ni respondido sus mensajes.

Paso el día de Año Nuevo en la cama, envuelta en mantas, y aun así muerta de frío. Anoche, al llegar a Nightstorm, encontré la chimenea del dormitorio apagada. No tuve ánimos para encenderla. Esta mañana he optado por una vía rápida, aunque peligrosa. Tras apilar varios troncos y mojarlos con un poco de queroseno, he prendido una cerilla. Las llamaradas casi me queman el pelo. En las chimeneas de la planta baja ha bastado con remover las brasas y echar un par de troncos para reavivar el fuego.

Me dedico a poner la casa patas arriba con la esperanza de hallar los diarios de Cordelia. ¿Por qué no sería más explícita? A mediodía recibo una llamada de Melva. Su madre acepta verme esta tarde, a las cuatro y media. Me pregunta si sabré llegar. Eso espero, aunque mi sentido de la orientación es pésimo. La mujer tiene poderes telepáticos o percibe la vacilación en mi voz, y me asegura que enviará a su hija a buscarme a la parada del autobús. Antes de colgar caigo en la cuenta de que no sé qué aspecto tiene.

—¿Cómo la reconoceré?

—Oh, no se preocupe. Makenna es inconfundible.

Después de comer bajo caminando hasta el pueblo para comprarles un detalle. La dependienta de la pastelería me sugiere una caja de chocolatinas.

—Con esto acertará —afirma sonriente—. ¿A quién no le gusta el chocolate?

Hacía tantos años que no cogía el bus local de Skye que no recordaba el tiempo que tarda en pasar y la amabilidad de la gente. En un momento dado, el solícito conductor accede a la petición de un turista y se detiene unos minutos en un lugar donde no hay parada para que el hombre pueda tomar una foto. El resto de los pasajeros, en vez de protestar, se lo toman con filosofía. Sería difícil que ocurriese eso en España. Aquí parecen conocerse todos, a juzgar por cómo se saludan en una mezcla de inglés y gaélico escocés.

—*Halò, Mr. Barry.*

—Hola, señora Scott.

—*Beannachd leat, Mrs. Harris.*

—Hasta luego, señorita MacQuill.

El trayecto es corto, en poco más de un cuarto de hora llego a mi destino. Ahora se trata de localizar a la hija de Melva. Al cabo de unos minutos se me acerca una chica con piercings en las cejas, en las orejas y en el labio superior. Lleva el pelo negro cortado a lo pincho y se adorna el cuello con lo que parece un collar de perro. Pese al frío, viste ropa ligera: una camiseta negra con más agujeros que un colador, mallas del mismo color y cazadora de vinilo. Si me la encontrara de noche en un callejón, echaría a correr. Desvío la mirada para no mosquearla, pero ella se detiene a mi lado sonriente.

—¿Nora? Hola. Soy Makenna. Mi madre me envía a buscarte, no entiendo por qué. En este pueblo no podrías perderte aunque quisieras.

Mis reticencias se esfuman de golpe. Vista de cerca, la chica es realmente mona. Tiene los ojos azul pálido, casi transparentes, y la piel muy blanca. A saber cuál es el color original de su pelo, probablemente castaño, a juzgar por las cejas. Habla tan rápido que me cuesta entenderla. Cuando se percata, ralentiza y hace un esfuerzo por vocalizar.

—¿Vives aquí, en Kyleakin? —le pregunto de camino a su casa.

Makenna mueve la cabeza.

—Hace tiempo me mudé a Londres. Trabajo en una tienda de Camden. He venido a pasar la Navidad, pero en cuanto pueda me piro. ¡Guay!, has traído chocolatinas Mars. A mi abuela le chiflan rebozadas y fritas.

Creía que me tomaba el pelo, pero Melva hace el mismo comentario al ver la caja. Mars fritas. Espero no tener que probarlas.

Melva y su familia viven en una sencilla casa de dos plantas cerca del puerto. Según Makenna, ahora que ella no reside allí de forma permanente, durante los meses de verano su madre alquila su habitación a los turistas. La sigo hasta un pequeño salón donde ni un solo mueble se ha librado de puntillas y encajes. Melva me estrecha la mano, me pregunta si me las arreglo bien en Nightstorm y luego me presenta a su madre, Ruby.

—Está un poco sorda, tendrá que subir la voz —me aconseja situándose a su lado—. *Màthair*, ha llegado la señorita Martin, te hablé de ella, ¿recuerdas? Vivió en Nightstorm hace años, ha heredado la mansión.

Me acerco a una butaca donde una anciana delgada y enjuta, con el cabello blanco recogido en un moño bajo, manipula con destreza unas agujas de tejer. Sus acuosos ojos azules y las profundas arrugas que surcan su rostro revelan una vida de trabajo duro. Cuando me tiende una mano con la piel salpicada de arañas vasculares, se la cojo con suavidad. Temo quebrarle la esquelética muñeca si la oprimo, sin embargo, su apretón es firme, y al instante me avergüenzo de haberme dejado confundir por su aparente fragilidad.

Melva se ha quedado corta al avisarme de los problemas de oído de su madre. La mujer está más sorda que una tapia, pero su nieta manipula el aparatito de su oreja y obra el milagro. Aunque todavía me veo obligada a levantar la voz, ya no tengo la impresión de hablarle a una pared.

—Señorita Martin, siéntese mientras preparo el té. ¿O prefiere café?

—Un té estará bien, gracias. Llámeme Nora, por favor.

—Así que es usted la nueva propietaria de Nightstorm —murmura la anciana—. Jamás creí que viviría para ver la mansión en manos de una extraña. Supongo que no debería sorprenderme. Cordelia era impredecible.

14

La madre de Melva me mira unos instantes que se me antojan eternos; parece valorar si vale la pena dedicarme su atención.

—¿Qué parentesco ha dicho que las unía? —me pregunta finalmente.

—Ninguno en realidad. Mi madre trabajó para ella de ama de llaves.

—Cordelia debía de tenerla a usted en gran estima si le ha dejado su casa.

—Lo dudo. No nos tratábamos desde hacía años.

—Yo tampoco la trataba y me ha dejado diez mil libras —apostilla—. A usted la ha beneficiado más que a los de su propia sangre. ¿Cómo se lo explica?

Me encojo de hombros. Me faltan respuestas.

—No lo sé. De todas formas, su sobrino ha heredado bastante.

—Tierras y dinero, sí, pero no Nightstorm, la joya de la corona MacDonald.

He subestimado a Ruby. Sobrepasa los noventa años, pero goza de una mente ágil y despierta. Si consigo ganármela, tal vez me ayude.

Melva entra y sale de la cocina con bandejas cargadas de viandas que deposita sobre una mesa redonda.

—Tienes que probar el pudin de frutas. Es una de las especialidades de mi madre; otra son los cupcakes —comenta Makenna sirviéndome una generosa porción de pudin—. Espero que no seas una de esas locas que se pasan la vida contando calorías —añade en plan jocoso.

El dulce no parece ligero, y en cuanto me como una cucharada verifico que es una bomba calórica. Acompaño su recorrido hasta mi estómago con un largo sorbo de té. Mientras Makenna y su madre dan cuenta del pudin (jamás he visto a nadie comer tanto ni tan rápido) cavilo cómo atraer a la anciana a mi terreno. Ella tiene otros planes.

—Melva, ofrécele a nuestra invitada una copita de oporto —ordena Ruby a su hija sin dejar de escrutar mi rostro.

—Desde luego, madre —responde la aludida limpiándose las manos con una servilleta estampada—. ¿Le apetece, Nora?

—Pues claro que le apetece —replica Ruby—. Sírveme una a mí también.

Melva abre un aparador de madera labrada, saca una botella de oporto y cuatro copas de cristal que deposita cuidadosamente sobre la mesa.

—Señora Ruby, ¿cómo era Cordelia de joven?

—¿Por qué está tan interesada en que le hable de ella?

—Cuando yo vivía en Nightstorm no supe apreciarla, no siempre me porté bien. Puesto que ha sido tan generosa conmigo, me gustaría...

La anciana frunce el ceño antes de reprenderme.

—Paparruchas. No se vaya por las ramas, dígame la verdad.

—La verdad... —balbuceo ligeramente intimidada—. La verdad es que conocí a Cordelia cuando tenía más de sesenta años, y me pareció una mujer amargada y rencorosa. Me pregunto qué motivos la indujeron a legarme Nightstorm. Si alguien que la conoció en su juventud me contara cosas buenas de ella, tal vez llegara a entenderla. Cordelia no pudo ser siempre una mala persona. Algo tuvo que ocurrirle para que se convirtiera en un demonio.

Vale, tal vez no sea la pura verdad, aunque se le acerca bastante. Cruzo los dedos para que se lo trague.

—¿Y si yo no quisiera rememorar el pasado?

—Entonces tendré que buscar a otra persona que esté dispuesta a hacerlo.

—Le resultará difícil encontrarla. La mayoría de las personas que la conocieron cuando era joven llevan décadas jugando a las cartas con san Pedro, y el resto tienen la cabeza perdida —afirma riendo su gracia.

—Razón de más para que sea usted. Tengo entendido que trabajó en la mansión.

Asiente con la cabeza.

—Durante tres años.

—Eso es bastante tiempo.

—No en una vida tan larga como la de Cordelia. El día de Año Nuevo habría cumplido cien años. Ni el cáncer ni el párkinson quebraron su espíritu. Siempre pensé que nos enterraría a todos. Me cuesta creer que haya muerto.

—¿La apreciaba usted?

—Hubo un tiempo en que sentí verdadero afecto por ella. Más tarde me dio lástima. Y después... —Ruby carraspea, se endereza en su asiento—. Es usted muy lista, Nora, cree que haciéndome preguntas inocentes logrará tirarme de la lengua sin que me dé cuenta.

—Oh, no pretendía...

—Claro que sí, pero no importa. Dígame, ¿cómo reaccionó cuando recibió la carta de los abogados?

—Hacía muchos años que no hablaba con la señorita MacDonald, de modo que me extrañó que se acordara de mí en su testamento. No creo que mereciera nada. Ni siquiera quería venir.

—Entonces ¿por qué viajó hasta aquí?

A la anciana no se le escapa nada. Mi mejor baza para ganarme su confianza es decirle la verdad.

—Mi prima tenía mucho interés en saber si Cordelia la había incluido en su testamento.

—¿Y lo hizo?

—¡Oh, sí! Le dejó su joyero, vacío. Al abrirlo se puso furiosa.

Ante mi sorpresa, Ruby rompe a reír a carcajadas.

—Mamá, Nora quiere que le hables de la señorita MacDonald —interviene Melva—, pero la estás sometiendo a un interrogatorio...

—¿Acaso no me he expresado con suficiente claridad? No me gusta hablar de los muertos, Cordelia está difunta, que yo sepa. Dejemos que descanse en paz, si puede. A lo mejor resulta que eres tú la que necesita un aparato para la sordera —refunfuña Ruby—. ¿Le molestan mis preguntas, Nora?

—En absoluto.

Ruby dirige a su hija una mirada burlona.

—¿Lo ves? Ahora, Melva, haz el favor de servirnos un poco más de pudin y otra copita de oporto. O mejor aún, acércanos la botella.

—Sabes que no te conviene. El médico dice que tienes el azúcar por las nubes.

Melva continúa discutiendo con su madre en gaélico. Aunque solo capto palabras sueltas, son suficientes para que me cueste contener la risa. Al cabo de unos minutos, la testaruda anciana se dirige a mí.

—Voy a cumplir noventa y cuatro años. Es voluntad de Dios que siga viva con todos mis achaques. No voy a preocuparme ahora por lo que diga un matasanos. Makenna, rellena las copas, luego vete con tus amigos. No pintas nada aquí.

La joven obedece llenando la mía hasta el borde con una sonrisa malévola. Ha adivinado que no me gusta el oporto, se está divirtiendo a mi costa. Después se levanta a toda prisa, se dirige al perchero de la entrada y coge su cazadora y una bufanda de lana de estridentes colores. Antes de salir desanda sus pasos, besa a su abuela y se despide de mí.

—¿Sabrás volver sola a la parada del autobús?

—Seguro que sí, gracias.

—Guay.

—Ha sido un placer conocerte, Makenna —le digo cuando sale.

—Lo mismo digo —responde sin girarse.

La anciana sigue a su nieta con la mirada. Poco después oímos cerrarse la puerta principal.

—Mira que es rara esta chica —murmura Ruby moviendo la cabeza como si hubiera perdido la esperanza de hacer de su nieta una mujer de provecho.

—Es muy guapa.

—Ha salido a su padre, un vago redomado, pero atractivo como un galán de cine. Se queja de que no tiene novio, pero ¡quién se le va a acercar, con todos esos alfileres en la cara!

Se sorprendería, estoy tentada de decirle.

—Oye, Melva, ¿no tienes nada que hacer en la cocina? Me gustaría hablar con Nora. A solas.

—Pero mamá...

—No hay peros que valgan, ya tendrás tiempo de cotillear con ella en otro momento. Anda, ve a preparar la cena y no se te ocurra llevarte la botella de oporto. Seguro que a Nora le apetece otra copita.

Melva suspira profundamente. A estas alturas ya debe de tener asumido que es imposible salir victoriosa de una discusión con su madre.

—Bien, ¿por dónde íbamos? —me pregunta Ruby, sirviéndose una generosa porción de pudin.

—Acababa de contarle que mi prima se llevó un buen chasco al ver el joyero vacío.

—¿Por qué la incluiría Cordelia en su testamento?

—Bárbara vivía con nosotras en Nightstorm. Mis padres la acogieron cuando se quedó huérfana.

—Entiendo que se llevara una desilusión, aunque lo más probable es que las joyas no estuvieran ya en poder de la señorita MacDonald. En el pueblo corría el rumor de que estaba arruinada. Yo nunca le di crédito; los ricos no conocen la ruina económica. Puede que en un momento determinado Cordelia anduviera corta de efectivo, pero disponía de un importante patrimonio. Basta con echar un vistazo a las paredes de Nightstorm. Los cuadros valen un dineral. ¿Cuándo tiempo vivieron allí, usted y su familia?

—Desde 1977 hasta 1982. Cuando mi madre falleció regresé a España.

—La muerte de una madre es siempre una tragedia, da igual a qué edad la perdamos. ¿Cuántos años tenía usted?

—Quince. De todos modos, prefiero no hablar de ello.

—Tampoco me gusta a mí hablar de Cordelia, sin embargo, usted quiere que rompa mis reglas.

—Bueno, sí, pero...

—Soy vieja, puedo cambiar de opinión si lo deseo. Hagamos un trato, Nora. Le contaré cosas de Cordelia a cambio de que usted me cuente las suyas.

—¿Qué quiere saber?

—¿Está casada?

—No. Tenía novio, pero rompimos.

—Vaya, ¡qué pena! ¿A qué se dedica él?

—Es copropietario de una agencia de publicidad.

Ruby frunce el ceño.

—No me gustan los anuncios. Incitan a la gente a gastarse el dinero que no tiene. ¿Era un hombre fiel?

Podría mentir, decirle que Ignacio y yo éramos una pareja enamorada y feliz; casi sin pretenderlo, me descubro contándole la verdad. Más o menos.

—¿Solo la engañó una vez? ¿O lo tenía por costumbre?

—Bueno, lo cierto es que...

—Entonces alégrese de habérselo quitado de encima. Está usted mejor sin él. Mi Melva ha llevado más cuernos que los renos de Santa Claus. Una pena que su marido no la palmara antes del divorcio, ahora ella cobraría una buena pensión. ¿A qué se dedica usted, querida?

—Soy periodista.

—¡Ah! ¿Sobre qué escribe?

No creo que Ruby necesite conocer los detalles de mi situación laboral.

—Temas de sociedad. Hasta hace poco tenía una columna en el suplemento dominical de un periódico. Los lectores me contaban sus problemas, yo les aconsejaba.

La anciana abre los ojos, vivamente interesada.

—¿Qué tipo de problemas?

—Un poco de todo. Preguntaban cómo hacer frente a un hijo rebelde, a una ruptura sentimental...

—¿Tiene usted hijos? —me pregunta de sopetón.

—No.

—Vaya, vaya. No es madre, tenía un novio que la engañaba, y, aun así, ¿se atrevía a dar consejos a desconocidos?

—Bueno... es... Era más bien un personaje, ni siquiera respondía las cartas con mi nombre.

—Me entretiene leer los consultorios de las revistas que compra Melva. Mi nieta dice que son inventados, pero me resisto a creerla. ¡A ver si va a tener razón! ¿También se encarga usted del horóscopo?

—No.

—¡Menos mal! Ahora hábleme de su madre. ¿Qué le ocurrió?

—Tuvo neumonía. Los médicos no pudieron hacer nada por ella.

Como me sucede siempre que recuerdo a mi madre, no tardo en sentir las mejillas bañadas en lágrimas. Melva se acerca a mí, preocupada.

—Está perfectamente —le ataja Ruby con aspereza—. Se ha emocionado un poco, eso es todo. ¿Qué tal si dejas de escuchar detrás de la puerta y preparas la cena? Te llamaré si te necesito.

Melva me da un apretón cariñoso en el hombro y desaparece como un corderito. Me maravilla la facilidad con que la domina su madre. Cuando oye cerrarse la puerta de la cocina, la anciana retoma la palabra.

—Durante la época en que usted vivía en Nightstorm, mi familia y yo residíamos en Edimburgo, donde trabajaba el mendrugo de mi yerno. Hace diez años se divorciaron, ¡alabado sea el Señor!, y volvimos a la isla. Sírveme otra copita, Nora. No te importa que te tutee, ¿verdad? Puedes llamarme Ruby a secas, nada de señora Ruby, me hace parecer más vieja.

»Como te he dicho, no me gusta recordar los tiempos que pasé en Nightstorm, pero quizá va siendo hora de abrir la caja de Pandora. Nunca pensé realmente en contarle a nadie mi historia, ¿a quién podría interesarle? Hay una parte que a mi hija Melva le afectaría demasiado. Temo su reacción; caramba, ¡si llora viendo culebrones! En cuanto a Makenna, es joven para escuchar batallitas.

»Has definido a Cordelia como una mujer amargada y rencorosa. Doy fe de que no siempre fue así. Hubo un tiempo en que era dulce y agradable, sin embargo la vida le repartió malas cartas.

15

La primera vez que crucé las puertas de Nightstorm fue en abril de 1938. Tenía diecinueve años y no había visto el mundo por un agujero, como suele decirse. Ponía todo mi empeño en ayudar a mi familia en la pequeña granja que le arrendábamos a la familia MacDonald, aunque no servía de mucho: yo era torpe con los animales y demasiado delicada para las faenas del campo.

Como el dinero escaseaba en casa, mi padre decidió que si no era capaz de ordeñar, recoger huevos sin romperlos, cazar perdices, cortar turba o cultivar el huerto, tendría que ganarme la vida en otro lugar.

Cuando mi madre se enteró, a través de un anuncio en la parroquia, de que en Nightstorm House necesitaban una doncella, no se lo pensó. Ataviada con su vestido de los domingos, una tarde se dirigió allí para hablar con la señora Brown, ama de llaves de la mansión y encargada de contratar el servicio doméstico femenino. Naturalmente, había más aspirantes al puesto, pero mi madre, no obstante carecer de educación, era pertinaz y astuta. No tardó en congraciarse con la mujer. Dando por hecho que los MacDonald eran creyentes, le aseguró que yo era una chica devota que leía la Biblia todas las noches. Una trola, claro. Nuestra familia era presbiteriana, íbamos a la iglesia por costumbre, por el qué dirán, más que por convicción. El caso es que convenció a la señora Brown para que me recibiera al día siguiente.

—Muchas chicas quieren el trabajo, Ruby, pero yo hice buenas migas con esa mujer. Si le gustas, te lo dará, así que átate bien la lengua, habla solo cuando te pregunten —me aleccionó de camino a la mansión—. A la gente con dinero no le gustan los sirvientes charlatanes. ¡Ah!, y respóndele siempre llamándola «señora Brown». Es una criada más, pero se sentirá importante.

—No se preocupe, madre, sé lo que tengo que hacer —le aseguré. Nadie tenía más ganas que yo de perder de vista la granja y el pesado trabajo que acarreaba.

—Como es ella quien maneja al personal se gasta unos aires de grandeza que no veas —prosiguió mi madre—, ni que fuera la dueña de la casa. No te dejes engañar por su aspecto bonachón, te digo yo que es un hueso duro de roer, así que pon cara de no haber roto nunca un plato. Si por casualidad saca a relucir a Jesucristo, te santiguas y contestas: «Alabados sean el Señor y su Santa Madre». Que le he dicho yo que lees la Biblia antes de irte a dormir.

Mi madre, empeñada en que ofreciera un aspecto pulcro y aseado, me obligó a lavarme el cabello; de nada sirvió recordarle que lo había hecho el día anterior, y a esmerarme con el peinado. Insistió en que me pusiera el mejor de mis tres vestidos, uno de lana gris con cuello de algodón blanco y un largo muy por debajo de las rodillas. Era demasiado de invierno para finales de abril, y la parte de las axilas estaba deshilachada, pero mamá confiaba en que la señora Brown no se diera cuenta. Por si acaso, me echó encima un jersey. No quería dar la impresión de que éramos pobres como ratas y, a decir verdad, yo tampoco. Como mis zapatos estaban desgastados y no podía permitirme comprar unos nuevos, les saqué lustre y me los puse con calcetines. Mi madre decía que las medias eran lujos de señoritas ricas.

Había visto la mansión en otras ocasiones, siempre de lejos; hasta ese momento nunca había llegado a traspasar la verja que delimitaba la propiedad. Sentí que me faltaba el aliento con cada paso que daba. La fachada era de piedra gris, tal vez fuera de ese color a causa de la humedad, no lo sé. Lo cierto es que ofrecía un aspecto majestuoso, como el de un castillo, y a la vez siniestro, con sus arcos altos y apuntados, sus gárgolas, sus columnas y las humeantes chimeneas. Pese a mi ignorancia, observé algo extraño en sus formas, como si en su concepción hubieran intervenido varios arquitectos con distintos puntos de vista. Más adelante me enteré de que la casa se había edificado a mediados del siglo XVI, pero que los incendios sufridos a lo largo del tiempo obligaron a reconstruirla en gran parte. De ahí la extraña mezcolanza de estilos.

Cuando mi madre llamó a la puerta principal golpeando con la aldaba, abrió un hombre estirado, que nos miró de arriba abajo y nos hizo rodear el patio para entrar por la cocina. Allí nos recibió la señora Brown. El ama de llaves sometió mi figura a un riguroso examen antes de invitarnos a tomar asiento.

—¿Cómo te llamas, muchacha? —me interpeló.

—Ruby..., señora Brown —añadí recordando la advertencia de mi madre.

—¿Cuántos años tienes?

—Diecinueve, señora Brown.

—¿Sabes leer y escribir?

—Sí, señora Brown.

Recé por que no me pusiera a prueba sacándose un cuaderno y un lápiz del bolsillo. Por falta de práctica no tenía una caligrafía bonita y cometía faltas. Me puse tan colorada que temí haberme delatado; ella interpretó mi azoramiento como timidez. Llegué a la conclusión de que lo más probable es que fuera prácticamente analfabeta. En aquellos tiempos, yo tenía idealizados a los MacDonald, los equiparaba con los miembros de la realeza, pero solo eran aristócratas de pueblo que no esperaban demasiado de sus sirvientes y sucumbían, al igual que ellos, a las más primitivas pasiones.

La señora Brown volvió a mirarme de arriba abajo con sus avezados ojos de halcón. Mi madre tenía razón: si quería conseguir el trabajo, debía ganarme su simpatía. Me alegré de haberme afanado con la limpieza de las uñas. No pretendo pecar de presuntuosa, pero por aquel entonces yo era una chica bonita que cuidaba su aspecto. La mujer observó mis manos con mirada apreciativa y asintió con la cabeza.

—Tienes buenos modales y eres agraciada, aunque no lo bastante hermosa para atontar a los hombres que sirven en esta casa. Eso es...

—Mi Ruby es una buena chica, sabe mantener las piernas cerradas. No se preocupe —la interrumpió mi madre. Su falta de tacto me avergonzó.

—Me alegra oírlo. Iba a decir que no ser demasiado guapa es un punto a su favor. He tenido que lidiar con alguna que otra casquivana. Me gusta como llevas el pelo. ¿Te lo peinas tú? —preguntó observando mis trenzas recogidas en un moño sobre la nuca.

—Sí, señora Brown.

—También es mañosa con la plancha —volvió a intervenir mi madre.

Me mordí los labios. Esperaba que no acabara fastidiándome en su afán por convencer al ama de llaves de que yo sería una doncella hábil y eficiente.

—Tu trabajo consistirá en atender las necesidades de la señorita Cordelia y de su hermana, la señorita Eilean, cuando regrese del internado, lo que no quita que también eches una mano en la limpieza. En Nightstorm no queremos gente ociosa, se convierten en víctimas propiciatorias del diablo.

—Sí, señora Brown —convine para tenerla contenta.

—¿Tienes novio?

—No, señora Brown.

—Mejor, así no andarás con la mente distraída. Ahora te presentaré a la señorita. Si le gustas, el puesto es tuyo.

Mentiría si dijera que Cordelia no me impresionó. Sus facciones eran demasiado angulosas para ser considerada guapa, pero era alta (me sacaba casi una cabeza) y esbelta; tenía los ojos azul cobalto, grandes y expresivos, y los dientes blancos. Pensé que con un poco de maquillaje y un peinado adecuado podría ser resultona. Lo peor era la ropa. Llevaba un vestido de buen paño, aunque demasiado formal para una joven de su edad. Calculé que tendría cuatro o cinco años más que yo. Me saludó con cortesía, me repasó de arriba abajo y se llevó a la señora Brown aparte. Debió de encontrarme apropiada para el trabajo porque en cuanto volvimos a la cocina, el ama de llaves dijo que podía instalarme en la mansión al día siguiente.

La última noche que pasé en la granja no pude conciliar el sueño. Jamás me había sentido tan inquieta. Mi vida estaba a punto de dar un giro de ciento ochenta grados. No veía el momento de dejar atrás aquellas cuatro paredes. Tan solo echaría de menos a mi hermano, Billy, cuatro años mayor que yo y un auténtico rompecorazones. Nadie me ha hecho reír tanto como él, con excepción de... En fin, no viene al caso.

A la mañana siguiente me despedí de mi familia y, acarreando una vieja bolsa, me dirigí hacia Nightstorm. Mientras deshacía mi escaso equipaje en el dormitorio que me había asignado la señora Brown y que compartiría con otra criada llamada Chrissy, entró Cordelia MacDonald.

—¿Es toda tu ropa? —me preguntó tras echar un vistazo a mis pertenencias.

—Sí, señorita MacDonald.

—Bueno, como llevas uniforme no necesitarás mucho más. ¿Tienes novio?

Me puse roja como un tomate maduro.

—No, señorita MacDonald.

—Vamos, seguro que te gusta algún chico del pueblo —insistió.

—No, señorita MacDonald —repetí.

—Por Dios, Ruby, no hace falta que contestes con tanta formalidad cada vez que te hago una pregunta. Puedes llamarme señorita Cordelia.

—Como guste, señorita Cordelia.

—Dice la señora Brown que sabes peinar.

—Me las arreglo bien.

—Cuando termines de instalarte, ven a mi habitación —me ordenó antes de irse.

Caí en la cuenta de que no sabía cuál era su dormitorio. Por suerte, la aparición de Chrissy me salvó del bochorno de tener que deambular por la casa buscándolo. Me puse rápidamente el uniforme que me había entregado la señora Brown y al que había hecho alusión Cordelia: un vestido negro de tela áspera y corte sobrio, un delantal blanco y una cofia.

Cordelia MacDonald tenía un cabello magnífico, pero no le sacaba partido. Lo llevaba largo, recogido en un severo moño sujeto con horquillas y peinetas. Un estilo austero y poco favorecedor. Me esforcé en recordar los peinados que había visto en las revistas de cine. Una amiga mía servía en una casa bien de Portree. Su señor las traía de Edimburgo y, de vez en cuando, me prestaba algún número atrasado. Cuando le sugerí a Cordelia cortárselo como Claudette Colbert, enarcó las cejas.

—Es una actriz americana. Se ve que es muy famosa —le aclaré.

—Pero... ¿y si me queda mal? Tardará una eternidad en crecer.

—Con todos mis respetos, señorita, el pelo tan largo está pasado de moda. Las chicas que salen en las revistas lo llevan a la altura de los hombros, alguna incluso más corto. De acuerdo, a lo mejor no es buena idea dejárselo como el de la Colbert, pero ¿y si la peino al estilo de Carole Lombard?

—No sé de quién me hablas, Ruby —alegó Cordelia poco convencida.

—Le diré lo que voy a hacer. Se lo cortaré a la altura del pecho. Si le gusta, seguiré cortando.

Una hora después, tras salvar sus reticencias, había obrado el milagro. Cordelia parecía otra. Rejuvenecida y moderna.

Me adapté enseguida a las rutinas de la casa. Pronto comprobé que la aparentemente severa señora Brown era en realidad una mujer afable a quien le gustaba darle al whisky a escondidas. Más de una vez tuve que cubrirle las espaldas porque había bebido un chupito de más y se veía obligada a retirarse a su habitación víctima de una jaqueca. Del arisco mayordomo, el señor Murray, mejor no hablar. Ambos se llevaban como el perro y el gato, solían mantener arduas discusiones acerca de la mejor manera de administrar la mansión. Con el resto del servicio no tenía problemas. Éramos nueve, contándome a mí. Pocos, para una casa tan grande. Con quien mejor me llevaba era con Chrissy, una chica delgadísima y pelirroja con la cara llena de pecas que solo pensaba en comer. No sé dónde metía lo que zampaba. También simpatizaba con Morag, la oronda cocinera; solía guardarme pastel de carne y pudin de frutas para que se lo llevara a mi madre cuando iba a la granja de visita. Su ayudante, Elspeth, era muy tímida, apenas hablaba y mantenía las distancias, a diferencia de Sally, una mujer robusta y charlatana que vivía en el pueblo pero iba a diario para hacer las faenas duras. Jamie, el jardinero, perseguía todo lo que llevara faldas. Chrissy y yo teníamos que espantarlo como a las moscas, pero era un buen chico. A Thomas, el altivo chófer y asistente del señor MacDonald, con quien no tardaría en compartir un secreto, tardé varias semanas en conocerlo.

El día que se cumplían tres meses de mi llegada a la mansión, el señor Murray y la señora Brown nos retuvieron a todos en la cocina después del desayuno. Nos miramos unos a otros, haciendo cábalas acerca de quién habría hecho algo que mereciera una regañina general. Por fortuna, no se trataba de eso. El señor Murray era portador de buenas noticias.

—Como bien sabéis, el señor MacDonald ha pasado unos meses en el extranjero. Pues bien, ayer nos comunicó su inmediato regreso a Nightstorm. Actualmente se encuentra en Londres, pero tiene previsto llegar en un par de días, y lo hará acompañado. El señor ha invitado a un caballero a pasar el verano. —El mayordomo se interrumpió unos instantes para cerciorarse de que prestábamos la debida atención antes de ceder la palabra a la señora Brown.

—Chrissy, encárgate de preparar uno de los dormitorios de invitados del ala norte, el más amplio —le ordenó—. Para mi gusto, está demasiado cerca de las habitaciones de las señoritas, pero es el mejor. Que te ayude Ruby. Luego pulid la plata hasta que quede reluciente, también los candiles y quinqués. Sally, quiero ver las ventanas y los suelos como los chorros del oro. Jamie, asegúrate de que no queda una mala hierba en el jardín y, por el amor de Dios, poda los matorrales de la parte de atrás. A este paso acabarán invadiendo la cocina. ¿A qué esperáis? No os quedéis aquí como pasmarotes. En marcha, hay mucho que hacer.

Aquel día comprendí que el estado de laxitud en que se sumían los criados en ausencia del amo desaparecía tan pronto este anunciaba su regreso. Bajo la batuta de la señora Brown, nos pusimos a trabajar como si esperásemos la llegada del mismísimo Jorge VI.

16

Ruby cierra los ojos y se recuesta en la butaca. Su respiración es regular y pausada. Al cabo de unos minutos se me ocurre la idea de darle un toquecito en el brazo para comprobar si se ha quedado dormida. Opto por decir algo que la devuelva a la realidad.

—Aquel invitado debía de ser importante.

La anciana parpadea con la rapidez de un búho.

—¿Vas a interrumpirme cada cinco minutos o puedo continuar mi historia?

—Disculpe, no era mi intención. Como de pronto ha dejado de hablar, pensé que...

—Pensaste que me había quedado frita, como dice mi nieta. O que me había muerto. Pues no, el Señor no me ha llamado aún a su lado, lo que sucede es que, de tanto en tanto, necesito descansar..., poner mis recuerdos en orden. Y ahora, si no tienes más comentarios, proseguiré.

Aunque los tuviera, no osaría verbalizarlos.

Cordelia estaba eufórica. Que su padre se presentara con un invitado fue un regalo del cielo para ella. No dejaba de especular sobre las circunstancias del caballero. Se preguntaba si sería joven, si estaría casado... Cordelia pronto cumpliría veintiséis años y, aunque se guardaba de mencionarlo, no me costó darme cuenta de que su más profundo temor era quedarse para vestir santos, una preocupación del todo comprensible teniendo en cuenta su situación. En cierta ocasión, estando ligeramente achispada, la señora Brown me contó que el señor MacDonald no había presentado a su hija en sociedad. Ni siquiera la había llevado de visita a Londres. Lo más lejos que había viajado era a Edimburgo, a visitar a su tía materna. Recluida en Nightstorm, a Cordelia le resultaba difícil relacionarse con hombres de buena posición, y no me extrañó que centrara sus expectativas en un desconocido.

El día de la llegada del señor MacDonald me levanté al alba para ayudar a los otros sirvientes a dar el último repaso a la casa. La señora Brown y el señor Murray iban de aquí para allá impartiéndonos órdenes como si fueran los comandantes de un navío. Querían que el huésped se llevase una impresión inmejorable de Nightstorm House. Tras un par de días de arduo trabajo, no quedaba mucho por hacer. Los suelos y las ventanas habían sido fregados a conciencia; los muebles, barnizados, y las tapicerías, cepilladas hasta que no quedó una mota de polvo. No había un rincón que no brillase. Después de confesarme que no había podido dormir a causa de la excitación, Cordelia se pasó el día pululando de una estancia a otra, dando a los criados instrucciones sin sentido, poniéndonos de los nervios.

Los viajeros aparecieron pasadas las cinco de la tarde, con el tiempo justo para descansar un rato y cambiarse de ropa antes de la cena. La cocinera se había esmerado con un suculento menú que incluía sopa de cangrejo, pastel de puerros, cebollas salteadas con harina de avena y tomillo y filetes de buey en salsa de vino.

Apenas puse un pie en su habitación, Cordelia me asaltó con una batería de preguntas. Tenía las mejillas arreboladas por la ansiedad.

—¿Lo has visto? ¿Cómo es?

—No he tenido ocasión, señorita. Nada más llegar se retiró a su dormitorio, pero la señora Brown me ha encargado que le diga que su padre la espera en la biblioteca a las seis. ¿Qué vestido va a ponerse? —le pregunté mientras abría el armario de par en par.

—El de terciopelo con encaje en el cuello.

—En mi opinión, le hace parecer mayor. Este otro, en cambio, es muy bonito.

Extendí sobre la cama un vestido de tafetán azul celeste. Cordelia lo miró y torció el gesto.

—El escote es muy atrevido. No quiero dar una impresión equivocada —dijo.

—Desea llamar la atención del caballero, ¿verdad? Si se pone el vestido oscuro, parecerá una monja. —Había hablado con demasiadas confianzas y traté de rectificar—. Discúlpeme, señorita. Con el azul lo dejará boquiabierto.

—¿Y si es un vejestorio?

—No lo es, se lo aseguro.

—¿Cómo lo sabes? Si no lo has visto...

—Pero he oído a Chrissy decir que es joven y bien plantado. La señora Brown le mandó llevarle un par de quinqués a su dormitorio para que tuviera más luz.

Vi como a Cordelia le brillaban los ojos y deseé que Chrissy no hubiera errado en su juicio. Le gustaban tanto los hombres que hasta el deshollinador, que siempre llevaba la cara tiznada, le parecía guapo a rabiar.

Hice todo lo posible para que Cordelia luciera su mejor aspecto. Estaba radiante con el vestido azul, aunque, en justicia, debo atribuir buena parte del mérito al collar de diamantes de su madre, una joya magnífica.

Ruby hace una pausa para pedirme que le rellene la copa. A mí el oporto empieza a pasarme factura, pero a ella no parece afectarle. Tras beber unos sorbos y mordisquear una chocolatina, continúa desgranando sus recuerdos.

Casi tuve que obligar a Cordelia a ponerse zapatos de tacón, no estaba acostumbrada, temía tropezar y caerse de bruces.

—Está muy guapa —le dije para infundirle ánimos.

Realmente lo estaba, pero nadie me había explicado cómo era el viejo MacDonald. No me gustó la mirada de reproche que le dirigió a su hija cuando se acercó a darle un beso.

—¿Qué diablos te has hecho en el pelo? —le espetó con brusquedad, sin ocultar su desaprobación.

—Me lo he cortado. Ahora se lleva así.

—Has echado a perder tu mayor atractivo —mascullió él sin tener en cuenta la presencia de su invitado. Si este escuchó la humillación, tuvo la cortesía de no darlo a entender. Fue un comentario cruel e innecesario—. El señor Hamilton ha regresado de la India hace poco —añadió tras las presentaciones de rigor.

—Mi familia posee una plantación de té y especias en la región de Munnar —explicó el aludido—. A mi padre le complacería que trabajase a su lado, pero he logrado convencerlo de que le seré más útil en Nueva York, encargándome de la importación y distribución de los productos.

—¡La India! Debe de ser fascinante —exclamó Cordelia, no tan entusiasmada por el país como por el hombre que tenía frente a ella.

—Y sensual —le susurró él aprovechando que su anfitrión estaba distraído, preparando unas bebidas—. Es un país para descubrirlo con los cinco sentidos. Tiene que visitarlo. Siempre que pueda soportar un poco de calor y humedad.

—He leído que el calor a veces resulta asfixiante. Para serle sincera, no creo que pudiera aguantarlo, no estoy acostumbrada a las temperaturas altas.

—No es tan duro, en realidad. Depende de la región y de la altitud sobre el nivel del mar. En las montañas, a unos mil setecientos metros, la temperatura en invierno oscila entre los cinco y los veinticinco grados, y en verano no suele subir más. Ya se figurará que resulta bastante tolerable. En invierno hay días que hace falta una chaqueta. A mí me costaría más vivir sin luz eléctrica, como ustedes.

Mientras hablaba, Hamilton aceptó el vaso de whisky que puso en su mano el señor MacDonald. Poco o nada interesado en el tema de la conversación, el padre de Cordelia buscó acomodo en la butaca más próxima a la chimenea. Iba a llevarse la bebida a los labios cuando reparó en mí. Su mirada inquisitiva me indicó que debía estar preguntándose quién diantres era yo y qué hacía plantada en la entrada de la biblioteca. Avergonzada, me aparté de su vista, pero no me retiré, permanecí a la escucha tras la puerta entreabierta. Siempre me ha gustado aprender, y el recién llegado contaba cosas muy interesantes de un país que se me antojaba exótico y misterioso. Comprendí que Cordelia, deseosa de prolongar la conversación con él, antes de que su padre se lo llevara a su terreno, vomitaba una pregunta tras otra sin detenerse a pensar.

—¿La plantación se encuentra cerca de Bombay?

—No. Munnar forma parte del estado de Kerala, mucho más al sur. La propiedad de mi familia se halla en un pequeño pueblo, en medio de un valle. Podría decirse que vivimos apartados de todo, pero el paisaje lo compensa con creces. Es espectacular, las plantaciones forman ondas. ¿Se lo imagina? Un mar de té.

—¿No se supone que hay que plantar en terreno plano?

—En nuestra tierra, debido a la orografía del paisaje, no puede plantarse en llano, así que nos hemos adaptado.

—¿Y solo se dedican al té?

—También cultivamos especias: cardamomo, canela... Pero el negocio está en la planta del té.

No pude evitar sonreír ante el genuino interés que mostraba Cordelia por la plantación de los Hamilton.

Chrissy tenía razón. Ross Hamilton era el hombre mejor parecido que he visto en mi vida. Alto, atlético, con espeso cabello azabache y unos ojos del color de la hierba mojada. Era difícil mirarlo y que no te atrapara su magnetismo. Sin embargo, confieso que jamás llegué a sentirme cómoda en su presencia. Sus ojos tenían algo diabólico que me erizaba los pelos de la nuca, aunque conmigo fue siempre correcto y cordial.

Hamilton se quedaría todo el verano en Nightstorm, según nos dijeron.

La primera noche, Cordelia exudaba felicidad por todos los poros de su piel. Reconoció que Ross le había causado una grata impresión, y estaba decidida a hacer lo que estuviera en su mano para que la estancia le resultara inolvidable. Comprendí que se había enamorado.

Ruby suspira profundamente; durante un rato la habitación queda sumida en el más completo silencio. Intuyo que está despierta y espero con paciencia, hasta que al cabo de unos minutos abre los ojos de par en par.

—Desempolvar viejos recuerdos resulta agotador. Tendrás que disculparme, querida, se ha hecho muy tarde.

—Naturalmente. ¿Le importa si vuelvo otro día?

—Llama antes por teléfono, no vaya a ser que me haya muerto y hagas el viaje en balde. ¡Melva! —grita la anciana para reclamar la presencia de su hija—. Nora se marcha ya.

—¿Quiere cenar con nosotras? —me pregunta Melva.

—Es usted muy amable, pero no quiero perder el último autobús.

—La próxima vez entonces.

—Por supuesto.

Estoy a punto de salir cuando me viene una idea a la mente.

—Ruby, ¿recuerda si Cordelia escribía algún diario?

—¿Por qué lo preguntas? —inquiere con sus suspicaces ojos entornados.

—Bueno... Los menciona en una carta que me dejó con el testamento, pero no consigo encontrarlos.

Ruby coge la copa de oporto y bebe un sorbo antes de responderme.

—Jamás la vi escribir nada que no fuesen cartas.

—¿Tenía algún escondite? Ya sabe, un lugar secreto donde guardara cosas personales.

De pronto, el rostro de Ruby se torna lívido y deja caer la copa que sostenían sus temblorosos dedos. El líquido se derrama esparciendo con rapidez una mancha ambarina sobre el mantel. Melva se apresura a limpiarlo con un paño húmedo.

—¿Se encuentra mal? —le pregunto preocupada.

—Es el oporto. Seguro que le ha subido el azúcar —rezonga Melva agitando en el aire la botella casi vacía.

—¡Tonterías! Estoy perfectamente —brama su madre. Me tranquiliza ver que su tez ha recuperado el color—. Preguntabas por los secretos de Cordelia. No tengo ni idea. En cualquier caso, habrían dejado de serlo si ella los hubiera abandonado por ahí, al alcance de cualquiera, ¿no te parece?

—Tiene razón —convengo—. Está claro que tendré que seguir poniendo la casa patas arriba si quiero encontrar esos diarios.

—En el supuesto de que existan —puntualiza.

—¿Por qué los mencionaría en su carta, si no?

Ruby se encoge de hombros.

—Una pregunta más. ¿Ha oído hablar de una maldición en Nightstorm?

—Haces unas preguntas muy raras, Nora.

—Lo siento. ¿Le viene bien que venga mañana?

—¿Mañana? Bueno, no tengo intención de ir a ninguna parte, a no ser que el Señor me llame a su lado esta noche. Allá tú. Si quieres perder el tiempo con una vieja, por mí no hay inconveniente. Por cierto, Nora...

—¿Sí?

—Tráeme más chocolatinas.

17

Durante el trayecto de regreso a Nightstorm mi cabeza no deja de darle vueltas a lo que me ha contado Ruby. Es difícil creer que la vieja malhumorada y cínica que conocí fuera en su juventud una chica enamorada, de trato amable. Supongo que todos cambiamos a medida que se escribe la historia de nuestra vida. Yo misma he dejado atrás a la mujer inocente y confiada que fui. ¿Llegaré a evolucionar hasta convertirme en una amargada? Tal vez ya lo sea. Eso explicaría mi comportamiento con Bárbara. Por mucho que me hiriese su traición, no debí golpearla. No ha vuelto a llamarme. Esperará a que amaine la tormenta. Sabe que necesito tiempo, que la perdonaré algún día, aunque ya no confíe en ella.

Al abrir la puerta de la mansión me recibe una corriente de aire frío. No esperaba encontrar una temperatura tropical, pero sí un ambiente caldeado. Maldigo en voz alta al comprobar que en las chimeneas del salón y la biblioteca solo quedan troncos ennegrecidos. Decidida a encenderlas a las bravas, como hice con la de mi habitación, voy a por queroseno. Apilo los troncos y, tras rociarlos con unas gotas de combustible, lanzo una cerilla prendida, pero la llamarada se consume en segundos. Vierto un generoso chorro; me va de un pelo no salir ardiendo. Tengo que comprar pastillas de encendido, como me aconsejó Melva.

Después de avivar los fuegos, entro en el dormitorio de Cordelia; esta vez, con la intención de registrarlo a fondo. Un sexto sentido me dice que el diario se encuentra en algún rincón entre estas paredes. Me toqueteo los lóbulos de las orejas como hago siempre que estoy nerviosa. Tras un tirón demasiado fuerte, el cierre de uno de mis pendientes cae al suelo y rueda bajo la cama.

Es un mueble antiguo, con barrotes, dosel y una altura considerable, y no me resulta difícil deslizarme bajo el somier. Palpo las tablas del suelo durante un rato, sin resultado. Cuando estoy a punto de darme por vencida, rozo con la mano derecha el canto afilado de un tablón suelto. Grito de dolor mientras la idea me asalta como un relámpago. ¿Y si?

Ignorando la sangre que me resbala entre los dedos, busco algo para hacer palanca. Miro el atizador de la chimenea, pero el mango es muy largo. Bajo a la cocina a por un cuchillo y, de paso, pongo la mano bajo el agua fría del grifo hasta que la herida deja de sangrar. Debería desinfectarla, pero mi prioridad ahora es comprobar si hay algo bajo los tablones. *Voilà!* Resistiendo el impulso de gritar de alegría, saco del hueco un polvoriento volumen encuadernado en piel. El nombre de Cordelia MacDonald, grabado en letras doradas en la tapa superior, y las anotaciones manuscritas, me convencen de que es el diario que buscaba.

Aunque ardo en deseos de empezar a leerlo, el continuo palpitar de la mano y el sentido común me aconsejan ocuparme de la herida y comprobar si hay astillas clavadas en la piel. Con el polvo acumulado bajo la cama no sería raro que se infectase. Después de extraer un par de astillitas con mis pinzas para las cejas, me limpio la herida con agua y jabón, le aplico alcohol y unas gotas de yodo y la cubro con una gasa y esparadrapo. Por suerte, Cordelia tenía un botiquín bien surtido.

Descubrir las intimidades de una persona muerta hace que me sienta un poco *voyeur*, si bien me reconforta pensar que, en cierto modo, tengo su permiso. La primera entrada data de enero de 1938. El diario fue un regalo de su tía Fiona, según cuenta. Tras veinte minutos leyendo farragosos párrafos sobre el tiempo, las visitas al pueblo y reseñas de libros, me pesan los párpados de sueño y aburrimiento. A Cordelia le gustaban las novelas de Jane Austen y Emily Brontë. Su favorita era *Cumbres borrascosas*. Concedo al diario cinco minutos más con la esperanza de que se anime.

21 de marzo de 1938

He recibido carta de Eilean. Breve, como todas las suyas. Cuenta que las monjas del internado la castigaron por perder su labor de vainica justo el día que tenían que calificarla. ¿Por qué no me sorprende? A mi hermana no le gusta coser. Tiene un talento singular para tocar el piano, pero las agujas... A mí tampoco se me dan bien. En eso nos parecemos, en todo lo demás somos tan distintas que a veces dudo de que seamos hermanas. Estoy deseando que llegue el verano. Con Eilean en casa, todo será más divertido.

[...]

He sugerido a papá que ampliemos el servicio, el que tenemos no da abasto con las tareas. Nightstorm es demasiado grande. Reconozco que es una petición egoísta porque lo que en realidad quiero es una doncella personal, alguien que sepa coser y arreglar el cabello, pero no me atrevo a pedirla, mi padre alegaría que es una frivolidad. «Ve a la peluquera del pueblo», diría. ¡Ja!, como si fuera a atreverme a dejar mi pelo en manos de esa mujer. El otro día, a la pobre Sally se lo quemó con unas tenacillas. La cocinera me ha reconocido que se lo corta ella misma. Quiero tener en casa a alguien de confianza con quien, además, pueda hablar. Las tardes de invierno resultan tan aburridas...

Eilean pregunta en su carta si me interesa algún chico. Menuda tontería, sabe que aquí resulta imposible conocer a un hombre interesante. En el pueblo no hay ninguno de nuestra condición social, y mi padre no aceptaría a alguien inferior. Puede estar tranquilo al respecto, ¿quién iba a acercarse a mí?

Me gustaría hacer uno de esos cursos que anuncian los periódicos que trae papá de sus viajes, tal vez de mecanografía, para entablar amistades. Claro que es imposible, papá no lo permitiría. En fin, ahora tengo que dejar de escribir. Lo oigo en el vestíbulo, quiero hablar con él antes de que se encierre en su estudio. Dentro de unos días se marcha a América, en viaje de negocios. Estará fuera unos meses. ¡Me gustaría tanto acompañarlo!

28 de marzo de 1938

No he logrado convencer a papá de que me lleve con él, pese a lo mucho que he insistido. Pronto cumpliré veinticinco años, siento que se me acaba el tiempo de encontrar marido. No he compartido con nadie mi temor, pero a ti, querido diario, puedo confiártelo: no quiero morir virgen. Mis amigas del colegio están casadas y, aunque no mantengo relación con ellas, apuesto a que entre todas suman un montón de críos. Los domingos, en la iglesia, pido a Dios que ponga en mi camino a alguien que reúna las condiciones que exige mi padre.

Persiste en decirme que en América me aburriría porque no tendría tiempo para mí. ¡Cómo iba a aburrirme! Salir de esta isla ya sería emocionante. Si se tratara de Eilean, a buen seguro claudicaría. Es incapaz de negarle nada.

5 de abril de 1938

Buenas noticias: mi padre consiente en contratar a otra criada. Será mi doncella, supongo que también la de Eilean. Antes de que emprenda su viaje le pediré que se lo comunique a la señora Brown. Me gustaría entrevistar personalmente a las candidatas, pero no me atrevo a sugerirlo.

El diario me parece un muermo. Si Cordelia quería que supiera que era una joven obediente, deseosa de encontrar marido, objetivo cumplido. Que a los veinticinco años fuese virgen no me parece chocante teniendo en cuenta que apenas salía de casa y no se relacionaba con hombres. Paso las páginas con escaso interés hasta que encuentro una mención a Ruby.

17 de abril de 1938

Encontrar doncella está resultando más difícil de lo que pensaba. Las chicas que se han presentado para el puesto eran demasiado brutas o cortas de entendederas. La única candidata con educación rebasaba la cincuentena. Naturalmente, era la preferida de la señora Brown, pero he insistido en que contrate a alguien más joven. ¡Tiene que haber alguna chica de buen trato, que sepa leer y escribir y se apañe bien con los peines y la aguja de coser! Si no la encuentra en el pueblo, que la busque en Portree.

28 de abril de 1938

¡La señora Brown la ha encontrado! Se llama Ruby O'Brian, creo que su abuelo era irlandés; tiene diecinueve años y vive con su familia en una granja. Es simpática, de aspecto agradable. No tiene experiencia, pero no importa. Nos llevaremos bien.

En las páginas siguientes no hay anotaciones remarcables. La cosa vuelve a animarse a principios de julio.

2 de julio de 1938

Hoy he recibido dos cartas, toda una novedad, puesto que aparte de la tía Fiona, que me envía largas y aburridas misivas, recibo poca correspondencia. Eilean ha escrito para comunicarnos que aplaza su llegada a Nightstorm. Los padres de una amiga del internado la han invitado a París. Como de costumbre, no le ha pedido permiso a papá. Tiene suerte de que no esté aquí, aunque no creo que se lo negase.

No es recomendable viajar al continente en estos días convulsos, con Hitler campando a sus anchas, pero Eilean solo piensa en sí misma. Antes de que papá se marchara a América, oí al señor MacLeod decirle que muchos judíos están huyendo de Alemania porque el país se ha dejado arrastrar por la locura nazi. Papá opinaba que Londres debería intervenir, pero el señor MacLeod estaba convencido de que Chamberlain le deja hacer a Hitler porque no quiere problemas, que solo reaccionará cuando este llame a la puerta de Downing Street. No quiero saber nada de política. Por fortuna, en la isla estamos a salvo de los desvaríos de ese loco.

Eilean dice que no la esperemos hasta finales de agosto. La otra carta era de papá. Regresa la semana próxima acompañado de un invitado. Imagino que se trata de uno de sus viejos amigos.

8 de julio de 1938

Papá ha llegado esta tarde. No he tenido la oportunidad de ver a su invitado, pero una de las criadas le ha dicho a Ruby que es joven y atractivo. Lo conoceré esta noche, en la cena. Ruby va a tener que esmerarse. He pensado ponerme los diamantes de mamá.

¡Ah! Con tantas emociones casi olvido mencionarlo. Ruby me ha cortado el pelo al estilo de una actriz. Al principio tenía dudas, pero me sienta bien. La señora Brown asegura que parezco más joven. Tal vez me tiña de rubio.

Ruby tenía razón. Cordelia estaba realmente emocionada ante la llegada del invitado de su padre. A medida que voy conociendo sus pensamientos y anhelos, me resulta más extraño vincular a la vieja resentida a la que traté con la chica ilusionada que se confesó con las páginas de un diario.

A las doce y media de la madrugada sigo con los ojos abiertos. Si no dejo de leer, me darán las tantas, y necesito dormir, aunque sea con ayuda de un somnífero. Antes alimentaré las chimeneas.

18

Me despierta un acceso de tos. Casi no puedo respirar. Espero no haber pillado un resfriado. Un momento: ¡huele a humo! Al encender la lámpara de la mesilla veo que me envuelve una nube negra, espesa. ¡Maldita sea! Anoche, para que no se apagara la lumbre, eché un montón de troncos en la chimenea que han debido obstruir la salida de humos. Corro a abrir la ventana e inspiro con bocanadas ansiosas el gélido aire del amanecer. Tendré que retirar el exceso de leña para despejar el tiro.

Cuando termino con las chimeneas son casi las ocho. No merece la pena volver a acostarme. Después de ducharme con agua tibia (el calentador solo funciona a ratos), vestirme y desayunar tostadas y huevos revueltos, me instalo en la biblioteca, dispuesta a retomar la lectura del diario. Ardo en deseos de contarle a Ruby mi descubrimiento. A las once recibo una llamada de Melva. Su madre está indispuesta, no podrá recibirme esta tarde. Demasiado oporto, se queja. Me siento culpable. Al fin y al cabo, le permití beber una copa tras otra. Sin nada más interesante que hacer, me sumerjo de nuevo en las páginas del diario. Cordelia estaba fascinada con el invitado. Habla de él como si fuera el héroe de un folletín romántico del siglo XVIII.

9 de julio de 1938

Ruby y Chrissy se quedaron cortas al describir al señor Hamilton. ¡Es tan atractivo! Su nombre de pila es Ross, nació en Londres, pero ha vivido casi toda su vida en la India, donde su padre posee una plantación de té y especias.

La cocinera se superó con la cena, aunque no me dio la impresión de que el señor Hamilton gozase de mucho apetito. No obstante, se deshizo en halagos cuando probó la sopa de cangrejo y el pastel de puerros de las Hébridas, una especialidad de Nightstorm.

Me ha parecido un hombre atento. Escuchó con suma atención las explicaciones de papá acerca de la propiedad y mostró interés en la historia de sus antepasados, el clan MacDonald. Ellos y sus acérrimos rivales, los MacLeod (parece mentira que sus descendientes mantengan hoy una buena amistad), formaban parte de un sistema de clanes que perduró hasta que tuvieron que someterse a la Corona inglesa. A mediados del siglo XVIII *cometieron el error de apoyar la causa católica y al aspirante al trono, Carlos Eduardo Estuardo. Llegados a ese punto, sospecho que mis bostezos eran audibles.*

No quiero pecar de vanidosa, pero me atrevería a decir que le causé una buena impresión, pese a que apenas abrí la boca. Estaba nerviosa, me costaba seguir la conversación, temía decir alguna inconveniencia. El señor Hamilton no me quitó la vista de encima durante la cena. Cada vez que nuestras miradas coincidían, sus ojos me taladraban. Tengo que contárselo a Ruby.

¡Se me olvidaba! Cuando me retiré, pasadas las diez, me estrechó la mano y la retuvo entre las suyas más tiempo del necesario.

Desconozco cómo serían las relaciones entre hombres y mujeres a finales de los años treinta, solo las he visto reflejadas en películas y estas no me parecen un espejo demasiado fiable, pero a buen seguro no eran tan relamidas. Los siguientes párrafos continúan el mismo esquema: largas descripciones de las virtudes y la actitud del recién llegado, quien, según una esperanzada Cordelia, cayó rendido a sus pies nada más verla. Intuyo que sus ansias por casarse la predisponían a enamorarse de cualquier hombre menor de setenta años que se cruzase en su camino. Me imagino que ni ella misma podía creer en su buena suerte cuando el señor Hamilton apareció en Nightstorm.

A las once y cuarto suena el timbre de la puerta. No logro acostumbrarme a ese sonido espectral que retumba por toda la casa.

Me sorprende encontrar a Christopher. ¿Por qué no llamará por teléfono para decirme que viene? Al menos esta vez no me ha pillado hecha unos zorros. Da igual, aunque vistiera alta costura seguiría pareciendo un espantajo comparada con la valkiria que lo acompaña. Una rubia esbelta de aspecto nórdico, con tanto bótox en la cara que resulta difícil adivinar su edad, si bien intuyo que rondará los cuarenta. Luce un sofisticado abrigo de ante marrón oscuro con el cuello y las mangas ribeteadas de cuero. Debe de costar más de lo que ganaba yo en un mes. Constato apesadumbrada que me saca una cabeza, y eso que lleva calzado plano. Siento una antipatía inmediata.

—Hola, Eleonora. Te habría llamado, pero no tengo tu número —se disculpa Christopher.

—Podías haber llamado al teléfono fijo.

—No funciona.

—Tenemos que arreglar eso. Me refiero a que te daré mi móvil. Bueno, ¿qué te trae por aquí? ¿Otra vez el inventario?

—¿Podemos hablar dentro? Hace frío.

—Adelante. —Me aparto a un lado para dejarles paso. Mi animadversión hacia la mujer aumenta al ver las perfectas mechas de su pelo alisado a la japonesa—. ¿Os apetece tomar algo? —A regañadientes, cambio el chip de bruja envidiosa por el de solícita anfitriona.

—Me vendría bien un café —responde Christopher.

—Darjeeling blanco, por favor —contesta ella.

Darjeeling blanco. También conocido como el champán francés de los tés, según leí en alguna parte.

—No tengo. ¿Earl Grey negro?

—Está bien —dice mirando a su alrededor con interés.

Christopher cae en la cuenta de que no nos ha presentado.

—Naomi Patterson es experta en arte. Ha venido a ver los cuadros.

Cuando le estrecho la mano, huelo su perfume dulzón. Demasiado fuerte la nota de jazmín. Nunca me ha gustado ese olor. Christopher se vuelve hacia mí.

—Ella es Eleonora Martín, la nueva propietaria de Nightstorm —añade al presentarme. No detecto ironía en sus palabras, aunque podría equivocarme.

—Qué afortunada. —Naomi alza las cejas sin que en su frente se dibuje una sola arruga—. Esta mansión es impresionante, de cuento gótico. La señora MacDonald debía de apreciarla mucho para nombrarla heredera.

«No pensaría esto si conociera las condiciones del testamento», murmura una voz en el fondo de mi conciencia.

—Ha sido una sorpresa —respondo fríamente—. Si me disculpáis, voy a la cocina.

—Estaremos en la biblioteca. —Christopher pasa el brazo por la cintura de la valkiria. Creo que estos dos comparten algo más que intereses profesionales.

Cuando regreso con las infusiones y unos sándwiches, que espero se les atraganten a ambos, los encuentro de pie frente a uno de los lienzos. Él sostiene el inventario con una mano mientras señala detalles de la pintura. Luego dice:

—En la buhardilla hay más cuadros; aún no he tenido la oportunidad de comprobar en qué estado se encuentran.

—Bastante bueno, creo —afirmo sin que nadie me haya preguntado—. Un poco polvorientos, claro, y tal vez alguno necesite una pequeña restauración, pero no han sufrido daños de consideración pese a la humedad y el paso del tiempo.

—¿Entiende de arte? —me pregunta Naomi evaluándome con sus acerados ojos grises. Siento como si acabara de retarme en duelo.

—No hace falta ser experta para saber que si un cuadro no tiene agujeros es que está bien conservado —replico dejando la bandeja encima del escritorio—. Bueno, les dejo trabajar. Christopher, si necesitas algo, estaré en el salón.

Nada alimenta más el ego de un hombre que ver a dos mujeres peleándose por él. Porque eso es lo que estamos haciendo la valkiria y yo: marcar nuestro territorio como perras en celo. Recojo el diario de Cordelia, que había dejado junto a la chimenea, y salgo de la estancia evitando la mirada de Naomi.

Desde que me abandonó Ignacio, hace poco más de un año, no he salido en serio con nadie, y no es que mis amigas no hayan intentado emparejarme con solteros, separados y divorciados. He conocido a toda clase de especímenes masculinos, pero soy de la opinión de que a partir de cierta edad, los solteros heterosexuales son más raros que un pollo con tres cabezas, así que después de varias salidas desastrosas con pedantes, ególatras, tacaños, fanáticos del deporte, tarados y tontos de solemnidad, en definitiva, lo mejor de cada casa, me niego a tener más citas a ciegas.

Mi amigo Manu suele decirme que si no bajo el nivel de exigencia acabaré más sola que la una, ni siquiera podré disfrutar de la compañía de un gato porque soy alérgica. Fue él quien me sugirió abrir un perfil en una página de contactos. Obsesionado por emparejarme, llegó incluso a retocar una foto mía para que me pareciese a Angelina Jolie. Cuando vi el resultado no supe si sentirme ofendida o halagada. Entre todos los frikis que mostraron interés, me atreví a citarme con los que parecían más normales. El primero, un funcionario de cincuenta años aficionado al senderismo; se expresaba con monosílabos y desconocía la existencia de las oraciones subordinadas. Tras una cita nefasta con el segundo, un bombero vigoréxico (pronto descubrí que estaba casado y era padre de tres hijos), borré mi perfil. Como decía mi abuela, mejor sola que mal acompañada.

Oigo la risa de Naomi desde el salón. Seguro que ella no ha tenido que recurrir a una web de citas para ligar. Se me ocurre que si Christopher está inventariando los objetos de valor de la casa, yo debería hacer lo mismo con la ropa de Cordelia. Su armario está repleto de prendas que podría donar. Antes de subir a su dormitorio me acerco a la biblioteca y observo a la pareja. De espaldas a mí, revisan los libros de las estanterías. Cuando ella deja caer su mano sobre el hombro masculino siento un aguijonazo en el estómago.

Una hora más tarde he llenado dos bolsas de ropa bastante aprovechable. Se las daré a Melva para que se quede lo que quiera y entregue el resto a la beneficencia.

19

—¡¡Eleonora!!

Abro los ojos alarmada. Me he dormido sobre la cama de Cordelia y he vuelto a soñar con aquella noche. La noche en que unos mensajes acabaron con mis sueños. Echo un vistazo al reloj de la mesilla. Las tres de la tarde.

—¡Eleonora! ¿Dónde estás? —insiste una voz masculina.

Caigo en la cuenta de que hace tres horas que dejé a Christopher y a la rubia en la biblioteca.

—Enseguida bajo —respondo gritando más fuerte de lo que pretendía.

Al pasar frente al tocador de Cordelia doy un respingo. He de hacer algo con mis rizos. Me paso rápidamente el cepillo antes de bajar al encuentro de Christopher y la rubia como se llame.

—Se ha hecho tarde, tenemos que ir al aeropuerto —comenta él, abrigo en mano.

—¿Te vas de viaje? —Intento no parecer decepcionada.

—Naomi regresa a Londres esta tarde.

—Ah, vale —respondo, por decir algo.

La valkiria quiere ir al baño. Incluso las diosas tienen necesidades fisiológicas. La sigo con la mirada. Más que caminar, se desliza grácilmente, como aquella marciana que interpretó una tal Lisa Marie en la película *Mars Attacks!* Me vuelvo hacia Christopher y le pregunto con cierto retintín:

—¿Ha quedado satisfecha la señorita?

—Plenamente. Naomi está convencida de que la colección recaudará varios millones de libras en la subasta, pese a la coyuntura actual del mercado.

Casi me atraganto al oír la cifra.

—La gente del pueblo cree que Cordelia estaba arruinada.

Christopher frunce el ceño.

—¿Arruinada? En absoluto. Le faltaría efectivo. Ferguson me comentó que en cierta ocasión sugirió a Cordelia vender un cuadro para hacer frente a los impuestos, pero ella se negó. Prefirió desprenderse de sus joyas.

—Por cierto, ¿te suena el nombre de Ross Hamilton?

—Era mi abuelo. ¿A qué viene la pregunta?

Christopher entorna los ojos, me mira suspicaz. Me meto las manos en los bolsillos mientras medito una respuesta que no genere un incómodo interés.

—He leído su nombre en alguna parte.

—¿Has estado investigando sobre mi familia?

—Por supuesto que no. —Me pongo a la defensiva, un tanto avergonzada—. Yo solo...

Respiro aliviada al oír los pasos de la valkiria.

—Estoy lista. Gracias por todo, señorita Martín.

—Nora, por favor.

—Ya hablaremos —me susurra Christopher al oído tras ayudarla a ponerse el abrigo. En sus ojos leo que no va a olvidar la mención de su abuelo. ¿Por qué habré abierto la boca?

En cuanto se marchan, sigo leyendo el diario. Cordelia ha intimado con Ross Hamilton, todo gira en torno a él.

17 de julio de 1938

Lo confieso. Estoy enamorada. No me canso de decir su nombre: Ross, Ross, Ross. Esta tarde voy a llevarlo a Neist Point. Con suerte veremos ballenas; sinceramente, me importan un comino, pero son una buena excusa para alejarnos de Nightstorm unas horas...

17 de julio de 1938 (por la noche)

¡Ross me ha besado!

Ha sido esta tarde, mientras me hablaba de la India, de sus monumentos, costumbres y tradiciones. Me estaba contando la historia del Taj Mahal, un mausoleo erigido por el emperador mongol Shah Jahan en honor de su esposa favorita, Mumtaz Mahal, que murió al dar a luz a su decimocuarto hijo, cuando sus manos se deslizaron por mis mejillas. Fue tan solo un leve roce, una caricia inesperada, pero bastó para provocar en mi cuerpo un escalofrío. Luego me cogió las muñecas y me atrajo hacia sí para besarme el cuello y los hombros.

Estoy avergonzada. He sido incapaz de resistirme a caer en brazos de un desconocido, pues apenas lo conozco, pero sus caricias han anulado mi voluntad, y me he aferrado a él como un náufrago a un salvavidas. Desconocía las sensaciones que un beso despertaría en mis entrañas. Nunca me habían hablado de ese hormigueo en el vientre, esa oleada de intenso calor... Espero que nadie lea jamás este diario. ¿Qué pensarían de mí?

Durante el camino de vuelta a casa apenas he podido pronunciar palabra pese a que él se comportaba como si nada hubiera sucedido. No ha cesado de hacerme preguntas sobre nuestra isla, ni una sola vez ha mencionado el beso. Estoy tan abochornada que no he bajado a cenar, he alegado dolor de cabeza, le he dicho a Ruby que me excusara ante mi padre. Hace un rato me ha subido una bandeja con un plato de sopa y a punto he estado de explicárselo todo. Gracias a Dios, me he mordido la lengua a tiempo. Por el momento, prefiero guardar el secreto. Mi secreto.

18 de julio de 1938

Tengo tanto que escribir... No sé por dónde empezar. Ha sucedido algo increíble que no puedo contarle a nadie, ni siquiera a Ruby, aunque seguro que ella sabe manejarse mejor en asuntos del corazón.

Anoche no pude dormir, mi mente era un torbellino de emociones, solo podía pensar en Ross, en lo sucedido entre nosotros. Mi conciencia me recomendaba buscar una excusa para justificar mi comportamiento, pero ¿por qué iba a escucharla cuando solo deseo que él vuelva a besarme? Anhelo sentir sus labios sobre los míos, su lengua explorando mi boca... De no haber sido tan cobarde, me habría entregado a Ross allí mismo, sobre la hierba. No se me ocurre mejor sitio para hacer el amor por primera vez.

Esta mañana, el mayordomo me ha informado de que papá y Ross habían salido a cazar. Por una parte me ha aliviado no tener que enfrentarme a él. Hemos coincidido a la hora del té. Ross no dejaba de mirarme; me he puesto tan nerviosa que casi no podía hablar. Suerte que mi padre ha acaparado la conversación disertando sobre explotaciones pesqueras y política. Al terminar le ha pedido a Ross que lo acompañase a la biblioteca, y él, antes de seguirlo, me ha susurrado que esta noche vendrá a mi habitación.

19 de julio de 1938

Anoche morí para volver a nacer. Jamás imaginé que mi cuerpo fuese capaz de dar y obtener tanto placer. Le amo, le amo, le amo...

Tengo que buscar un lugar seguro donde esconder este diario. No quiero pensar en lo que sucedería si alguien llegase a leerlo. A veces me pregunto si no estaré pecando de imprudente al volcar en estas páginas mis emociones más íntimas.

Ross llamó a mi puerta pasadas las once de la noche. No lo vi durante la cena porque nuevamente fingí una indisposición para quedarme en mi dormitorio. Estaba hecha un manojo de nervios, tenía mucho en que pensar. Por suerte, papá no hizo preguntas y Ruby se limitó a subirme algo de comer. Esa chica es discreta, pero no tiene un pelo de tonta. Creo que sospecha algo. A partir de ahora deberé andarme con cuidado.

Las horas se me antojaron interminables hasta que él apareció. Me hizo esperar tanto que llegué a pensar que había cambiado de idea. Sin embargo, su retraso me dio la oportunidad de reflexionar y alejar las dudas de mi cabeza. Me comporté como una provinciana, pero Ross me tranquilizó.

—¿Nunca has hecho el amor, Cordelia? —me preguntó.

Negué con la cabeza. No quería que me tomase por una ignorante, aunque tampoco quise mentirle.

—Yo jamás... es decir... hasta ahora... no... —balbucí.

Cuando me desabrochó los botones del camisón, el contacto de sus cálidos dedos en mi piel me hizo estremecer.

—Relájate, Cordelia. Si algo te incomoda o te duele, házmelo saber y pararé de inmediato, ¿de acuerdo? —me susurró mientras me acariciaba el hombro.

Asentí con la cabeza; sin lograr articular palabra, traté de que mi cuerpo obedeciera las instrucciones de mi cerebro.

—No temas nada. Confía en mí.

Guardé silencio, me dejé llevar. Puede que aquello no fuese correcto, pero me daba igual, solo deseaba sentir sus manos, hacerle feliz. A cada caricia, con cada roce, mi respiración se aceleraba... La excitación fue creciendo en lo más profundo de mi ser. Hubo un momento en que creí que había muerto y ascendido al cielo.

Dicen que todo placer tiene su precio. Es verdad. No estaba preparada para la vergüenza que sentí después.

La revelación de Cordelia me deja estupefacta. Pensaba que había muerto virgen, y ahora descubro que vivió un amor apasionado. ¿Por qué no se casaría con Ross si estaba tan enamorada? Paso la página intrigada, deseosa de saber qué ocurrió después, pero no hay más anotaciones. Fin del diario.

Según la carta que me dejó, tras leer los diarios comprenderé sus motivos para desear la destrucción de Nightstorm y por qué las lágrimas de los dioses (a saber qué es eso) deben ser enterradas.

Ahora me pregunto: ¿dónde se encuentra el otro diario?

Y ¿por qué no lo escondió junto al primero?

Si quiero respuestas, tendré que seguir buscando.

20

Estoy en la cocina, preparándome un sándwich de atún y huevo, cuando oigo el timbre de la puerta. La llamada me inquieta porque no espero a nadie. Abro sin preguntar quién es, una mala costumbre adquirida desde que estoy en Nightstorm. Me encuentro cara a cara con Hamilton. ¡Qué obsesión tiene con presentarse a horas intempestivas! Debajo de la bata de Cordelia llevo un pijama de topos comprado a precio de saldo en Primark. Abriga un montón, pero me viene grande. Otra vez voy hecha un desastre.

—¿Qué haces aquí? ¿Has olvidado algo? —pregunto con aspereza.

Christopher alza las manos. En una lleva una bolsa de papel; en la otra, una botella de vino.

—Comida japonesa y rioja.

Enseguida me arrepiento de mi falta de cortesía.

—¿Estás de broma?

—Se pueden encontrar vinos españoles si estás dispuesto a pagarlos.

—Pensaba que te habías ido a Londres con la experta en arte.

—¿Detecto cierta ironía en tus palabras? —me pregunta arqueando una ceja.

—Ni por asomo.

—De momento, voy a quedarme unos días aquí. Oye, si quieres, podemos seguir charlando fuera toda la noche, aunque me estoy congelando.

—Entra, pero solo porque has traído vino.

—Te habría llamado si hubiera tenido tu número.

Extiendo la mano. Él duda un instante, luego desbloquea su móvil y me lo entrega. Tras agregar mi contacto, se lo devuelvo.

—Ya sabes dónde está la cocina, voy a cambiarme.

—¿Por qué? No hace falta. Estás muy sexy con esa bata —dice repasándome de arriba abajo.

Chasqueo la lengua. Nunca sé si habla en serio o me toma el pelo.

En la cocina, la temperatura es agradable. Por fin he conseguido que los tiros de las chimeneas funcionen. Estoy todo el día pendiente de la leña.

—¿Eso era tu cena? —Christopher señala mi sándwich con la cabeza.

—Sí. ¿Volvemos al salón?

—Aquí se está bien. Espero no haberte molestado presentándome a estas horas. No tendrías pensado irte a la cama, ¿verdad? Después de la siesta de esta tarde debes de estar descansada.

—¿Qué siesta? Yo nunca me la echo —afirmo categórica.

Christopher alza las cejas simulando sorpresa mientras dibuja en su boca una sonrisa mordaz.

—Pues me ha parecido que roncabas plácidamente en la cama de Cordelia. Verás, como no te encontraba en el piso de abajo, he subido a buscarte para decirte que nos íbamos y...

—Te lo habrás imaginado —lo atajo bruscamente—. Estaba clasificando la ropa de tu tía abuela para donarla, no durmiendo. Y, desde luego, yo no ronco.

No es del todo cierto. Ronco si me quedo dormida con la

boca abierta. Consternada, compruebo que él continúa pinchándome.

—Ninguna mujer lo reconocerá jamás.

Empiezo a sentirme incómoda. No creo que haya captado mi malestar, pero pasa a otro tema.

—No entiendo por qué te empeñas en alojarte en esta casa. Podrías haberte quedado en un confortable hotel.

Me encojo de hombros.

—Me hace falta recuperar mi infancia. Volver a los días que pasé aquí de niña.

—¿Tan felices fueron? Yo, en cambio, no tengo ningún interés en recordar aquella época.

—Fueron felices mientras vivía mi madre.

—¿Por qué vinisteis a Nightstorm?

—Por necesidad. Nuestra situación no era muy boyante que digamos.

Christopher insiste en conocer los detalles. No me apetece rememorar mi pasado, pero como he abierto la veda, apechugo. Le brindo una versión ligera de la historia.

—Mi padre era albañil, un día cayó de un andamio y se mató. Como no llevaba puesto el arnés reglamentario, mi madre no recibió indemnización. Tuvimos suerte de que el constructor no nos demandase. Mi madre se encargaba del comedor de un colegio bilingüe para niños ricos. El sueldo era bajo, aun sumándolo a la pensión de viudedad nos costaba llegar a fin de mes. La directora del colegio tenía una hermana en Edimburgo que conocía a alguien que sabía que Cordelia buscaba un ama de llaves. Como mi madre le caía bien y hablaba un poco de inglés, la directora le preguntó si le interesaba el trabajo.

—Debió de resultarle duro dejar su entorno.

—No creas. A mi madre no la retenía nada en España. Cuando falleció mi padre encontró poco apoyo en la familia.

—¿Y tú? ¿Cómo encajaste el cambio?

—No tenía otra opción. ¿Esto es pato o pollo? —pregunto abriendo uno de los envases.

—Salmón con sésamo. ¿Te costó abandonar tu país? —insiste él.

—Yo estaba a punto de cumplir diez años, tenía cinco amigas del alma y no hablaba ni una palabra de inglés. La noche antes de subir al avión no paré de llorar. Para mi prima fue peor; tonteaba con un chico y se le cayó el mundo encima, pero por mucho que insistió en quedarse en Barcelona no lo consiguió. Perdió a sus padres cuando era pequeña, prácticamente la crio mi madre.

—¿Por qué no se ha quedado a hacerte compañía?

—¿Lo harías tú?

Temerosa de que malinterprete mi pregunta y le encuentre una segunda intención, me apresuro a puntualizar:

—Instalarte aquí, quiero decir. Con las condiciones actuales de la mansión.

Christopher coge una porción de sushi y se la lleva a la boca. Contemplo fascinada su destreza con los palillos. Después de varios intentos infructuosos, yo he acabado utilizando un tenedor.

—No me seduce la idea de pasar frío, pero no me importaría quedarme alguna que otra noche..., si algo o alguien me motivara lo bastante.

Sus palabras hacen que se me atraviese el sushi en la garganta. Tomo un largo trago de vino para disimular mi turbación.

—¿De dónde has sacado esa bata?

—Muy gracioso. Ahora me dirás que Naomi tiene una igual.

Christopher rompe a reír.

—No exactamente. La suya tiene un estampado felino.

—Muy apropiada —mascullo entre dientes. Aunque no pretendía que me oyese, lo ha hecho.

—¿Apropiada para qué?

—Olvídalo. —Muevo la mano en el aire para restar importancia al comentario. El sushi se me hace bola en la boca. Bebo media copa de vino para ayudarlo en su recorrido hacia el estómago.

—Naomi es muy atractiva. ¿Estáis juntos?

Me doy cuenta de que me he pasado tres pueblos cuando veo la expresión confusa de Christopher. ¿Qué me ocurre? Acabo de conocerlo y ya he invadido su intimidad. Si me manda al cuerno lo tendré merecido.

—Retiro la pregunta, no es asunto mío —me apresuro a decir—. Esta tarde os he visto tan compenetrados que he pensado... Lo siento, no debí mencionarlo.

—Naomi es una buena amiga, pero no salimos juntos. Yo vivo en Nueva York, como ya sabes, puesto que has estado leyendo sobre mí en internet.

—¡No es verdad! —replico con demasiada vehemencia para resultar creíble.

—Eleonora, no se te da bien mentir. Te ruborizas. Venga, reconoce que nada más conocerme te faltó tiempo para teclear mi nombre en Google.

—¡Presuntuoso! Vale, te busqué. Tenía curiosidad por tu última novela.

—Seguro.

¿Acaso es especialista en lenguaje no verbal y detecta las mentiras a través de las expresiones faciales? Espero que no me pregunte si he leído el libro porque no lo he hecho. Ni ese ni ninguno de los once más que ha publicado hasta la fecha.

—¿No te parece que este sushi es bastante insípido? —Cambiar de tema tal vez sea una buena táctica para no verme acorralada.

—Y el salmón está salado, pero resulta que me estoy divirtiendo.

—Sí, en todos los circos hay un payaso —refunfuño.

—Eleonora, eres muy susceptible. Ahora hablo en serio: ¿hasta cuándo piensas permanecer aquí? Dentro de unos días, después de que se lleven los cuadros y los muebles, esta mansión será un panteón. ¿No tienes que volver al trabajo?

—Estoy de vacaciones. ¿Y tú? ¿No tienes que escribir?

—Puedo hacerlo en cualquier sitio.

—Antes de regresar a Barcelona debo tramitar unas gestiones.

—De eso pueden encargarse los abogados.

—Lo sé, pero Cordelia me dejó instrucciones por escrito.

Apenas lo digo me doy cuenta de mi metedura de pata. ¿Por qué este hombre siempre consigue tirarme de la lengua?

—¿Instrucciones? Ah, lo dices por la carta. A mí también me ha dejado una. ¿Qué te pide a ti?

—Que busque sus diarios.

Desde el fondo de mi subconsciente, la voz de la sensatez me aconseja dejar de beber. Si no cierro el pico, acabaré revelando los verdaderos deseos de Cordelia.

—¿Diarios? —Frunce el ceño—. En los veranos que pasé aquí nunca la vi escribir una línea.

—Lo mismo dice Ruby.

—¿Quién es Ruby?

—Su antigua doncella. Trabajaba para Cordelia cuando conoció a tu abuelo.

—¿Sigue viva?

—Sí, aunque es muy anciana.

Los ojos de Christopher centellean.

—De modo que los has encontrado.

—¿A qué te refieres?

—Vamos, Eleonora, no te hagas la tonta. Esta tarde me has preguntado si me sonaba el nombre de Ross Hamilton. Ahora me dices que Cordelia lo conoció, algo que solo has podido averiguar a través de sus diarios. Déjame verlos.

—Está bien, he encontrado uno. Estaba en su habitación, bajo las tablillas del suelo. Voy a buscarlo.

Minutos después lo deposito frente a Christopher.

—¿Por qué querría Cordelia que leyeses su diario? —Hojea las páginas sin detenerse en ninguna.

—No lo sé, pero te aseguro que he alucinado con lo que escribió. Sospecho que hay más, escondidos en diferentes lugares de la casa.

—¿Qué te lleva a pensar eso?

—El hecho de que este —doy unos golpecitos en el cuaderno con el dedo índice— deja demasiadas incógnitas en el aire. Léelo y me entenderás. Puede que sus palabras te parezcan relamidas, aunque como escritor no debería resultarte difícil comprender la mentalidad de una mujer soltera de 1938, en una comunidad rural como la de la isla.

—Me pregunto por qué no los escondió todos juntos en vez de dispersarlos.

—Debió de pensar que así protegía mejor su intimidad. Se aseguró de que si alguien encontraba un diario, al menos el resto quedase a salvo.

—Podría haberte dicho dónde los ocultó.

—¿Y arruinarme la diversión? Se supone que debo asumir la búsqueda de los diarios como un reto.

—¿Tienes idea de dónde están?

—En absoluto. He mirado por todas partes, pero la casa es tan grande... Imagino que Cordelia conocía todos sus escondrijos.

—Tal vez esa mujer, Ruby, lo sepa.

—No creo. De todas formas, mañana se lo volveré a preguntar.

—Iré contigo. Quiero conocerla.

—Te advierto que tiene más de noventa años —le digo con cierta sorna.

—Las ancianitas son mi especialidad. Si conoce el paradero de los diarios, me lo dirá, no te quepa duda.

—No la subestimes —le aconsejo—. Es escurridiza como una liebre y astuta. Se queja de que se le va la cabeza, pero la tiene más centrada que yo.

—Me alegro, así podrá responder mis preguntas. ¿Más vino, Eleonora?

—¿Pretendes emborracharme?

—No. Quiero follarte.

21

No hay palabras para definir mi reacción de anoche. Christopher Hamilton me deseaba y ¿qué hice yo? Rechazarlo. Pese a lo que diga esa estúpida canción, los hombres no llueven del cielo, menos aún en el terreno en el que yo me muevo. Y ahora la malévola vocecilla obstinada en dejarse oír en mi cabeza cuando no la necesito para nada no cesa de fustigarme. ¿Por qué no me dejé llevar?

Tras pasar la noche desvelada he ido al baño de madrugada y casi me he puesto a aullar de espanto al ver en el espejo mi rostro demacrado. ¿Cuándo dejé de ser joven y resultona? Quizá debería pasarme el día escondida bajo las sábanas. Lo haría, pero mi estómago ruge como un león hambriento. Noto el suelo frío bajo los pies, lo que me recuerda que debo avivar los rescoldos de la chimenea y limpiar las cenizas acumuladas. Jamás pensé que echaría tanto de menos las ventajas de una calefacción moderna.

Después de una ducha rápida (la temperatura del agua no invita a entretenerse), me envuelvo en el viejo albornoz de Cordelia y bajo a la cocina. Los platos con restos de comida y las copas sucias de la cena continúan sobre la mesa. El panorama que ofrece el frigorífico no mejora mi estado de ánimo: media barra de mantequilla, un par de huevos y el omnipresente *haggis*.

Sin pensármelo dos veces, lo tiro a la basura. Mientras desayuno, e intento alejar a Christopher de mis pensamientos, me concentro en los diarios. A medida que imagino lugares donde Cordelia pudo haberlos ocultado va aumentando el resquemor que siento por ella.

¿Dónde los escondiste?

¿Por qué no dejaste pistas?

¿A qué te referías con las malditas lágrimas de los dioses?

Christopher me recogerá a las tres para ir a casa de Ruby. Ojalá se le olvide, así no tendré que verlo. El móvil vibra sobre la mesa. No recordaba haberlo puesto en vibración. Es un número desconocido. Tengo por costumbre no responder, pero hoy le daré cancha a cualquiera con tal de distraerme.

—Hola, Norita. —Reconozco la voz al instante—. Feliz año.

Solo una persona me llama así: Manu. Él sigue trabajando de redactor en el periódico. Tiene la irritante costumbre de añadir la terminación «ito» o «ita» a todos los nombres y adjetivos. A algunos compañeros les saca de quicio. Aunque se preparó para ser director de cine, paga sus facturas poniendo al día la cartelera de espectáculos y refriendo noticias. Si no hay publicidad en juego, se esmera en destrozar las óperas primas de los directores noveles. Pese a todo, me resulta simpático.

—Lo mismo digo.

—¿Cómo lo llevas, guapita? Por aquí te echamos de menos.

—Sí, puedo imaginar cuánto —respondo con ironía. No creo que ninguno de mis excompañeros, excepto él, haya dedicado un solo instante a pensar en mí. Nada personal. Ellos son así. Egocéntricos e inseguros. Algunos ni se saludan. Supongo que su actitud tiene mucho que ver con la competitividad fomentada por Fabián, el subdirector, y el miedo a decir algo que les perjudique ante una posible promoción. Tendrían más suerte comprando un boleto de lotería.

—Oye, Norita, dice el jefe que no quieres trabajar con nosotros.

Esta sí que es buena.

—¿Ha olvidado que me abrió la puerta para que me marchara? —rezongo.

Manu carraspea al otro lado de la línea.

—Para ser justos, digamos que te despediste tú, lo mandaste a la mierda. Un puntazo. ¿Tienes alguna cosita en perspectiva? Porque el paro no lo cobras, ¿verdad?

—Algo saldrá. Ahora estoy en Escocia.

Nuevo carraspeo.

—No te oigo, guapita. Ya sabes que en este edificio hay mala cobertura.

—He dicho que me encuentro en Escocia.

—¿Escocia? —repite—. ¿El país?

—Sí. Asuntos familiares.

—Aaah.

Sonrío al imaginar la cara de Manu. Está ahorrando para comprarse un piso y cuenta hasta el último céntimo. No ha podido llamarme desde un teléfono de redacción porque las llamadas internacionales están prohibidas desde que una factura se disparó porque un becario se pasaba las tardes hablando con un ligue de Estocolmo al que conoció en Magaluf. Cuando alguien necesita llamar al extranjero debe pedir la conexión a centralita y dar una serie de explicaciones que quedan registradas. Si ha usado su móvil, estará hiperventilando solo de pensar que la conversación pueda restarle unos euros a su cuenta corriente.

—Estooo, ha sido estupendo charlar un ratito contigo, pero me llaman por el otro teléfono. Nos vemos pronto.

Finiquita la conversación sin darme opción a despedirme.

Tras llamar a Melva para decirle que no iré sola (se muestra encantada al saber que me acompañará Christopher Hamilton), dedico el resto de la mañana a revolver cajones. El hallazgo de las joyas en el buró de Cordelia me anima a revisar el escritorio de la biblioteca. Saco el contenido de los cajones: papel de cartas con el membrete de Nightstorm House, plumas y bolígrafos con la tinta seca, sellos descoloridos, libros que nadie devolvió a las estanterías, una caja de puros vacía, pedazos de una figura de porcelana y una linterna. Palpo a conciencia los fondos con la esperanza de dar con un resorte, pero son gavetas corrientes.

Tenía intención de acercarme al pueblo a comprar, pero hace demasiado frío para caminar y no me apetece esperar cuarenta y cinco minutos al autobús. Además, es casi la una de la tarde. Imposible ir y volver antes de las tres. Espero que Christopher sea puntual, solo voy a darle un cuarto de hora de margen. Como me he comido los huevos para desayunar, me conformo con almorzar un triste sándwich de mantequilla.

Cuando apenas falta media hora para que Christopher haga su aparición subo a cambiarme. La discusión de anoche me dejó tan alterada e insomne que me dio por poner una lavadora, pero cometí el error de tender la colada en el exterior y al ir a recogerla esta mañana, la ropa estaba tiesa como una vara. No me queda otra que vestirme con uno de los modelitos de Bárbara: un pantalón pitillo gris que me hace bolsa en el trasero porque mi prima es más culona que yo y un jersey naranja que apenas me cubre el ombligo. Para empeorar las cosas, la camiseta que llevo debajo apesta a naftalina. A las tres menos cinco suena el timbre. Puntualidad británica. Abro la puerta, el pulso acelerado a causa de la ansiedad.

No tengo palabras.

22

Christopher me deja sin aliento. Es como uno de esos modelos que anuncian por la tele automóviles capaces de llegar al fin del mundo sin repostar. Cuando sus ojos encuentran los míos enrojezco hasta la raíz del cabello, ajena a la corriente antártica que sacude mi cuerpo amenazando con convertirme en una estatua de hielo. Me alivia pensar que no ofrezco un aspecto tan desaliñado como otras veces. Llevo el pelo limpio y los rizos en su sitio.

—¿Estás lista? —me pregunta sin saludos previos, y entra en la casa dejando a su paso una estela de fragancia herbal. Lo observo en busca de señales de enfado, pero su rostro no expresa emoción alguna.

—Dame un minuto.

Abro el armario del vestíbulo y cojo las bolsas con la ropa de Cordelia. Él me las quita de las manos y las lleva hacia su coche de alquiler. Es espacioso y cómodo. A Bárbara le endilgaron una antigualla que se calaba cada dos por tres. Christopher cierra el maletero y saca el móvil para atender una llamada.

Cuando termina de hablar, arranca el motor, ajusta la calefacción a una temperatura agradable y se pone en marcha con la vista fija en el camino que lleva a la carretera. Ni siquiera menciona el olor a naftalina que desprende mi camiseta, pese a que lo he visto arrugar la nariz. Bajo un poco la ventanilla, pero la subo de inmediato cuando entra una ráfaga de viento.

Mientras admiro su perfil me pregunto, por enésima vez en lo que va de día, por qué lo rechacé. Me mortifica la absurda escena que le monté.

—No pongas esa cara de ofendida. Deberías sentirte halagada —me dijo tras soltarme que quería acostarse conmigo.

—Pero tú... tú... ¡de qué vas!

—No voy de nada. Hablo y actúo con franqueza. Con esa horrible bata y sin maquillaje estás increíblemente sexy, y me apetece follarte. Eso es todo.

—¿Te das cuenta de que me estás tratando como a una furcia?

—Qué simple eres.

—Además... tú... ni siquiera me gustas.

—Mentira. Te has puesto colorada.

—Eres un capullo engreído.

—Pero te mueres por estar conmigo.

—No es cierto.

—Sí lo es. Te delatan los ojos.

—¿Crees que todas caemos rendidas a tus pies?

—Soléis hacerlo.

—Pues esta noche te has equivocado de mujer.

—Desde luego que sí. Eleonora, vives en otro mundo —sentenció tras emitir un profundo suspiro.

—¿Qué insinúas?

—Piensas que para follar hay que estar perdidamente enamorado. Crees en los cuentos de hadas con final feliz. Bien, pues yo acabo de proponerte uno de cine para esta noche, pero como has dejado claro que no te interesa y no soy de los que insisten, lo mejor será que me marche.

—¿Por qué no se lo propones a Naomi? —solté absurdamente—. Ella parece bastante dispuesta a tener un final de cine contigo.

—Me aburre discutir con una mujer celosa. Vendré a recogerte mañana, a las tres.

Muevo la cabeza para despejarme. No me considero un bicho raro. ¿Qué tiene de malo querer ser amada? Amor. Fidelidad. Respeto. Lealtad. ¿No es lo que buscamos todos? Las personas normales, al menos. ¿Tan insólito es desear un cuento de hadas? Incapaz de soportar el tenso silencio, me aventuro a romperlo con una pregunta que se me antoja lógica teniendo en cuenta el interés que mostró Christopher anoche por los diarios de su tía abuela.

—¿Lo has leído? Me refiero al diario de Cordelia.

Asiente con la cabeza. Esperaba más locuacidad por su parte.

—¿Y qué te ha parecido? —insisto.

—Interesante —responde lacónico, concentrado en la conducción.

Mientras sopeso hacia dónde derivar la conversación, contemplo el paisaje. No se me ocurre nada ingenioso. Por suerte, el trayecto es corto.

—La Cordelia que escribió esas páginas es muy distinta de la que conocí —digo finalmente.

—¿En qué sentido?

Guardo silencio. Quería evitar a toda costa el tema del sexo y me he metido en la boca del lobo. Ahora tendré que decirle que jamás hubiera imaginado que Cordelia pudiera ser una mujer sensual y apasionada, lo que sin duda nos conducirá a reanudar la discusión de anoche. Me devano los sesos en busca de una respuesta inteligente.

—Estamos llegando.

—¿Qué?

—Kyleakin. Ruby vive aquí, ¿no?

Reparo en una señal de tráfico que prohíbe sobrepasar los treinta kilómetros por hora.

—Ah, sí.

—¿Hacia dónde voy?

¡Ay, madre! No tengo la menor idea. El otro día, la nieta de Ruby vino a buscarme a la parada del autobús, no me fijé en las calles que recorrimos. De hecho, cuando hice el camino inverso, me vi obligada a preguntar un par de veces. Nunca he tenido sentido de la orientación.

—Gira a la derecha —improviso mientras busco con la mirada alguna casa o comercio que me resulte familiar. Puede que me haya equivocado de cruce.

Obedeciendo mis indicaciones, Christopher avanza un trecho en línea recta hasta que le hago virar a la izquierda.

—Vale, ¿y ahora qué?

—Pues... sigue recto. Reconocerás la casa por la fachada blanca.

—Todas las casas son blancas —apostilla frunciendo el ceño.

—Desde el salón se ve el mar, así que debe de estar cerca del puerto.

—Eleonora, es un pueblo pesquero, casi todas las casas tienen vistas al mar —contesta con un bufido—. Dame la dirección. La buscaré en internet.

—Es que... no la sé —atino a farfullar—. Pero tengo el número de teléfono.

Antes de que Christopher pierda la paciencia, me apresuro a sacar el móvil del bolso. Cuando se lo paso para que Melva le dé las indicaciones pertinentes, oigo a su hija de fondo, partiéndose de risa.

—Me he perdido, sí... Yo tampoco lo entiendo, es un pueblo pequeño... ¿Y dice que iba en la dirección equivocada? —Christopher me dirige una mirada sesgada—. Perfecto, ahora lo tengo claro, gracias, nos vemos en unos minutos.

Cuando da marcha atrás entono una disculpa.

—Sabía llegar, pero a pie.

—Seguro —suelta con una mueca burlona.

Makenna agita la mano en señal de saludo. Por lo visto, su madre ha acordado con Christopher que nos esperaría en la puerta. Pese a la inclemente lluvia que ha empezado a caer, observo que, fiel a lo que parece ser su costumbre, va vestida con ropa ligera: vaqueros salpicados de agujeros y una degastada camiseta azul. Miro a Christopher para ver su reacción ante los piercings que le adornan el rostro, pero se limita a obsequiarla con una de sus arrebatadoras sonrisas antes de abrir el maletero para sacar las bolsas de ropa. Makenna lo contempla embobada. Ni siquiera una punki resulta inmune a sus encantos.

—Eres tú, ¿verdad? —Se acerca a toda prisa, los ojos como platos—. ¡He leído tus libros! El último es alucinante. Yo soy Makenna.

Melva ha ido a la farmacia a recoger unas medicinas para su madre, pero se ha asegurado de dejarnos la merienda preparada. Ruby, sentada en su butaca habitual, no aparta la vista del reloj de la pared como si contase los minutos que faltan para dar cuenta de las viandas. Yo estoy tan hambrienta que se me hace la boca agua al contemplar el festival de dulces. Me adelanto a saludar a la anciana mientras Christopher deja las bolsas sobre el banco que hay junto a la puerta. Makenna pasa a mi lado como una exhalación.

—¡Abuela! No te vas a creer quién ha venido.

No estoy preparada para la reacción de Ruby cuando él alarga la mano hacia ella.

23

—¡Por los clavos de Cristo! ¡Ross Hamilton ha regresado de la tumba! —exclama Ruby.

El color ha desaparecido de su rostro, sus huesudas mejillas, hace un minuto sonrosadas, se tornan cenicientas; me preocupa que esté a punto de sufrir un ataque al corazón. Su nieta la devuelve a la realidad.

—¡Abuela, se te va la pinza! Se llama Christopher, es escritor. Ha venido con Nora. Lástima no tener aquí tus novelas para que me las firmes —suspira sin quitarle el ojo de encima.

Christopher coge la mano de Ruby y se la estrecha con delicadeza.

—Espero no molestarla. He insistido en acompañar a Eleonora. Ross era mi abuelo. ¿Tanto nos parecemos?

—¿Quién es Ross? —interviene Makenna.

Un velo de lágrimas empaña los ojos de la anciana mientras su mente parece volar hacia otro lugar, lejos de nosotros y del confortable ambiente que nos rodea. Quizá he cometido una equivocación al permitir que Christopher viniera conmigo. Puede que la impresión haya podido con Ruby y esta tarde no esté en condiciones de explicar sus recuerdos. Nada más lejos de la realidad. A los pocos segundos parpadea y recobra su lucidez habitual.

—Señor Hamilton, es usted el vivo retrato de su abuelo. *Aye*. Sí, los mismos ojos, la misma sonrisa... Aunque Ross llevaba el cabello más largo y era un poco más bajo —dice Ruby asintiendo con la cabeza para otorgar veracidad a sus palabras.

—¿Alguien va a decirme de una puta vez quién es Ross?

La anciana vuelve la cabeza visiblemente molesta.

—Niña, vigila esa boca. ¿No tienes nada mejor que hacer?

—*Nae* —contesta Makenna.

—¿No regresas a Londres mañana? Pues empieza a preparar el equipaje o sal por ahí con tus amigos.

—Es que quiero comentar con Christopher un par de cosas de su libro y...

—Más tarde. Anda, haz feliz a tu abuela y déjanos a solas.

—Vale... Oye, Christopher, no te las pires sin hablar conmigo, ¿eh?

Él parece divertido.

—No te preocupes.

—Ya lo has oído, ahora obedece. —El tono de Ruby no admite réplica.

—Si me necesitáis, estaré en mi cuarto, escuchando música.

En cuanto su nieta se pierde de vista, Ruby nos invita a tomar asiento.

—He leído el diario de Cordelia —empieza Christopher—. Según cuenta, fue usted alguien importante en su vida.

—Así que finalmente ha aparecido... —murmura Ruby dirigiendo sus ojillos redondos hacia mí.

—Bueno, uno de ellos —le informo—. Nunca adivinaría dónde lo encontré.

—¿Debajo de su cama? —me pregunta con una ceja alzada.

Si me pinchan, no me sacan sangre.

—¿Cómo lo ha adivinado? Usted me aseguró que no tenía ni idea de dónde los escondió —le recrimino.

—Y era cierto, pero la otra tarde, cuando te marchaste, recordé algo. Verás, en cierta ocasión entré en el dormitorio de Cordelia a colgar unos vestidos en su armario y la vi tumbada en el suelo, con medio cuerpo debajo de la cama. Me dijo que se le había caído un pendiente; me pareció raro, ella jamás llevaba. Cuando me agaché para buscarlo, bajo la cama solo vi polvo y un par de tablas levantadas. Al preguntarme por los diarios, até cabos.

—¿Por qué no me lo contó? Me habría ahorrado tiempo.

Ruby se encoge de hombros.

—Soy vieja, mi memoria viene y va.

—¿No miró bajo las tablas? —interviene Christopher.

—¿Por qué iba a hacerlo?

—A mí me habría picado la curiosidad.

—Es posible, pero ya sabe lo que dicen: la curiosidad mató al gato, y yo no soy cotilla. ¿Le apetece una taza de té? —Sin darle ocasión de responder, llama a gritos a su nieta para ordenarle que ponga el hervidor al fuego—. No sé por qué demonios ha tenido que salir de casa esta hija mía. ¿Decía usted que yo le importaba a Cordelia? Puede que me tuviera aprecio, al menos al principio, pero no se engañe. Para los ricos, los criados no valemos nada. No hay más que ver con qué facilidad nos sustituyen cuando dejamos de serles útiles.

—Se acordó de usted en su testamento —le señalo.

—¿Y crees que podré disfrutar del dinero? Si Cordelia quería hacerme feliz, bien podía haber tenido el detalle de palmarla unos años antes —me espeta, y enseguida vuelve a ignorarme para centrar en Christopher su atención—. No es que no agradezca su visita, señor Hamilton, pero, dígame, ¿a qué ha venido realmente?

—Espero que pueda aclararme las dudas que me han surgido tras leer el diario. Por ejemplo, ¿por qué no se casaron mi abuelo y Cordelia si estaban tan enamorados?

—Es cierto. Cordelia se enamoró de Ross hasta las trancas.

—Eso lo deja bastante claro. Le seré franco, Ruby. Vine a la isla porque ella exigió mi presencia en la lectura del testamento.

—Tengo entendido que, pese a no entenderse con su tía abuela, le ha beneficiado mucho el reparto de los bienes.

—No me quejo. Aun así, mi intención era regresar a Nueva York lo antes posible, pero Cordelia se esforzó en complicarme la vida. Cuando leí su diario y Eleonora me dijo que usted...

—No se corte, señor Hamilton —lo interrumpe Ruby—. Cuando Nora le dijo que una antigualla contemporánea de su tía abuela seguía viva pensó que podría responder a sus preguntas.

Christopher sonríe, sorprendido por la mordaz ironía de la anciana.

—Tutéeme, por favor.

—Oh, *nae*, no me sentiría cómoda. Pero lo llamaré por su nombre de pila. Continúe.

—Bueno, apenas sé nada de mi abuelo, desapareció cuando mi padre era pequeño, no queda nadie vivo que pueda hablarme de él, excepto usted.

Makenna regresa de la cocina con una tetera humeante. Tras dejarla sobre el salvamanteles hace ademán de marcharse. Ante la mirada admonitoria de su abuela, se apresura a llenar las tazas.

—Me gusta usted, señor Hamilton, es decir, Christopher. Va directo al grano, como yo. Pero me extraña que no le quede ningún pariente vivo. Ross tenía familia en la India, o eso le oí decir —rememora Ruby.

—Es cierto, pero todos han muerto.

—¿No queda nadie? ¿Ni siquiera un primo lejano? Qué triste es vivir sin familia.

—Bueno, tengo a mi madre.

—Me alegro por usted, las madres son muy importantes —manifiesta Ruby alzando levemente la mano derecha para invitarlo a proseguir.

—Hace unos años decidí indagar sobre mi ascendencia paterna. Mi madre no sabía casi nada acerca de la familia de mi abuelo. Únicamente que residían en la India.

—¿Cómo conocía ese detalle? —inquiere Ruby.

—Se lo contó Cordelia.

—Espere un momento. —La anciana se vuelve hacia su nieta, que parece a punto de salir—. Makenna, trae la botella de oporto y sírvenos unas copitas.

—Es que he quedado con unos colegas —contesta la chica.

—¿Le apetece, Christopher? —pregunta Ruby ignorando a su nieta.

—Por supuesto, señora.

Le apetece tanto como a mí, pero sabe complacer a una vieja dama.

—Cuando era joven lo rebajábamos con zumo de limón, un asco. ¿Le gustaría oír algo curioso? Aunque la bebida nacional sea el whisky, yo siempre he preferido la ginebra. Por desgracia, mi hija se niega a comprarla. Que me perjudica, dice la muy boba. Tonterías, la Reina Madre de Inglaterra bebía gin-tonics y vivió hasta los ciento un años.

—La próxima vez vendré con una botella —se compromete Christopher sin detenerse a pensar en lo que dirá Melva.

«Se te han olvidado las chocolatinas. Tal vez ahora entiendas por qué está mosqueada contigo», me regaña una voz al oído.

—Una Hendrick's estaría bien. ¿La conoce?

Christopher cruza los brazos sobre la mesa y se inclina hacia delante.

—Pues claro: la ginebra del pepino.

—Ja, ja, ja, a cada minuto que pasa me cae usted mejor, señor Hamilton. Hablamos el mismo idioma. Me encanta la botella, me recuerda las de las boticas de antaño. Espero que pueda permitírsela usted, no es nada barata. ¡Ah!, ni una palabra de esto a mi hija.

—Descuide. —Christopher le guiña un ojo—. Será nuestro secreto.

Ruby asiente complacida.

¿A qué puñetas juegan? Estoy segura de que Melva se molestaría si descubriese que, a sus espaldas, le llevamos alcohol a su madre.

—El oporto es mejor que la ginebra para acompañar estos

cupcakes tan ricos, Ruby —aseguro en un tono que me parece aleccionador incluso a mí y que me vale una mueca despectiva. Para reforzar tal afirmación, mordisqueo uno bañado en chocolate y acerco a mis labios la copa rebosante de licor, aunque la mera visión del líquido de color ciruela basta para revolverme el estómago.

Makenna sonríe malévola mientras me rellena la copa. Debe de considerarme una chiflada porque sigo tomando un licor que no me gusta. Ruby saborea su oporto con deleite antes de dirigirse de nuevo a Christopher.

—A ver, joven, me estaba usted hablando de la familia de Ross. ¿Qué más averiguó? —Hace una señal a su nieta para que le sirva más oporto. Si continúa bebiendo a semejante ritmo, no tardará en quedar fuera de juego.

—Hace unos años intenté sonsacarle alguna pista a Cordelia, pero se mostró reacia a hablar del tema. Solo me contó que Ross pasó unos días en Nightstorm antes de la guerra; según ella, lo trató poco. Tras leer su diario, no cabe duda de que mintió. —Christopher se interrumpe para observar la reacción de Ruby, que permanece impertérrita—. Al final decidí contratar a un detective.

Makenna suelta un grito de emoción.

—¡Como el protagonista de tu libro! También he visto la peli. Flipé.

—Si vas a quedarte en esta habitación, mantén el pico cerrado —la reprende su abuela.

—Después de dos meses de pesquisas, el detective me entregó un informe que apenas contenía una decena de folios —prosigue Christopher con una media sonrisa en los labios—. La familia de Ross poseía una plantación de té en la India que gestionaban su padre y su hermano mayor. Al parecer, en cuanto contrajo matrimonio, Ross viajó allí con intención de quedarse una larga temporada, pero a su esposa no le sentaba bien el clima. Acordó con su padre que seguiría encargándose del negocio desde Nueva York.

»Según averiguó el detective, Ross se dedicó a pintar y descuidó el negocio. William Hamilton, mi bisabuelo, fue a América dispuesto a leerle la cartilla a su hijo, pero se suavizó al conocer el embarazo de su nuera y volvió a la India convencido de que la paternidad haría entrar en razón a Ross. Al cabo de unos meses, William tuvo que enfrentarse a una tragedia: durante una incursión en la selva, Nathaniel, su primogénito, murió de fiebres tifoideas. Sus padres fallecieron poco después. Imagino que esa sucesión de desgracias familiares hizo que Ross aparcase sus sueños artísticos, recogiese el testigo de su padre y se centrase en hacer lo que se esperaba de él. Un empeño loable truncado por la guerra.

Ruby deja escapar un profundo suspiro.

—La investigación debió de costarle una fortuna.

—Desde luego, no fue barata. El detective tuvo que viajar a la India para consultar archivos en la cámara de comercio y otras instituciones a las que a un occidental no le resulta fácil acceder. De todos modos, es complicado distinguir cuánto hay de verdad y cuánto de invención en el dosier. Francamente, la historia se me antoja un tanto novelesca.

—Ya te digo, tío, un culebrón en toda regla —sentencia Makenna, ganándose una nueva mirada de reprobación por parte de su abuela.

—Ross tenía talento —afirma Ruby—. Me dibujó un par de veces. Dijo que pasaría los bocetos a óleo, pero no se quedó en Nightstorm el tiempo suficiente para hacerlo. Todavía los guardo por ahí.

—Me encantaría verlos —apunta Christopher, interesado.

—¿Lo dice en serio? En ese caso, los buscaré un día de estos. Cuénteme, ¿qué sucedió con la plantación a la muerte de la familia?

—Namasté, así se llamaba la plantación de los Hamilton. Quedó en manos de administradores hasta que mi padre cumplió la mayoría de edad. Puesto que no tenía intención de vivir en ella y tampoco le entusiasmaba el negocio, la vendió.

—¿La ha visitado alguna vez?

Christopher se encoge de hombros.

—¿Qué objeto tendría viajar hasta allí? Hace décadas que la tierra no pertenece a mi familia. Sinceramente, no había vuelto a pensar en ello hasta ahora.

—¿No le gustaría saber si la plantación sigue en pie?

—Aunque tuviera curiosidad, que no la tengo, no iría a llamar a la puerta de unos desconocidos.

Ruby entorna los ojos, sorprendida.

—¿Por qué diantres no? La tierra siempre le tira a uno. Nunca se olvida. Acuérdese de *Lo que el viento se llevó*. Ni Rhett Butler pudo competir con la plantación de Tara.

—Yo no soy como Escarlata O'Hara. No siento apego a la tierra ni a nada. Además, uno no puede añorar lo que no ha conocido, ¿no le parece?

24

Los tres volvemos la cabeza al oír que se abre la puerta. Haciendo gala de una pericia digna de un prestidigitador, Ruby coge la copa de oporto de la mesa y la oculta bajo el mantel mientras con la otra mano remueve su té.

—¡Maldita sea, Makenna! ¿Qué hacen estas bolsas aquí? Casi tropiezo con ellas —rezonga Melva desde el vestíbulo.

—¡No son mías! —se defiende la chica.

Al contrario de su hija, Melva va abrigada hasta las cejas; cuando entra en el salón y se quita el gorro de lana frente a nosotros, unas gotas de agua fría me salpican las mejillas.

—Ah, Nora, qué alegría verla. Siento el retraso; cuando he llegado a la farmacia resulta que me faltaba una receta, he tenido que pasar por la consulta del médico a que me la hiciese.

—No creo que a nuestros invitados les interesen tus andanzas —refunfuña Ruby.

Entonces Melva repara en la presencia de Christopher y se mesa el cabello despeinado en un coqueto intento de arreglar el desastre causado por el gorro y la lluvia. Por eso nunca me pongo gorros de lana ni sombreros. Tras responder vacilante al apretón de manos masculino, murmura una disculpa y desaparece rápidamente por el pasillo. Ruby aguza el oído; en cuanto escucha cerrarse la puerta del dormitorio señala con el mentón la botella de oporto. Christopher le rellena la copa.

—Melva tardará un buen rato —asegura ella con un guiño pícaro—. Está en su dormitorio, acicalándose.

—¿Cuándo se enteró de que Ross y Cordelia eran amantes? —le pregunto a Ruby a bocajarro.

—¿Quién es Cordelia? —inquiere Makenna.

La anciana se vuelve hacia mí, los ojos en blanco.

—¿Cómo iba yo a saberlo?

—Venga, Ruby, usted era la persona de confianza de Cordelia. En algún momento tuvo ella que hacerle partícipe de sus sentimientos —rezongo en tono áspero. De soslayo, veo a Christopher fruncir el ceño.

—Nora, te recuerdo que yo era su doncella, no su amiga —afirma la anciana con vehemencia.

—¿Cordelia es la vieja loca que te ha dejado un pastón, abuela? —insiste Makenna.

—Lo que Eleonora quiere decir es que tal vez Cordelia creyó que usted tenía más experiencia en las lides amatorias y podría aconsejarla.

—¿Yo? ¡Si ni siquiera tenía novio! ¿Por qué iba a pensar ella que sabía más de la vida?

Puedo imaginar la razón. Ruby era una chica de origen humilde, y en aquella época las familias acomodadas como los MacDonald tendían a pensar que los criados, carentes de educación, a la menor oportunidad se revolcaban en el campo como animales. La astuta anciana ha llegado a la misma conclusión.

—Entiendo, como yo era pobre, Cordelia dio por hecho que sería un pendón.

—No, pero quizá suponía que habría tenido algún pretendiente —puntualiza Christopher.

—Si hubiese querido, los chicos habrían hecho cola en mi puerta. Era una moza de muy buen ver.

—Creo que usted descubrió el romance en los diarios —declaro tajante ante la mirada sorprendida de Christopher.

—¿Qué insinúas, Nora? —Ruby se muestra ofendida—. Jamás hice tal cosa. Habría sido como leer una carta que no iba dirigida a mí.

Esta vez no me dejo convencer por su tono inocente. Ruby es una maestra en el arte de manipular.

—No pretenda hacerme creer que tras sorprender a Cordelia bajo la cama no quiso saber qué tramaba. Usted ha dicho que se dio cuenta de que le mentía al decirle que buscaba un pendiente. Vamos, no me trago que no mirase bajo las tablillas. Yo lo hice.

Aun sin verlo, percibo a Christopher fulminándome con los ojos. Acabo de tachar a Ruby, una anciana de noventa y tantos años, de embustera. Si decide echarnos de su casa, y estaría en su derecho, Christopher no podrá seguir indagando en el pasado de su familia. Cuando abro la boca para pergeñar una disculpa, ante mi sorpresa, Ruby rompe a reír.

—Eres una chica lista, Nora. —Me apunta con el dedo índice—. No entiendo cómo sigues soltera. Me dijiste que tu novio te abandonó, ¿verdad?

Maldita sea. Con su comentario me ha devuelto con creces el ataque. Mortificada, apoyo la espalda en la silla y desvío la mirada hacia la ventana. Daría cualquier cosa por encontrarme en una de las barcas ancladas en el puerto. La niebla y la oscuridad me impiden verlas, pero sé que están ahí.

—Claro que sentí curiosidad por saber lo que ocultaba Cordelia —continúa Ruby, indiferente a mi indignación—, sobre todo después de ver lo mucho que se ruborizó cuando la sorprendí debajo de la cama. Pero respetaba a quien me pagaba el salario, por nada del mundo hubiera arriesgado mi puesto de trabajo. Ella tenía derecho a esconder sus secretos; yo no tenía ninguno a violarlos.

Cuando el sonido de sus tacones anuncia que Melva está a punto de reunirse con nosotros, la copa de Ruby vuelve a desaparecer como por arte de magia. Su hija entra en el saloncito con el cabello recogido en un moño y los labios pintados de rojo. Christopher se levanta para acercarle una silla. El ceño fruncido de Ruby deja bien claro que quiere a su hija lejos de allí. Nada más acomodarse, Melva se sirve una taza de té y entabla conversación con Christopher.

—No tuvimos ocasión de conocernos personalmente durante los años que trabajé para su tía abuela, señor Hamilton. Fue muy generosa acordándose de mamá. No esperábamos que le dejase tanto dinero, reconozco que nos viene bien. A mí, en cambio, ni un pellizquito. ¿Ha probado ya el pudin? Lo preparo siguiendo una receta de mi bisabuela, aunque he hecho alguna aportación personal, como la canela.

En su afán por agradar, Melva encadena frases de forma atropellada. Su madre no tarda en reprenderla.

—¿De verdad piensas que el señor Hamilton ha venido a oír tu cháchara, alma de cántaro? ¿Por qué te has pintarrajeado como un papagayo? ¿Tienes una cita y no me he enterado?

—¡Madre!

—Es tarde, deberías empezar a preparar la cena.

Melva, avergonzada, masculla una excusa ininteligible y desaparece a toda prisa en dirección a la cocina, momento que aprovecha Makenna para reclamar la atención de Christopher. Mientras Ruby la regaña por sus interrupciones, voy a ver a Melva. La encuentro trajinando con las cazuelas, haciendo más ruido del necesario. Yo suelo hacer lo mismo cuando estoy enfadada y no me atrevo a manifestar mi estado de ánimo de otra forma. Al percatarse de mi presencia, se apresura a secarse los ojos con el dorso de la mano. Finjo no haber visto las lágrimas.

—Melva, respecto al incidente con las bolsas, quería decirle que ha sido culpa nuestra. Las dejamos encima del banco, han debido de caerse.

—Pensé que eran de mi hija. Tiene la mala costumbre de dejarlo todo de cualquier manera.

—Se me ha ocurrido que podría interesarle la ropa de Cordelia. Algunos vestidos están anticuados, pero son de buena calidad y con unos arreglos...

—Muchas gracias por pensar en mí, Nora. Lamento que haya tenido que presenciar esa escena con mi madre. Es mayor, no sabe lo que dice.

Naturalmente que lo sabe, estoy a punto de contestarle. Ruby es de ese tipo de personas que al alcanzar cierta edad se creen con derecho a soltar lo que les venga en gana, sin que les importe a quién pueden ofender. Mi prima es del mismo palo.

—Cuando era más joven no se comportaba así, pero no lleva bien ni la vejez ni la pérdida de movilidad.

—Conserva una mente muy lúcida.

Melva sonríe con tristeza.

—La cabeza es casi lo único que le funciona bien. ¿Cree que no me he dado cuenta de que está bebiendo? Con la cantidad de medicamentos que toma...

—¿Por qué no vuelve al salón?

Ella mueve la cabeza y hace un gesto displicente con la mano.

—Por alguna razón que se me escapa, mi madre no quiere que escuche lo que tiene que contarles. Ya verá lo poco que tarda en deshacerse de su nieta.

Cuando abro la puerta de la cocina para volver a la salita veo a Makenna despidiéndose de Christopher.

—Ah, Nora, mañana Chris y yo volamos juntos a Londres. Yo vuelvo al curro y él tiene cosas que hacer en la *city*. ¡¿A que es genial?! —exclama con una amplia sonrisa.

El aguijón de los celos me perfora el estómago. Las mariposas que antes revoloteaban alegremente sucumben a su veneno. ¿Christopher se marcha? ¿Cuándo pensaba decírmelo? «¿Por qué debería comunicarte sus planes? —vuelve al ataque la insidiosa vocecilla—. Va en busca de diversión porque tú le resultas aburrida».

—Yo me abro. Chris, te veo mañana a las seis y media. —Makenna se pone de puntillas y le planta un sonoro beso junto a los labios.

Estoy pensando que forman buena pareja. Un leopardo y un puerco espín. La voz surgida de algún compartimento de mi conciencia descarga en mi pabellón auditivo su artillería. «Estás celosa, celosa, celosa», canturrea. Sacudo la cabeza para ahuyentarla y sonrío como una autómata cuando Makenna me invita a que la llame si paso por Londres.

—Niña, ¿no tenías tanta prisa? —gruñe Ruby interrumpiendo las despedidas. Cuando su nieta cierra la puerta tras ella nos conmina a ocupar de nuevo nuestros asientos—. De acuerdo, Nora, tú ganas. Es cierto que hojeé el diario de Cordelia, pero no por las razones que imaginas.

—¿Por qué lo hizo, entonces? —inquiero.

La anciana cierra los ojos. Transcurren unos segundos hasta que vuelve a abrirlos y me mira fijamente.

—Jamás me inmiscuí en las intimidades ajenas y no pretendo justificarme; si leí el diario fue llevada por la preocupación. Temía que hiciese alguna locura.

25

La llegada de Ross transformó a Cordelia. Al principio, el cambio fue para bien. Empezó a interesarse por su apariencia y durante varias semanas me mantuvo ocupada en la reforma de su vestuario; le acorté faldas, modifiqué hechuras, eliminé volantes y lazos... En un par de ocasiones me pidió que la acompañase a Portree de compras. En aquella época no había mucho donde elegir, pero volvimos a Nightstorm más contentas que unas pascuas. Disfruté con aquellas salidas. Otra cosa que me sorprendió fue su obsesión por la higiene; pasó de bañarse una vez a la semana, lo cual era perfectamente normal, a hacerlo a diario. Le advertí que si seguía enjabonándose así, se arrancaría la piel.

No se me escapaba que aquel empeño en mejorar su aspecto se debía a la impresión que le había causado el invitado de su padre.

Cordelia no era de esas chicas a cuyo paso los hombres vuelven la cabeza, pero gozaba de ciertas cualidades que gracias a mi pericia la convirtieron en una joven bonita. El señor MacDonald, satisfecho con el cambio operado en su hija, alentaba sus paseos con Ross y en alguna ocasión incluso le permitió salir a comer con él. Un hecho inaudito en un hombre anticuado que ni siquiera la dejaba permanecer en la biblioteca cuando él discutía de política con sus amigos. Algunas tardes, mientras su padre y Ross charlaban, yo hacía compañía a Cordelia en el salón. Aprovechaba para coser, y ella se distraía leyendo una novela romántica. Si no cerraban la doble puerta que comunicaba ambas estancias, procuraba sentarme cerca para escuchar las conversaciones. A diferencia de Cordelia, me intrigaba la política, aunque no alcanzara a comprender sus tejemanejes. Descubrí con estupor lo que acontecía en el continente: los nazis acosaban de forma lamentable a los judíos en Alemania y Polonia sin que nadie moviera un dedo por ayudarlos; ni ingleses ni franceses querían verse envueltos en un conflicto que podía desembocar en otra guerra, y España bastante tenía con lo suyo. El país libraba una guerra civil cuyo resultado se inclinaba del lado fascista. Por supuesto, era más cómodo cerrar los ojos a la tragedia ajena, y así lo hicieron los políticos demócratas, hasta que el peligro asomó a nuestra puerta. Hitler no tardó en dejar claro que su intención era adueñarse de Europa. Empezó por reclamar los Sudetes, territorios del antiguo Imperio alemán que en ese momento pertenecían a Checoslovaquia, bajo la amenaza de invadir el país.

A Cordelia le traían sin cuidado las exigencias del canciller alemán, pero a finales del verano de 1938 provocaron una crisis política que nos llevó a vender el alma al diablo. Ante el desafío del nazi, el entonces primer ministro inglés, Chamberlain, que desconocía hasta qué punto se había rearmado Alemania tras la Primera Guerra Mundial, o fue quizá demasiado prudente para plantarle cara, se avino a entrevistarse con él en Múnich. Deseaba una salida pacífica y la consiguió, pero ¿a qué precio? El Führer se apoderó de casi todo lo que exigía, y Chamberlain y su colega francés, no recuerdo su nombre, de quien se decía que era un tipo tan inseguro como nuestro primer ministro, se contentaron con firmar un acuerdo en el que todos proclamaban su deseo de garantizar la paz. Hitler le prometió a Chamberlain que el Reino Unido y Alemania jamás volverían a entrar en guerra, que no tenía intención de amenazar a más países. Cuando regresó a Londres con un trato que no era sino papel mojado, porque eso es lo que valían las promesas de aquel maníaco, a Neville Chamberlain lo aclamaron. Nuestro salvador de la paz, gritaban todos. ¡Bah! Lo único que consiguieron los políticos con aquel pacto fue dar alas a Hitler. En cualquier caso, para ser justos con Chamberlain y su secretario de Asuntos Exteriores, Halifax, debo decir que hasta finales de año muchos seguimos confiando en que su política daría resultado...

Los isleños creíamos disfrutar de una pacífica existencia que nunca se vería alterada por conflictos externos. ¡Qué equivocados estábamos!

Cuando sonaron los tambores de guerra, nuestros jóvenes, muchachos que no habían salido nunca de la isla, algunos ni siquiera hablaban inglés, solo gaélico, fueron reclamados para luchar contra los nazis. Entre ellos, mi hermano, Billy. El pobre infeliz resistió hasta finales de 1944, cuando lo abatieron en las Ardenas. Fue la última gran ofensiva de Hitler, y como nadie la creía posible, a los aliados les pilló por sorpresa. Eso demuestra que jamás hay que darle la espalda a una rata, ni cuando piensas que has acabado con ella a escobazos.

La muerte de mi hermano fue un golpe terrible; por aquel entonces yo ya no trabajaba en Nightstorm...

Cordelia, poco interesada en el escenario prebélico, no tardaría en afrontar su propia contienda personal, pues sufrió una crisis que puso a prueba su cordura y la de quienes vivíamos con ella.

El caso es que Cordelia y Ross hacían gala de una gran complicidad entre ellos. Si el señor MacDonald había hecho planes para que se casara con su primogénita, todo indicaba que le estaban saliendo bien.

Un día, la actitud de Cordelia cambió. Dejó de hablarme de Ross; si le preguntaba por él, me respondía de forma vaga. Su comportamiento resultaba extraño; yo era su doncella, pero también lo más parecido que tenía a una amiga. ¿No cabía esperar que estuviera ansiosa por cantarme las virtudes del hombre al que amaba? Su humor variaba en cuestión de minutos, tan pronto se mostraba alegre como perdía los estribos por cualquier nadería. Únicamente la presencia de Ross Hamilton parecía calmarla.

Sospeché que me ocultaba algo, aunque naturalmente guardé silencio. Una tarde subí a su dormitorio a coger una falda que quería arreglarle y, creyendo que no había nadie, entré sin llamar. Los sorprendí fundidos en un apasionado abrazo. Ella, semidesnuda de cintura para arriba, no me vio. Ross sí. ¿Cree que se avergonzó? Al contrario, me dirigió una sonrisa ladina y continuó como si tal cosa. Yo no era mojigata, después de todo, estábamos en 1938, no había nada malo en que una chica besara a un hombre; yo misma me había dejado besuquear el verano anterior por un muchacho. Aun así, aquel abrazo me pareció obsceno.

Ross no me gustaba un pelo. Si bien se mostraba amable conmigo y con el resto del servicio, su mirada tenía un brillo turbio que me hacía desconfiar de su sinceridad. Claro que era una apreciación mía que no podía compartir con nadie, y menos con Cordelia. Un comentario negativo sobre Ross me hubiera supuesto una reprimenda.

Un día sucedió un hecho perturbador.

Me encontraba en el dormitorio de Cordelia ordenando los cajones de la cómoda cuando oí su risa en el pasillo. Supuse que estaba con Ross y corrí a esconderme en el saloncito contiguo. Podría haber salido del cuarto antes de que ellos entraran, pero la curiosidad me impelió a quedarme. Entorné la puerta para observar sin ser vista.

Se besaron largo rato antes de desnudarse. No había que ser muy sagaz para saber lo que iban a hacer. Por aquel entonces yo no sabía gran cosa acerca de las relaciones entre hombres y mujeres. Meghan, mi mejor amiga, supuestamente versada en el tema puesto que siempre alardeaba de haber ido «más allá», decía que si quisiera cazar a un chico se quedaría embarazada. Observando la actitud de Cordelia me pregunté si sería esa su intención.

Pese a ser consciente de que obraba mal, fui incapaz de apartar los ojos de la pareja. Su abuelo era un hombre muy atractivo, señor Hamilton, espero por su bien que haya heredado usted la mitad de sus atributos.

Miro de reojo a Christopher y me ruborizo como una colegiala. Por fortuna, sigue atento a las palabras de la anciana. El pasado de Ruby, de Cordelia y de Ross de alguna manera es también el suyo. Ruby continúa su relato.

No tardé en comprender que aquella no debía de ser la primera vez que Cordelia yacía con Ross. Las manos de él actuaban con demasiada familiaridad sobre su cuerpo y ella no mostraba la timidez que cabría esperar en una principiante. Por supuesto, sabía que estaba violando su intimidad, pero no tenía forma de escapar, no iba a salir gateando. Christopher, ¿se imagina lo que habría dicho su abuelo si me hubiera visto en el dormitorio mientras estaba metido en faena? Habría montado en cólera, y Cordelia me habría despedido. Pensé que no tardarían en vestirse pero, ante mi estupor, Ross volvió a empezar, esta vez de modo diferente. Había oscurecido, los quinqués no estaban encendidos y desde mi escondite no podía apreciar bien los detalles, pero era evidente que él estaba fuera de sí, descontrolado...

Ruby se interrumpe. Su respiración se vuelve agitada, como si le costase un gran esfuerzo escarbar en su memoria. Cierra los ojos y se recuesta en la butaca unos minutos hasta que Christopher le toca suavemente el brazo.

—Ruby, ¿mi abuelo pegó a Cordelia?

La anciana parpadea y clava sus ojos en él.

—A mí no me pareció que la estuviera maltratando.

—Ha dicho que estaba descontrolado.

—¿Necesita que sea más explícita? A ver, ¿ha visto alguna vez animales apareándose? Pues Ross y Cordelia se comportaban como ellos. Imagínese mi reacción. ¡Y él parecía estar disfrutando!

Observo que Christopher tiene una media sonrisa en los labios. Sabía a qué se refería Ruby, pero no ha podido resistirse a tomarle el pelo.

—¿Qué sucedió después? —le pregunta.

—Aguardé, sumida en un estado de trance, hasta que terminaron. Como se acercaba la hora de cenar, imaginé lo peor. Que Cordelia se levantaría de la cama y me llamaría para que la ayudara a arreglarse. ¿Cómo iba a justificar mi presencia allí? A Dios gracias, se quedó traspuesta y pude escabullirme.

—¿Y Ross? —intervengo yo.

—Se marchó enseguida —responde Ruby—. Y ahora, déjame continuar.

26

Salí del dormitorio a toda prisa. Necesitaba sosegarme, tenía los nervios a flor de piel. Aquella tarde me retrasé tanto en subir a peinar a Cordelia que ella, impaciente, envió a una de las criadas a buscarme.

Cuando aparecí murmurando una excusa, un olor acre impregnaba el ambiente. Le subí la cremallera del vestido que se había puesto para la cena y la peiné con una torpeza poco habitual en mí. Cordelia no se fijó en ello, su mente estaba en otra parte. Ni siquiera se quejó cuando abrí la ventana para airear el cuarto, y eso que había empezado a llover.

Al cabo de unos días decidí que tenía que sacarme de la cabeza las imágenes de los dos juntos. No podía continuar distraída, comportándome como una atontada; incluso la señora Brown se había dado cuenta. Estaba segura de que Cordelia y Ross seguían practicando sus peculiares actos amatorios, pero no volví a espiarlos. Si él no se decidía a pedir su mano y ella quería darle un empujoncito accediendo a satisfacer sus deseos, era asunto suyo.

A principios de agosto, el señor MacDonald recibió una carta de Eilean, su hija menor. El patrón era un hombre poco afable. Me intimidaba lo bastante para que yo prefiriera mantenerme lejos de él, pero el día que le comunicó a Cordelia la llegada de su hermana dio la casualidad de que estábamos juntas en el jardín. Cuando hice amago de retirarme, él dijo que no era necesario. No creo que supiera realmente quién era yo, aparte de una sirvienta, claro está, pues Cordelia jamás llegó a presentarme.

—¡Suponía que se estaba divirtiendo en París! —exclamó Cordelia tras leer la carta de su hermana.

—¡Naturalmente! Ella, su amiga y la madre de la muchacha se habrían quedado allí hasta septiembre. Pretendían viajar a Madrid. ¿Quién en su sano juicio pondría un pie en España en plena guerra civil? Menos mal que el padre de la chica lo ha impedido. En fin, te dejo con lo que sea que estés haciendo.

—Oh, solo cogemos flores.

Cordelia no cabía en sí de gozo, tenía tantas ganas de ver a su hermana... Estaba lejos de barruntar la tragedia que en breve se cerniría sobre ella.

Ruby vuelve a interrumpir la narración y nos deja con la miel en los labios. Christopher guarda silencio, yo quiero saber más sobre Eilean.

—¿Qué tragedia? —le pregunto.

—Estoy muy cansada —me contesta, cerrándose en banda—. Christopher lo comprende; tú me has tomado por un muñeco parlanchín.

La vieja ha vuelto a ponerme en evidencia, pero no me dejo avasallar.

—¿Se le ocurre dónde pudo guardar Cordelia los demás diarios?

—¿Otra vez con eso? No lo sé —contesta regalándome su expresión más inocente. La conozco lo suficiente para no dejarme engañar.

—¡Por favor, Ruby! También ignoraba el paradero del primero y luego recordó el escondite.

—Caray, qué vehemente eres, muchacha. Entendería esa actitud en el señor Hamilton, puesto que se trata de su familia, pero tú solo eres alguien a quien Cordelia no trató demasiado bien, por lo que me has contado. Su vida debería importarte un rábano.

—Y no me importa —replico.

Ella deja vagar la mirada hacia la ventana y guarda silencio. Es su manera de dar por concluida la función.

—Vámonos, Eleonora —me apremia Christopher al tiempo que se inclina y coge la mano de la anciana—. Ruby, ha sido un placer conocerla, me gustaría volver otro día, cuando se encuentre con ánimos de seguir hablando. Si a usted le parece bien.

La anciana se gira hacia nosotros.

—Vuelva cuando quiera, señor Hamilton. Siempre será bien recibido en esta casa. En cuanto a ti, Nora, puede que tengas la respuesta ante tus ojos y no seas capaz de verla. Me comentaste que Cordelia te dejó una carta. Vuelve a leerla con atención. ¡Melva, nuestros invitados se van!

Alertada por el grito de su madre, Melva sale sonriente de la cocina. Me alegra comprobar que se le ha pasado el disgusto.

—¿Se marchan ya? ¿Por qué no se quedan a cenar?

Tengo hambre y estoy tentada de aceptar. Christopher tiene otros planes.

—Se lo agradecemos, pero mañana tengo que madrugar. Recuérdele a su hija que la recogeré a las seis y media.

—Oh, descuide, me aseguraré de que no se duerma. Gracias por venir. No solemos tener compañía tan grata.

—Su madre me ha contado cosas muy interesantes de mi abuelo. Volveré en un par de días, si no le parece mal. Y tutéeme, por favor.

—Sí, lo mismo digo —me apresuro a añadir.

—De acuerdo. —Melva se sonroja involuntariamente—. Pero la próxima vez os quedaréis a cenar. No aceptaré un no por respuesta.

—Si probáis su comida, os arrepentiréis —suelta Ruby en tono mordaz—. Es tan sosa que jamás consigo distinguir una trucha de una perdiz.

—¡Madre, qué cosas dices! —protesta Melva.

—Qué susceptible eres, hija. Solo bromeaba. Christopher, espero que no siga el mal ejemplo de Nora. No se olvide de lo mío.

—No se preocupe. Me encargaré de ello mañana.

—¿A qué te refieres, mamá? —pregunta Melva, llevada por la curiosidad.

—Nada, cosas nuestras. —Ruby hace un gesto desdeñoso con la mano.

27

En la calle, una ráfaga de viento y lluvia me azota el rostro; no me resulta tan molesta como haberme enterado de que Christopher se marcha a Londres. Me enfado conmigo misma.

—¿Qué ha querido decir Ruby? —me pregunta de pronto.

—¿Qué? Perdona, estaba distraída.

—Ha dicho que no siga tu mal ejemplo.

—¡Ah, eso! Olvidé llevarle chocolate. Me ha castigado ignorándome durante toda la tarde. Cuando me ha hecho caso, ha sido peor.

—Pues más me vale comprarle la ginebra. Supongo que la encontraré en el aeropuerto —dice riendo entre dientes.

Cazo la oportunidad al vuelo.

—No me habías comentado nada de tu viaje.

—Me habré despistado.

Solo una idiota no captaría el significado de su respuesta, expresada en un tono cortante. Christopher tiene razón. Igual que esa molesta voz que se obstina en cantarme las verdades al oído. ¿A santo de qué debería informarme de sus planes? Mientras me abrocho el cinturón de seguridad me pregunto si no estará disgustado por lo que ocurrió anoche entre nosotros; mejor dicho, por lo que no ocurrió. Lo miro de reojo, está absorto en la carretera. Al cabo de unos minutos de silencio incómodo me aventuro a romperlo.

—Es todo un detalle que lleves a Makenna al aeropuerto.

Christopher vuelve la cabeza hacia mí.

—No me cuesta nada. Por cierto, Naomi irá a Nightstorm mañana, sobre las diez.

—¿Por qué no me lo has dicho antes?

—Te lo digo ahora. —Detecto irritación en su voz—. Me ha llamado esta tarde. Lamento no poder estar presente, más que nada para que no os saquéis los ojos.

—Si pensaba volver tan pronto, no sé por qué se marchó anoche. De haberse quedado un día más, se habría ahorrado dos viajes.

—Naomi coge aviones continuamente. Para ella volar no es un problema.

—¿Qué tengo que hacer?

—Dejarle vía libre para evaluar los cuadros.

No es mi intención poner obstáculos en el camino de Naomi, aun así me molesta, puesto que soy la dueña de la casa, que no me haya llamado a mí. Para evitar una discusión acallo mis quejas y recorremos el resto del camino en silencio, yo claramente enfurruñada. Pese a la ausencia de tráfico, la densa niebla y la lluvia dificultan la visibilidad. Apoyo la frente en el cristal de la ventanilla, y su tacto húmedo me provoca escalofríos. Con el rabillo del ojo observo que Christopher aferra el volante con firmeza, los labios apretados en una fina línea, señal de que está cabreado. Cuando llegamos a la verja de acceso a Nightstorm, baja del coche y abre los portones de par en par. De vuelta a la calidez del interior del vehículo, le oigo gruñir por lo bajo:

—¿Por qué demonios no instalaría Cordelia un sistema electrónico?

Puesto que una vez dentro de la propiedad no vuelve a apearse para cerrar las puertas, deduzco que no piensa quedarse.

—¿Te apetece tomar algo? —Ruego por que acepte convencida de que una copa aliviará la tensión que se ha instalado entre nosotros.

—Es mejor que no —responde al cabo de unos segundos interminables.

Me siento como si me hubieran echado encima un jarro de agua helada. Y entonces, sin detenerme a pensar, digo lo que había jurado no decir jamás.

—Esto... siento mi reacción de anoche. Normalmente no soy así, me pillaste desprevenida.

Los ojos de Christopher centellean en la oscuridad como dos luciérnagas.

—No tienes por qué disculparte. Yo no pienso hacerlo por lo que te dije. Tú y yo afrontamos la sexualidad de forma diferente. Para mí es una vía de escape. Si me gusta una mujer y ella se muestra receptiva, follamos. Sin complicaciones. Para ti, en cambio, el amor es una condición *sine qua non*. Mejor olvidamos el asunto.

—¿Te gustaría follarte a Makenna?

Ojalá pudiera hacer magia para que mis palabras se desvaneciesen en el aire sin haber sido escuchadas. Christopher esboza una leve sonrisa.

—No creo que eso te incumba.

—Lo digo porque ella parece bien dispuesta. Podríais aprovechar el viaje de mañana...

¿Es que no hay quien me pare? ¿Dónde se mete esa vocecilla repelente de mi cabeza cuando más la necesito?

—Mira, hace frío y estoy cansado. Te veo en un par de días. Buenas noches —se despide secamente. Está haciendo un esfuerzo titánico para no estallar.

Permanezco bajo la lluvia viendo cómo se aleja el coche hasta que estoy empapada. Al entrar en casa mi mal humor empeora. En la chimenea de la biblioteca solo quedan rescoldos. Me quito la parka y retiro las cenizas. Luego echo unos troncos que tardan una eternidad en arder. Me acomodo junto al fuego, en el butacón favorito de Cordelia, y saco su carta del bolso. Siguiendo el consejo de Ruby, leo los párrafos una y otra vez. Analizo cada frase, cada palabra; nada me llama la atención. Para entrar en calor me sirvo un whisky. Convencida de que la carta no va a ayudarme a encontrar los diarios, cierro los ojos y me sumo en un ligero e intranquilo sueño.

28

Primero notó un sudor frío, después un dolor agudo le arañó las entrañas arrancándole un grito agónico. Las luces del techo titilaron y el pasillo se balanceó. Fue consciente de que sus piernas perdían fuerza, se le doblaban sin que pudiera impedirlo. Un líquido caliente y viscoso resbaló por sus muslos. Agradeció el manto de bendita oscuridad que la envolvió por completo llevándose consigo el dolor.

Al despertarme, el recuerdo se desvanece dejándome un poso de tristeza. La carta de Cordelia sigue en mi regazo. De su galimatías, lo único que me queda claro es el deseo de que Nightstorm House sea reducida a cenizas. Si me negara a obedecerla, ¿regresaría Cordelia de la tumba para vengarse?

Lágrimas de los dioses. Otro acertijo.

Cojo el móvil y abro el navegador. Sin conexión wifi, tardo unos minutos en obtener resultados. Descarto los artículos dedicados a la novela *Las minas del rey Salomón*, a un culto religioso secreto, a un perfume y a las violetas. A punto de darme por vencida, una entrada me llama la atención. Para los antiguos griegos y romanos, los diamantes no eran piedras preciosas, sino lágrimas de los dioses. Intento hacer memoria. ¿No mencionó Ruby un collar? Cordelia se lo puso la noche que conoció a Ross Hamilton... Era una joya magnífica, dijo. Con seguridad, la misma que mi prima esperaba heredar.

Tal vez no he sabido interpretar la carta. Ruby me sugirió que buscara lo evidente, la verdad desnuda. Cojo un lápiz y tacho pronombres, adverbios, adjetivos, verbos, dejo solo sustantivos referidos a objetos inanimados. La carta queda reducida a seis palabras: bufete, joyero, mansión, cimientos, cuadro, ático. Descarto la primera. Cordelia jamás hubiera confiado los diarios a sus abogados; el joyero que le dejó a Bárbara estaba vacío; en cuanto a los cimientos de la mansión, es imposible que los guardara allí. De pronto, la verdad se me brinda diáfana y transparente como agua de manantial.

Ruby tenía razón. La respuesta estaba delante de mis narices. Presa de la excitación, salgo a toda prisa de la biblioteca.

La tormenta ha arreciado y la lluvia golpea con fuerza los cristales de las ventanas. Rezando por que no se produzca un apagón, subo con cautela la angosta escalera de caracol que conduce a la buhardilla. La luz mortecina que me proporciona la bombilla del techo es suficiente para guiarme hacia mi objetivo sin tropezar con ningún trasto. Al contemplar la pintura me rondan las mismas preguntas que la primera vez que la vi. ¿Quién es la mujer retratada? ¿Quién fue el artista que rindió tributo a su belleza?

Giro el cuadro de forma que el dorso quede frente a mí. Tras examinarlo minuciosamente, lo palpo con los dedos despacio, milímetro a milímetro. Justo cuando empiezo a pensar que he sido víctima de mi fallida intuición, reparo en el tejido áspero que lo recubre. Un detalle que le pasaría desapercibido a cualquiera. Ahora entiendo que Cordelia me legara la pintura. Sabía que tarde o temprano hallaría la clave.

Regreso con el cuadro a la biblioteca. Valiéndome de un abrecartas, retiro las oxidadas chinchetas que sujetan la descolorida tela al marco hasta liberarla por completo. Ante mis ojos, encajado entre dos gruesos cartones y protegido por las familiares tapas de cuero, aparece un diario. Lo dejo sobre el escritorio para leerlo más tarde. Al alzar el cuadro oigo un leve tintineo. Lo inclino hacia un lado y atisbo entre los cartones que sujetaban el diario. Maldigo a Cordelia y su obsesión por esconder secretos en los lugares más insospechados. Bajo uno de los cartones hay un rulo pegado con cinta aislante que me apresuro a romper. Ahogo un grito mientras extraigo de su interior un saquito de terciopelo negro. Contiene una doble sarta de diamantes rematada por un gran broche. Lo acerco a la luz de la lámpara y me dejo hechizar por sus destellos rosáceos.

Las lágrimas de los dioses.

¿Qué pretendía Cordelia al esconder el collar en un cuadro? ¿Por qué eligió este? ¿Quería gastarme una broma de ultratumba? Tal vez, haciendo gala de su cruel sentido del humor, decidió dejarle a mi prima el joyero vacío y a mí unas piedras falsas. Porque podrían serlo. A fin de cuentas, el diamante del broche es demasiado grande y demasiado rosa. Yo ni siquiera sabía que existiesen diamantes de ese color.

Cuando estoy a punto de colocar el cuadro sobre la repisa de la chimenea me fijo en la firma. Aunque los trazos están ligeramente desvaídos, no dejan lugar a dudas. Hamilton. Sospecho que Ruby conoció a la modelo.

29

Leer el diario de Cordelia es revivir la historia que nos contó Ruby en la versión de la protagonista. A medida que paso las páginas va aumentando mi estupefacción. Nunca se me ocurrió pensar que Cordelia pudo ser una mujer apasionada en su juventud. Su romance con el abuelo de Christopher, en una época en la que mantener relaciones fuera del matrimonio era casi tabú, me resulta fascinante.

29 de julio de 1938

Ross no me obliga a hacer nada que no desee, solo exige que me bañe a diario. ¡Está obsesionado con la higiene! Yo obedezco sin rechistar, aunque a veces me siento como una complaciente concubina china, siempre dispuesta a satisfacer los deseos de su señor. A Ruby le extraña que me dé un baño cada noche cuando antes lo hacía una vez por semana. El otro día me dijo que tanta agua y jabón me estropeará la piel.

Al principio era reacia a hacer el amor con Ross... Para qué negarlo, me moría de vergüenza. La primera vez tuvo conmigo una paciencia digna de un santo. Los nervios y el sentimiento de culpa me impedían relajarme. Después sucumbí a sus caricias.

—Me alegra verte tan dispuesta a experimentar —comentó—. Querida, no tienes ni idea de lo que voy a hacerte.

Empiezo a captarlo. Por cierto, he manchado las sábanas, tendré que decirle a Ruby que estoy en esos días del mes. Oigo sus pasos en el pasillo, voy a esconder el diario.

Por el miedo a quedarme embarazada, temor alentado por mi siempre vigilante tía Carmen, descubrí el sexo más tarde que mis amigas. Fue en una fiesta, con un compañero de la universidad con el que salí unos meses. La primera experiencia tuvo poco de memorable. Luego la cosa mejoró, pero no lo bastante para que perdiera la cabeza. Ante mi escaso entusiasmo, el imbécil decidió que la culpa era mía.

A semejante fiasco le siguieron un par de historias para no dormir que me hicieron perder el interés en tener pareja. Hasta que apareció Ignacio. Para ser honesta, confieso que en nuestras relaciones no llegaron a estallar fuegos artificiales. Tal vez el universitario tenía razón y la culpable era yo.

2 de agosto de 1938

Ross me ha hablado de la India y de lo mucho que aprendió allí. Juntos hojeamos un libro llamado Kama Sutra, escrito por un sabio hindú del siglo V *llamado Vatsyayana. Según Ross, es la más antigua lección de amor que se conoce. Algunos dibujos eran tan elocuentes que no pude evitar ruborizarme. Se rio de mí cuando cerré el libro y lo tiré sobre la cama.*

—Menuda hipócrita estás hecha, Cordelia, llevamos varios días como locos y ahora te escandalizas por unos dibujos.

—Es que son tan realistas...

—Por supuesto que lo son. Es un manual práctico pensado para orientar al hombre.

—¿Y a la mujer no?

—No creo que Vatsyayana lo escribiera pensando en vosotras. Si no fuera por mí, ni siquiera sabrías que este tratado existe.

—Eso es cierto. No es un libro que se me hubiera ocurrido comprar, suponiendo que lo encontrase por aquí —repliqué entre risas.

Una de las cosas que más me impactó de todo lo que Ross me contó de la India fue que, años atrás, cuando moría el esposo, la viuda se lanzaba a su pira funeraria. Una horrible tradición milenaria que demostraba la dependencia absoluta de la mujer. Por fortuna, lord William Bentinck, el gobernador británico, la prohibió en 1829. No hace tanto tiempo de eso.

4 de agosto de 1938

Papá se ha mostrado muy cariñoso durante la cena. Su actitud me resultó rara; suele ser parco en sus afectos, pero eso significa que aprueba mi estrecha amistad con Ross y alberga la esperanza de que en breve le pida mi mano. La verdad es que yo también, aunque a veces la duda corroe mi cerebro como si fuese ponzoña.

¿Y si me considera una furcia por haberme entregado a él? Un día se lo pregunté, se limitó a reírse y decirme que la mayoría de esas mujeres no saben ni la mitad que yo. Añadió que debería estar satisfecha por ser capaz de complacer a un hombre. «De esa forma —añadió—, tu futuro marido no irá a buscar nada por ahí». Le respondí que yo solo quería complacerlo a él. Esperaba que me declarase su amor, pero guardó silencio y no me atreví a insistir.

Cuando estamos juntos, siento que me ama. En esos instantes aparco las dudas, me convenzo a mí misma de que pronto llegará el día en que seré su mujer. Sin embargo, hay algo que me molesta sobremanera: Ross nunca se queda a dormir conmigo. No es que pueda, claro. No quiero ni imaginar cómo reaccionaría Ruby si lo sorprendiera una mañana en mi cama, aunque me gustaría que al menos lo propusiera. Me pone de los nervios cuando regresa a su habitación dejándome sola en medio de un enorme vacío que, a medida que transcurren los días, se hace más y más profundo.

9 de agosto de 1938

Mi hermana vuelve a casa. La perspectiva de ver a Eilean me hace muy feliz, aunque Ross y yo tendremos que ser más cuidadosos. Ojalá se decida pronto a pedir mi mano y pueda presentárselo como mi prometido. Espero que ambos se lleven bien.

Cuando le conté a Ross las travesuras que hacía Eilean de pequeña, como esconder el juego de llaves de la señora Brown o dejar un cubo lleno de estiércol bajo la mesa del comedor, me sorprendió diciendo que parecía una chica caprichosa y malcriada. Al principio, su comentario me molestó. «Por Dios, solo tenía ocho años», la defendí, aunque reconozco que no le faltaba razón. Mi hermana siempre ha hecho su voluntad, con el beneplácito de papá. Espero que este último año en el colegio haya madurado.

15 de agosto de 1938

Eilean ha llegado esta mañana. Debo decir que la encuentro cambiada, en todos los aspectos. Ya no es una niña, tiene casi dieciocho años, pero su forma de vestir resulta provocativa. Iba con un jersey ajustado (al parecer los ha puesto de moda una tal Lana Turner) que le marcaba los pechos, y una falda demasiado corta, justo por debajo de las rodillas. Papá estaba tan contento de tenerla por fin en Nightstorm que ni siquiera reparó en ello.

Lleva el cabello largo, con ondas que le caen desde la frente. Lo cierto es que su belleza ha impresionado a todo el mundo. Incluso el mayordomo, Murray, se ha quedado boquiabierto. Aún no he podido presentársela a Ross. Esta mañana ha salido temprano hacia Portree. ¿Tal vez a comprarme un anillo?

Aprovecho para escribir ahora que mi hermana ha subido a su cuarto a cambiarse para la cena. La conozco bien, no me dejará mucho tiempo libre los próximos días.

El reloj de pared marca la una de la madrugada. Estoy tan cansada que tal vez consiga dormir sin ayuda de narcóticos.

30

—Eleonora, ven y siéntate. Quiero que me leas un poco.

—¿Qué libro cojo, señorita MacDonald?

—¡Cuál va a ser, boba! *El cuervo*, de Edgard Allan Poe, naturalmente.

—Lo terminamos ayer.

—Tienes razón. Entonces empieza *Drácula*. Lo hallarás en el tercer estante. Si no llegas, utiliza la escalera, pero ten cuidado.

La pequeña Nora subió los estrechos peldaños de madera para alcanzar la novela de Bram Stoker. La escalera se movía tanto que temía acabar cayéndose de bruces al suelo. Cuando tomó asiento frente a la señorita Cordelia empezó a leer despacio, respetando las pausas dramáticas, el primer capítulo. Relataba el viaje hasta un lejano país de los Cárpatos, llamado Transilvania, del joven abogado inglés Jonathan Harker. Al acabar el tercer capítulo, Nora ya sabía que esa noche tendría pesadillas, pero, al igual que el sanguinario conde, la vieja MacDonald se relamía de placer anticipado sentada en su sillón favorito frente al fuego que crepitaba en la chimenea y con un brillo siniestro en los ojos. «¿Por qué no lee ella sus historias de terror?», se preguntaba Nora.

Me despierto inquieta. Las siete y media de la mañana. Será mejor que me levante si quiero ir a la tienda antes de que aparezca Naomi con su séquito.

Ha dejado de llover, pero el suelo está embarrado debido a la tormenta de anoche. Me calzo unas botas que encuentro en el cuartucho junto a la cocina; supongo que eran de Cordelia o de alguna criada. Me van enormes, pero al menos no me ensuciaré los zapatos.

Bajo caminando hasta el pueblo, bien abrigada con mi parka y una gruesa bufanda de lana. El arcén de la carretera está relativamente seco, por lo que el trayecto no resulta tan complicado como suponía. El día ha amanecido despejado, algo sorprendente tras una noche de perros, pero estamos en las islas Hébridas, donde en invierno el tiempo muestra su cara más caprichosa. Regreso con provisiones para dos semanas. Como imagino que Naomi vendrá hecha un pincel, subo a cambiarme. Una vez descartadas las prendas de Bárbara no queda mucho donde elegir; acabo poniéndome vaqueros y un jersey. En el último instante, saco el collar que encontré tras el cuadro. Estoy frente al espejo, admirando los diamantes sobre mi cuello, cuando suena el timbre. Antes de bajar me doy un toque de pintalabios rojo. Ahora me siento capaz de hacer frente a esa mujer. Tal vez decida no sacarle los ojos.

—Buenos días. —Muestra una hilera de dientes perfectamente alineados, tan blancos que parecen fundas—. Imagino que Christopher la habrá puesto al corriente de nuestra llegada.

—Por supuesto. Pasen, por favor.

Naomi y su acompañante entran en el vestíbulo; ella lo precede con su porte arrogante. Percibo que baraja la idea de dejarse puesto el abrigo, pero no puede desperdiciar la ocasión de pasarme por los morros su elegante traje pantalón. Un atuendo sobrio que en su esbelto cuerpo resulta sexy. Desvío la mirada hacia el hombre. Es alto y delgado, lleva gafas de montura metálica y el pelo rubio demasiado repeinado. Naomi lo coge del brazo, me lo presenta como si no le quedara más remedio.

—Toby Willcott. Trabajamos juntos. Ella es Nora Martín, ha heredado esta mansión —añade con cierto retintín.

—Encantado. Esperamos no molestarla demasiado. —Sonríe estrechando mi mano. Parece simpático.

—Llámeme Nora, por favor. ¿Les apetece un café o un té Darjeeling?

Naomi me lanza una mirada desafiante. No le pasa desapercibido el tono irónico de mi voz.

—El té nos vendrá bien, gracias. Estaremos en la biblioteca. Sígueme, Toby.

Se comporta como si fuera la dueña de la casa. Dios, qué mal me cae esta mujer. Cuando subo de la cocina, los encuentro de pie frente a los cuadros, analizando hasta los más nimios detalles. Ella gesticula de forma exagerada con las manos.

—El Gainsborough conseguirá una puja alta, aunque precisa restauración, sobre todo en los rostros —oigo decir a Toby—. Pero es magnífico.

Cuando se acercan al cuadro que reposa sobre la chimenea me pongo en guardia.

—¡Es una preciosidad! —exclama Naomi. Sus largos dedos rozan levemente el marco antes de cogerlo, gesto que basta para enervarme. ¿Cómo se atreve a tocar *mi* cuadro?—. Lo pintó un tal Hamilton.

—Posiblemente, el abuelo de Christopher —le aclaro.

—Es lindo, pero al no ser de un pintor reconocido tendrá que salir con un precio bajo o formando parte de un lote —subraya Toby mirando por encima del hombro de Naomi.

—El cuadro es mío, no tengo intención de subastarlo —declaro.

Ambos me miran de hito en hito.

—Es una pena —suspira ella, devolviendo el lienzo a su sitio y cogiendo una taza de té—. Bonito collar.

—Gracias, es bisutería.

Naomi arquea una ceja y reclama la atención de su compañero.

—Toby, acércate a ver el collar de Nora. Yo diría que son diamantes.

Trago saliva.

Él se ajusta las gafas y levanta con el dedo índice una sarta del collar. Tras escrutar las piedras a conciencia, llega a la misma conclusión que la valkiria.

—No cabe duda. Son auténticos, con unas facetas exquisitamente talladas. El diamante rosa del broche es fabuloso. No obstante, la gemología no es mi campo. Si quiere tasarlo, puedo recomendarle un experto —me sugiere solícito.

—Creo que se equivocan. Solo es una buena imitación. —Espero que Naomi no me pregunte cómo ha llegado la joya a mis manos.

Las piernas apenas me sostienen. Resulta que llevo al cuello una fortuna en diamantes. Las lágrimas de los dioses. Me siento estúpida intentando hacer que Naomi y Toby comulguen con ruedas de molino. Por suerte, ambos se dirigen al vestíbulo. Él señala el retrato de Flora MacDonald.

—Ese también queda fuera de la subasta —le informo—. Es propiedad de Christopher —me apresuro a añadir.

Toby muestra su desilusión.

—¡Qué lástima!

Naomi se aparta unos pasos para atender una llamada.

—¡Christopher! Sí, estamos en Nightstorm... Tranquilo, ya me han dicho que no quieres venderlo. No entiendo por qué te resulta tan fascinante. Coincido en que es una pintura espléndida, pero...

Con la excusa de coger algo del aparador me acerco a Naomi lo suficiente para escuchar.

—Toby dice que no es conveniente subastar todos los cuadros a la vez. No hay suficiente mercado, perderían valor. De todas formas, algunos pueden alcanzar precios elevados. Es más, creo que tengo comprador para uno. En la cena hablamos.

Naomi termina la conversación en un tono tan alto que me queda claro que tiene una cita con Christopher.

¿Habrán quedado en casa de él o de ella? ¿Por qué estoy celosa? La vocecilla insidiosa de mi cerebro hace su aparición, pero no estoy para sermones. Vuelve a la carga. «¿Y si quemas la casa con ella dentro? Bastaría con atrancar puertas y ventanas». Una sugerencia interesante, aunque inviable y a todas luces injusta. Toby Willcott no tiene por qué pagar mi cabreo.

Una hora después dan por concluido su trabajo.

—Nora, no entiendo cómo puede vivir en esta casa tan apartada, sola y sin calefacción. Yo no aguantaría ni una noche —dice Naomi arrugando la nariz.

—No me quedaré mucho —afirmo. Solo hasta que la queme, y a ser posible, contigo dentro, me habría encantado añadir.

Toby contempla el ornamentado techo con interés.

—Hace años, Nightstorm debió de ser una mansión impresionante —comenta con gesto apreciativo.

—Ya, pero ahora solo es un caserón decadente —sentencia Naomi simulando un escalofrío.

—Recuperaría su esplendor si se invirtieran en ella unos miles de libras.

—¿Quién querría quemar su dinero, pudiendo comprar un apartamento con todas las comodidades?

—Las casas modernas no tienen el encanto de esta.

—Te equivocaste de siglo al nacer, querido. Deberías haber sido un lord inglés decimonónico.

—¡Fabuloso! —aplaude él entusiasmado—. Viviría de las rentas y me pasaría el día montando a caballo y yendo a fiestas, en vez de tener que madrugar para coger un avión y aguantar tus quejas. No te ofendas, querida. Solo bromeaba.

Naomi ignora su pulla y se dirige a mí.

—Dentro de unos días vendrá un equipo a embalar pinturas y muebles. La avisarán con antelación. Necesito su teléfono.

Ambas nos giramos al oír un gritito.

—Atención a ese Freud. ¡Me encanta! —Toby señala con

entusiasmo un cuadro colgado en una de las paredes del vestíbulo—. Fíjate en el protagonismo de los animales.

—A mí me produce cierto repelús —bufa Naomi.

—¿Sigmund Freud también pintaba?

Soy consciente de que he metido la pata cuando me miran perplejos. Toby suelta una carcajada.

—Lo pintó Lucien, su nieto. Como ve, el talento era cosa de familia. Su obra está muy cotizada actualmente.

Enrojezco hasta la raíz del cabello. ¿Por qué habré abierto la boca?

Cuando se marchan es casi la hora de comer. Puede que haya pecado de mala anfitriona, pero no creo que les apetecieran unos huevos con salchichas. Si sigo tomando estas exquisiteces me pondré como una vaca.

El móvil vibra sobre la mesa. Bárbara. Puede seguir llamándome hasta el día del juicio final. No tengo intención de hablar con ella.

31

Para no pensar en la cita de Naomi y Christopher, me concentro en el diario. Quiero saber si Ross pidió la mano de Cordelia antes de que llegase Eilean.

16 de agosto de 1938

Anoche esperé a Ross durante horas. Casi me volví loca de ansiedad. Cuando esta mañana hemos coincidido en la escalera me ha dicho que le sentó mal la cena. Es raro, pues fue deliciosa. La cocinera preparó los platos favoritos de Eilean para celebrar su regreso: sopa de cangrejos, pastel de puerros, salmón ahumado y un enorme pastel de chocolate.

Ross es demasiado caballeroso para reconocerlo, pero sospecho que mi hermana no le cae bien. En parte es culpa mía: estos últimos días no he parado de hablarle de ella, no siempre de forma positiva. Gracias a Dios, papá no se dio cuenta de la tensión que había en el ambiente, podía cortarse con un cuchillo. Le hizo a Eilean decenas de preguntas acerca de su estancia en París. Ross la observaba con una expresión indescifrable mientras ella nos explicaba anécdotas de todo lo que había visto: la torre Eiffel, los Campos Elíseos, las Tullerías, el palacio de Versalles...

En un momento dado, Eilean le preguntó a Ross si conocía la ciudad y él respondió de manera tajante, con un monosílabo afirmativo. Su actitud fue descortés, y temí que a papá le molestara, pero estaba demasiado ebrio para percatarse. Mi hermana, lejos de ofenderse, continuó charlando sobre las tiendas parisinas. Se ha comprado mucha ropa y ha conocido a gente fascinante, entre ellas una tal Coco Chanel, que se alojaba en su mismo hotel. Por cierto, me ha traído un vestido muy bonito, aunque me queda estrecho. Espero que Ruby pueda arreglarlo.

Quizá convenza a Ross de ir a París a pasar la luna de miel.

17 de agosto de 1938

Ross se ha mostrado hoy más animado. Anoche volvimos a estar juntos, pero no se quedó mucho rato; quería levantarse temprano. Mi insistencia no sirvió de nada. Se me ocurre que tal vez está celoso por el tiempo que le dedico a mi hermana.

A la hora del almuerzo, Eilean le preguntó si hablaba francés, a lo que él, tras un carraspeo, contestó de forma afirmativa. Entonces, ella empezó a hablarle en esa lengua. No entendí casi nada, pero vi reír a Ross por primera vez en varios días. En cuanto nos quedamos a solas, le pedí a mi hermana que me dijera qué le parecía Ross. «Es un hombre enigmático», me contestó.

19 de agosto de 1938

Lleva dos días sin venir a mi cuarto; cuando esta mañana le pregunté qué sucedía respondió que debemos ser cautos, tomarnos las cosas con calma. Últimamente pasa mucho tiempo fuera, apenas lo veo. Tampoco a Eilean; creo que prefiere la compañía de sus amigas.

El verano llega a su fin y Ross todavía no me ha hablado de matrimonio. No consigo dormir. Ruby está preocupada por mí.

21 de agosto de 1938

Papá me ha preguntado por Eilean. He tenido que decirle que había salido de compras. «Compras, compras; se ha traído medio París, ¿acaso no es suficiente?», ha refunfuñado. La verdad es que no se me ha ocurrido otra excusa, no tengo ni idea de dónde se ha metido. Conmigo se muestra esquiva y poco comunicativa, lo cual resulta extraño porque antes hablaba por los codos. Nos hemos cruzado hace un rato en la escalera, me ha sorprendido verla con el pelo revuelto y el rostro enrojecido. Ella, que siempre cuida su apariencia. Me ha dicho que había vuelto caminando y hacía calor.

¿Por qué no vio Cordelia que Ross no la quería? Supongo que por la misma razón por la que yo no quise ver que Ignacio me era infiel. A veces cerramos los ojos a la realidad, creyendo que así será menos dolorosa.

El timbre de la puerta me sobresalta. Son las siete de la tarde, no espero visitas. Por una vez tomo precauciones y atisbo por la mirilla. Pego un brinco al contemplar un rostro distorsionado del que sobresale una enorme nariz.

—¿Quién es? —pregunto con aspereza.

—Traigo un televisor.

¿Un televisor? Niego con la cabeza, aun sabiendo que el hombre no puede verme.

—Le han dado mal la dirección. —A través de la mirilla observo que el hombre consulta lo que parece ser un albarán.

—Pues tengo la firma de C. Hamilton y esta dirección anotada. Señora, mi turno acabó a las cinco, he accedido a traérselo a estas horas porque el cliente fue muy persuasivo.

Abro con cautela. En el suelo, junto al repartidor, hay una caja rectangular. Cincuenta pulgadas, leo en la parte frontal.

—¿Dónde se la instalo? —Levanta la caja sin esfuerzo. Entra, mira a su alrededor y suelta un silbido de admiración. Parece apabullado.

—En el salón.

Me quedo en el umbral y llamo a Christopher.

—¿Sí?

—¿Por qué me has comprado un televisor? —suelto enrabietada.

—Hola, Nora. ¿Cómo estás?

Entonces recuerdo con quién está cenando y me enfado aún más.

—Cabreada.

Sin darme cuenta he alzado la voz. El operario me mira de reojo.

—Pasas demasiado tiempo sola y dudo que el trasto de Cordelia funcione.

—Para que lo sepas, estoy muy ocupada buscando sus diarios. No tengo tiempo de ver la tele.

—¿Has tenido suerte?

Como detecto interés en su voz, me gustaría decirle que he empezado a leer el segundo, pero no me da opción.

—Ahora no puedo hablar. Si no quieres el televisor, dile al repartidor que se lo lleve. Por cierto, ni se te ocurra ir sola a casa de Ruby. No quiero perderme nada de lo que tenga que contarnos.

Cuelga sin despedirse.

Maldito sea. Siempre ha de decir la última palabra.

Cuando entro en el salón, el hombre está sintonizando el aparato. Manipula durante unos minutos el mando hasta hacer realidad una imagen nítida de alta definición en cada uno de los canales. BBC One, BBC Two, incluso BBC Alba, el canal que emite en gaélico escocés. Ya no recordaba lo bien que se ve una buena tele.

—Menuda carraca. —El técnico señala con la cabeza el televisor viejo—. Es un modelo de los setenta, como poco. Si le parece, me lo llevo al desguace, aunque bien podría ir a un museo.

Hago ademán de coger el bolso para darle una propina, pero me dice que el señor Hamilton ya se ha encargado de eso.

Estoy tan contenta con mi nueva tele que me trago las noticias, *Landward* —un programa sobre temas rurales y ecológicos que ya emitían cuando vivía aquí— y una película romántica con Kate Hudson. Cómo tengo las emociones a flor de piel, me hincho a llorar. Luego me dedico al diario de Cordelia. Leer sus andanzas con Ross hace que me acuerde de su nieto.

Lo echo de menos.

21 de agosto de 1938

Papá quiere organizar una fiesta el 31 de agosto para celebrar el cumpleaños de Eilean. Su decisión me ha sorprendido, y no digamos a la señora Brown y a Murray. Hace años que no se celebra nada en Nightstorm. Debería estar contenta, pero no tengo el mejor ánimo. Sospecho que la intención de nuestro padre es invitar a los hijos solteros de sus amigos.

No sé a qué atenerme con Ross. Continúa siendo amable conmigo, pero ya no conversamos igual que antes. Es como si la intimidad que hemos compartido estas semanas nunca hubiera existido. Hace unos días lo oí charlar con papá. Me dio la impresión de que pensaba marcharse en breve. Es posible que no esté aquí para la fiesta.

Apenas pruebo bocado, he perdido peso. Ayer no bajé a tomar el té alegando dolor de cabeza. Cuando Ruby me subió una bandeja con sándwiches y bizcocho aproveché para preguntarle si había notado que Ross estuviera raro.

—¿A qué se refiere, señorita Cordelia?

—Se pasa el día fuera de casa. Igual que Eilean. Apenas los veo.

—Su hermana llevaba mucho tiempo sin ver a sus amigas, es normal que salga con ellas. En cuanto a los hombres, mi madre siempre dice que actúan de manera extraña cuando están a punto de tomar una decisión importante.

—¿Has oído algo en la cocina? —El servicio siempre se entera de los chismes mucho antes que nosotros.

—Claro que no, pero todos están convencidos de que el señor Hamilton va a pedirle matrimonio.

—¡Pues se lo está tomando con calma! —bufé consternada.

—Tal vez no encuentra el anillo adecuado.

Me pareció una excusa absurda, pero en mi fuero interno deseé que Ruby tuviera razón. Para cambiar de tema, le pedí que me acompañase a Portree a comprar un vestido para la fiesta. Me sugirió que llevara el que me trajo Eilean de París, dijo que no encontraría nada mejor. A mí no acaba de convencerme. Demasiado llamativo.

A las cuatro de la madrugada sigo con los ojos abiertos como los de un búho. No conseguiré dormir si no me tomo un somnífero.

En mi dormitorio el ambiente es cálido gracias a que he logrado mantener un buen fuego. Lo mío me ha costado. Saco el collar del cajón de la cómoda y lo contemplo a la luz de la lámpara. Cordelia deseaba que me deshiciera de sus diamantes por alguna razón que se me escapa. Si son tan valiosos como aseguran Naomi y Toby, ¿no sería una estupidez sacrificarlos?

No puedo contárselo a Ruby. No confío en que guarde silencio, y si le pido que no se lo diga a Christopher, sospechará que hay gato encerrado. ¿Por qué no le dejaría Cordelia los diamantes a Bárbara? Me habría ahorrado muchos quebraderos de cabeza.

Y luego está el camafeo que encontré en el buró. ¿Será el que el príncipe Estuardo le regaló a Flora MacDonald? En este caso, se trataría de una valiosa antigüedad. Técnicamente debería incluirlo en la subasta como uno de los bienes de Nightstorm, pero nadie conoce su existencia, así que podría quedármelo. Tengo que llevarlo a tasar antes de decidir su destino.

32

El día amanece nevando. Según Melva, aquí raramente ocurre. Me gusta la nieve cuando voy a esquiar, pero en Nightstorm temo que resulte un engorro. Pienso que las cañerías pueden congelarse y los caminos se volverán intransitables, lo que dificultará mi vida todavía más.

—No creo que baje tanto la temperatura que se hielen las cañerías, pero si quieres quedarte más tranquila, deja los grifos un poco abiertos para que el agua circule —me recomienda Melva cuando la telefoneo para expresarle mi preocupación.

—¿Cómo se encuentra tu madre?

—Quejándose por todo, ya estoy acostumbrada. ¿A qué hora os espero mañana?

La pregunta me desconcierta.

—Christopher ha llamado hace un rato, me ha preguntado si podíais venir mañana. Naturalmente, le he dicho que sí, pero no hemos quedado a una hora concreta. Tengo que salir un rato por la tarde y me gustaría estar en casa para recibiros.

¿Christopher la ha llamado? ¿Sin hablar antes conmigo?

—Ah, pues, no sé... Si sigue nevando así...

—No creo que llegue a cuajar. ¿A las cuatro te parece bien?

—Perfecto.

—Hasta mañana, entonces.

Antes de dejar el móvil reviso el WhatsApp. Tengo un mensaje de Bárbara. La semana que viene acompañará a su jefe a un congreso en Londres. Me pregunto qué pinta una recepcionista en una cumbre de odontólogos.

No me gustan las tareas domésticas, pero el polvo y la suciedad empiezan a adueñarse de los muebles y el suelo. Tras adecentar las estancias donde paso más tiempo, voy a la cocina a dejar los trapos, el plumero y la escoba. Estoy llenando un cubo de agua cuando veo el diario junto al fregadero. Me lo dejaría anoche, al bajar a por agua. Como pretendo terminarlo esta misma tarde, me preparo un sándwich y me acomodo en un taburete. El fregado tendrá que esperar. Paso por encima las anotaciones irrelevantes.

23 de agosto de 1938

Esta mañana Ruby y yo hemos ido a Portree. Tenía razón: había poco donde elegir. Después de muchas dudas, me he decidido por un sencillo vestido negro. A Ruby le gustaba uno de seda verde pálido; según ella, resaltaba mi cabello, pero para mi gusto era demasiado juvenil. Ha sugerido que bajemos el escote un par de centímetros. Reconozco que es buena idea. No quiero parecer una fresca ni una monja de clausura.

He invitado a Ruby a comer, y nada más traspasar el umbral del restaurante ha vuelto a salir como alma que lleva el diablo. No sé qué le ha pasado, estaba descompuesta. Durante el camino de vuelta no ha abierto la boca.

24 de agosto de 1938

Esta noche iré al dormitorio de Ross. Me volveré loca si no estoy con él.

Fin del relato. El resto de las páginas están en blanco. Algo traumático debió de sucederle a Cordelia la noche del 24 de agosto. O quizá decidió dejar de plasmar sus sentimientos en un diario. Miro por la ventana. Ha dejado de nevar. Al final, la tormenta no ha sido tan intensa como pronosticaba la chica del tiempo.

A las seis y media llaman a la puerta. Cuando acerco el ojo a la mirilla casi me caigo de espaldas. ¿Qué hace Christopher aquí? Se suponía que estaba en Londres. Ni siquiera me he cambiado de ropa después de limpiar. Subo la escalera escopetada y en un santiamén me pongo lo que llevé en Nochevieja: una falda muy corta y una blusa transparente que deja entrever mis costillas. Al fastidioso sonido del timbre se unen ahora los golpes del aldabón de bronce. Un rápido cepillado al cabello, un toque de pintalabios, y estoy lista para abrirle.

—¿Dónde demonios te habías metido? Llevo diez minutos esperando. —Una corriente de aire húmedo escolta su entrada. Frunce el ceño al reparar en mi atuendo—. ¿Vas a alguna parte? Quizá debería haberte llamado por teléfono.

—Tú *nunca* llamas —le reprocho.

—Terminé mis reuniones antes de lo previsto y se me ocurrió invitarte a cenar. —Alza un par de bolsas con el logotipo de un restaurante de Portree.

—¿Has traído vino?

—Dos botellas.

—Estupendo.

Cuando estira los brazos para colgar el abrigo aspiro su fragancia. Siento deseos de lanzarme a su cuello.

—¿Cómo? —Ha dicho algo, pero no me he enterado.

—Decía que por fin has logrado caldear esta cueva —me repite mientras se dirige al salón.

—No creas que me resulta fácil.

—Me alegra que decidieras quedártelo. —Señala con la cabeza el flamante televisor.

—Sigo enfadada contigo por haberlo comprado.

—Cuando vuelvas a España regálaselo a Melva. El suyo es viejo.

Siento una punzada en el pecho. Tarde o temprano tendré que regresar a casa, pero no me gusta pensar en ello. Mientras Christopher abre la botella de vino reparo en una caja rectangular que hay sobre la mesa de centro.

—He pensado que sería divertido —dice con una sonrisa irónica.

¿La otra noche quería acostarse conmigo y hoy vamos a jugar al Scrabble? El vino es delicioso, seco con un leve toque afrutado. A medida que bebo, mis músculos se relajan y un ligero sopor me nubla la cabeza. «Precaución, Nora, no tienes aguante con el alcohol», me recuerda una voz en mi subconsciente. ¿Tiene que aparecer justo ahora?

—Te advierto que soy buena —miento. Ni siquiera me gusta el juego.

—Vaya, eso altera un poco mi plan —protesta divertido.

—Miedo me das —murmuro acomodándome en el sofá. Él abre la caja y me mira.

—Es pronto para cenar. Te propongo un reto: cada vez que uno de los dos forme una palabra tendrá opción a hacerle al otro una pregunta personal.

—¿Vale cualquier palabra?

—Cualquier vocablo inglés recogido en el diccionario. Soy escritor, Nora, no puedes engañarme con palabras inventadas.

—Eso es jugar con ventaja —refunfuño.

—Recuerda que no hablo tu idioma.

—Puedes consultar en internet.

—Palabras inglesas. Punto. Nada de gaélico, solo sé cuatro palabras. —Alza su copa en un brindis—. *Slàinte!* Esa es una de ellas.

—Palabras inglesas y españolas, o paso de jugar —me planto desafiante.

—De acuerdo. Empiezo yo.

Tres minutos después forma una palabra en inglés: *dot*. «Punto».

—Primera pregunta. ¿Has superado la ruptura con tu novio?

Esa no me la esperaba. Doy un respingo.

—¿Cómo sabes tú eso?

—Ruby me dijo que...

—¿Habéis estado hablando de mí? ¿Cuándo?

—No seas tan susceptible. El día que fuimos a su casa, mientras estabas en el baño, se interesó por mi estado civil; ya la conoces, no se anda por las ramas. Entonces me contó que habías roto con tu novio, aunque sospechaba que te había dejado él.

Guardo silencio.

—¿Es cierto?

—Ya tienes la respuesta a tu pregunta.

—En absoluto. —Coge la botella de vino y rellena mi copa.

—¿A qué viene esto? ¿Y qué hay de ti?

—Buscando mi nombre en Google sale mi biografía. No te alteres, Eleonora, no estamos jugando a las prendas. Bueno, dime, ¿te abandonó él?

—En *Wikipedia* no hay nada de tu vida privada. Te has blindado bien. Si no te importa, prefiero no hablar de mi exnovio.

—¿Por qué no?

Más silencio.

—¿Cuánto tiempo estuvisteis juntos?

Como sigue insistiendo, fabrico una versión edulcorada de nuestra relación, con una ruptura de mutuo acuerdo. En mi cuento de hadas no caben ni las infidelidades ni la traición; tampoco le explico que Ignacio me abandonó por otra mujer. La historia me queda tan convincente que incluso yo estoy a punto de creérmela, pero por el retintín de su voz sospecho que no se la traga.

—Un argumento conmovedor. Qué raro que rompierais si erais tan felices.

—Bárbara opina lo mismo.

Christopher arquea las cejas, inquisitivo.

—Mi prima. ¿No la recuerdas? El día de la lectura del testamento montó un buen pollo cuando descubrió que Cordelia le había dejado un joyero vacío.

—Ferguson me puso al corriente.

—No puedo decir que me oliera la jugarreta, pero me sorprendió que la incluyera entre sus herederos. Tu tía no le tenía ningún afecto.

—No apreciaba a nadie —afirma Christopher con una expresión de hastío—. Bueno, no me interesa hablar de Cordelia.

Cuando creo que va a seguir hurgando en mis heridas, saca a relucir los dichosos diamantes.

—Ferguson me dijo que tu prima le reclamó un collar. No sabía de qué le hablaba porque no figuraba en el inventario que le entregó Cordelia cuando decidió vender sus joyas. Pero existe. Mi madre decía que era exquisito, estaba convencida de que lo heredaría yo.

Casi me atraganto al tragar saliva.

—Quizá... quizá el abogado lo vendió y no se acuerda.

—Imposible.

—Puede que Cordelia se lo regalara a alguien —sugiero a sabiendas de que piso terreno resbaladizo.

—Lo dudo. Mi tía no se distinguía por la generosidad. Todavía no entiendo cómo te dejó a ti esta casa, y no te ofendas. Ferguson está indagando en los bancos. Es posible que Cordelia contratara una caja de seguridad a espaldas del bufete. Y ahora, sigamos jugando.

Como no estoy concentrada coloco letras sin sentido. Si Christopher se empeña en investigar qué ha pasado con los diamantes, acabará averiguando que los tengo yo. No pretendo quedármelos, aunque todavía no me siento preparada para revelarle mi hallazgo. Con todo, algo me dice que es un error que terminaré pagando caro. Vuelve a ganar.

—¿Por qué tienes tanto tiempo libre? Las fiestas navideñas acabaron hace días.

La respuesta es fácil. Basta con pergeñar una pequeña mentira que resulte creíble. Otra más.

—Me quedaban días de las vacaciones de verano.

Tras añadir varias letras a mi antojo, me aplaudo a mí misma. Por fin he completado una palabra.

—¿«Mamarracho»? ¿Qué significa? —pregunta Christopher ceñudo.

Me levanto del sofá y regreso al cabo de unos minutos con un diccionario. He recordado que había uno de español en la biblioteca.

—Definición: persona o cosa defectuosa, ridícula o extravagante. —Hago una pausa para mirarlo de reojo—. También significa hombre informal, no merecedor de respeto. Compruébalo tú mismo.

Christopher echa un vistazo a la página y arruga la nariz.

—No entiendo nada, pero te concedo turno de pregunta —dice levantando las palmas de las manos.

Me paso la lengua por el labio superior. Quiero preguntarle si anoche se acostó con Naomi, pero no soy tan audaz ni estoy tan loca. De momento.

—Poco después de que llegara a Nightstorm con mi familia, te marchaste. ¿Por qué no volvimos a verte el pelo?

Echa la cabeza hacia atrás y mantiene la vista fija en el techo, como si intentase recordar.

—Me metí en un lío.

Alzo las cejas, inquisitiva.

—¡Fue una tontería! —exclama sonriendo.

—Cuéntamela.

—Aquel verano conocí a una chica, Claire. No era nada del otro mundo, sino más bien feúcha y...

—¡Para el carro! He visto fotos tuyas de esa época. No estabas hecho un Adonis, que digamos.

—Bueno, el caso es que se las sabía todas. Su padre le tenía arrendada una granja a mi tía abuela. No sé cómo, Cordelia se enteró de lo nuestro y amenazó al pobre hombre con romper el contrato si no ataba corto a su hija. Le dijo que era un pendón que pretendía quedarse embarazada para pillarme.

—¿Y lo quería realmente?

—¡Qué va! Tenía veinte años, yo era menor. Ella estaba deseando largarse del pueblo. Nos lo pasamos bien, nada más. A partir de entonces, Cordelia empezó a controlar mis movimientos. Quería saber en todo momento dónde y con quién estaba. La prefería cuando se desentendía de mí, así que le dije a mi madre que en la isla me aburría. El verano siguiente me apuntó a un campamento.

—¿Por qué no pasabas las vacaciones con tus padres?

—Recuerda, Eleonora, una pregunta por cada palabra formada.

Christopher gana una y otra vez. El vino me desata la lengua, le revelo demasiadas cosas, aunque no estoy tan ebria que vaya abriendo todas las puertas.

—Vale, pregúntame —suspiro, resignada por enésima vez.

Él clava en mí sus pupilas verdes antes de soltar a bocajarro:

—¿Dónde encontraste el collar, Eleonora?

33

Rectifico. Puede que esté más achispada de lo que creía. Necesito unos minutos para recuperarme de la impresión que me ha producido su inesperado ataque. Podría decirle que no sé de qué me habla. Podría decirle que Cordelia me lo dejó en herencia. Podría inventar mil excusas plausibles. Daría igual. Christopher seguiría creyendo que soy una ladrona. Lo peor es que sé cómo lo ha descubierto.

—Naomi te lo contó. Debí suponer que lo haría.

—Dijo que llevabas un collar espectacular. Pese a tu insistencia en que era bisutería, ella y Willcott se convencieron de su autenticidad. Naomi quería saber por qué mentías. No me costó mucho atar cabos.

Merezco que me lapiden por ser tan imbécil. ¿Cómo se me ocurrió lucir el collar delante de esa bruja? Tendría que haber imaginado que sabría reconocer unas piedras buenas. O tal vez, en mi fuero interno, era justo lo que pretendía: que Naomi se lo contase a Christopher. No se me da bien guardar secretos. Trago saliva antes de responder.

—No pensaba quedármelo —musito con un hilo de voz. Subo a buscarlo y se lo entrego ligeramente avergonzada—. Si sabías que lo tenía, ¿por qué no me lo has pedido directamente en vez de marear la perdiz con que Ferguson está investigando en los bancos?

—Este collar es muy valioso. Confiaba en que me lo entregarías por voluntad propia, no me has dejado otra opción. ¿Por qué lo cogiste? —me pregunta en un tono recriminatorio que me resulta ofensivo.

—¡Oye, no lo robé, si es lo que insinúas! Lo encontré por casualidad.

—A ver si lo adivino. Fuiste a abrir el cajón de la ropa interior de Cordelia y, ¡zas!, el collar apareció entre las bragas y las medias. Vamos, Eleonora, mi tía podía ser muchas cosas, pero no estúpida, no dejaría en cualquier sitio una joya de este calibre. Dime la verdad.

—Tienes razón, no estaba en cualquier sitio. De hecho, lo encontré detrás de un cuadro.

Christopher me dedica una sonrisa burlona, cruza los brazos a la espera de una explicación convincente.

—¿Detrás de un cuadro?

—Sí. Verás, estaba leyendo la car... —me interrumpo al darme cuenta de que he estado a punto de meter la pata—. Estaba examinando el cuadro que me dejó Cordelia, al tocarlo me pareció que en la parte trasera había algo.

—¿Dónde está?

—En la biblioteca. Sobre la repisa de la chimenea.

Christopher atraviesa las puertas que comunican el salón con la biblioteca. Al cabo de unos minutos regresa con el lienzo.

—¿Y dices que el collar estaba oculto aquí?

Gira el cuadro para mostrarme el dorso. Sé que es difícil de creer: una vez despojado del cartón y de la tela que lo cubría ofrece un aspecto normal.

—Exacto, protegido por una doble capa de tejido grueso. También había un diario. ¿Quién puede ser? —Señalo a la joven tan exquisitamente retratada.

—Tengo una ligera idea —murmura él sacándose el móvil del bolsillo—. Voy a hacerle una foto para enseñársela a Ruby.

—¿Crees que es ella? Puede que fuera mona en su juventud, pero la chica de este cuadro...

—Es bellísima —me ataja completando la frase antes de devolver la pintura a su sitio.

—Desprende un aura mágica. Es difícil mirar el cuadro sin sentir su hechizo. Cordelia sabía cuánto me gustaba. Me sorprendió que se acordase de mí.

—Lo imagino. Te dejó Nightstorm. Vale mucho más que el cuadro —apostilla Christopher en un tono que me lleva a preguntarme si, pese a sus reiteradas negativas, no se sentirá dolido por no haber heredado la mansión.

—Está firmado por un tal Hamilton. ¿Tu abuelo, quizá?

—Apuesta por ello.

—Si lo quieres, es tuyo.

—Gracias, pero Cordelia te lo dejó a ti. Vamos a cenar, tengo hambre.

La cena está deliciosa: risotto de bogavante, ostras, filete de buey poco hecho y pastel de nueces. Después de bebernos la segunda botella de vino la cabeza me da vueltas y casi he olvidado el collar y el diario de Cordelia, hasta que Christopher los saca a colación.

—Antes has dicho que encontraste otro diario. Quiero leerlo.

—Es tan fascinante como el primero. Cuanto más sé de la historia de tu tía, más alucino con ella.

—Ya... Eleonora, respecto al collar...

Levanto las manos para acallarlo.

—Como te he dicho, no pensaba quedármelo.

—Quiero que lo guardes tú. Al menos de momento.

—¿Yo? —pregunto desconcertada—. ¿Bromeas?

Él entorna los ojos. No acaba de entenderme.

—No me hace gracia asumir la responsabilidad de su custodia —le aclaro—. ¿Y si entran a robar?

—No seas absurda. Mira, Cordelia no dejaba nada al azar. Si escondió el diario y el collar detrás de ese cuadro es porque quería que lo encontraras. ¿Menciona la joya en el diario?

—No, pero estoy segura de que hay otro.

—¿Por qué lo dices?

—La forma en que termina el segundo diario... —Me mira intrigado, pero no me explayo—. Lo comprenderás cuando lo leas.

—Quizá encontremos la clave en el tercer diario, si es que existe, claro. Puede que mi tía nos explique por qué tuvo la peregrina idea de escoger precisamente un cuadro para esconder el collar, cuando lo lógico y sensato habría sido depositarlo en la caja fuerte de un banco.

Se me ocurre que es un buen momento para hablarle de la carta. Es un hombre inteligente, podría arrojar un poco de luz sobre la supuesta maldición de las lágrimas de los dioses y el deseo de Cordelia de que las entierre, además de destruir la mansión en la que vivió toda su vida. O igual todavía no es lo más oportuno. Christopher cree que la solución del enigma se encuentra en el tercer diario. Esperaré hasta encontrarlo.

—Es tarde, debería marcharme —dice tras mirar su reloj.

—¿Quieres otra copa?

—¿Pretendes emborracharme? —Detecto un brillo de malicia en sus ojos.

Sea por el alcohol, sea por la turbación que me provoca su cercanía, la cuestión es que las palabras fluyen de mi boca como un torrente.

—Lo que quiero es acostarme contigo.

34

Imaginaba que tras mi impulsiva declaración de intenciones, Christopher me arrancaría la ropa. En cambio, se limita a mirarme, sumido en un silencio mortificante, mientras yo, roja como un tomate, solo ansío desaparecer.

¿Cuánto tiempo ha transcurrido? Una eternidad.

Hemos pasado la tarde jugando al Scrabble.

¿A qué jugamos ahora? ¿A humillar a Nora?

—Demuéstralo —murmura finalmente en un tono de voz perentorio.

—¿Cómo?

Sigue sin apartar sus ojos de los míos.

—Has dicho que quieres follar. Bien, pues empieza.

Su reacción me deja perpleja. Esperaba que tomara él la iniciativa.

—¿Qué quieres que haga?

Christopher arquea una ceja y cruza los brazos. No sé qué resulta más deprimente, que se aburra conmigo o que la situación le divierta.

—Quítate la ropa.

Vale. Eso puedo hacerlo, aunque no sé si de la forma que le gustaría a él. No soy seductora, no sé coquetear aleteando las pestañas sin sentirme ridícula, jamás me he visto en una situación como esta. Con Ignacio, el sexo se limitaba al dormitorio, la luz apagada. Ahora estamos en la cocina, la superficie de la mesa es demasiado dura, el suelo demasiado frío. Me desabrocho torpemente la blusa, dejo que la falda se deslice hasta mis tobillos. Christopher sigue vestido. Me llevo las manos al cierre del sujetador.

—Vamos al salón —masculla cogiendo su copa de vino casi intacta.

Apenas ha bebido unos sorbos. ¿Me he pimplado casi dos botellas yo sola? Recojo la ropa y lo sigo escaleras arriba tratando de no perder el equilibrio.

—Túmbate —me ordena.

Me siento en el sofá, hago ademán de quitarme los zapatos y las medias, él me lo impide sujetándome la mano. Me empuja suavemente hasta que mi cabeza reposa sobre uno de los brazos del sofá.

—Cierra los ojos. No hagas trampa —me advierte, la voz convertida en un ronco susurro.

Oigo mi respiración entrecortada cuando sus dedos me recorren la piel del cuello. El contacto me provoca un respingo involuntario.

—Chisss, relájate.

—Lo siento.

—No te disculpes. No hables. No te muevas.

Me alegro de llevar puesto el conjunto de seda negra y encaje que me compré en las rebajas. Christopher acaricia la blonda por encima de la piel, luego desciende lentamente a través de mi abdomen hasta el ombligo. Cuando se detiene unos instantes me pregunto si se ha desnudado o continúa vestido. Como no me permite abrir los ojos no puedo ver, ni siquiera intuir, cuál será el siguiente paso. Debería relajarme, disfrutar el momento, pero mi cuerpo se niega a obedecer. Coloca un dedo húmedo sobre mis labios y saboreo las notas afrutadas del vino. Emito un grito de sorpresa al percibir un reguero de gotas deslizándose por mi vientre... Un instante después noto su lengua lamiéndolas. Incapaz de resistirme, abro los ojos y extiendo los brazos para tocarlo.

No llego a alcanzarlo.

El momento mágico ha terminado.

—¿Por qué no sigues? —La voz me sale ronca y suplicante.

—Es tarde, tengo que irme —dice poniéndose en pie.

—¿Y me dejas así?

—Te estoy haciendo un favor.

—¡Tendrás cara! Llegas aquí con tu jueguecito, la cena y las confidencias y ahora me dejas con la miel en los labios. ¿Qué pasa? ¿No soy lo bastante sexy para ti?

Cuando bebo soy incapaz de mantener la boca cerrada. Avergonzada, le doy la espalda y empiezo a vestirme.

—Eleonora, te lo dije el otro día y te lo repito ahora: si hubiera intentado seguir adelante, no habría llegado lejos. Me lo habrías impedido.

Me giro de golpe, la blusa a medio abotonar.

—¡No es verdad! ¡Quiero hacer el amor contigo!

—Mientras te tocaba no has conseguido relajarte ni un segundo. He notado la tensión en cada poro de tu piel. Tus defensas están demasiado altas, no creo que pueda franquearlas, al menos no esta noche. Cuando me acuesto con una mujer necesito que su mente y su cuerpo estén conmigo al cien por cien. Te avisé, no me interesan las historias románticas. Me va el sexo sin restricciones. ¿Quién sabe? Puede que en ese aspecto haya salido a mi abuelo. Y tú, Eleonora, aún no estás preparada.

—¿Me consideras frígida? —le espeto furiosa.

Las acusaciones de Bárbara resuenan en mi cabeza cuando me responde:

—No sé si recibiste una educación represiva o si has tenido alguna experiencia traumática, pero tus miedos se imponen al deseo sexual.

—Tú no sabes nada de mí.

—Tienes razón, apenas te conozco, pero veo la tristeza que anida en el fondo de tus ojos. Eres tú quien debería empezar a conocerse a sí misma para poder disfrutar del sexo y de la vida. Fíjate en Cordelia. Era una mojigata, pero se volvió lo bastante audaz para dejarse llevar por la pasión. ¿Qué me responderías si te propusiera tener sexo en un lugar público? ¿O sado? Reconócelo, te negarías.

—¡Ahora me dirás que Naomi lo haría!

Christopher entorna los ojos. Está a punto de perder los estribos.

—No metas a Naomi en esto. Mira, la mayoría de las mujeres, sobre todo las católicas, repudiáis cualquier práctica que se aparte de lo normal. Os pica la curiosidad, pero os domina el sentimiento de culpa. Y ahora, ¿me das el diario, por favor? Mañana me reúno con Ferguson, tendrás que ir a casa de Ruby por tu cuenta. Por cierto, acepté la invitación de Melva para cenar.

Voy en busca del diario a regañadientes y se lo entrego.

—Lo sé. Nos esperan alrededor de las cuatro.

—Me retrasaré. Eleonora, guarda el collar en lugar seguro —me recuerda antes de marcharse.

Cierro la puerta tras él sin despedirme. Temo estallar en llanto si lo hago.

En mi relación con Ignacio no cabían las sorpresas. Sabía que el día de mi cumpleaños recibiría un frasco de perfume que tendría que cambiar por ser demasiado intenso; que por San Valentín no me regalaría flores ni bombones —lo consideraba un invento hortera de los centros comerciales—; que en verano pasaríamos una semana en alguna playa, aunque me costara convencerlo, y que en Navidad no discutiríamos acerca de con qué familiares brindaríamos. Siempre era con los suyos.

Una vida sin imprevistos.

Como debería haber sido la velada con Christopher. Una agradable cena, un juego de mesa inocente, una charla para ponerme al día de los preparativos de la subasta y una despedida con un beso fraternal. Hasta que cambié el guion para acabar chamuscada y con la dignidad por los suelos.

Cuando Ignacio y yo hacíamos el amor, me costaba dejarme llevar. Sabía la importancia que le daba al aspecto físico y me cohibía pensar que había echado tripa, me faltaba tono muscular o no me había depilado. De alguna manera, tengo la impresión de que esta noche le he devuelto la vida a mi antiguo yo, a la Nora pusilánime e insegura que creí haber enterrado. Puede que esa parte de mí nunca llegara a desaparecer. La voz malévola de mi subconsciente me grita que cumpla el deseo de Cordelia y regrese a casa. Me niego a escucharla. No quiero volver a la vacua existencia que llevaba en Barcelona y necesito respuestas antes de reducir Nightstorm a cenizas.

He guardado el collar en mi neceser. No se me ocurre un lugar más seguro.

35

El autobús local pasa cada media hora, pero esta tarde se ha retrasado por una avería. Para empeorar las cosas, ha empezado a llover, y lo que parecía una fina llovizna se ha convertido en un chaparrón. En consecuencia llego a casa de Melva empapada.

Ruby está sentada en el sofá, entretenida en un juego de cartas; no hay rastro de Christopher. Genial. Tengo tiempo de arreglar los estragos causados por la lluvia y el viento: el pelo pegado a la cara y la nariz roja como un pimiento. Ruby levanta la vista de los naipes.

—¿Me has traído chocolatinas? —suelta.

Maldición.

Melva regaña a su madre.

—Lo siento, Ruby, llovía tanto que... Si me disculpa, voy un momento al aseo.

Mi prima tiene la fea costumbre de husmear en los cajones de los baños ajenos. Como no llevo el neceser del maquillaje en el bolso, hago lo mismo. Aquí no hay un moderno mueble bajo el lavabo, sino un vetusto armarito con espejo encima de la pila. En el piso de mis padres había uno similar. Hago un barrido visual en busca de un pintalabios, una sombra de ojos, un lápiz delineador, cualquier producto cosmético para adecentarme. En los estantes solo hay analgésicos, crema para las hemorroides, yodo y ansiolíticos. Al cerrar el armario reparo en la bolsa de almacenaje colgada tras la puerta. Sus bolsillos contienen cepillos para el cabello, rulos de distintos tamaños, pasta dentífrica, horquillas y unas gafas con un cristal roto. Encuentro una barra de labios color cereza y una sombra de ojos tan estridente que la desestimo de inmediato.

Oigo el timbre de la puerta y el taconeo presuroso de Melva seguido de unos cariñosos saludos. En cuanto escucho la voz de Christopher, el estómago me da un vuelco. Miro mis vaqueros rotos y el jersey deshilachado y me regaño por no haberme vestido mejor. También por comportarme como una quinceañera.

Sobre la mesa hay dulces y sándwiches para alimentar a un regimiento. ¡Y se supone que la cena es a las siete! Christopher tiene un aspecto impecable, no le ha caído una gota encima. Yo estoy empapada. Tras el saludo de rigor, hago lo posible por ignorarlo. Me acerco a la estufa para entrar en calor, detalle que no podía pasar inadvertido a los sagaces ojos de Ruby.

—Nora, chiquilla, pareces un pollo mojado. Pillarás un catarro si continúas con esa ropa puesta.

—Estoy bien —atino a farfullar.

—¡Tonterías! Veo tu tembleque. Melva, préstale algo para que se cambie, y usted, Christopher, venga a sentarse a mi lado.

Sigo a Melva hasta un dormitorio de pequeñas dimensiones con vistas al puerto. Tiene tantos muebles y cachivaches que es difícil moverse sin tropezar con algo. Una colcha de patchwork cubre la cama; no combina en absoluto con el estampado floral de las cortinas pero resulta original.

—Es preciosa —admiro con sinceridad.

—Mamá me la regaló cuando me casé, se supone que cuenta mi infancia y juventud. Al menos, eso dice ella, yo soy incapaz de ver nada más allá de una serie de telas. Empezó a confeccionar estas colchas para venderlas cuando yo era muy pequeña. Algunas personas acuden al psiquiatra para desahogarse; supongo que ella lo hacía a través de los retales. Una vez me explicó que cada uno tiene un significado, y hay que saber unirlos para que narren una historia.

Contemplo la amalgama de retales con curiosidad. Al igual que Melva, solo alcanzo a apreciar su vistosidad.

—Mi madre siempre ha tenido buena mano con la aguja. Hasta hace pocos años todavía arreglaba dobladillos, cambiaba cremalleras. Discúlpame, Nora, hablo demasiado. A mi exmarido le ponía de los nervios. Bueno, vamos a ver qué encontramos que te vaya bien.

Contengo la respiración cuando abre el armario, una pieza de estilo rústico que ocupa casi por completo una de las paredes del dormitorio. Espero que no me ofrezca una bata o un vestido, que me caería demasiado holgado porque no tenemos la misma talla. Tras rebuscar entre las perchas, cierra el armario y sale del cuarto. Regresa con un chándal y unas zapatillas de andar por casa.

—Son de Makenna. A ver si te sientan bien.

El pantalón me va estrecho de cintura, pero puedo soportarlo. Lo peor son las zapatillas, unas pantuflas con bigotes de gato. Coloco los vaqueros y los botines junto al radiador para que se sequen y me miro al espejo. Tengo un aspecto horrible.

Cuando vuelvo a la salita están los tres sentados en torno a la mesa, enfrascados en animada charla. Puesto que hay dos sillas libres, me dirijo a la más alejada de Christopher, gesto que no pasan por alto ni él, que esboza una sonrisa, ni Ruby, que me mira perpleja. Rezo para que deje su acerada lengua en reposo. Apenas comprueba que Melva se ha terminado el té, la envía a la cocina.

—Si quieres lucirte con la cena, mejor que empieces con tiempo.

—Lo tengo todo a punto, *màthair*. Solo hay que meterlo en el horno, pero es pronto.

—Aun así, seguro que te falta algo por aliñar.

En cuanto Melva desaparece tras la puerta de la cocina, Ruby se vuelve hacia Christopher, los ojos brillantes de excitación.

—¿Me ha traído la ginebra? —Ruby se frota las manos mientras lo observa sacar de una bolsa dos botellas y una caja cuadrada—. ¡También ha comprado whisky y chocolatinas! Qué amable ha sido de acordarse de mí. Nora, haz el favor, pon aquí unos vasos del aparador.

Maldito cabrón. No solo le ha comprado la ginebra, sino que le ha añadido un Macallan de doce años y una caja de bombones para que el agravio comparativo sea mayor. Su pregunta me sorprende con la guardia baja, casi se me caen los vasos.

—¿Has llegado sin novedad, Eleonora?

Lo que en realidad quiere saber es si he vuelto a perderme.

—Sí —contesto secamente.

Ruby, que no tiene un pelo de tonta, percibe que algo va mal. Confiar en que mantenga la boca cerrada es como pedirle a un adolescente que ordene su habitación.

—¿Qué te pasa, Nora? ¿Un mal día? —me pregunta con retintín.

—Digamos que una mala noche —respondo.

—Vaya. Por eso tienes mala cara —me espeta.

Es una sorpresa que Christopher acuda a mi rescate.

—Si le parece bien, Ruby, me gustaría que retomara la historia de mi familia —dice sirviendo tres generosos vasos de whisky.

Espero que no piense que me lo voy a beber a palo seco. Sopeso la idea de ir a por hielo, pero dejaría a Ruby al descubierto y no me lo perdonaría. Está tan embelesada mirando el líquido ambarino que no presta atención a Christopher. También se ha olvidado de mí.

—Mmm, ¿por dónde iba? Tendrá que refrescarme la memoria, querido.

—Eleonora ha encontrado otro diario.

La anciana aparta los ojos del vaso.

—¡No me diga! —exclama con júbilo.

Christopher asiente con la cabeza.

—Estaba oculto detrás de un cuadro. El lienzo lleva la firma de Hamilton, imagino que lo pintó mi abuelo, pero no reconozco a la modelo. La melena rubia le cubre parte del rostro. En un principio, después de leer sus diarios, pensé que podría ser Cordelia, pero ella tenía el cabello oscuro.

Ruby emite un profundo suspiro.

—No le vi pintar ningún cuadro como el que ha descrito, pero tratándose de un desnudo, no iba a hacerlo a la vista de todo el mundo.

—No he dicho que la chica estuviera desnuda.

—Ah, ¿no? —dice ella con fingida inocencia.

—Usted sabe quién es, ¿verdad?

La anciana no se inmuta. Parece que le divierte jugar al gato y al ratón, aunque no queda claro quién persigue a quién. Mantiene las facultades mentales en plena forma. Cuando nosotros damos un paso, ella ha recorrido diez kilómetros sin despeinarse.

—Tengo una corazonada —insiste él ante el silencio de Ruby.

—Cuénteme.

—¿Es Eilean?

—¿Cómo quiere que lo sepa? La próxima vez traiga el cuadro.

Christopher saca el móvil del bolsillo y desliza un dedo por la pantalla para abrir la galería de imágenes. Cuando encuentra las fotografías que hizo anoche se las muestra. Ella las observa con atención.

—Es ella —afirma al cabo de un minuto—. Ahora, ¿desea que prosiga con la historia o no? —pregunta impaciente.

—Sí, bueno..., creo recordar que nos quedamos en los días previos a la llegada de mi abuela a Nightstorm.

Ruby da un sorbo a su bebida y asiente complacida.

—Un licor excelente, no esperaba menos de usted. Respecto a Eilean, veo que ha atado cabos. Lástima que no llegara a conocerla.

36

Eilean llegó a Nightstorm como uno de esos huracanes que lo arrasan todo a su paso. De hecho, lo acabó haciendo. Claro que nos dimos cuenta mucho más tarde. Todavía recuerdo el jersey que lucía la primera vez que la vi. Era de color rosa, muy ajustado. Una verdadera provocación en una comunidad remilgada como la nuestra, pero Eilean era joven y atrevida, además de bellísima.

Sus maletas venían llenas de alta costura: Chanel, Dior, Lanvin, Vionnet... La mayoría eran nombres desconocidos para mí, pero a pesar de mi ignorancia sabía apreciar la genialidad de sus creaciones. Aunque yo me manejaba bien con la aguja, veía que aquellas puntadas, tan delicadas, eran obra de manos maestras. Eilean trajo obsequios para todos. A Cordelia le regaló un vestido de seda. Yo no esperaba nada, pues acababa de conocerme, pero no me hizo menos y me dio un gracioso sombrerito de terciopelo con un velo que caía sobre los ojos. Nunca había tenido en mis manos nada tan bonito. Me dijo que me daba un aire misterioso.

El viejo MacDonald no disimulaba que Eilean era su hija favorita. Le concedía cualquier capricho. Incluso quiso celebrar su inminente cumpleaños con una gran fiesta. La señora Brown y el señor Murray no salían de su asombro, ya que hacía varios lustros que no se organizaban fiestas en la mansión.

Pero habrá tiempo de hablar de la fiesta, ahora me centraré en el día que Eilean llegó a Nightstorm. Cordelia ardía en deseos de presentarle a

Ross; escuché cómo se lo describía mientras deshacía su equipaje. La señora Brown había dispuesto que me encargara de atender a las dos hermanas; a mí no me importó el trabajo extra, me liberaría de otras tareas menos gratas.

—Hablas de ese hombre como si fuera de otro planeta —dijo Eilean en un tono que denotaba escaso interés. Estaba tumbada en la cama, limándose las uñas a la luz del candil.

—Su familia posee una plantación en la India.

—Eso está muy lejos.

—Papá lo conoció en Nueva York. Me parece que está pensando en asociarse con su empresa, por eso lo invitó a pasar el verano en Nightstorm. Y... creo que Ross no tardará en pedirle mi mano.

Eilean dejó la lima sobre la colcha y se incorporó. De repente se había despertado su interés.

—¿Tiene intenciones serias? ¿Se te ha declarado? —la asaeteó.

—Bueno, todavía no, pero...

—¿Te ha besado?

De refilón, vi como Cordelia se ruborizaba; agucé el oído por si se decidía a confesarle sus correrías nocturnas, pero se limitó a bajar la cabeza y asentir con un gesto apenas perceptible y una tímida sonrisa. Pese a que Eilean la presionó en su afán por sonsacarle detalles íntimos, la otra mantuvo su actitud timorata. Menuda hipocritilla estaba hecha. «Si su hermana supiera», recuerdo haber pensado.

—Dime, Cordy, ¿qué tal besa ese Ross? ¿Utiliza la lengua? ¿Ha intentado meterte mano? —insistió Eilean con un descaro que me sorprendió. Se había educado con monjas, no podía saber mucho de las relaciones entre hombres y mujeres.

—¡Ay, qué cosas tienes! Ross besa... como todos los hombres, supongo.

—Ah, no, estás muy equivocada, no todos besan igual. Está el torpe que pega sus labios a los tuyos y no te hace sentir nada; el entusiasta que te mete la lengua hasta la garganta y te produce náuseas; el ansioso que saliva demasiado llenándote de babas. ¡Puaj!, ese resulta vomitivo. Finalmente, tenemos al seductor que te mordisquea los labios suavemente y acaricia tu lengua con la suya provocándote escalofríos de placer.

De haber estado menos preocupada por ocultar su turbación, Cordelia le habría formulado a su hermana la misma pregunta que me hice yo. ¿Cómo sabía tanto del asunto? Deduje que lo más probable era que hubiera hablado con la inocencia y el conocimiento teórico que proporcionan las novelas románticas. Eilean se las daba de mundana y sofisticada, pero yo estaba convencida de que seguía siendo virgen. El caso es que consiguió que Cordelia se pusiera roja como un tomate; Eilean achacó su rubor a la vergüenza y cambió de tema.

—¿Qué vestido me pongo, Ruby? —musitó levantándose de la cama cual gata perezosa—. Tengo que causar buena impresión al huésped de honor y... tal vez mi futuro cuñado —canturreó entre risas.

Me inquietó su interés por agradar a alguien a quien no conocía. No pude evitar preguntarme si Cordelia estaba tan ciega y tan segura del amor de Ross que no temía la competencia que suponía su hermana. Créame, Christopher, si yo hubiera tenido una hermana la mitad de deslumbrante que ella, jamás se la habría presentado al hombre al que amaba. En aquel momento, de pie frente a su armario repleto de prendas maravillosas, Eilean esperaba que la ayudase a elegir vestido. Confiaba en mi criterio y eso me halagó.

—Resulta difícil decidir, señorita, son todos tan bonitos...

—Sí, pero habrá alguno que te guste más que el resto.

Hurgué entre las perchas y, por hacerle un favor a Cordelia, descolgué el más recatado. Era de color verde manzana, un tono poco favorecedor para una chica rubia de piel blanca como Eilean... De haberme guiado solo por mi gusto habría escogido uno turquesa con cuerpo de seda lleno de minúsculas estrellas bordadas y falda de tul hasta los tobillos. Quizá excesivo para una cena familiar, aunque perfecto para brillar. Eilean miró con desagrado mi elección.

—Lo compré para complacer a mi amiga Prudence. Insistió en que me quedaba de fábula, pero no es verdad, el verde no me sienta bien. En cambio es perfecto para Cordelia. Realzará su cabello —dijo lanzándoselo a su hermana, que lo alcanzó al vuelo—. Me pondré el turquesa.

Que prefiriese aquel vestido satisfizo mi ego, sin embargo, lo lamenté por Cordelia. ¿Cómo iba a competir con Eilean? Por si fuera poco, aquella noche me sentía inspirada y le hice un peinado espectacular. Cordelia frunció el ceño.

—¿No vas demasiado arreglada?

Eilean giró sobre sí misma, coqueta, y puso los brazos en jarras.

—Es la primera noche que paso en casa después de mucho tiempo, deja que me luzca. Tú deberías hacer lo mismo. Ruby, encárgate de dejarla preciosa.

Por mucho que me esmerase, Cordelia jamás estaría a la altura de Eilean. Aun así, le preparé su mejor vestido, uno de tweed gris perla, y sacamos del joyero un antiguo camafeo. Con Eilean ausente de Nightstorm tal vez habría encandilado a Ross, pero frente a aquel arcángel apenas tenía opciones.

La mañana siguiente, Cordelia se levantó de mal humor. Había dormido poco, según me confió mientras arreglaba su habitación. Tenía la impresión de que Ross no miraba con buenos ojos a Eilean. Le preocupaba que no simpatizaran. Menuda ingenua. Hubiera querido gritarle que debería dar gracias a Dios por eso. En cuanto tuve oportunidad, le pregunté a Eilean qué le había parecido el señor Hamilton. Lo tachó de engreído y arrogante, aunque reconoció su atractivo. En un par de días, la tensión entre ellos se suavizó de forma notable. A Cordelia le satisfacía verlos conversar amigablemente durante los almuerzos y las cenas. Eilean solía levantarse tarde, casi nunca bajaba a desayunar, una costumbre que el señor MacDonald deploraba pero transigía, como siempre hacía con su hija predilecta.

Cuando Ruby se interrumpe para beber un sorbo de whisky, aprovecho para preguntarle lo que me ronda la cabeza desde hace rato.

—¿Cómo pudo pintar Ross a Eilean desnuda sin que Cordelia o usted se enterasen?

La anciana se encoge de hombros.

—Lo haría de noche, a la luz del quinqué, cuando la casa dormía. Quizá la pintó de memoria, quién sabe.

Christopher la anima a continuar mientras yo saboreo un cupcake de naranja recubierto de chocolate.

Como he dicho, Cordelia esperaba que Ross pidiera su mano. No es que lo expresara en voz alta, pero de vez en cuando hacía algún comentario que ponía de manifiesto su ansiedad. Jamás osé aconsejarle prudencia. Según el refrán, no es conveniente contar los huevos antes de que la gallina los haya puesto, o algo parecido. A decir verdad, todo el mundo albergaba la esperanza de que se comprometieran en breve. El ama de llaves me reconoció una tarde que hacía tiempo que no veía al señor MacDonald de tan buen humor.

Yo, sin embargo, no tenía demasiado claro aquel compromiso.

Debido a que los observaba con atención, me di cuenta de que la relación entre Cordelia y Ross había cambiado. Él se mostraba distante y pasaba poco tiempo en Nightstorm; a juzgar por la inquietud de ella, sospeché que ya no practicaban juegos nocturnos. Cordelia empezó a actuar de forma imprevisible. Tan pronto estaba relajada y feliz como pillaba una rabieta por cualquier nadería. También Eilean modificó sus hábitos. Se levantaba temprano, desaparecía y regresaba a la hora del almuerzo, siempre con alguna bolsa en la mano, como si hubiera ido de compras; otras veces no volvía hasta la tarde. Obviamente, jamás se me ocurrió desconfiar de ella. No tenía motivos.

Hasta aquel día infausto.

El señor MacDonald se empeñó en celebrar el cumpleaños de su hija a lo grande. Supuse que un festejo campestre estaría a años luz de la elegancia de las reuniones en las casas de Edimburgo o de Londres, pero la señora Brown se encargó de que la mansión reluciera como nunca: ordenó pulir la plata, limpiar la vajilla más delicada y repasar a conciencia hasta el último rincón. Cordelia y Eilean se encargaron de enviar las invitaciones.

Cuando faltaban unos días para la celebración, Cordelia cayó en la cuenta de que no tenía un vestido adecuado para la fiesta, así que una mañana fuimos a la ciudad. Me llevé una grata sorpresa cuando vi a Thomas, el chófer, esperándonos frente a los portones. Al parecer, el señor MacDonald le había encargado unas gestiones en Portree. Fue un lujo subir a un automóvil. No imaginaba entonces que pronto volvería a hacerlo, aunque por motivos bien distintos. Tampoco podía prever que Thomas se convertiría en mi cómplice. Pero no adelantemos acontecimientos.

En la pequeña tienda que visitamos no había donde escoger. La vida en la isla era sencilla, no ofrecía ocasiones para lucir trajes de noche. Hice que Cordelia se probara un vestido de color marfil con diminutas flores bordadas. No era exquisito como los diseños parisinos, pero le sentaba muy bien. La dueña, una cotorra de cuidado, nos explicó que lo había confeccionado una costurera de Inverness que copiaba modelos de las revistas. Seguro que se lo inventó porque la prenda era muy simple. Cordelia, fiel a su mojigatería y a su peculiar concepto de la elegancia, terminó comprándose un insulso vestido negro que le echaba años encima. Nunca me ha gustado ese color, ni para los funerales. Le tengo dicho a Melva que cuando me muera no se le ocurra amortajarme con un traje negro; no quiero parecer un cuervo.

Ya por el buen tiempo que hacía, ya por la subida de adrenalina que siempre producen las compras, lo cierto es que Cordelia estaba animada. Me invitó a comer en un restaurante del puerto. Mientras nos limpiaban la mesa me entretuve en observar a la clientela, la mayoría hombres que degustaban un plato rápido antes de volver al trabajo.

Una pareja atrajo mi atención. Tenían las manos entrelazadas sobre el mantel y se devoraban con los ojos. El corazón me dio un vuelco. Vi a Cordelia distraída con el menú y mi único pensamiento fue que debía alejarla de allí. Convencida de que me seguiría, me levanté y salí del local a toda prisa.

—¿Qué te ocurre, Ruby? —me preguntó Cordelia una vez fuera.

—Estoy mareada —respondí. Me tapé la boca con las manos y fingí contener las náuseas.

—Pediré un vaso de agua —dijo ella abriendo la puerta del restaurante.

—¡No! —grité alarmada—. Si no le importa, prefiero regresar a Nightstorm.

—Como quieras. Qué raro, hace un momento estabas bien —comentó Cordelia ligeramente contrariada, aunque aceptó volver. Eso sí, tuvimos que hacerlo andando porque Thomas no nos había esperado. Supuse que tenía órdenes estrictas del señor MacDonald de regresar cuanto antes.

Me resultaba difícil mirar a Cordelia a los ojos sin revivir en mi cabeza la imagen de su hermana con Ross. Pensé en encararme con Eilean, preguntarle a qué demonios jugaba, por qué andaba por ahí con el hombre al que quería su hermana, pero ¿qué derecho tenía yo, una criada, a inmiscuirme en su vida privada? Además, cabía la posibilidad de que estuviese equivocada. Quizá le había ayudado a elegir un anillo de compromiso y él solo le demostraba su afecto fraternal. Convencida de que se trataba de eso, decidí no darle más vueltas al asunto.

Sin embargo, pronto me di cuenta de que Eilean evitaba la compañía de su hermana y cuando coincidían le respondía con evasivas. Cordelia pasaba las tardes en su dormitorio, haciendo Dios sabe qué, o en la biblioteca, leyendo novelas románticas. Cuando tenía un mal día volvía loco al servicio. Una vez ordenó al jardinero que plantase unas extrañísimas flores tropicales que había visto en un libro; se enfadó cuando el hombre le dijo que aunque encontrara las semillas, lo cual era imposible, en aquel clima no prosperarían.

Dos días antes de la fiesta, Eilean me pidió que le subiera té y un trozo de bizcocho. La encontré tumbada en la cama, con una novela de Jane Austen en las manos. Aproveché para recoger algunas prendas de ropa del suelo. Era la persona más desordenada que he conocido en mi vida, bueno, puede que mi nieta sea aún peor. Cordelia apareció haciendo gala de un humor picajoso. Cuando se ponía en ese plan prefería mantenerme a distancia. Me volví para marcharme, pero Eilean me lo impidió.

—Quédate, Ruby. ¿Qué quieres, Cordelia? —le preguntó sin levantar la vista de las páginas.

—He subido a ver cómo estás. No has bajado a merendar.

Eilean cerró el libro y se sentó en la cama. Llevaba una bata ligera que, al entreabrirse, dejó al descubierto sus largas piernas. El verano, inusualmente caluroso, daba sus últimos coletazos.

—Me encuentro perfectamente —respondió con sequedad—. ¡Ah, qué calor hace! Estoy deseando que llegue el otoño.

—Entonces lloverá y te quejarás de la humedad —le recordó Cordelia.

Su hermana emitió un bufido desdeñoso.

—No sé cómo logras sobrevivir en esta isla todo el año, Cordy. ¡Y sin luz eléctrica!

—Pues del mismo modo que lo harás tú a partir de ahora.

—No estoy tan segura de eso. Dime, ¿no sientes tentaciones de huir?

—¡Qué cosas se te ocurren! ¿Para ir adónde?

—A Edimburgo, por ejemplo, o a Londres. O mejor, a Nueva York. Las cosas van a ponerse feas en Europa. El padre de Prudence afirma que si no le paran los pies a Hitler, pronto estallará otra guerra.

Me erguí como si me hubieran dado un latigazo en la espalda. ¿Guerra? No había transcurrido tanto tiempo desde la primera gran contienda. Mi padre, que la vivió de crío, decía que no querría pasar por otra. Me preguntaba si la situación podría llegar a empeorar tanto. En caso de que se cumplieran los peores augurios, ¿estaríamos seguros en Nightstorm? El señor MacDonald descartaba un conflicto, no así Ross Hamilton. Una noche, cuando cruzaba frente a la biblioteca camino de la cocina, les oí discutir sobre el tema. Las puertas estaban entreabiertas y no hablaban en voz baja precisamente. Me detuve en el umbral y agucé el oído.

—Le aseguro, Ross, que nadie desea repetir el horror de la última gran guerra —aseguraba mi patrón—. La que se está librando en España es razón suficiente para que los políticos se esfuercen en evitar una confrontación con Hitler a toda costa.

—Suponía que los demócratas estarían ansiosos por frenarlo.

—Y se hará, naturalmente, mediante vías pacíficas.

Ross bufó con desdén.

—Lo que yo veo es a Inglaterra y a Francia adoptando una postura timorata y complaciente mientras el Führer se afila las garras. Puedo entender que la gente viva ajena a lo que sucede, pero no que el primer ministro permanezca ciego a las intenciones de Hitler. Su hambre expansionista aumenta día tras día y Chamberlain, con su estrategia apaciguadora, le da carta blanca.

—¡Al primer ministro le disgusta Hitler tanto como a nosotros, pero este opone una barrera contra los bolcheviques!

—Habla usted como un inglés. Cuando el canciller austriaco Schuschnigg se entrevistó en febrero con el Führer tenía el propósito de negociar, y acabó humillado, haciendo concesiones y con el presentimiento de que su país sería invadido. Ni un vidente de feria habría acertado más de lleno en su predicción. ¿Piensa que Hitler se conformará? A través de un contacto de mi embajada en Londres he sabido que Alemania ha aumentado las importaciones de alimentos y materias primas, necesita recursos. El país afronta una crisis importante, y Hitler la resolverá invadiendo otro territorio. El próximo en caer será Checoslovaquia, no lo dude. Si Gran Bretaña y Francia no reaccionan, pronto se verán obligados a defender lo que es suyo. La guerra será inevitable. Churchill lleva tiempo alertando sobre el peligro que supone Adolf Hitler.

—Bueno, en caso de que esté en lo cierto, amigo mío, no tiene usted de qué preocuparse. Las bombas no caerán sobre Nueva York.

Me gustaba escuchar a las personas inteligentes, aunque fuera detrás de las puertas. Era la forma de enterarme de lo que acontecía más allá de la isla. Siempre que tenía ocasión, lo cual no sucedía a menudo, leía los periódicos atrasados que traía el señor MacDonald, y eso que no acababa de descifrar sus enrevesados artículos; en cambio, los argumentos de Ross Hamilton me resultaban del todo comprensibles. Era un buen orador. Estuve a punto de intervenir en la conversación que mantenían las hermanas haciendo mía la opinión de Ross, pero a Cordelia no le interesaba la política.

—Una guerra. ¡Bah! Menuda insensatez.

—A veces pienso que la única forma de escapar de aquí es casándome —suspiró Eilean mirando el techo.

Contuve la respiración mientras aguardaba la réplica de Cordelia. Esperaba que mencionara a Ross, sin embargo, se limitó a desalentar a su hermana.

—¡Qué tontería! ¡Si no tienes novio!

Me mordí los labios para no vomitar la pregunta que me carcomía por dentro. Pese a mi propósito de olvidar lo que había visto en Portree, no se me iba de la cabeza. Eilean volvió a suspirar. Últimamente lo hacía a menudo.

—¿Por qué ha organizado papá la fiesta? Mi cumpleaños es solo la excusa. Quiere que conozca a los hijos de sus amigos. El caso es que yo tengo otros planes.

—¿A qué te refieres? —preguntó Cordelia, suspicaz.

Eilean se encogió de hombros, fue hacia el tocador y se sirvió ella misma una taza de té con leche. Hizo caso omiso de los deliciosos pastelillos de frambuesa y las galletas de mantequilla. Comía como un pajarito, no era de extrañar que se mantuviera tan delgada.

—Podría trabajar —respondió tranquilamente—. Hablo francés con fluidez, me será fácil encontrar un empleo de secretaria o dependienta. También puedo ser modelo, incluso actriz —añadió con la intención de escandalizar a su hermana.

—¿Y exhibirte medio desnuda? ¡No digas sandeces! A papá le daría un ataque —mascullό Cordelia.

Me pareció absurdo que hiciera alarde de puritanismo después de haber estado acostándose con un hombre al que apenas conocía. Intervine para aliviar la tensión.

—¿Ha decidido qué vestido se pondrá para la fiesta, señorita Eilean?

Cuando me miró con sus centelleantes ojos azul violeta me quedé sin habla. Podía entender el efecto que causaba en Ross.

—Me gustaría verlo, para hacerle un peinado adecuado —balbucí.

—Ay, Ruby, eres un encanto, siempre atenta a los detalles. No se te escapa nada, ¿verdad? —Me pellizcó la mejilla—. Todavía no lo he decidido. ¿Qué te parece este?

Descolgó del armario una fantasía de tul bordado con lentejuelas multicolor. Si en la parte delantera el escote era recatado, en la espalda se prolongaba en forma de uve. Un vestido espectacular, inapropiado para una chica joven.

—¡No puedes llevar eso! —exclamó Cordelia horrorizada.

—¿Por qué no?

—Pues porque... ¡es indecente!

—No seas mojigata, Cordy. Si te preocupa que enseñe demasiada piel, tranquila, la taparé. —Eilean abrió un cofre con incrustaciones de nácar y sacó varios collares de perlas—. Son de Coco. Los llevaré cayendo por la espalda.

—¿Coco? —preguntó su hermana con el ceño fruncido.

—Coco Chanel. Te he hablado de ella. Se aloja en el Ritz, aunque tiene un apartamento espléndido. Tuvimos ocasión de visitarlo cuando invitó a la madre de Prudence a su taller. Es una mujer fascinante.

Reparé en la exquisita confección del vestido.

—¿Lo ha cosido ella? —pregunté admirándolo.

—Coco nunca cose.

—Ah, ¿no? Pero ¿no es modista?

—Antes cosía. Ahora solo coge las tijeras y los alfileres para probarles sus vestidos a las modelos.

Eilean tomó un frasco de perfume, se aplicó unas gotas en las muñecas. Olía a rosas y a jazmín.

—¿Quieres un poco? —preguntó a su hermana.

—Sabes que no uso perfume.

—Pues deberías hacerlo. Coco dice que una mujer sin perfume no tiene futuro. A partir de ahora usaré siempre este. Huélelo, Ruby —dijo pasándome el frasco.

Era un aroma embriagador, sin nombre, en la etiqueta solo había un 5. Cuando se lo comenté a Eilean, me respondió que su creadora había decidido llamarlo así porque era su número de la suerte. En cuanto al vestido, creo que solo pretendía provocar a su hermana. De una cosa estaba segura: si se lo ponía, armaría un escándalo. Dudo que las amistades del señor MacDonald estuvieran preparadas para las extravagancias de la moda francesa.

—¿Qué opinas del vestido, Ruby?

Siempre me he vanagloriado de decir la verdad, por mucho que la sinceridad me acarree problemas.

—Es precioso, aunque demasiado... atrevido. Yo me podría este.

Extendí sobre la cama un vestido de corte romántico, con corpiño de seda rosa bordada, escote palabra de honor y vaporosa falda de tul blanco.

Eilean lo miró, reticente. Primero frunció el ceño, luego rompió a reír.

—Pareceré un merengue.

—Estará muy guapa. Le recogeré el cabello en un moño y se lo adornaré con flores, como el de esas bailarinas del cuadro del salón.

—Ah, sí, el Degas. Está bien, Ruby, me vestiré como una niña buena, pero nada de flores, a medianoche estarán marchitas. Llevaré el broche de mariposa de mamá y su camafeo. Lo guardas en tu joyero, ¿verdad, Cordy? Por cierto, ¿qué te pondrás?

—Aún no lo he decidido —respondió Cordelia cautelosa.

Aquella misma noche me pidió que le arreglara a toda prisa el vestido de seda plateada. Me alegró que hubiera cambiado de opinión y ya no quisiera ponerse el negro.

37

—¿Cordelia llegó a intuir que su hermana se la estaba jugando? —pregunto aprovechando la pausa de Ruby, y bebo unos sorbos de whisky.

La anciana me dirige una mirada reprobatoria. Siempre olvido lo mucho que le disgusta que la molesten cuando se toma un descanso. Convencido de que me soltará una de las suyas, Christopher interviene.

—Eleonora quiere saber si Cordelia sospechaba que Eilean y Ross se veían a escondidas.

—La he entendido perfectamente. ¡Qué va! Cordelia era una pánfila, creía que Eilean y Ross se esforzaban en ser amigos; lo que le preocupaba no era su hermana, sino el distanciamiento de Ross. Una vez descubiertas las mieles del sexo, imagino que la abstinencia le resultaría dura. Se mostraba antipática con todos, incluso a mí me echó algún rapapolvo sin venir a cuento.

—Según relata en su diario, las noches previas a la fiesta estaba nerviosa porque Ross no acudía a su dormitorio.

—Pues justo lo que he dicho, se comportaba como una gata en celo —suelta Ruby—. ¿Qué más dice?

—Que su vida no tendría sentido si Ross la abandonaba. Da la impresión de que estaba al borde del abismo.

Ruby hace un ademán desdeñoso.

—Cordelia había sido educada para no mostrar sus sentimientos. Era una roca, pero le costaba disimular su desazón. Se había entregado a un hombre reacio a comprometerse y sabía que se le agotaba el tiempo, pues Ross se marcharía pronto de Nightstorm House. Naturalmente, mantenía un resquicio de esperanza, llegó a creer que él la evitaba porque quería comportarse como un novio a la antigua. Pobre ilusa.

—Pero usted sospechaba que estaba liado con Eilean —afirmo dándolo por hecho.

—Ante los demás, Ross y Eilean no simpatizaban. Me convencí a mí misma de que había malinterpretado lo que vi en el restaurante. De haber sido más avispada, me habría mosqueado que Eilean ya no hablara mal de Ross. Nora —Ruby me taladra con su mirada—, si un hombre te resulta antipático, ¿no aprovechas cualquier ocasión para ponerlo a parir?

—Puede... quizá —contesto dubitativa. Noto sobre mí el peso de unos ojos burlones.

—Por supuesto que lo haces, no eres distinta de las demás mujeres. Pues bien, cuando lo conoció, Eilean me dijo que Ross le parecía arrogante; unos días después no volvió a pronunciarse ni para bien ni para mal.

—Cordelia confiaba demasiado en su propia sangre —opina Christopher.

—Le faltaba experiencia. Cometió el error de juzgar a su hermana como una niña caprichosa y consentida, aunque inocente. Eilean era veleidosa, sí, pero también astuta; sabía jugar sus cartas para conseguir lo que quería. Pese a su juventud, le daba mil vueltas a Cordelia.

—¿Puedo hacerle una pregunta indiscreta? Por favor, no se lo tome a mal.

La anciana arquea sus casi inexistentes cejas.

—Es usted demasiado educado para decir algo que me ofenda. Adelante, no se corte.

Él esboza una sonrisa.

—Está bien. ¿Vigiló de cerca a Eilean? Dado que era también su doncella...

—¿Me pregunta si la espié?

—Bueno...

—No se ande por las ramas, querido. Lo que en realidad quiere saber es si en alguna ocasión vi a su abuelo entrar en el dormitorio de Eilean.

—Es usted muy lista. No me creo que malinterpretara el comportamiento de Ross y Eilean en el restaurante. ¿Sabe lo que pienso? Sospechaba que eran amantes, pero prefirió mirar hacia otro lado.

—No era asunto mío. Si se acostaban juntos, al menos tenían el buen juicio de no hacerlo en Nightstorm.

Christopher abre la boca con intención de replicar; la mirada admonitoria de Ruby basta para acallarlo.

—Nunca me dio motivos para sospechar. Es cierto que salía de casa todos los días, a veces tardaba en volver, pero era un comportamiento normal en una joven que había estado ausente mucho tiempo. Hasta la noche de la fiesta no tuve necesidad de mirar hacia otro lado.

—¿No la siguió nunca para ver adónde iba? —intervengo, convencida de que la anciana juega con nosotros—. Yo hubiera tenido curiosidad.

Ruby me dedica una mirada condescendiente.

—¡Qué tontería! Como si me sobrara el tiempo. Además, tampoco me habría atrevido. Supongo que, en el fondo, no quería confirmar que Eilean y Ross se habían enamorado. Ese conocimiento me habría convertido en su cómplice.

Ruby desvía la mirada hacia un mueble rinconero en cuyas repisas se acumulan figuritas de porcelana y fotografías: Makenna exhibiendo su sonrisa desdentada, con un diploma el día de su graduación, Melva vestida de novia del brazo de un robusto joven... Ninguna imagen de Ruby.

—Sírvame más whisky, Christopher. Mmm... Hacía años que no bebía uno tan bueno. Dejaremos la ginebra para otro día. Ahora, si no hay más preguntas, continuaré mi historia. Melva no tardará en salir a avisarnos de que la cena está lista. Nora, si sigues comiendo pasteles, se te pondrá el culo tan gordo como el suyo.

Su reproche me cae como una patada en el estómago. Ha vuelto a dejarme en evidencia, pero no le falta razón. Me estoy atiborrando de dulces. Es por la ansiedad que me provoca estar cerca de Christopher. Engullo el último trozo de cupcake con ayuda de un sorbo de whisky.

38

Llegó el día de la fiesta. A juzgar por el ajetreo que había en la mansión parecía que iba a celebrarse una boda. Retiramos la mayor parte de los muebles del salón y del comedor y dispusimos mesas vestidas con manteles de hilo y encaje que hubo que blanquear, pues habían adquirido un color amarillento después de varios lustros sin utilizarse. La señora Brown adornó las mesas con bonitos arreglos que realizó ella misma con brezo, rododendros y otras flores silvestres que le proporcionó el jardinero. Los criados distribuimos quinqués y candiles para que hubiera luz suficiente al anochecer, ya que la electricidad aún no había llegado a la isla. La cocinera y su ayudante trabajaron durante días sin apenas descanso para elaborar apetitosas viandas frías que repartieron en bandejas de plata. Los pescados, mariscos y púdines se subirían de la cocina a lo largo de la noche. Todo regado con los mejores vinos y licores. No faltó un gran pastel con dieciocho velas que Eilean soplaría a las doce en punto. Para animar la velada, el señor MacDonald contrató a un cuarteto de Inverness del que le habían dado buenas referencias.

Si el señor MacDonald, hombre de naturaleza tacaña, tiró la casa por la ventana con aquella fiesta fue porque deseaba que Eilean encontrase un buen partido; también confiaba en que Ross Hamilton le pediría por fin la mano de Cordelia. Entre parientes y conocidos, casi un centenar de personas iban a ser testigos del acontecimiento.

La primera en llegar fue Fiona Drummond, una tía de la difunta madre de las señoritas que residía en Edimburgo, viuda y con un carácter insufrible. Apareció a media mañana decidida a supervisarlo todo y a todos como si fuera la dueña de la casa. Viendo el voluminoso equipaje que traía consigo temí que pretendiera quedarse a pasar el invierno. La señora Drummond era de la vieja guardia, vestía faldas hasta los tobillos, se cubría la cabeza con tocados aparatosos y usaba perfumes intensos; exigió una doncella a su entera disposición. La señora Brown le asignó a Chrissy, pero cuando a esta se le cayó la caja que contenía sus sombreros, la Drummond puso el grito en el cielo y me tocó aguantarla a mí.

A mediodía, la familia y Ross Hamilton se reunieron en el comedor para degustar un almuerzo ligero. A las cuatro y media, cuando le subí a Cordelia un plato de sus galletas favoritas, que la cocinera acababa de hornear, la encontré agitada. No le convencía el vestido. Le inquietaba llamar la atención. Ese era su problema: la inseguridad. Ansiaba que la gente se fijara en ella, y al mismo tiempo eso le aterraba. Con Eilean sucedía lo contrario: su seguridad apabullaba.

Entre ayudar a la cascarrabias de Drummond y atender a Cordelia, la tarde se me pasó volando. Hice un gran trabajo con ella. El vestido, ajustado a sus medidas, le quedaba realmente bien. Se notaba el estilo francés en el corte, en la caída de la tela y en las puntadas. Nada que ver con el severo traje negro que se había comprado. Lástima que se empeñara en lucir los diamantes de su madre; en mi opinión le hacían parecer mayor.

Cuando fui a la habitación de Eilean para ayudarla a arreglarse ya estaba vestida. Le hice un moño alto y lo adorné con horquillas de perlas y piedras semipreciosas. Ella abrió un cajón del tocador y desplegó ante mí un amplio surtido de maquillajes: coloretes, polvos de arroz... Cordelia no se maquillaba nunca; yo tampoco, pero reconozco que aquellos potingues me gustaban.

—Los compré en París. Esta noche quiero estar especialmente bella.

—Usted siempre lo está. ¿Qué es esto tan viscoso? —le pregunté abriendo una cajita metálica.

—Vaselina. Sirve para dar brillo a los párpados —explicó tendiéndome una cinta de la que pendía un camafeo. Mientras se lo ajustaba al cuello comentó que había pertenecido a su madre. Lo acarició con reverencia.

—¡Es muy bonito! —exclamé admirando la efigie grabada en marfil.

—Mamá lo llevaba siempre. Decía que era un símbolo de amor. Es una de las pocas cosas que recuerdo de ella. Cuando murió lo heredó Cordelia —dijo con tristeza. Para animarla, le sugerí que se lo pidiera.

—Su hermana no lleva joyas, seguro que no le importará regalárselo.

Eilean suspiró y negó con la cabeza.

—No me lo dará. Desconozco por qué razón, pero el camafeo debe pasar a manos del primogénito, y mi hermana se toma muy en serio las tradiciones.

La homenajeada esperó a que llegaran todos los invitados para hacer su aparición. Yo permanecí en el piso de arriba, asomada a la barandilla. Quería contemplar la expresión de familiares y amigos mientras Eilean descendía la escalera. He de reconocer que todos iban muy elegantes. Ellas llevaban traje de noche, mientras que la mayoría de los hombres, fieles al atuendo tradicional de las Tierras Altas, lucían *kilt*, gorro de fieltro de borde ancho, bolsa de cuero y un puñal al cinto. Busqué a Ross entre el gentío. Cuando vi cómo miraba a Eilean sentí lástima por Cordelia.

Pese a que el servicio al completo estaba volcado en la celebración, no daban abasto y la señora Brown me pidió que les echara una mano. Lo hice entusiasmada. Era la oportunidad de seguir de cerca los acontecimientos de la velada. Todos los invitados elogiaron la belleza de Eilean, incluso su tía Fiona, siempre arisca, reconoció que estaba preciosa. Le oí decir en varios corrillos que en vista de la atención que le dispensaban los jóvenes, a buen seguro, aquella noche Eilean encontraría marido. Imagino que os parecerá anticuado, pero vivíamos en una comunidad rural muy aferrada a las tradiciones.

Pobre Cordelia.

Cómo sufrió contemplando el triunfo de su hermana.

No se apartó del lado de Ross, incluso logró que bailara con ella alguna pieza, pero él parecía tenso, deseoso de encontrarse en otro lugar. No lo vi acercarse a Eilean en ningún momento, lo cual me extrañó.

A las once, cuando la velada estaba en su apogeo y los invitados se habían hartado de comer y beber (más de uno iba pasado de vueltas, como se dice ahora), decidí escaquearme un rato. Salí al jardín y me senté en un banco a contemplar las estrellas. Iba a levantarme para regresar al trabajo antes de que la señora Brown me echara en falta cuando noté movimiento tras unos arbustos. Me dispuse a marcharme, pero la voz de Ross elevándose sobre el sonido ahogado de una risa femenina me detuvo. Presa de la curiosidad, agucé el oído. No pude escuchar toda la conversación, habría tenido que acercarme más y no quería correr el riesgo de ser descubierta, aunque con los retazos ya me hice una idea de lo que sucedía.

—Es mi hermana... No quiero hacerle daño. —Reconocí a una angustiada Eilean.

—Te lo he dicho. Me marcho. No puedo permanecer aquí ni un día más.

—¿Qué dirá mi padre?

—Hablaré con él..., esta misma noche.

—Cordelia cree que [...] matrimonio. La destrozará.

—Jamás le prometí nada. Ni siquiera insinué... Sabes que solo [...].

—Yo también, pero...

Se produjo un embarazoso silencio. No me atreví a moverme, temía que el más leve ruido delatara mi presencia.

—Volvamos a la fiesta —propuso Ross.

Como no me daba tiempo a llegar a la casa sin ser vista me escondí detrás de un seto. Tenía el corazón desbocado; más que respirar, hiperventilaba. Me fue de un pelo que no me descubrieran. Eilean pasó tan cerca de mí que olí su perfume, el Número 5. Esta vez escuché perfectamente sus palabras.

—No quiero imaginar cómo reaccionará Cordelia cuando sepa que vamos a casarnos. Está loca por ti.

Ross le sujetó la cara con ambas manos y la besó con pasión.

—Yo solo te amo a ti. Lo supe en cuanto te vi.

—Pensé que me detestabas. Fuiste tan antipático.

—Me daba miedo que alguien se diera cuenta de que te deseaba.

—Ojalá nos hubiésemos conocido en París. Todo sería más sencillo.

Creo que Eilean quería sinceramente a su hermana. La tragedia fue que ambas se enamorasen del mismo hombre. Si culpáramos a alguien de lo sucedido, sería a Ross. No se ofenda, Christopher, pero su abuelo era un cabrón. Hay que ser mala persona para seducir a una joven inexperta, darle esperanzas y después...

Ruby calla de pronto y mueve la cabeza, disgustada.

—Bueno, mi abuelo no forzó a Cordelia a tener sexo con él. Por lo que he leído en sus diarios, ella accedió de buena gana. A juzgar por cómo describe sus encuentros, disfrutó bastante —observa Christopher con ironía.

Me entran ganas de darle un puntapié en el tobillo, pero Ruby se basta sola para ponerlo en su sitio.

—Escúcheme, señor Hamilton. —Lo apunta amenazadora con el índice—. Puede que en estos tiempos acostarse con alguien no comprometa a nada, pero en mi época, si un hombre se metía en la cama de una chica decente era porque tenía la intención de colocarle un anillo en el dedo, a no ser que fuera un rufián. Y su abuelo lo era. Elegante, guapo y distinguido, sí, pero un auténtico bribón —sentencia con ojos relampagueantes.

—No trato de defenderlo, pero convendrá conmigo en que fueron relaciones consentidas.

—Cordelia estaba perdidamente enamorada de Ross, besaba el suelo que él pisaba. Lo habría seguido hasta el fin del mundo.

—Justo a eso me refiero. Los sentimientos no pueden controlarse, mi abuelo no pudo evitar enamorarse de Eilean —replica Christopher, categórico.

Si siguen discutiendo, Ruby se mosqueará y se cerrará en banda. Lanzo una pregunta para obligarla a retomar la historia.

—¿Qué pasó cuando Ross y Eilean entraron en casa?

Ojalá no les hubiera oído. No dejaba de pensar en la pobre Cordelia, en cómo sufriría cuando la pareja hiciese pública su relación. Volví al trabajo procurando pasar inadvertida, aunque, por fortuna, ni el señor Murray ni la señora Brown habían notado mi ausencia. Cogí una bandeja de uno de los bufetes, ostras y mejillones, creo recordar que contenía, y la paseé entre los invitados buscando a Eilean con la mirada. Bailaba una danza tradicional con un chico ligeramente ebrio que no dejaba de pisarla.

Cuando vi a Ross y al señor MacDonald entrando en la biblioteca tuve que hacer equilibrios dignos de un malabarista para evitar que se me cayese la bandeja. Era casi medianoche, y los invitados, saciados de carnes, pescados y púdines, se atiborraban de whisky mientras danzaban al son de las gaitas, ajenos al drama que se consumaría en breve. Cuando fui a abrir una de las ventanas para que entrara aire fresco, me pareció ver a Eilean en el jardín. Harta de aguantar borrachos, buscaba calma y silencio. Salí tras ella.

—¿Qué hace aquí sola? ¿No se divierte? —le pregunté.

—Oh, sí, lo estoy pasando bien —afirmó distraída. No dejaba de observar el ventanal de la biblioteca donde conversaban Ross y su padre.

—Debería entrar. Pronto subirán la tarta, tiene que soplar las velas.

—Ruby, algo va mal —susurró.

Comprendí a qué se refería. Su padre, con el semblante alterado y los labios fruncidos, señaló con el índice a Ross, un claro gesto de amenaza. Luego salió a toda prisa. Eilean echó a correr, conmigo a la zaga, se metió en la biblioteca y cerró la puerta tras ella. Yo me quedé fuera, a la espera.

Al cabo de un rato apareció Eilean y me cogió del brazo.

—Ruby, sube a mi habitación en cuanto puedas librarte de esto —señaló a la gente que bailaba y reía—. Necesito que me hagas un favor.

—Por supuesto, señorita Eilean.

—No tardes —me apremió, enigmática.

Nadie tenía más ganas que yo de que acabara la fiesta, bueno, quizá el señor MacDonald. Continuó atendiendo a sus invitados como se esperaba de un buen anfitrión, pero la tensión se dibujaba en su rostro. Ni siquiera esbozó una sonrisa cuando sacaron el pastel de cumpleaños. Eilean sopló las velas y agradeció los regalos derrochando encanto mientras Cordelia buscaba a Ross, los ojos brillantes de excitación. Pese a desconocer lo sucedido en la biblioteca, supuse que aquella noche no se anunciaría ningún compromiso. Una invitada reclamó mi atención justo en el instante en que Eilean se escabullía a su dormitorio.

39

A las siete y media, Melva anuncia que la cena está lista. Se disculpa por el retraso, pero afirma que no ha querido interrumpir a su madre. Imagino que no se ha atrevido, sabiendo cómo las gasta. Cuando Ruby la ve extender el impoluto mantel de hilo y colocar la vajilla de porcelana, le da un codazo a Christopher.

—Solo pone así la mesa cuando esperamos a la reina —dice jocosa.

Melva ha preparado pastel de carne y lubina al horno. Después del atracón de dulces, no tengo apetito, pero en cuanto pruebo ambos platos, los devoro, además de los quesos variados y el postre. Ruby picotea la comida entre sorbos de vino. Con todo el whisky que ha bebido a lo largo de la tarde, es un milagro que no caiga en estado comatoso.

Durante la cena charlamos de temas intrascendentes y reímos con las anécdotas de los famosos que cuenta Christopher; el ambiente es una balsa de aceite hasta que Melva saca a relucir la política. La mujer a quien yo creía una férrea conservadora se descubre como firme defensora de la independencia. Ruby, por convencimiento o por llevarle la contraria a su hija, se muestra a favor de que Escocia siga unida a Inglaterra, Gales e Irlanda del Norte. Arguye que el país es económicamente más fuerte dentro del Reino Unido. Resulta fascinante que a su avanzada edad defienda sus convicciones con ardor y entusiasmo. Sospecho que Christopher comparte sus ideas unionistas, pero a la vista de cómo está el patio entre madre e hija se guarda de tomar partido.

Antes de retirarse, Ruby hace un comentario extraño:

—Últimamente se me aparece en sueños la *banshee*, pálida y demacrada, con su cabellera al viento y gritando como una posesa. Presiento que el Señor me reclamará pronto a su lado.

—¡Ay, mamá! No deberías haber bebido tanto. Siempre te lo digo, pero no me haces caso.

Estamos despidiéndonos cuando noto un pinchazo en el estómago.

Fuera, el viento ha arreciado. Hace frío, pero podría ser peor. Al menos no nieva. Doy un respingo al sentir una nueva punzada. Empiezo a preocuparme. Christopher entra en el coche, se ajusta el cinturón de seguridad y enciende la calefacción. Aprieto la bolsa de plástico que contiene mis vaqueros; ya estaban secos cuando hemos terminado de cenar, pero me ha dado pereza cambiarme. El olor de la tapicería me provoca náuseas. Solo hemos recorrido un par de kilómetros cuando obligo a Christopher a detenerse en uno de esos *passing places* que sirven para hacerte a un lado si viene otro vehículo de frente.

Lo siguiente que recuerdo son sus manos sujetándome el pelo mientras vacío mi estómago. No he pasado más vergüenza en mi vida; a él no parece importarle y permanece a mi lado dándome golpecitos en la espalda. Cuando volvemos al coche saca de la guantera un paquete de pañuelos y me los ofrece para que me limpie.

—¿Mejor?

Asiento con la cabeza, pero no es cierto. Me encuentro fatal, mareada y con espasmos estomacales. Me daré por satisfecha si la cosa no pasa de ahí.

Respiro aliviada cuando diviso la silueta de Nightstorm. Envuelta en las sombras nocturnas, la mansión impresiona más que a la luz diurna. Christopher sale a abrir los portones. Durante el trayecto ha tenido que parar el coche en tres ocasiones y en todo momento ha estado conmigo. Debo reconocerle el mérito, yo no podría mantenerme impertérrita mientras alguien pota a mi lado. Estoy temblando, no atino a meter la llave en la cerradura.

—Déjame a mí —murmura él apoyando una mano en mi hombro. Está tan cerca que huelo su loción de afeitar, lo que aumenta las arcadas.

Ni siquiera me molesto en encender la luz del vestíbulo en mi desesperada carrera hacia el baño. Minutos después oigo unos golpecitos en la puerta.

—Eleonora, ¿te encuentras bien?

Me estoy muriendo. Todo me da vueltas. Tengo la boca pastosa, pero logro articular unas palabras.

—Sí... Enseguida salgo.

Christopher mueve el picaporte intentando abrir.

—Eleonora, ¿estás bien? —insiste.

¿Es que no puede una tener privacidad en el baño? Espero que no se le ocurra entrar.

—Sí... no —balbuceo.

Las piernas me flaquean, me agarro al marco de la puerta para mantener el equilibrio. Unos brazos fuertes impiden que me caiga.

—¡Por Dios, Eleonora! —Me sujeta por la cintura, o eso creo. Mi mente es un folio en blanco.

Se dirige a la escalera cargando mis cincuenta y dos kilos. Me siento como Escarlata O'Hara en brazos de Rhett Butler, solo que en esta ocasión la escena resulta menos romántica.

Alguien me quita los zapatos y me mete en la cama. Estoy tiritando. La puerta del armario chirría. Noto el abrigo de unas mantas sobre mi cuerpo.

—Esta habitación es una nevera. ¿Por qué coño no consigues mantener el fuego encendido? No es tan difícil —oigo que gruñe.

Abro la boca para decir algo, pero ya no me encuentro en la habitación, sino en un remoto lugar.

Christopher me tiende un vaso con un líquido blanquecino.

—Bébetelo.

—¿Qué es?

—Agua, bicarbonato, limón, sal y azúcar. Te sentará bien.

Hago una mueca de asco.

—Ni hablar. Si me bebo ese mejunje, vomitaré.

Christopher suelta un bufido.

—Después de lo que has vomitado esta noche, tu cuerpo necesita minerales. Bebe. —Su tono no acepta un no por respuesta. Aun así, obstinada, aprieto los labios como una niña pequeña.

—No puedo.

—Tápate la nariz y engúllelo.

—Tengo que ir al baño otra vez.

Christopher me espera junto a la puerta, vaso en mano. ¿Dónde se ha metido ese tipo tan majo que estaba aquí antes? El que me ha metido en la cama, me ha echado mantas encima y ha encendido la chimenea. Termino por claudicar. El brebaje tiene un sabor asqueroso.

—Buena chica. Ahora métete en la cama. Te subiré un té caliente.

—¡Eleonora! Ven inmediatamente.

Estaba segura de no haber hecho ruido al pasar frente a la biblioteca, pero la vieja tenía el oído y el olfato de un lobo. Nora volvió sobre sus pasos y asomó la cabeza por la puerta entreabierta.

—¿Me ha llamado, señorita Cordelia?

—Entra.

Nora avanzó hasta el butacón donde descansaba su señora. Cuando esta la hizo situarse junto a la chimenea, sus mejillas enrojecieron debido al calor de las llamas.

—¿Quiere que lea?

La anciana agitó una mano en el aire.

—Más tarde. Dime una cosa, niña: ¿no te ha enseñado tu madre que mentir es pecado?

Nora asintió. No entendía la pregunta, pero el instinto le aconsejó seguirle la corriente.

—No te he oído.

—Sí, señorita. Mentir es pecado.

—¿Tienes por costumbre desobedecer a tus mayores?

—No, señorita.

Cordelia MacDonald sonrió satisfecha.

—Ahora te preguntaré algo importante. Confío en que me digas la verdad, si sabes lo que te conviene. ¿Te han contado lo que hace Dios con los mentirosos? Los envía al fuego del infierno para que sufran durante toda la eternidad.

—Sí, señorita.

—Dime, cuando sales del colegio, ¿vuelves sola o te acompaña tu prima?

Nora se mordió el labio inferior. Parecía una pregunta inocente, pero temía meter la pata. Bárbara solía entretenerse tanto charlando que ella se cansaba de esperarla. Decidió no explayarse.

—A veces regreso sola.

La mujer se inclinó hacia delante, la escrutó como quien examina una pieza de caza recién abatida.

—¿Por qué no vuelves con tu prima?

—No vamos a la misma clase. Nuestros horarios son distintos.

—Entiendo... ¿No será que ella se queda a confraternizar con los chicos?

¿Cómo podía saber aquello la señorita MacDonald? ¡Si casi nunca salía de su mansión!

—No lo sé —respondió Nora con cautela.

—¡Has prometido decir la verdad! Escúchame, niña, si mientes hablaré con tu madre y tomaré medidas drásticas. No quiero mentirosos en mi casa.

Nora sintió que la rabia estallaba en su interior. Apretó los puños y se obligó a mantener la calma.

—¡No miento!

A ella también le gustaría quedarse a charlar al acabar las clases, pero no tenía amigas con las que intercambiar confidencias. Para sus compañeras era «la extranjera»; demasiado morena, demasiado callada, tan lerda que no era capaz de hablar su lengua. Cuando la dominó lo suficiente había dejado de interesarle cultivar amistades. Mantenía las distancias, nunca invitó a nadie a merendar en Nightstorm, pese al interés que despertaba en las otras chicas la mansión y su misteriosa propietaria.

—Te repetiré la pregunta, quizá eres tan simple que no me has entendido bien. ¿Está tonteando tu prima con algún muchacho?

A Nora se le aceleró el pulso. Había visto a Bárbara comportarse de forma descarada en público, era de esperar que alguien se hubiera chivado a la vieja. El instinto de supervivencia le advirtió que debía proteger a su prima y protegerse a sí misma.

—Vamos a una escuela mixta, señorita.

—No te hagas la listilla conmigo. Tu prima no es trigo limpio. Ha llegado a mis oídos que se está poniendo en evidencia con un hombre mayor. Casado, para empeorar el escándalo. ¡Qué vergüenza! Puesto que esa insensata no respeta el buen nombre de esta casa, me veo obligada a informar a tu madre.

Nora parpadeó para impedir que las lágrimas fluyeran. No le daría a aquella bruja la satisfacción de verla llorar.

—Claro que... el rumor podría no ser cierto. La gente es muy chismosa. —La señorita MacDonald tamborileó con los dedos sobre el brazo de la butaca—. Te diré lo que haremos. A partir de mañana vigilarás a tu prima. Quiero saber con quién se ve después de la escuela.

—¿Quiere que espíe a Bárbara? Pero... ¡me matará si se entera! ¿Y qué le digo si se da cuenta?

—Sabrás pasar desapercibida. ¿Cuántos años tienes?

—Doce.

—Ya tienes edad para conocer los aspectos más desagradables de la vida. ¿Sabes lo que conlleva relacionarse sexualmente con los hombres? Te hacen promesas vanas, te engañan, y cuando te han arrancado el alma de cuajo...

La vieja se interrumpió, con la mirada perdida, pero no tardó en recuperar el aplomo. Pese a que Nora no comprendía adónde quería llegar con su diatriba, sí captó lo que esperaba de ella.

—Lo hago por vuestro bien, niña. ¿Has pensado en lo que ocurriría si esa descarada se quedase preñada? No quiero bastardos en Nightstorm, así que tu madre perdería el trabajo y tendríais que marcharos —dijo en tono amenazante. A Nora esa posibilidad no se le antojaba tan mala, pero necesitaban el dinero—. De esta conversación, ni una palabra a nadie, ¿comprendido?

—Sí, señorita.

—Bien. Ahora léeme un rato. Y vocaliza para que te entienda.

—¿Seguimos con *Drácula*?

—Me aburre, mejor coge el libro que hay sobre la repisa de la chimenea.

Nora miró el volumen de tapas duras. *Historia de un muerto contada por él mismo*. El título daba repelús. Si a Cordelia le gustaba Alejandro Dumas, ¿no podía pedirle que leyera *Los tres mosqueteros*?

Me despierto en mitad de la noche con la boca seca. Las náuseas han remitido pero me siento débil.

Solo recuerdo fragmentos del sueño. Tenía que ver con una disputa entre Cordelia y Bárbara, con las consecuencias que mis actos conllevaron. A medida que transcurren los segundos, las escenas se difuminan en mi mente hasta desaparecer por completo. Me doy la vuelta esperando que me venga un mareo, pero mi cabeza sigue en su sitio. En la mesilla hay una botella con un líquido blanco. Necesito ir al baño.

Aparto las mantas y apoyo los pies en el suelo. La atmósfera del dormitorio es agradable gracias a la viveza de las llamas que crepitan en la chimenea. Yo nunca consigo que mis fuegos tengan ese vigor. Apenas regreso a la cama me rindo al sueño.

40

Lo que el médico acababa de decirle no podía ser verdad. Ella se habría dado cuenta. Cierto que sus menstruaciones no eran regulares, pero una mujer nota cuándo cambia su cuerpo. No entendía que hubiera pasado por alto las señales. Se llevó la mano al vientre e intentó llorar. Quería derramar lágrimas por el hijo que no nacería. No lo consiguió. Hacía demasiado tiempo que sus ojos se habían secado. Giró la cabeza al oír una voz conocida. «¿Qué hace ella aquí?», se preguntó.

—¿Cómo te encuentras? Lamento lo del bebé. De todas formas, tal como están las cosas, quizá haya sido lo mejor.

¿Lo mejor para quién? ¿Cómo se atrevía a decirle lo que era mejor?, quiso replicar. En lugar de hacerlo, desvió la mirada hacia la ventana. El cielo, azul y limpio de nubes, prometía un día soleado, de los que invitan a sacar a los niños al parque.

—Estabas de dos meses y medio. ¿Ignacio lo sabía?

«Ni siquiera yo lo sabía», pensó. No le dio la gana de reconocerlo en voz alta.

—¿Qué haces aquí, Patricia?

—En tu agenda tienes a Ignacio como contacto en caso de urgencia. Lo han llamado, pero está fuera de España y ha dado mi número. He hablado con tu médico. Te han hecho un legrado. No te preocupes, estás bien.

—Gracias por venir. No hacía falta.

Patricia y Nora podrían haber sido amigas si la primera hubiera puesto de su parte; Patricia nunca se atrevió a llevarle la contraria a su suegra, que la adoraba. ¡Por supuesto! Era alta, esbelta y guapa, llevaba el cabello rubio iluminado con mechas de peluquería cara, vestía con elegancia y pertenecía a la alta sociedad barcelonesa. Dinero y pedigrí, los activos que más cotizaban en la bolsa de valores de la madre de Ignacio. Licenciada en Derecho, antes de casarse Patricia había ejercido en el bufete de su padre; tras nacer su primer hijo se dedicó por entero a la familia. Los críos ya estaban creciditos, Nora no entendía que no regresara al trabajo. Le parecía absurdo estudiar una carrera y no ejercerla. Su suegra opinaba lo contrario. A su juicio, Patricia era la nuera ideal. La madre abnegada. La esposa perfecta.

—Mira, sé que no somos amigas, pero siento mucho lo ocurrido.

—¿Tu marido y tú estabais al corriente? —Nora se volvió hacia su cuñada.

—¿Del embarazo? Claro que no.

—Me refiero a si sabíais que Ignacio iba a dejarme.

—No sé de qué hablas.

—Vamos, no disimules.

Patricia apretó los labios.

—Hace un par de meses, Ignacio le contó a Jorge que estaba enamorado de una chica, no sabía cómo decírtelo. Supongo que después de tanto tiempo juntos te apreciaba lo bastante como para no querer hacerte daño.

—Gracias por suavizarlo. Lo que en realidad le confesó a tu marido es que no sabía cómo deshacerse de mí para irse con otra. ¿La conoces?

Patricia afirmó con la cabeza, se aclaró la garganta antes de responder.

—Se llama Valeria. Es modelo, muy joven. Cuando me enteré, le dije a mi marido que me parecía una cabronada. Si me lo hace a mí, lo mato.

Nora frunció el ceño. Puede que aquella mujer fría y estilosa prefiriera mirar hacia otro lado, que optara por no hacer preguntas incómodas para no obtener respuestas dolorosas. Como ella. Aunque no la creía tan cándida que confiase a pies juntillas en la fidelidad de su pareja. Ni la orgullosa matriarca se había librado de los cuernos. En su sesenta y cinco cumpleaños, el marido la sorprendió con una fiesta y una pulsera. En un momento de la noche, Nora, mareada por el exceso de vino y cava, salió a la terraza para despejarse. No reparó en la presencia de su suegro hasta que lo oyó hablar por teléfono. Podía haber regresado al salón, pero su tono mimoso y lisonjero le despertó la curiosidad. Convencida de que el hombre tenía una amante, en cuanto volvieron a casa se lo contó a Ignacio. Este no solo defendió a su padre, sino que la regañó por chismosa. Aquella noche, Nora descubrió que los hombres Salmerón llevaban el engaño impreso en el ADN. Nunca pensó que lo experimentaría en carne propia.

—¿Cuánto tiempo llevan juntos?

—No estoy segura. ¿Nunca sospechaste nada?

Nora cerró los ojos. Finalmente empezaban a encajar las piezas del puzle. Los cambios de humor de Ignacio, sus continuos viajes, las interminables horas de oficina, la negativa a tener hijos... con ella. Dejó las pastillas y se quedó embarazada.

Ya no había bebé. No tenía nada.

—¿Van a casarse? —preguntó con un hilo de voz.

—Eso no lo sé —respondió Patricia, evasiva.

—¿Hubo otras? —quiso saber Nora.

—¿Qué? Yo no...

—Vamos, Jorge lleva los asuntos legales de Ignacio. Se lo cuentan todo.

El inesperado exabrupto la sorprendió.

—¡Nora, no me hagas pasar por esto! Además, qué importa ya. Mira, Ignacio trabaja con chicas jóvenes. Si empiezo a recontar con cuántas se lio, me preguntaré si mi marido también me engaña. Por favor, deja de machacarme.

—Lo siento, no era mi intención.

—Vale. Me voy. Tengo que llevar a los niños al colegio.

Cuando Patricia inclinó la cabeza para coger el bolso, Nora observó raíces oscuras asomando entre las mechas. Eso sí era una novedad.

—El médico me ha dicho que mañana te darán el alta. ¿Quieres que te lleve a casa? —le preguntó solícita.

—No hace falta, gracias. Cogeré un taxi.

—Como quieras.

Patricia se dirigió hacia la puerta. Ya con la mano en el picaporte se volvió.

—No me resulta agradable decirte esto, pero...

—Suéltalo —la apremió Nora.

—Sabes que el piso donde vives es de los padres de Ignacio, ¿verdad? Bueno..., el caso es que... quieren que te marches cuanto antes.

—Su hijo no se atreve a dar la cara. Como siempre.

—De todas formas, tómate el tiempo que necesites. Ya me encargo yo de amansar a la fiera. ¿Quieres que llame a alguien de tu familia?

—No.

—Vale.

—Una cosa más. Cuando el hospital se puso en contacto con Ignacio, ¿le contaron que había sufrido un aborto?

—No creo. A mí solo me dijeron que estabas en urgencias y que el doctor me informaría.

—¿Te ha llamado para saber qué me pasa?

—Aún no —contestó un poco abochornada.

—No se lo cuentes. A nadie.

—Descuida. Si me pregunta le diré que tuviste una bajada de tensión.

—No lo hará, pero gracias.

Al día siguiente, cuando salió del hospital, Nora se dirigió al piso que había compartido con Ignacio, hizo las maletas y se mudó a un hotel. Un día después devolvió las llaves a los Salmerón a través de un mensajero. Una etapa de su vida había terminado.

Alguien da golpecitos en la puerta de mi dormitorio. Son suaves y rítmicos. No presto atención. Los pequeños ruidos forman parte de la banda sonora de la mansión. A menudo incluso oigo voces, los lamentos de las vigas agotadas por el paso del tiempo. Ya no me asustan. Solo temo a los viejos fantasmas que frecuentan mis sueños. La puerta se abre al compás de un crujir de bisagras. Abro los ojos y distingo frente a mí una figura borrosa.

—Eleonora, ¿estás despierta?

Reconozco esa voz. ¿Qué hace él en Nightstorm a estas horas? ¿Y cómo ha entrado? Con su llave, claro. Siempre olvido que tiene una. Parpadeo hasta que consigo enfocar bien.

—Buenos días, bella durmiente.

—¿Qué hora es? —pregunto somnolienta.

—Las nueve y media.

Christopher deposita una bandeja sobre mis rodillas.

—¿No hay zumo de naranja?

—Nada de cítricos. Té y un sándwich de jamón york. Anoche, cuando subí con la infusión, estabas tan profundamente dormida que no quise despertarte.

No estoy segura de poder comer nada. Christopher frunce el entrecejo al ver la botella de la mesilla casi llena.

—Deberías ir bebiendo suero a lo largo del día. ¿Qué tal te encuentras?

Me encojo de hombros y tomo un sorbo de té. Le ha echado poco azúcar, pero no me quejo.

—Hace unas horas que no voy al baño, lo cual es buena noticia, supongo. ¿Cómo has venido tan pronto?

—He pasado la noche aquí. ¿Creías que te iba a dejar sola?

—Gracias por tu interés, tampoco fue para tanto —murmuro entre dientes.

Coge la silla que hay frente al tocador y la acerca a la cama. Se sienta con un movimiento casi felino e inclina el cuerpo hacia delante, los antebrazos apoyados en las rodillas. Incluso recién levantado está guapo.

—Eleonora, anoche te desmayaste en el baño. Tuve que subirte en brazos.

—Me sentaría mal la cena.

—No lo dudes. Después de la merienda, aún tuviste cuajo para engullir dos platos contundentes, queso y postre. Incluso Ruby se dio cuenta.

—No hace falta que me recuerdes lo que dijo.

—He entrado varias veces a verte. Tenías un sueño inquieto.

—No he podido dormir mucho porque no me siento en absoluto descansada —replico—. Además, yo nunca duermo.

—Pues emitías unos ruiditos parecidos a los ronquidos. Naturalmente, tú no roncas.

Adopto un aire ofendido y le dirijo una mirada maliciosa.

—Si pretendes burlarte de mí, ya puedes irte por donde has venido.

—Lo haré en cuestión de minutos. Necesito una ducha. Eleonora, bébete el té antes de que se enfríe. Y no te levantes de la cama.

—La verdad es que me encuentro como si me hubiera pasado por encima un tren de mercancías.

—No seas tozuda, tómate el suero. Recobrarás fuerzas.

Me comprometo a hacerle caso. Al menos lo intentaré.

—¿Por qué no te duchas aquí? —le sugiero.

—¿Con agua fría? Descansa. Te llamaré más tarde.

No quiero que se vaya. De pronto recuerdo algo.

—¿Quién es la *banshee*? Ruby mencionó que la había visto en sueños.

Christopher arquea una ceja. Siempre lo hace cuando lo pillo desprevenido.

—¿Sabes a qué se refería? —insisto.

—La *banshee* es un espíritu femenino de la mitología irlandesa, portador de malos augurios. Según la leyenda, cuando se le aparece a alguien es para anunciarle su muerte o la de alguien cercano. La verdad, me cuadraría más que hubiera visto a la *caoineag*, su equivalente escocés. Es otro espíritu que habita en cascadas y ríos. Por las noches llora sin consuelo; quien la escuche sufrirá una desgracia o morirá de forma repentina. Como ves, dos versiones, idéntico cuento.

—¿Crees en los espíritus?

—De igual modo que en elfos y duendes.

—Lo suponía. Ruby parecía muy convencida.

Christopher sonríe con ironía.

—Ruby había bebido. Además, pertenece a una época en la que los abuelos les contaban leyendas celtas a sus nietos para que se durmieran. Si pasaras más tiempo con ella, enseguida te convencería de que el *brownie* Red Cap es un asesino tan real como Josef Mengele.

—Por favor, ¡si es un pastelito de chocolate y nueces!

La estupefacción que refleja su cara me indica que acabo de meter la pata. Hasta el fondo. Otra vez.

—Eleonora, Red Cap es un duende que degüella a los viajeros perdidos por los páramos para teñirse el gorro con su sangre. Mientras que los demás *brownies* son alegres y juerguistas, Red Cap es peligroso, algo así como el lado oscuro de los duendes.

—Vaya, me extraña que Cordelia no me hiciera leerle nada sobre él. Con lo que le gustaban las historias truculentas.

Christopher está a punto de salir del dormitorio cuando caigo en la cuenta de que no le he dado las gracias por cómo se portó conmigo mientras echaba las tripas. Hacía tiempo que nadie se preocupaba por mí.

—Anoche me encontraba francamente mal. Tienes razón, comí demasiado. Siempre lo hago cuando estoy nerviosa.

Se gira y me clava esos ojos brillantes que me dejan sin aliento. Trago saliva con dificultad. «Ya has vuelto a hablar más de la cuenta», me regaña al oído la vocecita metomentodo. Christopher alza una ceja.

—¿Y qué motivo tenías para estar nerviosa?

—Los diarios de Cordelia, la historia de Ruby, haber heredado Nightstorm... —No voy a reconocer que es su presencia lo que me altera—. Todo el asunto me tiene un poco desquiciada. Llevo días sin pegar ojo.

—Entiendo. Imagino que llevabas una vida tranquila en Barcelona...

—No tan tranquila. De hecho... —Él levanta la mano para hacerme callar.

—De un día para otro te has convertido en la dueña de una decadente mansión con la que no sabes qué hacer, además de haber encontrado por casualidad un collar valorado en varios millones de libras. Por otra parte, estás descubriendo aspectos de Cordelia que amenazan con modificar la opinión que tenías de ella. Son muchas emociones a la vez.

—Me he dado cuenta de que no la conocía en absoluto. Ni siquiera sabía que tenía una hermana. Jamás habló de ella. Por lo que cuenta Ruby, debió ser una mujer fascinante. Me muero por saber qué pasó después de la fiesta.

—Yo empiezo a hacerme una idea.

Es agradable que podamos conversar como personas civilizadas. Bueno, en realidad, siempre es así, a no ser que salga a relucir el sexo.

—Ah, ¿sí? —pregunto sorprendida.

—Resulta bastante obvio.

—Si tú lo dices...

—Para ser periodista, y mujer, tienes poca intuición.

Al incorporarme, la taza se vuelca sobre el platillo con un leve tintineo.

—Oye, soy intuitiva, solo que ahora no te sigo. ¿Qué es lo que para ti resulta obvio y soy incapaz de ver?

—Dejaré que sea Ruby quien te lo explique. Podría estar haciendo suposiciones equivocadas.

—No importa, cuéntamelas.

—No.

—¡Por favor! —le ruego, pero no consigo que hable. Cambio de tema para retenerlo un poco más—. ¿Qué tal van los preparativos de la subasta?

—Lentos.

—¿Cómo de lentos?

—Demasiado. El lunes por la tarde tengo una reunión en Londres. Estaré fuera un par de días.

Siento una punzada de desilusión.

—A este paso, British Airways te dará la tarjeta Gold.

—Hace años que me la dieron.

—¿Cuándo vendrán a por todo esto? —Doy por hecho que se llevarán piezas del dormitorio—. Naomi dijo que me avisarían.

—Me llamaron a mí. Vendrán la semana que viene.

—Lo imaginaba.

—¿Te molesta?

—Oh, no. Seguro que fue Naomi quien te llamó —refunfuño.

—¿Y a ti qué más te da? —me espeta con sequedad.

—Me da igual. Solo quiero saber qué día será. Podría darme por salir de excursión.

—Te avisará con tiempo. Naomi supervisará el trabajo.

—Por supuesto —mascullo. Si Christopher me ha oído, no lo demuestra.

—¿Has planeado hacer algo especial estos días?

«Sí. Idear la forma de quemar la casa sin dejar huellas incriminatorias», canturrea la voz de mi subconsciente.

—Seguiré explorando, a ver si encuentro más diarios de Cordelia, aunque ya no sé dónde buscar. He registrado todos los rincones.

—Apuesto a que aún quedan recovecos. ¿Has mirado en el sótano?

—¡Qué dices! Yo no bajo ahí ni loca. Seguro que está lleno de bichos. ¿Por qué iba a esconderlos en el sótano?

—¿Por qué escogió el suelo bajo su cama y el envés de un

cuadro? Si existiera un tercer volumen, no descartaría que estuviera en el sótano, en el cobertizo del jardín o en el congelador de la nevera. Yo que tú echaría un vistazo.

—Me tomas el pelo.

—En absoluto. Cordelia era impredecible. Sin embargo, no tengo tan claro que escribiera más diarios. El segundo acaba de forma abrupta, como si se hubiera cansado de contarle penas a un cuaderno.

—Discrepo. Creo que hay otro —insisto recordando la carta de Cordelia y las claves que según ella hallaría en los diarios. Hasta ahora solo he encontrado las lágrimas de los dioses, un collar supuestamente maldito. Christopher podría ayudarme; tiene tanto interés como yo en resolver los misterios de su tía abuela, debería hablarle de la carta. La vocecilla de mi interior me aconseja prudencia.

—¿Y si lo que quería decir no lo plasmó en un diario? —sugiere pensativo.

—¿A qué te refieres?

—No estoy seguro. He estado dándole vueltas a algo que comentó la buena de Ruby.

—¿Buena? —bufo—. Es un demonio. Solo hay que ver cómo trata a su hija.

—Es un poco cascarrabias, lo reconozco, pero me cae bien. Me hubiera gustado conocerla en su juventud.

—Contigo se muestra adorable porque la has abducido. Cuando te tiene delante yo no existo, solo me habla para dejarme en ridículo.

—¡Estás celosa! —exclama burlón.

—No digas sandeces. A ver, ¿qué dijo Ruby que te ha hecho estrujarte el cerebro?

—¿Sobre qué?

—Has dicho que estás dándole vueltas a un comentario suyo.

—No pararás hasta que te lo cuente, ¿verdad?

—Esa es la idea.

—Pues no lo haré. Me marcho. Ya me he ocupado de las chimeneas, por favor, acuérdate de alimentarlas de vez en cuando.

—Lo tendré en cuenta.

—Más te vale, o un día de estos acabarás rodeada de carámbanos. Bébete el suero y mantente alejada de los pasteles —me advierte.

—He pensado hacer un curso de repostería y montar un negocio.

—¿En serio? ¿Y qué pasa con el periodismo?

—Puedo compaginar ambas cosas. El negocio sería mi plan B.

—Fabuloso —masculla. Si llego a decirle que quiero montar una granja de avestruces, habría mostrado más entusiasmo.

—Gracias por tu apoyo. Ahora, vete. Quiero dormir. —Le doy la espalda y cierro los ojos.

Cuando se marcha siento una sensación rara en la boca del estómago que en pocos segundos se extiende a los pulmones y me anega el corazón. Me cuesta respirar. Esta vez, el malestar no se debe a una indigestión, sino al peso de una certeza.

He vuelto a enamorarme del hombre del que no debía.

41

El timbre de la puerta me arranca del letargo. Convencida de que Christopher ha vuelto, salto de la cama tan deprisa que me da un leve mareo. He dormido con la ropa puesta y tengo el pelo sucio y alborotado.

—¿Por qué has tardado tanto en abrir? —grita mi prima estampándome en las mejillas dos sonoros besos. Va abrigada como para cruzar la Antártida, pero apuesto a que debajo de las pieles sintéticas solo lleva camiseta y shorts.

—¡Bárbara! ¿Qué... qué haces aquí? —Soy incapaz de ocultar mi decepción, aunque doy gracias de que no haya llegado una hora antes.

—Estaba por el pueblo, decidí pasar a saludarte.

—¿A qué has venido? —repito, pasando por alto su ironía.

—A un congreso, con mi jefe y su cría. Te lo dije por WhatsApp.

Junto a mi prima hay una niña pelirroja que me mira enfurruñada.

—Alexia, saluda a Nora.

Bárbara le pone una mano en el hombro y le da un empujoncito hacia delante. La cría le responde con una mueca burlona, luego me saca la lengua. Mal empezamos.

—Hola —la saludo devolviéndole el gesto.

Alexia esboza una sonrisa. Lleva un anorak North Face y unos pantalones vaqueros por dentro de unas botas Hunter que para mí las quisiera.

—Para que te responda tienes que llamarme Lexi —refunfuña mirando los cuadros del vestíbulo—. No hay forma de que *esta* lo entienda —añade señalando a mi prima con el dedo pulgar.

—Lexi es un nombre precioso —digo para congraciarme con ella.

—¿Dónde están los fantasmas? —pregunta sacando del bolsillo un iPhone—. Quiero hacerles fotos para mi Facebook.

Me quedo sin palabras.

—Conste que yo quería ir a Legoland, pero *esta* me dijo que íbamos a visitar un castillo alucinante. ¿De verdad hay fantasmas?

Bárbara hace ademán de ayudarla a quitarse el anorak.

—¡Déjame! Puedo sola —le espeta la niña apartándose.

Respiro aliviada al ver que no traen equipaje.

—No sé cómo te atreves a presentarte aquí después de lo que hiciste —le susurro a mi prima—. ¿Y qué es ese rollo de los fantasmas?

—Te he llamado un montón de veces para disculparme, pero no cogías el móvil ni respondías mis mensajes. No me ha quedado otra que venir en persona.

—Y para evitar una escena apareces con carabina.

—Ha sido accidental. Oye, prima, no te ofendas, pero vas hecha un asco.

—No me encuentro bien.

Bárbara arruga la nariz.

—Espero que no sea contagioso. Lo digo por la cría, a su edad lo pillan todo.

—¿Dónde está la tele? —pregunta Lexi.

—Ahí dentro. —Le indico la puerta doble que conduce al salón.

Bárbara y yo permanecemos de pie en el vestíbulo.

—Está enfadada porque ha tenido que madrugar y no le gusta.

—Me lo imagino. Debe de odiarte casi tanto como yo.

—No dramatices. La verdad es que cuanto más trato a esa cría, mejor me cae Herodes. Ha sido una odisea llegar hasta aquí. Como el congreso es en Londres, hemos tenido que coger un avión hasta Inverness y luego alquilar un coche.

La miro escéptica.

—¿Pretendes hacerme creer que has conducido durante casi tres horas solo para pedirme perdón? Te conozco. Tú tramas algo.

—No seas malpensada. Estaba con el alma en vilo después de la discusión que tuvimos en aquel bar. ¡Me partiste el labio! Mira, aún se me ve la cicatriz.

—Oh, cuánto lo siento —canturreo.

—¿Seguro? Me pareces la mar de falsa.

—¿Cuánto tiempo vais a quedaros?

—Poco. El padre de Lexi nos espera a las siete en el hotel. Anda, vamos al salón. A ver si allí se está más calentito.

—¿Ya sabe que has arrastrado a su hija hasta aquí? —pregunto agarrándola del brazo.

—Más o menos —responde Bárbara—. Anoche le comenté que quería visitar a una prima que vive en los alrededores; no especifiqué dónde, claro. Luego la niña se empeñó en ir a Legoland.

—¿Y esperas que mantenga la boca cerrada? En cuanto vea a su padre le dirá que ha estado aquí. Te has metido en un lío.

—No creas, la he sobornado. Mira, cuando su padre me preguntó si podía acompañarlo al congreso pensé que tenía en mente otra idea.

—¿Tirarte los tejos, por ejemplo?

—No exactamente, más bien supuse que me quería como ayudante, no para hacer de canguro.

—Podías haberte negado. ¿Por qué no la ha dejado con la madre?

—Se ha ido a esquiar con su novio. Le dijo a Sergio que este fin de semana le tocaba a él quedarse con la niña, que ella no cambiaba sus planes y que no se le ocurriera colocarla en casa de nadie.

—¿Sergio? ¿Desde cuándo lo tuteas?

—No lo hago. En el trabajo es el doctor Rovira, pero entre tú y yo es Sergio. Y deja de buscarle tres pies al gato.

—¿No tiene canguro?

—Está convaleciente de una operación de apendicitis. Nora, si vas a seguir sometiéndome al tercer grado, ya te informo de que los abuelos paternos no viven en Madrid y la abuela materna está por ahí, de crucero.

Lexi me llama a grito pelado desde el salón.

—¡Nora! ¡No encuentro el mando de la tele!

—Mira entre los cojines del sofá —le contesto, también a gritos.

—¡Ya lo tengo! —responde al cabo de unos instantes.

Suspiro profundamente. Me espera un largo día.

—Bueno, Bárbara, ponte cómoda. Voy a darme una ducha.

—Falta te hace, hija. Hueles como a *vomitao.*

—¡Nora!... Tengo sed. ¿Me traes una Coca-Cola?

—Prima, ya sabes dónde está la cocina.

Apenas he subido el primer escalón cuando oigo de nuevo la aguda vocecilla infantil.

—¡Nora!... ¿Tienes patatas fritas?

Maldita cría.

El agua de la ducha, más que templada, sale tirando a fría, pero con este calentador de los tiempos de Tutankamón pretender que salga hirviendo sería como plantar un manzano y esperar que diera cerezas. Dedico un buen rato a desenredarme el pelo. Tras ponerme unos pantalones cómodos y un jersey, cojo la botella de suero y bajo al encuentro de mis inesperadas visitantes.

Lexi está repantigada en el sofá, devorando Pringles y viendo dibujos. Mi prima tiene un paquete de tabaco en la mano.

—Ni se te ocurra fumar aquí —la prevengo—. ¿No ibas a dejarlo?

—En eso estoy... —masculla guardando la cajetilla a regañadientes. Luego cruza las piernas dejando al descubierto sus muslos. Se arregla la falda de cuero y saca el móvil—. ¿Por qué va tan lento internet?

—No hay wifi. —Me encojo de hombros y me dirijo a Lexi—. ¿Entiendes los dibujos en inglés?

—¡¿No hay wifi?! —Bárbara parece sorprendida. Como si fuera la primera vez que viene a Nightstorm.

La niña levanta la vista de la pantalla y me mira con aire de suficiencia.

—*Of course*, voy a un colegio británico. ¡Buah! Bob Esponja es para críos. Nora, búscame el Canal Disney. —Más que una petición, es una orden.

—¿Es que no te enseñan modales en tu colegio pijo? Se dice por favor —la alecciona Bárbara.

Lexi deja el mando sobre la mesa de centro y alarga el brazo para alcanzar el refresco, que, como era previsible, cae al suelo. Por suerte, la lata está vacía. Al agacharme a recogerla, la niña repara en mi botella de suero.

—¿Qué es eso? ¡Puaj! Parece agua sucia.

—Te aseguro que sabe aún peor.

—¿Por qué te lo bebes entonces?

Como no me apetece darle explicaciones, me voy a la cocina.

—Tú quédate ahí, quietecita y sin hacer trastadas —oigo a mi prima decirle a Lexi. Seguidamente aparece detrás de mí.

—¿No venden suero con sabor a naranja en la farmacia?

—¿Por qué no bajas a comprarlo? —la pincho. Sé que no lo hará—. ¿Quieres beber algo?

—Me vendría bien una cerveza.

—Vaya, creía que no te gustaba la cerveza. —Saco del frigorífico una Belhaven. Las he comprado para Christopher, pero mi prima no tiene por qué saberlo—. Me extraña que no las hayas visto cuando has cogido la Coca-Cola para Lexi.

—Ha bajado ella a buscarla. También ha encontrado las patatas. Cuando quiere se espabila sola.

—¿Cómo van tus sofocos?

Por toda respuesta, Bárbara suelta un gruñido. Aún espero que me diga a qué ha venido exactamente.

—¿Qué clase de madre deja a su hija para irse por ahí? —rezonga tras ingerir un largo trago de cerveza.

—No conoces las circunstancias. Quizá esté harta de tener que adaptarse a los compromisos del exmarido.

—Sergio se mata a trabajar. Si lo sabré yo, que me toca pringar hasta las tantas todas las tardes. Oye, ¿cuánto vas a quedarte en esta isla?

Ya estaba tardando en sacar el tema.

—No lo sé. Ahora mismo estamos..., es decir, Christopher está pendiente de una subasta y...

Debería haberme mordido la lengua. ¿Por qué demonios se me ha ocurrido mencionarlo? A mi prima le hacen chiribitas los ojos.

—¿Sigue aquí? —Mira en derredor suyo esperanzada, como si confiara en verlo aparecer por la cocina de un momento a otro.

—No, bueno, viene de vez en cuando, pasa mucho tiempo en Londres. Por la subasta.

—¿Acaso la organiza él?

—No, pero...

—¿Qué tal es en la cama?

Me pongo colorada.

—Y yo qué sé.

—¿A qué esperas para averiguarlo?

—¡No digas burradas! Apenas lo conozco. Ni siquiera me cae bien.

—Eso no te lo crees ni tú. Pero ¡si te has puesto más roja que yo cuando me dan los sofocos! Ay, prima, que te conozco: estás esperando a que te pida una cita; o sea, quieres vivir un romance empalagoso como los de las novelas que lee la tía Carmen.

Me pongo a la defensiva. Como vuelva a insinuar que tengo problemas para relacionarme con los hombres la echo a patadas. De no haber sido por la niña, estaría fuera hace rato.

—No se trata de eso. Aunque no lo creas, las personas normales no nos metemos en la cama de desconocidos a las primeras de cambio.

Mi prima suelta un bufido.

—Para que lo sepas, las personas normales lo hacemos constantemente. Mira, estás en un pueblo, con pocas diversiones. Si yo...

—Tú ¿qué? ¿Te has liado ya con Sergio? —contraataco, decidida, por una vez, a asumir el mando de la conversación.

—Enredarse con el jefe no es buena idea. Además, tiene pareja.

—¿Desde cuándo te ha detenido a ti eso? —ataco con malicia.

—¡Ya estamos otra vez con el temita de marras! —grita furiosa, lo que resulta chocante porque la agraviada he sido yo. Mi prima es experta en llevar las discusiones a su terreno—. ¿Cuántas veces tengo que pedirte perdón? En cuanto a Sergio, no soy su tipo. Demasiado vieja.

—Jamás pensé que te oiría decir eso.

—¡Qué quieres! Sale con una chica un poco mayor que su hija. Anda, llama a Hamilton, que se venga a comer con nosotras.

—Está en Londres.

—Lástima —suspira.

—Sí, lástima —convengo. Tendría que estar loca para darle la oportunidad de verlo de nuevo.

—¡Nora!

—¿Qué querrá ahora? Menudo día me está dando —masculla Bárbara.

—¿De qué te quejas? Me llama a mí.

—Porque sabe que eres la dueña de la casa.

—O porque le caigo mejor que tú —replico.

—¡Nora!... ¿Dónde estás? ¿Quién es esta gente tan fea?

—¿De qué gente habla? —pregunta mi prima frunciendo el ceño.

—Debe de estar mirando los cuadros. ¿Qué esperabas? Tú tienes la culpa, por traerla aquí.

—Noraaa... Me aburro... ¿Jugamos a algo?

Estoy a punto de proponer el Scrabble, pero aviva los recuerdos de una noche nefasta.

—Enseguida subimos, bonita. ¿Por qué no das una vuelta por la casa, a ver si encuentras algún fantasma? —le sugiero a gritos. Luego me dirijo a mi prima—. Explícame a qué viene este cuento.

—Algo tenía que inventarme para que me acompañara de buena gana. Como le pirran las historias de miedo...

—¡Nora!

—¿Qué?

—¿Puedo explorar el piso de arriba?

—Sí, pero ten cuidado con la escalera, no vayas a caerte.

Cuando volvemos al salón no hay ni rastro de la niña. Bendito silencio. Entiendo que se aburra. Ni siquiera puede salir al jardín porque ha empezado a llover. Bárbara se sienta en el sofá, palmea la tapicería para que me acomode a su lado.

—¿Ya le has dicho a Christopher que vas a quemar la casa?

—Creí haberte dejado claro que no quiero hablar del tema.

—O sea, no lo sabe. ¿Y si decide impugnar el testamento?

Amparada por las leyes testamentarias anglosajonas, Cordelia era libre de dejar sus bienes a quien quisiera. En cualquier caso, Christopher no parece tener intención de reclamar Nightstorm House. Aun así, la pregunta de mi prima me hace cuestionarme si obro bien al no ponerlo al corriente de los deseos de su tía abuela.

—Ni se te ocurra obedecer a esa mala pécora —continúa Bárbara—. ¡Quemar la mansión! Menuda estupidez. Seguro que puedes hacer algo mejor con ella.

—¿Como qué?

—Venderla, por ejemplo.

—De momento vamos a esperar a que se haga la subasta y...

—¡Esa es otra! ¿En serio hay que donar el dinero a la beneficencia? ¿Todo? Los cuadros serán horribles, pero valen una fortuna. Cuando yo digo que la vieja estaba mal de la cabeza... Querría lavar su conciencia.

No me gusta el cariz que ha tomado la conversación. Tomo asiento junto a ella y la miro a los ojos.

—¿Estás sugiriendo que Christopher debería oponerse a que los beneficios de la subasta se destinen íntegramente a los necesitados? No me puedo creer que seas tan egoísta.

Mi prima cambia rápidamente de tema.

—¿De dónde ha salido esa tele?

—La compró Christopher.

Bárbara abre los ojos de par en par.

—Ah, ¿sí? Debe de pensar que estás aburrida. Hazme caso: acuéstate con él.

—No creo que le interese.

—¿Por qué lo dices?

—Por nada.

—¿Es gay?

—¡Claro que no!

—Pues entonces ¿qué problema hay?

—Tú lo ves todo fácil, pero no puedo forzar las cosas.

—¿Por qué no? Eres joven y bastante mona.

—Te recuerdo que paso de los cuarenta.

—¿Acaso te ha pedido el carnet de identidad? ¿Cuántos años tiene él?

Me encojo de hombros.

—En unas páginas de internet pone cuarenta y ocho; en otras, cincuenta.

—Muy bien llevados, por cierto.

—Además, es millonario. No va a liarse conmigo pudiendo elegir a una veinteañera.

Bárbara entorna los ojos.

—Tienes la autoestima por los suelos.

La llegada de Lexi entonando una canción de Justin Bieber silencia mi réplica y evita una nueva discusión. Se me acelera el pulso al ver lo que lleva en el cuello. Me levanto a toda prisa y corro hacia ella.

—¿Dónde lo has encontrado? —Una pregunta necia. ¿Cómo se me ocurrió pensar que el neceser era un buen escondite? Por suerte, Bárbara, entretenida con su móvil, no presta atención.

—¿A que es chulo? Tenía pis y he entrado en un baño. Estaba dentro de una bolsa. ¿Me lo puedo quedar?

—No, no puedes —le contesto reprimiendo las ganas de echarle una bronca por hurgar en mis cosas; la culpa es mía por ser tan estúpida.

—¿Por qué no? —replica haciendo un puchero.

Se me eriza la piel solo de pensar en la que se va a liar si empieza a llorar. No habrá modo de impedir que Bárbara vea el collar. ¡Dirá que le he robado su herencia!

—Ven conmigo, guapa, en mi cuarto tengo uno mucho más bonito. —La cojo de la mano para sacarla del salón, pero la cría no está dispuesta a facilitar las cosas.

—A mí me gusta este. —Pone las manos sobre el collar en ademán protector.

—Cielo, no te lo puedo regalar porque... no es mío. Se lo estoy guardando a un amigo. Además, es muy valioso.

—¿Y por qué lo guardas en la bolsa de las pinturas? Mi abuela tiene sus joyas en una caja fuerte.

—Ese es el primer sitio donde miran los ladrones. En cambio, ¿a quién se le ocurriría registrar el neceser del maquillaje?

—¡Eh, yo no estaba registrando! Solo quería ver tus pintalabios —contesta con una mirada inocente.

En el dormitorio, mientras Lexi se afana en destrozar los muelles del colchón a fuerza de dar saltos, saco del primer cajón de la cómoda un collar con abalorios de madera y nácar que me gusta mucho, dispuesta a regalárselo a esta niña repelente para comprar su silencio.

—¿Cuántos años tienes, guapa? —Necesito valorar si se tragará la historia que pretendo endilgarle.

—En mayo cumpliré nueve.

—Qué mayor. Ahora baja de la cama y mira esto. ¿Qué te parece?

Se acerca con escaso interés, toqueteando los diamantes que todavía no he conseguido arrancarle del cuello. Si quiero que me devuelva el collar por las buenas, más me vale emplearme a fondo con el cuento chino que me acabo de inventar.

—Este amuleto perteneció a una reina africana. ¿Ves estas bolitas de aquí? Se dice que son mágicas. Atraen la buena suerte.

—¿Una reina? ¿Y entonces por qué lo tienes tú? —me interpela con una sonrisa afectada. Condenada cría.

—Lo compré en una subasta. —En realidad, me lo trajo Ignacio de Kenia. Hace dos años fue allí a supervisar el rodaje del anuncio de un todoterreno, según me dijo. Por aquel entonces ya debía de estar con Valeria. De repente siento la imperiosa necesidad de desprenderme del collar—. Lexi, imagínate, ¡adornó el cuello de una reina! Es más interesante que el que llevas puesto y que, como te he dicho, no es mío. Si lo pierdo, menudo lío se armará. Incluso podrían meterme en la cárcel.

La niña me escucha con una expresión inescrutable en su bonita cara pecosa. Alargo las manos hacia su cuello para quitarle los diamantes, temerosa de que empiece a chillar como si la estuviera matando. Respiro aliviada, pues no ofrece resistencia. Le pongo el collar étnico y regresamos al salón, Bárbara aparta los ojos del móvil.

—¿Dónde estabais?

—¿Qué tal si comemos? —pregunto sin responderle.

42

Lexi quería pizza, pero se aviene a compartir con Bárbara los restos de una empanada de carne (a falta de pan buenas son tortas, solía decir mi abuela paterna). Yo he decidido darle un respiro a mi estómago. Nada más terminar de comer, la niña sube corriendo al piso de arriba. Le he prohibido cariñosamente entrar en mi cuarto. No quiero arriesgarme a que registre mi maleta y encuentre el resto de las joyas. Antes me parecía que estaban a buen recaudo; ahora ya no estoy tan segura.

—¿Por qué le has regalado el collar? —pregunta mi prima—. Decías que te gustaba.

—A Lexi le gusta más. Bueno, ve al grano: ¿qué te ha traído hasta aquí?

—Te lo he dicho: hacer las paces.

—A otro perro con ese hueso. ¿Qué estás tramando?

Bárbara compone su expresión más inocente.

—¡Nada! No podía dormir sabiendo que estabas disgustada conmigo.

—Vamos, Bárbara, reconoce que algo te traes entre manos. Para empezar, detestas Nightstorm. Has obligado a esa niña a venir a la isla arriesgándote a que su padre te despida por meterla en un avión sin su permiso, lo que sin duda ocurrirá en cuanto ella se vaya de la lengua. Ah, no, lo olvidaba, la has sobornado. Dime, ¿con qué has comprado su silencio?

—Con las botas que lleva.

Sonrío para mis adentros. Le han tenido que salir caras, mi prima es bastante rácana. Guarda el móvil en el bolso y me mira fijamente.

—A ver cómo te lo explico sin que te suba la tensión.

—Empieza de una vez —le exijo impaciente.

—La semana que viene operan a la tía Carmen de una hernia. No es grave.

—No me comentó nada en Navidad.

—Es que entonces no sabía la fecha.

—Vale, pues espero que todo salga bien.

—Bueno, comprenderás que... alguien tiene que ocuparse de ella, y hemos pensado que como tú ahora no trabajas...

No trabajo porque estoy en el paro. Vale, la culpa es mía. Me lo busqué.

—El caso es que estás libre —prosigue—. Yo vivo en Madrid, no me quedan días de vacaciones.

—¿Y las sobrinas políticas? Sus favoritas, dicho sea de paso.

—Elena se ha ido a Brasil con el marido. La empresa no le ha dado opción, o aceptaba el puesto o se quedaba en la calle. Julia está a punto de dar a luz.

—¿Otra vez? Pero si tiene casi cincuenta años. Bueno, da igual, yo no puedo moverme de aquí.

—¿Por qué no?

—Estamos ocupados con la subasta.

—Has dicho que se encarga Christopher.

Paso por alto la réplica y contraataco.

—¿Cómo te has enterado de la operación? Nunca la llamas ni te interesas por ella. ¿Ahora sois uña y carne?

—No seas cínica. Claro que la llamo, de vez en cuando. Lo cierto es que me lo contó Julia. Cuando le den el alta buscarán a una mujer para cuidarla, tú solo tienes que quedarte una noche en el hospital, dos a lo sumo.

—¿Te pidió Julia que hablaras conmigo?

—Sí, en cuanto le dije que yo no podía.

—Menuda zorra. ¿En qué hospital la operan?

—En el Clínico.

—Yo no pongo los pies ahí —afirmo categórica. No quiero revivir las amargas horas que viví en ese centro hospitalario.

—Se lo debes. Te acogió en su casa cuando murió tu madre. Y a mí cuando Cordelia me echó de aquí. Todavía no entiendo cómo se enteró la vieja de lo mío con aquel palurdo. Supongo que alguna chismosa le iría con el cuento.

Desvío la mirada antes de que descubra en mis ojos algún atisbo de culpabilidad.

—Venga, Nora. Reconozco que es pesada, pero no puedes dejarla colgada.

—¿Y sus amigas? —pregunto haciendo el último intento de librarme del marrón.

—La más joven pasa de los setenta, está hecha polvo. Si se queda una noche en el hospital, la tendrán que ingresar a ella.

Mi firmeza empieza a flaquear. La tía Carmen ha sido siempre difícil, pero los años y la artrosis le han agriado el carácter. Nada le satisface y se vanagloria de cantar las verdades. En los últimos tiempos me ha convertido en la diana de sus dardos envenenados. En Navidad fue incapaz de mantener la boca cerrada y volvió a recriminarme que hubiera malgastado siete años con un perro infiel. Infinidad de veces me he arrepentido de haberle confiado mis problemas, cosa que hice cuando me sentía vulnerable y necesitaba desahogarme. En algunos aspectos, la tía Carmen me recuerda a Cordelia. Quizá también se cruzó en su vida un individuo apuesto que le rompió el corazón cuando era joven. Como muchas mujeres de su generación, contrajo matrimonio con un hombre tranquilo que le aportó seguridad económica; sin embargo, yo siempre pensé que no fue feliz. Pese a nuestros desencuentros, ella y Bárbara son mi familia. Me resulta imposible estar mucho tiempo enfadada con ellas, aunque la traición de mi prima todavía escueza. Levanto las manos en señal de rendición.

—¿Qué día la operan?

—El martes que viene, por la mañana.

—Iré. Con dos condiciones.

Bárbara me mira intrigada. Se teme lo peor.

—Solo me quedaré dos días, contando la noche en el hospital. Después que se ocupe Julia o quien sea. Tú corres con los gastos del viaje; reclámale el importe a la tía, si quieres.

Mi prima frunce el ceño, visiblemente contrariada. No me importa. Si no le gusta, que busque a otra.

—Resérvame vuelo de ida para el lunes. Temprano. La vuelta, el miércoles por la tarde.

—¡Vale, vale! Uf, tenemos que irnos —dice mirando el reloj—. ¿Dónde se ha metido Lexi?

—No lo sé. Andará por ahí.

El timbre de la puerta suena repetidas veces.

—¿Esperas visita? —pregunta Bárbara.

—No.

—Igual es Christopher que viene a ver la tele contigo. Yo que tú me pintaría un poco; perdona que te lo diga, pero ahora mismo aparentas los años que tienes y algunos más.

—Vaya, muchas gracias.

—Mejor que te lo diga yo a que lo piense él.

Me quedo de piedra al abrir la puerta y ver el estado en que se encuentra la niña: despeinada, la cara tiznada de barro, temblando de pies a cabeza y con los ojos desorbitados, como si hubiese visto a un monstruo con tres cabezas.

—¡Ay, Nora! *Esta* tenía razón —dice abrazándose con fuerza a mi cintura—. Sí que hay fa-fa-fantasmas.

—¿Qué dices, bonita? ¿Dónde has estado?

—Ahí. —Señala la biblioteca con la cabeza—. Se abrió una puerta, había un tu-tu-túnel oscuro.

—Eso es imposible, cielo. En la biblioteca solo hay dos puertas, la de la entrada y la que comunica con el salón —le explico comprensiva.

—¡Hay otra! —Lexi patalea el suelo—. El fantasma vive allí. ¡Lo he visto!

—¿Y cómo era? ¿Llevaba una sábana blanca? Espero que le hayas sacado fotos —se carcajea Bárbara.

Le lanzo una mirada reprobatoria. Me disgusta que se mofe del temor de una niña, aunque sea infundado.

—Me he ido co-co-corriendo... y me he caído —lloriquea.

—Seguro que te has quedado dormida y has tenido una pesadilla. —Trato de razonar con ella, pero ahí está mi prima presta a dar su particular versión.

—Ya te explico yo lo que ha pasado: la cría merodeaba por el jardín, ha molestado a algún bicharraco que hibernaba tranquilamente en su cueva, el animal se ha mosqueado y le ha pegado un susto. Fin del drama —sentencia—. Lexi, tienes que dejar de leer cosas raras. Anda, ponte el anorak.

—No puedes llevártela así. Déjame al menos que le limpie la cara.

Mientras acompaño a la niña al baño se me ocurre que el razonamiento de mi prima no está exento de lógica. ¿Un túnel en la biblioteca de Nightstorm? Jamás he oído hablar de él, y sería mucha casualidad que, de existir, lo hubiera encontrado una cría. Para tranquilizar a Lexi le regalo el Scrabble. Bárbara nos espera en el vestíbulo, ansiosa. No ve el momento de marcharse.

—¿Ya se te ha pasado el berrinche? Pues andando. Recuerda lo que me has prometido: ni una palabra de esta excursión a tu padre.

—¿Puedo decirle que he conocido a Nora?

—Sí.

—¿Y que vive en un castillo?

—No, eso es mejor que no.

Lexi me abraza y corre hacia el coche. En cuanto se asegura de que la niña no puede oírla, Bárbara se vuelve hacia mí.

—Nora, no seas tonta, aprovecha la oportunidad que te ha llovido del cielo. A ver, ¿cuántas posibilidades tendrás en esta vida de que otro Christopher Hamilton llame a tu puerta? Que pasas de los cuarenta... ¿Tú has visto lo que anda por ahí suelto?

Y de las webs de contactos mejor no hablar. Ves el perfil de un tío y piensas: mira, se da un aire a Brad Pitt, pero cuando lo conoces en persona te entran ganas de echar a correr y no parar.

—Nunca se me ocurriría buscar pareja en una web.

Mis palabras se las lleva el viento, Bárbara no me escucha.

—Pero ¿qué hace ahora sacando fotos? ¡Lexi, al coche!

Cuando me quedo sola lamento haber aceptado encargarme de mi tía. ¿Por qué siempre termino claudicando a los deseos de los demás?

43

Quizá no sea mala idea alejarme de Nightstorm unos días. Aprovecharé el viaje a Barcelona para pasar por el diario. He recibido llamadas del subdirector, que no he contestado, y estoy intrigada. Lo más sensato sería pedirle disculpas, tratar de recuperar mi puesto. Volver a la rutina. Poner kilómetros de distancia entre Christopher y yo. La pregunta es: ¿conseguiría hacerlo? Por mucho que lo intento, no logro arrancármelo de la cabeza.

Hoy es sábado. Cuando Ignacio y yo empezamos a vivir juntos los sábados salíamos a comer fuera, luego íbamos al cine o de compras. En los últimos tiempos a menudo me decía que tenía trabajo pendiente. A veces no regresaba hasta bien entrada la noche. Jamás comprobé si me contaba la verdad. Hasta que no rompió conmigo, aquella noche de finales de verano, no comprendí que pasaba esos sábados con otra mujer.

Hacía meses que no pensaba en él. Tras su abandono conviví durante semanas con la incógnita de si mi embarazo le habría hecho replantearse la relación con Valeria; si la perspectiva de ser padre habría sido un aliciente para continuar a mi lado. Sin embargo, la realidad terminó imponiéndose: nunca quiso tener hijos conmigo. Si la gestación no se hubiera malogrado, me habría sugerido abortar.

Empeñada en encontrar más diarios, he vuelto a explorar la

mansión. He puesto patas arriba las habitaciones cerradas, los antiguos cuartos del servicio, la despensa... No he dejado ni un rincón por revisar, excepto el sótano. Cordelia no permitiría que su historia de amor con Ross se convirtiera en un festín para las ratas.

Necesito aire fresco. El cielo está despejado, sin nubes que amenacen lluvia. Un día perfecto para pasear.

A veces lamento no disponer de un coche. Me daría libertad para moverme por la isla sin tener que estar pendiente de los horarios de los autobuses, que, dicho sea de paso, son bastante escasos, especialmente los días festivos, pero me resultaría muy caro alquilar un vehículo durante tantos días. De pequeña montaba en una bicicleta que había en el cobertizo de las herramientas. Si siguiera allí, podría dar una vuelta con ella. Empujo la desvencijada puerta del cobertizo, que protesta con un chirrido. Los útiles de jardinería, oxidados y polvorientos, continúan en los estantes. Cuando mis pupilas se acostumbran a la oscuridad distingo la bici apoyada en la pared. Aunque revestida por una capa de herrumbre y suciedad, parece estar en buenas condiciones. Con el óxido hay poco que hacer, el polvo lo elimino con un manguerazo.

Dos horas después cruzo el puente de acceso al castillo de Eilean Donan. Hacía años que no pedaleaba tanto, las piernas me tiemblan por el esfuerzo. Dejo la bici en el aparcamiento gratuito (nadie con media neurona robaría semejante cacharro) y, tras abonar la entrada, me uno disimuladamente a un grupo de turistas que ha contratado una visita guiada.

Eilean Donan significa «isla de Donan» en gaélico. El castillo recibe su nombre de Donnan de Eigg, un santo del siglo VI o VII, y las dimensiones del recinto han variado a lo largo de la historia, cuenta el guía, un chico pelirrojo y alto que se llama Dennis y va ataviado con falda escocesa y blusón blanco. La antigua fortaleza data del siglo XIII, lo que pisamos es una reconstrucción. Salta a la vista que los pedruscos son, como poco, del siglo XX. A partir de aquí, el guía se embarca en una prolija explicación sobre la monumental obra llevada a cabo para devolver al castillo su esplendor. Un turista italiano pregunta cómo fue destruido, y Dennis se apresura a echarnos la culpa a los españoles. Al parecer, en 1719, cuando vieron acercarse unas fragatas inglesas, los soldados de un destacamento español que apoyaba la causa jacobita hicieron explotar el polvorín que habían construido en el interior del fortín. Entonces el turista se acredita como doctor en Historia y rebate la versión del guía.

—Disculpa, chico, lo bombardearon los ingleses para que el castillo no se utilizara como punto estratégico.

—¡Y qué importa quién prendió la mecha! —grazna una oronda mujer con marcado acento californiano—. El caso es que lo hicieron trizas.

Como todo castillo que se precie debe tener sus fantasmas, nos enteramos de que uno de los españoles ejecutados allí se pasea por los muros las noches de luna llena. Llegados a este punto, el italiano puntualiza que el ectoplasma es un miembro del clan McKenzie, los *highlanders* que construyeron el castillo. Si al guía le molestan las continuas interrupciones del sabelotodo, no lo da a entender, aunque sonríe entre dientes cuando la californiana masculla que el susodicho fantasma debe de ser un antepasado del académico.

Dos parejas de mediana edad pasan a mi lado hablando castellano. No paran de tomar fotos, pese a la prohibición explícita, y se comunican a voces. La vergüenza me obliga a desviar la mirada y centrarme en las explicaciones del guía. A principios del siglo XX, el multimillonario John MacRae-Gilstrap adquirió la fortaleza y llevó a cabo una reconstrucción que duró veintiún años. Al nombrar a MacRae recuerdo la inscripción que he visto en el dintel de la puerta que da acceso al castillo. Como mis conocimientos del gaélico están oxidados, le pido al guía que confirme mi traducción.

—Correcto: «Donde vive un MacRae hay lugar para un Fraser». Si desea ahondar en el sentido de este lema, en la tienda de regalos hallará libros muy interesantes sobre la historia del castillo —me aconseja.

—Por lo que sé sobre clanes, imagino que tendrá que ver con las alianzas forjadas entre ambas familias.

—Exactamente, señora.

La californiana pregunta si podemos saludar a los MacRae. Reconozco que el guía tiene paciencia y se esfuerza por hacer la visita amena. La majestuosa edificación de piedra, con sus almenas, torreones y el escudo de armas de los MacRae coronando el portón de entrada, confiere a la fortaleza un aire antiguo, pero la decoración interior dista mucho de ser la que esperaba encontrar en una construcción de la época de Ivanhoe. La estancia más amplia es la sala de banquetes, de cuyas paredes cuelgan retratos al óleo de los propietarios del castillo. Apenas les presto atención. Me interesan más la lámpara de hierro de estilo medieval que pende del techo y la pintoresca cocina. Equipada con utensilios de los años treinta, cuenta con una gran mesa de madera en torno a la cual unas figuras de cera cuidadosamente ataviadas recrean el quehacer cotidiano del servicio de una casa noble en esa década. No alcanzo a imaginar la que liarán mis vocingleros paisanos cuando vean tan peculiar montaje.

Al ser en parte una residencia privada, algunas áreas están cerradas al público, por lo que el recorrido no nos lleva mucho tiempo. La decoración de los dormitorios deja patente que, si bien el poder de los clanes decayó hacia el siglo XVIII, sus símbolos continúan vigentes. Los doseles de las camas, las alfombras y otros detalles reproducen el diseño del tartán del clan MacRae.

Cuando termina la visita estoy muerta de hambre, pero me he fundido el dinero que llevaba en la entrada del castillo; apenas me quedan unas monedas que no alcanzan ni para comprar un sándwich. No son siquiera las cinco y el cielo ya ha adquirido esa luz mortecina que precede a las tinieblas. Pedaleo a toda prisa. Pasados unos minutos empieza a llover. Cierro los ojos y aspiro el aroma a sal marina y turba húmeda. Un pinchazo me hace perder el equilibrio y acabo en la cuneta. Aparte de algunas rozaduras, salgo bien parada, cosa que no puedo decir de la bici. Para empeorar la situación, ahora llueve a cántaros.

Veinte minutos después, con las lágrimas de rabia fundidas en la intensa lluvia y el viento azotándome el rostro, oigo el motor de un coche. Me aparto para dejarlo pasar, pero el claxon suena una y otra vez. ¿Qué le ocurre a ese gilipollas? Estoy a punto de insultarlo cuando pronuncian mi nombre.

Joder. Joder. Joder.

44

El vehículo circula lentamente para adaptarse a mi paso. ¿Qué hace él aquí? Me hago la loca y sigo caminando con la bici a rastras. Si finjo que no lo he reconocido, igual pasa de largo. Horrorizada, veo que detiene el motor y me mira con cara de pocos amigos.

—¡Eleonora! ¿Por qué has salido con este tiempo? ¿De dónde has sacado esa antigualla?

—Antes no llovía y la bicicleta funciona perfectamente. Bueno, funcionaba hasta que he pinchado.

—Sube al coche —me ordena.

Obedezco mientras Christopher se ocupa de la bici. Cuando se sienta al volante está sonriendo. No acabo de verle la gracia al asunto. Por segunda vez en pocos días abre la guantera y me entrega un paquete de pañuelos. Al rozarme la mano, emito un gemido de dolor.

—¿Te has lastimado? —Coge mi mano y la examina.

—Es solo un rasguño.

—No me digas que te has caído.

—¡Naturalmente que no! —exclamo soltándome.

—Entonces ¿por qué llevas los pantalones llenos de barro?

—¿Te importaría dejarlo estar?

Guardamos silencio unos minutos hasta que él lo rompe.

—¿Por qué has cogido mi bici?

—¿Tuya? Yo la utilizaba de pequeña —le respondo huraña.

—¿Adónde has ido?

—Al castillo de Eilean Donan.

Christopher aparta la vista de la carretera y me mira con la boca abierta. Se le ha mojado el cabello, tiene mechones pegados en la frente. Desvío los ojos hacia el paisaje para ocultar mi turbación.

—¡¿Has ido hasta el Loch Duich?! —exclama—. Tú estás loca, Eleonora. ¿Y si te hubieses herido de gravedad? Estos parajes no están muy concurridos que digamos, y menos un día lluvioso.

Se ha cabreado, lo peor es que tiene razón.

—¡A saber cómo tienes las rodillas!

—Las tengo bien —rezongo malhumorada.

No es verdad, me duelen y creo que sangran. Se impone entre los dos un silencio incómodo, únicamente roto por el sonido del limpiaparabrisas, que no da abasto bajo el aguacero.

—¿Has disfrutado la visita? —dice al cabo de un rato. Su voz es conciliadora. Yo suavizo la mía cuando le respondo.

—Me ha impresionado. ¿Sabías que allí rodaron *Los Inmortales*?

—Y también *Braveheart* y *El mundo nunca es suficiente*. Joder, Eleonora, son más de treinta kilómetros.

—Ha sido divertido pisar los mismos escenarios que Christopher Lambert, Mel Gibson y Daniel Craig.

—Pierce Brosnan. Cuando se rodó ese Bond, lo interpretó él —me aclara.

—Alquilan el castillo para muchas películas.

—Normal. Las reparaciones y el mantenimiento salen caros. ¿Has comido?

—No.

—¿Por qué no?

—Bueno, como no tenía previsto llegar tan lejos, no he cogido el bolso.

—¿Y cómo has pagado la entrada?

—Llevaba algo de dinero en el bolsillo. No te preocupes, luego cenaré bien.

—Pues no será con lo que tienes en la nevera —dice jocoso.

¿Cómo sabe lo que hay o deja de haber en mi nevera? ¡Ah, claro! Ayer me preparó el desayuno. Paso de replicar, cambio de tema.

—Por cierto, ¿qué haces aquí?

—Te he llamado varias veces, no respondías y me he preocupado.

—Me he dejado el móvil en casa. Y esta mañana..., en fin, no he oído las llamadas. Espero que no hayas anulado nada importante por mí.

—Claro que no.

Mientras conduce en silencio, me recuesto en el asiento tratando de no pensar en lo mucho que me duelen las rodillas. Cuando llegamos a Nightstorm, Christopher sale a abrir los portones. Es tarde. Me pregunto si debería invitarlo a pasar la noche.

—Cámbiate de ropa si no quieres resfriarte —me ordena en su habitual tono exigente—. Voy a la biblioteca a mirar una cosa. Enseguida cenamos.

¿Ha traído cena? Genial. Empiezo a aborrecer los sándwiches de queso. Corro a mi habitación a quitarme la ropa y darme una ducha. Tengo las rodillas enrojecidas y cubiertas de sangre seca; me tranquiliza comprobar que las rozaduras son superficiales. Dejo que el agua tibia y el gel resbalen sobre ellas para limpiarlas. Luego me pongo la bata de Cordelia y me aplico una base ligera de maquillaje, máscara de pestañas y pintalabios. Contemplo satisfecha el resultado. Cuando entro en la cocina, la mesa ya está puesta.

—¿Vino?

Al acercarme la copa, Christopher me repasa de arriba abajo. Igual me he pasado. «Ya lo creo que sí, rica. ¿No te resulta incongruente ir en bata pero pintada como una puerta?», oigo murmurar en mi cabeza.

—Espero que te guste el menú: sopa de vieiras y filete con guarnición de patatas asadas.

—Es perfecto. —Podría comerme la vaca entera.

¿Qué juego habrá traído esta vez, el Monopoly o el Scattergories?

La sopa está deliciosa. Casi un milagro gastronómico. Durante la cena hablamos de cine, de las obras que se representan en Broadway y en el West End londinense (no he visto ninguna), de literatura... Tiene la deferencia de no preguntarme si he leído sus libros. Resulta fácil hablar con él, siempre que nos limitemos a temas mundanos.

—¿A qué hora sales el lunes hacia el aeropuerto? —le sondeo antes de atacar el segundo plato.

—A las seis y media. ¿Por qué?

—Tengo que ir a Barcelona. ¿Podrías venir a buscarme? Si no te va bien, cogeré el autobús.

—No seas tonta. ¿A qué hora sale tu vuelo?

—Aún no lo sé.

Caigo en la cuenta de que Bárbara debería haberme enviado el localizador. Abro el correo y lo encuentro entre un mensaje de mi antiguo jefe y otro de publicidad. Mi vuelo sale del aeropuerto de Inverness a las once de la mañana. Allí tendré que enlazar con el vuelo de Edimburgo a Londres. Con suerte, cuando llegue a Londres serán las cuatro de la tarde. Y aún faltarán dos horas para embarcar en el vuelo de las seis a Barcelona. La muy tacaña se las ha apañado para gastarse lo mínimo. Cuando le muestro el infernal itinerario, Christopher suelta una carcajada.

—Quizá no encontró plaza en un vuelo directo —sugiere, dando a Bárbara un voto de confianza.

—Tú no conoces a mi prima. Ha buscado la tarifa más barata, estoy segura. Luego dice que se le da mal navegar por internet.

—¿Vas a Barcelona por trabajo?

Le cuento la visita de Bárbara y Lexi. Christopher frunce el ceño cuando llego al episodio del collar; su rostro se relaja al escuchar cómo soborné a la pequeña diablesa.

—Parece una criatura adorable. Me hace recordar por qué no quiero ser padre.

—¿Lo dices en serio? ¿No quieres tener hijos?

Se encoge de hombros.

—Los niños reclaman tiempo y atención. Además, si tuviera un hijo y a mí me sucediera algo...

—Eres joven, estás sano —lo interrumpo.

—Mi padre estaba en plena forma cuando falleció.

—El mío también, pero guardo buenos recuerdos de los años que pasamos juntos. Me alegro de haberlo tenido en mi vida, aunque fuera poco tiempo.

Como hace siempre que un tema lo incomoda, cambia de tercio.

—¿Hasta cuándo estarás fuera?

—Vuelvo el miércoles.

—No parece que el viaje te haga ilusión.

—No mucha. El martes operan a mi tía Carmen. Es una mujer insoportable.

—Pues yo estoy deseando volver a Nueva York.

Se me cae el alma a los pies.

Acabada la cena saco una botella de whisky del arsenal de Cordelia. Sin apenas probarlo, Christopher aparta el vaso y anuncia que se marcha, lo cual me resulta raro: apenas son las nueve y no tiene aspecto de estar cansado. Armándome de valor, voy a por todas.

—Quédate, por favor. —Le sujeto la muñeca y le acaricio el brazo por encima del jersey.

—Es mejor que me vaya —responde apartando mi mano. Lo hace con delicadeza, pero eso no evita que me moleste.

Mientras se pone el abrigo y la bufanda me mantengo de espaldas a él, temerosa de dejar al descubierto mi decepción.

Cuando abro la puerta, una corriente de aire húmedo me envuelve las piernas. Me quedo quieta, la mano en el picaporte. En ese momento, Christopher me atrae hacia sí. Su boca está tan cerca de mi oído que percibo la calidez de su aliento. La inocente caricia de sus dedos en mis caderas me provoca un escalofrío de placer. Hago ademán de deshacer el nudo de mi bata, necesito sentirlo en mi piel, pero me lo impide sujetándome las manos. Me mantiene abrazada durante largo rato, tal vez varios minutos, he perdido la noción del tiempo. No hay nada sexual en su actitud, sin embargo...

—Cierra los ojos, relájate —me susurra lamiéndome el cuello.

De forma inesperada, deposita un beso en mi mejilla y dice que se marcha.

—¿Eh? Creía que...

—Tendrá que bastarte por hoy. Te veo el lunes.

¿Cómo? Me muerdo los labios. Me cuesta controlar mis instintos, sea por el vino o por la necesidad física que tengo de él.

—Eleonora, si vamos a follar, es preciso que tengas las cosas claras. No quiero historias raras entre nosotros, ni recriminaciones ni preguntas sobre mi pasado. No esperes nada. Toda esa mierda romántica nunca acaba bien. ¿Entendido?

Me está advirtiendo que no se me ocurra enamorarme. Pero ¿y si no soy capaz de mantener la distancia emocional? Puede que Christopher y yo no tengamos futuro como pareja, pero sé que después de esta noche querré más. Mucho más.

Nora dijo sí a todo. No habría preguntas ni recriminaciones. Tampoco amor. No le gustaban las condiciones de Christopher, pero esa noche no quería pensar. Frunció el ceño cuando él dejó encendida la luz.

—Quiero verte —murmuró.

Desnuda se sentía vulnerable. Su vientre no era tan firme como desearía. Ni sus muslos. Siempre decía que tenía que apuntarse a un gimnasio, pero le podía la pereza. Cuando la escultural silueta de Naomi se adueñó de sus pensamientos, alargó la mano hacia el interruptor, pero él la interceptó. Sus labios se fundieron con los suyos y ya nada importó.

Cuando abro los ojos, durante breves instantes sigo viviendo esa ilusión que no tardará en desvanecerse por mucho que quiera retenerla. En el sueño no ha habido un solo centímetro de mi piel que no haya sido acariciado con besos apasionados, intensos, mágicos. El reloj de la mesilla marca las cuatro de la madrugada. Dentro de dos horas y media vendrá a buscarme.

Necesito una ducha fría.

45

Me he levantado antes del alba para limpiar las chimeneas, aunque la idea de dejarlas encendidas se me ha pasado por la cabeza. Con suerte, igual saltaba una chispa y adiós a la casa. Luego lo he pensado mejor. Nightstorm esconde secretos y necesito descubrirlos.

Lo lamento, Cordelia, tardaré en cumplir tus deseos.

He llamado a Melva para decirle que estaré ausente un par de días; ella, servicial como siempre, se ha ofrecido a venir el miércoles para poner a punto la casa. Le dejaré una llave junto a los portones.

Christopher llega puntual. Lleva vaqueros y un jersey que realza el verde de sus ojos. Está increíblemente guapo y de mal humor.

La radio ameniza el caldeado ambiente del interior del coche. Guardo silencio durante veinte segundos, el tiempo que me lleva acomodarme.

—¿Hasta cuándo estarás en Londres?

—Tres o cuatro días —responde secamente—. ¿Por qué?

—Por nada. He hablado con Melva. Dice que Ruby está deseando vernos. Es decir, quiere verte a ti.

—Podemos ir el jueves o el viernes por la tarde.

—No le disgustaría que fueses tú solo. —Lo miro de soslayo para calibrar su reacción—. En realidad, la historia de Cordelia la cuenta por ti. Si se tratase de mí, se habría cerrado en banda —afirmo con vehemencia.

—Nos hemos levantado con el pie izquierdo, ¿eh?

Mira quién fue a hablar, refunfuño para mis adentros. Es mi vagina la que se ha levantado frustrada porque anoche alguien que se sienta a medio metro de mí decidió pasar de ella pese a que su dueña le dejó bien claro que estaba más que dispuesta. Bárbara se lo espetaría sin miramientos.

—Siento ser tan pejiguera. Es que no me apetece hacer este viaje.

—Lo he notado.

—No se me da bien hacerle la pelota a mi tía. Y ahora que lo pienso, a estas alturas mi compañera de piso creerá que me he muerto.

Christopher desvía los ojos de la carretera y me mira con incredulidad.

—¿Compartes piso?

—Sí. Al quedarme... —Me interrumpo bruscamente. No necesita conocer los detalles—. No podía asumir el alquiler de un piso, así que busqué a alguien para compartir gastos.

—Podías haber alquilado un estudio.

—¿Una caja de cerillas, quieres decir? Ni hablar. Me gustan los espacios amplios. Oye, ¿qué tiene de malo compartir piso?

—Nada. Yo también vivía con dos amigos..., en la universidad.

—Ya, bueno, no todos somos tan ricos como tú.

Christopher arquea una ceja y me mira de soslayo.

—¡Qué pasa! Tu nombre sale en la lista Forbes —exclamo.

—Eleonora, no creas todo lo que leas.

—Lo que tú digas.

—En cualquier caso, ahora eres una mujer acomodada. Has heredado una mansión...

—Que no puedo mantener —lo atajo; él continúa como si no me hubiera oído.

—... y un cuadro. A propósito, ¿dónde has escondido el collar? Espero que no lo lleves en el bolso.

Le aseguro que está a buen recaudo, enterrado en el jardín trasero de la casa; incluso coloqué una maceta encima para disimular la tierra removida. En el hoyo metí también el camafeo y las otras joyas que encontré en el buró de Cordelia. Pero esto no tiene por qué saberlo. Por la forma en que mueve la cabeza, sé que no da crédito a lo que oye.

—¡Es el mejor escondite que se me ocurrió! ¿Quién va a escarbar en el jardín? El jardinero hace semanas que no viene.

—Alucinante —murmura sarcástico.

Paso de contestarle.

Aunque volamos en compañías distintas, él en *business*, yo en *low cost*, y a diferentes horas, lo acompaño a sacar su tarjeta de embarque. La azafata, que acaba de soportar la bronca de unos turistas que se negaban a pagar exceso de equipaje, se deshace en sonrisas con Christopher.

—¿Has desayunado? —me pregunta mientras nos alejamos del mostrador.

—No me ha dado tiempo.

¡Si supiera que llevo levantada desde las cuatro!

—Tienes que comer algo —dice mirando el reloj—. Faltan dos horas para que salga tu vuelo.

—Pensaba comprar tu libro.

—Buena suerte, la undécima edición está agotada.

—Seguro —replico riéndome. Ya le gustaría a él vender tanto.

En la cafetería, Christopher pide un café solo; yo, un té con leche y un cupcake de chocolate. Tras abonar la cuenta nos sentamos a una mesa cerca de la barra.

—Ayer busqué el tercer diario. —Me interrumpo para hincarle el diente al pastelito. Sabe a repostería industrial, nada que ver con los de Melva. Aun así, me lo zampo. Christopher me limpia las comisuras de los labios con una servilleta.

—Tenías restos de chocolate.

La suavidad de su tono basta para despertar de su letargo a las mariposas de mi estómago. ¿Qué me pasa? Jamás había reaccionado así con nadie, ni siquiera con Ignacio.

—Gracias, eres muy amable —respondo tontamente.

—Y bien, dime, ¿lo encontraste?

Niego con la cabeza.

—Pero no me doy por vencida. En torno a Cordelia hay un enigma por descubrir. Sabemos que se dejó seducir por Ross. Según nos contó Ruby, y tu tía lo deja entrever en sus escritos, él la abandonó. Necesitaría desahogarse de algún modo. Luego está lo de la maldi... —Callo a tiempo. Por fortuna, Christopher no se da cuenta.

—Si Ruby fue su paño de lágrimas, nos lo dirá —asegura convencido.

—¿Y si Cordelia estaba tan avergonzada que prefirió volcar su ira en el papel? No creo que tuviera tanta confianza con Ruby. Te recuerdo que no le contó que mantenía relaciones con Ross. Fue ella quien los pilló in fraganti.

—De pequeño creía que mi tía era una mujer sin sentimientos que encontraba placer en hacerle la vida imposible a los demás. Jamás me detuve a pensar que tanta amargura tenía una razón, y no lo digo para justificar su actitud. Hoy en día aún me cuesta comprenderla.

—Fue una víctima, usada y rechazada después como un vulgar trapo viejo. Cuando vives una experiencia así, o te deprimes o se despierta en ti una furia infernal. Por desgracia, hay muchos hombres que provocan ese sentimiento en las mujeres, cosa que tú ya sabes.

Christopher arquea una ceja.

—No lo sé, pero estoy deseando que me ilustres.

—Te fastidiará oírlo. Te enfadarás.

—Seguro que elegirás bien las palabras. —Su tono me suena a advertencia. La voz de mi subconsciente me alerta: «Digas lo que digas, tendrás problemas». Pero no hay vuelta atrás.

—Vale. Según Ruby, eres el vivo retrato de tu abuelo. Al parecer, Ross tenía un gran magnetismo. Cuando extendía su red de seducción resultaba imposible escapar. Contigo sucede lo mismo, no eres consciente del efecto que causas en las mujeres, esto te hace especialmente peligroso.

—¿Insinúas que me aprovecho de las mujeres?

—Quizá no sea esa tu intención, pero terminas haciéndonos daño. Como a mí anoche.

—Tendrás que explicarte mejor. No entiendo adónde pretendes llegar.

—Heriste mis sentimientos. Ross le hizo lo mismo a Cordelia.

—¿Estás diciendo que soy un cabrón sin escrúpulos? —brama, furioso. El camarero nos mira de reojo, al igual que los clientes de las mesas cercanas—. No sabes nada de mí, con excepción de las chorradas que has leído por ahí. ¡Con qué derecho te atreves a juzgarme! Mira, no tengo tiempo para discutir —concluye, poniéndose en pie.

—Christopher, lo... lo siento —balbuceo—. Creo que no me has interpretado bien.

—Por supuesto que sí. La próxima vez, antes de abrir la boca, ordena tus pensamientos, así no dirás nada que puedas lamentar. Deberías saber cómo hacerlo, eres periodista, ¿no? —me espeta. Visiblemente contrariado, agarra su maleta y desaparece en dirección a la puerta de embarque.

Por si esto fuera poco, el escáner no reconoce mi billete. Lo imprimí en una tienda, pero el cartucho de tinta estaba casi agotado y no se lee un carajo. El resto de los viajeros hace notar su malestar.

—Tengo el billete en el móvil —me excuso ante la azafata mientras saco a toda prisa el aparato del bolso. La batería está al ocho por ciento. Lo que faltaba. Respiro cuando el escáner emite una lucecita roja.

El viaje a Barcelona no podía empezar peor.

46

Estoy tan cansada y deprimida que solo me apetece llegar a casa y tomarme un somnífero. Ni siquiera tengo ánimos para esperar el aerobús, así que me permito coger un taxi. Para no pensar en lo desagradable que he sido con Christopher, llamo a Fabián, el subdirector del periódico; mientras espero a que le pasen la llamada, sigo dándole vueltas a lo mismo.

Christopher tiene razón. ¿Quién soy yo para juzgarlo? Apenas lo conozco. ¿Por qué me molesta que coquetee con otras? «Hoy ha sido la azafata, ayer Makenna, la semana pasada, Naomi. Reconócelo, te has obsesionado con ese hombre igual que Cordelia con Ross», me susurra la cargante vocecita.

Fabián insiste en que me acerque mañana a la redacción.

—Imposible. Me va mejor el miércoles. A primera hora.

—El miércoles tengo una reunión en Madrid. ¿Por qué no pasas ahora?

No es buena idea. El personal estará agobiado con el cierre de edición; tampoco me muero de ganas de ver a mis excompañeros, pero termino claudicando.

Media hora después, el taxi me deja frente al edificio donde he trabajado los últimos cinco años y medio. Seis de las ocho plantas están ocupadas por una compañía de seguros. Subo en ascensor hasta la redacción de *El Liberal*, un nombre absurdo, pues son los anunciantes quienes deciden lo que se publica. La recepcionista de la tarde, una chica a la que no conozco, se ofrece a guardarme la maleta.

Pensé que al pisar de nuevo la redacción me inundaría un sentimiento de nostalgia; lo único que experimento, en cambio, es la sensación de hallarme fuera de lugar. Quizá siempre lo he estado. Cuando llegué por primera vez desbordaba entusiasmo, no me importaba que las mesas estuvieran demasiado juntas, o tener que esperar a que quedase libre un ordenador. Ahora sobran máquinas y falta personal. Un redactor habla por teléfono en un inglés precario. Me saluda con un gesto forzado. Manu salta de la silla y me estruja entre sus regordetes brazos.

—Norita, guapa, ¿qué tal? ¿Has venido a echarnos una manita?

—Solo estoy de paso. Fabián quiere hablar conmigo.

—Ah, pues no le hagas esperar —me aconseja, levantando el auricular del teléfono fijo, que lleva rato sonando—. Lo siento, amiga, estoy hasta el cuello.

La puerta del despacho de Fabián está abierta, pero llamo con los nudillos por si no ha advertido mi presencia. Ver a ese capullo me revuelve las tripas, intento que mi cara no me delate. Es un trepa que empezó hace un par de años en deportes y, nadie sabe cómo (circulan rumores de todo tipo), en seis meses ascendió a subdirector. No tiene escrúpulos, se pasa las demandas judiciales por donde le termina la espalda y no le tiembla el pulso a la hora de despedir personal. Su última víctima, el redactor jefe de «Cultura y Espectáculos», un hombre que, según me contó Manu, cometió la osadía de permitir una crítica demoledora de una obra teatral producida por un amigo de Mateo Romagosa, director y accionista del diario. Fabián llegará lejos, le sobra instinto asesino, justo lo que a mí me falta. La última vez que hablé con él (más bien discutimos) lo mandé a la mierda. Cuando me saluda con un gesto de la mano me entran ganas de salir corriendo. Por suerte no hace ademán de besarme.

—Hola, Nora, tienes buena cara. Te han venido bien las vacaciones. Pareces más relajada que cuando te fuiste.

—No me he ido de vacaciones —respondo con aspereza.

—Manu dijo que estabas en Escocia, eso huele a vacaciones.

Tomo asiento en una de las dos sillas que hay frente a su mesa, atiborrada de diarios y revistas de ciencia atrasadas. Nunca las leerá, solo pretende dar la impresión de que está al tanto de todo.

—Verás, Nora, no me gustó tu salida de tono cuando te marchaste, ya sabes a qué me refiero. No obstante, estoy dispuesto a olvidar el asunto.

Levanto las cejas, sorprendida. Tal vez no le he entendido bien.

—¿Cómo dices?

Mi exjefe alza la mano derecha para acallarme, gesto que, viniendo de él, significa que me espera un discurso. Vale, cuanto antes termine lo que tiene que decirme, antes lo perderé de vista.

—Los de arriba —señala el techo con el pulgar— me están presionando. Al parecer, la mujer de Romagosa echa de menos el consultorio.

—¡No me digas! —exclamo con ironía.

—Al poco de largarte por las bravas, eso vamos a dejarlo claro, me preguntó por qué no se publicaba; tuve que decirle que te habías despedido.

—Seguro que le explicaste el motivo.

—No había ninguno, y lo sabes.

Hace meses me habría mordido la lengua.

—Por supuesto, solo me hacías la vida imposible. Todos mis artículos te parecían flojos. Para terminar de putearme me endilgaste un consultorio que, mira por dónde, parece que gustaba a los lectores. Lo que no entiendo es por qué no lo hace otro redactor.

—Eres demasiado susceptible. No lidias bien con la tensión. El caso es que le pasé el consultorio a la becaria marimacho de deportes, y resulta que no tuvo mano izquierda. Mira si les diría burradas a los lectores que empezamos a recibir quejas y alguna que otra amenaza de demanda. A mí me la sudan esas gilipolleces, pero a los de arriba no, así que corté por lo sano eliminando la sección.

—Pensaba que te leías el contenido del diario antes de enviarlo a imprenta.

—No puedo perder el tiempo con temas de relleno. Para eso están los jefes de redacción. El problema es que un par de anunciantes retiraron la publicidad porque querían salir en la página del consultorio, y los de publicidad han estado dándome la vara. En resumen, el director reclama que te reincorpores ya.

Cuando Fabián me encargó el consultorio me enfadé. ¿Qué sabía yo de infidelidad, amores perdidos y depresiones? Yo era feliz. Respondía las cartas a desgana, dando los mismos consejos día tras día. Hasta que la traición de Ignacio me hizo empatizar con los dramas de aquellas personas. Empecé a tomarme en serio el consultorio, busqué libros de autoayuda y psicología para orientarlas con cierto criterio. Sin embargo, a pesar de mi buena intención, siempre me consideré un fraude. Ayudar a la gente a resolver sus problemas es trabajo de terapeutas profesionales.

—¿Por qué no se lo encargas a un psicólogo?

—Romagosa quiere que responda a los lectores alguien que se identifique con ellos, que tenga sus problemas.

—Claro, así le sale más barato.

—Las respuestas de un loquero serían incomprensibles. El director quiere un lenguaje llano, que se entienda. Está dispuesto a aumentarte el sueldo que tenías.

—¿Cuánto? —le tanteo. Ni por un millón de euros al año volvería a trabajar para Fabián. Bueno, por esa cifra me lo pensaría.

—Mil euros más.

—¿Brutos?

Asiente con la cabeza de mala gana.

—Y decías que el diario estaba a punto de quebrar.

—No nadamos en la abundancia, pero aguantamos. Otros no pueden decir lo mismo. ¿Qué te parece la oferta?

Si mi cuenta corriente no estuviera a punto de anotar números rojos, me daría el gustazo de mandarlo otra vez a la mierda. Pero tengo que pagar el alquiler.

—Acepto.

—Vale.

No voy a servirle mi vuelta en bandeja de plata.

—Con una condición —añado.

Fabián me mira suspicaz.

—Por motivos personales estoy viviendo fuera, de modo que trabajaré en casa. Podéis reenviarme las consultas que lleguen por e-mail. Aparte del consultorio, haré un reportaje semanal para el suplemento de los domingos.

—¿Pretendes cobrar tu nómina más el aumento sin poner un pie en la redacción?

—Lo tomas o lo dejas, a mí me da igual.

Antes de que pueda elucubrar una réplica acorde a su estilo de poligonero venido a más, aparece Escudé, un redactor dispuesto a lamer los culos que haga falta para ocupar la vacante de jefe de «Cultura y Espectáculos». Llega acalorado como si acabara de terminar una de sus supuestas maratones diarias. Siempre alardea de que se levanta a las cinco de la mañana para correr. Basta con echar un vistazo a su tripa para ponerlo en duda.

—¿Qué pasa, Escudé?

—Tengo un problema. El escritor ese... No consigo hablar con él.

—¿Has llamado a la editorial?

—Sí. También a su agencia. Dicen que Hamilton ha terminado la promoción del libro. Ya no atiende a la prensa.

Doy un respingo. De pronto, lo que tiene que decir este memo me resulta interesante.

—Romagosa está empeñado en que le hagamos una entrevista para el dominical —grazna Fabián rascándose la cabeza—. Quiere su foto en la portada.

—Ah, sí, la editorial me enviará...

—La sesión promocional que ha publicado todo dios. Y para qué me sirve si no tengo la entrevista.

Levanto la mano, no espero a que me den turno de palabra.

—Disculpad, ¿estáis hablando de Christopher Hamilton?

Dos pares de ojos me fulminan al unísono, molestos por la interrupción.

—Sí, hablamos del tío que ha escrito *El asesino de la luna llena* —me informa Fabián de mala gana.

—Una mierda sobre hombres lobo y maldiciones —declara Escudé con una mueca despectiva—. No hay quien se la trague.

—Pues medio millón de españoles no piensan igual. Entre ellos, mi mujer. Para que lo sepas, en la novela no sale ningún hombre lobo. ¿No la has leído? ¿Ibas a entrevistarlo sin tener ni idea de qué va el libro?

—Lo conozco. Es amigo mío —digo en voz baja.

Ambos se vuelven hacia mí. La mirada del subdirector revela incredulidad; la de Escudé, desdén.

—¿Cómo dices? —pregunta Fabián.

Me encojo de hombros mientras me examino las uñas. Necesitan manicura.

—Hamilton me dará la entrevista si se la pido —afirmo.

—¡Lo que me faltaba por oír! —rezonga el redactor, malhumorado.

En el punto en que se encuentra mi amistad con Christopher, no tengo claro que vaya a hacerme ningún favor, pero si lo consigo, el subdirector tendrá que aceptar que trabaje a distancia. Se inclina hacia mí, las fauces abiertas.

—¿De verdad sois amigos?

—Sí —me reafirmo.

—Oye, Nora —empieza Escudé con su insufrible talante aleccionador—, el mes pasado, cuando estuvo en Madrid, solo atendió a RTVE, *El País* y *Vogue*. Los demás tuvimos que arreglarnos con la rueda de prensa, que fue un coñazo porque solo respondió preguntas sobre su libro. Y mira que las tías intentaron sonsacarle detalles personales. ¿Pretendes convencernos de que te dará una entrevista para un diario gratuito? Con eso no quiero decir que no seamos importantes —aclara dirigiéndose a Fabián.

—Yo no pretendo convenceros de nada.

—Pero... ¿es amigo tuyo de verdad? —insiste el subdirector, impresionado a pesar suyo—. ¿O solo lo conoces?

—Digamos que... a veces cenamos juntos.

—Vienes tú con muchos humos. Que si quiero trabajar desde el extranjero, que si me codeo con los famosos... Está bien —concede finalmente—, pero te advierto que no tengo tiempo para tonterías. Necesito la entrevista el viernes.

—No hay problema. —Desvío la mirada hacia Escudé, que no pierde detalle de la conversación—. ¿Te importa dejarnos solos? —le pido con amabilidad.

—Cierra la puerta al salir —le ordena Fabián.

El redactor abandona el despacho a regañadientes.

—Tú dirás —me invita Fabián con un movimiento de la mano derecha.

—Esta es mi propuesta. Si te consigo la entrevista con Hamilton, me pagas el sueldo más el aumento y continúo en la nómina del diario. A cambio te enviaré el consultorio y otros artículos de mi elección.

—¿Y cuando vuelvas a Barcelona? ¿Trabajarás aquí, en la redacción?

Regresar significaría que he perdido a Christopher. «¡Como si lo hubieras tenido alguna vez, monada!». La fastidiosa voz otra vez, dispuesta a ponerme en mi sitio.

—No lo sé. Cuando sea el momento lo podemos renegociar.

Fabián echa la cabeza hacia atrás y rompe a reír.

—Tú deliras.

—Mira, si no te interesa mi propuesta, no pasa nada. Le haré la entrevista y unas fotos. Seguro que encuentro otro periódico interesado.

El subdirector empieza a asumir que no voy de farol.

—¿Serían fotos exclusivas?

—Por supuesto.

«Se te ha ido la pinza —vuelve al ataque la voz—. Hasta el jueves, con suerte, no verás a Christopher. Te quedará un día para entrevistarlo, suponiendo que lo acepte. ¿Con qué le harás las fotos? Ni siquiera tienes cámara».

—No sé cómo voy a justificar ante la dirección y la plantilla esto de pagarte por quedarte en casa.

—Por trabajar desde casa —puntualizo—. Si alguien te pregunta, dile que soy colaboradora. En cuanto a Romagosa, seguro que sabrás manejarlo.

Fabián cruza las manos detrás de la cabeza y se repantiga en su sillón giratorio, que emite un crujido al recibir su peso. Tras meditar unos segundos, se incorpora y levanta el teléfono.

—Escudé, trae el cuestionario.

Pese a no oír la respuesta del aludido, imagino que echará humo.

—De acuerdo, Nora, consígueme la entrevista y las fotos. Haré que te envíen el contrato por e-mail.

—Una cosa más. Quiero mi nombre en los créditos del reportaje.

—Me la suda quién lo firme.

Escudé llega con un par de folios y cara de pocos amigos. El semblante se le ensombrece cuando Fabián le indica que me los dé. Las preguntas, redactadas en inglés, están plagadas de errores gramaticales, aunque son buenas. No habrá leído la novela de Christopher, pero se ha documentado.

—¿Qué, te sirve? —pregunta Fabián.

—Le haré la entrevista a mi manera. —Me guardo el cuestionario en el bolso. Si Escudé pudiera estrangularme, lo haría sin dudarlo.

—Sácale información personal —me exige el subdirector—, si tiene novia, qué colonia utiliza, cuáles son sus hobbies, esas chorradas. Claro que, si sois tan amigos como aseguras, todo eso ya lo sabrás. Espero noticias tuyas el viernes. Ahora fuera de aquí los dos —dice haciendo aspavientos.

El redactor sale detrás de mí. Acelero el paso para no tener que hablarle. Desde que lo sorprendí mofándose de mi consultorio no lo soporto.

—Habrás camelado a Fabián, pero a mí no. El domingo saldrá el dominical sin la entrevista de ese tío porque no la vas a conseguir. Eso de que sois amigos no te lo crees ni tú —me espeta. Es la espoleta que me hace darme la vuelta y ponerlo en su sitio.

—Lo que me resulta increíble es que quisieras entrevistarlo con tu inglés rudimentario y sin haber leído la novela. No es profesional.

Satisfecha de haberle dado su merecido, me acerco a Manu. Mi amigo aporrea el teclado como si le fuera la vida en ello.

—Norita, guapa, ¿vuelves a trabajar con nosotros?

—Más o menos.

—¿Eso qué significa? —pregunta confuso—. Oye, siento no poder tomar unas cañitas contigo. Me tienen frito con la huelga de autobuses. Me piden que entregue el artículo en media horita y todavía no he hablado con el sindicato.

—Tranquilo, yo también tengo prisa. —Le doy un abrazo de despedida y me comprometo a llamarle pronto.

La recepcionista me entrega la maleta y levanta el teléfono para pedirme un taxi. Cuando le digo que cogeré el metro, no me deja opción.

—Con la huelga del bus irá a reventar.

Estoy demasiado cansada para discutir.

47

Ver a un desconocido hurgando en la nevera como Dios lo trajo al mundo no es algo que una espere encontrar al entrar en la cocina. Carraspeo para llamarle la atención y el individuo me obsequia con la visión de un palmo de pene tieso como un palo. Incómoda, desvío la mirada hacia su cara, pero esa cosa sigue ahí, apuntándome cual dedo de Colón.

—Hola. —Ya sea porque llevo las llaves en la mano o porque es espabilado, la cuestión es que enseguida me identifica—. Eres Nora, ¿verdad?

Incapaz de articular palabra, asiento con la cabeza.

—Soy Arnau, encantado. —El tipo se acerca y me estampa dos besos en las mejillas—. Voy a decirle a Olga que estás aquí.

—Vale —me limito a contestar.

No es la primera vez que mi compañera de piso se trae un ligue a casa; de hecho, cambia de novio como de ropa interior, aunque por el horario que tenía yo en el periódico y sus continuos viajes, no solía coincidir con ellos. Lo mejor de vivir con una azafata de vuelo es que se pasa la vida fuera.

Cuando dejé el piso que había compartido con Ignacio en la zona alta de la ciudad busqué uno similar. Era reacia a convivir en el mismo espacio con una extraña, hasta que Manu me puso en contacto con una prima de su novia. Pese a la diferencia de edad entre nosotras —Olga tiene veinticinco años—, congeniamos bien. No le importa que devore sus helados de chocolate belga cuando me deprimo y paga su parte del alquiler puntualmente. Puestos a buscarle un defecto, mencionaré su incapacidad para mantener el orden: cuando recala en casa un par de días parece que haya pasado un tornado. Como no soy una obsesa de la limpieza, puedo soportarlo. En mi anterior vida tenía una asistenta tres veces por semana, un lujo del que me vi obligada a prescindir. Me sorprende no encontrar zapatos desperdigados por el salón ni cacharros sucios en la pila de la cocina. Incluso el suelo parece recién fregado. Me pregunto si a Olga le habrá dado un siroco y se ha puesto a pasar el mocho. O tal vez el estríper sea el nuevo chico de la limpieza.

Apenas pongo un pie en mi cuarto, aparece Olga, impoluta como siempre. No será ordenada, pero cuida al máximo su apariencia.

—Hola, Nora, ¿qué tal las vacaciones?

¿Por qué todo el mundo insiste en creer que he estado de vacaciones? En el caso de Olga me extraña especialmente, le dejé una nota explicándole que me iba a Escocia unos días para asistir a un entierro. Cuando se lo recuerdo me mira sin saber de qué hablo.

—Ah, no la vi. La tiraría Palmira sin darse cuenta.

—¿Palmira? —Espero que no sea una mascota. Olga sabe que no podemos tener perros ni gatos en el piso. Lo prohíbe la comunidad.

—La asistenta. Es ecuatoriana. Chica, es que llegaba a casa reventada y tenía que ponerme a limpiar. No te preocupes, le pago yo.

—Ya hablaremos de eso. —Me molesta que no me haya consultado, sobre todo porque sé que acabaré pagando la mitad de su sueldo—. He venido porque mañana operan a mi tía, pero el miércoles vuelvo a marcharme. Tengo asuntos que resolver relacionados con una herencia.

Olga alza las cejas, inquisitiva. Es evidente que espera más información. Estimo oportuno desengañarla.

—En realidad, no he heredado nada, digamos que tengo que encargarme de una propiedad... Bueno, es complicado de explicar.

—¿Y qué pasa con tu trabajo?

—Ya está arreglado —respondo sin entrar en detalles. Tampoco le interesan. Prefiere centrarse en mi pelo. Coge unos mechones y los examina.

—¿Cuánto hace que no te pones mascarilla? Está como estropajoso. ¡Uy! ¿Qué tenemos aquí?... —Antes de que me dé cuenta arranca una cana—. Nora, pide hora en mi peluquería ya. A ver, creo que tengo una tarjeta en el bolso. Armand es un genio, llámale mañana a primera hora y dile que vas de mi parte, te hará un hueco.

Me guardo la tarjeta rosa en el bolsillo trasero de los vaqueros decidida a tirarla. Mientras deshago la maleta aparece Arnau vestido con un traje azul oscuro y corbata gris. No parece azorado por haberse mostrado ante mí en todo su esplendor varonil. Olga me susurra al oído:

—¿A que es mono? Trabaja en el aeropuerto. Lo siento, guapa, tengo que irme, esta noche vuelo a Singapur.

Tras lanzarme un beso, se aleja junto a su amigo contoneándose sobre unos tacones diez centímetros más bajos de lo que es habitual en ella.

Julia, una de las dos sobrinas políticas de mi tía Carmen, me contesta al tercer intento. Llevo un cuarto de hora tratando de hablar con ella, ya estaba a punto de darme por vencida.

—Nora, lo siento, mi hija pequeña me había escondido el móvil y no lo encontraba. ¿Qué tal estás?

—Bien. Te llamo para saber a qué hora es la operación de la tía. Quiero pasar a recogerla con tiempo suficiente.

—Nos han dicho que estéis en el hospital a las siete de la

mañana, para cumplimentar los trámites de ingreso. ¿No te lo dijo Bárbara?

—Olvidó mencionarlo. ¿Por qué tan temprano?

—Hacen estas operaciones en serie, ya sabes. Un paciente detrás de otro. Tú asegúrate de llegar puntual.

—Supongo que Bárbara te ha avisado de que solo puedo quedarme hasta el miércoles por la mañana —le recuerdo.

—Ah, sí, comentó algo al respecto. No te preocupes, le darán el alta sobre las doce. Mi marido y yo pasaremos a recogerla.

—Vale, porque mi avión sale a las dos y media.

—¿Qué tal las vacaciones? Has estado en Escocia, ¿verdad?

Como no tengo ganas de cháchara, corto la conversación en seco.

—Disculpa, es que estoy muy liada. Nos vemos el miércoles.

Julia no me cae bien. Es entrometida y chismosa, nunca tiene una buena palabra para nadie; está convencida de que sus malcriados hijos son la sal de la tierra, y hace la pelota a la tía Carmen confiando en que le deje su herencia; suponiendo que quede algo, porque ya se ocupa ella de sablearla en vida. A la muy zorra le ha venido de perlas la excusa del embarazo para no pasar la noche en el hospital.

Después de llamar a mi tía para saludarla y decirle a qué hora iré a buscarla mañana, pongo una lavadora y abro el armario para coger las prendas que quiero llevarme a Escocia. Pese a mi propósito de limitarme a jerséis gruesos, pantalones y calcetines de lana, no me resisto a añadir un par de vestidos, zapatos de tacón y lencería fina. Con la maleta a reventar y sin forma de cerrarla, no me queda otra que meterlo todo en una más grande que me tocará facturar. Al verme en el espejo del baño se me cae el alma a los pies. Olga lleva razón: tengo el pelo hecho un asco y, lo peor, entreverado de canas. Saco la tarjeta de Armand del bolsillo de mi pantalón y me acerco al teléfono. Es una suerte que la peluquería no cierre hasta las nueve de la noche. Una empleada me asegura que la agenda del estilista está llena, pero, gracias a Olga, tiene la deferencia de darme cita para mañana a las diez. Me tocará escaparme mientras mi tía está en el quirófano. Nada más colgar me entra un wasap. Doy un brinco al ver quién lo envía.

Hola. ¿Has llegado bien?

Vaya, si se preocupa por mí, significa que se le ha pasado el enfado. No tardo ni un segundo en responder.

Sana y salva. ¿Qué tal por Londres?

Su respuesta me deja noqueada.

Llueve. Makenna te envía besos.

¿Makenna? ¿Por qué están juntos estos dos? Escribo:

¿Qué estáis haciendo?

Cenar.

¿Ya está? ¿Fin de la conversación? Me pregunto por qué habrá invitado a cenar a la nieta de Ruby. Si uno se olvida de los piercings y los tatuajes, la chica es realmente guapa, pero no la veo con Christopher. «¿Y qué sabes tú de lo que le va?», me susurra mi subconsciente. Esta noche no pegaré ojo.

—Quiero un alisado japonés —informo a Armand una vez acomodada en una butaca.

En cuanto se han llevado a mi tía al quirófano me he escabullido para someter a mi cabello a cuidados intensivos. Lo del alisado japonés lo leí en una revista, no tengo muy claro en qué consiste, solo espero que el resultado se ajuste a esos dos conceptos: «pelo liso» y «como el de una japonesa».

—¿Y *pourrrquoi* necesitas tú eso, *chérie*? A mí me *encaaantan* tus rizos.

Armand, oriundo de Córdoba, además de arrastrar las sílabas, salpica las frases con palabras en francés. Debe de creer que así parece más chic, pero lo único que consigue es que se le note más la pluma.

—Dan mucho trabajo. Además, me gusta el pelo liso.

El peluquero estilista me contempla unos instantes con los brazos cruzados sobre el pecho, luego acerca una mano a su mejilla derecha y tamborilea sobre ella con los dedos cubiertos de anillos. Lleva las uñas pintadas de negro.

—Si te hago el alisado japonés, *chérie*, parecerá que te ha lamido el pelo una *vaaaca*. Ese estilo no le va nada al óvalo de tu cara, Olga me *maaata* si no te dejo *perfeeecta*. No, no, me niego a destrozar estos preciosos rizos; solo necesitan un repaso de tijerita y sérum revitalizador. Pero ¿qué tenemos aquí? *Lauraaa*, hazle reflejos caoba aquí y acá, hay que tapar esas canas —ordena señalando mechones estratégicos—. Vas a salir de aquí hecha una diosa —me asegura antes de marcharse a atender a otra clienta.

Armand hace magia con las tijeras. Cortándolos a la altura de los hombros, da forma a mis rizos, que gracias a los reflejos brillan como no han brillado desde hace años. Lo que va a relucir menos es mi tarjeta de crédito, después de los ciento cuarenta euros que me ha cobrado por el corte, el tinte, la mascarilla, el sérum y demás zarandajas que me ha endilgado el cordobés.

De camino al hospital paso por la Fnac a comprar el libro de Christopher. En el aeropuerto no lo encontré, y aquí también está agotado, aunque esperan una nueva remesa en breve. Tengo que leerlo antes de hacerle la entrevista. Y aún no he hablado con él.

Cuando entro en su habitación, mi tía está quejándose.

—¿Cómo te encuentras?

—Dolorida —responde secamente—. ¿Dónde te habías metido? ¿Y Julia?

—Vendrá mañana a buscarte.

—¿Mañana? ¿Has visto el drenaje que me han puesto? ¡Cómo me van a dar el alta! Menuda tontería.

—Probablemente te enviarán a casa con la botella.

—¿Qué dices? Me niego a llevar este trasto colgando —refunfuña.

—Pues tendrás que hacerlo.

Debería seguir el ejemplo de Julia y adularla, pero soy incapaz. No veo la hora de marcharme.

48

La azafata frunce el ceño cuando llego a la puerta de embarque casi sin resuello. Cinco minutos más y pierdo el avión. Y todo porque Julia ha aparecido en el hospital pasada la una de la tarde. Que tenía una reunión con la profesora del niño o no sé qué milonga. Ni la he escuchado; apenas ha empezado a lamentarse de su estresada vida, la he dejado con la palabra en la boca. Menos mal que anoche fui a casa a recoger el equipaje y el ordenador portátil.

El itinerario de regreso a Skye resulta más cómodo. Aun así, tengo por delante varias horas de vuelo. Espero dormir porque he pasado la noche en vela pendiente de las quejas de mi tía. Que si dame agua, que si necesito hacer pipí, que si tráeme una manta, que si la vía me hace daño... ¡De madrugada estuve a punto de estrangularla con la puñetera vía! Ni una sola vez agradeció mis desvelos.

—¿Te he dicho ya que Julia espera su tercer hijo para principios de mayo? Por eso no se ha quedado conmigo; la pobrecilla está agotada —me soltó hacia las dos de la madrugada, cuando empezaba a quedarme traspuesta.

La cosa no quedó ahí. Cuando encuentra una llaga abierta, a mi tía le gusta hincar el dedo hasta hacerla sangrar.

—¿Y tú a qué esperas para ser madre? Claro que, ahora, sin un hombre a tu lado, lo tienes difícil.

Me mordí la lengua para no espetarle que si deseara tener un hijo, la falta de pareja no sería un problema. Como es inútil razonar con ella, la dejé desahogarse hasta que se durmió. Y entonces, sus ronquidos nos impidieron pegar ojo, a mí y a su compañera de habitación, una chica con más paciencia que el santo Job.

El aeropuerto de Inverness está cerrado por la niebla. Nadie sabe cuándo volverá a abrirse, así que me planteo alquilar un coche, pero no queda ninguno libre. Me importa poco, pues no creo que me atreviera a conducir tantos kilómetros por la izquierda. Escribo un mensaje a Christopher y añado un emoticono triste. Necesito sentirme acompañada, aunque sea a distancia.

Aeropuerto cerrado. Bloqueada por la niebla. ☹

Recibo respuesta a los pocos minutos.

Sí. Un fastidio.

¿Qué significa eso? Probablemente, que está sentado en la sala vip de Heathrow saboreando un dry-martini.

¿Tú no estás colgado?

El mensaje no se hace esperar.

No. Cambié vuelo para mañana. Paciencia.
Busca hotel.

¿Paciencia? De eso no voy sobrada. Ni las reiteradas advertencias de mi sentido común logran coserme la lengua. Tengo incontinencia verbal, y una vez me embalo, no hay quien me frene.

Sin respuesta.

¿Qué esperaba?

Llego a Nightstorm a medianoche. Al final he tenido suerte. A última hora de la tarde ha dejado de nevar y la niebla se ha despejado lo bastante para permitir el tráfico aéreo, pero me duele el cuerpo a causa de las horas que he pasado sentada o deambulando por las tiendas *duty-free*. En una de ellas he encontrado la novela de Christopher. Me ha atrapado desde la primera página, aunque hay capítulos con tanta violencia que revuelven el estómago. Las escenas de sexo son otro cantar. A medida que leía no podía evitar preguntarme si las acrobacias de la pareja protagonista serán fruto de la imaginación del autor o estarán basadas en experiencias personales. Entonces he empezado a imaginármelo con Naomi y Makenna, y he tenido que cerrar el libro. Después me he pasado una hora regañándome a mí misma por fustigarme. Pese a todo, estoy deseando saber cómo acaba la trama. No sé cuál de los dos personajes me resulta más fascinante, si el asesino en serie que ataca las noches de luna llena o la inspectora que lo persigue por Filadelfia mientras disputa con él una partida de ajedrez virtual.

Melva no se ha limitado a encender las chimeneas, también ha retirado la nieve de la entrada, ha limpiado la casa y me ha dejado cena preparada. He decidido pagarle el trabajo; si no acepta el dinero, le haré un buen regalo.

49

Eran las fiestas y Nora disfrutaba de las atracciones de la feria. Quiso entrar en el túnel de la bruja, pero su madre la disuadió recordándole que le daba miedo. La compensó comprándole algodón de azúcar. Empezaba a refrescar y llevaban más de una hora esperando a su padre, que había trabajado todo el día pese a ser sábado porque iban con retraso en la obra. Esa mañana les aseguró que las recogería frente a la noria a las siete, pero eran casi las nueve. Una niña mayor que Nora llegó corriendo, el rostro enrojecido, pergeñando todo tipo de excusas, pero la mujer apenas reparó en ella. A Nora le extrañó que su madre no regañara a Bárbara. Cuando llegaron a casa, su vecina de rellano les salió al paso y se llevó a su madre a un lado. Nora no alcanzó a oír lo que le dijo la mujer, solo vio la expresión de su madre. «¿Por qué llora mamá?», le preguntó a Bárbara.

Me despierto bañada en lágrimas. He tenido un mal sueño, eco de un recuerdo lejano que me deja un desolador vacío en el alma.

Repaso mi ropa una veintena de veces hasta decidirme por un vestido negro de manga corta. Espero que no caiga un chaparrón, o algo peor. El cielo ha amanecido tintado de un matiz grisáceo que presagia más nieve.

Christopher pasará a recogerme a las cuatro para ir a casa de Ruby. El reloj de la pared aún no ha dado las doce.

Cuando me miro al espejo me gusta lo que veo. Me he maquillado y el nuevo corte de pelo me favorece. «Si esta noche no consigues llevártelo a la cama...», me susurra al oído la maléfica voz. «Cierra el pico», le ordeno.

A las cuatro suena el timbre. Tras darme un último repaso, cojo el abrigo y el bolso y bajo a abrir.

—Hola. —Christopher me repasa de arriba abajo con descaro—. ¿Estás lista? Bonito abrigo —dice apreciativo.

Es un modelo vintage de lana con el cuello ribeteado en piel que perteneció a Cordelia. Decidí conservarlo cuando vacié su armario.

—¿Cómo te fue en Londres? —pregunto como de pasada una vez dentro del coche.

—Bien —contesta lacónico, sin desviar los ojos de la carretera.

—¿Ya está todo listo para la subasta?

Niega con la cabeza. En la radio, Sinatra canta *Fly me to the moon*.

—Es un proceso largo. Los expertos tienen que evaluar las piezas para determinar su precio de salida. Luego se fotografiarán para elaborar un catálogo, que será remitido a los potenciales compradores. Aún faltan unos meses para que se celebre la subasta.

—¿Cuántos, exactamente?

—Dos como mínimo.

Suspiro. La idea de pasar ese tiempo en su compañía no me desagrada.

—¿Te quedarás aquí? —le pregunto esperanzada.

—No. Tengo que ir a Los Ángeles. Una productora está interesada en llevar al cine mi novela.

—Ah, sí, la estoy terminando de leer.

Christopher me mira de soslayo, esperando mi opinión.
—Es... sorprendente —reconozco.
—¿Y? —Arquea una ceja.
—Inquietante.
—¿Y?
—Muy buena.
—¿Y? —insiste.
—Vale, lo confieso: las escenas de sexo me han parecido... potentes.
—Te mueres por preguntarme si son reales o inventadas —afirma riendo. Es como si me hubiese leído la mente.
La llegada a casa de Ruby me libra de responder. Aprovecho su buen talante.
—Tengo que pedirte un favor.
—¿De qué se trata?
—Oh, nada importante.

50

Ruby está tumbada en el sofá, arropada con una de sus vistosas colchas de patchwork.

—Tiene un resfriado, pero es terca como una mula, no quiere meterse en la cama. Le he dicho que no os importaría esperar a que se recupere.

—Mi hija es tonta de remate —susurra Ruby—. Esperar, quiere; cualquiera diría que tengo todo el tiempo del mundo, cuando lo cierto es que me queda poco. Presiento que no tardaré en hacerles compañía a Cordelia y a los demás...

Aunque la voz es autoritaria como de costumbre, su rostro ha adquirido un color cetrino que no tenía la última vez que la visitamos.

—¿La ha visto el médico? —pregunto a Melva.

—Puedo contestar yo, todavía no me he muerto. ¡Bah!, ese matasanos me ha recetado un montón de potingues. Mira encima del aparador: hay jarabe para la tos, pastillas para bajar la fiebre, gotas para los ojos, píldoras para la tensión y para el corazón... Si no acaba conmigo el maldito catarro, lo hará todo ese veneno. Pero no perdamos más tiempo. Sentaos. Nora, querida, ¿qué te has hecho en el pelo? Está guapa, ¿verdad, señor Hamilton? Ese vestido te sienta bien, aunque es un poco ligero. Melva, tráenos el té y saca la botella de oporto para Nora;

Christopher prefiere whisky. Lamento no poder acompañaros, con tantos medicamentos no es conveniente que beba alcohol —dice en voz alta. Quiere asegurarse de que su hija la oye—. Bien, ¿dónde nos quedamos la última vez? Ah, aquí viene el té. Puedes irte, Melva, ya lo servirá Nora.

Melva deja sobre la mesa baja la bandeja con una tetera y cuatro tazas. Hoy no ha preparado la merienda pantagruélica de otras tardes, solo pudin de frutas y galletas de chocolate. Contemplo consternada la botella de oporto.

—¿Os quedaréis a cenar? —nos pregunta antes de regresar a la cocina.

—Eres muy amable, pero tenemos otro compromiso —responde Christopher, dedicándole una de sus sonrisas. Me pregunto a qué se referirá. No ha dicho nada en el coche.

—Estoy segura de que tienes mucho que hacer por ahí, Melva —dice Ruby. Una sutil advertencia de que la quiere lejos de la sala de estar.

—Pues, ya que estás acompañada, aprovecharé para hacer unas compras.

—Buena idea —asiente la anciana—. Acuérdate de mis panecillos de leche. Me comí el último para desayunar.

En cuanto Melva sale por la puerta, a Ruby le sobreviene un ataque de tos. Me apresuro a acercarle un vaso de agua, pero lo aparta de un manotazo y señala el whisky.

—Ruby, no creo que deba... ¿Qué dirá su hija si se entera?

—¿Quién va a decírselo? —me pregunta fulminándome con los ojos.

Cuando miro a Christopher en busca de apoyo, se limita a encogerse de hombros; no tiene intención de enfrentarse a la anciana. Termino claudicando y le sirvo una generosa ración de whisky rebajado con agua, la única condición que impongo y acepta a regañadientes.

—¡Puaj! El whisky aguado sabe peor que las medicinas, pero al menos me suavizará la garganta, la siento como si me hubiera tragado un alambre de púas. Y ahora, Christopher, querido, recuérdeme por dónde iba.

—Durante la fiesta de cumpleaños de Eilean, su padre y Ross se reunieron en la biblioteca, de donde salieron con el semblante alterado, claro indicio de que la conversación debió de ser tensa. Antes de regresar al salón para soplar las velas, Eilean le pidió a usted que subiera a su habitación en cuanto pudiera.

—¡Qué capacidad de síntesis! Se nota que es escritor.

Ruby cierra los ojos y permanece en silencio unos instantes. Al poco de conocerla siempre temía que se hubiera quedado dormida; ahora sé que su mente vaga por el pasado, hilando recuerdos que darán forma al relato.

El reloj había dado la una de la madrugada cuando pude subir al dormitorio de Eilean. Ante la consternación del servicio —llevábamos en pie desde las cinco de la mañana—, los invitados no tenían prisa por marcharse. Los restos de la cena languidecían en las mesas, pero el vino, el champán y el whisky seguían llenando copas y animando conversaciones y bailes. Intenté escabullirme cuando la señora Drummond decidió retirarse, pero la vieja había empinado el codo y tuve que ayudarla a meterse en la cama; por fortuna empezó a roncar en cuanto su cabeza tocó la almohada. Al volver al salón vi a Cordelia hecha un manojo de nervios. Aunque departía con los invitados manteniendo una apariencia serena, se mordía los labios como si quisiera despellejárselos. Durante el tiempo que llevaba a su lado había aprendido a interpretar sus gestos. Estaba preguntándose dónde se había metido Ross. Lo había visto salir de la biblioteca con el señor MacDonald y, al igual que yo, notó la tirantez entre ambos. Fue una lástima que en aquel momento crucial se precipitara a interpelar a su padre; eso le impidió observar a Ross y a Eilean. De haberlo hecho, tal vez la historia se habría escrito de una forma diferente.

Cuando la puerta de Nightstorm se cerró tras el último rezagado y el señor MacDonald subió a su dormitorio, Cordelia permaneció en pie, en medio del salón, hierática como una estatua. Los criados pululábamos en derredor suyo recogiendo. Una situación incómoda para nosotros, pero no para ella, que solo era consciente de su propio tormento. La Cordelia exultante de vida que horas antes había bajado a la fiesta luciendo su mejor vestido veía truncadas sus ilusiones. Le pregunté si necesitaba algo rezando para que me mandara a descansar. Hacía más de una hora que Eilean me esperaba. Supuse que estaría subiéndose por las paredes, si es que no se había quedado dormida.

Cordelia me miró con ojos vidriosos. No creo que me oyera.

—¿Has visto a Eilean? —inquirió.

—Subió a acostarse hace un rato —respondí.

—¿No te ha dado la impresión de que estaba nerviosa?

¿Qué podía decirle? ¿Que el nerviosismo era un rasgo de familia? Era más seguro mentir.

—Me dijo que le dolía la cabeza.

Ardía en deseos de saber qué quería Eilean de mí, pero no podía descuidar mis obligaciones con Cordelia. Volví a preguntarle si le hacía falta ayuda.

—Subiré enseguida —me aseguró.

No había puesto el pie en el primer peldaño de la escalera cuando reclamó mi atención.

—Ruby, ¿tienes idea de dónde se ha metido el señor Hamilton?

Intuía que la ansiedad de Eilean por hablar conmigo guardaba relación con la desaparición de Ross, pero me abstuve de revelar mi corazonada.

—Es probable que esté durmiendo. Se ha hecho bastante tarde.

Cuando Cordelia me dio la espalda me dirigí a su dormitorio. Le abrí la cama, le preparé el camisón y me senté a esperarla. Pasaron los minutos y no aparecía. ¿Qué podía entretenerla tanto? Desde luego, no estaba ayudando a limpiar. ¿Y si había subido a la habitación de Ross? En su estado de agitación, quizá no le importaba ponerse en ridículo. Al cabo de un largo rato oí pisadas en el pasillo y me asomé. Cordelia tenía el semblante triste y caminaba con los hombros caídos, como si sostuvieran el peso del mundo. Se detuvo un instante frente al cuarto de su hermana e hizo ademán de llamar, pero cambió de idea cuando me vio.

—Debes de estar agotada, Ruby. Anda, ve a acostarte.

—¿Está segura, señorita? —le pregunté preocupada.

—Sí, bájame la cremallera del vestido y márchate.

Tenía la mano sobre el picaporte cuando me detuvo.

—¡Espera un momento!

Maldije para mis adentros.

—¿Mi hermana se encontraba realmente mal?

La pregunta me cogió desprevenida, no recordaba que me había inventado un dolor de cabeza. Ya lo decía mi abuela: para mentir hay que tener memoria.

—En la fiesta parecía estar bien —prosiguió ella—. Ha bailado mucho.

Cacé la ocasión al vuelo.

—La señorita Eilean no está acostumbrada a la bebida —respondí—. Mi madre, cuando bebe una jarra de cerveza, después tiene migraña.

—Hasta mañana, Ruby —me despidió.

—Buenas noches, señorita Cordelia —musité aliviada, y salí a toda prisa.

Golpeé con los nudillos la puerta de Eilean, suavemente, para hacer el menor ruido posible. En caso de que Cordelia me oyera le diría que iba a interesarme por la salud de su hermana.

—¿Por qué has tardado tanto rato? —me recriminó Eilean al tiempo que me agarraba del brazo. Se había cambiado, llevaba una falda y una blusa.

—Lo siento. He tenido que ayudar a la señora Drummond a acostarse, y su hermana no se ha retirado hasta hace unos minutos...

Me interrumpí al ver sobre la cama un amasijo de prendas y dos maletas. Antes de que pudiera pronunciar palabra, Eilean habló en voz baja.

—Queda mucha ropa en el armario. Llévala a esta dirección a las cinco. —Me entregó una hoja de papel doblada que guardé en el bolsillo de mi delantal—. No te dejes nada. Cordelia te ordenaría quemarlo.

De pronto lo vi claro.

—¿Es que piensa marcharse?

—¡Chisss! No hables tan alto. Mi hermana se despierta con el vuelo de una mosca —me alertó.

Abrió el primer cajón del tocador y cogió un saquito de terciopelo. Desató el cordoncito y volcó el contenido en mis manos: el camafeo que había lucido esa noche, un broche en forma de mariposa y un collar de perlas.

—Mañana las devuelves al joyero de Cordelia, no quiero que me acuse de ladrona.

—Pero ¿qué voy a decirle si me pregunta? ¿Y a su padre?

—He escrito unas cartas —contestó Eilean, señalando la cómoda.

Al notarme aturdida, me dedicó una de sus deslumbrantes sonrisas y me cogió la mano.

—Te vimos aquel día en el restaurante, Ruby, y tú nos viste a nosotros, por eso saliste corriendo. Ross temía que le fueras con el cuento a Cordelia, pero yo sabía que no me traicionarías. Ven, siéntate —dijo, conduciéndome hasta la cama—. No tengo mucho tiempo, pero quiero que conozcas nuestros planes.

—No creo que sea buena idea... —titubeé.

Eilean posó su índice en mis labios para hacerme callar.

—Preferiría no verme obligada a huir, pero no tengo otra opción. Esta noche, cuando Ross le ha pedido mi mano a papá, este lo ha echado de casa. No entiendo por qué, creí que Ross le gustaba. Ha sido lamentable. Ya has visto sus caras.

—Yo... no quería curiosear —musité a modo de disculpa, pero ella no me escuchaba.

—Papá esperaba anunciar el compromiso de mi hermana y se ha llevado un chasco. Está convencido de que Ross ha jugado con Cordelia y conmigo. No puede entender que se haya enamorado de mí. Cree que soy una niña.

Pensé en cómo se sentiría su hermana cuando descubriera la traición de su propia sangre. A Eilean también le remordía la preocupación y empezó a sollozar.

—Cordelia me va a odiar. Estaba tan ilusionada...

—Ella no será la única que sufra. —Le acaricié la espalda para consolarla—. Su padre se disgustará mucho si se marcha sin despedirse.

—¿Crees que dejaría que me fuera? —Recuperó la compostura y se irguió—. Además, tiene otros planes para mí. ¿Sabes con quién pretende casarme?

Negué con la cabeza.

—¿Conoces a lord Beaufort? Es ese tipo de piel lechosa que siempre anda por aquí. Su hijo es igual de baboso. Esta noche he tenido que bailar con él, todavía huelo el olor agrio de su aliento. Debo marcharme, Ruby. Si no lo hago, papá me encerrará en este cuarto hasta que acceda a casarme.

—¡Estamos en el siglo XX! —le dije—. ¡No pueden obligarla a casarse!

—No conoces a mi padre. Cuando se le mete una idea en la cabeza no para hasta hacerla realidad. Cree que Alistair me conviene. Mejor dicho, conviene a sus negocios. ¡Ay, Ruby, ojalá pudieras venir con nosotros! Ross me llevará a la India, a conocer a su familia. Allí siempre hace calor. —De pronto se le iluminó la cara como si hubiera tenido una revelación—. Decidido, te vienes.

Por un instante me contagió su entusiasmo. La idea era seductora, pero el sentido común se impuso. ¿Qué diría mi familia si desaparecía de la noche a la mañana? ¿Y Cordelia? Ahora me necesitaría más que nunca.

—Me gustaría acompañarla, pero no puedo abandonar a mi familia. Ni a su hermana.

—Admiro tu lealtad. Ayúdala a comprenderme. Quizá algún día me perdone.

Eilean no conocía a Cordelia si confiaba en obtener su absolución. Ambas hermanas se habían dejado arrastrar por el sentimiento más primario: la lujuria. En el caso de Cordelia, hacia un precipicio; el futuro de Eilean estaba aún por escribirse. Yo desconfiaba de Hamilton. Despreciaba el modo en que se había comportado con Cordelia, aunque en su defensa debo decir que no la obligó a hacer nada que ella no desease. Esperaba que no defraudara a Eilean. Por mi cabeza cruzó un pensamiento terrible: ¿y si Ross se cansaba de ella y la abandonaba? Con su huida, Eilean se lo jugaba todo a una carta. En lugar de expresar en voz alta mis recelos, le di un abrazo. Su abuela era una chica encantadora, Christopher, se hacía querer. Durante unos instantes me sumergí en el aroma de su perfume, una fragancia dulce y empalagosa. Siempre que huelo a jazmín recuerdo aquel instante.

—Ross me espera junto a los portones desde hace dos horas —dijo Eilean poniéndose la chaqueta—. Se estará preguntando si he cambiado de idea.

—Déjeme a mí —me ofrecí al ver que hacía ademán de coger las maletas. Avanzaríamos más deprisa si las llevaba yo. Le sugerí que se quitase los zapatos para no hacer ruido. En el vestíbulo, Eilean se dirigió a la puerta principal.

—¡No! —siseé—. Es más seguro salir por la cocina. Esta noche no hay luna llena, pero el dormitorio de su tía da al jardín. Tendremos que pegarnos a la pared por si se despierta y se le ocurre asomarse a la ventana.

—Duerme como un tronco, y más esta noche, con todo lo que ha bebido.

En cuestión de minutos estábamos en el jardín trasero. Recorrimos a toda prisa el camino hasta las verjas, casi sin atrevernos a respirar. No queríamos pensar en lo que sucedería si nos pillaban: yo perdería mi empleo, a Eilean la encerrarían hasta que entrase en razón. En respuesta a nuestra inquietud, una silueta emergió entre las sombras. Eilean corrió a sus brazos. Thomas, el asistente y chófer del señor MacDonald, abrió el maletero del coche. A saber con qué lo habría sobornado Ross para que los llevase a Portree.

—¿Tienes la nota que te he dado? —me preguntó Eilean.

—Sí. —La saqué del bolsillo.

—Memorízala y rómpela.

Leí la dirección garabateada con letra infantil. Luego rompí el papel en varios pedazos.

—Nadie debe saber dónde estamos.

—Cariño, tenemos que irnos. —Ross cogió a Eilean de la mano.

—Thomas te recogerá aquí a las cinco. Por cierto, la ropa que hay sobre la cama es para ti —susurró ella, dándome un beso en la mejilla.

En cuanto el coche se alejó regresé a la casa. Subí a la buhardilla tan sigilosamente como me fue posible y cogí una maleta grande y una vieja bolsa de cuero que nadie echaría en falta. Tras recoger las pertenencias de Eilean, metí en la bolsa las prendas que me había regalado y me dirigí a mi habitación. Comprobé aliviada que Chrissy roncaba plácidamente. Faltaban unas horas para ir al encuentro de Thomas, pero no me atreví a tumbarme. Si cerraba los ojos, me dormiría de puro cansancio. Escondí la bolsa bajo mi cama y bajé a la cocina, donde esperé sentada en una silla hasta que llegó la hora convenida.

Un violento ataque de tos obliga a Ruby a interrumpir su relato. Le acerco un vaso de agua preguntándome si no estaremos siendo egoístas al permitirle que fuerce la voz. Christopher comparte mi preocupación.

—Debería acostarse. Seguiremos otro día —le dice dándole unas palmaditas en la mano.

—Agradezco su interés, pero prefiero continuar —le responde ella cuando se recupera—. No me gustaría morirme y dejarle con la miel en los labios. Merece conocer el pasado de su familia, al menos la parte de la que fui testigo. Y bien sabe Dios que hay cosas que deben ser contadas. Quizá así encuentre un poco de paz. Christopher, cuando lo miro me parece estar viendo a su abuelo. ¡Se parece tanto a él...! —exclama acariciándole la mejilla con sus huesudos dedos.

Por un instante, el rostro de la anciana adquiere un tono rosáceo y sus melancólicos ojos cobran vida. A través de ellos casi puedo ver a la joven de veinte años que un día fue.

—Cuéntenos qué sucedió tras la huida de Eilean.

Ruby me mira, visiblemente molesta conmigo por haberla interrumpido. Por una vez no me regaña, sino que continúa.

—Hice lo que me pidió. Fue muy generosa regalándome aquellas maravillas. Todavía conservo el vestido de lentejuelas. Jamás tuve ocasión de estrenarlo, claro, pero me gustaba ponérmelo a escondidas, fingir que era una estrella de cine acicalándome para un estreno... ¿Os he dicho que era de Coco Chanel? Cerró su casa de costura cuando estalló la guerra. Pensaría que no era el momento de hacer vestidos de lujo, cuando los maridos de sus clientas se jugaban la vida en el frente, o puede que no quisiera verse obligada a trabajar para los nazis.

—Ya, pues eso no le impidió intimar con uno —replica Christopher—. Pese a sus supuestos escrúpulos, se hizo rica con las ventas de su perfume. Se decía que en el mercado negro un frasco del famoso Número 5 podía cambiarse por casi cualquier cosa. A Eisenhower le resultó imposible comprarle un frasco a su esposa.

—Bueno, querido, en aquellos tiempos tan duros había que mantener la moral alta. Unas gotas de perfume y un pintalabios rojo obraban milagros. ¿Y dice usted que Coco fue amiga de un nazi?

—Muy amiga.

A los labios de Ruby asoma una sonrisa pícara.

—¿Cuántos años tenía ya? ¿Sesenta? Tuvo suerte de encontrar a alguien que la deseara.

—Es exactamente lo que dijo ella cuando fue interrogada por los franceses tras la liberación de París.

La anciana, interesada, se inclina hacia delante.

—¡Qué me dice! ¿Insinúa que fue colaboracionista?

—Se ha escrito mucho sobre su intervención en determinadas... acciones diplomáticas, y, al parecer, esta no fue demasiado clara. No obstante, quedó libre de cargos. Otras mujeres que durante la guerra habían mantenido una estrecha amistad con algún alemán no tuvieron tanta suerte. Supongo que gozar de contactos en las altas esferas, Churchill entre ellos, ayudaría a su causa.

—Al final, la cuestión no es cuántas veces te caes, sino hacerlo siempre de pie. Y ahora sigamos con lo nuestro.

A las cinco de la madrugada, el chófer y yo nos pusimos en camino hacia Portree. Condujo a tal velocidad que no nos estrellamos de milagro. Thomas quería estar pronto de vuelta por si el señor MacDonald requería sus servicios. Ross y Eilean también tenían prisa. Al despedirse, ella me dio un abrazo y él me besó en la mejilla. Aquel leve roce de sus labios me estremeció. Comprendí entonces que no era tan distinta a Cordelia. Fue la última vez que vi a Eilean.

—Pero volvió a ver a Ross —murmura Christopher.

—¿Qué le hace suponer tal cosa?

—Ruby, ha dicho que aquella madrugada vio a Eilean por última vez, no ha hablado en plural. Entiendo que en algún momento volvió a ver a mi abuelo.

—Esto es buscarle tres pies al gato, muchacho. Ninguno de los dos regresó a Nightstorm, ni siquiera cuando el señor MacDonald... Claro que no hubieran podido, iban camino de la India.

—¿Qué ocurrió cuando se descubrió la fuga?

—En realidad, nadie se dio cuenta hasta bien entrada la mañana. La casa continuaba bajo los efectos de la resaca de la fiesta. Los sirvientes se habían acostado muy tarde la noche anterior y recibieron permiso para levantarse a las ocho. Tuve tiempo de entrar sigilosamente en mi cuarto y cambiarme de ropa antes de que Chrissy se despertara. Luego, ambas nos sumergimos en una actividad frenética. Quedaba mucho por limpiar y recoger. A eso de las nueve y media me crucé con el señor MacDonald, que bajaba a desayunar. Estaba de un humor de perros. Recuerdo haber pensado: «Vaya, si ahora estás enfadado, espera a descubrir lo que ha hecho tu hija». En realidad...

La anciana se interrumpe al abrirse la puerta. Con una rapidez inusitada, empuja su vaso de whisky hacia mí. Melva entra cargando una bolsa en cada mano.

—Traes comida para un regimiento. ¿Estás preparando mi velatorio?

—¡Madre!

—Christopher, ¿sería tan amable de ayudar a mi hija a llevar todo eso a la cocina? Me vendrá bien un descanso.

—Naturalmente —responde él, levantándose.

Melva le entrega las bolsas y ambos salen de la sala. Cuando hago ademán de seguirlos, Ruby me lo impide.

—Quédate —me ordena antes de gritarle a su hija—. Enséñale tus helechos. Y no tengáis prisa. Quiero hablar con Nora. A solas.

Christopher me mira intrigado. Siente tanta curiosidad como yo. La anciana deja escapar una risita malévola.

—Pobre hombre, no sabe la que le espera.

—¿Por qué le ha pedido a su hija que le enseñe sus plantas?

—¿Qué ocurre entre vosotros dos?

La pregunta me pilla tan desprevenida que el corazón me da un vuelco y un súbito rubor me enciende las mejillas.

—No la entiendo —respondo turbada.

—Claro que sí. He visto cómo lo miras.

—Ruby, usted se imagina cosas...

—Yo interpreto las señales que veo, y estas me dicen que bebes los vientos por Christopher. Querida, eres un libro abierto. Escúchame, ¿qué te impide decírselo? Mi nieta afirma que los tiempos han cambiado; al parecer, una chica ya no se pone en evidencia si decide tomar la iniciativa.

Me gustaría responderle que eso funciona si el hombre en cuestión está interesado. De lo contrario, te llevas un chasco tan grande que solo quieres que se te trague la tierra. Pero no creo que sea lo que quiere oír.

—Es bastante atractivo —murmuro finalmente.

—Es hermoso como el dios Apolo. Igual que su abuelo. Los hombres de su clase no abundan. Bueno, Brad Pitt y George Clooney tampoco están mal. ¿Qué pasa? Soy vieja, no ciega.

Sonrío. Incluso en sus momentos anímicos más bajos, Ruby sabe estar al quite.

—Crees que es demasiado para ti, ¿verdad? Me alegra que no sucumbas al pecado de la vanidad, Nora, pero tampoco te menosprecies. Eres bastante guapa, especialmente ahora que has decidido preocuparte por tu aspecto. Christopher tardará un rato en volver, primero porque se lo he pedido y es un hombre cortés. Además, cuando Melva se lanza a hablar de sus hierbajos, no calla ni debajo del agua. Voy a contarte una historia. De mujer a mujer.

—¿Guarda relación con Eilean y Ross?

—Cierra el pico y atiende.

51

A finales de 1941, a mi hermano le concedieron un breve permiso. Casi no había visto a Billy desde que fue llamado a filas, al inicio de la contienda, así que le pedí a Cordelia unos días libres. Quién sabe cuándo volvería a verlo. A lo largo de 1940, los británicos habían sido vapuleados por el ejército alemán, y era difícil obtener permisos. Churchill necesitaba a todos los hombres sanos en el frente. Como recompensa por su valentía en el asalto a las islas noruegas de Lofoten y en otras acciones posteriores, Billy consiguió una semana poco antes de fin de año, pero no creí que viniera a Skye. Durante la guerra no era fácil entrar y salir de las islas. Los altos mandos temían que se les colaran espías alemanes, así que controlaban nuestros movimientos. Mi hermano no contó mucho sobre Lofoten, aunque más tarde supe que gracias al valor de su batallón, los aliados destruyeron una fábrica de aceite industrial, hundieron once barcos alemanes y capturaron un buen puñado de enemigos. Bueno, no quiero aburrirte con hazañas bélicas.

Le dije a Cordelia que mi padre estaba enfermo. No era mentira, aquel otoño había contraído una neumonía y seguía convaleciente. Sin embargo, no las tenía todas conmigo. Desde la huida de su hermana, Cordelia era impredecible; tan pronto mostraba un completo desinterés por lo que la rodeaba como se irritaba porque había polvo en su tocador. Cuando tenía un mal día, pobre de quien se cruzara en su camino. Créeme, Nora, no fueron pocas las veces que me arrepentí de no haberme marchado con Eilean.

Me fui a casa contenta de perder de vista a Cordelia durante una semana, pese a que el ambiente en la granja no era mejor que en Nightstorm. Te preguntarás cómo nos afectó la guerra. Todo el mundo recuerda los bombardeos que sufrieron Londres y Bristol, pero ciudades escocesas como Glasgow, Dundee y Aberdeen, que tenían minas y astilleros, tampoco se libraron de las bombas. Según supimos después, las islas fueron vitales para prever ataques alemanes. En Stornoway, en la vecina isla de Lewis, la RAF instaló una de sus bases para aviones antisubmarinos. Muchas unidades militares utilizaron nuestras tierras para entrenarse. No recuperamos la tranquilidad hasta el final de la guerra. Los isleños notamos duramente el racionamiento de azúcar y mantequilla, pero la mayoría teníamos gallinas y un poco de ganado. Y siempre podíamos pescar, aunque acabáramos hartos de comer peces. Eso sí, no tuvimos los apagones que sufrieron las grandes ciudades, ya que carecíamos de luz eléctrica. Hasta que llegó la electricidad a la isla, a principios de los años cincuenta, nos alumbrábamos con quinqués y candiles.

Las cosas en la granja no iban bien. En los últimos tiempos parecía que la mala suerte se había cebado con nosotros; a la enfermedad de mi padre, que lo dejó inútil para el duro trabajo de la granja, se sumó la desgracia de perder nuestras dos vacas. Siempre creí que algún envidioso las envenenó. El bendito de mi padre no quiso escucharme; para él, las únicas culpables de su fatal destino fueron aquel par de glotonas que comieron mala hierba. Betsy y Poppy eran unas vacas muy bonitas, con sus cuernos largos, su pelaje espeso y un mechón que les caía sobre los ojos.

No pudimos convertirlas en filetes. Si mi familia quería comer carne, tenía que comprarla. La carnicería del pueblo disponía de poco género, al menos a la vista; para cuando te tocaba el turno, después de pasar un buen rato haciendo cola, no quedaba ni un mísero hígado de pollo. Yo sabía por Morag, la cocinera de Nightstorm, que en la trastienda guardaban piezas de primera calidad para quien pudiera pagarlas. Durante la guerra nos impusieron duras regulaciones respecto a la matanza de ganado, pero el carnicero se las saltaba a la torera.

El hijo del carnicero siempre había mostrado interés por mí, así que, venciendo la repugnancia que me inspiraba aquel baboso de cara granujienta y cabello graso que parecía llevar el hedor a vísceras pegado en la piel, ideé un plan para acabar con las carencias de mi familia. Aproveché una indisposición de la cocinera para ofrecerme a hacer la compra. En cuanto el tipo detectaba mi presencia en la tienda, corría a atenderme sin que le importara cuántas personas había delante de mí. En sus ojos lujuriosos podía leer con claridad su mensaje: si me mostraba amable, él lo sería con mi familia. Le regalé mis mejores sonrisas y reí sus estúpidos chistes carentes de gracia. A cambio, cada martes, a espaldas de su padre, el hijo del carnicero hacía un paquete con restos de ternera, riñones, hígados y panceta y se lo llevaba a mi madre. Ella lo invitaba a una taza de té, cuyas hojas medía escrupulosamente antes de verter el agua, y le contaba maravillas de mí.

Mi madre, que albergaba la esperanza de que me casara con él, empezó a invitarlo los domingos, el día que yo iba de visita. Me resultaba francamente molesto encontrármelo allí. Una tarde se envalentonó y me besó. Casi vomité al sentir sus labios sobre los míos. Le pedí permiso a Cordelia para librar los jueves por la tarde. La estratagema funcionó el tiempo que mi madre tardó en percatarse de que sus remesas semanales de carne menguaban.

La tristeza y la melancolía reinaban entre la gente del pueblo. Los jóvenes luchaban en el frente y muchos no regresaron. Comprenderás la emoción que sentí al abrazar a mi hermano. Estaba delgado y unas profundas ojeras le enmarcaban los ojos. A los veinticinco años había visto más muerte y tragedia de la que podía asimilar.

Mi hermano llegó con un compañero de armas. Se llamaba Liam Campbell, procedía de Inverness y tenía el aspecto de un *highlander.* Fuerte y arrogante. A primera vista no me gustó ni pizca, pero en cuanto me estrechó la mano sentí un hormigueo en el estómago. Billy andaba enamoriscado de una chica llamada Annie. Tenía un cerebro de mosquito, pero lo compensaba con unas buenas tetas y ganas de divertirse. No podía reprochárselo. ¿Quién no buscaba un poco de felicidad en aquellos tiempos? No sabíamos si existiría un mañana.

Te preguntarás qué tenía Liam Campbell para que mi corazón brincara como un gamo ante su presencia. No poseía la belleza clásica de Ross Hamilton, pero sus facciones, duras y angulosas, y sus ojos de un tono gris acerado lo hacían irresistible. ¡Y su sonrisa! Cuando Liam sonreía, el mundo me parecía un lugar mejor.

Quería montar un negocio de construcción cuando acabara la guerra, decía que habría que reconstruir las casas destruidas por los bombardeos. Su sueño era ganar mucho dinero y formar una familia. Al contrario de mi hermano, que empezaba todas sus frases diciendo: «Si sobrevivo a esta maldita guerra», a Liam jamás se le pasó por la cabeza no salir indemne. Escucharlo me hacía olvidar la oscuridad de Nightstorm y los desatinos de Cordelia. Una tarde, mientras paseábamos por los acantilados, le hablé de mi vida en la mansión; él, tras escuchar mis quejas, me preguntó:

—Si tan infeliz te hace tu trabajo, ¿por qué no lo dejas?

—¿Para regresar a la granja? ¿Compro un rebaño de ovejas y me dedico a esquilarlas? —comenté en broma, pero él se lo tomó en serio.

—No es mala idea. Con la guerra ha subido el precio de la lana; el problema es que te haría falta una cantidad de dinero importante para empezar. Aunque una chica lista tiene otras opciones. Podrías irte a Londres. El Ministerio de la Guerra necesita secretarias y telefonistas.

—Nunca he salido de esta isla. Además, no sé escribir a máquina —repuse—. En cuanto a pasar llamadas, me haría un lío con todos esos cables.

—Puedes trabajar en una fábrica, ahora contratan a muchas mujeres.

—¿Sabes lo que de verdad me gustaría? —Liam alzó las cejas, interesado—. Conducir una ambulancia, o formarme como enfermera.

No sé por qué lo dije, hasta ese momento jamás se me había pasado por la cabeza dedicarme a cuidar heridos. ¡Me mareaba si veía una gota de sangre! Tampoco sabía conducir, el caso es que sentí la necesidad de impresionar a aquel *highlander* que me creía capacitada para hacer lo que me propusiera.

—¿Y a qué esperas? —me preguntó clavando sus ojos en los míos.

Me encogí de hombros, estrujándome la cabeza en busca de una respuesta apropiada. No tuve tiempo de pensar demasiado, porque justo entonces me atrajo hacia él y me besó. Las rodillas me flaquearon, los latidos de mi corazón aceleraron el ritmo y la tierra dejó de girar. «Así que esto es lo que se siente —recuerdo haber pensado—. Esta es la montaña rusa de la que hablaba Eilean...». El volcán de emociones que despertó aquel beso en mis entrañas permaneció activo durante días.

Bajo la amenaza de no volver a visitarla, conseguí que mi madre prometiera no decirle al hijo del carnicero que estaba en casa. Si se enteraba, no me lo podría sacar de encima ni echándole agua hirviendo. Aquel zoquete había empezado a mostrar un carácter posesivo que me irritaba sobremanera.

Liam y yo nos hicimos inseparables. Me acostaba por la noche deseando que llegara la mañana para volver a verlo y, a la vez, temiendo el momento, pues significaba que quedaría un día menos para su marcha. Memoricé cada detalle de su vida. Era el mayor de tres hermanos y todos luchaban en el frente. Me pregunté cómo afrontaría su madre el día a día sabiendo que una bala enemiga podía arrebatárselos, que un desconocido uniformado podía llamar a su puerta con la peor de las noticias. Liam me contó que mi hermano formaba parte, al igual que él, de un comando. No era un término desconocido para mí. Había oído que los comandos, apadrinados por Winston Churchill, estaban formados por guerrilleros que atacaban al enemigo por la espalda, ponían bombas y dejaban un reguero de cadáveres a su paso. El pueblo, ávido de venganza tras las humillaciones infligidas por Hitler el primer año de guerra, los aclamaba como los auténticos héroes que eran.

Liam no escatimaba elogios hacia lord Lovat, un aristócrata escocés que al inicio de la guerra se había incorporado al ejército británico como capitán de su propio regimiento: los Lovat Scouts, se autodenominaban. Pero Lovat buscaba acción y los comandos se la ofrecían. Según Liam, era un hombre inteligente cuyas inspiradas arengas sobre el honor lograban que sus hombres dieran lo mejor de sí mismos en la batalla. Años después de que acabara la guerra, leí en un periódico que tras ser herido en el desembarco de Normandía exigió que sus hombres no dieran ni un paso atrás. Conocer el tipo de acciones que llevaban a cabo me supuso una conmoción.

—¿Me estás diciendo que mi hermano es un asesino? —pregunté a Liam con los ojos desorbitados. Por la expresión de su rostro, parecía ofendido. Tonta de mí, había olvidado que él también formaba parte de un comando.

—En la guerra, o matas o sobrevives. Matar al enemigo no convierte a Billy en asesino, a mí tampoco. Cuando un grupo de comandos nos adelantamos a la infantería y abrimos camino eliminando a algún nazi, salvamos vidas aliadas.

—Hitler os mandará fusilar si os captura. Para él no seréis mejores que los partisanos.

Liam sonrió. Cada vez que lo hacía, me enamoraba un poco más.

—Es posible, aunque primero tendrá que atraparnos. Vamos, regresemos a casa, hace frío.

A partir de aquel día empecé a mirar a mi hermano con otros ojos. Sentía admiración por él, también temor. Jamás hubiera imaginado que, llevado por un carácter aventurero que desconocía que tuviera, fuese capaz de atacar en la oscuridad de la noche a otro hombre con un cuchillo, como un sicario a sueldo. Tal vez Liam tenía razón y en la guerra todo era cuestión de matar o vivir. Resultaba fácil opinar en la relativa tranquilidad de nuestra isla.

Liam quería ver a su madre antes de reincorporarse a su unidad. Lo comprendí, aunque me dolía que se marchara. Annie la tetuda propuso que fuéramos los cuatro a pasar un día a Portree. Dijo que iba a organizar una fiesta para celebrar la Nochevieja y necesitaba algo bonito. Me pareció una frivolidad gastarse dinero en un vestido, pero tengo que ser justa con ella. Deseaba estar guapa para Billy, quizá yo habría hecho lo mismo si no hubiera tenido los vestidos de Eilean. Mientras volvíamos a casa decidí que me pondría uno de tafetán azul con flores bordadas. Era demasiado elegante, pero ¿qué otra ocasión tendría de ponérmelo?

Como cabía esperar, el número de mujeres que acudió a la fiesta superaba con creces el de los hombres. Me entraron ganas de estrangular a Annie cuando vi entrar al hijo del carnicero ataviado con lo que para él eran sus mejores galas: un pantalón de tweed que le quedaba estrecho, una camisa de cuadros y una chaqueta que debía de haber heredado de su abuelo. El cabrón se libró de ser reclutado gracias a una leve cojera. Por una caída desde un tejado o algo parecido, creo recordar; nunca le prestaba atención. Me arrepentí de haberme puesto aquel vestido. El escote palabra de honor me dejaba los hombros al descubierto y sentía sobre ellos el peso de su lascivia. Se acercó a mí esgrimiendo su sonrisa lobuna, pero yo lo ignoré, solo tenía ojos para Liam.

Lo pasamos de fábula. Comimos sándwiches, bebimos un whisky de sabor espantoso que destilaba el abuelo de Annie, cantamos, brindamos para que la guerra acabara con el nuevo año y bailamos. Todo iba bien hasta que el hijo del carnicero, envalentonado por el alcohol, decidió hacerse notar.

—Es agradable ser aclamados como héroes, ¿verdad, chicos? —graznó, dirigiéndose a Liam—. Recibís toda la atención y os creéis con derecho a venir aquí, a robarnos nuestras chicas.

Liam no respondió a la provocación, sin embargo, a mi hermano le gustaba poner a la gente en su sitio. Y el hijo del carnicero no era santo de su devoción.

—¿Héroes dices? Yo solo veo hombres, soldados que se juegan el pellejo y que merecen un poco de diversión. En pocos días, mi compañero —señaló a Liam con el dedo pulgar— y yo nos arrastraremos por el barro en la oscuridad de la noche, nos sumergiremos en aguas heladas, y quizá les rebanemos la garganta a unos cuantos alemanes para que tipejos como tú podáis seguir cómodamente instalados frente a vuestras chimeneas.

»Yo te diré quiénes son los héroes. Son esos chicos que apenas han dejado la adolescencia y perecen en las trincheras. Muchachos cuyos sueños se disipan arrasados por los tanques enemigos. Son los cuatrocientos hombres que se ahogaron hace unas semanas bajo el casco del Oklahoma, en Pearl Harbor, o los más de mil del Arizona que volaron por los aires. Ellos son los héroes, así que deja de tocarme los cojones y vete a tomar por culo.

—Déjalo ya —le instó Liam—. Está borracho. No merece la pena.

Estupefacto por el ataque verbal de Billy y avergonzado por las miradas de los presentes, el hijo del carnicero apuró su cerveza y abandonó la fiesta a toda prisa. Liam y yo no tardamos en seguirlo. Sentíamos necesidad de estar solos. Durante largo rato caminamos en silencio. Cuando trataba de hablar, se me formaba un nudo en la garganta, me veía obligada a apretar los labios para impedir que brotasen las lágrimas. De pronto empezó a llover. Como una autómata, conduje a Liam hasta mi escondite secreto, una gruta oculta entre cascadas, custodiada por hadas y duendes, según las leyendas celtas que me contaba mi abuela paterna. De niña me pasaba horas allí, en compañía de las ovejas y las vacas que pacían en las colinas. Lanzaba piedras a las aguas cristalinas y fantaseaba con seres alados, esperando que alguno hiciera su aparición para comprobar si eran tan diminutos como se decía. Más de una vez fingí que dormía para intentar engañarlos. Ya de adulta convertí el bosque en mi refugio y a sus invisibles habitantes en confidentes de mis penas.

Llegamos empapados, yo temblaba de pies a cabeza. Recuerdo que Liam, creyendo que era a causa del frío, intentó hacer fuego con unos matorrales. Estaba nerviosa y ligeramente arrepentida de haberlo llevado hasta allí. Las advertencias victorianas de mi madre resonaban en mi cabeza: «No hace ni una semana que lo conoces, Ruby. Se aprovechará de ti y no volverás a verle el pelo». Sabía que, una vez dado el paso, no habría vuelta atrás. Me daba igual. Quería estar con él. Aunque fuera una sola noche. ¿Has sentido alguna vez esa certeza, Nora? Cuando me estrechó entre sus brazos, todo dejó de tener importancia, la humedad del suelo, las piedrecitas que se me clavaban en las nalgas, la voz de mi madre... Mi mente era un torbellino de emociones. Deseaba amar a Liam y ser amada por él. Perderme en sus ojos grises. Fundirme con él para siempre...

Me negué a pensar que aquel hombre magnífico que me hacía bullir la sangre desaparecería de mi vida en un par de días. Que quizá no volvería a verlo. Aquella noche fue mágica. Su recuerdo me ayudó a sobrevivir durante años.

Antes de amanecer entramos en casa de puntillas, riendo como niños. Mi madre nos esperaba sentada en la penumbra, el semblante serio. Llevaba puesto el camisón y la bata, pero supuse que no se había acostado. Le bastó ver el brillo de mis ojos para atar cabos. Me pregunté si lo que le preocupaba realmente era la pérdida de mi virginidad o la de sus raciones semanales de carne. Entonces cometí un error: me escabullí a mi dormitorio y la dejé con Liam. Cuántas veces he lamentado mi estupidez, pero en aquel momento solo deseaba alejarme de su mirada acusadora. Si me hubiera quedado, mi vida habría sido muy diferente.

Cuando bajé a desayunar me sorprendió no ver a Liam sentado a la mesa. Bromeé con Billy diciéndole que a su amigo se le habían pegado las sábanas, pero antes de que él pudiera abrir la boca, mi madre me informó de que Liam se había marchado. Me dolió en el alma que se hubiera ido un día antes de lo previsto, sin despedirse. ¿Acaso lo ocurrido entre nosotros no había significado nada para él?

Mi padre seguía débil, apenas se levantaba de la cama, y aunque mi madre hacía lo que podía, la granja estaba descuidada. No me pidió que abandonara mi trabajo en Nightstorm, necesitaba el dinero que le daba cada mes, pero me recriminó que no fuese más atenta con el hijo del carnicero. Un día después de que mi hermano se marchara, decidí volver a la mansión. Mi madre insistió en que a la señorita Cordelia no le importaría que me quedara en la granja hasta que mi padre se recuperase. Allí me asfixiaba.

Tuve noticias de Liam semanas después de dejar mi casa, aunque no de su puño y letra. Mi hermano no era dado a escribir cartas y yo no mencionaba a Liam en las mías, pese a que me consumía el deseo de saber de él. Anhelaba una carta que no llegaba. Cuando no pude resistirlo más le pedí a mi hermano que me contara cómo estaba. Billy jamás había sido precisamente un chico sensible, pero no se le escapaban mis sentimientos hacia su amigo e hizo el esfuerzo de escribirme unas líneas. Decía que Liam había solicitado el traslado a otra unidad y se encontraba en algún lugar de Francia. Adjuntaba una foto que había encontrado sobre su camastro. Pensó que me gustaría tenerla. Al verla se me cayó el alma a los pies. ¿Tan poco le importaba yo que ni siquiera había querido conservar la foto que nos hicimos en Portree?

No he dejado de pensar en Liam ni un solo instante de mi vida. Durante la guerra me despertaba por las noches preguntándome si estaría arrastrándose por alguna oscura playa. Al terminar la contienda me mortificaba pensando si se habría casado. Habré visto *El día más largo* unas cien veces. Te parecerá una tontería, Nora, pero esa película sobre el desembarco de los aliados en Normandía hace que me sienta más cerca de Liam.

Mi cabeza es un hervidero de preguntas. Consciente de que a Ruby no le gustan las interrupciones, espero, paciente, a que se presente la oportunidad. Me la brinda cuando hace una pausa para beber un sorbo de whisky.

—Si Liam sobrevivió, es probable que regresara a casa.

La anciana hace un gesto afirmativo.

—Durante la guerra devoraba los periódicos atrasados que caían en mis manos, a la búsqueda de información sobre Lovat y sus hombres. Albergaba la esperanza de descubrir el paradero de Liam a través de sus hazañas. En el desembarco de Normandía, él formaba parte del comando capitaneado por Lovat. Llegaron a tierra tocados con boina, al son de las gaitas, al estilo *highlander*. Un poco teatreros, sí, pero no se les puede negar su valentía. Lovat resultó gravemente herido, leí que le concedieron la Legión de Honor y la Croix de Guerre. Aunque en Normandía la mitad de los hombres sucumbieron al fuego enemigo, yo sabía que Liam estaba vivo. Me lo decía el corazón.

—¿Por qué no intentó buscarlo?

—¡No podía, niña tonta! Estaba casada. Con el hijo del carnicero. Tampoco estaba segura de si Liam me amaba o si yo había sido para él un entretenimiento, como afirmaba mi madre.

—¿Por qué se casó con ese tipo si tanto le repugnaba? Vale que Liam se marchara sin decirle nada, pero...

—¡No tuve alternativa! Estaba embarazada.

—¿Del hijo del carnicero?

—¿A ti qué te parece, boba? —me espeta Ruby—. Mis menstruaciones no eran regulares, así que, cuando al mes siguiente de mi regreso a Nightstorm no me bajó... ni me preocupé. Vomitaba por las mañanas y tenía mareos, pero lo achaqué a la tensión que me provocaba el comportamiento errático de Cordelia y a los nervios por no tener noticias de Liam. Como los síntomas persistían, fui al médico. Confirmó que esperaba un hijo. El hijo de Liam.

—Tenía un buen motivo para localizarlo.

—No era tan fácil. Estábamos en guerra. Como dije antes, no se podía salir de la isla así como así, y solo Dios sabe por dónde andaría. Además, yo tenía mi orgullo. Liam me había abandonado, no me escribió ni una carta... Me sentía humillada. Entonces cometí otro error: se lo conté a mi madre. Después de ponerme de vuelta y media por mi promiscuidad, sentenció que tenía que casarme para evitar el escándalo. —Ruby ladea la cabeza y mira hacia la puerta—. Ahora deja de hacerme preguntas. Christopher debe de estar hasta el gorro de ver plantas, no tardará en volver.

52

Superado el disgusto de mi embarazo, mi madre vio el cielo abierto, estaba encantada de que sus deseos fueran a hacerse realidad. Ya no tendría que preocuparse de poner comida en la mesa. Me advirtió de que el hijo del carnicero no debía enterarse de mi desliz y, aunque no cesaba de recordarme mi insensatez, jamás me alentó a deshacerme del bebé. Obviamente, yo no lo habría consentido. Deseaba a esa criatura por encima de todo.

El tiempo corría en mi contra.

Siguiendo el consejo de mi madre, y porque todo me daba igual, me esforcé en ser amable con mi pretendiente. Bastó una sonrisa por aquí y un beso repulsivo por allá para que, en cuestión de días, me pusiera un anillo en el dedo. Según me informó complacido, había pertenecido a su abuela materna. Era la alianza más fea que he visto en mi vida. Con la excusa de que me daba miedo perderla, no volví a ponérmela hasta el día de la boda. Insistí en que fuese una ceremonia íntima; cuantos menos testigos de mi infortunio, mejor.

Cuando le dije a Cordelia que dejaba Nightstorm para casarme, al principio se sorprendió, ni siquiera sabía que tenía novio. Después montó en cólera y me instó a abandonar la mansión de inmediato. Mi madre me recibió encantada. Huelga decir que se pasó días maldiciendo a la familia MacDonald; a su juicio, aquellos desagradecidos no me merecían.

El día de mi boda amaneció frío y tormentoso. «Dios derrama lágrimas por los desatinos de los hombres», habría sentenciado mi abuela. De niña solía reírme de dichos. Ese día no pude estar más de acuerdo con ello. Vi en la lluvia un presagio de lo que me esperaba. Mi madre, para animarme, se sacó de la manga que la lluvia trae felicidad y fortuna a las novias.

Al levantarme, las náuseas eran tan intensas que mi madre se preocupó. Me sentía enferma y agotada tras pasar la noche en vela. Si bien es normal que las novias no duerman debido a los nervios, en mi caso fue por otro motivo. Me había empeñado en ponerme el vestido de la última noche que pasé con Liam, y aunque estaba manchado no permití que mi madre lo lavara. Cuando me lo probé antes de irme a dormir, constaté horrorizada que no podía subirme la cremallera, me quedaba estrecho de cintura. Mi madre se apresuró a descolgar del armario uno de color rosa, que le parecía más apropiado para la ceremonia. Me puse histérica.

Cosí hasta bien entrada la madrugada, con el recuerdo de Liam anegando mis ojos de lágrimas.

Cuando pronuncié los votos que sellaban mi destino, las únicas personas satisfechas eran mi madre y el hijo del carnicero. Añoré la presencia de mi hermano, que se hallaba combatiendo en Francia. Le escribí contándole que me casaba, aunque omití el embarazo. Semanas después recibí su respuesta. Fue breve y contundente: ¿acaso me había vuelto loca?

No sé cómo pude resistir el sermón del pastor sobre las obligaciones de la buena esposa y otras monsergas. Temía desmayarme de un momento a otro. Finalmente me tomé mi pequeña venganza: le vomité encima. «Son los nervios», le oí farfullar a mi avergonzada madre.

La celebración tuvo lugar en casa de mis suegros. Una comida sencilla a base de platos típicos. Como no quise pastel nupcial, mi suegra sirvió un postre de leche, azúcar y frambuesas ácidas que me revolvió el estómago.

Esa misma noche lamenté haberme plegado a los deseos de mi madre.

Si yo no hubiera vivido una maravillosa experiencia con Liam, tras la brutal agresión de mi marido habría odiado el sexo de por vida. Pero sabía que hacer el amor podía ser un acto sublime y me aferré a mis recuerdos mientras aquel salvaje me penetraba. Por fortuna, pronto se quedó dormido. Yo permanecí despierta, contemplando la imagen de un día más feliz. Había acariciado tantas veces el rostro de Liam que empezaba a desdibujarse. Al amanecer, guardé la foto en mi libro de salmos, un lugar donde mi esposo no miraría.

De luna de miel fuimos tres días a Portree, a un hotel pagado por sus padres. Me esforcé por complacer a mi marido, quería que las cosas fueran bien entre nosotros, pero nada le satisfacía. Un día me acusó de despilfarrar su dinero por gastarme unos peniques en un detalle para mi madre, cuando él se había dejado el doble en una pipa. Las noches eran una pesadilla. Sobreviví refugiándome en mis sueños. Soñar con Liam hacía la vida más soportable.

Me dio el primer puñetazo la tarde que regresamos a casa. Estaba agotada tras varias noches sin pegar ojo y me tumbé un rato antes de preparar la cena. Me partió el labio. A partir de entonces empezó a atizarme con cualquier excusa. Temía especialmente las noches que llegaba bebido, lo que ocurría con frecuencia. El ritual era siempre el mismo: me sacudía, me violaba y después me recriminaba mi falta de entusiasmo. Me sentía tan desgraciada que sopesé la idea de huir. Cuando se lo conté a mi madre, se encogió de hombros: «No puedes condenar a tu hijo a una vida miserable solo porque no seas capaz de soportar un golpe de vez en cuando», me reprendió.

En ese instante empecé a odiarla.

Llevaba un mes casada con el hijo del carnicero cuando le dije que estaba embarazada. Se puso eufórico. No era un hombre perspicaz y habría podido engañarlo; su madre, en cambio, era otro cantar. Una tarde de abril se presentó en nuestra casa con uno de sus postres de leche agria. La arpía insistió en que lo probara; para no desairarla, tomé una cucharada. Las arcadas no tardaron en hacer su aparición.

—Habrás engatusado al bobo de mi hijo —siseó mientras yo estaba inclinada sobre el retrete—, pero a mí no. Me di cuenta el mismo día de la boda, cuando te llevaste la mano al vientre después de vomitar sobre el pastor.

Un escalofrío me recorrió la espina dorsal.

—¿De cuánto estás? ¿De cuatro meses? —me preguntó con voz sibilina—. Te lo advierto, no consentiré que conviertas a mi hijo en el hazmerreír del pueblo. Tu bastardo jamás llevará nuestro apellido.

Mi suegra consiguió lo que quería. Una noche, mi marido llegó a casa más ebrio que de costumbre. Fingí estar dormida para evitar que me asaltara, aunque le habría resultado difícil en su estado.

—¿De quién es el crío, puta? —rugió mientras me cruzaba la cara.

Mi silencio fue la espoleta que necesitaba. Al presentir lo que se avecinaba, me cubrí el vientre con los brazos para proteger al bebé. Después de un largo rato de patadas y puñetazos, la sangre manaba de mis entrañas. Él debió de asustarse porque dejó de pegarme y salió dando tumbos. Intenté arrastrarme hasta la cama, pero sufría unos terribles calambres y me fallaban las fuerzas. Cerré los ojos con la esperanza de no volver a abrirlos. Solo deseaba que aquel dolor lacerante acabara. El hijo del carnicero regresó con sus padres. La madre ordenó a su hijo meterme en la cama, ella limpió la sangre del suelo. Nadie habló de avisar al médico, pese a que les supliqué que lo hicieran. Después me desmayé.

A la mañana siguiente me había subido tanto la fiebre que se vieron obligados a buscar ayuda. ¿Cómo hubieran justificado mi muerte? En medio de una nebulosa oí a mi suegra decirle al médico que su hijo había estado toda la noche echándoles una mano con el parto de una vaca y que al regresar a casa me había encontrado inconsciente. Yo estaba demasiado débil para desmentirla. Si al doctor le pareció una explicación peregrina, no lo dio a entender. Comunicó a mi suegra la pérdida del bebé (la imaginé satisfecha) y añadió que no podría tener más hijos (supuse que torcería el morro al oírlo). Pese a la desdicha, saboreé mi secreta victoria. Si el hijo del carnicero quería perpetuar su apellido, no lo haría conmigo. Me importaba bien poco no tener hijos. Me habían arrebatado al único que deseaba.

Permanecí dos semanas en cama. No tuve fuerzas para asistir al entierro de mi padre, que finalmente sucumbió a la neumonía.

Otra mujer, al saberse estéril, se habría deprimido. Yo renací. La mala bestia que tenía por marido había matado al hijo de Liam, porque era un niño (me lo confesó el doctor tiempo después); ahora no le quedaba otra que divorciarse de mí si quería ser padre. Le dije que estaba dispuesta a firmar los papeles. «El médico se equivoca, tendrás a mi hijo», bramó, decidido a castigarme.

Me animaba recibir noticias de mi hermano, aunque sus cartas no llegaban con regularidad y menos desde que supo con quién me había casado. Jamás conoció los motivos que me habían obligado a hacerlo ni tampoco mi desdicha. Los escritos de Billy eran breves, apenas unas líneas plagadas de faltas de ortografía para decirme que se encontraba bien de salud y preguntar por Annie, de quien no sabía nada desde hacía tiempo. No tuve valor para contarle que la idiota, harta de esperar a que acabara la guerra y temerosa de quedarse soltera, se había casado con un viudo sesentón. Cuando Annie se decidió a contárselo, mi hermano ya estaba ilusionado con una enfermera francesa. Me alegraba que Billy se divirtiera durante sus permisos en vez de venir a casa. Por carta podía engañarlo, pero me hubiera resultado difícil ocultar las marcas de las palizas.

En noviembre de 1944 recibí una carta más larga de lo habitual. Se quejaba del crudo invierno y me pedía que le enviara cigarrillos y calcetines gruesos para que no se le congelaran los pies. Para llevar a cabo determinadas incursiones, los comandos no calzaban botas sino unas zapatillas ligeras con las suelas de goma que les permitían moverse sin hacer ruido. Billy mantenía la moral alta pese a haber participado en acciones tan sangrientas como el desembarco de Normandía. Nunca me hablaba de sus misiones, imagino que las cartas pasarían por un censor. Al acabar la guerra supe que uno de los objetivos de la Primera Brigada de los Servicios Especiales, como se conocía a su unidad, era proteger los puentes de los ataques enemigos.

A mi hermano le costaba expresar sus sentimientos, pero di por sentado que seguía enamorado de Giselle, la enfermera francesa. El penúltimo día del año me llegó la carta que ninguna madre, esposa, novia o hermana desearía recibir jamás.

Billy había fallecido en las Ardenas.

Era una nota estándar que alababa su valentía en el campo de batalla, bla, bla, bla. Como si pudiera servirme de consuelo. Las tumbas están llenas de héroes. Mi madre y yo no pudimos enterrar al nuestro. Billy es uno de los miles de fantasmas que habitan las fosas comunes del territorio belga. Días después recibí su última carta. Debió de enviarla semanas antes de morir. Contaba que Giselle había fallecido durante un bombardeo nocturno. Siempre me quedó la duda de si mi hermano, presa del dolor, había bajado la guardia.

En fin, el caso es que por una de esas jugarretas de la madre naturaleza, a punto de cumplir los treinta y siete años, me quedé embarazada. En esta ocasión, el hijo del carnicero se guardó de ponerme la mano encima. Fue un embarazo difícil, con amenaza de aborto, mi vientre parecía resistirse a dar cobijo a un ser no deseado. Me pasé seis meses en la cama. Tras un parto que estuvo a punto de llevarme al otro barrio, nació mi única hija. Las caras de decepción de mi marido y de su madre compensaron mi sufrimiento. Estuve a punto de espetarles: «¡Jodeos, ha sido niña!». Solo lamenté que el patriarca se ahorrara el disgusto, pues el viejo había fallecido cinco años antes a causa de un ictus. Mi desgracia fue que, nada más enterrarlo, su viuda se instaló en mi casa.

Dicen que una madre ama a su hijo desde el momento en que lo tiene en sus brazos, mejor dicho, desde que lo lleva en el vientre. En mi caso, no sentí conexión con Melva ni antes ni después. Al principio fantaseaba con la idea de que era hija de Liam, pero cuando miraba aquella cosita llorona, siempre hambrienta, la realidad se imponía. No tenía los ojos grises de Liam ni su cabello castaño, sino unos mechones rubios cenicientos. Melva era la viva imagen de su padre y llevaba el nombre de mi suegra.

Solo Dios sabe cuántas veces pensé en abandonarlos. En un par de ocasiones hice la maleta con la vana ilusión de empezar una nueva vida en otra ciudad. Pero en aquella época era difícil comprar un billete de autobús sin que se enterase todo el pueblo, por no hablar de la entrometida de mi suegra, que no me quitaba el ojo de encima. Así que me quedé. Dos años después, la bruja tropezó con un juguete y rodó escaleras abajo. A partir de entonces, mi vida fue más llevadera.

Cuando Melva, recién cumplidos los veinte, nos comunicó su intención de casarse, su padre puso el grito en el cielo. No entendía su prisa por formar una familia con alguien sin oficio ni beneficio. Por una vez estuve secretamente de acuerdo con el hijo del carnicero, aunque, para fastidiarlo, apoyé a la pareja sin reservas. He ahí otra muestra de lo mala madre que fui. Debí haberle hecho entender a mi hija que, en la vida, las malas elecciones se acaban pagando caro. Creo que Melva debió de pensar que podría hacerlo mejor que nosotros. Qué ilusa.

En cuanto se fue de casa tomé una decisión.

El hijo del carnicero tenía que morir.

No me mires con esa cara, querida. No le clavé un cuchillo ni le aticé en la cabeza con una sartén. Aunque ganas no me faltaban, habría acabado en la cárcel, y yo seré muchas cosas, pero no tonta. Simplemente esperé a que se presentara la oportunidad.

Cuando llegó fue infinitamente mejor de lo que hubiera podido imaginar.

Una noche recibí una llamada del dueño del pub. Mi marido no estaba en condiciones de conducir. Le dije que iría a buscarlo, pero caminando tardaría un rato. Al acercarme allí lo vi salir tambaleándose. Amparada en las sombras, lo seguí hasta su furgoneta. Iba tan borracho que se desplomó sobre el volante. Lo empujé hasta dejarlo tumbado en el asiento del copiloto, me calé su gorra y arranqué. Como era mala conductora, no me costó dejar un rastro de eses mientras me alejaba de allí. Tuve suerte de no cruzarme con nadie.

Una vez estuvimos en el borde del acantilado, paré el motor, coloqué a mi marido frente al volante y, tras cerciorarme de que no había moros en la costa, bajé del vehículo y metí la marcha. Después lo empujé y me quedé contemplando cómo se despeñaba hasta estrellarse en el mar. Al día siguiente, cuando encontraron su cadáver, me ocupé de que tuviera el funeral que todo el mundo esperaba.

—¡Ruby! Me está tomando el pelo —resoplo, olvidando que no le gustan las interrupciones.

—En absoluto, querida. Te he contado la pura verdad —admite con absoluta tranquilidad.

—Pero... ¿nadie la descubrió?

—Sin pretenderlo, mi marido me proporcionó la mejor de las coartadas. Por una vez en su cochina vida hizo las cosas bien. Bebió con sus amigotes, testigos que lo vieron salir solo del pub. Después de darle el golpe de mano, por utilizar una expresión de los comandos, me dirigí al pub fingiendo estar enfadada. Paddy, el dueño, me dijo que el cabezota se había empeñado en volver conduciendo a casa. Le extrañó que no nos hubiéramos cruzado en el camino. Cuando hallaron su cuerpo despanzurrado entre las rocas, la policía concluyó que había perdido el control de la furgoneta. Interpreté bien mi papel de desconsolada viuda. Tendrían que haberme dado un Oscar.

—¿Nunca sintió remordimientos?

—Ni un solo instante. Actué como un comando en la oscuridad de la noche. Me encontré frente al enemigo y le di muerte. Mi vida con el carnicero era una batalla diaria por la supervivencia. Si no lo mataba yo, acabaría él conmigo. Cuando veo en las noticias que un desalmado ha matado a su mujer después de maltratarla durante años, me hierve la sangre. ¿Por qué no cogen la sartén por el mango esas desdichadas?

—No todas las mujeres son tan duras como usted, Ruby.

—No te equivoques. Si lo fuera, habría acabado con aquel hijoputa mucho antes. Me anuló por completo; durante años, al mirarme al espejo, fui incapaz de reconocer en mí a la muchacha fuerte e independiente que había sido.

—Pudo haberlo denunciado.

—No seas necia, entonces eran otros tiempos. Nadie me habría hecho caso.

—¿Melva nunca sospechó?

Ruby niega con la cabeza.

—Mi marido se guardaba de ponerme la mano encima delante de ella y, tengo que reconocerlo, no fue un mal padre. En cambio yo... Qué ironía. Me pasé la vida llorando por una criatura perdida sin ocuparme apenas del regalo que Dios me había concedido. Melva ha sido una buena hija.

—Es una historia muy íntima. ¿Por qué me la ha contado a mí? Casi no me conoce.

Ruby se encoge de hombros.

—Sentía la necesidad de desahogarme, ¿con quién iba a hacerlo? Con Melva, obviamente, no. Tardé mucho tiempo en comprender que ella no tenía la culpa de haber sido engendrada por una bestia. ¿Qué pensaría de mí si supiera que maté a su padre? Me odiaría. Por respeto a mi hija, guardé luto un tiempo. Es cierto que tú y yo nos conocemos poco, Nora; no obstante, nuestras vidas han quedado marcadas por la misma persona: Cordelia.

Unas garras invisibles se aferran a mis pulmones y me impiden respirar. De pronto vuelvo a tener quince años y revivo la aciaga noche en la que mi mundo se derrumbó. Muevo la cabeza para dispersar los pensamientos.

—No entiendo a qué se refiere.

—Me recuerdas mucho a mí. Si te he contado todo esto es para evitar que cometas mis errores. Me arrepiento de muchas cosas: de haber sido orgullosa, de no haberle dicho a Liam que esperaba un hijo suyo, de haber escuchado a mi madre... Aun así, no puedo culparla de todo. Ella deseaba que me casara con aquel cabrón, pero la decisión la tomé yo. Yo eché a perder mi vida.

—¿Insinúa que debo hablarle a Christopher de lo que siento?

—Solo digo que te dejes guiar por tu instinto. ¿Temes que te lastimen? Permite que este vejestorio con un pie en la tumba te dé un consejo: tal vez metas la pata, pero si no hablas con él lo lamentarás —afirma contundente.

—¿Por qué no le ha dejado escuchar esta parte de su vida?

—Porque no guarda relación con su familia. Aunque imagino que acabará enterándose. Te va a faltar tiempo para contárselo —masculla. Luego desvía la mirada hacia la ventana, desde donde se divisan pequeños barcos de pesca que se dirigen a puerto—. Daría cualquier cosa por volver al bosque —murmura al cabo de un rato.

—La acompañaré cuando se encuentre mejor.

—¡Tonterías! —exclama con voz ronca—. Después de aquella noche con Liam solo volví una vez más a las cascadas. El día antes de mi boda. Pensé que debía despedirme de mis recuerdos, ya que iba a iniciar una nueva vida. Anda, ve a rescatar a Christopher. Empiezo a estar cansada.

—Tengo una última pregunta.

Ruby hace un gesto de resignación. Sus ojos entornados me advierten que más vale que sea importante.

—Después de... la muerte de su marido, ¿no sintió curiosidad por saber qué había sido de Liam?

—Por supuesto. Al poco de enterrar al carnicero traspasé la tienda y saqué un billete para Inverness. No tenía ni idea de dónde vivía la familia de Liam, él solo había mencionado el barrio de pasada, pero, preguntando a los vecinos conseguí encontrar la casa. Me costó decidirme a llamar al timbre. A decir verdad, tenía tanto miedo que estuve a punto de dar media vuelta. ¿Y si se había casado? Abrió una preciosa adolescente de ojos grises. Cuando me presenté como la hermana de un antiguo compañero de Liam, la chica me dijo que era su sobrina y me invitó a pasar a conocer a su abuela, una anciana adorable. Me contó que, al acabar la guerra, su hijo montó un negocio de construcción. Di saltos de alegría. Mi amor había sobrevivido, había cumplido su sueño. Por desgracia, la felicidad es fugaz, apenas dura un instante.

—¿Estaba casado? —pregunto con delicadeza.

—No.

—Entonces ¿qué le impidió quedarse a su lado?

—Has dicho que querías hacerme una pregunta, Nora, y con esta van tres.

—Lo siento.

—Una vez más, el destino me la jugó. Liam había muerto poco antes en un derrumbamiento. Intentó socorrer a un hombre atrapado bajo los escombros y le cayó una viga encima. Es curioso. Siempre pensé que mi corazón dejaría de latir el día que él muriera. Ninguna de las palizas del carnicero logró que manaran lágrimas de mis ojos, mientras que la muerte de Liam me dejó devastada. Lloré amargamente.

»Te parecerá extraño, Nora, pero en aquella casa, junto a una desconocida, sentí que había vuelto al hogar tras una larga ausencia. La madre de Liam me contó cosas de él que desconocía y yo le confié aspectos de mi vida que no había revelado a nadie hasta entonces. Le hablé de nuestra relación y me sorprendió averiguar que estaba enterada. Luego dijo algo que me dejó perpleja: "Es una lástima que mi hijo claudicara ante su estúpido orgullo; si te hubiera pedido explicaciones a ti en lugar de escuchar a tu madre, vuestras vidas habrían sido muy distintas".

»Descubrí que mi madre fue la culpable de que él se marchara de la granja sin despedirse. La noche en que ella, con solo mirarme a los ojos, supo que me había entregado a Liam, le dijo que estaba comprometida con otro hombre, que él solo había sido una aventura sin importancia. Una de tantas. Mi madre me destrozó la vida. Me maldije por no haber acabado antes con el hijo del carnicero. Quizá yo no habría podido impedir que Liam perdiese la vida, pero habríamos tenido un poco de tiempo. Al menos me quedó el consuelo de saber que nunca me olvidó. Y ahora ve a buscar a Christopher.

—Ruby, ¿puedo pedirle una cosa?

—¿Serviría de algo decirte que no?

—Nunca oí hablar de ese bosque ni de sus cascadas. Mi madre no tenía tiempo para llevarnos de excursión. Me gustaría visitarlo. Si me explica cómo llegar...

La anciana arquea las cejas y se inclina hacia mí.

—Por muchas indicaciones que te diera, no lo hallarías. Es el bosque quien decide si sale o no a tu encuentro.

El hecho de que dude de mi capacidad para localizar un enclave que, por muy mágico que fuera en sus tiempos, hoy se habrá convertido en merendero me envalentona para seguir tirando de la cuerda.

—Una pregunta más. La última, se lo prometo. ¿Empujó usted a su suegra por la escalera?

—¡Qué cosas se te ocurren, muchacha!

Abrumada por las revelaciones de Ruby, atravieso la cocina a paso ligero y abro la puerta que da al pequeño jardín trasero. Melva le está explicando a Christopher la variedad de remedios medicinales que pueden hacerse con plantas. Me detengo a observarlo, pensando que le habría gustado escuchar la trágica historia de Ruby. O tal vez no, teniendo en cuenta la alergia de este hombre al romanticismo. Cuando nuestras miradas se encuentran pone los ojos en blanco a espaldas de Melva.

—¿Lo estás pasando bien? —le pregunto con ironía.

—Estupendamente. He aprendido mucho. Igual hasta consigo que no se me mueran los ficus.

—Genial —mascullo.

Al volver al salón, Christopher nos sorprende con sus comentarios sobre épocas de siembra, floración y poda. Creo que ha escuchado a Melva con más interés del que fingía. Ruby parece satisfecha.

—Mi hija tiene un talento natural para hacer crecer cualquier cosa. Bueno, sigamos con la historia. ¿Por dónde iba? ¡Ah!, ya me acuerdo.

53

La fuga de Eilean desató una conmoción en Nightstorm. Cuando la mañana después de la fiesta no bajó a desayunar, el señor MacDonald no le dio importancia, sabía que a su hija no le gustaba madrugar y, al fin y al cabo, todos habían dormido hasta tarde. Al no aparecer tampoco para el almuerzo, me mandó llamar. El corazón me dio un vuelco y empezaron a temblarme las rodillas. Antes de entrar en el comedor me detuve en el umbral unos instantes para tranquilizarme y pensar una excusa convincente. Si iba a mentirle al hombre que me pagaba el sueldo, más me valía hacerlo a lo grande.

Cordelia y su padre comían ajenos a las quejas de la señora Drummond, que sufría jaqueca. Era de esperar, teniendo en cuenta lo que había bebido la noche anterior; con todo, el dolor no parecía afectar a su voraz apetito. Cordelia, pálida y ojerosa, removía la carne de su plato y de vez en cuando se llevaba a la boca un pequeño pedazo. Supuse que ya estaría al corriente de la marcha de Ross. Desvié los ojos hacia el aparador. Temía que, si nuestras miradas se cruzaban, me leyera la mente.

—¿Por qué no ha bajado mi hija? —me preguntó el señor MacDonald. Estaba de mal humor.

—Anoche le dolía la cabeza. He creído oportuno dejarla dormir —mentí intentando ganar tiempo.

—¡Es casi la una, por Dios! —bramó él—. Sube a decirle que quiero verla sentada en su silla dentro de cinco minutos. La comida se enfría.

Subí a la habitación de Eilean, recogí las cartas de despedida y regresé al comedor. Al verme aparecer sin su hija, el señor MacDonald frunció el ceño. Había llegado la hora de la verdad.

—¿Y bien?

Me aclaré la garganta antes de hablar.

—La señorita Eilean... no está en su dormitorio, señor.

—¿Cómo dices?

Avancé unos pasos y le entregué las cartas.

—Estaban en su tocador —precisé.

—¿Qué es esto? —refunfuñó el señor McDonald mientras rasgaba el sobre que llevaba su nombre.

La señora Drummond dejó la cuchara sobre el plato y alzó la vista, de repente más interesada en el contenido de la misiva que en su pudin de pasas. Cordelia trataba de leer por encima del hombro de su padre.

—¡Maldito sea! —El rostro del señor McDonald estaba congestionado por la ira.

—¿Qué ocurre, Kenneth? —La señora Drummond alargó la mano hacia la carta. Cordelia parecía descompuesta.

El señor MacDonald estrujó la cuartilla con fuerza y la tiró sobre la mesa. Luego se levantó con tanto ímpetu que estuvo a punto de volcar la silla. Antes de salir del comedor le entregó a Cordelia su carta. Sabiendo que las líneas que contenía le romperían el alma, me extrañó que no se quedara a consolarla. La señora Drummond se abalanzó sobre la otra misiva con la avidez de una alimaña. De inmediato emitió un grito de estupor.

—¡Por todos los santos! ¡Esa chiquilla ha perdido el juicio! —gimoteó antes de correr tras su sobrino político.

Cordelia acabó de leer su carta, recogió la que su tía había dejado caer al suelo y arrojó ambas al fuego. En cuanto me quedé sola corrí a la chimenea para impedir que las llamas las devorasen. Rescaté una casi entera.

Querida Cordelia:

Cuando leas esta carta, Ross y yo estaremos lejos de Nightstorm. Sé que mis palabras van a herirte en lo más profundo y ruego a Dios que algún día me perdones. Debí confesártelo en persona, pero no me atreví. ¿Cómo decirte que amo al hombre de quien tú estás enamorada?

Esta noche iniciamos juntos una nueva vida. Deseo, con todo mi corazón, que en el futuro formes parte de ella.

Con cariño,

EILEAN

Doblé la carta cuidadosamente y me la guardé en el bolsillo, luego removí las ascuas para asegurarme de que no quedaban pedazos legibles de la otra.

Los lamentos de la señora Drummond me guiaron hasta la habitación de Eilean. El sentido común me aconsejaba mantenerme alejada, pero pudo más la curiosidad. A través de la puerta entreabierta vi a Cordelia y a su padre examinando la estancia. Temí haberme excedido en mi afán por recoger sus cosas sin dejar nada. Cuando alguien huye en plena noche siempre olvida algo, aunque sea un pañuelo. El señor MacDonald estaba consternado.

—Se lo ha llevado todo. —Su voz tenía un deje de infinita tristeza.

—No me explico cómo ha podido cargar ella sola con tanta ropa. Habrá necesitado más de una maleta —comentó su tía manifestando en voz alta lo que Cordelia y su padre pensaban.

—Quizá la ayudaron —respondió Cordelia, reparando por primera vez en mí.

Su mirada me produjo escalofríos. La Drummond, sin pretenderlo, acudió en mi rescate.

—Sin duda ha sido ese malnacido de Ross. ¡Señor, qué disgusto! ¡Cordelia! ¿Qué le pasa a tu padre? ¡Kenneth! ¡Kenneth! ¿Te encuentras bien?

La tragedia sucedió muy deprisa. Vi al señor MacDonald llevarse una mano al pecho, y un instante después se desplomó. Su cuerpo hizo el mismo ruido que un saco de patatas al caer. Corrí a atenderlo, sabía que la lloriqueante señora Drummond no sería de ayuda, pero me sorprendió la pasividad de Cordelia. Cuando le dije que teníamos que llamar al doctor, permaneció inmóvil.

—¡Señorita Cordelia! —le grité.

Entonces reaccionó. Se frotó el rostro con las manos, como si quisiera borrar con aquel gesto su fugaz debilidad, y asumió el mando. Arrodillada junto a su padre, le desabrochó un par de botones de la camisa y le limpió un hililllo de saliva que resbalaba de su boca hacia la garganta.

—Llama al doctor Farrell —me ordenó sin apartar la vista de su padre—. Y dile a Murray que suba con uno de los criados. Hay que llevar a papá a su cama.

Agradecí tener algo que hacer. Estaba segura de que Cordelia desconfiaba de mí, pero creí que pasado un tiempo sus sospechas se desvanecerían como pompas de jabón. La subestimé. Y de qué manera. Tardé años en comprender que Cordelia MacDonald jamás olvidaba una traición.

Durante varios días, el señor MacDonald estuvo más para allá que para acá, con un pie en el otro barrio, por así decirlo. Abría los ojos, miraba a su hija o a quien estuviera en ese momento a su cabecera, y volvía a sumirse en un sueño profundo. Parecía que no iba a recuperar la conciencia. No obstante, Kenneth MacDonald llevaba en la sangre los genes de un clan de luchadores y, transcurrida una semana, se levantó. El médico le advirtió de que si sufría otro ataque, tal vez no sobreviviría. Él replicó: «Si me llega la hora, quiero morir de pie».

El funeral se celebró diez días después.

La señora Brown colocó lazos negros en los cuadros y echó las cortinas. El ambiente era oscuro y tétrico, sobre todo en la biblioteca, donde se dispuso el féretro para su velatorio. Cuatro enormes cirios permanecieron encendidos noche y día. Se nos pidió que hiciéramos turnos para velar al difunto, pero a Chrissy le daban miedo los muertos y me tocó hacer también el suyo.

Asistieron al sepelio casi todos los invitados que habían acudido días antes a la fiesta y muchos curiosos del pueblo que jamás habían pisado Nightstorm. El entierro les daba la excusa perfecta para ver a los MacDonald de cerca. No me gustan los funerales, y no porque me asuste la muerte. A los noventa y cuatro años, es mi única amiga. Ella no se olvidará de mí. Pero no quiero desviarme de la historia.

Cordelia se mantuvo entera. Recuerdo que admiré su temple; incluso yo había derramado alguna lágrima durante las elegías, y no es que el señor MacDonald fuera santo de mi devoción. Otra cosa que me sorprendió de ella en aquellos días aciagos fue su fortaleza para enfrentarse a los cuchicheos de la gente. Sin ser consciente de ello, tenía el enemigo en casa: su tía Drummond propició que la noticia de la huida de Eilean se propagara por la isla como un virus letal.

Mientras aguardábamos la celebración del funeral, Fiona Drummond estuvo ocupándose de recibir a los conocidos que se acercaban a la mansión a presentar sus condolencias. La mayoría de ellos, si bien notaron la ausencia de Eilean, no hicieron comentarios. A quienes tuvieron el mal gusto de preguntar a los criados esperando sonsacarnos les respondimos que la señorita estaba de viaje.

Una tarde pasé frente al salón en dirección a la cocina. Estaba en esos días del mes y pensé que una taza de té caliente me ayudaría a calmar los dolores. A través de la puerta entreabierta me llegaron unas voces.

—Fiona, ¿es cierto que tu sobrina se ha fugado con un desconocido?

—No exactamente, Moira. El señor Hamilton estaba pasando el verano en Nightstorm invitado por mi difunto sobrino. Tuve ocasión de tratar a ese pájaro y debo decir que no me pareció de fiar.

Menuda cara más dura tenía aquella bruja. Babeaba cuando Ross le dirigía la palabra. En la fiesta prácticamente lo obligó a bailar con ella.

—Querida, ya sabes que a mí no me gusta criticar, pero Eilean es una joven bastante... En fin, no hay más que ver el modo en que ha tratado a mi Alistair. Y bien sabes que sus intenciones eran serias. De una buena se ha librado mi nieto. Dime, ¿está embarazada? Eso lo explicaría todo. Ha huido para no enfrentarse al escándalo. ¿Qué opinas tú, Abigail?... ¿Abigail, me has oído?

La aludida dormitaba, me sorprendió que estuviera al quite.

—¿Eh? ¿Embarazada? Pues sí, eso lo explicaría.

La señora Drummond volvió a tomar la palabra. Nada le gustaba más a la comadreja que ser el centro de atención.

—¡Qué cosas dices, Moira! Te recuerdo que hace poco estaba en París.

—Bueno, allí las costumbres son más relajadas. ¿Te has parado a pensar que la presencia del señor Hamilton en esta casa tal vez le vino de perlas?

—¿Qué insinúas? —Como la Drummond me daba la espalda, no podía ver la expresión de su rostro; la imaginé arqueando las cejas—. No te comprendo.

—No sería descabellado suponer que Eilean se hubiera quedado preñada de un francés. ¿Crees que a una chica como ella le habrá costado convencer al señor Hamilton de fugarse juntos?

Fiona Drummond chasqueó la lengua.

—Eilean es incapaz de urdir un plan semejante. No es tan retorcida.

—Moira tiene razón —convino la tal Abigail—. Tu sobrina es bellísima, querida Fiona. Las chicas como ella traen de cabeza a los hombres. —Se giró hacia Moira con una sonrisa pícara—. Quizá tu Alistair también se habría fugado con Eilean si ella le hubiera puesto ojitos.

—¡Cómo te atreves a hablar así de mi nieto! —estalló la mujer.

—No te alteres. Solo digo que el chico fue afortunado de que Eilean no se fijase en él. Imagínate la vergüenza que habría caído sobre tu familia.

—No, señoras —intervino Fiona Drummond, zanjando la discusión—. Por desgracia, la vergüenza ha hecho nido en esta casa. Lo lamento por Cordelia. Temo que se hayan esfumado sus esperanzas de contraer matrimonio. Bebía los vientos por Ross Hamilton. Aprecio sinceramente a mi sobrina, pero, para ser realista debo reconocer que no tiene la belleza de su hermana ni de su madre, que en paz descanse. Le será difícil encontrar un buen partido.

—Todavía es joven. Yo me casé a los veintitrés, y eran otros tiempos.

—A eso exactamente me refiero, Abigail. Tuviste mucha suerte. Si el bueno de George no hubiera aparecido en tu vida, estarías vistiendo santos.

Todas, excepto la aludida, rieron el comentario. Me cayó bien esa Abigail. No se dejaba avasallar.

—Las chicas de ahora no tienen prisa por casarse. Algunas incluso trabajan.

—Dime el nombre de una joven de buena familia que a punto de cumplir los veintiséis años continúe soltera y sin compromiso. Te repito que las posibilidades de Cordelia son casi nulas. Por suerte, la muerte de su padre la ha convertido en una mujer rica. Señoras, ¿qué os parece si echamos una partidita? Pediré que nos traigan té y pasteles.

Cuando me volví para continuar mi camino me di de bruces con Cordelia. Desconozco el tiempo que llevaba allí, pero, a juzgar por su rostro desencajado, lo había oído todo. Avergonzada de haber sido pillada con la oreja pegada a la puerta, musité una excusa y me alejé con rapidez.

En cuanto echaron la última paletada de tierra sobre el féretro de su padre, Cordelia me ordenó hacer el equipaje de su tía. Ni siquiera le permitió quedarse al almuerzo que se ofreció tras el entierro, y que, en mi opinión, solo sirvió para dar pábulo a los chismorreos. No sé qué le pasaría a Cordelia por la cabeza cuando alguna alcahueta le preguntaba por Eilean, imagino que nada bueno, pero aguantó el tipo. Terminado el acto final del drama, subió a su dormitorio y cerró la puerta con llave.

Durante días no probó bocado. Estaba tan preocupada por ella que una mañana la amenacé con avisar al doctor Farrell. Ni por esas. Al séptimo día de encierro, cuando Murray y yo estábamos a punto de echar la puerta abajo, salió por fin. Delgada y ojerosa, se había convertido en una patética sombra de sí misma; por si esto fuera poco, más allá de su deterioro físico, atribuible al sufrimiento, vislumbré en Cordelia un aura oscura que me asustó.

Quiso que le cortara el cabello. Traté de convencerla de que no le quedaría bien, pero cuando la vi coger las tijeras del costurero con intención de hacerlo ella misma claudiqué. Si deseaba llevar el pelo como un chico, allá ella.

La cosa no quedó ahí. Cordelia empezó a tontear con las comidas. Tan pronto se atiborraba como hacía ayunos que hubieran dejado perplejo a un monje budista. Trataba a las visitas con indiferencia, y las amigas de Eilean que se acercaban a preguntar por ella eran despedidas con cajas destempladas. Mientras tanto, dado que pasaba mucho tiempo en su habitación, yo no hallaba el momento de devolver las joyas que me había confiado su hermana.

Una tarde la vi sentada en el despacho de su padre, concentrada en unos documentos. Me dirigía a su cuarto a toda prisa cuando Chrissy me interceptó en la escalera. La señora Brown le había pedido que barriera la buhardilla y le daba miedo quedarse allí sola. Decía que se oían ruidos extraños. Pude haberme negado, ya era mayorcita para andarse con esas tonterías, pero terminé haciéndole el trabajo. La habilidad de aquella chica para escaquearse de sus obligaciones era digna de estudio. En cuanto terminé de barrer fui a la habitación de Cordelia. La encontré revolviendo en su joyero. Devolverle en ese momento las joyas hubiera implicado reconocer que Eilean me había puesto al tanto de sus planes. Con el tono de voz más inocente que logré arrancar a mi reseca garganta, le pregunté si buscaba algo. Tras unos minutos interminables, cerró la tapa del cofre y se volvió hacia mí.

—El camafeo. Se lo presté a... Está claro que se lo ha llevado.

No me pasó por alto que evitaba pronunciar el nombre de su hermana.

—Quizá lo guardó en otro sitio —dije, avergonzada de mi cinismo y sintiendo el peso de las joyas en el bolsillo.

—También faltan el broche de mariposa, un collar y unos pendientes.

A causa de mi torpeza, Cordelia acusaba a Eilean de haberse apropiado de sus joyas. Tendría que buscar otro momento para deshacerme de ellas, pero ya no podría dejarlas en el joyero. Iba a retirarme cuando me preguntó:

—¿Querías algo, Ruby?

Me sobresalté.

—No te he llamado —añadió—. ¿A qué has venido?

Su mirada me erizó la piel. Balbucí que tenía que coserle una blusa. Abrí el armario, descolgué una al azar y le arranqué un botón. Luego salí del cuarto.

En vista de que Cordelia apenas requería mis servicios, la señora Brown decidió que ayudara a los demás criados. «Es para asegurarte el salario —me dijo—. Si continúas mano sobre mano, la señorita no tardará en decirme que te despida». Pensé que si Cordelia me quisiera fuera de Nightstorm, ya me habría echado. Su estado de ánimo era cada día más impredecible. Una mañana subí a hacerle la cama y la sorprendí agarrando el vestido plateado que había lucido en la fiesta. Absorta en acariciar la tela, no reparó en mi presencia. Sentí compasión ante la inmensa tristeza que reflejaban sus ojos. No había que ser muy sagaz para deducir que pensaba en su vida perdida. En los sueños incumplidos. De súbito, arrojó el vestido a la chimenea y salió de la habitación. Yo permanecí allí contemplando cómo lo devoraban las llamas.

Con el tiempo, los criados terminaron abandonando Nightstorm. Thomas, el chófer, fue el primero en desertar; tras la muerte del señor MacDonald se marchó sin dar explicaciones. Cuando estalló la guerra solo quedamos en la casa Morag, la cocinera; Elspeth, la pinche; la señora Brown y yo. Chrissy aceptó la propuesta de matrimonio de un viudo con dos hijos, dueño de una taberna en Broadford. Jamie, el jardinero, y Murray, el mayordomo, se incorporaron a filas.

Cordelia prohibió a la señora Brown contratar personal masculino. Podría haberse ahorrado tan singular orden, ya que la mayoría de los hombres habían marchado al frente. Para el cuidado de los jardines, el ama de llaves tuvo que recurrir a un pescador jubilado que sabía menos de plantas que yo. Entre las muchachas que optaron al puesto de Chrissy, la señora Brown escogió a una con pocas luces. Parloteaba como una cotorra, pero yo agradecía sus chistes y su intrascendente conversación durante los momentos de asueto. Antes de contratarla, con el fin de evitar la ira de Cordelia, el ama de llaves la sondeó acerca de la señorita Eilean. Declaró no haber oído hablar nunca de ella, cosa insólita dado que el escándalo se había extendido por los alrededores como una epidemia de peste. Me hizo pensar que no era tan tonta como parecía y había mentido para conseguir el empleo. Todos sabíamos que los nombres de Eilean y Ross no debían mencionarse en Nightstorm.

En cuanto a mí..., las chimeneas no calentaban lo bastante para combatir el invierno eterno en que se había convertido la vida junto a Cordelia.

A finales de 1941 mi hermano volvió a casa de permiso. Presintiendo que Cordelia no me daría días libres, le dije que debía cuidar de mi padre enfermo. Fue una semana inolvidable. La mejor de mi vida. Meses después le anuncié que dejaba Nightstorm para casarme. «Todos me abandonáis», musitó. Su reacción me desconcertó, creí que se alegraría de perderme de vista. Mi presencia le suponía un recordatorio constante de la traición de Eilean. Aunque tal vez era lo que pretendía, tener a alguien cerca que le impidiera olvidar.

Os preguntaréis qué hice con las joyas. Días después de enterrar a su padre, Cordelia se reunió en la biblioteca con el abogado de la familia. Cuando les llevé un refrigerio escuché retazos de la conversación. Al parecer, poco antes de morir, el señor MacDonald había decidido modificar su testamento, pero no llegó a firmarlo. Cordelia estaba indignada. Le sentó muy mal verse obligada a compartir la herencia con su hermana. Aproveché para subir a su habitación y buscar un lugar donde dejar el saquito con las alhajas. El escritorio me pareció la mejor opción, sin embargo, cuando iba a abrir uno de los cajoncitos, recordé que Cordelia se sentaba allí a escribir cartas; a buen seguro los habría abierto más de una vez desde la huida de Eilean. Era una pieza isabelina que me gustaba mucho. Mientras acariciaba el bello trabajo de marquetería, debí de accionar algún resorte, ya que de repente apareció ante mí un escondrijo. Era perfecto. Cuando Cordelia encontrara las joyas, supondría que su hermana las había puesto allí. Después de casarme no volví a ver a Cordelia.

—¿Nunca? ¿Ni siquiera le hizo una visita? —pregunta Christopher. Tengo la impresión de que duda de la palabra de Ruby.

—¿Con qué objeto? ¿Presentarle a mi flamante esposo? Le recuerdo que a Cordelia no le hizo gracia que dejara mi trabajo para contraer matrimonio.

—¿Y Eilean? ¿No le escribió?

—Gracias a Dios tuvo el buen juicio de no hacerlo. Me habría puesto en un compromiso. La señora Brown se encargaba de repartir el correo. ¿Se imagina su reacción si llega a ver un sobre dirigido a mí con un sello de la India? ¿A quién podía conocer yo en ese país? No me encuentro bien. Nora, dile a Melva que me acompañe al dormitorio.

—Si me lo permite, yo lo haré —se ofrece Christopher acercándose a ella.

—Gracias, querido. Una vieja decrépita no tiene todos los días el privilegio de que un hombre joven y atractivo la lleve a la cama.

Cuando le pasa el brazo por los hombros observo que la anciana respira con dificultad. En lugar de seguirlos, voy a la cocina. Ruby agradecerá unos minutos a solas con Christopher. Tal vez tenga alguna confidencia que hacerle.

54

El puerto de Portree me devuelve a las tranquilas tardes de domingo con mi madre y mi prima. Recuerdo los paseos y cómo nos divertíamos espantando a las gaviotas hasta que llegaba la hora de regresar a Nightstorm. Muevo la cabeza para desprenderme de la inoportuna nostalgia. No es momento de apegarme al pasado sino de preocuparme por el futuro, que se presenta bastante incierto. Todavía no he hablado con Christopher de la entrevista y se me acaba el tiempo. Cuando pasamos frente a un coqueto restaurante me detengo a echar un vistazo a la carta. Me parece un buen sitio para cenar, pero cuando voy a sugerírselo a Christopher lo veo caminar calle arriba.

No esperaba que me llevara al restaurante del hotel donde se aloja, una mansión georgiana restaurada, regentado por una mujer de mediana edad que se deshace en atenciones con sus huéspedes. Aparte de nosotros, hay otras cinco parejas cenando. Christopher me cuenta que el príncipe Estuardo y Flora se alojaron allí antes de que él partiera hacia el continente.

—¿Por qué no me sorprende? —digo, riéndome.

—¿El qué?

—Que hayas elegido este hotel. La historia de esa pareja te fascina.

—Ni la mitad que la de Ruby. Estoy seguro de que ha mentido o no nos ha contado toda la verdad —afirma cuando el camarero se retira tras servirnos el primer plato, una fuente rebosante de langostinos y otros frutos del mar.

—¿A qué te refieres?

Miro los cubiertos con aprensión. Debería utilizarlos para pelar los langostinos, pero la última vez que lo intenté, en una comida de trabajo, un trozo de cáscara acabó en el vino de uno de los comensales. Christopher los coge con los dedos.

—Aunque lo haya negado, apuesto a que volvió a ver a Cordelia.

—¿Qué te hace pensar eso? Ah, claro, la intuición. Una cualidad de la que yo carezco.

—No te pongas sarcástica conmigo —me regaña—. Estoy convencido de que esas pájaras se vieron en algún momento, igual que tú estás segura de que Cordelia escribió otro diario.

—Pues empiezo a dudarlo. He registrado toda la casa y sigue sin aparecer.

—Creo que Ruby esconde aún muchos secretos bajo la manga.

—No lo sabes tú bien —mascullo entre dientes.

—Adelante, suéltalo.

—¿Qué?

—No te hagas la inocente. Ruby y tú habéis estado a solas media hora, tiempo en el que me he convertido en un experto en plantas curativas, helechos, turba, musgo y otras especies autóctonas de las islas Hébridas. No soy un metomentodo, pero...

—Te mueres por saber lo que me ha contado. Vale, lo entiendo y admiro tu paciencia. Yo te habría abordado nada más salir de la casa.

—Vamos, empieza a largar —me apremia, impaciente.

—¿Te suena un tal lord Lovat?

Christopher enarca las cejas y se limpia los dedos en el cuenco de agua con limón.

—¿A qué viene la pregunta?

—¿Has oído hablar de él o no?

—Leí algo sobre su vida cuando pasaba los veranos en Nightstorm. Si no recuerdo mal, se llamaba Simon Fraser. Sus hazañas en la Segunda Guerra Mundial lo convirtieron en un héroe nacional.

—Cuéntame más.

—Al parecer, era un tipo curioso. Desembarcó en la playa de Normandía al frente de una brigada de dos mil comandos tocados con boinas y al son de las gaitas. Cuando su gaitero, Bill Millin, le recordó que la normativa prohibía semejante excentricidad, Lovat le espetó: «Es una orden del Ministerio de la Guerra inglés. Tú y yo somos escoceses, así que ¡continúa tocando!». Si te interesa la historia, te recomiendo que veas *El día más largo*. Por cierto, cuando Lovat murió, Millin tocó en su funeral.

—¿Recuerdas que se hablara de Liam Campbell? Formaba parte de un comando, luego lo ascendieron a comandante o un cargo similar.

Niega con la cabeza.

—No me suena. ¿A qué viene ese repentino interés por los héroes de guerra escoceses? Ni siquiera sabías quién era Flora MacDonald.

Paso por alto la ironía implícita en su tono.

—Ruby me contó cosas de la guerra.

—Mentirosilla. —Sonríe y me apunta con el índice.

—Es la verdad —me defiendo.

—¿Pretendes convencerme de que Ruby me ha hecho salir del salón para contarte una película de acción? Mira, si no quieres revelar sus confidencias, no lo hagas, pero no me tomes por imbécil.

—Te he preguntado por lord Lovat porque formaba parte, en cierto modo, de la historia de Ruby.

—Sé más explícita.

Ruby no me pidió que me llevara sus secretos a la tumba, así que le cuento a Christopher los episodios más cruciales de la vida de la anciana: la repentina marcha de Liam, el embarazo, la boda propiciada por su madre, las brutales palizas del hijo del carnicero, el aborto... En todo el tiempo que dura mi relato, Christopher no me interrumpe ni una sola vez, únicamente deja caer un comentario cuando hago una pausa para beber un sorbo de vino.

—Podría escribirse una novela con su vida.

—Pues aún no has oído lo mejor.

Y entonces le explico el plan trazado por Ruby para deshacerse de su marido, del que no conozco el nombre, pues no se lo pregunté y ella siempre se refirió a él como «el hijo del carnicero». Christopher estalla en carcajadas.

—¿Dónde está la gracia? Fue un asesinato. Puede que tuviera motivos para odiarlo, ¡pero no le daban derecho a matar! —exclamo, sorprendida de que se lo tome a guasa—. ¡Ah!, y creo que también se cargó a su suegra empujándola por la escalera —añado, lo que hace que Christopher se ría aún más.

—¿Y qué piensas hacer? ¿Denunciarla?

—Naturalmente que no, solo digo que...

Christopher apoya su mano sobre la mía, un simple gesto que aumenta varios grados mi temperatura corporal.

—No te pongas en plan moralista, Eleonora. Con la mala vida que le dio ese individuo, me extraña que Ruby no reaccionara antes. No eres quién para juzgarla. Por duro que sea lo que te ha contado, imagino que habrá omitido la peor parte. ¿Cómo te sentirías si hubieses sufrido como ella?

Guardo silencio. Ignacio jamás me puso la mano encima, pero me sometió a un tipo de maltrato que resultaba tan doloroso como si me hubiera dado puñetazos. Muevo la cabeza para alejar los pensamientos.

—Mira, antes de empezar un libro me documento a fondo. Uno de los personajes secundarios de mi tercera novela, *La sangre de otros*, era una mujer maltratada por su marido, un policía condecorado e intachable en su trabajo. Una asistente social de

Nueva York me puso en contacto con una mujer que había pasado por lo mismo. En su caso, el marido no era poli, sino ejecutivo de una multinacional. Ella, al igual que Ruby, vivió su drama en silencio. Un día, harta de recibir palizas, compró un arma y le descerrajó dos tiros al marido en el aparcamiento del edificio donde vivían. Solo le rozó un hombro, pero el hombre la denunció por intento de homicidio. Un buen abogado hizo el resto. Como no había constancia de denuncias previas por maltrato, la mujer perdió la custodia de su hija y acabó en prisión. La visité allí en dos ocasiones, y ¿sabes de lo único que se arrepentía?

—¿De qué? —pregunto, realmente interesada.

—De no haber aprendido a disparar.

—¿Y cómo acabó la cosa? ¿Se vengó del marido cuando salió de prisión? Es lo que le hubiera aconsejado Ruby.

—Es justo lo que hizo el personaje de mi novela, vengarse, pero eso solo pasa en la ficción. A ver, no estoy defendiendo que Ruby matase a su marido, aunque pueda entenderlo. Como he dicho, no tenemos derecho a juzgarla. Yo detestaba a Cordelia, sin embargo, después de saber lo que le hicieron Eilean y Ross, la comprendo un poco mejor. Me recuerda a la señorita Havisham.

—¿Quién es?

—*Grandes esperanzas*. Dickens. La señorita Havisham fue abandonada por su prometido el día de su boda. Permaneció vestida de novia el resto de su vida y se hizo cargo de una pupila, Estella, a la que enseñó a tratar a los hombres con desdén. ¿No lo has leído? Es un clásico.

—Te recuerdo que de pequeña leía a Poe, a Oscar Wilde y a otros clásicos más truculentos. Vale, si para ti Cordelia es la señorita Havisham, ¿quién eres tú en esta historia?

Christopher se limpia las comisuras de la boca con una servilleta antes de responder con una sonrisa.

—¡Ah!, yo me veo como Pip, el joven a quien la señorita Havisham deja entrar en su casa para que entretenga a Estella.

Que sepas que Pip consigue doblegar el frío corazón de la chica. Léelo. Hay un ejemplar en la biblioteca de Nightstorm.

—¿Por qué pasabas los veranos con tu tía abuela, si no la soportabas? Yo no tenía elección, pero tú...

—Mi madre era actriz de teatro —responde haciéndole una señal al camarero para que nos traiga otra botella de vino—. Era viuda y en verano iba de gira. Tenía que dejarme al cuidado de alguien. Además, la isla me gustaba.

—¿Tu madre se llevaba bien con Cordelia?

—Toleraba sus desaires porque albergaba la esperanza de que yo, como único descendiente directo vivo, heredara la mansión y la fortuna MacDonald. No le han sentado bien los términos del testamento, y eso que no conoce los detalles —dice, haciéndome un guiño.

—¿La ves a menudo?

—Un par de veces al año, más si viene a Nueva York, pero hablamos a menudo por teléfono. Hace diez años se casó con un excampeón de esquí canadiense y viven en Montreal. Él es propietario de una cadena de tiendas de artículos deportivos. Un buen tipo. La hace feliz.

—¿Qué edad tenías cuando murió tu padre? —me atrevo a preguntarle aprovechando que ha bajado la guardia y, por primera vez, se está abriendo.

—Tres años. Apenas me acuerdo de él. Se crio en Nightstorm.

—¿Lo educó Cordelia?

—Te extraña, ¿verdad? Por lo que sé, cuando Ross desapareció, mi abuela Eilean enloqueció. La guerra había terminado hacía pocos meses y su nombre no figuraba entre las víctimas; supongo que creyó que había hecho con ella lo mismo que con su hermana: abandonarla por otra mujer. Cuando murió, mi padre tenía unos seis años y Cordelia aceptó su custodia.

—¿No había más parientes Hamilton a los que recurrir? —Enseguida lamento mi falta de tacto. El hermano de Ross falleció a consecuencia de unas fiebres.

Christopher se encoge de hombros.

—Primos lejanos.

—¿Y qué pasó después?

—A mi padre lo enviaron a Nightstorm House. Ironías de la vida: Cordelia se ocupó del hijo que habían engendrado los dos seres que más odiaba. Tengo que hablar con Ruby de esto, a ver qué opina.

—Tu padre no tenía culpa de nada.

—Aun así, ponte en la piel de Cordelia. Si tu hermana te traicionara con el amor de tu vida, llegado el caso, ¿te harías cargo de su hijo?

Buena pregunta. ¿Acogería a un hijo de Ignacio y su amante?

—No lo sé —respondo con sinceridad—. Valoraría las circunstancias; si el crío no tuviera a nadie más, probablemente lo haría. Los niños tienen derecho a ser amados, no importa quiénes sean sus padres, ni lo que hayan hecho.

—Muy loable por tu parte. —Christopher me lanza una mirada tan cargada de intensidad que enrojezco hasta la raíz del pelo—. Cordelia era menos altruista. Educó a mi padre con mano férrea, quería convertirlo en un ser débil para retenerlo al amparo de sus faldas, pero le salió el tiro por la culata.

»Tras acabar la carrera de Derecho en Oxford, mi padre se marchó de vacaciones a Nueva York. Cordelia probablemente pensaba que seguía en la universidad. Una noche conoció a una chica en un bar. Se enamoraron y ella quedó embarazada. Cordelia le dijo a mi padre que o abandonaba a la chica o no volvería a poner los pies en Nightstorm. A los tres años de nacer yo, mi padre se mató en un accidente de coche. Para mi madre fue una catástrofe, pero cogió el toro por los cuernos y se puso a trabajar al mismo tiempo que estudiaba arte dramático. Yo me quedaba al cuidado de mis abuelos. Ella siempre dice que de no haber enviudado jamás habría pisado un escenario. Era feliz con su familia. El verano que cumplí doce años, como sus padres habían fallecido, me envió a Escocia mientras se iba de gira. Aún no entiendo que Cordelia me aceptara en su casa.

Una de sus contradicciones. Detestaba a los Hamilton, pero quería tener a uno bajo su ala. Y como solo quedaba yo...

—Deseaba controlarte, como intentó hacer con tu padre.

—Fui bastante díscolo. Pero basta de hablar de mí. Te he contado cosas sobre mi familia como deferencia, pues tú has compartido conmigo el drama de Ruby. *Quid pro quo.*

—Es bueno abrirse a los demás. De lo contrario, los sentimientos malos se enquistan y el corazón se endurece.

Los ojos de Christopher brillan con malicia.

—¿Hablas por experiencia propia?

No caeré en su trampa. No estoy preparada para desvelar mis miserias.

—Bueno, es lo que dicen los psiquiatras y los libros de autoayuda.

—Nunca he ido al psiquiatra y no leo ese tipo de libros. ¿Por qué lo haces tú?

¿Adónde quiere ir a parar?, me pregunto, decidida a mantener altas mis defensas.

—Yo tampoco los leo —miento—, pero ayudan a mucha gente. Es que... Vale, deja ya de confundirme. Además, estábamos hablando de Ruby.

—De acuerdo —admite, retomando el tema—. No entiendo por qué esta tarde se ha empeñado en negar que volvió a ver a Cordelia. Otro día insistiré, si la pillo de buenas, tal vez consiga que lo reconozca.

—Si Ruby afirma que nunca más tuvo contacto con tu tía abuela, no se desdecirá. Es terca como una mula.

—Ya veremos. ¿Quieres postre? Te recomiendo la tarta mágica.

—Mmm, qué apetecible, pero no sé si debo.

En cuestión de minutos, el camarero deposita frente a mí una porción de pastel de *mousse* de chocolate negro espolvoreado con azúcar glasé y un bol de nata fresca. ¿Mágica? Es perversamente tentadora. Christopher ha pedido un café.

—¿Pretendes que me acabe esto yo sola?

—Soy alérgico al cacao —declara. Y debe de ser cierto, nunca lo he visto comer chocolate.

—Pues no sabes lo que te pierdes.

—Ahora que recuerdo, antes has dicho que querías pedirme algo.

En cuanto paladeo el primer bocado, estoy perdida. La voz de mi cabeza empieza a contar calorías, pero la ahuyento con un movimiento de cabeza y sigo engullendo hasta no dejar una miga.

—¿Eh? —Levanto la vista del plato y me limpio los labios con la servilleta. Seguro que tengo chocolate hasta en la punta de la nariz.

—Querías un favor. Aprovecha, estoy de buen humor.

La entrevista. Maldición. Tengo que enviarla mañana. Una vez al corriente del asunto, Christopher frunce el ceño.

—He terminado la promoción —dice zanjando el tema.

En el despacho de Fabián estaba tan ansiosa por alardear ante el cretino de Escudé que no se me pasó por la cabeza una negativa de Christopher. Opto por quemar mis naves. De perdidos al río.

—Te juro que necesito la entrevista como los helechos de Melva el agua de lluvia. Y perdona si te parece cursi.

—Ni menciones las plantas. Ya he tenido suficientes por hoy. ¿Por qué estás tan desesperada?

Le explico mi reunión con el subdirector del periódico sin entrar en detalles. Aunque la entrevista decidirá mi futuro, no tengo intención de humillarme.

—A ver si lo entiendo. ¿Tu puesto de trabajo depende de que yo conteste unas preguntas?

—Bueno, tampoco es eso.

—Reconócelo, Eleonora, si no envías la entrevista, te pondrán de patitas en la calle.

—Vale —admito a regañadientes—, exageré un poco al decir que somos íntimos. El caso es que un redactor ha intentado hablar con tu agente, pero en la editorial...

—¿No lo somos? —me interrumpe.

—¿El qué?

—Amigos íntimos.

—Pues no lo sé, la verdad, los amigos íntimos se hacen favores, yo acabo de pedirte uno y me lo has negado. —Contengo la respiración hasta que, tras unos segundos, Christopher suelta un bufido.

—De acuerdo, por una vez me saltaré mis normas. ¿Qué te interesa saber?

—¿Quieres que te haga la entrevista... ahora?

—¿No tienes que entregarla mañana?

Apenas saco el cuestionario del bolso, Christopher me lo arranca de las manos y lo lee por encima. Al terminar agita el folio en el aire.

—¿En qué idioma está escrito? No entiendo nada.

—No dramatices. De todas formas, las preguntas no son mías.

—Veo que te ha gustado la tarta. —Señala mi plato vacío—. ¿Te apetece un té o un café?

—Nada, gracias.

—Entonces, subamos a mi habitación.

—¿Qué? —La sugerencia me provoca una descarga de adrenalina. Él arquea una ceja.

—Tengo el portátil arriba. A no ser que quieras escribir a mano.

—Ah, vale. Esto... otra cosa.

—¿Qué? —Me mira expectante.

—Necesito fotos.

—La editorial puede enviarte algunas.

—Me gustaría hacerte unas cuantas, si no te importa.

—¿Con tu teléfono? —pregunta jocoso.

—Pues...

—Eleonora, mi publicista me matará si te dejo hacerme fotos con un móvil.

—¿No te las haces con tus lectores?

—Por supuesto. Ellos las cuelgan en sus redes. Tú pretendes publicarlas.

Mientras salimos del comedor no dejo de preguntarme cómo y dónde voy a encontrar un fotógrafo a estas horas.

55

Cuando entramos en su habitación, que sin duda es de las mejores del hotel porque dispone de una acogedora sala de estar, Christopher saca el móvil. Lo oigo hablar con alguien que, casi de inmediato, le pasa con otra persona. Tras intercambiar cariñosos saludos, aborda la cuestión de las fotos.

—Perfecto. Sí, con tres bastará. —Me lanza una mirada inquisitiva y hago un gesto afirmativo—. Gracias, Annie.

Cuando finaliza la conversación deja el teléfono sobre la mesa de centro.

—Van a enviarme tres fotografías inéditas de la sesión que me hizo Annie Leibovitz para una revista americana.

No sé por qué me sorprendo. Christopher Hamilton es un autor de éxito. El mago de los best sellers. Conocerá a un montón de gente importante. Estoy en plena ensoñación cuando su pregunta me obliga a aterrizar en la dura realidad.

—¿Para qué periódico es la entrevista?

Si le digo que es para uno gratuito que se reparte en la entrada del metro, se acabó lo que se daba. Hago un gesto displicente con la mano.

—Da igual, no lo conocerás.

Salvada por el móvil. Me pregunto quién será, tal vez Naomi. Aguzo el oído. Hablan de cuadros y envíos.

—Mañana irán a embalar —me informa—. A las diez. ¿Seguro que quieres seguir en Nightstorm? La casa se quedará aún más desangelada.

—Ya me he acostumbrado al frío y a los ruidos.

Christopher niega con la cabeza.

—Tengo amigas que no pasarían ni una noche entre esas paredes.

Me lo imagino.

—Supongo que vendrá Naomi. —Intento imprimir a mi voz un tono neutro.

—Obviamente. Bueno, empecemos con la entrevista. En el cuestionario he visto alguna pregunta de carácter personal. No voy a contestarla. Tampoco puedes utilizar lo que te he contado durante la cena. ¡Ah!, y quiero leer el texto antes de que lo envíes. ¿De acuerdo?

¿Tengo alternativa?

—Pero... escribo en castellano. No entenderás nada.

—No hay problema. La secretaria de mi agente es de Puerto Rico.

Cuando se lo propone, Christopher resulta tan molesto como el aguijón de una avispa. ¿Cree que osaría desvelar sus intimidades familiares? La vocecilla diabólica de mi subconsciente asume el mando. «¡Pues claro! Toda esa historia lacrimógena es muy morbosa. Me defraudarías si no pensaras utilizarla. Deja que la de Puerto Rico dé el visto bueno a la entrevista y luego añades lo que te convenga». No puedo traicionarlo. Me echaría encima a sus abogados. «¿Y cómo va a enterarse? ¿Acaso en Nueva York lee alguien tu periodicucho?», me insiste la voz. Da igual. Soy demasiado cobarde para desafiarlo. Aun así, necesito algo más que una retahíla de datos profesionales.

—¿Puedo preguntarte por qué no te has casado? —le tanteo.

Christopher abre la nevera y saca un botellín de agua.

—Puedes, pero te daré una respuesta tópica: no he encontrado a nadie que me importe lo bastante como para comprometerme.

—Sin embargo, has salido con muchas mujeres —sigo pinchándole con la esperanza de que pique el anzuelo.

—Según internet, soy un libertino que se ha acostado con más de tres mil mujeres. Qué estupidez; si fuera cierto, no habría hecho otra cosa en la vida que follar. Te doy permiso para escribir eso.

Tras apurar el agua se dirige a un escritorio ubicado junto a la ventana y coge su portátil. Luego se acomoda en el sofá, teclea una clave de acceso y coloca el ordenador sobre mis rodillas. Treinta minutos después he transcrito una quincena de preguntas, la mayoría sobre sus libros.

—Ahora solo faltan las fotos —le recuerdo.

—Tranquila, llegarán. Voy a ducharme.

Me basta con imaginar su cuerpo desnudo bajo el agua para ruborizarme.

—Vale, esto..., mientras tanto puliré el texto —acierto a balbucir.

Cuando desaparece tras la puerta del baño me pregunto cómo reaccionaría si me metiese con él en la ducha. ¡Bah! Esto pasa en las películas. Será mejor que me aplique al trabajo. Fabián necesita la entrevista mañana y aún tiene que pasar la censura de la secretaria. Teniendo en cuenta la diferencia horaria, debería leerla de inmediato. ¿Por qué será este hombre tan desconfiado?

Diez minutos después, Christopher reaparece envuelto en un albornoz con el logotipo del hotel. Cuando se sienta a mi lado, unos mechones de pelo húmedo le caen sobre la frente confiriéndole un aspecto increíblemente sensual. Me va a resultar difícil concentrarme. Desvío los ojos hacia la pantalla del ordenador y respiro hondo.

—¡Eleonora!

Vuelvo la cabeza, tratando de no mirarlo directamente.

—Eh, perdona, me he distraído.

—Te pregunto si has terminado.

—Sí. Ya puedes enviarle el artículo a tu amiga, aunque te

aseguro que he seguido tus normas al pie de la letra: no he escrito nada que te perjudique ni he revelado intimidades. Me he limitado a presentarte como un hombre atractivo, inteligente, seductor, vanidoso, elegante, misterioso, cínico y muy desconfiado.

—¿Estás adulándome o tratas de insultarme sutilmente? —Mientras habla, sus dedos vuelan sobre el teclado. El correo va dirigido a una tal Jennifer.

—¿Insultarte? —finjo escandalizarme—. Jamás se me ocurriría.

—No es que no confíe en ti, solo que tras alguna experiencia desagradable mi agente insiste en supervisar casi todas las entrevistas. Quítate el vestido —me ordena de súbito.

Me quedo muda.

—Podría quitártelo yo, pero lo más probable es que lo destroce. —Se inclina hacia mí—. Ya hemos jugado bastante al gato y al ratón, ¿no te parece?

—¿Te importa esperar un momento? —digo cuando recupero el habla.

Con la espalda apoyada en la puerta, el corazón palpitante y los ojos cerrados, respiro profundamente hasta que mi respiración se ralentiza. Está a punto de pasar, me digo, presa de la excitación. «¿No es lo que querías?», susurra la vocecita. Me quito el vestido, satisfecha de llevar puesta mi mejor ropa interior, las botas y las medias, y miro sobre la repisa del lavabo en busca del cepillo de dientes. Espero que Christopher no sea un maniático de la higiene reacio a compartir el cepillo. Yo lo soy, pero por esta vez haré una excepción. La imagen que me devuelve el espejo no me gusta, es el rostro de una mujer con bolsas bajo los ojos, consecuencia de la falta de sueño y el exceso de tensión nerviosa. Me paso el peine por el pelo. Lástima no tener un perfume a mano.

Al cabo de un largo rato, asomo la cabeza. Me apoyo en el

quicio de la puerta del dormitorio esperando no sé bien qué. Christopher está tumbado en la cama.

—Lo siento. Me he entretenido —me disculpo tontamente.

—¿Estás bien?

Las piernas me tiemblan y mis pulsaciones han aumentado. Aparte de eso, estoy bien. Agradezco la penumbra de la habitación. La bomba de chocolate que he engullido de postre no me ha ayudado precisamente a mantener lisa la curva del vientre y, para ser sincera, debo admitir que no me llevo bien con mi cuerpo. En cuanto salvo la distancia entre nosotros, Christopher tira de mí.

—Cierra los ojos —me susurra.

—No.

—He dicho que los cierres —repite en tono imperativo.

Obedezco aunque no me gusta la sensación de no saber lo que ocurre. Me siento vulnerable. Por eso jamás iré a una degustación a ciegas.

—Relájate.

—Estoy relajada —ronroneo.

—No es cierto. Percibo la tensión en cada poro de tu piel.

—Me pone nerviosa no ver lo que haces.

—¿No te fías de mí? —Esta vez su tono es sugerente.

—No es eso, es que...

—Limítate a sentir, Eleonora.

Sus dedos recorren lentamente la planta de mis pies, lo que provoca un pataleo involuntario. Espero no golpearle en un ojo.

—Me haces cosquillas —gorjeo.

Dejo de moverme cuando su mano se desvía hacia el tobillo y asciende por los muslos. Sus caricias son suaves y conscientes. Cuando se detiene a la altura del ombligo y lo lame levemente entro en erupción. Si sigue así, voy a correrme antes de que me quite las bragas. Me remuevo inquieta y extiendo los brazos para tocarlo, pero lo impide sujetándomelos por encima de la cabeza. Ahora su lengua me recorre el abdomen hasta llegar al pecho. Siento una descarga eléctrica cuando retira con los dientes la blonda del sujetador.

—Olvídate de los preliminares y ve al grano —murmuro incapaz de aguantar más.

Cuando libera mis brazos, alzo la cabeza y nuestros labios se funden en un beso apasionado, exigente, que dura hasta que me quedo sin aliento.

La realidad ha superado mis sueños. Por fin estoy donde quiero estar. Quizá el futuro no nos encontrará juntos, pero he decidido vivir el momento. La única certeza que tenemos.

Christopher se ha quedado dormido. Yo me mantengo insomne, como de costumbre. Mañana tendré un aspecto horrible. Me levanto procurando no hacer ruido y voy al salón. Necesito saber si hay noticias de Nueva York, así que, desechando cualquier escrúpulo, me siento en el sofá y abro el portátil. Gracias a que memoricé la contraseña mientras él la tecleaba, no tengo problemas para acceder a su correo. Entre los mensajes nuevos hay dos que me llaman la atención: uno de Jennifer no sé qué y otro de un estudio fotográfico que incluye un *attachment*. Abro el primero. La secretaria puertorriqueña da el visto bueno a la entrevista, ¡aleluya!, aunque apunta un par de sugerencias, la muy picajosa.

Ya puesta, abro el otro e-mail. Casi se me salen los ojos de las órbitas. Las fotografías son increíbles. Fabián va a alucinar. Estoy reenviándome el correo cuando escucho un susurro a mi espalda.

—¿No sabes que es delito curiosear el correo ajeno?

—¡Qué susto me has dado! —Cierro la tapa del portátil a toda prisa—. Solo... solo estoy... repasando la entrevista —balbuceo, avergonzada.

—Ya, claro.

Se sienta a mi lado con el ceño fruncido y recupera su ordenador. Cuando veo que cambia la contraseña me abofetearía a mí misma por ser tan idiota.

—¿Qué te han parecido las fotos? —me pregunta.

Es absurdo fingir que no las he visto, así que respondo:

—Son fantásticas. Lo siento mucho, no debería haber abierto tu correo, pero...

—Pero no has podido resistir la tentación.

Preferiría ser azotada con un látigo de púas a tener que soportar su actitud condescendiente.

—No sabes cuánto te lo agradezco —digo sinceramente—. Te debo una.

—Ya lo creo. Y deberías pagarme cuanto antes.

—Te advierto que ando mal de efectivo.

—No quiero tu dinero.

—¿Han aprobado la entrevista? —pregunto con fingida inocencia.

—Como si no lo supieras.

Sin darme tiempo a reaccionar, me levanta del sofá y me lleva en volandas al dormitorio.

56

¿Cómo puede alguien hacerte el amor toda la noche y al día siguiente tratarte como si fueses una extraña? Vale, suele ocurrir cuando has ligado en un bar o a través de una aplicación. No es el caso.

Con prisa por volver a Nightstorm, Christopher me ha sacado de la cama a las siete, justo cuando empezaba a intimar con Morfeo. «No quiero que los operarios tengan que esperar a la intemperie», me ha ladrado cuando me he hecho la remolona. Justo entonces lo ha llamado Naomi para decirle que se retrasaría un par de horas. «Estupendo, tenemos margen para desayunar y llegar tranquilamente», le he respondido.

—¿Perdona? —bufa furibundo—. Por si no te has dado cuenta, está lloviendo y hay niebla, una combinación nefasta para conducir.

—A esta hora siempre hay niebla —respondo con calma. Me niego a dejarme avasallar—. En un rato se habrá despejado —añado convencida.

Christopher me mira con desconfianza y hace un gesto con la mano hacia la mesa del salón.

—He pedido el desayuno.

Parece una de las meriendas de Melva. Hay huevos revueltos, beicon, cereales, mantequilla, mermelada, tostadas, bollos, zumos, infusiones y leche. Veo un bol con restos de avena. No me ha esperado.

—No hacía falta este despliegue —le digo, pero tengo tanta hambre que me sirvo de todo.

—¿Estás segura? —Alza una ceja al verme deglutir con ansia los huevos con dos lonchas de beicon. Detesto que haga eso. Me hace sentir culpable.

—¡Qué pasa! Siempre estoy famélica por las mañanas —exclamo hincándole el diente a una tostada untada con mantequilla.

—Solo espero que no vomites en el coche.

—Muy gracioso —respondo con un audible bostezo—. No he dormido nada.

—Pues hace un rato estabas roncan... profundamente dormida.

—Cuando me has despertado acababa de quedarme frita.

Christopher no me escucha. Está al teléfono, hablando con su agente. No esperaba una promesa de amor eterno nada más despertarme, pero sí un beso. Viéndolo tan frío y distante tampoco me atrevo a tomar la iniciativa por miedo al rechazo, así que termino de desayunar a toda velocidad, envío a Fabián la entrevista y las fotos desde mi cuenta de Gmail y me meto en el baño. Media hora después vamos camino de Nightstorm.

—Alaska va a parecer una isla caribeña comparada con la casa —murmura Christopher—. La leña de las chimeneas se habrá consumido por completo.

—Los trabajadores estarán demasiado ocupados para notar la temperatura; en cuanto a tu amiga, no hay de qué preocuparse, es la reina del hielo. Un poco de frío no le molestará —respondo malhumorada.

—Pero ¿qué cojones te pasa? —Me mira de reojo, la ceja alzada—. ¿Te has levantado con mal pie?

Mira quién habla. Estoy por espetarle que es él quien se ha levantado girado y ahora pretende darle la vuelta a la tortilla, pero me muerdo la lengua para no iniciar una discusión.

—A mí no me pasa nada.

—Pues nadie lo diría. Estás de un humor de perros.

Eso es lo malo conmigo. A poco que me pinchen, entro al trapo.

—Tú eres el que está raro.

—Define raro.

—Pues eso: raro. Antes me has echado una bronca por entretenerme con el desayuno, y ahora te cabrea que las chimeneas se hayan apagado.

—Oye, en realidad, no es eso lo que te molesta, ¿verdad?

¿Espera una respuesta? Ahí va.

—Mira, ya que lo dices, me ofende tu actitud.

—¿Perdona?

—¿Cómo puedes hacerme el amor y luego pasar de mí?

Aprieto los labios y desvío los ojos hacia el paisaje. Presiento que su réplica no me gustará.

—Eleonora, somos adultos, anoche nos apetecía follar y lo hicimos. Estuvo bien. Más que bien. Si estás de acuerdo, repetiremos, pero no imagines besos de buenos días ni paseos a la orilla del mar cogidos de la mano.

Mantengo la boca cerrada y la mirada perdida en el horizonte intentando ocultar mi frustración. Es cierto, fue muy claro al respecto, pero reconocerlo no impide que de repente me falte el aire y sienta como si una garra me constriñera el corazón. Una mujer siempre confía en que podrá cambiar al hombre de quien se ha enamorado. A Dios gracias, me guardo de mencionarlo.

—Eleonora, esperas de mí algo que no puedo darte —dice en un tono más suave—. No eres la primera que lo ha intentado.

Me vuelvo hacia él.

—No creo que seas el prototipo de cabrón que utiliza a las mujeres y luego se deshace de ellas sin miramientos. Vas siempre con la verdad por delante. Es culpa nuestra si aceptamos tus condiciones. Alguien que te importaba debió de hacerte mucho daño. De lo contrario, no actuarías así.

—¡Corta el rollo! —Golpea el volante con ambas manos y me mira furioso—. Conmigo no esgrimas psicología barata. Hemos llegado. Más vale que corras a encender las chimeneas —me apremia en cuanto para el motor.

—De acuerdo, pero que conste que no tenía previsto pasar la noche fuera. Además, aunque las hubiera dejado bien alimentadas, a estas horas la leña ya se habría consumido.

—Sí, pero la casa estaría caldeada —gruñe.

Por supuesto, tenía que decir él la última palabra.

A las diez de la mañana, una cuadrilla de operarios hace su entrada en Nightstorm equipada con mantas, cinta de embalar y toda la parafernalia que garantizará que los cuadros, muebles y objetos de valor lleguen a la casa de subastas sin sufrir un rasguño.

Los hombres se frotan las manos para entrar en calor. Retirar las cenizas acumuladas en las chimeneas me ha llevado un buen rato. Christopher, más diestro que yo en estos menesteres, ha echado los troncos y los ha encendido, pero no les ha dado tiempo a caldear el ambiente y se nota el frío si no tienes el culo pegado al fuego. En cuanto puedo me escabullo a mi habitación para cambiarme de ropa y maquillarme. Cuando me estoy aplicando el rímel me llega desde el vestíbulo la voz de Naomi. ¿No ha dicho que llegaría tarde? El cepillito resbala entre mis dedos y me deja un manchurrón negro bajo el ojo.

Qué mal me cae esa mujer. Desde lo alto de la escalera veo que ha dejado su abrigo sobre la consola, junto a los Fabergé de pega. Me cuesta aguantar la risa cuando empieza a soplarse las manos, aterida.

Como de costumbre, va vestida de forma impecable: pantalón gris ajustado, botas planas y un escotado jersey bermellón. Me siento ridícula con mi minifalda de licra. Aunque la estiro todo lo que puedo, tiene vida propia y a cada paso que doy se me sube hasta los muslos. Naomi se aferra al brazo de Christopher.

—¿Cómo va todo?

—El encargado no tiene muy claro por dónde empezar —responde él.

—¡Qué majadero!

—Hola, Naomi —digo para que se dé cuenta de mi presencia.

La valkiria se gira exhibiendo su perfecta sonrisa nacarada y me repasa de arriba abajo.

—Eleonora, creí que no estarías.

«Ni se te ocurra preguntarle por qué te ha llamado así», me aconseja la voz de la prudencia.

—Llámame Nora, por favor. ¿Quieres tomar algo?

—No, gracias. ¿Te importa colgar mi abrigo? —me dice soltando el brazo de Christopher para abrir su bolso. Extrae un rollo de cinta roja y se dirige a los operarios haciendo aspavientos—. Presten atención: voy a colocar un trozo de adhesivo junto a las piezas que deben embalarse. Así no habrá lugar a dudas. Manos a la obra.

Mientras ella da instrucciones, cojo su abrigo y lo dejo caer en el armario del vestíbulo. Cuando lo vea en el suelo pensará que ha resbalado de la percha. Durante largo rato, la reina de los glaciares deambula poniendo cinta roja aquí y allá. En un momento dado me pide de malos modos una escalera. Sin darme tiempo a pergeñar una réplica mordaz, Christopher baja al sótano y regresa con una de diez peldaños.

—Cariño, ya sabes que tengo vértigo. ¿Me ayudas? —ronronea entregándole el rollo de cinta con un aleteo de pestañas que provoca vergüenza ajena—. Marca todos los cuadros, excepto ese que te gusta tanto, obviamente. Lástima, podría alcanzar un precio elevado en la subasta. No entiendo por qué quieres conservarlo. Es una mujer tan anodina...

Aunque hace el comentario frente al retrato de Flora MacDonald, sospecho que va dirigido a mi persona. Christopher sale en defensa de su heroína.

—¿Anodina? Es el último adjetivo que elegiría para ella.

—Si tú lo dices...

Tras marcar las antigüedades del vestíbulo, Naomi y Christopher se afanan en el salón. En menos de diez minutos, tres cuartas partes de las paredes lucen estandarte rojo.

—¿Dejas fuera ese cuadro? A mí me parece precioso —comento al reparar en uno sin marca.

Naomi se gira de inmediato.

—Cierto, no vamos a sacarlo al mercado.

—A buen seguro, muchos coleccionistas pujarían por él —señalo.

Ella ladea la cabeza y respira hondo. Nada le revienta tanto como dar explicaciones a una lerda como yo.

—No entiendes nada del negocio del arte, ¿verdad? A ver cómo te lo explico de forma simple. Este cuadro es un Gainsborough, una joya de la pintura británica del siglo XVIII —apostilla—. Debería estar en la National Gallery, lo mismo que el Reynolds o el Degas. Pese a su enorme valor, de momento no es conveniente sacarlos al mercado. Las obras tan exquisitas como estas deben ofrecerse exclusivamente cuando hay demanda. Si las subastásemos ahora, saldrían a la baja, y con ello caería el precio de otros cuadros de la misma época. ¿Lo comprendes?

—Lo que Naomi quiere decir —interviene Christopher— es que, actualmente, lo que interesa a los coleccionistas y por lo que están dispuestos a pujar es el arte de posguerra y el contemporáneo. En el mercado del arte hay que tener paciencia y esperar la ocasión idónea. Cuantos más compradores deseen un objeto, mayor precio alcanzará este.

—Exactamente —conviene Naomi—. Fíjate en aquel lienzo, Nora.

Sigo su mirada hasta un campo de trigo con dos campesinas recogiendo espigas bajo el sol. Como toda pintura impresionista, vista de lejos tiene un sentido; de cerca es un borrón. No tengo ni idea de quién es el autor, la firma es ilegible, y ni se me ocurre preguntarlo. No quiero parecer una inculta.

—Hace años hubiera arrasado, hoy es aburrido —afirma arrugando la nariz.

—A mí me gusta. Resulta tranquilizador.

—Ahora interesa el arte moderno, está alcanzando cifras de infarto en las subastas —prosigue Naomi en su peculiar tono didáctico—. Llama la atención que, en momentos de crisis económica, el mercado del lujo vaya viento en popa.

—Siempre habrá dos economías, la de los ricos y la de los pobres —apunta Christopher con una sonrisa vaga.

—¿Qué tipo de comprador acudirá a nuestra subasta? —pregunto en un arrebato de inspiración. Naomi se encoge de hombros.

—Nuevos ricos que quieren diversificar sus inversiones, por supuesto. El arte proporciona prestigio, además de ser una inversión segura. Si la economía va mal, las acciones de una compañía pueden caer hasta un cincuenta por ciento, pero un buen cuadro siempre recupera su valor —afirma, vehemente.

—Por ese motivo —añade Christopher—, gran parte del dinero ganado en operaciones bursátiles se dedica al arte. Ahora que los occidentales tenemos los bolsillos vacíos, son los compradores de China, el golfo Pérsico, Rusia y Europa del Este quienes animan las ventas.

—¡A Dios gracias! —suspira Naomi—. Lástima que a tu tía abuela no le diera por invertir en autores contemporáneos. Incluir en la subasta un par de buenas piezas ayudaría a atraer a los coleccionistas de más alto nivel.

¡Los cuadros arrinconados en la buhardilla! Los descubrí mientras buscaba los diarios de Cordelia. Su amalgama de colores y las pinceladas discontinuas me parecieron obra de un niño. No les di importancia. Cuando los menciono, a Christopher le brillan los ojos.

—¿Dónde están? —pregunta excitado al llegar a la buhardilla.

—Ahí delante, junto a la pared —contesto accionando el interruptor de la luz.

—¿Por qué no me lo dijiste antes? —sisea mientras se abre camino entre muebles y trastos viejos.

—No se me ocurrió. Pensé que no valían nada.

Christopher acerca una de las pinturas a la bombilla.

—¿Nada? ¡Es un Basquiat!

Incluso yo he oído hablar de él aunque sea incapaz de reconocer su obra.

—Y ese otro, un Rothko. —Señala un lienzo de importantes dimensiones—. ¿Por qué los subiría aquí?

—Tal vez los compró su asesor de inversiones y a ella no le gustaron. Cordelia era bastante clásica.

—Espero que sean auténticos. Hoy en día se hacen falsificaciones tan buenas que solo un experto puede distinguirlas. Ayúdame —dice entregándome un par de cuadros—. ¡Con cuidado! —me advierte cuando tropiezo y estoy a punto de rodar por la escalera.

Los ojos de Naomi se desorbitan al ver depositadas frente a ella cuatro obras de arte que a mí me parecen una mamarrachada. Siempre he pensado que el arte moderno está sobrevalorado. Viendo la adoración con la que ella examina los lienzos, estimo oportuno no expresar un juicio de valor que nadie ha solicitado.

—Esto animará la subasta. ¡Y de qué manera! —exclama consultando su reloj—. Vaya, es casi mediodía.

—Prepararé algo de comer.

Que Naomi me caiga mal no me exime de mis deberes como anfitriona.

A las cinco y cuarto, los trabajadores se despiden. Han embalado y cargado en dos furgonetas las piezas que saldrán a subasta, entre ellas el escritorio isabelino en el que hallé las joyas. Naomi vuelve a mirar el reloj.

—¿A qué hora sale tu vuelo? —le pregunta Christopher.

—¡Oh! Mañana a primera hora. Pensé que acabaríamos tarde y reservé una habitación en tu hotel.

Mis demonios interiores despiertan de su breve letargo.

Christopher abre el armario del vestíbulo. Cuando ve el abrigo de Naomi en el suelo frunce el ceño. Sabe que lo he tirado adrede.

—Eleonora... Ya hablaremos.

—Ha sido un placer verte —dice Naomi.

Cierro la puerta tras ellos y me quedo sola, rodeada de paredes desnudas. Hasta ahora no me había dado cuenta de la compañía que me hacían esos petimetres enfundados en mallas y botas de mosquetero.

57

La melodía del móvil me despierta. Por unos instantes no sé dónde me encuentro. Permanezco tendida hasta despejarme. Me he quedado dormida en el sofá del salón. Quienquiera que sea, sigue insistiendo.

—¿Diga?

—¿Por qué has tardado tanto en contestar?

—Bárbara, ¿qué... qué pasa? —pregunto somnolienta.

—¿Estabas durmiendo? ¡Si apenas son las nueve! Ah, no, que ahí es una hora menos, peor me lo pones. Oye, imagino que no te habrás molestado en preguntarle a la tía cómo se encuentra. Está como una rosa.

La tía Carmen. Me había olvidado de ella.

—Me alegro. Espero que le haya mejorado el humor. En el hospital estaba insoportable. ¿Qué quieres?

—¿Por qué piensas que quiero algo?

—Vale. ¿Alguna novedad?

—Pues no. Mi vida no es tan emocionante como la tuya. Solo quería saludarte. Por cierto, Lexi no le contó a su padre nuestra excursión a tu barraca, y mira que estuvo rara durante el viaje de vuelta. No sé qué perra cogió con un fantasma y un túnel. Sus padres deberían controlar los libros que lee. Bueno, prima, te dejo, he quedado para cenar con Javier.

—¿Habéis hecho las paces?

—Sí, bueno, más vale malo conocido... Además, a mi edad, es más fácil que me toque la Primitiva que encontrar un tío decente. Y llevo fatal dormir sola. ¿Cómo te va a ti con Hamilton?

—Christopher y yo estamos bien. Somos amigos. Nada más —puntualizo.

—Pero ¿amigos con derecho a...?

—Adiós, Bárbara.

Corto sin darle opción a réplica. Instantes después, vuelve a llamar.

—¡Bárbara, no pienso hablarte de mi vida sexual!

—¿Nora? Soy Makenna.

Me incorporo de inmediato.

—Hola, ¿cómo estás?

—La abuela ha muerto. Se ha ido esta mañana mientras dormitaba en su butaca. Era muy vieja, la pobre. El médico dice que fue un infarto, no sufrió. Mamá quería que lo supieras, ya que estas últimas semanas habíais intimado. Me gustaría llamar a Chris, pero no tengo su número. ¿Te encargas tú?

—Claro. Makenna, lo siento mucho. Apreciaba mucho a Ruby.

—Sí, era guay, aunque me daba mucho la vara.

Echaré de menos su mente ágil y su lengua viperina.

—Nora, ¿sigues ahí?

—Eh, sí, perdona. ¿Cómo está tu madre?

—Triste, pero sabía que le quedaba poco tiempo. Dice que Chris y tú le habéis animado sus últimos días.

—Dile a tu madre que iré a verla mañana.

—OK. Oye, te dejo, acabo de llegar de Londres y estoy hecha polvo. No sabía que fuera tan chungo enterrar a alguien. Se necesita un montón de papeleo.

—Makenna, ¿en qué funeraria...?

—¡Ah!, la tenemos en casa —me informa—, como ella quería. A mí me da grima, pero mamá se ha puesto muy terca con eso de respetar su deseo.

—Dale un abrazo de mi parte.

Apenas cuelgo, llamo a Christopher. No contesta. Le envío un mensaje. Espero que lo lea.

Para ocupar el tiempo me pongo con el consultorio. Como Fabián no me ha enviado cartas de los lectores tendré que inventármelas. No será la primera vez. Entro en el antiguo despacho del padre de Cordelia en busca de papel y bolígrafo. En todos los años que viví en Nightstorm nunca pisé el despacho. Cordelia se ocupó de dejarnos claro que era un recinto prohibido, así que tengo la sensación de estar violando su ley.

Es una estancia mal iluminada, casi tétrica. Frente a la puerta hay un escritorio de roble y una butaca de piel de aspecto ajado. Un mueble con armarios y estanterías llenas de polvorientos volúmenes y cachivaches ocupa gran parte de una pared. Sobre un sofá Chester hay varias imágenes de navíos sorteando tempestades. No deben de ser valiosas si Naomi las ha dejado fuera de la subasta, o igual no es el momento propicio, qué sé yo. La atmósfera está viciada con el tufo a moho que desprenden las habitaciones cerradas.

En el portalápices hay un par de bolígrafos con la tinta seca. Pruebo suerte en los cajones, pero están cerrados y no encuentro la llave. Un abrecartas de plata con el mango de ébano me sirve para hacer palanca. De los dos primeros extraigo papel de cartas, sellos con la efigie de una jovencísima Isabel II, frascos de tinta seca y plumas estilográficas. El tercero me sorprende con un bolígrafo de cuatro colores, como los que utilizaba de pequeña, y una carpeta de cartón descolorido sujeta con una goma. Contiene documentos legales incomprensibles, tasaciones del año del diluvio y escrituras de compraventa. Estoy a punto de devolverlo todo a la carpeta cuando me llama la atención una carta. Quienquiera que la escribiese no andaba muy versado en la lengua de Shakespeare; los párrafos, escritos en un inglés vacilante plagado de faltas ortográficas, están salpicados de palabras en un idioma extraño. Tras leerlos varias veces consigo descifrar frases que hablan de una piedra rosa, de tierra teñida con sangre y de infelicidad eterna.

Doy un respingo cuando suena el móvil.

Christopher va directo al grano. No puedo evitar suponer que estará molesto conmigo por haber interrumpido su cena con Naomi. Que le den.

—Acabo de ver tu mensaje. ¿Qué es eso tan urgente?

—Ruby ha muerto —lo informo sin preámbulos y en su mismo tono distante.

58

—En el momento de dejar esta tierra no llevarás contigo nada de lo que has recibido, solamente lo que has dado: un corazón enriquecido por el servicio y el amor al prójimo, el sacrificio y el valor.

Mientras el pastor recita su sermón giro la cabeza hacia la entrada del templo. Christopher se retrasa. No le gustan los entierros. Tampoco a mí, pero aquí estoy. Podría haber hecho un esfuerzo en honor de Ruby, pero cruzó el océano el día después de su muerte. Ayer por la mañana me llamó desde el aeropuerto Kennedy de Nueva York para decirme que si no llegaba a tiempo, le disculpara ante Melva y su hija. Quizá sean figuraciones mías, tal vez soy la única persona en el mundo que se mosquea cuando tiene que esperar horas en un aeropuerto, pero me pareció que la contingencia le proporcionaba una excusa para escaquearse.

—He pensado llamar a Melva y ofrecerle mi ayuda —le dije tras comunicarle la muerte de Ruby.

—Apenas la conoces. Ya se ocuparán los de la funeraria.

—Pero... —empecé a objetar. Christopher me interrumpió tajante.

—Eleonora, no te entrometas. Limítate a presentar tus condolencias, pero no ahora, seguro que están durmiendo.

—Iré mañana, a primera hora.

—¿A la funeraria?

—No. Ruby quería el velatorio en casa.

—Pensaba que ya nadie hacía eso.

—Podemos ir juntos, si te parece bien.

—Imposible. Por la noche vuelo a Nueva York. Espero estar de vuelta para el funeral. Dile a Melva que la llamaré.

Guardé silencio.

—¡Qué!

—Nada... —Decidí dejar clara mi opinión—. Mira, haz lo que te convenga, pero Ruby nos dedicó tiempo a pesar de estar enferma. Si te lo propusieras, encontrarías un par de horas para ir a darles el pésame a Melva y a su hija.

—Vale, te recogeré mañana a las ocho en punto —claudicó de mala gana.

—No hace falta que veas el ataúd si te da repelús —le espeté antes de colgar.

Por supuesto, llamé a Melva. Con voz somnolienta me dijo que no me preocupase, la funeraria se ocuparía de todo. Detesto reconocerlo. Christopher tenía razón.

Alguien se desliza a mi lado y me empuja ligeramente para hacerse un hueco. Cuando me vuelvo, dispuesta a decirle que se busque otro banco, veo que es Christopher. No me queda otra que empujar yo al tipo de mi derecha.

—Te has perdido un sermón precioso —murmuro.

—San Francisco de Asís siempre es una elección acertada en los funerales —me susurra al oído.

Melva se gira y repara en nosotros. Me irrita la sonrisa de benevolencia que le dedica a Christopher. Ni que se tratara del mismísimo príncipe de Gales.

Estos últimos días, Melva y yo hemos conversado en torno a innumerables tazas de té acompañadas de las inefables copitas de oporto. ¡Cómo se habrá reído Ruby de mí, dondequiera que esté!

—Ella te quería, aunque no supiera demostrártelo —le dije

una tarde. Melva acababa de confesarme que su madre y ella nunca llegaron a entenderse.

—Quizá, pero se ha ido sin decírmelo —me respondió con tristeza—. Siempre fue parca en sus afectos. Cuando venía a buscarme al colegio, me cogía de la mano, pero no me daba besos ni me abrazaba como hacían las demás madres con sus hijos. Al ir creciendo y empezar a entender ciertas cosas achaqué su frialdad a su desgraciado matrimonio. ¿Llegó a hablarte de mi padre?

Asentí.

—Le amargó la vida. No recuerdo haberla visto nunca sin moratones en alguna parte del cuerpo. Parecía que siempre tropezaba con algo, cuando no era una puerta, era un escalón. Nadie es tan proclive a sufrir accidentes, por Dios, y mamá no era torpe. Yo intuía que mi padre tenía la mano larga. Me he arrepentido muchas veces de no haber hecho nada al respecto, pero ella jamás habló conmigo del asunto y yo no me atreví a preguntar. Si hubiéramos estado más unidas, tal vez..., pero incluso mantener una charla trivial nos resultaba complicado. En fin, una hija no puede obligar a su madre a que la quiera, y yo siempre me consideré una carga no deseada. He llegado a sentir envidia de vosotros.

—¿Envidia?

—De vuestras conversaciones.

—Fueron muy reveladoras. Sobre todo para Christopher. Al fin y al cabo, los MacDonald eran su familia.

—Mi madre puso el grito en el cielo cuando fui a trabajar a Nightstorm House. Yo no entendía su reticencia. Acababa de divorciarme y necesitaba el dinero.

—Si te sirve de consuelo, Ruby lamentaba no haber sido buena madre.

—¡¿En serio?! —exclamó Melva sorprendida—. A ti te apreciaba, y te aseguro que a mi madre le gustaba muy poca gente. Hace unos días me dijo que Christopher le recordaba a alguien que había conocido en su juventud, pero cuando intenté sonsacarla, se cerró en banda.

La voz grave del pastor me devuelve a la realidad.

—Tanto amó Dios al mundo que entregó a su Hijo para que aquellos que creen en Él disfruten la vida eterna...

El exmarido de Melva (un tipo mayor que ella, pero bien plantado, al que he reconocido por una foto que tiene en el salón) está sentado junto a su hija. Makenna ha sustituido sus pantalones deshilachados y su cazadora por una falda negra y una chaqueta gris, a buen seguro adquirida en una tienda de segunda mano. Ruby tenía razón: la chica ha heredado la buena planta del padre y, posiblemente, su inclinación a vaguear. Estos días no ha movido un dedo para ayudar a su madre. A la hora de los elogios, se levantan un par de ancianas, amigas de Ruby, según afirman. Su discurso, plagado de referencias a su club de costura y a las partidas de cartas de los jueves, resulta farragoso.

—La nieta de nuestra querida Ruby desea decir unas palabras —nos informa el pastor tras casi obligar a las mujeres a volver a sus asientos.

A Makenna le bastan cinco minutos para recordarnos a todos la pasión de su abuela por la vida y su gran corazón, solo comparable a la «mala leche que gastaba cuando se cabreaba y a lo mucho que le gustaba pimplar». Sus palabras, acompañadas de un elocuente gesto de la mano derecha, provocan hilaridad entre los jóvenes, turbación en sus padres y confusión en el clérigo. Christopher, que hasta el momento no prestaba atención, me da un codazo.

—¿Ha dicho lo que acabo de oír o lo he entendido mal?

Asiento, conteniendo la risa.

—La madre que la parió.

A una señal del pastor, seis hombres, entre ellos el exmarido de Melva, alzan el féretro sobre sus hombros y se encaminan hacia la salida seguidos por la familia.

—Hola, chicos, ¿qué tal? —Makenna se acerca a nosotros toqueteándose los piercings que tanto desagradaban a su abuela—. Chris, ¿tienes un cigarrillo? Un día alucinante, ¿eh? Después de una semana de lluvia, el sol se ha dignado salir.

—No fumo —responde Christopher—. Tú tampoco deberías.

—Hablas como mi abuela.

—Ruby se merecía un día espléndido. Apuesto a que ha tenido un par de palabras al respecto con san Pedro.

Tras unos instantes de desconcierto, Makenna rompe a reír.

—¡Ja, ja, qué gracioso eres, Chris! No lo había pillado. Conociéndola, a quien estará machacando Ruby es a Lucifer. Nora, ¿tú tampoco fumas? Bueno, mejor vuelvo con mis viejos, mamá me está haciendo señas, fijo que me cae una bronca por lo que he dicho antes, pero la abuela se habrá descojonado allá donde esté. ¿Os veo en casa después? Tengo que daros una cosa.

Acto seguido echa a correr para unirse al grupo que camina en dirección al cementerio. Los observo alejarse antes de volverme hacia Christopher.

—¿A esto le llamas tú un día espléndido, Chris? —le pregunto haciendo hincapié en el diminutivo. Sé cuánto los detesta.

—En esta isla, a principios de febrero, este tiempo es un regalo —contesta alzando la vista hacia el tímido sol que lucha por abrirse paso entre las nubes—. No vuelvas a llamarme así —me advierte.

—Makenna lo hace. Y no te he visto regañarla.

—Makenna es una cría. Es imposible razonar con ella.

—¿Eres creyente? —pregunto para cambiar de tema.

Me mira perplejo.

—¿Crees que existe otra vida más allá de la muerte? —insisto.

—Ten cuidado con el hombre cuyo Dios está en los cielos. George Bernard Shaw *dixit*.

—¿Qué quieres decir?

—Mira, no confío en las personas que depositan toda su fe en Dios. Al igual que Nietzsche, pienso que el hombre creó al Todopoderoso a su imagen y semejanza, no a la inversa.

—A mí me educaron en la doctrina cristiana. No soy de misa diaria, pero necesito creer que existe algo después de esta vida. Nacemos, crecemos, morimos, ¿y ahí se acaba todo? Los seres humanos somos demasiado complejos para desaparecer sin más.

—De modo que crees en la reencarnación de las almas, en la transmutación y toda esa charlatanería.

—Bueno, no exactamente, pero...

—No me gustaría que Cordelia regresara reencarnada en alguien cercano a mí, ni siquiera en una mascota. —Hace una mueca tan graciosa que no puedo por menos que echarme a reír.

—Yo espero que Ruby se haya reencontrado allá arriba con Liam.

Christopher suelta un bufido.

—Mató a un hombre, y el asesinato, según vosotros, los católicos, se castiga con el fuego eterno. Así que lo más probable es que Ruby haya ido derechita al Infierno, donde la esperaba su marido maltratador.

Como sé que intenta provocarme, hago caso omiso a su ironía.

—No es cuestión de creer a pies juntillas lo que dice la Biblia. Hay que interpretarla.

—Yo prefiero guiarme por razonamientos científicos —manifiesta, adoptando de nuevo un tono serio—. No creo en la vida después de la muerte. Nacemos, disfrutamos de una existencia más o menos jodida, y al morir se acabó lo que se daba. Fin de la función. No me trago que el alma de Ruby se haya reencontrado con la de Liam ni con la de su marido; ni que Dios nos pida cuentas por nuestras acciones en este mundo de locos. Sin embargo, comprendo que mucha gente, para paliar su miedo a lo desconocido, necesite confiar en que después de esta vida les espera una mucho mejor.

—¿Acaso tú no temes a la muerte?

Las puertas del templo se cierran a nuestra espalda con un golpe seco. Un par de rezagados se apresuran por el sendero que conduce al cementerio cuyas lápidas se obstinan en plantar cara al viento. Cuando hago ademán de seguirlos, Christopher me sujeta del brazo.

—Como dijo Woody Allen, no temo a la muerte, solo que no me gustaría estar allí cuando suceda. Oye, Eleonora, no quiero ver como meten el ataúd de Ruby en la fosa. Demos un paseo. Con un poco de suerte, el tiempo aguantará.

59

En casa de Melva no cabe un alfiler. Prácticamente todos los vecinos que han acudido al entierro se han acercado a atiborrarse de comida y cerveza. Melva, con ganas de que acabe el día, deambula estrechando manos, besando las empolvadas mejillas de varias ancianas ataviadas con anticuados trajes de tweed y agradeciendo sus comentarios sobre la destreza de su madre con la aguja.

—La echaremos de menos en el club de costura —oigo decir a una mujer peinada con un elaborado cardado—. Nadie hacía el patchwork como ella. ¡Y cómo tejía! A mí me enseñó todo lo que sé.

Hemos tenido que esperar a que dos chavales se levantaran del sofá para acomodarnos, así que, cuando veo acercarse a una mujer en avanzado estado de gestación, me debato entre ejercer de buena samaritana o sacar mi vena ruin y mirar hacia otro lado. Lo último que necesito es una embarazada que despierte en mí recuerdos largamente confinados. Christopher, ajeno a mis demonios, le cede su sitio, gesto que la mujer agradece enzarzándose en un tedioso monólogo sobre su embarazo. Él desaparece en dirección al bufé.

—Con los otros tres me encontré fatal los primeros meses, después fresca como una lechuga —me explica la mujer—. Con este me paso el día en el baño, tengo los tobillos hinchados como balones. ¡Veinte kilos he engordado! ¿Te lo puedes creer? Ya se lo he dicho a Killian: aquí me planto, ve pensando en hacerte la vasectomía. Mira, tu hombre nos trae comida. Qué bien, me muero de hambre. ¿Dónde se ha metido mi marido? Apuesto a que está discutiendo sobre el partido de anoche.

Christopher se acerca haciendo equilibrios con dos platos de sándwiches, dos cervezas y una limonada para la cotorra.

—Gracias, eres muy amable —ronronea ella liberándolo de parte de su carga. Cuando considera que no le queda nada por decir, escanea visualmente la sala a la caza de nuevas víctimas a quienes dar la vara. Por fortuna para mí, no tarda en encontrarlas.

—¿Prefieres un oporto? —se regodea Christopher cuando me da la cerveza. Le contesto con una mueca. Después de aguantar a la pesada, tengo un humor de perros.

—¡Buf! Empiezo a aborrecer el queso. ¿No hay otra cosa? —Señalo con el mentón la mesa repleta de bandejas y cuencos.

—Puedes elegir entre arenques ahumados, sándwiches de cangrejo, pastel de verduras, puré de nabos, salchichas con patatas grasientas y *haggis*. No te aconsejo probar nada, a no ser que quieras pasarte la tarde en el baño. No sé quién ha preparado el almuerzo, pero Melva no ha sido, ella cocina mejor. Eleonora, pareces cabreada. ¿Qué mosca te ha picado?

Makenna me libra de responder.

—Hola chicos. Menudo muermo.

—¿Qué tienes para nosotros? —le pregunta Christopher, directo al grano.

Ella entorna los ojos como si no lo hubiera entendido. Parece ligeramente achispada.

—Antes has dicho que ibas a darnos algo —insiste él, impaciente.

—Ah, sí. —Se golpea la frente con el dorso de la mano—. Venid conmigo.

Subimos la escalera y recorremos un estrecho y corto pasillo. Makenna se detiene frente a una puerta que tiene colgada la foto de una calavera con melena y gafas. Esperaba encontrarme la guarida de un vampiro, no un entorno remilgado que encaja con el estilo de la chica tanto como las acelgas en la dieta de un luchador de sumo. La cama, lacada en blanco, al igual que el armario y el escritorio, está vestida con una colcha en tonos rosas y malvas, a juego con la cretona de las cortinas y el papel de las paredes.

Al ver la expresión de mi cara, Makenna arruga la nariz.

—Terrorífico, ¿verdad? No hay forma de convencer a mi madre de que va siendo hora de cambiar la decoración. Casi le da un síncope cuando tiré a la basura los putos peluches.

—Seguro que a los turistas les encanta este ambiente tan... romántico.

La nieta de Ruby saca del armario un par de cajas de cartón que lanza sin miramientos sobre la cama. Las etiquetas de sus laterales indican que en algún momento albergaron latas de conservas. Ambas han sido precintadas para mantener su contenido a salvo de miradas indiscretas.

—La abuela me habló de ellas la semana pasada. Dijo que tenía que entregároslas el día de su entierro. Ni un día antes ni uno después. Se puso muy plasta con eso. Hasta me hizo prometerle que no las abriría —explica mientras busca unas tijeras en el escritorio. Finalmente me pasa un cúter.

Intrigada, corto el precinto de la caja que lleva mi nombre. En el interior hay un paquete delicadamente envuelto en papel de seda, atado con una fina cinta de terciopelo. Makenna me mira impaciente mientras deshago el lazo. Emite un silbido de admiración al ver la exquisita tela roja. Encima hay una nota; la desdoblo y leo en silencio.

—¡De dónde sacó esto la abuela! —Me quita el vestido de las manos antes de que pueda impedírselo—. Lo tenía bien escondido. ¿Qué dice ahí?

Cuando miro a Christopher, dubitativa, él se encoge de

hombros. No creo que a Makenna le gusten las palabras de su abuela. Frunce el ceño mientras leo en voz alta:

> Querida Nora:
>
> Seguro que has reconocido el vestido de Eilean. ¿A que es precioso? Te preguntarás por qué te lo dejo a ti y no a mi nieta o a mi hija. Makenna no sabría valorarlo, acabaría en una tienda de segunda mano, vendido a precio de saldo. En cuanto a Melva, ya has visto sus hechuras.
>
> Pídele a Christopher que te lleve a un sitio bonito y deja que obre la magia.
>
> Con todo mi afecto,
>
> RUBY
>
> P.D.: Siento utilizar una caja de tomate enlatado para guardar algo tan hermoso, pero ¿cómo le pido a mi hija que me compre dos cajas bonitas sin revelarle para qué las quiero? Me las he visto negras para requisar estas a sus espaldas.

—Vaya con la vieja, pues sí que me conocía bien. Pero se equivocaba en una cosa: no lo habría vendido a precio de saldo, ni de coña. No estoy loca, ¡es un Chanel vintage! ¿Quién es Eilean? —Makenna deja el vestido a un lado y hurga en la caja—. Hay un sobre. ¡Ábrelo, Nora! —me pide excitada.

Contiene dos fotografías en blanco y negro, descoloridas y con los bordes dentados. La primera es de un oficial. Está sentado con la espalda apoyada en un montículo de tierra que podría ser una trinchera; la expresión taciturna de sus ojos contradice la sonrisa que esbozan sus labios. En la segunda aparece el mismo hombre en un edificio en construcción; ha envejecido y su mirada es melancólica.

—Creo que es Liam —le susurro a Christopher, pero nada escapa al oído de Makenna.

—¿Quién es Liam? —Me arranca las fotos de las manos y, tras echarles una ojeada, arquea una ceja—. ¿Es este tío? Fijo que no es mi abuelo. Murió antes de nacer yo, pero he visto fotos suyas y tenía cara de estreñido. A ver si resulta que la vieja tenía un amante. Desde luego, se ha ido a la tumba con más secretos que el MI6. Hace un par de semanas me pidió que le comprara una grabadora. «¿Para qué la quieres, abuela? Si no sabes ni cambiar los canales de la tele», me burlé. «Cierra el pico y mándamela cuanto antes», me espetó ella. Al final pillé una en una tienda de compraventa. Chris, ¿no abres tu caja?

—Lo haré en el hotel. —El tono cortante no da lugar a réplica.

Makenna capta el mensaje y hace ademán de salir de la habitación. De pronto se vuelve hacia Christopher.

—A propósito, tenías razón. El capullo pierde más aceite que el coche de mi compañera de piso.

Cuando nos despedimos, Melva observa las cajas con curiosidad, pero es demasiado correcta para preguntar. Supongo que su hija la pondrá al corriente.

—Makenna es una descarada —comenta Christopher una vez en el coche—. No veía el momento de librarme de ella.

—Su curiosidad era comprensible. Temía que le dolieran las palabras de su abuela, pero ella misma ha reconocido que habría vendido el vestido. Creo que has sido un poco duro —le recrimino.

—Alguien tenía que ponerla en su sitio. No entiende de sutilezas ni filtros. Dice lo que le pasa por la cabeza. La noche que la invité a cenar en Londres casi me saca de quicio.

Alzo una ceja, sorprendida.

—Vaya, y yo pensando que habíais disfrutado de una velada romántica.

Christopher hace una mueca despectiva.

—No seas absurda. A Makenna le gusta un chico que no se muestra tan receptivo a sus encantos como ella querría. Después de darme la paliza durante la cena decidió que le vendría bien un punto de vista masculino. Claro que lo que oyó no fue de su agrado.

—¿Qué hiciste? —pregunto—. ¿Soltarle un moco? —añado en español.

—¿Eh?

—¿Le diste un chasco?

—No. Le dije que se olvidara del chaval.

—Como si fuera fácil desenamorarse de alguien.

—Ni siquiera una chica guapa como Makenna puede obrar milagros.

—No te sigo.

—Tampoco ella, hasta que le dije que el chico es gay. Se presentó al final de la cena para tomar postre y café. No me quitaba ojo.

—Te miraba porque eres famoso. Si hubiera conocido a Beyoncé, se habría vuelto loco.

Christopher, pendiente de la conducción, ni siquiera me echa un vistazo de soslayo. Durante un rato no hablamos.

—¿Has alimentado las chimeneas? —dice de pronto.

—No te preocupes. La casa estará caliente.

—Lo dudo —masculla—. ¿Le gustó a tu jefe la entrevista?

—Si no fuera por las fotos, habría pensado que me la inventé. Le mandé unas propuestas de reportajes, pero las ha rechazado. Insinúa que son para pijos.

Enseguida me arrepiento de mis palabras; lanzado el señuelo, Christopher no se detiene hasta saberlo todo.

—No le falta razón. Las subastas de arte pertenecen al mundo de los privilegiados, al igual que el polo o las ferias *gourmet*. Vosotros hacéis un diario dirigido a la gente corriente, ¿verdad? Pues escribe sobre temas que les afecten.

—¿A qué te refieres?

—Escribe sobre las personas que piden comida al banco de alimentos; o sobre las que se ven obligadas a vender sus pertenencias para pagar facturas.

—Tendré que viajar a Edimburgo o a Londres para documentarme.

—¿Por qué quieres escribir sobre los problemas de los británicos? ¿No hay gente pasándolo mal en tu país? No hace falta que hagas ahora el reportaje, es solo una idea para cuando regreses a España.

¿Y qué pasa con nosotros?, grito para mis adentros, pero guardo silencio. No necesito que me recuerde que no quiere una relación. Desvío la mirada hacia el paisaje. Un rebaño de ovejas pasta a lo lejos, motas diseminadas sobre la hierba.

—En cualquier caso, aparte de mi columna semanal, me comprometí a mandarle un artículo para el suplemento de los domingos. Entre las escasas virtudes del subdirector no se halla la paciencia.

—Puedes escribir sobre la fauna y la flora de la zona, o sobre las tabernas típicas, o sobre los castillos. Hay muchos temas interesantes. Eres periodista, Eleonora, seguro que das con algo.

—Se me ocurre que podrías persuadir a alguno de tus amigos famosos para que me concedan una entrevista. Leonardo DiCaprio o George Clooney, por ejemplo. Si ellos no pueden, me conformo con cualquier otro.

—No somos tan amigos —replica liquidando mis esperanzas de marcarme otro tanto ante Fabián—. Cambiando de asunto, me ha sorprendido que Ruby te legara el vestido.

—A mí también. Creo que debes quedártelo tú. Al fin y al cabo, perteneció a tu abuela.

—No seas boba, si hubiera querido que lo conservara yo, lo habría metido en mi caja. Solo digo que hace un mes Ruby no te conocía, y aun así te ha antepuesto a su nieta. Makenna no tiene un pelo de tonta, sabe perfectamente lo que vale el vestido. Le ha dolido perderlo, aunque ha disimulado.

Confío en que no esté intentando apelar a mi sentido de la justicia. En este momento carezco de él.

—La verdad es que me encanta —reconozco mordiéndome el labio inferior.

—Ruby te lo dejó a ti, hay que respetar la voluntad de los muertos —declara Christopher, solemne.

—¿No sientes curiosidad por el contenido de tu caja? —le pregunto.

—No tanta como tú —murmura mientras gira el volante para ascender por la carretera de acceso a Nightstorm House.

60

Esta mañana, antes de salir hacia la iglesia, eché unos troncos en la chimenea del salón, al parecer no los suficientes. Por una vez, Christopher no me regaña. Tras avivar el fuego, me acomodo en el sofá junto a él. Manipula las solapas de la caja con tanta parsimonia que estoy tentada de cogerla y abrirla yo misma.

—A este paso nos van a dar las uvas —digo en español.

—¿Qué?

—Nada, cosas mías. Déjame ver eso.

Christopher me muestra unos dibujos al carbón de una mujer joven y bonita desempeñando tareas cotidianas. En uno cose una prenda de ropa, en otro limpia unos candelabros; el tercero, mi preferido, la muestra sobre una roca, contemplando el mar con la mirada soñadora y anhelante de quien intuye que más allá del horizonte existe un mundo por descubrir.

—Es Ruby —afirma Christopher—. Nos comentó que Ross la había dibujado.

—Sí. También nos dijo que no recordaba dónde había puesto los bocetos, la muy pícara.

—Mira. —Saca una grabadora de la caja—. Tiene una cinta dentro.

—¿Te sorprende? Hemos pasado semanas escuchando la historia de tu familia. Ruby decía que nos lo había contado todo; tú creías que no era verdad. Pues ya sabemos que tenías razón. ¿Hay alguna nota?

Me enseña una tarjeta blanca.

—¿Qué dice?

—Te has vuelto tan descarada como Makenna.

—¡Léela! —Lo apremio dándole un codazo en el costado. Lejos de hacerme caso, vuelve a mirar dentro de la caja y extrae un sobre ligeramente abultado.

—Muy bonito —alaba tras volcar el contenido en su mano. Es un pasador de corbata de oro con un pequeño diamante engastado.

—Precioso, ahora dime qué pone en la tarjeta. Por favor.

Con el ceño fruncido, deja el alfiler sobre la mesa de centro y lee la tarjeta en voz alta.

> Querido Christopher:
>
> En cierta ocasión mostró usted interés por los dibujos de su abuelo Ross. Recuerdo haberle dicho que tenía mucho talento. En mi modesta opinión, pudo haber sido un gran artista.
>
> Nunca se los mostré a nadie, ni siquiera a mi familia. De hecho, estaba decidida a destruirlos antes de morir. Sin embargo, he cambiado de opinión. Usted apreciará el valor emocional que tuvieron para mí. ¿No le parece que era realmente bonita?
>
> Con todo mi afecto,
>
> Ruby
>
> P.D.: He pensado que le gustaría conservar la otra carta.

—Incluso desde la tumba te tira los trastos. ¿A qué carta se refiere?

Christopher me pasa un trozo de papel con los bordes chamuscados.

—Es la carta que Eilean escribió a su hermana la noche de la fuga —verifico tras echarle un vistazo—. Ruby la sacó de la chimenea antes de que el fuego la quemase por completo.

—¿Qué te parece si la escuchamos? —dice él poniendo en marcha la grabación.

Cuando estas palabras lleguen a vuestros oídos, Nora y Christopher (me juego una botella de Hendrick's, que no podré paladear por motivos obvios, a que estáis juntos en este momento), mi cuerpo reposará bajo tierra. Si nos ceñimos a la verborrea del pastor, existe un Dios justo y misericordioso que me permitirá reunirme con mi amado Liam en el cielo. Claro que bien puede ocurrir que el Todopoderoso deje caer sobre mí el peso de su ley y me castigue por mis pecados enviándome al averno. Menuda jugarreta, confinarme por toda la eternidad con el hijo del carnicero.

Mi nieta me ha advertido que estos chismes se paran cuando menos te lo esperas y, como no me gustaría que la cinta se acabara dejándoos con la miel en los labios, dejaré las divagaciones espirituales para los clérigos.

Sus sospechas no eran infundadas, señor Hamilton, es usted tan listo como atractivo. Ciertamente, volví a ver a Cordelia. Una vez más.

Lamento que se empeñara en seguir escarbando en la ponzoña de su familia. Debió conformarse con el final más o menos amable que remató mi historia, pero sé que no dejará de darle vueltas al asunto, intrigado por los secretos de esta anciana. Aun a riesgo de que lo que está a punto de descubrir le disguste, siento que debo descargar mi conciencia. Solo así, contándole toda la verdad, mi alma descansará en paz.

Mi vida matrimonial fue un auténtico tormento, como sin duda sabrá. No le pedí a Nora que me guardara el secreto porque conozco bien su poder de convicción, Christopher, ese magnetismo que nos impulsa a las mujeres a decir y hacer lo que usted desea incluso en contra de nuestra voluntad. Su abuelo también lo poseía y se aseguró de ejercerlo con las mujeres de Nightstorm.

¿Le ha contado Nora cómo me deshice de mi marido? Seguro que sí. Bien, creo que ha llegado el momento de confesar que también di a mi suegra el empujoncito de gracia que la envió al otro barrio. Ah, mi querido amigo, sus carcajadas son música para mis oídos. Le ruego que me guarde el secreto. No quiero que Melva sepa que su madre fue una asesina.

Como he dicho, mi marido convirtió la plácida vida que yo había llevado hasta que me casé en una rutina diaria de malos tratos. Si tenía un buen día, se conformaba con darme un bofetón; si le venían mal dadas, la paliza me dejaba una semana en la cama, cosa que lo enfurecía todavía más. ¿Por qué lo soporté?, se preguntará usted. Digamos que no fui lo bastante valiente para huir, o quizá deseaba morir. Ya no importa.

Una tarde de octubre de 1945 recibí un aviso de Cordelia. Hacía mucho tiempo que no sabía nada de ella, ni siquiera a través de terceros, pues ningún vínculo me unía ya a Nightstorm. En aquella época me sentía terriblemente sola. Mis padres y mi hermano habían muerto, y únicamente me daba fuerzas la convicción de que Liam había sobrevivido a la guerra.

Los recuerdos, sean buenos o malos, no se borran jamás; los buenos se difuminan con el tiempo, los otros se te adhieren al cerebro cual lapas a una roca. Los hechos que acontecieron aquella fatídica tarde han permanecido en mi mente nítidos como si hubieran ocurrido ayer.

Era viernes. El reloj solo había dado las cuatro, aunque parecía más tarde a causa de los oscuros nubarrones que habían empezado a formarse en el cielo y que anunciaban lluvia. El hijo del carnicero roncaba despatarrado en el sofá, tras beberse media botella de whisky, y yo me encontraba en la parte trasera de la casa, recogiendo la colada. Al oír los golpes en la puerta corrí a ver quién era, no fueran a despertar a la bestia. No esperaba a nadie, pues tenía pocos conocidos. En el pueblo me mantenía alejada de las mujeres para no dar pábulo a los chismes, aunque mi actitud me hiciera parecer soberbia. En casa me sumergía en una rutina diaria que consistía en hacer la comida, limpiar y rezar para que mi pesadilla terminase. A veces ansiaba que mi marido acabara conmigo. Los domingos, el hijo del carnicero y yo nos poníamos las máscaras de pareja feliz, íbamos a la iglesia y comíamos con sus padres. Si la noche anterior él había decidido demostrarme su amor, me veía obligada a permanecer en casa aquejada de una «gripe estacional». Casi agradecía las magulladuras que me liberaban de los almuerzos con mi suegra, quien no cesaba de reprocharme la falta de nietos. Cómo llegué a odiarla.

No teníamos teléfono, aunque la mejora de las comunicaciones telefónicas y telegráficas entre el continente y las islas llevaba debatiéndose en la Cámara de los Comunes desde los años treinta. Así que no me extrañó ver a un muchacho con un mensaje en la mano. Pensé que sería algún pedido de carne. No di crédito a lo que oía cuando me dijo que era de la señorita MacDonald. Lo cogí a regañadientes. Era breve, imperativo. Sin mediar una palabra de cortesía.

«Ruby, necesito tu ayuda. Ven a Nightstorm. De inmediato».

¿Por qué me reclamaba después de tantos años? Pese a mi curiosidad, no iba a ceder fácilmente. El muchacho parecía impaciente.

—La señorita ha mandado que se dé prisa —me apremió.

—Dile que ya no trabajo para ella, no puede darme órdenes.

—La señorita me ha insistido en que si se negaba a obedecer... —se rascó la cabeza tratando de recordar— que le dijera que el señor Ross está allí.

No pude preguntarle nada más porque echó a correr.

Me costaba imaginar por qué habría regresado Ross a la mansión. Quizá Eilean deseaba reconciliarse con su hermana. No obstante, si se trataba de eso, ¿para qué me necesitaban? A no ser que ella quisiera verme.

He lamentado en infinidad de ocasiones la decisión que tomé aquella tarde. Me he justificado diciéndome que era joven, estaba asqueada de la vida y, ¡qué demonios!, me seducía la idea de desafiar a mi marido. La decepción y el miedo me habían convertido en una mujer sumisa y débil, pero la llamada de Cordelia resucitó el espíritu de la Ruby de antaño. Escribí una nota al hijo del carnicero diciéndole que estaba en la iglesia ayudando a preparar una tómbola benéfica. Después cogí la gabardina y el paraguas y emprendí el camino hacia la mansión. Un relámpago rasgó el cielo. Dejé que las vivificantes gotas de agua me resbalaran por las mejillas.

Al cabo de un rato, la lluvia arreció con tal fuerza que lamenté no haberme puesto las botas. Llegué a Nightstorm con los pies empapados. Las pesadas verjas de hierro chirriaron cuando las empujé. Contemplar de nuevo la majestuosa fachada, con sus torres puntiagudas y las chimeneas erigiéndose altivas como los torreones de un castillo, me provocó un escalofrío. Nightstorm House era una fortaleza gélida y austera. En cierta ocasión, Eilean me dijo que carecía de alma; le respondí que una casa es solo una amalgama de cemento, ladrillo, madera y cristal. Mucho más tarde me pregunté si se habría referido a quienes la habitaban.

A través de la densa cortina de agua que me empañaba los ojos observé que la falta de cuidados había propiciado que líquenes y trepadoras se convirtieran en amos y señores del jardín. Llamé con el aldabón varias veces.

Allí estábamos. Cordelia y yo, frente a frente. Ella llevaba el cabello peinado al estilo *victory rolls*, moda que se impuso durante la guerra y que todavía perduraba. Yo también lucía un arreglo similar: dos grandes rollos unidos en la parte superior de la cabeza. El resto del pelo, a diferencia de Cordelia, que se lo había dejado suelto y ondulado, yo lo llevaba recogido en dos trenzas sobre la nuca. Me hacía parecer mayor, pero mi aspecto me importaba poco.

Dedicamos unos minutos a evaluarnos mutuamente, examen que me sirvió para constatar que alrededor de sus ojos se habían empezado a formar pequeñas arrugas y que tendía a fruncir los labios en un gesto que le confería una apariencia severa. Poco o nada ayudaba su vestido de tweed gris oscuro, más propio de una institutriz que de una mujer de treinta y pocos años. Ella rompió el incómodo silencio invitándome a entrar.

Avancé unos pasos hacia el vestíbulo y de inmediato sentí el abrazo de una corriente de aire húmedo. Había olvidado que en Nightstorm siempre hacía frío. Miré a mi alrededor. Los rostros pétreos de los antepasados de Cordelia me observaban petulantes desde las paredes.

—La veo bien, señorita MacDonald —murmuré por decir algo.

—Mientes fatal, Ruby. Como siempre —me espetó con rudeza.

Comprendí que las semillas de odio y rencor que Eilean y yo habíamos sembrado en el corazón de Cordelia habían germinado con los años. No me interesaba descubrir hasta qué punto habían crecido. Debí haberme marchado en aquel momento, pero una fuerza superior a mí me instó a quedarme.

Cordelia se inclinó y escrutó mi rostro hasta hacerme sentir mal. Cuando me interpeló acerca del moratón de mi mejilla, le mentí diciéndole que me había caído. Arqueó una ceja; no obstante, guardó silencio.

—No dispongo de mucho tiempo —dije, tratando de ocultar mi turbación—. ¿Dónde está el señor Ross? ¿Ha venido con la señorita Eilean? —le pregunté.

—Acompáñame —me ordenó—. ¿Todavía te gustan las pastas de miel?

La seguí hasta la biblioteca. Temblaba de frío y solo deseaba sentarme unos minutos junto al fuego para entrar en calor, pero apenas traspasé las puertas me dio un vuelco el corazón. Sobre la alfombra yacía el cuerpo de Ross. Su hermoso rostro se había convertido en una máscara marmórea y sus ojos revelaban más estupor que miedo, como si la muerte lo hubiera cogido por sorpresa. Ahogué el grito que brotó de mi garganta.

—¿Qué ha... hecho? —musité. Las fuerzas me fallaron y tuve que sentarme en una de las butacas que flanqueaban la chimenea.

—Dime una cosa, Ruby —susurró ella poniendo en mis manos una taza con un delicado dibujo de rosas, hojas de yedra y mariposas. La reconocí como parte del juego de porcelana Aynsley que había ayudado a lavar tras la fiesta de Eilean—. ¿Se puede amar y odiar a la vez? Pese al daño que me hizo Ross, nunca he dejado de amarlo y, sin embargo, sus días de felicidad con mi hermana han alimentado mi odio hacia él. Saber que la guerra ha propiciado que fueran escasos me ha reconfortado.

No supe qué decir, aunque no creo que Cordelia me hubiera escuchado, sumida como estaba en sus divagaciones.

—¿Por qué no permaneció en Berlín? —prosiguió—. Ahora que la guerra ha terminado y la ciudad está destruida, habrá mucho que hacer allí... ¿O por qué no se marchó a la India?... No. Tenía que venir..., a pedirme dinero.

—No la entiendo —acerté a farfullar.

—Bebe —me ordenó—. Te sentará bien.

La infusión desprendía un intenso olor a canela. Recordé que Ross prefería el café. Me llevé la taza a los labios tratando de que mis dedos trémulos no volcaran su contenido. No me gustaba la canela y mucho menos el té frío. Reprimiendo las náuseas, dejé la taza y el platillo en precario equilibrio sobre el brazo de la butaca. Me hubiese venido bien una bebida fuerte, pero no me atreví a pedirla.

—Reclamó la herencia de mi hermana —me explicó ella, impertérrita.

—Pensaba que... que su padre la había desheredado.

—Esa era su intención.

Cordelia se arrodilló junto al cadáver y le acarició con suavidad el cabello y las mejillas. Su voz sonó melancólica cuando habló.

—Yo lo amaba. Sin embargo, me traicionó.

Y entonces dijo algo que me dejó helada:

—Igual que tú, Ruby.

61

Pulso el stop de la grabadora. La revelación de Ruby me ha dejado conmocionada, pero mis sentimientos son irrelevantes comparados con la devastación que refleja el rostro de Christopher. Durante unos minutos permanece en silencio, los ojos fijos en la pared, en actitud pensativa, como si se esforzara en recordar qué había en ese espacio blanquecino, aparte de un clavo oxidado.

—¿Estás bien? —le pregunto tocándole el hombro.

Vuelve la cabeza hacia mí. Su voz es un ronco susurro cuando exclama:

—¡Cordelia asesinó a mi abuelo!

Me viene a la cabeza una cita que leí de niña: «Dulce es la venganza, especialmente para las mujeres». No es el tipo de sentencia que debe aprenderse a los doce años, pero a Cordelia le fascinaba lord Byron y me hacía leerle su obra una y otra vez. No obstante, me cuesta creer que matara a Ross Hamilton a sangre fría.

—Posiblemente discutieron y ella perdió los nervios. Supongo que no habría diseñado un plan de ejecución, por más herida que estuviese.

—¿No la crees capaz? Yo sí. Tuvo años para planear el asesinato. Cuando Ross apareció y le reclamó la herencia de su esposa, Cordelia encontró la oportunidad —brama Christopher, furioso.

—Si queremos saber qué ocurrió, tenemos que escuchar toda la cinta. Es curioso, pero, con el tiempo, Cordelia se volvió menos escrupulosa con las traiciones.

—¿Qué quieres decir? —pregunta, más calmado.

—Cuando vivíamos aquí, Bárbara empezó a tontear con un chico mayor que ella. Alguien le fue con el cuento a tu tía abuela y ella me obligó a seguirlos.

—¿Te obligó a espiar a tu prima?

—Me convenció de que esa relación «poco recomendable» perjudicaría el buen nombre de los MacDonald y haría peligrar el empleo de mi madre. Yo no quería que tuviera problemas. Cuando le confirmé el desliz de Bárbara, la echó de casa. Mamá le suplicó que la perdonase, le aseguró que no volvería a suceder, pero la bruja se mantuvo inflexible.

—¿Qué dijo tu prima cuando se enteró? Me refiero a tu participación en el asunto.

—No llegó a saberlo. Durante mucho tiempo me sentí culpable por haberla traicionado. Dejé de hacerlo cuando me enteré de... En fin, da igual.

Christopher entorna los ojos.

—¿Cuando te enteraste de qué?

Ahora soy yo quien observa el clavo de la pared.

—Eleonora, cuéntamelo —insiste.

—No es nada.

—Razón de más para que me lo digas.

—No vas a dejarlo estar, ¿verdad?

—Habla —me ordena.

Pretendía inventar una historia que saciara su interés, pero la verdad fluye de mis labios sin apenas darme cuenta.

—Me confesó que se había acostado con mi novio.

—¡Eleonora! No puedes comparar una traición con otra. Tú eras una niña cuando se la jugaste. Tu prima era consciente del daño que te causaría. ¿La has perdonado?

Me encojo de hombros.

—No sé si podré mirarla alguna vez sin pensar en lo que me hizo, pero no quiero pasarme la vida odiándola.

—Haces bien. Mira lo que provocó el odio de Cordelia.

—Era rencorosa, sí, aunque eso no la convierte en una asesina sin escrúpulos.

—¿Te resulta difícil entender que alguien pueda asesinar a sangre fría con el fin de vengarse? Sir Walter Scott escribió que la venganza es el manjar más sabroso condimentado en el infierno. Bien, pues acabamos de descubrir que Nightstorm es el averno y Cordelia, la cocinera de Satán. Joder, necesito una copa.

Christopher se dirige al aparador, saca una botella de whisky y llena un vaso hasta la mitad. Niego con la cabeza al ver que lo inclina hacia mí. Prefiero tener la mente despejada.

—Pues yo no puedo, ni quiero, seguir escuchando esa grabación en estado sobrio —dice apurando el contenido del vaso. Botella en mano, regresa al sofá—. Oigamos cuántas sorpresas más nos deparan ese par de víboras.

Cuando Christopher pulsa de nuevo el play y la voz de Ruby se adueña de la estancia, apoyo mi mano sobre la suya para infundirle ánimo. El leve e inocente contacto me hace sentir mejor.

Cordelia contemplaba el cuerpo de Ross con adoración, como quien vigila el plácido sueño de su amante. De vez en cuando suspiraba y de sus labios brotaba un lamento amargo. Fue la única vez que demostró fragilidad. Observé que la sangre que brotaba de la cabeza del difunto empezaba a empapar la alfombra y pensé tontamente que aquella sería una mancha difícil de eliminar. Cuando Cordelia alzó los ojos, su expresión volvía a ser dura como el acero.

—¿Cómo ha ocurrido? —quise saber.

Casi de inmediato me asaltó un pensamiento terrible. Si Cordelia lo había matado, ¿acabaría también conmigo? Me tranquilizó pensar que al menos yo contaba con una ventaja: mantenía mis sentidos alerta, mientras que a Ross, Cordelia lo había pillado desprevenido. Un hombre fuerte como él no habría sucumbido fácilmente a un ataque frontal.

—No tenía planeado matarlo, si es lo que piensas.

—Yo no pienso nada —musité.

Cordelia chasqueó la lengua.

—Vuelves a mentirme, Ruby.

—¡Es la verdad! Si me jura que ha sido un accidente, la creeré.

Incluso a mí me resultó extraña la aspereza de mi voz, pero tenía que evitar a toda costa que ella me viera atemorizada. Respiré hondo para infundirme un valor que no sentía.

—Ya que me ha hecho venir, debería contármelo todo. Me lo debe.

—¿Y qué me debes tú a mí? —siseó. No me costó captar el doble sentido de sus palabras—. Pero olvidemos las recriminaciones por el momento —continuó en tono más amable—. Tienes razón. Has acudido a mi llamada y mereces una explicación. ¿Otra taza de té?

—No. Gracias.

Cordelia se dirigió a las estanterías, cogió un libro al azar y lo hojeó largo rato. Consciente de mi desasosiego, perdía el tiempo adrede para torturarme. Miré el reloj, preocupada. El hijo del carnicero se volvería loco si no tenía la cena a su hora.

—Cuando papá enfermó modificó su testamento —empezó al fin—. Por desgracia para mí, falleció antes de firmarlo y prevaleció el anterior, en el que mi hermana heredaba la mitad de la fortuna. No hubo forma de invalidar el documento. La ley es muy clara al respecto. Da igual que una hija mate a su padre a disgustos, si su nombre figura en el testamento, tiene derecho a heredar. Injusto, ¿no te parece? Los abogados intentaron localizarla en Nueva York y en la India, donde Ross tenía familia, pero estalló la guerra y no hubo forma de encontrarla, así que el dinero quedó en un depósito. Si al cabo de siete años mi hermana no había dado señales de vida, pasaría a mis manos.

—¿Eilean no se ha puesto nunca en contacto con usted? —pregunté extrañada.

Cordelia emitió un bufido de desdén.

—¿Para qué? Sabe que jamás la perdonaré. Y no tiene agallas para dar la cara. Pero no me apetece hablar de ella. Hace un par de semanas recibí una carta de Ross desde Berlín. Es uno de los oficiales destinados en la ciudad para mantener el orden. Dijo que vendría a visitarme en breve. Volví a pecar de ingenua creyendo que quería disculparse cuando solo le interesaba hablar de la herencia. No hay justicia en este mundo. Mi hermana lo ha conseguido todo: amor, una vida lejos de la guerra, un hijo... Sí, Ruby, ella y Ross tienen un crío. Y ahora pretenden arrebatarme el dinero. ¡Mi dinero! Te contaré un secreto, Ruby. Agradecí que los japoneses atacaran Pearl Harbor. Estaba segura de que cuando Estados Unidos entrase en guerra, Ross correría a alistarse y el cuento de hadas de la pareja finalizaría. En fin, parece que el capitán Hamilton se ha convertido en un héroe. Echa un vistazo a sus medallas.

Oírla referirse a Ross como si aún estuviera vivo me estremeció.

—¿Por qué lo recibió?

—¡Me amenazó! Dijo que si no me avenía a razones, me llevaría a juicio. Además, no tiene sentido negarlo, deseaba verlo.

Cordelia se encogió de hombros y apartó un atizador de un puntapié. Este rodó hasta chocar con un extremo de la chimenea.

—Ayer me mandó un telegrama para advertirme de su llegada —prosiguió—. He dado el fin de semana libre al servicio. Estamos solas. Tú y yo.

Con razón no había visto a nadie desde que llegué. Traté de disimular mi inquietud.

—Enterarse de que Eilean tiene un hijo habrá sido duro para usted. ¿Decidió asesinar a Ross cuando se lo contó? —la reté mirándola fijamente a los ojos. Al reconocer en ellos el brillo de la locura me arrepentí de mis palabras.

—No seas absurda, Ruby. —Soltó una carcajada estentórea—. Es que... me ha puesto furiosa. Nadie se queda con lo que es mío. ¡Nadie!

Cordelia me brindó entonces un somero relato de cómo habían acaecido los hechos. Después de que Ross le reclamase la herencia de su esposa, ella dio rienda suelta al veneno acumulado. Que Hamilton se limitara a sonreír con sorna cuando ella lo abofeteó solo sirvió para derribar el dique que mantenía a raya la demencia de Cordelia. Aprovechando que él le había dado la espalda, agarró el atizador y lo golpeó con saña. Debió de ser un golpe certero y mortal.

—Hay que avisar a la policía —murmuré cuando Cordelia hizo una pausa.

—Ni pensarlo.

—Pero ¡no puede ocultar el cadáver! Alguien habrá visto llegar a Ross.

—No lo creo. Con esta bruma la gente no ve ni el suelo que pisa.

—¿Qué pasará cuando no se reincorpore a su puesto en Berlín? ¿Y si le dijo a alguien adónde iba? Tendrá amigos. ¿Y si...?

—Y si, y si... Me pones nerviosa con tus preguntas. Pensarán que ha sido víctima de un nazi rezagado o de un ladrón. Estamos en tiempos de posguerra, Ruby, no lo olvides, la gente desaparece sin dejar rastro.

—¿Cree que Eilean se conformará con esa explicación? Su marido la habrá puesto al corriente de todo, suponiendo que la idea de reclamar el dinero no partiera de ella. Cuando Ross no dé señales de vida removerá cielo y tierra, y este será el primer sitio donde lo buscará.

Lejos de amedrentarse ante mis argumentos, Cordelia hizo una mueca.

—Hay algo que aún no sabes. —Resultaba casi cómico que guardase más secretos bajo la manga—. Mi hermana no se encuentra bien desde que dio a luz. Según Ross, está un poco deprimida. No me sorprende. Los problemas mentales son una lacra familiar. Acabaron con la vida de nuestra madre, y mi hermana ya muestra síntomas. En cuanto a mí, has visto de lo que soy capaz. Me temo que las mujeres MacDonald estamos condenadas a un final trágico.

En las raras ocasiones en que Cordelia me había mencionado a su madre, habló de que siempre estaba enferma, pero nunca especificó la causa de su mal, y yo no pregunté.

—No sé qué espera de mí —suspiré, aterrorizada ante la perspectiva de convertirme en cómplice de un asesinato, lo que se haría realidad si Cordelia se negaba a dar parte a la policía.

—Quiero que me ayudes a ocultar el cadáver. No puedo hacerlo sola.

Un potente trueno retumbó en el exterior. Miré hacia las ventanas. Una densa cortina de agua bañaba los cristales. De niña me gustaba cubrirlos de vaho y dibujar con el dedo corazones y alas de ángel que se volatilizaban en segundos.

Me levanté de un salto.

—De ninguna manera. Ya tengo bastantes problemas, no necesito añadir un asesinato a la lista.

Cordelia se cruzó de brazos.

—La verdad es que podría haberme ocupado de Ross yo sola y nadie se habría enterado de este... lamentable incidente. Si te he hecho venir es porque formas parte de la historia.

—No sé a qué se refiere.

—Sabías que Ross y mi hermana se habían enamorado y no me lo contaste. Me dejaste seguir creyendo que me quería a mí. Luego los ayudaste a escapar. Al principio me resistía a creerlo, pero empecé a reflexionar, recordé pequeños detalles. A Thomas le darían dinero. ¿Qué te dieron a ti, Ruby?

Me sentí mortificada por sus acusaciones y, al mismo tiempo, aliviada. Por fin se confirmaba lo que siempre había sospechado: Cordelia lo había averiguado todo. Aceptaba y entendía que estuviera resentida conmigo, pero obligarme a encubrir un crimen parecía un pago excesivo.

—Para mí eras más que una sirvienta. Te consideraba mi amiga y me partiste el corazón.

—Yo no sabía nada de los planes de Eilean, se lo juro. Me enteré la misma noche de su fuga.

—Conocías su paradero y callaste. Tu silencio mató a mi padre. No dejas de preguntarme por qué estás aquí. Es simple: quería que vieras a Ross muerto. El recuerdo de esta noche te perseguirá mientras vivas. Igual que a mí. Será tu condena, Ruby.

—¡Ha perdido el juicio! Iré a la policía. —Di unos pasos hacia la puerta, pero Cordelia me agarró del hombro con tanta fuerza que trastabillé. Temí que me golpeara y alcé los brazos para protegerme. Ante mi sorpresa, me soltó y habló con calma, lo que me dio más miedo todavía.

—Diré que fuiste tú.

—¿Qué? —murmuré desconcertada. No estaba segura de haberla entendido.

—Le contaré a la policía que tú lo asesinaste.

—Nadie la creerá. ¿Por qué querría yo matar a Ross Hamilton? Apenas lo conocía.

—A ver si la historia te parece convincente: esta tarde viniste a Nightstorm a pedirme que te devolviera tu antiguo puesto de doncella. Yo me negué e intenté convencerte de que tu sitio está en tu casa, con tu esposo, pero te lo tomaste mal y me insultaste. Entonces mi cuñado, Ross, que casualmente se encontraba de visita, intentó tranquilizarte. Te pusiste aún más frenética, ya que hace años él te sedujo y no has logrado superar su abandono. Cuando supiste que tenía un hijo perdiste la razón y lo atacaste con el atizador de la chimenea sin que yo pudiera hacer nada para evitarlo. Reconócelo, Ross te hacía tilín.

El pánico se apoderó de mí.

Era una patraña surrealista, pero si Cordelia se la contaba a un juez con aquel alarde de detalles y otros que se inventaría sobre la marcha, por más que yo lo negase todo, le resultaría factible sembrar una duda razonable.

—¿A quién van a creer, Ruby? ¿A una dama respetable como yo, pilar de la comunidad, o a una mujer desquiciada por las palizas que le propina su marido? Piénsalo bien. Viniste a mí buscando una salida a tu miserable vida y yo me negué a darte cobijo. ¿Cómo no ibas a perder los estribos?

Cordelia frunció los labios hasta convertirlos en una fina línea.

—Adelante, ve a dar el aviso —me invitó con una sonrisa malévola.

El miedo que sentía se transformó en furia. Deseaba abofetearla, borrar de un plumazo su sonrisa, pero se impuso el sentido común. No pagaría por un crimen que no había cometido. Yo era una superviviente y continuaría siéndolo aunque sucumbiera ante aquella loca. Me erguí con decisión.

—De acuerdo. ¿Lo enterramos en el jardín o lo lanzamos al mar?

Sin responderme, Cordelia se dirigió hacia una de las estanterías. Sus largos dedos revolotearon de arriba abajo por las baldas tirando libros al suelo mientras movía frenéticamente los labios.

—Por el amor de Dios, ¿qué está haciendo? —le grité, pero cuando intenté acercarme a ella tropecé con el cuerpo de Ross. Contemplar sus ojos verdes antaño chispeantes y ahora carentes de vida resultaba doloroso. Se los cerré y le cubrí la cabeza con mi pañuelo.

En aquel instante rememoré la primera y única vez que él y yo mantuvimos una conversación. Fue una mañana de mediados de agosto. Yo había ido al pueblo a comprar una bobina de hilo. Hacía tan buen día que, de camino a casa, me senté en la hierba para ver los barcos pesqueros que faenaban en la lejanía. Absorta en mis pensamientos, no lo oí llegar.

—Eres justo lo que andaba buscando.

Me volví sobresaltada. Ross estaba detrás de mí, con un pie sobre una piedra y una mano apoyada en el muslo.

—Ruby, ¿verdad? La doncella de Cordelia.

Al levantarme perdí el equilibrio, pero él me sujetó con firmeza. Me pasaba más de una cabeza y, abochornada, me encontré mirándole el pecho. Los botones desabrochados de la camisa dejaban entrever su bronceado torso. Sonrojada, desvié los ojos hacia sus manos, que sostenían un cuaderno de dibujo. Consciente de que tenía que marcharme, murmuré una excusa. Ross hizo oídos sordos.

—He estado dibujando el faro, pero no me convence, le falta vida, en cambio tú... ¿Te importaría posar para mí, Ruby?

—¿Posar?

—Ser mi modelo.

Dudé.

—No sé. ¿Qué tendría que hacer? —pregunté un poco a la defensiva, sin atreverme a mirarlo a los ojos. Me sentía turbada por el inesperado efecto que había causado en mí la visión de su espléndido cuerpo.

—Lo mismo que hacías hasta ahora. Contemplar el mar con mirada soñadora. Yo me sentaré frente a ti y dibujaré un boceto.

Algo me decía que aquello no estaba bien. Cogí mi sombrero del suelo y lo sacudí para eliminar unas briznas de hierba.

—No puedo. La señorita MacDonald me está esperando.

—Mentirosilla. Te he visto tomando el sol. No parecías tener prisa por retomar tu trabajo.

Enrojecí hasta la raíz del cabello. Se lo estaba pasando bien a mi costa.

—Cordelia no se percatará de tu ausencia, la llegada de su hermana la tiene muy ocupada. Y si te apura que te regañe, le diré que yo te entretuve.

Más que una bronca por retrasarme, me inquietaba lo que podría cavilar si llegaba a sus oídos que Ross y yo habíamos estado juntos, aunque fuese de forma inocente. Cordelia era propensa a ver fantasmas en todas partes.

—Bueno, me quedaré un ratito. Hágame un favor, no le cuente nada de esto a la señorita Cordelia.

—De acuerdo. Será nuestro secreto.

—Entonces... ¿me siento? —le pregunté dubitativa, pero Ross ya se había puesto manos a la obra, sus dedos volaban ágiles sobre el papel.

—Tienes unos ojos muy bonitos, Ruby.

Cuando alcé la cabeza, sorprendida ante el inesperado halago, me indicó con un gesto de la mano que mantuviera la mirada fija en el horizonte.

Ross Hamilton me desconcertaba. Había algo en él que me atraía y al mismo tiempo me incitaba a salir corriendo. A pesar de mis recelos, me quedé casi una hora. Y entonces me preguntó si conocía a Eilean.

La voz de Cordelia me devolvió al presente.

—Tiene que estar por aquí... —mascullaba mientras seguía rebuscando entre los libros.

Cada vez más convencida de su desequilibrio mental, opté por sentarme en una butaca. Un chillido me sobresaltó.

—¡Lo encontré! Papá estaba en lo cierto.

Al volverme vi que una de las estanterías se había abierto como si fuese una puerta y había quedado perpendicular a las demás.

—Cuando era niña, mi padre me habló de la existencia de un pasadizo en Nightstorm. Decía que lo construyeron en el siglo XVII, durante las disputas entre los clanes vecinos, para refugiarse en caso de ataque. Siempre creí que era una leyenda.

Ante la perspectiva de tener que adentrarme en aquel agujero negro, mi cuerpo se bloqueó como si me hubieran inyectado una sustancia paralizante. Además del miedo a la oscuridad, existía otro factor que me impedía dar un paso. Puede que mi vida no fuese un camino de rosas, pero no me apetecía acabar muerta en un túnel. Cordelia me tiró del brazo.

—¿Y si se cierra la puerta y quedamos atrapadas? —me quejé, oponiendo resistencia—. Además, está oscuro como la madriguera de un conejo.

Cordelia me soltó y se acercó al escritorio. De uno de los cajones sacó una linterna.

—No se cerrará, pero si tanto miedo tienes, coloca una silla para que haga de tope. Sígueme —me ordenó en un tono que no daba opción a más quejas.

Pronto me percaté de que lo que había tomado por una cavidad horadada en la pared era, en realidad, un angosto pasadizo que parecía no tener fin. Entre el frío que hacía y que mis pies seguían mojados, empecé a tiritar. Me sentía mareada y solo quería irme a casa, un infierno en el que sabía lo que podía esperar. Cordelia avanzaba con paso firme, iluminando el camino con la linterna. Los desniveles que presentaba el suelo de tierra me obligaban a vigilar cada paso que daba para no caerme de bruces. Veía consternada que las titilantes luces de los quinqués que llegaban desde la biblioteca iban debilitándose a medida que nos internábamos en el pasadizo, hasta que desaparecieron por completo. Recé para que la batería de la linterna no se agotara.

62

—¡Lexi decía la verdad! Hay un pasadizo subterráneo —exclamo, alborozada.

—Jamás oí hablar de él, aunque no es extraño que lo haya. La mansión tiene cientos de años —admite Christopher—. ¿Quién es Lexi?

—Una niña que vino de visita con mi prima. Te hablé de ella. Mientras buscaba los diarios no dejé un milímetro de las estanterías sin revisar. Debería haberme topado con el pasadizo aunque solo fuera por accidente.

—Las puertas ocultas son muy difíciles de descubrir si no se conoce su existencia, Eleonora. Por algo son secretas. Se utilizan técnicas de camuflaje para esconderlas y fundirlas con su entorno. Y requieren la activación de un mecanismo para que se abran.

—Ya, pues Lexi dio con él.

—Los críos lo toquetean todo. ¿Qué dijo exactamente?

Lo pongo al corriente de su aparición, farfullando incoherencias sobre un fantasma en un túnel. Christopher arquea una ceja, divertido.

—¿Un fantasma?

—En realidad, apenas le hicimos caso; es una niña con mucha imaginación y Bárbara estaba nerviosa; tenían que coger un avión y se les hacía tarde.

—No creo que le interesaran demasiado los libros, pero dio con el resorte y, ¡abracadabra!, la puerta se abrió como por arte de magia y reveló el pasadizo. Ya sabes lo que dicen: la mejor forma de ocultar un secreto es dejarlo en un lugar bien visible, aunque no demasiado a la vista.

—¡Menudo galimatías! —rezongo—. No me imagino a Lexi aventurándose a oscuras dentro del túnel, tuvo que encontrar una linterna en algún sitio.

—Si mal no recuerdo, había una en un cajón del escritorio. En cuanto a ese fantasma...

—¡Tonterías! Vería una sombra y se dejó llevar por el miedo.

—Puede que sí, puede que no. Tengo una corazonada, pero dejaré que sea Ruby quien me la confirme. Por cierto, cuando la niña os contó todo eso de la aparición, imagino que iríais a la biblioteca.

—Claro, queríamos convencerla de que eran imaginaciones suyas.

—Y no encontrasteis ninguna estantería abierta... —deduce Christopher.

—Todo estaba igual que siempre —confirmo.

—Supongamos que Lexi cogió la linterna y se internó en el pasadizo, pero no abrió la puerta del todo y esta se le cerró. Fue lo bastante lista para hallar la salida.

—Madre mía, cómo se le ocurriría meterse ahí.

—Cuando construían un pasadizo subterráneo que unía las entrañas de una casa con el exterior, se aseguraban de dejar una vía de escape. Pero estoy de acuerdo contigo en que la niña cometió una temeridad entrando sola.

—Si llega a perderse por los túneles... —Me llevo las manos a la frente—. Tiemblo solo de pensarlo.

—Has visto muchas películas, Eleonora. Esto no es una pirámide diseñada para desalentar a los ladrones de tumbas. Lo más probable es que se trate de un pasadizo más o menos largo que conduce a alguna parte del jardín. Cuando terminemos de escuchar la cinta de Ruby iremos a comprobarlo.

Estupendo, justo lo que más me apetece hacer ahora. Meterme en la boca del lobo, refunfuño para mis adentros.

—Anda, dale al play. Oigamos el final de la historia.

Me adentré con Cordelia en aquel pasadizo que se tornaba más tenebroso conforme avanzábamos. De vez en cuando volvía la vista hacia la biblioteca, cuyos quinqués nos proporcionaban un punto de referencia. Eran como faros guiando a puerto a los barcos perdidos en la niebla. Preocupada al ver que su haz era cada vez más tenue, di un traspié y tuve que apoyarme en la rugosa pared de piedra. Pregunté a Cordelia adónde nos dirigíamos, tenía la impresión de llevar horas caminando aunque solo habían transcurrido unos minutos. Sin responderme iluminó con la linterna hacia su derecha, donde el pasadizo se bifurcaba en dos estrechos túneles. Se internó por el primero, conmigo detrás. Apenas habíamos recorrido unos pasos cuando se detuvo frente a lo que parecía una cueva.

—Servirá —murmuró en voz baja.

—¿Para qué? —quise saber.

—Para él.

El tupido velo que nublaba mi mente se descorrió al fin y me permitió descifrar las intenciones de Cordelia. Pretendía enterrar a Ross en aquella caverna, cuya existencia todo el mundo desconocía. Si yo no lo contaba, nadie lo descubriría jamás. Eilean enloquecería pensando que su esposo la había abandonado y Cordelia obtendría al fin su venganza.

—Sí, es un lugar perfecto —afirmó satisfecha, mirando en derredor suyo.

No traté de hacerla desistir de su macabro plan.

Mientras regresábamos a la biblioteca sentí que unas garras invisibles constreñían mi garganta. Me faltaba el aire y, angustiada, inhalé bocanadas desesperadas para calmar el dolor de mis pulmones. Me encontraba tan mal que creí morir allí mismo, pero la certeza de que Cordelia no dudaría en enterrarme en la cueva me dio fuerzas para ayudarla a cargar con Ross. Decidió que yo encabezase la marcha sujetándolo por los hombros mientras ella lo cogía de los pies. A nuestro alrededor reinaba la más absoluta oscuridad, ya ni siquiera nos llegaban las mortecinas luces de la biblioteca; habían ido menguando hasta tornarse imperceptibles. No podíamos utilizar la linterna, pues necesitábamos las dos manos para acarrear el cuerpo. Varias veces tropecé y dejé caer a Ross, y con mi torpeza me gané los reproches de Cordelia. Por fin llegamos a la cueva. Temblaba de pies a cabeza cuando deposité el cadáver en el suelo.

—Márchate —me ordenó ella.

Miré a Ross por última vez y me persigné rogando su perdón y el de Dios. Recorrí el camino a la inversa a toda prisa con la oscuridad como única compañera. Al alcanzar la seguridad de la biblioteca me fallaron las fuerzas y caí sobre la alfombra. La opresión que sentía en el pecho, lejos de remitir, fue en aumento. Pensé en ir al médico, pero en mi fuero interno sabía que no existía curación para mi mal. Ninguna medicina te libra del sentimiento de culpa. Traté de no dejarme dominar por el pánico y me concentré en calmar mi respiración inspirando y espirando hasta que los latidos del corazón se ralentizaron. Entonces reparé en la mancha de sangre. Alguien tenía que limpiarla antes de que llegasen los criados, y Cordelia no lo haría. Froté la alfombra con agua y jabón hasta que el intenso rojo se convirtió en un tenue rosa que se fundió con las filigranas. Iba a incorporarme cuando vi un alfiler de corbata bajo los flecos de una butaca. Supuse que era de Ross. Me lo metí en el bolsillo sin que llegara a pasarme por la cabeza la idea de entregárselo a Cordelia. Lo he guardado todos estos años y ahora, Christopher, se lo entrego a usted.

Cordelia me hizo jurar que no le contaría a nadie lo que había ocurrido aquella noche. ¿A quién iba a decírselo? Me pondría una soga al cuello si acudía a la policía. Además, yo no estaba libre de culpa. La había ayudado a esconder un cadáver, lo cual me convertía en su cómplice.

Me dijo que no nos veríamos más. Estuve de acuerdo. Luego murmuró algo que no he logrado olvidar.

—Ahora sabrá Eilean lo que es sufrir por amor.

Fue la única vez que pronunció el nombre de su hermana.

Cuando llegué a casa, pasadas las diez, cubierta de fango y con las medias hechas trizas, el hijo del carnicero me esperaba sentado a la mesa de la cocina. Tenía los ojos inyectados en sangre.

—Lo siento, me he retrasado por la lluvia —musité mientras me ponía el delantal—. Enseguida preparo la cena.

—¿De dónde vienes?

—Te dejé una nota. He ido a la iglesia...

Me estremecí al ver mi libro de salmos bajo sus manos. Aunque íbamos a la iglesia los domingos, él nunca rezaba en casa, ni creo que lo hiciera en el templo. Alargué la mano para cogerlo, pero, con un movimiento ágil, digno de la serpiente que era, lo apartó y sacó de entre sus páginas la fotografía. La única que tenía con Liam y mi tabla de salvación a lo largo de aquellos años aciagos.

—¡Puta mentirosa! —bramó el hijo del carnicero, dando un puñetazo en la mesa—. He ido a buscarte. Allí no había nadie. Has estado con él, ¿verdad? ¿Era el padre de tu bastardo? —preguntó mostrándome la foto.

El primer golpe me estrelló contra la pared. Ahogué un gemido de dolor mientras él se inclinaba sobre mí escupiendo saliva y odio.

—¡Habla! ¿Era suyo?

Ver la imagen de Liam entre sus sucias manos hizo que me rebelara y, por una vez, le planté cara.

—¡Sí! Era el padre —grité.

—¡Zorra! Te voy a matar —dijo alzando nuevamente el puño.

—Adelante, acaba conmigo como hiciste con mi hijo. Me harás un favor.

Con parsimonia, consciente de lo que significaba para mí aquel rectángulo de papel, el hijo del carnicero me lo restregó por la cara antes de romperlo en varios pedazos. A continuación se desató el infierno.

Un tiempo después, en la panadería, una mujer comentó que Cordelia MacDonald había acogido a un sobrino. Agucé el oído. Circulaban rumores de que la más joven de las hermanas se había suicidado tras la desaparición de su esposo. Se me heló la sangre en las venas. Aquella noche lloré como nunca. Derramé lágrimas por Eilean, por Cordelia y por mí... Por todos los sueños que no se cumplieron. George Bernard Shaw escribió que existen dos tragedias en la vida: no alcanzar el deseo de nuestro corazón... y alcanzarlo. Yo no pude compartir mi vida con Liam, y Cordelia solo fue capaz de retener a Ross en la muerte. Tales fueron nuestros infortunios.

Este es el final de mi historia, que es también la suya, querido Christopher. Imagino que los restos mortales de su abuelo permanecerán allí donde los dejamos, a no ser que Cordelia les diera sepultura en una tumba sin nombre. Aunque no creo que lo hiciese. A usted le corresponde hacer justicia.

63

Christopher extrae la cinta de la grabadora y la lanza a la chimenea. Cuando las llamas han fundido hasta el último trozo de plástico, se levanta del sofá y abandona el salón.

Mientras escuchábamos la confesión de Ruby se ha bebido media botella de whisky, pero no parece ebrio. Lo oigo cerrar la puerta principal con un sonoro portazo. Aunque mi primer impulso es salir tras él, comprendo que en determinados momentos la mejor compañía es la de uno mismo.

Cuando Ignacio me abandonó me aparté de todo el mundo. En aquellos días analicé con detalle nuestra historia en común, rastreé los momentos felices, por fuerza tuvo que haberlos en siete años de convivencia. Al cabo del tiempo he asumido que el nuestro fue un vínculo acomodaticio. ¿Por qué quise ser madre si la relación no funcionaba? Él no quería hijos. Christopher tampoco. ¿Qué hay de malo en tener familia?

Su vuelta interrumpe mis pensamientos. Lleva una pala en la mano y se dirige a la biblioteca. Lo sigo intrigada. Se detiene frente a las estanterías y desliza las manos por encima y por debajo de las baldas a la altura de su cabeza, examinando con detenimiento cada milímetro de madera. De repente caigo en la cuenta.

—Estás enfocándolo mal. Lexi apenas mide un metro.

Christopher vuelve la cabeza y me mira inquisitivo. Tan inteligente como es, resulta increíble que no lo pille al vuelo.

—Buscas un resorte oculto en esa estantería desde tu perspectiva de metro noventa de altura. Lexi no pudo llegar a las baldas superiores sin subirse a una silla, y yo no veo ninguna por aquí. La única forma de encontrar la entrada del pasadizo es actuar como si fueras ella.

—Adelante, ilústrame —me invita, extendiendo los brazos hacia las hileras de libros de un modo que se me antoja ligeramente arrogante; parece pensar que lo que acabo de decir es una estupidez. Solo espero acertar con mi suposición.

Me acuclillo y empiezo a moverme con la indolencia de una niña, la vista fija en la parte inferior de los estantes. Visualizo el pecoso rostro de Lexi, sus dedos barriendo los libros de geografía, de historia... y los cuentos terroríficos cuya lectura tanto me hacía sufrir para deleitar a Cordelia.

Cuando mis rodillas empiezan a quejarse, me enderezo y coloco las palmas de las manos sobre las baldas, al nivel de mis caderas. Palpo cada centímetro a conciencia, asegurándome de no pasar de la altura máxima que Lexi pudo alcanzar. Presiono con los dedos las volutas de madera que decoran los laterales de los estantes, al principio con suavidad, luego con fuerza. Y justo cuando estoy a punto de darme por vencida, la voluta que cierra la fila de autores góticos se inclina hacia abajo emitiendo un ligero chasquido. Al ver que la estantería se me viene encima, doy un salto instintivo hacia atrás.

—¡Qué demonios...! —exclama Christopher, atónito ante la boca ancha y oscura que se abre frente a nosotros.

—Cordelia nunca me permitió quedarme aquí sola. Ahora entiendo por qué. Debía de temer que acabase descubriendo su secreto. Con mi prima no había problema, a ella no le gustaba leer. Recuerdo que a mi madre le extrañaba que no le dejase limpiar a fondo las estanterías.

—A mí nunca me prohibió nada. Me conocía bien. Sabía que un veto me incitaría a registrar todos los rincones.

—¿Qué habrías hecho si hubieras encontrado el pasadizo?

—Yo era aventurero, me habría lanzado de cabeza a explorarlo —asegura Christopher dirigiéndose al escritorio—. La linterna no está —dice tras registrar los cajones—. En cualquier caso, habrá alguna más por ahí. Voy a la cocina, tú mira en el estudio.

Al cabo de unos minutos regresa con un par de velas y una caja de cerillas.

—En un cajón había una linterna, pero sin pilas. ¿Has tenido suerte?

—No.

Adentrarme en terreno desconocido no me seduce lo más mínimo. Me pone los pelos de punta pensar que podemos hallar el esqueleto de Ross Hamilton.

—Encenderé la linterna del móvil —digo para infundirme seguridad.

Christopher se sumerge en el oscuro abismo sin dudarlo. Antes de seguir sus pasos, recuerdo el temor de Ruby a quedarse atrapada. Como no quiero arriesgarme a que una inoportuna corriente de aire nos juegue una mala pasada, bloqueo la entrada del pasadizo con una de las butacas.

—¿Por qué has tardado tanto? —me pregunta cuando lo alcanzo—. Vigila donde pisas. Hay un tramo de escaleras y los peldaños son estrechos e irregulares. ¿No prefieres ponerte un calzado más cómodo? —sugiere mirando mis pies—. No sé yo si con esos tacones...

—Estoy bien. Ruby no dijo nada de escaleras —murmuro, preocupada. A saber qué otros obstáculos nos depara el camino.

Las paredes huelen a moho y hace un frío que pela. Tendría que haberme puesto una chaqueta y, de paso, unas botas. Los tacones me están matando. Christopher avanza deprisa. Me veo obligada a apresurarme para no quedarme atrás.

—Esto es bastante estrecho. Cuesta creer que aquí se escondiera gente —digo con voz temblorosa a causa del frío. No me sorprenderá si de un momento a otro el vaho que expelo por la boca se convierte en hielo. Por desgracia, la batería del móvil no tarda en dar señales de agotamiento.

—Pues lo hacían. A menudo, y durante meses. En la Segunda Guerra Mundial los ingleses construyeron bajo los acantilados de Dover una red de túneles para usarlos como cuarteles y refugio.

—Me recuerda a la bodega de mis abuelos. El vino se mantenía fresco como si hubiera estado en una nevera.

—Así que estás acostumbrada a los túneles —deduce Christopher. No puedo verle la cara, pero apuesto a que sonríe.

—No creas. No me gustaba nada que me mandaran a buscar una botella. La bodega estaba llena de telarañas y bichos. Y en ella hacía un frío terrible. Bárbara se escaqueaba siempre, decía que oía voces.

Doy un traspié y estoy a punto de caerme. Christopher vuelve la cabeza.

—Algo me ha rozado el tobillo —rezongo pataleando. Una de las patadas alcanza a Christopher. Mi vela parpadea, pero se mantiene encendida.

—Será una araña o una rata. Tranquila, no creo que se atreva a volver.

—¡Muy gracioso!

—He utilizado pasadizos secretos en alguna de mis tramas. Hace años escribí una novela basada en un asesino en serie del siglo XIX que torturó y asesinó a cientos de clientes en su hotel de Chicago.

Se me ocurre que él tampoco ofrece un aspecto tranquilizador a la luz de las velas, con el cabello alborotado y armado con una pala.

—¿Por qué has quemado la cinta de Ruby? —le pregunto para cambiar de tema. No me apetece hablar de psicópatas asesinos.

—Para que no caiga en manos extrañas.

—¿En qué manos? Nightstorm no recibe muchas visitas que digamos.

—No quiero que nadie conozca su contenido. Ahí está el desvío del que hablaba Ruby, no tardaremos en llegar a la cueva.

Eso espero. La cera caliente que se desprende de la vela ha empezado a solidificarse entre mis dedos. A una señal de Christopher enfilamos hacia la derecha, donde el pasadizo se estrecha hasta desembocar en un espacio cóncavo. Trato de no prestar atención a los ruidos. Mientras ningún bicho se acerque a mis pies, todo irá bien. El olor a humedad se mezcla ahora con otro más intenso, a podredumbre. Christopher se detiene, deja la pala apoyada en la pared y desplaza la vela arriba y abajo para examinar el entorno mientras protege la llama con la palma de su mano. Soy yo la que tropieza con algo y cae de bruces. De repente me envuelve una densa negrura. Al palpar el terreno en busca de la vela, mis dedos tocan un bulto. Convencida de que es una enorme rata, grito y me levanto de un salto.

—¿Qué diablos te pasa? —me pregunta Christopher llevándose la mano al mentón. Le he dado un cabezazo.

—Lo siento. Hay un bicho.

—Eleonora, si vas a golpearme cada vez que te roza un insecto, avísame para que pueda apartarme a tiempo —refunfuña un poco molesto.

Recoge mi vela y la enciende con la suya. Un nuevo grito brota de mi garganta. El cadáver de Ross Hamilton yace sentado en el suelo, las manos cruzadas sobre su regazo. Mis cábalas sobre lo que encontraríamos no me han preparado para lo que tengo delante: la réplica momificada de un Christopher más joven, cuyas facciones desecadas dejan entrever que una vez tuvo unos labios carnosos, la nariz recta y el cabello oscuro. Desvío la mirada hacia las condecoraciones que luce en los restos del uniforme.

—He aquí el fantasma de Lexi —murmura Christopher.

—Cómo es posible que... —Hago un esfuerzo para reprimir las náuseas.

—El frío extremo ha ayudado a conservar el cadáver. Si lo tocamos, es más que probable que se desintegre.

—¿Cómo pudo Cordelia dejarlo así todos estos años, sin enterrarlo?

—¿No te lo imaginas? —Dirige mi atención hacia un extremo de la cueva—. ¿Por qué crees que hay una silla? Cordelia estaba loca de atar.

—Un momento... ¿Insinúas que la trajo ella? ¿Crees que venía aquí a... estar con Ross?

Christopher se encoge de hombros.

—Es morboso, pero sí, es lo que creo que hacía. Mira, hay algo junto al cuerpo. Parece un libro.

Aproximo mi vela a la suya para ver mejor.

—¡Un diario! —exclamo. Me agacho a cogerlo—. Te dije que había otro. Quizá nos proporcione algunas respuestas.

—Por mi parte, he tenido bastante con las de Ruby —declara con un deje de tristeza.

—Te equivocas. Aún quedan incógnitas en el aire. ¿No sientes curiosidad por saber cómo encajó Cordelia que Ross la abandonase por su hermana?

—Lo ha dejado bastante claro. Lo odiaba tanto que lo asesinó.

—Sí, pero también sabemos que nunca dejó de amarlo.

—Ya. El odio es el amor de los desesperados.

—Bonita frase. ¿De alguno de tus libros?

—Es un proverbio francés.

—Bueno, llámame romántica si quieres, pero creo que tú y yo convivimos con una especie de zombi. La verdadera Cordelia murió en el momento en que acabó con la vida de Ross.

—Me disculparás si mi visión del asunto no es tan idílica como la tuya. Cordelia era una psicópata que mató a mi abuelo. Punto. Y dejarlo ahí todos estos años... Si el asunto no fuera tan trágico, hasta me reiría.

—Tu tía abuela era una enferma mental. ¿Y si sufría un trastorno bipolar?

—Todos experimentamos altibajos emocionales de vez en cuando y no nos da por matar.

—La bipolaridad no es un simple altibajo. Sus síntomas hay que tratarlos a tiempo. Si no, quienes la padecen pueden hacerse daño o hacerlo a los demás, sobre todo cuando son personas agresivas, como Cordelia.

—¿Estás defendiendo sus actos?

—No, pero tal vez heredó la enfermedad de su madre. Quizá Eilean también la sufrió. En los años treinta no sería fácil de diagnosticar.

—¿Cómo sabes tanto del tema? ¿Internet?

—En el instituto había una chica con ciertos problemas, y sí, reconozco que después de que Ruby nos hablara de los repentinos cambios de ánimo de Cordelia indagué un poco. Además, necesito saber qué pasa con la maldición.

—¿Qué maldición?

Respiro hondo. Ha llegado el momento de la verdad.

—Encontré una carta en el despacho de tu bisabuelo. Creo que existe una maldición en torno al collar de diamantes.

Christopher me mira con una mezcla de estupefacción y chanza, pero antes de contarle mi teoría me hace falta leer el diario que acabamos de encontrar y rellenar algunos huecos que tengo en la cabeza. Llevo días preguntándome si no debería dejarle leer la carta de Cordelia.

—Ya hablaremos de eso después. Ahora hay que avisar a la policía —digo dando media vuelta para salir de la cueva, convencida de que Christopher me seguirá. Lo que hace, por el contrario, es sujetarme el brazo con firmeza.

—¡Ni hablar! No tengo ganas de ver mi nombre arrastrado por el fango. Si denuncias el hallazgo, se abrirá una investigación... Serán horas de carnaza para la televisión.

—Pero no podemos dejarlo aquí. Hay que enterrarlo. Es lo que querría tu abuela.

—Y es lo que voy a hacer —afirma con vehemencia.

Coge la pala y empieza a cavar en el duro suelo.

—¿Y si Ross deseaba descansar junto a Eilean?

—Me da igual. Eres creyente, ¿no? Pues consuélate pensando que hace años se reencontraron allá arriba. No hay más que hablar. Se queda aquí. Punto.

—Como quieras, al fin y al cabo se trata de tu familia. ¿Lo registramos? Quizá lleve algo que desees conservar. Puedo hacerlo yo mientras cavas.

Christopher alza una ceja, claramente escéptico.

—¿No te da grima?

—Un poco —reconozco.

Cierro los ojos, convencida de que el cuerpo se descompondrá entre mis dedos, pero, ante mi asombro, se mantiene intacto. Eso me envalentona y me da fuerzas para coger de debajo de los harapos unas monedas, un pañuelo con unas iniciales bordadas y lo que parece ser un billete doblado y amarillento. Lo dejo todo a un lado y sigo probando suerte. Introduzco los dedos con cuidado entre los restos de la camisa y la chaqueta, procurando no rozar la piel seca. Un movimiento brusco de mis manos al coger la cartera provoca la caída de la cabeza hacia delante. La cartera contiene dólares, libras y fotografías en blanco y negro. Las acerco a la vela. En una de ellas aparece Ross dando el brazo a una bellísima joven de cabello claro cubierto con un largo velo. Es Eilean el día de su boda. En la otra imagen, ella luce un traje de noche y sus ojos miran fijamente el objetivo de la cámara con el aplomo que exhiben los afortunados que lo tienen todo. Comprendo que Ross cayera rendido a sus pies. No puedo evitar sentir lástima por Cordelia, tan diferente a su hermana en el físico y, sin embargo, tan igual en la esencia. La herencia genética resulta a veces tan injusta como maldita. La última fotografía es de un niño de corta edad, de notable parecido con Eilean. Desvío la atención hacia Christopher, que sigue cavando. Su frente está perlada de gotas de sudor. Carraspeo para aclararme la garganta.

—Las he encontrado en su cartera —digo mostrándole las fotos.

Él suelta la pala, se limpia la frente con el dorso de la mano y acerca la vela a las imágenes. Una sonrisa se dibuja en su rostro mientras las contempla.

—Era muy guapa —murmura.

—Ruby se quedó corta al describirla.

—Lástima que su vida fuese tan trágica.

—Conoció el amor verdadero. Pocos tienen esa suerte.

—Sí, pero pagó un alto precio por su pasión.

—El niño... ¿es tu padre?

Asiente con la cabeza.

—Se llamaba Ethan.

—No te pareces a él. En cambio, eres la viva imagen de tu abuelo.

—Creo que el hoyo es lo bastante profundo —asegura tras iluminarlo con la vela—. Ayúdame a meter el cuerpo. Después de haberlo registrado, no te dará repelús —apostilla al verme titubear.

—No me entusiasma la idea, pero te ayudaré.

—Sujétalo por los pies —me indica. Él coloca las manos bajo los hombros y empieza a desplazarlo con sumo cuidado hacia la fosa.

El cadáver resiste hasta que lo introducimos en la zanja, momento en que la piel momificada se desintegra dejando al descubierto los huesos. Me siento aliviada. No me hubiera hecho gracia quedarme con una extremidad en las manos.

—¿No quieres conservar las medallas o el anillo? —pregunto a Christopher.

Niega con la cabeza mientras devuelve las fotos a la cartera y la deposita con cuidado sobre los restos.

—¿Tampoco te quedas las fotos?

—No quiero que mi madre las vea un día por casualidad y me pregunte de dónde han salido —responde echando paladas de tierra sobre el cuerpo hasta dejarlo completamente cubierto.

Una tumba sin nombre.

—¿Rezamos? —le pregunto dubitativa. Él se encoge de hombros, las manos apoyadas sobre la pala.

—Si vas a sentirte mejor, haz los honores.

Mientras recito un padrenuestro, los ojos de Christopher no se apartan de la sepultura. A la débil luz de las velas, brillan como luciérnagas. Toco su brazo con suavidad y le pregunto:

—¿Quieres quedarte un momento a solas?

—¿Para qué?

Cuando salimos de nuevo al pasadizo, en lugar de dirigirse hacia la biblioteca, coge el camino opuesto. Frunzo el ceño. Cabe la remota posibilidad de que se haya despistado, y se lo hago saber.

—¿Qué haces? No es por ahí.

—Quiero ver adónde conduce esto.

—Fantástico —gruño contrariada. No me queda otra que seguirlo.

Caminamos en silencio durante largo rato. A izquierda y derecha se abren vías hacia las pequeñas cuevas concebidas hace siglos para servir de refugio a los miembros de los clanes rebeldes. Cuando creo que nos hemos perdido en el laberinto y las velas están en las últimas, divisamos lo que parece ser una escalera. Christopher salva a la carrera los metros que nos separan de ella y asciende por sus irregulares peldaños. Al poner el pie en el primero doy un puntapié a un objeto que rueda hacia el suelo. Es una linterna de gran tamaño.

—Ojalá la hubiera encontrado antes —digo soltando el cabo de la vela.

Me froto los dedos para despegar los restos de cera mientras Christopher levanta los brazos y empuja hacia arriba una desvencijada trampilla de madera. Estiro el cuello y trato de atisbar por encima de su hombro.

—¿Dónde estamos? —pregunto intrigada.

—En el cobertizo —responde.

—Me sorprende que nadie haya descubierto la trampilla a lo largo de estos años.

—Cuidado. Hay una mesa justo... —su advertencia llega

tarde y mi cabeza choca con una superficie dura— encima. ¿Te has hecho daño?

—No, no —miento. Mañana tendré un chichón.

—Quien ubicó aquí la salida, o la entrada al pasadizo, según se mire, sabía lo que hacía. Fíjate, Eleonora, el cobertizo está a suficiente distancia de la casa para que los fugitivos pudieran otear el horizonte antes de aventurarse a campo abierto.

—Pero el jardinero se pasaba horas trabajando en sus injertos. ¿Cómo no vería la trampilla? ¿Es que nunca barría el suelo?

—Está bien camuflada entre las tablas de madera. Nadie la encontraría a no ser que la buscara, como hemos hecho nosotros.

—Si quieres ocultar algo, colócalo en un lugar visible. —Repito sus palabras de hace unas horas, cuando descubrimos la existencia del pasadizo.

A la luz de la luna, el rostro de Christopher, aun tiznado de tierra, resulta muy atractivo. No creo que se pueda decir lo mismo del mío.

—Exactamente —dice acuclillándose junto a la trampilla—. Dame la linterna y baja con cuidado.

—¡Ah, no! Yo no vuelvo a entrar ahí.

—De acuerdo.

Lo miro confundida.

—¿Por qué regresas por el pasadizo si puedes entrar por la puerta?

—¿Tienes la llave? —me responde, irónico.

Cuando se pierde de vista examino el suelo. Es cierto que la trampilla no se distingue a no ser que sepas que está ahí. No obstante, para asegurarme, esparzo hojas secas con el pie y coloco encima un saco de abono.

Christopher tarda una eternidad en abrirme. Tengo frío, el pelo revuelto y lleno de telarañas, y el vestido y los zapatos manchados de barro. Mi aspecto es lamentable. Él se ha lavado la cara y se ha cepillado la ropa. Me tiende una toalla y entramos en el salón.

—¿Una copa? —me pregunta dirigiéndose al aparador.

Lo que necesito es darme una ducha, cenar y meterme en la cama. Cuando bebo con el estómago vacío mi lengua se desata. Sin embargo, me siento en el sofá y acepto el vaso de líquido ambarino. No me entusiasma el whisky, pero durante estas semanas he dado buena cuenta de la provisión de Cordelia.

—He estado pensando... —empieza Christopher.

—¿Qué? —Me llevo el vaso a los labios y bebo unos sorbos.

—Lo que ha pasado esta noche... Espero que no lo comentes con nadie.

He oído antes una advertencia similar. En un pasado cercano. Cordelia a Ruby. Me muerdo los labios.

—Sé cuánto valoráis los periodistas una primicia —continúa él—. A ti, debido a tu situación laboral, te beneficiaría especialmente.

Sus palabras ejercen en mí el mismo efecto que un puñetazo. Tras apurar el whisky para darme ánimos, dejo el vaso sobre la mesa de centro con un golpe seco, me levanto y lo miro furiosa.

—¿Insinúas que me atrevería a publicar que la tía loca del famoso escritor Christopher Hamilton mató a un hombre hace casi setenta años y escondió el cadáver bajo su casa? ¿Por quién me tomas?

—Reconoce que el tema es bastante morboso. Vale, tal vez no escribas sobre ello, pero podrías dejarlo caer en una conversación con tu prima. Y, por lo que me has contado sobre ella, no es muy de fiar.

La sangre bulle en mis venas, ya no siento el frío. No es su acusación de oportunismo lo que más me indigna, sino que me considere estúpida.

Hasta aquí podíamos llegar.

—Pero ¡tú de qué vas! Desde que te conozco no haces más que insultarme.

Mi exabrupto lo deja perplejo.

—Eleonora, yo no...

—¡Me llamo Nora! Estoy harta de que me trates con condescendencia.

—Yo no te trato así —se defiende.

—Mira... Personas en las que confiaba me han manipulado, engañado y traicionado. ¿Sabes por qué? Porque soy buena persona, tiendo a esperar lo mejor de la gente, aunque siempre reciba lo peor. Pero eso no me convierte en idiota. Los idiotas sois todos los que os complacéis en despreciarme.

—Yo no te desprecio.

—¡Acabas de hacerlo! ¿De verdad me consideras tan estúpida que piensas que iría contando por ahí lo que hemos descubierto? He entendido perfectamente que no quieras dar parte a la policía. Si hubiera una investigación...

—Eso no me preocupa —me interrumpe—. El delito prescribió hace décadas. Además, ya no queda nadie a quien acusar. Solo quiero evitar el escándalo. Y no solo por mí, sino por Melva y su hija.

—¡También yo! Mierda, ¿quién me mandaría volver a esta isla? Ojalá no os hubiera conocido nunca. Ni a ti, ni a Cordelia ni a Ruby.

—El testamento se leyó hace más de un mes —replica en tono gélido—. Pudiste rechazar la herencia y marcharte. Nada te ataba a Nightstorm.

—Tú no lo entiendes. Tenía que quedarme.

—¿Por qué?

—Porque sí.

—Siempre he sospechado que tu empecinamiento ocultaba una razón de peso. ¿A quién le gusta pernoctar en una mansión destartalada y fría? ¿Qué escondes, Eleonora? Sea lo que sea, te traerá problemas.

—No oculto nada.

—De acuerdo. Lo que tú digas. —Cuando creo que se ha dado por vencido, me la devuelve doblada—. Ahora ¿quién trata a quién de idiota?

Sopesaba la idea de mostrarle la carta de Cordelia y pedirle consejo, pero sus palabras me dejan clavada en la butaca. En este momento no le confiaría ni el cuidado de un hámster.

—¿Sabes lo que estás pidiendo a gritos, Eleonora?

Es la segunda vez en lo que llevamos discutiendo que me llama así. Se le da bien sacarme de quicio. Como era previsible, voy derecha a la trampa. Igual que un ratoncito seducido por un pedazo de queso en una ratonera.

—¿Qué?

—Un buen polvo. Necesitas que te follen hasta que te relajes y recobres la sensatez.

Avanzo hacia él tratando de mantener la calma.

—Ah, ¿sí? Y apuesto a que te ofreces voluntario —mascullo con sorna.

Christopher me atrae hacia sí. Convencida de que va a besarme, separo los labios para recibir los suyos, pero me deja con las ganas. Mientras me sujeta la cintura con una mano, desliza la otra hacia mi entrepierna. Un escalofrío de placer me recorre el estómago. Me desprecio por ser tan débil. Acaba de insultarme y aquí estoy, reaccionando a sus caricias igual que una perra en celo. Ojalá fuera tan cínica como él. Me habría ido mejor en la vida.

—Se congelará el infierno antes de que me tengas otra vez en tu cama —le espeto apartándolo de un empujón—. No acostumbro a repetir situaciones poco gratas con cabrones indeseables.

«¿Por qué has dicho esa estupidez? Menudo tópico. Te has pasado cuatro pueblos», me reprende la voz de mi conciencia en un tono desdeñoso, similar al que emplea Christopher cuando murmura:

—Acepto lo de cabrón indeseable, pero ¿esperas convencerme de que te lo pasaste mal conmigo?

La vergüenza me impide mirarlo a los ojos.

Se aparta bruscamente de mí, recoge su chaqueta y sale dando un portazo. Yo sigo de pie, los brazos cruzados sobre el pecho para ocultar el temblor de mis manos. Le he lanzado un torpedo directo a la línea de flotación cuando lo cierto es que nadie me ha tratado tan bien como él.

Y tiene razón. Lo necesito.

64

Pensaba que la ducha me ayudaría a tranquilizarme, pero el agua salía tibia y solo ha conseguido que me enfade más. Debería comer algo e intentar dormir.

Maldito Christopher.

Maldita Ruby.

Maldita Cordelia.

Maldita Nightstorm.

Estoy tentada de rociar la casa con queroseno y dejar que arda hasta los cimientos. Ahora entiendo a Cordelia. No quería que le sobreviviera vestigio alguno de su crimen, y mientras los muros de la mansión sigan en pie, su alma no hallará descanso.

Me siento en el sofá del salón con el diario que encontramos en la cueva. Espero que sus páginas proporcionen las respuestas que no nos dio Ruby. Aunque dudo que las tuviera. Cordelia no confiaba en ella, y algunos secretos no deben ser revelados ni al más leal de los amigos. Reconozco su caligrafía en la primera anotación. Tres días antes de la fiesta.

28 de agosto de 1938

Presiento que algo va mal. Todo parece correcto, el tiempo se mantiene soleado y los preparativos de la fiesta siguen su curso.

Sin embargo, tengo la sensación de que una sombra oscura y demoledora se cierne sobre mí.

Ross pasa la mayor parte del día explorando los alrededores y dibujando, según cuenta, aunque nunca nos enseña sus bocetos. La otra noche, papá le sugirió que me hiciese un retrato. Solo pretendía ser amable, naturalmente; no dudo de que Ross tenga habilidad con los pinceles, pero no creo que sus obras sean tan excelsas como para colgarlas sobre la chimenea. En cualquier caso, la idea me gustó.

Mi hermana se comporta de forma rara. No para un minuto en casa y cuando se digna aparecer no me dirige la palabra o se muestra quisquillosa. Quizá tema que le robe el protagonismo de la fiesta, lo que efectivamente ocurrirá si papá anuncia mi compromiso durante la misma. No le entusiasmará quedar en segundo plano, para ella la fiesta significa su presentación en sociedad.

He decidido ponerme el vestido plateado que me trajo de París.

Esta semana, papá y Ross se han reunido varias veces en el despacho. En cuanto les veía entrar corría a pegar el oído a la puerta, pero no es fácil espiar en esta casa, siempre hay alguien merodeando; cuando no es la señora Brown arreglando las flores de las consolas, es una criada limpiando el polvo. El otro día, Chrissy me sorprendió mirando por el ojo de la cerradura, tuve que decirle que se me había caído un botón. La tonta insistió en buscarlo. Al final, para que se largara, me arranqué uno de la manga y fingí que lo había encontrado. Las veces que he podido escucharles hablaban de negocios o de política.

Dice Ruby que todos dan por hecho que Ross pedirá mi mano en breve. Seguro que papá da su aprobación a nuestro enlace, pero no me atrevo a sonsacarlo, últimamente está muy preocupado por las noticias del continente. Afirma que Hitler es un fanático con un gran poder de atracción sobre las masas que acuden a escuchar sus desvaríos. A mi padre le inquieta que estalle una guerra.

Las siguientes páginas carecen de interés. Están llenas de descripciones de los preparativos de la fiesta, los vestidos, las flores y la limpieza de la mansión. El señor MacDonald quería que fuese un evento memorable. Vaya si lo fue. Leo por encima hasta que Cordelia vuelve a mencionar a Ross.

30 de agosto de 1938

No sé de dónde saqué fuerzas esta mañana para enfrentarme a Ross. Nos encontramos casualmente en el pasillo. Bueno, para ser sincera, debo confesar que llevaba desde las siete de la mañana con la oreja pegada a la puerta de mi habitación, y por fin, a eso de las ocho y media, lo oí salir de la suya y fui a su encuentro. Llevaba un cuaderno en las manos. Quería dibujar los acantilados, me comentó. Olvidando toda precaución, me lancé a sus brazos, ansiosa, como un náufrago desesperado que descubre agua potable en una isla desierta.

—¡Cordelia! ¡Por el amor de Dios! ¿Te has vuelto loca? —me susurró—. Alguien podría vernos.

—Nadie se sorprenderá. Estamos casi prometidos, ¿no? Vamos a casarnos.

—¡De qué demonios estás hablando! —exclamó secamente.

Me arrastró sin contemplaciones a su dormitorio. Su tono, no obstante, se había suavizado.

—Cordelia, hace solo unas semanas que nos conocemos, tal vez sea prematuro hablar de boda.

—¡¿Prematuro?! Pero... si nos hemos acostado. Te he hecho cosas que no haría ni una prostituta. ¿Cómo puedes decir que nos estamos precipitando?

—Chisss, baja la voz o te oirán los criados. Y no me gusta que hables así.

—Hablo como me da la gana. Y me importa un rábano que me oigan.

—A mí sí me importa. No quiero ser objeto de chismorreos en la cocina.

Habría elevado la voz aún más, por el mero hecho de fastidiarle, pero lo obedecí, consciente de que tenía razón. A decir verdad, a mí tampoco me interesaba que nos viese Ruby o algún otro sirviente. O mi hermana. Pese a su disgusto, seguí pinchándolo.

—Así que al señor le preocupa su reputación, ¿eh? ¿Y qué pasa con la mía? No te importaba cuando me arrastraste a tu espiral de depravación.

Ross me miró con una ceja alzada, un gesto que tan pronto me exaspera como me provoca ganas de abrazarlo.

—No seas hipócrita, Cordelia. No ponías objeciones mientras te follaba.

—Te aprovechaste de mí.

—No te violé, si es lo que pretendes insinuar. Mira, no sé por qué te preocupas. Relájate. Todo indica que nos abocamos a un desastre. ¿Por qué no arañar a la vida unos instantes de placer antes de que el mundo estalle en pedazos? ¿Te arrepientes acaso de haber estado conmigo?

—Estas últimas noches te he echado de menos. ¿Por qué no has vuelto a mi dormitorio? ¡Te necesito!

Meditó la respuesta durante un lapso de tiempo demasiado largo.

—Cordelia, recuerda que soy un invitado de tu padre, y estábamos pecando de temerarios. En cualquier momento podría habernos sorprendido alguien. Es más, creo que tu doncella sospecha algo, a veces tengo la sensación de que nos observa.

—No digas sandeces. Además, Ruby es leal, nunca se iría de la lengua.

—Los criados únicamente son leales a la paga.

—Ella no es así. Y no te desvíes del tema.

Ross depositó un casto beso en mi frente.

—Ten paciencia, solo deseo hacer las cosas bien. Tu padre está chapado a la antigua. Yo... hablaré con él mañana, en la fiesta.

—Vendrán todos nuestros amigos. Será la ocasión idónea para anunciar la boda.

—Cada cosa a su debido tiempo, querida. A su debido tiempo.

Entonces volvió a besarme, esta vez en los labios, y se marchó con su cuaderno bajo el brazo. Quizá forcé las cosas, pero preferí asegurarme de que hablará con papá.

Aunque tendría que estar contenta, los oscuros presagios siguen rondándome. Tal vez mi inquietud se deba a que Ross, con sus últimas palabras, en vez de transmitirme calma, me ha confundido todavía más. Eilean ha entrado sin llamar. A saber qué quiere.

Ross Hamilton. Menudo cabrón. Hizo creer a Cordelia que se comprometería con ella mientras planeaba pedir la mano de Eilean.

Sigo pasando páginas. Eilean quería que Cordelia le prestara unas joyas. Imagino que serían las que le entregó a Ruby antes de abandonar Nightstorm. Las que encontré en el escritorio. El tono del diario cambia de repente. Las palabras evidencian amargura y decepción.

31 de agosto de 1938

Ha sido la peor noche de mi vida. En cuanto mi hermana hizo su aparición supe que el desastre empezaba a fraguarse.

Ni uno solo de los hombres podía apartar los ojos de ella, incluso el viejo abogado de papá estaba fascinado. El único que parecía no haber sucumbido a su hechizo era Ross, pues continuó bailando con la tía Fiona como si nada.

Antes de conocerla, Ross decía que Eilean le parecía una chica malcriada y caprichosa, en parte por las cosas que le conté de ella. No sé si habrá cambiado de opinión. Nunca la menciona, ni para bien ni para mal. En la fiesta la sacó a bailar una vez por cortesía. Cuando se encerró con nuestro padre en la biblioteca, mi corazón empezó a desbocarse.

Al cabo de un rato, Ross salió hecho una furia. No pude arrancarle una palabra a mi padre, aunque parecía a punto de estallar.

Tuve que disimular mi inquietud y cantarle feliz cumpleaños a Eilean con el resto de los invitados. Luego busqué a Ross, pero no lo encontré. Ruby me dijo que posiblemente se habría ido a dormir. Me pareció que estaba rara; ella lo achacó al cansancio.

Hace un rato he llamado a la puerta del dormitorio de Ross. No me ha abierto, y como Eilean duerme cerca, no me he atrevido a insistir por temor a que me oyera.

Mañana lo obligaré a decirme qué está pasando.

Cordelia no retomó la escritura hasta pasados unos días. Imagino que la fuga de Ross con su hermana y la apoplejía de su padre la sumirían en un estado de ofuscación.

Sus últimas palabras me erizan la piel.

5 de septiembre de 1938

Tras varios días de angustia, papá ha abierto los ojos. El médico dice que no me haga ilusiones; el desenlace no tardará en producirse.

Aquella a quien llamaba hermana se fugó con Ross la noche de la fiesta. ¿Cómo no lo sospeché? ¿Tan ciega estaba que no supe ver lo que tramaban a mis espaldas? Se han burlado de mí, me han humillado. Pero no es momento de derramar lágrimas, ahora debo cuidar de mi padre. Cuando todo acabe pensaré en lo que me han hecho.

Algún día, lo juro ante Dios, pagarán por su traición.

En adelante, páginas en blanco. He leído de cabo a rabo los tres diarios y no he hallado referencias a la maldición. ¿Y si no he sabido descifrar la carta de Cordelia? De repente recuerdo la que encontré en un cajón del estudio.

Alguien carraspea levemente para llamarme la atención. Doy un respingo al ver a Christopher de pie en el umbral.

—¡Dios, qué susto! ¿Cuánto tiempo llevas ahí? ¿Cómo has entrado?

—He llegado hace un par de minutos. —Alza su llave. Nunca me la devolvió y tampoco se la reclamé.

Avanza unos pasos y se acomoda en una butaca. Se ha cambiado de ropa y huele ligeramente a limón. Yo llevo puesta la horrible bata de Cordelia.

—¿Por qué has vuelto? —le pregunto tratando de no parecer hosca, aunque no lo consigo.

—Quiero hablar contigo.

—¿No hemos hablado suficiente por esta noche?

—Siempre dices que no sabes nada de mí, que mi vida es terreno vedado —prosigue él—. Voy a arreglarlo.

65

En lugar de empezar la historia, Christopher señala el diario que tengo en el regazo.

—¿Dice algo interesante?

—Cuenta lo mismo que Ruby, desde su punto de vista, que no siempre es objetivo, claro. Cordelia era un volcán a punto de entrar en erupción y tu abuelo, un sinvergüenza de manual, aunque no creo que eso te sorprenda. —Lo miro de soslayo para calibrar su reacción; su rostro se mantiene inexpresivo—. De todas formas, ve al grano. Te escucho.

—¿Hablabas en serio cuando has dicho que soy un cabrón sin escrúpulos?

—Estaba enfadada, pero sí. Creo que, al igual que tu abuelo, eres atractivo, seductor y un cabrón en toda regla. La gente como vosotros manipula a su antojo a quien se le pone a tiro. Con todo, no seré yo la que vuelva a interponerse en tu camino. Me marcharé en cuanto consiga billete.

«¿Por qué dices cosas que no sientes? ¿Qué pretendes demostrarle?», me susurra la impertinente voz que siempre aparece cuando menos necesito oírla. Christopher apoya la espalda en el respaldo de la butaca y cruza las piernas. Sostengo su mirada apenas unos segundos.

—Creí que Nightstorm te gustaba.

—Es demasiado grande para mí —respondo, encogiéndome de hombros—. Y tú tenías razón, ahora, sin los cuadros y con tan pocos muebles, resulta todavía más inhóspita. Me paso el día pendiente de que en las chimeneas arda un buen fuego. Porque si no, me echas la bronca.

Christopher adopta una expresión grave.

—Me preocupa tu bienestar.

—En cualquier caso, ya es hora de volver a la rutina. Si fuese escritora, con lo que he vivido estas semanas habría recopilado material para dos best sellers. ¡Ay, no!, olvidaba que tengo prohibido utilizarlo.

No le ha hecho gracia mi salida, pero la pasa por alto.

—¿Regresarás para la subasta?

—No te hago ninguna falta. Naomi es la experta en arte.

Esta vez, Christopher frunce el ceño.

—Ferguson me preguntó si ibas a poner la casa en venta.

—Ah, sí, el abogado. Lo llamaré antes de marcharme.

—Entonces ¿has tomado una decisión?

—¿Respecto a qué?

Christopher abre los brazos como si quisiera abarcar con ellos la estancia.

—Todavía no —respondo.

—Si decidieras quedarte...

Como si pudiera vivir aquí sabiendo que se marchará y no volveré a verlo. Una vez hecha la subasta y vendidas las tierras, nada lo atará a la isla. Para el recuerdo quedarán las noches que me sorprendía con vino español y comida asiática.

—Si decidiera quedarme, debería renovar la mansión de arriba abajo. Y no tengo un céntimo. Bueno, ¿qué querías contarme? —lo apremio—. Por favor, sé breve, estoy muerta de cansancio —añado para disimular mi interés.

Christopher asiente, pero cuando habla vuelve a irse por las ramas.

—Te he dado sobrados motivos para estar enojada conmigo.

Pongo los ojos en blanco, genuinamente sorprendida.

—¿Vas a pedirme disculpas?

—Lo que intento decir es que tu amistad significa mucho para mí.

—Tú y yo no podemos ser amigos —salto—. ¿Quieres que firmemos la paz? Vale, pero a las primeras de cambio haré o diré algo que te enfadará y volverás a tratarme como si fuera estúpida. Yo me rebotaré y discutiremos. Y al día siguiente, más de lo mismo. Nuestra amistad será como el día de la marmota.

—Lamento haber herido tus sentimientos. Mira, no niego que a veces peco de arrogante. Ahora sabemos que mi abuelo también lo era. —Esboza una leve sonrisa—. Aun así, además soy generoso, leal, honesto y ecuánime.

—¿Estás hablando de ti o del señor Darcy?

—¿Qué?

Aunque no sea un lector entusiasta de Jane Austen, me extraña que no reconozca al personaje de *Orgullo y prejuicio.*

—Eleonora, me halagas comparándome con él —dice riendo al caer en la cuenta.

—Pues no era mi intención. Al contrario que tú, Darcy no es un cretino.

—Añadiré ese defecto a la lista. De todos modos, quiero que sepas que, si a veces te trato mal, quizá sea por miedo.

—¿Miedo? ¿A qué? —pregunto recelosa.

Él hace oídos sordos.

—Quiero hablarte de una mujer... Fue el amor de mi vida.

Christopher abre una pausa para cerciorarse de que sus palabras han captado mi atención. Lo han hecho. Y de qué manera. El amargo sabor de la bilis asciende a mi garganta.

—¿Y por qué no estás con ella? —pregunto en un tono demasiado alto.

—Está muerta. Yo la maté —murmura con voz queda—. A ella... y a mi hijo —añade ante mi estupor.

Me levanto del sofá evitando su mirada.

—Voy a hacer café. Presiento que la noche va a ser larga.

66

Cuando acabé económicas en Harvard, si algo tenía claro era que no quería trabajar en una empresa ni dar clases. No sé por qué estudié esa carrera, lo que me gustaba de verdad era la literatura, pero a los diecisiete años, ¿quién sabe realmente lo que quiere hacer con su vida? Mi madre respiró aliviada al ver que no me atraía el mundo del espectáculo.

Aquel verano decidí recorrer Europa con mi mejor amigo, pero mis planes se trastocaron cuando, al poco de llegar a Londres, Sam conoció a una chica en una galería de arte. Esa tarde me había quedado durmiendo mientras él salía a tomarse una cerveza.

—¿En una galería? —me burlé cuando me lo contó. Le interesaban los cuadros tanto como a mí la fusión nuclear—. Veo que has ampliado horizontes.

—¡No, tío! Me llamó la atención una exposición, es decir, el cartel, y entré a echar un vistazo. Está... ¡Uf!, es un pibón.

—Reconoce que viste a la chica a través del escaparate y entraste a ligar.

—¡Y qué más da! —exclamó riendo él—. El caso es que tengo dos invitaciones para la inauguración. Es esta noche.

—¿Te invitó así como así?

—Bueno... Puede que dejara caer que tengo un amigo coleccionista muy interesado en artistas noveles. Ella no pudo resistirse ante la perspectiva de conocer a un potencial cliente, ni a mi encanto, naturalmente.

—¿Coleccionista? ¿Yo? Pero si no distingo un Rembrandt de un Picasso.

—No exageres. Tu madre tiene un montón de cuadros caros en casa, algo habrás aprendido. Si la chica te pide tu opinión, le sueltas una frase inteligente. Ya te digo yo que la mayoría de los que estarán allí entienden de arte como nosotros.

—¿Y por qué querrían perder el tiempo viendo cuadros?

—Los compran para invertir, y los que no tienen un céntimo, que es nuestro caso, van por la bebida gratis.

—No conocemos a nadie —le dije, reticente a pasar la tarde en compañía de una panda de esnobs, pero Sam insistió hasta salirse con la suya.

—¿Cuándo ha sido eso un obstáculo para ti? En menos de una hora habrás ligado. Aunque te lo advierto, mantente alejado de Naomi. Así se llama mi chica.

—¿Tu chica? —arqueé una ceja.

—Hablo en serio, capullo. Ni te le acerques.

Naomi era guapa, aunque demasiado envarada. De la clase de chicas que creen estar varios peldaños por encima del resto de los mortales. Después de saludarnos con un beso de cortesía en la mejilla, depositó en nuestras manos sendas copas de champán francés y nos guio por la exposición, que, según explicó, reunía a varios artistas noveles de gran talento. De ahí la amalgama de obras expuesta. No tardó en calarme y, tras unos minutos de conversación, desapareció en busca de una presa acaudalada.

—¿Qué coño es eso? —solté frente a uno de los lienzos.

—A mí me parece un pez. Con dientes y escamas —rezongó Sam un tanto achispado. En el poco tiempo que llevábamos en la galería ya había apurado tres copas.

—Pues yo solo veo una mancha oscura.

Absortos en reír nuestras gracias, no nos dimos cuenta de que teníamos a alguien detrás hasta que oímos una voz femenina, suave, pero firme.

—Tu amigo lleva razón. Es un pescado.

Sam se giró mientras yo seguía mofándome. Cuando me palmeó el hombro para que cerrase el pico, volví la cabeza. Me quedé mudo. Frente a mí estaba la chica más guapa que había visto en mi vida. Sus rasgos asiáticos parecían cincelados en porcelana. La miré de arriba abajo para examinar su figura. No me defraudó. Supuse que era una de las muchas modelos que pululan por los eventos a la caza de un tipo rico. Me pregunté por qué perdía el tiempo con dos pringados. Se aproximó a la pintura sin dedicarme siquiera un vistazo de refilón. Yo no podía apartar los ojos de ella. Olía a violetas.

—Está realizada en tela, según la técnica de impresión del *gyotaku* —dijo.

—¿*Gyotaku*? —Fingí interés para atraer su atención. Ella continuó con la vista fija en la obra mientras proseguía su explicación.

—A mediados del siglo XIX los pescadores japoneses entintaban sus capturas y las colocaban encima de una hoja de papel o una tela, que absorbía la tinta. Al retirar los peces, su imagen quedaba plasmada en el papel.

—¿Y para qué lo hacían? —Solo deseaba que siguiera hablando.

—Colgaban esas imágenes delante de sus puestos en el mercado para dejar constancia del género ofrecido y las quitaban a medida que lo vendían. Es un sistema que se sigue utilizando en algunos pueblos pesqueros.

—Interesante —murmuré asintiendo con la cabeza.

—Oye, ¿se gana pasta con estos cuadritos? Porque yo podría hacerlos en serie —se carcajeó Sam.

Ella le dio la espalda y se dirigió a mí:

—¿Sigues viendo solo una mancha?

—Bueno..., en forma de sardina —dije por quedar bien—. ¿Es obra tuya?

—No, yo cultivo otro tipo de arte.

Sin añadir palabra, sacudió su larga melena negra y desapareció entre el gentío. Sam rio entre dientes.

—Si no lo veo, no lo creo. Una chica que no cae rendida a tus pies.

—Creo que estoy enamorado —declaré.

—Lo que estás es jodido, te ha dejado claro que no le interesas. Voy a pillar una cerveza —murmuró, y dejó la copa vacía en la peana de una escultura.

No volví a verle el pelo. Un rato después, aburrido de fingir que todo aquello me interesaba, me marché. Llovía a cántaros y, como suele ocurrir en tales circunstancias, no había taxis. Estaba planteándome volver andando al hotel cuando se detuvo uno en la esquina de la galería. Le hice señas con la mano para que me esperase. El hombre que lo ocupaba salió y dejó la puerta abierta.

—¡Yo lo he visto primero! —gritó alguien a mi espalda. «Hay gente con morro», recuerdo haber pensado mientras me disponía a entrar en el taxi.

—Vete a tomar por... ¡Ah!, eres tú. ¿Ya te has cansado de ilustrar a los pardillos sobre el *gyntaky*? —pregunté pronunciando mal la palabra a propósito. Fui un borde, pero estaba molesto con ella por la forma en que me había tratado.

—Disculpa, es que me estoy empapando.

—También yo —dije situándome frente a la puerta del taxi para impedirle que subiera. De haber sido otra chica se lo habría cedido sin problema; a esta, sin embargo, no quería perderla de vista—. ¿Y si lo compartimos? —se me ocurrió proponerle.

Me miró con suspicacia.

—¿Crees que me voy a ir contigo? ¿Me tomas por loca?

—Tranquila, no soy un psicópata ni nada parecido. Sam, el tipo que estaba conmigo, es amigo de la organizadora. —Me esforcé en recordar su nombre—. Pero, vamos, si no te fías, quédate a esperar otro taxi. Este es mío.

Ella se volvió hacia la galería. La gente empezaba a abandonar el local. No le sería fácil encontrar un taxi libre.

—¿Vienes o te quedas? No tengo toda la noche —la apremié—. Y el taxista tampoco.

Aceptó subir.

—¿Dónde vives? —le pregunté cuando se sentó a mi lado. Resistí la tentación de acercarme más a ella.

—Chelsea.

—Me pilla de camino —mentí.

De hecho, mi hotel estaba en la otra punta, pero qué importaban unos kilómetros más. Después de darle al taxista su dirección, permanecimos en silencio. Opté por romperlo metiéndome con ella. No es el mejor sistema para conquistar a una chica; quería ver de qué pasta estaba hecha.

—Vives es un barrio pijo. No sé qué arte cultivas, pero o se te da muy bien o tu padre es millonario.

No se lo tomó mal. Incluso le hizo gracia.

—Naomi y yo compartimos alquiler. Y más bien diría que el pijo eres tú —masculló.

—Me llamo Christopher. —Le tendí la mano.

—Marlowe —dijo, devolviéndome el gesto.

—¿Como el detective? Ya sabes, Philip Marlowe.

Se encogió de hombros.

—Una extravagancia de mi madre. Le encantaban las novelas de Raymond Chandler. Todos me llaman Marley.

—Prefiero Marlowe.

Llegamos a su apartamento demasiado pronto. Reacio a dejarla marchar, improvisé.

—En la galería solo servían galletas saladas con queso y me muero de hambre. Te invito a cenar.

Ella enarcó una ceja.

—¿Tú y yo? ¿Solos?

—Sí, pero si quieres que nos acompañe el taxista...

Su sonrisa dejó al descubierto unos dientes nacarados y bien alineados.

—De acuerdo. Cenaré contigo.

—Conozco un restaurante japonés que...

—¿Qué pasa? ¿Como soy medio japonesa tiene que gustarme el tofu y el sashimi? —bufó haciendo una mueca—. Me apetece comida italiana.

Dos platos de raviolis rellenos de setas y dos botellas de chianti después lo sabía todo de Marlowe Aoki. Su padre, un diplomático japonés, conoció a su madre, una inglesa de buena familia, en la Universidad de Cambridge y contrajo matrimonio con ella pese a la oposición familiar. Vivieron en varios países debido al trabajo del padre, quien, al morir su esposa en un accidente náutico solicitó un puesto en Tokio. Marlowe tenía un hermano cuatro años mayor que ella, Kenji.

Después de cenar fuimos al taller que había alquilado con Naomi. Allí, Marlowe trabajaba en las esculturas de su exposición. Si lograba terminarlas, porque solo me enseñó un puñado de bocetos y un proyecto en ciernes: según ella, una bailarina; para mí, una masa amorfa de hierro.

—Es cubista —me aleccionó—. ¿No sientes su energía?

—Es... interesante —acerté a decir. Para no meter la pata, dirigí la atención a la pared, donde había colgadas varias fotografías de unas esculturas huecas.

—Son obras de Pablo Gargallo, uno de los artistas más innovadores del siglo XX —me informó, complacida con mi interés—. Era español —añadió mientras señalaba una de las fotos—. Esta es una de las tres esculturas que le inspiró Greta Garbo. Ojalá tuviera la original.

—Fascinante —alabé, incapaz de ver el parecido con la actriz. Pero se supone que el cubismo consiste en interpretar libremente la realidad.

En una esquina del taller, apoyados contra la pared, había una serie de lienzos emborronados con pintura multicolor. Marlowe se acercó a un caballete y levantó la sábana que lo cubría.

—Es de Naomi. No le digas que te lo he enseñado. Ella lo llama *Oda al consumismo*.

Me pareció un nombre apropiado para aquel revoltijo de objetos camuflados entre luces de neón. Si Naomi pensaba ganarse la vida pintando, lo tenía crudo. Tampoco veía claro el futuro de Marlowe como escultora, pero me reservé mi opinión. Sirvió dos copas de vino y nos sentamos en un sofá con tantas manchas de pintura que era difícil distinguir su color original. Me pregunté cuántos ligues ocasionales como yo habrían dormido allí.

Follamos aquella misma noche.

Creía que lo sabía todo sobre el sexo. Con Marlowe descubrí que era un aprendiz, un neófito en cuanto a la sensibilidad femenina. No necesitó expresarlo de viva voz, vi mi fracaso reflejado en sus ojos. Pensé que me pediría que me fuera y, antes de sufrir otra humillación, tomé la iniciativa. Lo que me sorprendió fue que estuviera interesada en mí.

Fui un buen alumno. A la mañana siguiente conocía todos y cada uno de los puntos erógenos de su piel. Era una amante generosa. Hacer el amor con ella fue coronar el Himalaya. Nunca había experimentado nada igual.

Una semana después vivíamos juntos. Se empeñó en alquilar un piso en Bloomsbury, un barrio frecuentado por artistas y escritores a principios del siglo XX. Pagábamos una cantidad desorbitada, pero no me atreví a quitarle el capricho. Solo cuando se quejaba de las facturas le dejaba caer que las afueras resultarían más asequibles.

Encontré un empleo como profesor de inglés para inmigrantes. También daba clases de matemáticas. Siempre me había resistido a este tipo de trabajos, pero no me quedó otra. Marlowe consiguió un puesto de guía en el Museo Británico, a un tiro de piedra del apartamento. Apenas pisaba el taller. Dado que su meta era triunfar como escultora, no me parecía a mí que enseñar a los turistas la piedra de Rosetta y la cariátide del Erecteion le fuera a ayudar a lograrlo. Cuando lo mencioné, se encaró conmigo.

—Yo al menos trabajo rodeada de arte. Allí encuentro inspiración. Tú dices que quieres ser escritor, pero no escribes.

No podía rebatírselo. Me arrepentí de haberle contado que quería escribir una novela. Ella insistió.

—¿Cuándo te pondrás a ello?

—No es tan fácil.

—¿Por qué no?

—Para empezar, necesito una buena historia.

—Siéntate frente al ordenador y las ideas fluirán. ¿Cómo es eso que dicen? ¡Ah, sí! Las musas del arte existen, pero cuando aparecen deben encontrarte trabajando o se irán volando a otra parte.

—Picasso.

—¿Qué?

—Fue Picasso quien dijo algo así como: «No creo en las musas, pero si llegan, que me pillen trabajando».

—Pues lo que he dicho. Mira que eres pedante.

Aquello me espoleó. Cada tarde, después de las clases, escribía hasta bien entrada la madrugada. En tres meses pergeñé una historia de amor frustrada por la oposición familiar de los amantes. Una especie de Romeo y Julieta del siglo XX. A mí me parecía la hostia de buena, pero cuando Marlowe la leyó frunció el ceño.

—¿Quieres que sea sincera o que te dore la píldora?

Preferí la verdad, por mucho que me escociera. Lo que no podía imaginar entonces era que sus palabras abrirían una brecha en nuestra relación.

—Sé que has trabajado muy duro, pero... —Noté que se esforzaba en buscar las palabras adecuadas.

—¿Pero?

—La historia no resulta creíble. A ver, la chica es hindú y el chico inglés, ambos estudian en Oxford, cursan carreras similares. ¿Por qué no pueden casarse? ¿Quién va a impedírselo? Es una situación actual, no de la Edad Media. Lo máximo que pueden hacer sus padres es desheredarlos. A mi padre y a mi hermano no les gusta que viva contigo y, sin embargo, aquí estoy.

—En definitiva, mi novela te parece una mierda.

—No he dicho eso, solo que deberías replantearte algunos personajes. ¿Por qué no eliminas de la trama a los padres o los haces más tolerantes? Limítate a narrar una historia de amor con final feliz. A las mujeres nos gustan las novelas que acaban bien. Estoy cansada, cariño, vámonos a la cama.

—¿Crees que está bien escrita?

Marlowe carraspeó.

—¿Sigo siendo sincera?

—Por favor.

—¿No te enfadarás?

Levanté la mano derecha como si prestara juramento en un juicio.

—De acuerdo. En mi opinión, los capítulos son largos y farragosos. Intentas impresionar a tus posibles lectores con una verborrea ininteligible. Confieso que me he aburrido —concluyó con una mueca de hastío—. Pero estoy segura de que puedes mejorarla —se apresuró a añadir, consciente de que se había pasado.

Por mi soberbia creía haber urdido con maestría los mimbres de una historia que alcanzaría los primeros puestos de la lista de best sellers de *The New York Times*. Marlowe me echó encima un jarro de agua helada. No podía quejarme. Le había pedido sinceridad. El caso es que nadie quiere la verdad cuando esta hiere los sentimientos. Estuve a punto de decirle que sus esculturas eran una basura; luego me contuve.

Por primera vez desde que nos conocimos la rechacé.

—Tengo que dar una clase.

—¿A estas horas? —se extrañó.

—Me ofrecí para sustituir a un compañero —mentí.

Deambulé por las calles durante horas sintiéndome un fracasado. Odiaba mi trabajo. Odiaba al mundo que parecía haberse confabulado contra mí. Y odiaba a Marlowe por su franqueza. Esa noche, aun no siendo consciente de ello, empecé a cruzar la delgada línea que separa el amor del odio. Finalmente entré en un bar y bebí hasta que el propietario anunció de malos modos que era hora de cerrar.

—¿Y qué querías que hiciera? ¿Mentirte? —me espetó Sam cuando lo llamé al día siguiente para desahogarme—. La chica no es tonta y, pese a ser amiga de la bruja de Naomi, me gusta. Si dice que tu novela es aburrida, será por algo. Envíamela y le echaré un vistazo, o le pediré a alguien que la lea. Así tendremos un veredicto objetivo.

Sam había empezado a trabajar en una agencia literaria, donde hacía de todo, desde fotocopiar manuscritos hasta preparar café.

—Déjalo. Marlowe tiene razón. El libro apesta. Puede que yo no sirva para escribir —dije con resquemor. Esperaba que mi amigo me diese la razón a mí, no que se pusiera de parte de ella.

—No te desanimes. Nadie consigue una obra maestra a la primera, bueno, excepto Margaret Mitchell y alguno más.

Puse los ojos en blanco. *Lo que el viento se llevó* era siempre motivo de discusión entre nosotros. A él le parecía la gran novela americana; a mí, un culebrón bien escrito. Iba a replicar cuando cambió de tema.

—¿Sabes algo de Naomi? No es que me importe, solo es curiosidad.

—El viernes pasado cenamos con ella y su novio. Lo siento, tío —dije al darme cuenta de mi metedura de pata.

Aunque se negaba a admitirlo, Sam se llevó una decepción cuando Naomi cortó bruscamente su relación.

—No pasa nada. ¿A qué se dedica? Me refiero al pollo.

—Negocios inmobiliarios. Es de familia adinerada, dinero viejo, ya sabes, ricos de toda la vida.

—No esperaba menos de esa zorra ambiciosa —gruñó.

—Es bastante mayor que ella, pero Marlowe asegura que van en serio. Le ha regalado un buen pedrusco.

—Entonces ha encontrado la horma de su zapato. Lo dicho, Christopher, mándame el manuscrito.

—Olvídalo —repetí antes de colgar.

Cuando regresé al apartamento, Marlowe estaba en la cama. Se me había pasado el enfado y me acerqué a ella para besarla. Me apartó alegando que se encontraba mal, y debía de ser cierto porque en todo el tiempo que llevábamos juntos jamás me había evitado. Más bien al contrario.

Al día siguiente me despertó el tacto de sus manos. Con Marlowe, las caricias eran lentas, precisas, sensuales. Yo siempre había sido visceral. Aquí te pillo, aquí te mato. Ella introdujo en nuestros juegos eróticos fulares de seda, pinceles, plumas..., además de chocolate, fresas y aromas. Exquisiteces que estimulaban la creatividad y daban placer a los sentidos.

A principios de noviembre, mi madre llamó para decir que me esperaba en casa por Acción de Gracias. Le había sentado como un tiro que me quedara a vivir en Londres y no veía el momento de que volviera a Nueva York. Le contesté que me parecía una tontería cruzar el Atlántico para pasar solo un par de días con ella. Marlowe lo contempló bajo otro prisma.

—¿Por qué no vamos?

—No me apetece. Es un viaje largo.

—Eso no es una excusa. Yo puedo pedir unos días libres en el museo y tú podrías encontrar un sustituto para tus clases.

—¿A santo de qué te interesa Acción de Gracias? Los japoneses no lo celebráis.

—Celebramos algo parecido, el Día del Agradecimiento por el Trabajo, aunque no comemos pavo —dijo colgándose de mi cuello—. Me gustaría conocer a tu madre.

—Ni hablar.

—¿No quieres presentármela?

—No se trata de eso.

—¿De qué se trata, entonces?

—Es... demasiado pronto.

Bajó los brazos y me miró enfurruñada.

—¿Pronto? Llevamos meses juntos. Dime que le has hablado de mí.

¿Qué podía responder? A mi madre nunca le hablaba de mis novias y, desde luego, no se las presentaba.

Marlowe se enfureció aún más.

—Ni siquiera sabe que existo, ¿verdad?

¿A qué venía su obsesión por conocer a mi madre? Me sentí asfixiado. Pensé que una mentira zanjaría el tema.

—No me llevo bien con ella.

—Esta sería una buena ocasión para limar asperezas.

—No vamos a ir y punto —afirmé tajante.

Terca como una mula, siguió presionándome hasta que me sacó de quicio. Tenía fresca en la memoria su crítica destructiva y le devolví el golpe.

—Por cierto, ayer te llamaron de la galería. Al parecer hay un problema con el nivel de tus esculturas.

Durante los últimos meses, Marlowe había dedicado muchas horas a sus obras, albergaba la esperanza de que fuesen incluidas en una exposición de artistas noveles. El día anterior, mientras ella trabajaba en el museo, me llamó la comisaria de la muestra. Marlowe no respondía al móvil y Naomi le dio mi número. Aunque insistió en que Marlowe la llamara cuanto antes, desplegué todo mi encanto para conseguir que me diera el mensaje. Lo lamentaba, pero las esculturas carecían de nivel. Antes de colgar me invitó a la inauguración.

—¿Te dijo que son malas? —se extrañó Marlowe.

—No con esas palabras. Insistió en que la llamaras si quieres hablar con ella.

—¡Perra! —murmuró.

Me metí en la ducha. Cuando salí continuaba sentada en el sofá, con la mirada perdida en el cristal de la ventana. Me arrepentí de mi crueldad. Su castillo de naipes se había desmoronado y yo me regocijaba con ello.

—Podía habérmelo dicho Naomi —comentó mientras cenábamos—. Me irrita que te hayas enterado antes que yo. Si sabía que mis esculturas no valen nada, ¿por qué dejó que me hiciera ilusiones?

Me encogí de hombros.

Dos días antes de Acción de Gracias, el hermano de Marlowe se presentó en casa. Ella se mostró sorprendida, pero sospeché que lo había invitado para vengarse de mí, por no llevarla a Nueva York. Sabía cuánto me molestaba tener invitados durmiendo en nuestro sofá.

Kenji me cayó fatal.

¿Cómo era posible que dos hermanos fueran tan dispares? Marlowe era alta y esbelta; él, bajo y robusto. Sus ojos diminutos, ocultos tras unas gafas de montura gruesa, en vez de observar, escrutaban su entorno hasta el más ínfimo detalle. Me recordó al personaje de Mickey Rooney en *Desa-*

yuno con diamantes. El japonés malcarado que siempre se queja de Holly Golightly, papel que bordó Audrey Hepburn. La antipatía fue mutua. Para él, yo era el obstáculo que impedía que su hermana, finalizada la carrera de Bellas Artes, regresara a Tokio.

Una tarde discutieron. No necesité entenderlos para deducir que hablaban de mí.

—Tu hermano me detesta —le dije horas después, en la cama.

No le gustaba que criticara a Kenji, pero yo estaba harto de él y me pareció el momento idóneo para expresarlo. Acabábamos de hacer el amor y ella estaba amodorrada.

—Se preocupa por mí —musitó.

—Eso lo entiendo, pero me pone nervioso cuando me mira con sus ojos de aguilucho. Tengo la impresión de que me vigila.

—No seas absurdo. —Se incorporó y ahuecó la almohada—. Por cierto, tengo una noticia bomba: Naomi se casa el 10 de enero —anunció.

Nunca le pregunté a Marlowe si se había encarado con ella por el asunto de sus esculturas. Que yo supiera, la relación entre ambas era buena.

—¿Tan pronto? Sí que les ha dado fuerte.

—Hace tres meses que están juntos, y muy enamorados.

—¿Cuántos años se llevan? ¿Treinta?

Me dio un puñetazo cariñoso en el hombro.

—Yo también soy mayor que tú.

—Un año y dos meses. Pero no estás conmigo por mi dinero.

—¿Seguro? Quizá estoy esperando que heredes.

—Pues prepárate para una larga espera. Mi madre goza de excelente salud. Justo ayer le dieron los resultados de un chequeo rutinario.

—Creía que no os llevabais bien.

Me quedé mudo. El inconveniente de mentir es que al cabo de un tiempo no recuerdas haberlo hecho. Marlowe no cuestionó mi silencio, pero retomé de inmediato el tema de la boda para no darle la oportunidad.

—De modo que Naomi se casa por amor... a la pasta.

—No seas mal pensado. Eric es muy interesante.

Habíamos coincidido un par de veces y me parecía un plasta, obsesionado con sus negocios y las fluctuaciones de la Bolsa. Le sorprendía que me ganara la vida dando clases siendo licenciado por Harvard.

—Sí. Naomi vivirá con él una juerga continua.

—¡Idiota! —dijo riéndose—. Me ha pedido que sea dama de honor.

Torcí el gesto.

—Un bodorrio en toda regla. Y dime, ¿Naomi seguirá en la galería después de la boda?

—No. Ha conseguido trabajo en Sotheby's. Es una casa de subastas muy prestigiosa —precisó por si no lo sabía.

—Ya. Hay que reconocer que es lista.

—Vuelve a dolerme la cabeza. ¿Me traes un analgésico, por favor?

La miré con preocupación.

—Llevas varios días quejándote de migraña. Debería verte un médico.

—No es nada. Me ocurre todos los meses, cuando me va a bajar la regla. ¿Por qué no escribes?

—No merece la pena perder el tiempo —grité desde el baño.

En realidad, había vuelto a escribir, sin contárselo. Esta vez, si lograba terminar el manuscrito, lo leería alguien imparcial. En caso de que la novela fuera infumable, Marlowe no se enteraría. Tampoco le dije que había dejado las clases y trabajaba de contable en una editorial desde hacía semanas. No me entusiasmaba, pero me daba la oportunidad de conocer el funcionamiento del mundillo literario. Le di un ibuprofeno y un vaso de agua.

—No tengo talento, tú misma lo dijiste —alegué.

—Nunca he dicho tal cosa.

—Tómate la pastilla —gruñí. Prefería que se quedara con la idea de que había abandonado mi sueño a darle de nuevo la oportunidad de pisotearlo. Para no seguir hablando del asunto retomé el tema tabú, arriesgándome a iniciar una bronca—. ¿Cuándo se larga tu hermano?

—Se ha marchado esta tarde.

—¡Aleluya!

—Pero si solo ha estado aquí cuatro días.

—Me han parecido meses. Lo siento, no lo soporto.

—Tampoco te has esforzado en conocerlo.

Ahora resultaba que el malo era yo, cuando el imbécil, que se manejaba perfectamente en inglés, hablaba japonés con su hermana para que yo no captara nada.

El malestar de Marlowe empeoró. Además de sufrir migrañas, le daban mareos. A menudo, cuando volvía del trabajo, se metía en la cama atiborrada de píldoras, pero se negaba a ir al médico. Tanta cabezonería me crispaba, y nuestra relación se deterioró. Llegó un momento en que éramos incapaces de mantener una conversación trivial sin enzarzarnos en una discusión. Un día, la jefa de editores me invitó a la presentación de un libro en un hotel. Me había dejado entrever que le gustaba con veladas insinuaciones frente a la máquina de café. Lejos de sentirme acosado, me halagaba su adulación, qué coño, me venía bien tenerla comiendo de mi mano.

Me inventé una clase. No sé si Marlowe desconfiaba de mí, pero se puso histérica. Gritó que era un egoísta y otras sandeces. Antes de irme dando un portazo le dije que al día siguiente la llevaría al médico, aunque fuera a rastras.

Mi intención era aparecer en el evento, ampliar mis contactos y marcharme; sin embargo, la jefa de editores insistió en que fuera a cenar con ella y el equipo directivo de la editorial. Obviamente, no pude negarme. A la cena siguieron unas copas y después... Te ahorraré detalles, Eleonora, la cuestión es que acabé en su cama. Fue premeditado. Entre copa y copa le comenté que estaba escribiendo una novela, y ella... bueno, supongo que le importaba un cuerno, solo quería acostarse conmigo. Pensé que si la mantenía satisfecha, me ayudaría. Tonto de mí, creí estar invirtiendo en mi futuro.

Cuando llegué a casa encontré a Marlowe en el suelo del dormitorio. Tenía los ojos abiertos de par en par y los labios azules. Jamás olvidaré esa imagen.

La autopsia reveló que había sufrido un aneurisma en el lóbulo temporal izquierdo. Muerte fulminante, dictaminó el médico, pero nunca he dejado de preguntarme si habría sobrevivido de haberme quedado en casa aquella noche en vez de salir de fiesta. Tendré que convivir con el peso de la duda el resto de mis días.

Había algo más.

Marlowe estaba embarazada de seis semanas. Iba a tener un hijo mío y no me lo contó, aunque es justo pensar que quizá no lo supiera ni ella. Durante mucho tiempo no pude mirarme al espejo sin sentir asco de mí mismo. Mientras ella agonizaba, yo había estado tirándome a otra mujer. Una que ni siquiera me importaba.

Kenji reaccionó mejor de lo que cabía esperar. Dijo que se la llevaría a Tokio para enterrarla con los suyos. No me opuse. Me pidió que le enviara sus pertenencias. Estuve de acuerdo. Cuando quiso saber si asistiría al funeral, le respondí que no quería ver cómo la metían en una tumba oscura y fría.

Me marché del apartamento que habíamos compartido y me instalé en un estudio. Sé que no simpatizas con Naomi, pero se portó muy bien. Como yo había dejado el trabajo y no quería recurrir a mi madre, pagó de su bolsillo la fianza y tres meses de alquiler. Quiso retrasar su boda; yo no se lo permití, aunque no tuve ánimos para ir a la iglesia.

Una semana después de la muerte de Marlowe me puse a escribir. Tiré a la basura la novela en la que había estado trabajando y empecé de nuevo. Definí el personaje de un policía atormentado por sus demonios. A través de él, escupí toda la ira que me corroía y amenazaba con destruirme.

Naomi me salvó.

Habían pasado varios meses y yo estaba hecho unos zorros. Me alimentaba de frutos secos, pollo Kentucky y cerveza. Cuando le abrí la puerta, arrugó la nariz, disgustada.

—¿Cuánto hace que no te duchas? Esta casa es una pocilga.

En vez de llamar a su asistenta, se puso a limpiar ella misma. Barrió el suelo, lavó los platos y metió la ropa sucia en una bolsa. Cuando salí del baño, duchado y afeitado, la encontré sentada a la mesa de la cocina, que hacía las veces de escritorio. Alzó la cabeza y señaló unos folios.

—Has estado escribiendo.

—Una forma como otra de matar el tiempo. ¿Qué tal la pintura?

—No seas sarcástico. Sabes que ya no pinto. Por cierto, esto es muy bueno —afirmó ella moviendo la cabeza de forma apreciativa.

—Es una mierda —mascullé despectivo.

Antes de que pudiera impedírselo, Naomi se guardó el manuscrito en el bolso. No intenté que me lo devolviera. Qué importaba si acababa en su cubo de la basura o en el mío.

—¿Cómo te va con Eric? —Me traía sin cuidado. Solo quería evitar que me hablara de Marlowe. Sabía que no tardaría en mencionarla.

Hizo una mueca.

—Marley llevaba razón. Eric y yo no tenemos nada en común. Dios, cómo la echo de menos.

—Naomi, te agradezco tu ayuda, pero si vas a empezar a hablar de ella, será mejor que te marches. ¿Dónde está el vodka? —refunfuñé tras comprobar que el estante de la nevera estaba vacío.

—Lo he tirado. No dejaré que ahogues las penas en alcohol. ¿Por qué no quieres hablar de Marley? Recordarla es mantenerla viva.

Sus bienintencionadas palabras me enfurecieron.

—Pero ¡está muerta! ¿Comprendes? ¡Muerta! Y la culpa es mía.

Entonces hizo algo que me sorprendió. O quizá no tanto. Se acercó y me besó.

¿Por qué no me resistí? No lo sé. En aquellos días todo me daba igual. Naomi era atractiva y yo tenía necesidades. No estaba enamorado; me hubiera tirado a cualquier otra. Naomi, simplemente, se puso a tiro. A partir de ese día nos vimos con asiduidad, ella se dejaba caer por el estudio después del trabajo y cuando organizaba una cena en su casa, me invitaba. Le gustaba follar en el baño, en la cocina, en el dormitorio, en cualquier espacio donde algún invitado o su marido pudieran descubrirnos. Practicábamos un juego temerario que a Naomi le fascinaba pero a mí me repelía. No me gusta el exhibicionismo.

Un día recibí una llamada de Sam. «Hay que buscarle un título y tienes que venir a Nueva York», me dijo sin preámbulos. «¿De qué hablas?», le pregunté. Naomi le había enviado mi manuscrito y él se lo había pasado a un editor. A partir de aquella novela, todo vino rodado.

Cuando comprendí que Naomi empezaba a tomarse nuestra relación en serio y me exigía lo que no podía darle, rompí con ella y me instalé en Nueva York. Con el tiempo volvimos a ser amigos.

A lo largo de estos años han pasado muchas mujeres por mi vida, algunas de ellas casadas. Desde el principio les dejé claro lo que podían esperar de mí. Entonces llegaste tú, con el cabello alborotado, los despistes y esa espantosa bata, y destruiste mis defensas. Lo confieso, Eleonora, estoy aterrado.

67

Christopher permanece en silencio, mirándome con unos ojos melancólicos que me recuerdan a los de un gatito que encontré de pequeña en un descampado. Me lo llevé a casa y lo alimenté con pan mojado en leche, hasta que me dio un ataque de asma y el médico le dijo a mi madre que era alérgica. Lloré a mares cuando lo dejó en un albergue. No he vuelto a tener mascotas.

Él espera mi reacción, pero ¿qué puedo decir? Competir con un fantasma no entraba en mis planes. Trago saliva y respiro hondo.

—¿La sigues queriendo? —le pregunto con un hilo de voz.

—No la he olvidado. La relación con Marlowe me marcó. En cierto modo me convirtió en lo que soy.

—Nadie debería morir tan joven; aun así, no esperes que sienta lástima por ti.

Christopher frunce el ceño, perplejo. Abre la boca para replicar. No le doy tiempo.

—Amabas a esa chica, aunque no dudaste en anteponer tu propio interés a su bienestar. Te creo cuando dices que los remordimientos no te dejan vivir. ¡No es para menos! Te estabas tirando a otra mujer mientras Marlowe se moría. Serías completamente amoral si no sintieras vergüenza de ti mismo, pero lo cierto es que ella te hizo un favor. Reconoce que llevabas tiempo elucubrando cómo cortar vuestra relación. Es algo parecido a lo que Ignacio hizo conmigo.

—¡¿Qué coño estás diciendo?! —exclama Christopher, atónito.

—¿He sido demasiado críptica? Disculpa, hablaré claro. ¿Te habrías casado con ella?

—Por supuesto. ¡Esperaba un hijo mío!

—Ya. Te has repetido a ti mismo esa frase tantas veces que al final has llegado a creértela. ¿Te has preguntado por qué Marlowe no te dijo que ibas a ser padre cuando tuvo la primera falta?

—No. Ya te lo he dicho: es posible que no lo supiera.

—O quizá temía que no te hiciera ilusión. Quizá sospechaba que ya no la amabas. Tal vez pensaba que no estarías dispuesto a sacrificar tu ambición para crear una familia. Querías escribir. Con un hijo en camino, habrías tenido que buscar un trabajo a tiempo completo. ¿Lo habrías hecho? Si a mí me surgen dudas, imagínate a Marlowe.

—Yo la quería —me rebate furioso.

—Pero no la amabas. Tú no tienes idea de lo que es el amor, Christopher. El amor es olvidarse de uno mismo, es compartir miedos e incertidumbres, no guardar secretos. El amor se basa en la confianza, algo que vosotros habíais perdido. Tú, humillado por sus críticas, no le contaste que habías vuelto a escribir, ni que habías cambiado de trabajo. Le ocultaste una parte importante de tu vida.

»Y luego está lo del día de Acción de Gracias. Entiendo que no quisieras presentarle a tu tía Cordelia, pero ¿por qué no a tu madre? Estás tan pagado de ti mismo que no tienes en cuenta los sentimientos de los demás. Naomi, por ejemplo, sigue enamorada de ti aunque no quieras verlo.

—Esto es absurdo. —El cansancio parece haber sustituido a la furia.

—No lo es. Y te diré una cosa más. Temes enfrentarte a la

certeza de que, de no haber fallecido Marlowe, la habrías dejado. Te has aprovechado de su recuerdo para levantar en torno a ti un escudo contra el compromiso.

Christopher me mira con los ojos tan abiertos que casi se le salen de las órbitas. Su desconcierto me hace sonreír.

—Te equivocas —gruñe moviendo la cabeza de un lado a otro.

—¿Seguro? A ver, eres guapo, tienes éxito y dinero, has salido con muchas mujeres y, sin embargo, nunca te has casado...

Aprieta los labios con fuerza. Debería estar orgullosa de mi instinto asesino. Le he clavado el cuchillo con la destreza de un destripador, retorciendo la hoja para provocar cuanto más daño mejor. Su voz suena calmada cuando dice:

—Así que, según tú, carezco de sentimientos. Piensas que nada me afecta. Tienes razón, Eleonora, sufrir una desgracia tras otra me ha inmunizado contra el dolor. Mi padre murió siendo yo un niño, casi no me acuerdo de él; mi madre trabajaba tanto que apenas la veía; mi mejor amigo del colegio falleció de leucemia a los doce años. Tuve pesadillas durante meses. Creía que yo también moriría. ¿Quieres más dramas? Sam sufrió un gravísimo accidente mientras recorríamos California en moto. Mi tía era una asesina... Acabo de contarte lo de Marlowe. Parece que atraigo las desgracias como un imán las virutas de hierro. Por no mencionar que la sangre de Cordelia y Eilean corre por mis venas. Con semejantes genes, ¿te extraña mi reticencia a formar una familia?

—Tu padre no heredó su locura —apostillo.

—Bueno, no vivió lo suficiente para mostrar síntomas.

—¡Chorradas! Los problemas mentales suelen aparecer en la adolescencia. Cualquier médico se los habría detectado en una visita rutinaria. A las mujeres de tu familia no se los vieron porque eran otros tiempos, así que no pongas como excusa la herencia genética. Tu único problema es que mantienes la distancia emocional para no resultar herido. Cuando hemos descubierto el cadáver de Ross yo estaba conmocionada, pero tú has actuado con frialdad. Hasta un arqueólogo demuestra más pasión ante el sarcófago de un faraón.

Christopher se inclina hacia mí.

—¿Qué querías que hiciera? ¿Llorar? He conocido a mi abuelo a través de Cordelia y de Ruby, y ninguna de las dos lo ha descrito de forma muy favorable. El viejo MacDonald les hizo un flaco favor a sus hijas invitando a Ross a esta casa.

—Si Eilean no lo hubiese conocido, tú no habrías nacido.

—Y nos habríamos ahorrado esta desagradable conversación. Me cansa el papel de ratón, Eleonora. ¿Qué te parece si intercambiamos los personajes? —sugiere con un brillo malicioso en los ojos que me hace temer lo peor.

—No sé qué pretendes. Estoy cansada, me voy a la cama. —Hago ademán de levantarme, pero él me lo impide.

—Quieta ahí, amiga. Me has disparado a bocajarro tu arsenal de psicología barata. Ahora me toca a mí. Puede que me haya creado un escudo protector, pero tú y yo no somos tan distintos como crees.

—Te equivocas. No compartimos nada. Yo me comprometo con las personas, asumo riesgos.

—No me hagas reír. Cuando se trata de relacionarse con la gente, eres peor que yo. Dime, ¿cuántas veces has ido al psiquiatra?

Me remuevo en el sofá, incómoda. Si lo engaño, lo sabrá. No hay nadie que mienta peor que yo. Cuando suelto una trola me pongo nerviosa, empiezo a toquetearme los lóbulos de las orejas y me delato.

—Dos —respondo a regañadientes.

—¡Ajá, lo sabía! —exclama Christopher, triunfante.

—No es cierto, has preguntado por curiosidad.

—Sé que has ido al psiquiatra por las citas que me has soltado. Claro que podrías haberlas sacado de un libro, a ti te encanta toda esa teoría freudiana, pero lo dudo. Deja que lo adivine. La segunda vez fue cuando te dejó tu novio, ¿correcto?

Hago una mueca.

—Lo tomaré como un sí. La primera consulta debió de tener lugar mucho antes...

Frunzo el entrecejo.

—No sé adónde quieres llegar.

—¿Tal vez en la adolescencia? —me apremia.

—No vas a parar, ¿verdad? De acuerdo. Sufría ansiedad y tenía ataques de pánico. El psiquiatra me ayudó a controlarlos.

—¿Lo crees de veras? O era un incompetente o no le contaste la verdad. Te habría salido más barato comprar libros de autoayuda. Eleonora, la psiquiatría no te ayudó. Eres la persona más insegura y ansiosa que conozco.

—Haces todo lo posible por resultar odioso —le espeto poniéndome en pie.

—Sabemos que el primer loquero fue un fiasco —prosigue él sin inmutarse—. Vamos con el segundo. ¿Le confiaste el secreto que te tortura desde que eras niña? ¿Por qué no puedes dormir si no es con pastillas? Y no me vengas con que tu insomnio empezó cuando tu novio te abandonó. Eso te dolería, pero tu verdadero trauma viene de lejos.

—No sé de qué hablas.

—Vamos, sé valiente.

—Yo no...

—¿No has dicho que la amistad se basa en la confianza, en compartir los secretos? Pues aplícate el cuento.

Maldito cabrón. Se le da bien tergiversar mis palabras para llevarme a su terreno. Antes de que me dé cuenta ya me ha manipulado.

—Yo hablaba de amor, no de amistad —protesto.

—Amistad, amor... da igual. —Hace un gesto displicente con la mano—. Como decía Byron, la amistad es el amor, pero sin sus alas.

—Eso te lo acabas de inventar —resoplo desdeñosa.

—Ni por asomo. Consúltalo en la biblioteca. Eleonora, sé lo que te tortura.

—Ah, ¿sí? ¿Y qué es?

—El recuerdo de tu madre.

Un escalofrío me recorre la columna vertebral. Ni en un millón de años hubiera imaginado que escucharía esa frase de sus labios.

—¿Co... cómo dices? —acierto a balbucir dirigiéndole una mirada hostil.

—Tu madre murió por falta de atención médica —dice tan tranquilo.

—Hijo de puta —musito dejándome caer en el sofá.

Christopher comprende que ha traspasado el límite.

—Lo siento, Eleonora, ha sido un golpe bajo. Te pido disculpas.

Parece arrepentido de sus palabras, aunque no sea consciente del daño que me han hecho. Quizá lo merezco por las cosas espantosas que le he dicho yo antes. Tiene razón. No somos tan distintos. Trago saliva para deshacer el nudo de mi garganta.

—¿Cómo te has enterado?

—Ruby.

—Ya. Una tarde me pilló baja de moral y me sonsacó. Se le daba bien presionar a las personas. Tú eres igual que ella. —Hago una pausa—. ¿Qué te dijo exactamente?

—Poca cosa, en realidad. Se mostró evasiva. Tenía la impresión de que te culpas de lo sucedido. —Habla con deliberada lentitud, eligiendo con cuidado las palabras para no lastimarme.

Las lágrimas afloran a mis ojos hasta convertirse en un manantial que fluye dejándome en los labios un regusto de sal y amargura. A falta de pañuelo, me limpio los ojos con el dorso de la mano.

—Te sentirás mejor si lo sacas fuera.

—Es... es cierto. Mi madre no tuvo atención médica y yo... yo no hice nada para socorrerla —farfullo entre los espasmos que me sacuden.

—Tranquila —susurra Christopher acariciándome el hombro. Su contacto es reconfortante, me ayuda a relajar la tensión.

—Fue un invierno inusualmente frío —empiezo con voz trémula—, el más crudo que recuerdo de todos los que vivimos aquí. En aquella época, como sabes, en Nightstorm la ropa se lavaba a mano en un lavadero exterior porque Cordelia se negaba a comprar una lavadora. Ahora hay una, alguien debió de convencerla de sus ventajas.

»Cuando la chica que hacía la colada enfermó de gripe, mi madre se ofreció a sustituirla. Así liberaba de trabajo a la otra criada. Cordelia contrataba menos personal de lo indispensable, y en una casa tan grande había mucho que hacer. Aunque mi madre calentaba el agua, esta no tardaba en enfriarse; la recuerdo con las manos llenas de sabañones. ¿Sabes lo que es eso? Los dedos se te ponen rojos como pimientos y te pican tanto que no puedes dejar de rascarte hasta que te sangran. Un día empezó a encontrarse mal. Tenía tos seca y fiebre. Debería haberse acostado, pero siguió trabajando. Tu tía abuela no toleraba la debilidad. Si ella no enfermaba, los demás tampoco.

»Por las noches la oía toser, una tos persistente que no cesaba pese a las aspirinas, jarabes, caldos y brebajes de hierbas que se tomaba. Aun así, no dejó de hacer su tarea. Decía que solo era un resfriado fuerte, se le pasaría en unos días. Una mañana tenía tanta fiebre que no pudo levantarse de la cama. Fui a pedirle a Cordelia que llamara al médico. Me respondió que con un día de descanso se pondría bien. «Nadie se muere por un resfriado», replicó cuando insistí. Tendría que haberlo llamado yo, pero no me atreví a desafiarla.

»De madrugada me despertaron unos terribles ruidos, como los que haría un perro al que se le ha atragantado un hueso y lucha por expulsarlo. Solo que en Nightstorm no había perros. Me levanté y fui al dormitorio de mi madre, donde comprobé horrorizada que los ruidos salían de su garganta. Apenas podía respirar. Corrí a despertar a la cocinera y ella llamó a una ambulancia, que, como aquella noche había llovido mucho, tardó lo suyo en llegar. Mi madre falleció una semana después en el hospital. Neumonía.

Christopher me aprieta la mano sin decir nada, cosa que agradezco.

—Si la hubiera visto antes un médico, se habría recuperado. Pero reaccioné tarde. Me quedé sola en una casa donde nadie me quería —prosigo, ajena a su mirada compasiva—. Para tranquilizar su conciencia, Cordelia corrió con los gastos del traslado de mi madre a España. Ruby tenía razón al creer que me siento culpable. Debí haberla obligado a ir al médico, pero me conformé con que me dijera que estaba tomando aspirinas y jarabe para la tos.

—Eras una chiquilla cuando ocurrió.

—¡Tenía quince años! Edad suficiente para asumir responsabilidades.

—A veces, el miedo a perder a las personas a las que amamos nos paraliza. Tú pensabas que tu madre solo tenía un fuerte resfriado porque ella, para no alarmarte, te convenció de ello. Deja de torturarte. Fue Cordelia quien pecó de negligencia. Vivíais en su casa, era responsable de vuestro bienestar. La cocinera también podría haberse preocupado antes y no lo hizo.

Con suma delicadeza, Christopher me pasa los dedos por las mejillas para limpiarme las lágrimas.

—¿Estás mejor?

—Sí. Hacía tiempo que no lloraba.

—Llorar es terapéutico.

—Lo dices por experiencia, claro.

—¿Crees que no soy capaz de derramar lágrimas?

Me encojo de hombros. Si le digo la verdad, malo; si le digo lo que quiere oír, peor. Discutir con Christopher me obliga a mantener la guardia alta en todo momento, acabo agotada emocionalmente. Como ahora.

—Lo confieso: nunca lloro —admite con un atisbo de sonrisa—, pero podría empezar a hacerlo un día de estos y entonces, ríete del diluvio universal. ¿Por qué pones esa cara de escéptica? Hoy he dado un gran paso abriéndome a ti, aunque me hayas despedazado. Debería dejar de estar tanto tiempo contigo, ejerces una influencia demasiado positiva en mí.

No comprendo del todo lo que ha querido decir. Para evitar su intensa mirada agarro un cojín y tiro de los flecos. Siento una malévola complacencia al verlos deshilacharse entre mis dedos. Él vuelve a adoptar una expresión flemática.

—Menos mal que vuelves a Barcelona —murmura.

La forma rotunda en que me ha recordado que es hora de regresar a casa me entristece, pero tiene razón. No me queda nada pendiente aquí, excepto quemar la mansión. Como si me hubiera leído el pensamiento, Christopher me pregunta:

—Al final, ¿qué vas a hacer con Nightstorm?

Ha llegado el momento.

68

Con toda la parsimonia posible, como si me dispusiera a llevar a cabo una tarea ominosa y me fallaran las fuerzas, me levanto y voy en busca del bolso, que continúa donde lo dejé al llegar del funeral. Sobre una de las consolas del vestíbulo, junto a los Fabergé de mercadillo.

Christopher me mira intrigado cuando le tiendo la carta de su tía abuela. Tras leerla con atención, me dispara una ráfaga de reproches.

—Si hubiera sabido que te ibas a poner así, no te la habría enseñado —protesto.

—Eleonora, que no me hayas enseñado antes esta carta significa que has estado dándole vueltas a la idea de quemar la casa y temías que te disuadiera. Confío en que no llevarás a cabo semejante locura.

—Nightstorm era de Cordelia —afirmo tajante—. Si ella no quería que siguiera en pie tras su muerte, ¿quiénes somos nosotros para oponernos a su deseo?

Él entorna los ojos y niega con la cabeza.

—Ahora lo entiendo todo. Cuando se leyó el testamento sospeché que había gato encerrado. No tenía sentido que mi tía nombrase heredera a la hija de una antigua empleada. Y no te ofendas.

—Sabía que estabas molesto.

—No te confundas. —Me apunta con el dedo índice, irritado—. A mí esta casa me importa un carajo. De haberla heredado, la habría puesto en venta, como he hecho con las tierras. Lo que me crispa los nervios es que la vieja chiflada te metiera en este embrollo.

—Si no te importa la casa, debería darte igual que arda hasta los cimientos.

Aprieta los labios y me fulmina con una mirada asesina. Espera un instante a que se enfríe su cólera antes de hablar.

—No quiero verla destruida. La mansión es tuya, alquílala o véndela, pero déjala en pie.

—¿Y quién querría vivir aquí?

—Seguro que encontrarás...

Lo interrumpo.

—Por no hablar del dinero que haría falta para acomodar las habitaciones al siglo XXI. En cambio, resultará barato y sencillo obedecer la voluntad de tu tía. Basta con dejar caer junto a las cortinas unos troncos en llamas y, ¡zas!, adiós a Nightstorm y a todos mis problemas.

Los ojos de Christopher relampaguean de ira contenida.

—Querida, no sabes lo que dices. Si quemas esta casa, tus problemas no habrán hecho más que empezar. ¿Te has parado a pensar que la aseguradora tendrá algo que decir al respecto? ¿Crees que soltará la pasta sin investigar las causas del siniestro?

—Realmente me consideras estúpida, ¿verdad?

—¡En absoluto! —exclama—, aunque a veces te comportas como si lo fueras. Mira, no quiero discutir. Me marcho. —Lo detengo cogiéndolo del brazo.

—Espera, hay algo más.

—¿Qué? —pregunta impaciente.

—No has leído toda la carta, ¿verdad?

—Solo hasta donde habla de quemar Nightstorm.

—Vuelve a leerla.

—Eleonora, no me interesa...

—Cordelia estaba convencida de que sobre tu familia pesaba una maldición.

—¡Anda ya!

—Léelo tú mismo. —Señalo la carta que todavía sostiene.

Christopher obedece. Al cabo de unos minutos levanta la vista hacia mí.

—Estaba loca de atar.

—¿Qué sabes de las lágrimas de los dioses?

Me mira sin comprenderme.

—Bueno, no pasa nada, yo tuve que buscarlo en internet. Al parecer, es el nombre que los antiguos romanos daban a los diamantes. No entendí a qué se refería tu tía hasta que hallé el collar y el diario ocultos tras el cuadro. —Cojo la carta de sus manos—. Aquí dice: «Busca mis diarios. Ellos te darán las respuestas. Hasta que no conozcas los hechos no comprenderás por qué deben regresar las lágrimas al lugar de donde jamás debieron salir». En los dos primeros diarios no menciona la maldición, y en el que encontramos en la cueva tampoco.

—¿Por qué iba Cordelia a escribir sobre algo que no existe?

—Hace unos días encontré una carpeta con documentos de tu bisabuelo. Al ojearlos cayó esta carta.

Christopher echa un vistazo al papel amarillento.

—Entre las faltas ortográficas y la mala caligrafía, no entendí su significado hasta hace poco —le explico—. ¿Sabías que existen diamantes malditos?

—Son leyendas creadas para aumentar su cotización —arguye él.

—En *Wikipedia* encontré información sobre el Hope. A ese diamante se le atribuye una maldición mortal desde que un sacerdote hindú lo robó de la frente de un ídolo.

—Parece una película de Lara Croft —dice jocoso.

—O de Indiana Jones —añado—. La cuestión es que la gema ha pasado por varios propietarios, y todos acabaron mal. A mediados del siglo XVII, un francés de nombre Tavernier consiguió una fortuna con su venta, pero su hijo lo arruinó; cuando viajó a la India para rehacerse, lo atacaron unos perros rabiosos. Un ministro de Luis XIV, Fouquet, tomó prestado el diamante del joyero real para un baile y fue acusado de malversación y encarcelado. La princesa de Lamballe, que solía lucir la piedra, fue apaleada...

—No son más que casualidades.

Alzo una mano para hacerlo callar.

—Luis XVI y María Antonieta murieron en la guillotina. Cuando en 1830 lo compró un banquero londinense, cuyo nombre no recuerdo, su fortuna menguó rápidamente. Los sucesivos propietarios del diamante se suicidaron o fueron asesinados. Al final lo adquirió a precio de ganga un tal Ned McLean. ¿Y sabes qué le pasó? Su hijo murió en un accidente de coche; su hija, de sobredosis de droga; su esposa sucumbió a la morfina y el propio McLean acabó en un manicomio. Los herederos vendieron el diamante al joyero Harry Winston, que lo cedió al museo Smithsonian.

—Bueno, que yo sepa, el museo sigue en pie.

—La maldición solo afecta a las personas. Dime, ¿cómo interpretas lo que dice la carta?

—La escribió una mujer con poca cultura y, teniendo en cuenta que hace referencia a un solo diamante, podría tratarse del que está engastado en el broche del collar. Las gemas de color rosa se encuentran principalmente en las minas australianas. Ese dato, y las palabras escritas en un dialecto, me llevan a pensar que la mujer era aborigen.

—Creo que era la esposa del hombre que encontró el diamante. Imagino que sacaba las piedras a escondidas de la mina donde trabajaba —me aventuro a especular.

—Las minas siempre han estado muy vigiladas. No le sería fácil esconder los diamantes, a no ser que se los tragara.

—Es una posibilidad. Ahora vamos a la parte de la tierra teñida con sangre. ¿Y si el aborigen encontró la piedra rosa y, consciente de su valor, pidió más dinero? Tu bisabuelo se pondría furioso. Tal vez decidió quitarlo de en medio. De ahí la maldición que le echó la mujer.

—¿Insinúas que mi bisabuelo era un asesino? Lo que me faltaba por oír.

—Bueno..., ya sabemos que a tus antepasados no les temblaba el pulso a la hora de deshacerse de elementos molestos.

—Muy graciosa —refunfuña—. De todas formas, no me trago esa patraña de la maldición.

—¿Y qué me dices de los propietarios del Hope? Los persiguió la tragedia. A todos.

—Supersticiones absurdas. No veo a ningún pobre en la lista. Todos eran multimillonarios que murieron por cometer excesos, a causa de la velocidad, las drogas o el alcohol. Luis XVI murió en la guillotina víctima de la Revolución francesa y a Fouquet lo encarcelaron por «tomar prestado» el diamante. Bonito eufemismo.

—No puedes negar la evidencia —insisto—. Esa mujer, aborigen o lo que fuera, maldijo a los descendientes de tu bisabuelo con la infelicidad eterna y, que yo sepa, nadie de tu familia ha sido feliz. Tu bisabuela sucumbió a una enfermedad mental; su viudo falleció de una apoplejía tras descubrir que su hija se había fugado; años después, esta se suicidó; tu abuelo Ross murió a manos de Cordelia, una loca, desgraciada hasta el fin de sus días. Tu propio padre perdió la vida cuando apenas tenía treinta años. Y tú...

—¡Alto ahí! A mí no me incluyas en el paquete. He sufrido pérdidas como cualquier hijo de vecino, pero no intentes relacionarlas con una maldición. Además, no tengo intención de quedarme el collar.

—¿Y qué piensas hacer con él?

—No lo sé. ¿Lo quieres?

—¿Pretendes pasarme la maldición?

—Cualquier mujer daría saltos de alegría al poseer una joya semejante.

—¿Dormirías tranquilo sabiendo que me condenas a la infelicidad?

—Cada cual se condena a sí mismo. Nos labramos el destino en función de las decisiones que vamos tomando en la vida. Si te dijera que, de poder volver atrás, me comportaría de forma distinta con Marlowe, me estaría engañando a mí mismo. Lo más probable es que repitiera las mismas acciones.

—Eso no lo sabes. Todos cambiamos.

Se echa a reír.

—Puede que en ciertos aspectos sí, pero no en lo esencial ni en los rasgos que conforman nuestro carácter. ¿Por qué no dejaste a tu novio antes de que lo hiciera él?

La pregunta me pilla por sorpresa.

—Una vez me contaste que te era infiel.

—Jamás te he hablado de eso.

—Qué extraño. He debido de oírlo en otra parte.

Seguro que se lo contó Ruby.

—La cuestión es que no creo que estuvieras satisfecha con vuestra relación —continúa—. ¿Por qué seguiste con él?

La respuesta es obvia. Preferí mirar hacia otro lado. Yo quería hijos. Todas mis amigas eran madres. Pero Christopher no lo entendería. Ante mi silencio, continúa hurgando en la herida.

—Siempre dices que abrirse a los demás es terapéutico; al parecer la receta no es válida para ti... —Suelta un bufido de decepción y mira su reloj—. Se ha hecho muy tarde. Me marcho. Te llamaré mañana.

—Puede que no esté aquí.

Él enarca una ceja.

—No pensé que te marcharías tan pronto.

—Si consigo billete —murmuro, dejando vagar la mirada hacia la chimenea.

Mi propósito de mantener la vista apartada de Christopher dura un suspiro. Una sombra oscura vela sus pupilas por unos instantes, aunque tal vez sean figuraciones mías; tengo tendencia a ver lo que quiero ver.

—Abrigaba la esperanza de que... En fin, no importa. ¿Quieres que hable con Ferguson? —me pregunta mientras se ajusta el cuello del abrigo—. Puedo decirle que aún no has tomado una decisión respecto a la casa.

—En realidad, sí la he tomado —me apresuro a decir—. Voy a venderla.

Cuando abro la puerta, una ráfaga de viento salpicada de lluvia se cuela entre mis piernas.

—¿Qué planes tienes tú? —Intento retenerlo a mi lado. Hace unos minutos quería que se marchara; ahora...

—Creo que volveré a Nueva York hasta que se celebre la subasta.

Nos miramos en silencio, como si hubiéramos agotado las palabras y no quedara nada por decir. Me engaño a mí misma. Queda todo por decir.

—Eleonora, ¿estás bien? —pregunta él finalmente.

—Eh... Sí. Solo estoy cansada. Ha sido un día difícil.

Asiente con la cabeza. Un relámpago rasga la noche.

—Le diré a Ferguson que busque una inmobiliaria.

—Haz lo que consideres oportuno. No creo que vuelva a poner los pies aquí.

—Tampoco lo hemos pasado tan mal estos días.

Sonrío con tristeza.

—Pero ¡si hemos estado la mayor parte del tiempo discutiendo!

—Porque eres testaruda. Por mí, habríamos pasado ese tiempo follando... ¿Te imaginas lo que sería vivir aquí juntos? —Se inclina hacia mí con intención de besarme; yo me aparto. Qué sentido tiene marear la perdiz si pronto nos separará un océano.

Christopher mueve la cabeza y sale sin decir nada. Quiero correr tras él, pero mis piernas son dos columnas de mármol.

¿Qué me impide moverme?

«El instinto de supervivencia», me susurra la voz de la sensatez.

Los acontecimientos vividos esta tarde se me antojan lejanos y extraños. No hemos sido nosotros quienes hemos encontrado un cadáver en un pasadizo subterráneo, sino actores interpretando una escena de una película de misterio. En el cine las historias suelen acabar bien. En la vida, pocas veces. Ahora comprendo mejor a Naomi; su tragedia, en cierto modo, es también la mía. Pero no quiero ser víctima de los recuerdos. No quiero caminar a la sombra de una mujer muerta. No quiero embarcarme en una aventura condenada al fracaso. Y, por encima de todo, me niego a sentir la frustración de ser ignorada.

«¿Y no es más triste no atreverse a amar?», bisbisea la voz.

—¡Eleonora! —me grita Christopher antes de entrar en el coche.

—¿Sí? —respondo expectante.

—No hagas ninguna tontería. —Señala con un gesto de la mano la mansión. Me hierve la sangre al detectar la ironía implícita en su voz.

—Te he dicho cien veces que me llames Nora. ¡Ah!, y acepto tu oferta. ¡Me quedo los diamantes!

Mis palabras se pierden en la oscuridad de la noche. Cierro de un portazo y permanezco de pie en el vestíbulo, contemplando las paredes desnudas. Nunca me habían parecido tan amenazadoras y desafiantes.

Por primera vez entiendo lo sola que debió de sentirse Cordelia aquella noche infausta, cuando, luciendo todavía sus galas de fiesta y sin ser plenamente consciente de la traición de Eilean y Ross, intuyó que el capítulo más triste de su vida había empezado a escribirse.

Por primera vez, los ecos fantasmales de Nightstorm, las risas y burlas de aquellos que la habitaron, llegan a mis oídos con total nitidez.

Por primera vez desde que llegué tengo miedo. Miedo a la soledad. Miedo a las voces que resuenan en mi cabeza con su letanía inmisericorde. Miedo a equivocarme y no poder dar un paso atrás. Lo primero que me llama la atención es el sonido, un quejido lastimero. Estoy tentada de salir huyendo, pero una fuerza superior a mí me impele a seguir su rastro. Abro la puerta de la biblioteca y veo a Ruby arrodillada en la alfombra, limpiando una mancha de sangre. La sangre de Ross. Ahogo un gemido, ella alza la cabeza. «No cometas mis errores», me susurra con voz gutural. Sacudo la cabeza para despejarme, cierro los ojos, y cuando vuelvo a abrirlos ha desaparecido. Aterrada, subo a mi cuarto a toda prisa, echo el pestillo de la puerta como cuando era pequeña y hago la maleta.

69

«Coger el metro llevando encima una fortuna en diamantes es una temeridad y una estupidez», me habría reprendido Christopher de haberse enterado. Por suerte, no tiene ni idea de dónde estoy, así que me basto y me sobro para reprocharme a mí misma haberle hecho caso a Makenna. «Ni se te ocurra pillar un taxi, cuestan una pasta», me ha advertido antes de salir del minúsculo apartamento que comparte con dos amigas en las cercanías de Heathrow.

Al llegar a Londres la llamé para que me recomendase un hotel barato, pero insistió en que me quedara en su casa. «Una de las chicas está fuera —me dijo—, puedes dormir en su cama». La cama resultó ser un desvencijado sofá con los muelles sueltos. Cenamos pizza y estuvo hablándome del chico que le gusta, que no es el que le presentó a Christopher sino uno que toca el bajo en un grupo alternativo. A primera hora hemos cogido juntas la línea de Piccadilly hasta la estación de Green Park, donde hemos hecho transbordo hacia nuestros respectivos destinos: ella hacia Camden, yo a Bond Street. Para que pueda recoger mi equipaje le ha dejado la llave a su vecina, una anciana que nunca sale de casa. «Está sorda como una tapia, si no te abre es porque no lleva puesto el aparato. Tú aporrea la puerta hasta que te oiga», me ha aconsejado.

Es hora punta y el vagón está a reventar. Encajonada junto a una de las puertas, trato de esquivar las manos de los viajeros que buscan un punto de apoyo mientras leen sus tabloides por encima de mi cabeza.

Los londinenses echan por tierra su fama de flemáticos cuando se trata de salir del metro; lo hacen a empujones, igual que todo el mundo. Protejo el bolso con el brazo como si contuviera el elixir de la inmortalidad y avanzo entre la marabunta que invade el andén en dirección a las escaleras mecánicas.

Ya en la calle respiro aliviada. En vista de que llego pronto a mi cita con Naomi y tengo hambre, entro en una cafetería. En casa de Makenna solo había cereales a punto de caducar, leche agria y *cookies* de dudosa procedencia. Varios clientes esperan su turno frente al mostrador. Los menos preocupados por las calorías engullen sentados un copioso desayuno inglés. Decido seguir su ejemplo.

Cómodamente instalada junto a la cristalera, observo a los viandantes que vienen y van. Tras ingerir dos tazas de té especiado, huevos revueltos con beicon, tostadas y un cupcake de chocolate, abono la cuenta y salgo en dirección a la oficina de Naomi. No quiero llegar con antelación, así que me entretengo en mirar los escaparates de las tiendas hasta que empiezan a caer gruesas gotas de lluvia. Por fortuna, la casa de subastas queda solo a media manzana.

Estoy admirando la fachada, ejemplo de la arquitectura clásica británica, cuando una voz exclama a mi espalda:

—¡Qué puntualidad!

Vuelvo la cabeza y me encuentro frente a Naomi. Pese a la humedad, su cabello luce brillante y liso, como si acabara de recibir un tratamiento de queratina; mis rizos parecen hebras de estropajo porque siempre olvido ponerme mascarilla. Al menos tengo buena cara gracias al colorete y la máscara de pestañas. Naomi va cuidadosamente maquillada, la boca pintada de un rojo cereza que resulta extremado para una hora tan temprana y contraindicado en labios finos como los suyos, pero, por alguna razón que se me escapa, a ella le favorece. Fuerzo una sonrisa afable.

—Hola, Naomi.

—Necesito un té con desesperación.

Sin esperar respuesta da media vuelta y echa a andar dejando a su paso una estela de perfume. Aunque el olor a jazmín me produce arcadas, no quiero acabar empapada y corro a refugiarme bajo su paraguas plateado.

—No sabía que habíais empezado subastando libros —comento para romper el hielo mientras nos dirigimos a la cafetería de donde he salido hace unos minutos.

—Eso fue hace siglos —se limita a responder.

Dibujando un reguero de gotas a su paso (se ha negado a dejar el paraguas en el paragüero), Naomi se dirige hacia una de las mesas del fondo del local, se quita la gabardina y se acomoda en el banco tapizado. Yo ocupo una silla. Si a la camarera le sorprende verme de nuevo, no lo demuestra. Naomi pide té Darjeeling con leche de soja; yo, agua mineral. Si bebo otra infusión, me pondré más nerviosa de lo que ya estoy.

—Me sorprendió tu llamada, Nora. Francamente, no creía que fueras a utilizar mi tarjeta. —Naomi saca del bolso una polvera y se da unos toquecitos bajo los ojos—. ¡Qué horror! Tengo que dejar de trasnochar entre semana.

Si pretende que le diga lo guapa que está, lo lleva claro. Cierra la polvera y mira de reojo su reloj.

—Tranquila, no te robaré mucho tiempo. —Es evidente que ambas tenemos ganas de perdernos de vista—. Me pareció lógico contactar contigo, ya que coordinas la subasta y Christopher confía en ti.

Asiente con la cabeza.

—Bien, ¿de qué se trata? —Cruza las manos sobre la mesa, expectante.

Anoche le adelanté que quería incluir en la subasta una pieza importante. No especifiqué cuál por si corría a informar a Christopher, pero ahora tengo dudas. En un arrebato de cólera le grité que me quedaba con los diamantes y no pareció importarle, sin embargo, no estoy segura de que llegara a oírme. En realidad, él heredaría el collar legítimamente si no fuera porque los delirios de Cordelia desafían toda lógica. Me da cierto vértigo pensar que voy a deshacerme de los diamantes, aunque no de la forma que ella deseaba. Pero no puedo lanzarlos al mar ni enterrarlos. Emplear el dinero de la subasta en una buena causa debería anular cualquier maldición que pese sobre ellos. Por si acaso, fui a una iglesia y sumergí el collar en la pila de agua bendita. Si Christopher llega a enterarse, pensará que estoy tan loca como las mujeres de su familia.

Espero a que la camarera se retire para abrir el bolso y sacar el saquito de terciopelo. Naomi, intrigada, deshace el cordón con dedos ágiles. Cuando ve el collar rematado por el fabuloso broche rosa se lleva una mano a la garganta.

—¡Es... impresionante! —exclama con voz sibilante—. No sé por qué insistías en decir que era falso —murmura alzando la joya para admirarla desde todos los ángulos. Leo en sus ojos la satisfacción, y algo más. ¿Codicia?

Ha dejado de llover y un débil arcoíris pugna por abrirse paso entre las nubes. Lo contemplo un instante hasta que Naomi vuelve a hablar.

—¿Cómo ha llegado a tus manos?

—Eso no importa.

—Oh, ya lo creo que sí. —Naomi desvía por un momento la mirada del collar y centra su atención en mí—. Para sacar al mercado una joya de semejante calibre debo conocer su procedencia, el pedigrí, para que me entiendas.

Explicarle que la encontré oculta tras un cuadro y que he decidido sacarla a subasta sin consultarlo con Christopher está fuera de lugar, así que, al hilo de su pregunta, pergeño una inocente mentira.

—La tía abuela de Christopher me la dejó en su testamento.

Naomi enarca una ceja.

—Vaya, qué mujer tan generosa.

—Impredecible, más bien.

—Christopher me dijo que hace unos años se subastaron algunas de sus joyas. Perlas y esmeraldas de una calidad excelente. ¿Seguro que no quieres conservarlo?

Asiento mientras ella acaricia con los dedos el broche que aúna las dos sartas de diamantes.

—A mí me costaría desprenderme de algo tan hermoso, pero teniendo en cuenta que vas a conseguir un montón de dinero...

—¿Cuánto, más o menos? —Voy directa al grano.

Ella vuelve a examinar el collar.

—El precio de salida se determina considerando la talla, el color, la dureza y el peso en quilates de los diamantes. Las joyas no son mi especialidad; con todo, solo por el tamaño del broche, a simple vista diría que alcanzará una bonita suma.

—No sabía que existían diamantes de color rosa.

—Se debe al nitrógeno presente durante la formación de la piedra. También los hay negros y amarillos. De hecho, el color puede aumentar el valor del diamante. En fin, me encargaré de que lo evalúen. ¿Sigues viviendo en la mansión? —me pregunta guardando el collar en la bolsita.

—No. Regreso a Barcelona esta tarde.

Naomi sonríe, ¿aliviada?

—Tendrás que facilitarme una cuenta bancaria para hacer la transferencia, una vez descontadas las pertinentes comisiones, naturalmente.

—No hará falta.

Parece genuinamente sorprendida. Si le hablara de la maldición del collar, me tomaría por chiflada.

—Quiero que añadas el dinero a lo que consiga el lote de Nightstorm. No sé si lo sabes, pero...

Naomi termina la frase.

—Todo se destinará a obras benéficas. Lo sé. Es una cláusula del peculiar testamento de Cordelia MacDonald.

Pensar que el dinero obtenido por la venta de una joya maldita facilitará la vida de mucha gente desfavorecida me hace sentir menos culpable por actuar a espaldas de Christopher y por traicionar la última voluntad de su tía abuela.

—Anoche cené con Christopher —dice ella de pasada, llevándose la taza a los labios. Al ver que no reacciono, continúa—. No mencionó el collar. ¿Debo suponer que no está al corriente de tus intenciones?

Consciente del rubor que tiñe súbitamente mi rostro, desvío la mirada hacia los clientes que guardan cola frente a la caja. Una joven ejecutiva, al darse la vuelta, golpea sin querer la bandeja de un camarero. Platos, vasos y cubiertos se estrellan contra el suelo con gran estrépito. Cuando me decido a contestar, intento que mi voz suene tranquila.

—Supones bien. Él no sabe nada.

Naomi tamborilea sobre la mesa con sus cuidadas uñas.

—Tal vez no desee que una joya familiar acabe en manos ajenas —afirma.

—Bueno, en cierta manera, ya lo ha hecho. Yo no estoy emparentada con los MacDonald. Mi madre trabajaba para Cordelia.

—Ya. Christopher me lo dijo.

Aprieto los labios, contrariada. A santo de qué le ha contado mi vida. Me pregunto si también le habrá hablado de la muerte de mi madre.

—Resulta extraño que esa mujer antepusiera la hija de una sirvienta a su propia sangre.

Me irrita el aire de superioridad que exudan sus palabras, sus gestos, toda su persona. Ella prosigue impertérrita.

—Cordelia también te nombró heredera de Nightstorm House. Debía de quererte mucho.

Cruzo las manos con fuerza para no abofetearla, pero enseguida me río de mi estupidez. Si Naomi prefiere pensar que me camelé a Cordelia para salir beneficiada en su testamento, allá ella. Christopher y yo sabemos la verdad.

—¿Sabes que vuelve a Nueva York?

Finjo buscar algo en el bolso tratando de que no advierta mi turbación. Lo que dice a continuación me desconcierta.

—Eres más tonta de lo que creía.

Cierro la cremallera con calma y la miro dispuesta a encararme con ella.

—Gracias por tu sinceridad. Si intentas... —No consigo acabar la frase.

—Tú y yo no simpatizamos. Es lógico. Estamos enamoradas del mismo hombre —declara taladrándome con sus acerados ojos claros.

—Tú estás enamorada —replico haciendo hincapié en el pronombre.

Naomi esboza una sonrisa.

—¿Te ha hablado de nosotros?

No tiene sentido mentirle. Y reconozco una curiosidad malsana por conocer su versión de la historia.

—Me habló de una antigua novia, y... sí, tu nombre salió a relucir.

—Se llamaba Marlowe, pero los amigos la llamábamos Marley; bueno, todos excepto Christopher.

—Lo sé. Detesta los diminutivos.

—Me acosté con él cuando no hacía ni tres meses que había muerto Marley. Podría argumentar en mi defensa que los dos necesitábamos consuelo y nos dejamos llevar, pero no soy tan hipócrita. Sentí mucho la muerte de mi amiga, pero estaba enamorada de Christopher y cuando lo vi vulnerable, aproveché la oportunidad. ¿Te contó que lo seduje?

—Me dijo que te debe su éxito como escritor.

—No es verdad —niega ella moviendo la cabeza de un lado a otro para subrayar sus palabras—. Christopher habría triunfado sin mi ayuda, yo me limité a darle un pequeño empujón enviando la novela a un amigo suyo, Sam, ahora un reputado agente literario, entonces un don nadie en la agencia más importante de Nueva York. Es un cretino, pero tiene olfato de sabueso para detectar éxitos. Christopher y él son uña y carne.

La camarera mira hacia nuestra mesa. Parece deseosa de que la dejemos libre. Naomi pide la cuenta antes de proseguir.

—Conocí a Sam en la galería de arte donde trabajaba. Un día entró a curiosear, me resultó simpático y lo invité a la inauguración de una exposición, que se celebraba esa misma noche. Reconozco que también influyó que me hablara de un amigo dispuesto a invertir en nuevos talentos. Cuando lo vi... ¡Madre mía! Sam era atractivo, pero Christopher... Se fijaron en él todas las mujeres, incluida Marley, aunque al principio fingió que le caía mal. No sabes cuántas veces me arrepentí de haberla invitado a la inauguración, pero no podía prever que nos enamoraríamos del mismo hombre.

»Era mi mejor amiga, sin embargo, aquella noche empecé a odiarla. No es una situación tan extraña, nos ocurre a muchas mujeres. Tenemos en nuestra vida una persona a la que le confiamos los secretos y en quien depositamos una amistad y un cariño inquebrantables. Creemos que estos sentimientos durarán eternamente, lo cual no es cierto. De repente hace su aparición un hombre que se convierte en alguien especial para ambas y todo se tuerce.

»Christopher y Marley se hicieron inseparables, y yo empecé a salir con Sam para estar cerca de Christopher. Al cabo de un tiempo me di cuenta de que su relación hacía aguas. Me alegré. Considérame mezquina. Cuando Marley falleció, él se derrumbó. Se culpaba por no haber estado a su lado. Visitó a varios neurólogos atosigándolos con preguntas que perseguían un único fin: el diagnóstico que confirmara que Marley murió porque él no llegó a tiempo. Todos fueron unánimes. En caso de aneurisma, la atención médica durante la primera media hora es crucial. A tenor de la autopsia, Marley estaba muerta antes de caer al suelo.

Naomi hace una pausa cuando la camarera se acerca con la cuenta. Tras dejar unos billetes en la bandeja me observa con atención. Quiere cerciorarse de que sus palabras ejercen el efecto deseado. Al cabo de un par de minutos, prosigue.

—Nos convertimos en amantes. Marley no lo habría aprobado. En absoluto. Era tremendamente posesiva. Además, yo estaba casada. Pero no me quito el mérito de haber ayudado a Christopher a vencer a sus demonios. Él se dejó querer mientras yo albergaba la esperanza de que algún día abriera los ojos y me viera. Hasta hace poco aún confiaba en ello.

—¿Tu marido llegó a enterarse?

Echa la cabeza hacia atrás y rompe a reír.

—No, y eso que nos lo montábamos ante sus narices. A Christopher le importaba todo un cuerno y a mí me excitaba correr riesgos, o tal vez quería que mi marido nos descubriera. El matrimonio no funcionaba.

—¿Creías que si te divorciabas, Christopher volvería contigo?

—Pensaba que... con el tiempo... —Se encoge de hombros—. El caso es que nada sucedió según yo esperaba.

—¿Por qué me cuentas esto, Naomi? No somos amigas. Y, como has dicho, ni siquiera nos caemos bien.

—Hace unos meses intenté retomar la relación. Cuando Christopher me dejó claro que solo podía ofrecerme su amistad, me enfurecí. Luego pensé que me mantendría en la sombra, a la espera de que volviera a necesitarme. —Respira hondo y continúa—. Desde que lo conozco, lo he visto salir con infinidad de mujeres. Modelos, actrices, abogadas... Todas guapas y jóvenes. Me dolía, pero sabía que ninguna era peligrosa; desaparecían de su vida en cuestión de meses. Incluso a veces en el tiempo que se tarda en chasquear los dedos. Solo yo permanezco a su lado desde hace años.

»Un día me pidió que lo acompañara a Nightstorm para ver unos cuadros. Y allí estabas tú. Vi cómo te miraba. Sus ojos tenían el mismo brillo que la noche que conoció a Marley. A mí nunca me ha mirado así. Y en lo más profundo de mi alma, en ese rincón donde almacenamos los sentimientos que no queremos arrastrar a la superficie por el dolor que nos causarán, tuve una certeza. Comprendí que estaba enamorado de ti. No tienes ni idea de lo mucho que te detesto.

—No soy tu rival —digo sin inmutarme—. Lo único que hacemos Christopher y yo es discutir. Ni siquiera hemos sido capaces de despedirnos como amigos.

—Esto es lo que te hace tan peligrosa —murmura ella.

—Estás alucinando.

Naomi se endereza en su asiento y su tono se vuelve condescendiente.

—No lo entiendes, ¿verdad?

—¿Qué?

—Con Marley también discutía. Por cualquier nimiedad. Ella podía sacarlo de quicio si se lo proponía. Christopher me llamaba para desahogarse. Estaba una hora hablándome mal de ella y, al final, daba la vuelta a la tortilla y convertía los defectos en virtudes. Anoche hizo lo mismo contigo. Te llamó cabezota, glotona, adicta a las pastillas y otras lindezas, pero cuanto más encono ponía en criticarte, más me convencía de que está enamorado de ti. Sí, querida, no pongas esa cara de lela.

—En cualquier caso, ya no tienes de qué preocuparte. Yo desaparezco del drama —anuncio poniéndome en pie.

—Mentiría si te dijera que no me alegro. Ya conoces el dicho: para que comience una buena historia otra mala tiene que terminar.

—Puedes correr a consolar a Christopher, aunque dudo que mi marcha lo deprima como la muerte de Marley. En nuestro caso, no hemos mantenido una relación, así que no hay corazones rotos. —Solo el mío, pero ese detalle me lo guardo para mí—. Admiro tu paciencia, yo no podría esperar a un hombre durante tanto tiempo y menos a uno incapaz de comprometerse.

Naomi arruga la frente.

—Christopher es igual que los lobos, se apareará de por vida cuando encuentre a la hembra adecuada.

—Y, obviamente, estás convencida de que esa eres tú —apostillo irónica. Ella me fulmina con una mirada asesina.

—Desde luego, haré lo que esté en mi mano para asegurarme de que no lo seas tú —me espeta.

Los celos de Naomi convierten su amenaza en un halago. Estoy tentada de decirle que si Christopher estuviera interesado en mí, ella no podría impedirlo por ningún medio, pero no merece la pena enzarzarme en una discusión por un hombre a quien probablemente no volveré a ver. De pronto, Naomi recuerda la razón de nuestro encuentro.

—Tengo que darte un recibo conforme me has entregado el collar. Si me acompañas a mi despacho...

—Aunque no me caes bien, te respeto como profesional. No necesito recibo.

Echo a andar hacia la salida preguntándome cuánto tardará en llamar a Christopher. A saber cómo encaja que subaste el collar. Ahora mismo es una bomba de emociones a punto de estallar. Solo espero hallarme lejos cuando tenga lugar la deflagración.

70

En cuanto abro la puerta de mi piso de Barcelona me doy de bruces con un pequeño *trolley* y un abrigo tirado en el suelo. Es el conocido caos que siembra mi compañera cuando llega o se va de viaje.

—¡Maldita sea, Olga! ¿Cómo tengo que decirte que no dejes la maleta en la entrada? —refunfuño mientras espero verla aparecer esgrimiendo la excusa de siempre. Ante mi sorpresa, no da señales de vida.

Deshago el equipaje y voy a la cocina a prepararme algo de comer. Al menos hoy no hay un hombre en pelotas hurgando en la nevera. ¿Cómo se llamaba? ¿Rubén? ¿Armand?... No, Armand es el peluquero de Olga. Debo acordarme de pedirle cita antes de que las canas invadan por completo mi cuero cabelludo.

No esperaba encontrar gran cosa en el frigorífico, y menos que estuviera a rebosar de comida. Auténtica comida. Nada de yogures caducados, bolsas de ensalada y platos precocinados, sino entrecots, un amplio surtido de quesos y embutidos, cartones de huevos frescos, flanes, helado e incluso un pollo entero deshuesado. Sobre la encimera hay una bolsa con dos baguettes recientes. Que Olga baje al supermercado es remarcable; que llene un carro de grasas saturadas y azúcares resulta insólito.

Ella, que se declara vegana y me regaña si compro una ristra de chorizos.

Después de comerme un bocadillo de jamón ibérico me doy una ducha. Acostumbrada a las carencias de Nightstorm, disfruto del placer que supone abrir el grifo y recibir sobre mi cuerpo un chorro de agua caliente. Permanezco en la ducha hasta que la piel de los dedos se me arruga como la de las uvas pasas. Y entonces, mientras me estoy secando el pelo, oigo ladridos. Suenan cerca, pero me extrañaría que algún vecino hubiera violado la norma de la comunidad que prohíbe las mascotas. Salgo al pasillo envuelta en una toalla y estoy a punto de que me embista una jauría. Varios canes de diversas razas y tamaños corren en dirección a la cocina.

—Hola —me saluda un chico alto y desgarbado. Lleva un anorak enorme, al menos dos tallas por encima de la suya, y un gorro de lana del que sobresalen greñas castañas—. Espero que no te importe que beban un poco de agua. Han hecho mucho ejercicio.

—Perdona, ¿quién eres tú? —le pregunto ciñéndome la toalla, aunque el chaval parece inofensivo. A decir verdad, no sabe hacia dónde mirar.

—Soy Lucas, saco de paseo a Brutus dos veces al día.

Enarco una ceja.

—¿Brutus? Yo no tengo perro, mi compañera de piso tampoco. En el edificio no admiten perros. ¿De dónde has sacado la llave?

Mete la mano en el bolsillo y saca un llavero en forma de elefante del que cuelgan varias llaves. Me enseña una.

—Me la dio Olga. Brutus es el perro de Arnau. ¿Y tú eres...? —De repente se ha envalentonado. Igual no es tan inofensivo como creía.

—Nora. Vivo aquí.

—¡Ah! No te había visto hasta ahora.

—Oye, ¿qué es eso de que el perro es de Arnau? ¿Por qué está aquí?

Los ladridos aumentan sus decibelios. Lucas se alegra de no

tener que responder. Lo sigo a la cocina, donde los chuchos se pelean por meter el hocico en los cuencos. Cuando doy un paso para ayudarlo a separarlos, un dóberman levanta el morro desafiante y exhibe sus amenazadores colmillos.

—Tranquilo, no pasa nada. —Lucas se inclina sobre el animal, le acaricia el lomo y le quita el collar—. Bueno, Nora, encantado de conocerte. Me piro, tengo que llevar a cada perro a su casa. Volveré mañana a las siete.

Observo aterrorizada que el dóberman no hace ademán de moverse.

—¡Eh! Ni se te ocurra dejarme en casa a este bicho.

—Es Brutus, vive aquí —me contesta Lucas antes de marcharse silbando.

El animal, despatarrado a sus anchas en mitad de la cocina, me mira con cara de pocos amigos. Si pudiera hablar, me diría que estoy de más.

Al cabo de unos minutos aparece Olga.

—Me ha dicho el portero que habías llegado. ¿Qué tal las vacaciones? ¿Has descansado? —pregunta jovial.

Ni me molesto en responder.

—El paseador de perros dice que esa cosa vive aquí —refunfuño señalando al dóberman.

—Brutus se quedará unos días. No te importa, ¿verdad? Arnau tiene la custodia compartida con su exmujer. Parece muy fiero, pero es dócil, siempre que no lo provoquen, claro.

—Me dejas más tranquila —ironizo—. De todas formas, me parece raro que Rufino les permita entrar en el edificio. Si los ve algún vecino, habrá problemas.

—Ah, sí, bueno, como está a punto de jubilarse, pasa un poco de todo. Y le he dado una propina para que mire hacia otro lado. Por los vecinos no te preocupes, Lucas viene a horas en las que es difícil que se cruce con nadie y utiliza el ascensor de servicio. Además, Brutus nunca ladra, solo gruñe.

—¿Y por qué tiene que quedarse aquí? ¿Por qué no vive en casa de Arnau?

—¿Te gusta mi nuevo corte? —pregunta cambiando abruptamente de tema.

—¿No ibas a dejarte el pelo largo?

Olga sacude la cabeza con gesto coqueto.

—Armand me convenció. Siempre sabe lo que me favorece. Cuando me ha visto se ha quedado horrorizado. Es que la humedad de Miami es espantosa. Lo llamé desde allí para que me hiciera un hueco hoy. ¿Cuándo has llegado?

—Hace una hora, más o menos. Oye, volviendo a lo del chucho...

—A ti también te convendría la magia de Armand —dice tocándome los rizos húmedos—. Cuéntame, ¿qué tal las vacaciones? Escocia, ¿no?

—No han sido exactamente unas vacaciones, pero sí, he estado en Skye.

—Nunca he ido por allí. ¿Por dónde cae? —inquiere alzando una ceja.

—Es una isla, al norte. Un lugar idílico, aunque tú lo encontrarías demasiado tranquilo.

—Conozco Edimburgo. Siempre que voy llueve a cántaros. Bueno, te dejo, esta madrugada vuelo a México.

—¿Enlazas dos vuelos internacionales?

Olga enarca una ceja.

—No. ¿Por qué lo dices?

—Al ver tu maleta junto a la puerta he supuesto que acababas de llegar.

—Ah, no, lleva ahí desde ayer por la mañana —dice con un gesto displicente de la mano.

—Por cierto, he visto que has llenado la nevera.

—¡Oh!, ha sido cosa de la asistenta. Arnau come como una lima.

No me atrevo a verbalizar mi sospecha. Mantengo la esperanza de que sea infundada.

—¿Arnau está... viviendo aquí?

—Solo de momento, hasta que encuentre piso. No te importa, ¿verdad?

¿Acaso le interesa mi opinión? Ni siquiera ha tenido el detalle de llamarme para decírmelo.

—Entonces ¿vais en serio?

—Ya veremos. De momento nos estamos divirtiendo —dice encogiéndose de hombros—. No creo que coincidáis mucho. El horario de Arnau es de locos.

—¿Es piloto?

—No. Trabaja en protocolo y relaciones públicas, pero no tiene tiempo de sacar a Brutus. Por eso he contratado a Lucas.

Pensando en lo que me espera, casi echo de menos las duchas de agua tibia y las corrientes de aire de Nightstorm.

71

Apenas hace una semana que he regresado a Barcelona y mis nervios han alcanzado ya su punto crítico de ebullición. El culpable es Arnau, un jeta de cuidado. Da por hecho que las provisiones de la nevera aparecen por arte de magia y piensa que la única obligación de la asistenta, cuyo sueldo pagamos a medias Olga y yo, es plancharle la ropa.

Palmira es ecuatoriana, viene a casa cinco horas tres días a la semana, y nos cobra doce euros la hora, lo que suma un total de ciento ochenta por semana y setecientos veinte al mes. Olga me aseguró que el gasto correría por su cuenta, pero no puso reparos cuando, en un alarde de cortesía y estupidez, insistí en pagar la mitad. Considerando que la mujer dedica buena parte del tiempo a que los pantalones y las camisas de Arnau luzcan impecables, no estaría de más que el caradura contribuyera. Aun así, no suelta un euro.

Hablo con mi prima para decirle que he vuelto. Se ha reconciliado con Javier y yo me alegro por ellos. No es alto, ni delgado ni guapo, pero es amable, generoso y trabajador, cualidades que lo convertirían en un mirlo blanco si las mujeres nos fijásemos menos en el físico y más en lo que realmente importa.

—Como decía la abuela Petra: más vale malo conocido que bueno por conocer. Y no es que Javier sea malo, ¿eh? Bueno, tú ya me entiendes. ¿Has vuelto para quedarte?

Buena pregunta.

—Eso creo.

—¿Prendiste fuego a la barraca?

Esta es aún mejor.

—¿Te molestaría que lo hubiera hecho?

—A mí me importa un bledo esa casa, pero si fuera mía le sacaría algún rendimiento. Ahora mismo, tal como está, parece la mansión de la familia Adams, pero si le quitáramos esos horribles cuadros y pusiéramos unos muebles de Ikea y unas cortinitas vistosas, quedaría acogedora.

—Casi no hay cuadros. Se llevaron los buenos para la subasta.

Bárbara suelta una carcajada.

—¿No temes que el fantasma de Cordelia te acose por desobedecerla?

—A decir verdad, es lo que menos me preocupa.

Le hablo de Arnau y de su temible dóberman, de lo incómoda que me hace sentir su presencia en mi propia casa.

—No puedo dar un paso sin toparme con él y con la mala bestia del perro contemplándome como si fuera el menú del día. ¡Si hasta se relame de gusto!

—Igual está harto de comer pienso —concluye mi prima—. Oye, ¿por qué no te vienes unos días a casa antes de que el animal se dé un festín contigo?

—No sé. Llevo retrasado el trabajo —respondo, aunque no me vendría mal cambiar de aires.

Al día siguiente de aterrizar en Barcelona fui a ver a Fabián. Ni siquiera la botella de whisky que le llevé aplacó su mal humor. No le faltaban razones al reprocharme que me hubiera dormido en los laureles tras la entrevista de Hamilton. Para terminar de arruinarme el día me amenazó con que si no le entregaba mi columna a tiempo y un reportaje semanal, prescindiría de mis servicios.

—Pues te traes el portátil y trabajas desde aquí —sugiere Bárbara—. ¿Has ido a ver a la tía Carmen?

No tengo ánimos para aguantar lo bien que le va en la vida a su sobrina política favorita. Respondo con evasivas.

—No he tenido tiempo, pero...

—Cuelgo, que viene mi jefe —dice dejándome con la palabra en la boca.

Me sorprende que no haya mencionado a Christopher ni que fuera para tomarme el pelo. Pese a que no he tenido noticias suyas, pienso en él a todas horas. He dejado de contar las veces que he cogido el móvil con intención de enviarle un mensaje.

En la mesilla de noche guardo el suplemento dominical donde se publicó la entrevista. En redacción no quedaban ejemplares, pero Manu me dio el suyo.

Su magnética estampa acapara la portada. De las fotografías que envié, el departamento de arte eligió un plano medio en el que Christopher aparece en actitud desenfadada, las manos en los bolsillos del pantalón. Los ojos no miran a la cámara, sino a un punto indefinido, más allá del objetivo. Es una imagen lo bastante seductora para despertar en los lectores ganas de ver más. Me recreo en ella hasta que el escozor en los ojos me alerta de que llevo rato sin parpadear.

No me permito pensar en las palabras de Naomi. Si Christopher estuviese enamorado de mí, no me habría dejado marchar. Para él solo he sido un entretenimiento, un punto y aparte en su vida. Yo quería ser el punto final.

De repente siento una oleada de calor. Salgo al pasillo para bajar el termostato que Arnau mantiene a veintiocho grados contra viento y marea, sin importarle lo que suban las facturas de gas y electricidad. Me atrevo porque Brutus no está. El puñetero perro tiene un talento especial para proteger los intereses de su amo y gruñe en cuanto me ve tocar el mando.

Necesito aire fresco.

Me pongo el abrigo, los guantes y una bufanda que compré en el aeropuerto de Heathrow para gastar las libras que me quedaban, me cuelgo el bolso del hombro y salgo de casa. Un vecino despotrica frente al ascensor.

—*Cagüenlaputa*, otra vez han dejado la puerta abierta. Habrán sido los del ático, como siempre.

Bajo los cinco pisos por la escalera. Al llegar a la planta baja me topo con media docena de bolsas diseminadas junto a la puerta, abierta, del ascensor.

—Hola, *maca*, perdona las *molèsties*, es que acabamos de llegar del súper y estamos *carregant* el ascensor —me explica el vecino del sexto primera, un jubilado de Lleida que goza de perpetuo buen humor, al contrario que su mujer. El hombre debe de pensar que no entiendo el catalán porque siempre que me ve se esfuerza en hablar castellano y acaba mezclando ambas lenguas.

—No se preocupe.

El vecino sigue aporreando el ascensor, pero el anciano no se da por enterado.

La esposa hace su entrada en el vestíbulo con una bolsa en la mano. Lleva un extravagante abrigo de piel que aparenta tener tantos años como ella.

—Ah, Nora, hace días que te quiero preguntar una *coseta*. ¿Por casualidad tenéis un perro?

Frunzo el ceño y hago como si no la hubiera entendido.

—A veces oigo ladridos y parece que vengan de tu piso. Ya sabes que en este edificio no se permiten animales —me advierte.

Podría recordarle la última vez que sus dos nietos se quedaron en su casa porque los padres estaban de viaje. El crío de cinco años corría por el pasillo en patinete gritando a pleno pulmón y la nieta adolescente ponía la música al máximo volumen. Me conviene sonreír de forma inocente y negar la evidencia.

—¿Un perro? No, qué va.

—*Ja t'ho vaig dir*, Margarida, *aquestes noies no tenen cap gos*. Sería la tele —afirma el hombre, convencido.

—Sí, seguro. Hasta luego —me despido antes de que la mujer vuelva a la carga.

Ya sabía yo que el perro de Arnau traería problemas. Y menos mal que la vecina no ha visto a sus compinches. Solo faltaría que se cruzase con Lucas y la jauría. Tengo que decirle a Olga que haga algo al respecto.

Cuando las primeras gotas me acarician el rostro les doy la bienvenida. Dejo que la lluvia se funda con las lágrimas que de súbito asoman a mis ojos. La tenue llovizna no tarda en convertirse en aguacero. La gente pasa por mi lado en una carrera apresurada que tiene como meta un sotechado bajo el que guarecerse. Yo continúo caminando. Mi mente ha relegado al olvido a Arnau y a su perro y viaja a un pasado menos reciente. Se detiene en el saloncito de Ruby y evoca una velada endulzada con los postres de Melva. Escucho de labios de la anciana la pasión de las hermanas MacDonald por Ross Hamilton. Regreso a la noche del cumpleaños de Eilean, la veo danzar al son de la música.

El exabrupto de un ciclista me devuelve a la realidad. La intensa lluvia me nubla los ojos y tengo que parpadear repetidamente. Cruzo la colapsada calle Aragón y corro hacia la parada del autobús para alcanzar el que está detenido. Fingiendo que no me ve, el conductor arranca y me deja con un palmo de narices. Un retortijón en el estómago me recuerda que no he comido nada desde hace horas. Echo de menos los púdines de frutas de Melva. Antes me parecían bombas calóricas, ahora daría cualquier cosa por un pedazo.

—¿Qué piensas hacer con la mansión? —me preguntó Melva cuando fui a su casa a despedirme.

—No estoy segura —respondí sin ánimo de explayarme—. Supongo que la pondré en venta.

—Podrías alquilarla o convertirla en un hotel —sugirió ella mientras me servía una humeante taza de té.

La miré sorprendida.

—¿Un hotel? No sé nada de hostelería. Además, la casa necesita muchas reformas y no tengo dinero.

—Tal vez a Christopher le interese invertir —dejó caer.

Cuanto más hablaba Melva, más convencida parecía de la viabilidad de su idea. Decidí hacerla aterrizar.

—No creo. De todas formas, tampoco funcionaría. ¿Quién en su sano juicio querría hospedarse en Nightstorm?

—Cualquiera que desee pasar una temporada lejos del estrés de la ciudad. El paisaje es magnífico y se pueden hacer muchas actividades. Me hubiera encantado trabajar en un hotel, sin embargo, me casé y enseguida tuve a Will. No debí aparcar mis sueños, pero tenía prisa por salir de casa.

—Creía que Makenna era hija única.

—Will le lleva catorce años. Vive en Australia, por eso no vino al entierro de su abuela. Ruby te hubiera dicho que es clavado a su padre, aunque ha salido más trabajador.

—¿A qué se dedica?

Melva bebió un sorbo de su té y suspiró.

—Es capataz en un rancho. Hablamos de vez en cuando por Skype. No se le da bien mantener el contacto —dijo con tristeza.

—Una vez casada, ¿por qué no buscaste trabajo en un hotel?

—Mi entonces marido no lo hubiera permitido. Para lo que le interesa, está chapado a la antigua. Piensa, como hacía mi padre, que la obligación de la esposa es quedarse en casa y cuidar de la familia. En cuanto me separé me puse a trabajar, pero ya era mayor para ser recepcionista en un hotel.

Casi me atraganté cuando me soltó lo siguiente:

—Mi madre estaba convencida de que Christopher y tú acabaríais juntos.

—¿Qué le hacía pensar eso? —balbucí.

—Decía que cuando él te miraba, los ojos le brillaban del mismo modo que a su abuelo Ross cuando contemplaba a Eilean. Yo no soy tan sagaz como lo era mamá, pero tengo la impresión de que le gustas.

—Ruby veía lo que quería ver, y tú eres una romántica. Por

si no te has dado cuenta, Christopher es incapaz de decirme cuatro palabras sin irritarme.

—Mi madre solía decir que algunas personas tienen una extraña forma de protegerse de sus sentimientos. Cuando Makenna era pequeña, siempre que le gustaba un chico le sacaba defectos. No sé si continúa haciendo lo mismo, nunca me cuenta nada.

Doy un brinco al oír un claxon. Estaba tan ensimismada escarbando en mi memoria que había empezado a cruzar la calle París con el semáforo en rojo. El conductor del coche me está diciendo algo, nada bueno a juzgar por la mirada y el inequívoco signo de su dedo medio. Bajo una lluvia inmisericorde que me cala hasta los huesos, continúo subiendo por Aribau y llego a la Diagonal. Giro a la izquierda y camino hacia Francesc Macià. «¿Por qué sigues andando si tus pasos no te llevan a ninguna parte?», me susurra el sentido común. De pronto me encuentro delante del Sandor, un restaurante al que solía ir con Ignacio. No había vuelto desde que me abandonó, y no sé por qué me he acercado hoy. Frente a la terraza vacía de clientes me asaltan los recuerdos, aquellos sábados que comía sola porque él olvidaba que lo estaba esperando. Se disculpaba con excusas de trabajo, yo lo entendía. «Mira que eras tonta». Entro en el restaurante y un camarero se acerca a preguntarme si espero a alguien. Cuando voy a responderle que estoy sola, las palabras se atoran en mi garganta y un ligero vértigo me nubla la mente. Veo a Ignacio sentado a una mesa. Con una mujer. ¿Valeria? Tal vez sea otra. Se cogen de las manos, ríen. Ella me da la espalda, tiene el cabello castaño ligeramente húmedo. Debería hacer como Ruby cuando entró con Cordelia en aquel restaurante de Portree y descubrió a Eilean con Ross. Debería huir, pero mis pies están anclados al suelo. El camarero desvía la atención hacia una pareja que acaba de entrar. La acompañante de Ignacio se levanta para ir al aseo. Es joven, guapa. Está embarazada. Los celos y la rabia se apoderan de mí. ¿Eres tú el mismo hombre que no quería ser padre? Siento el impulso de acercarme a la mesa y abofetearlos. A él y a ella. Porque va a ser madre y yo perdí a mi hijo. Avanzo unos pasos. Ignacio está pendiente del móvil, si me plantara frente a él ni siquiera me vería. «¿Y qué ganarías con eso? ¿Montar un numerito te haría sentir mejor?». La mujer regresa del aseo, sus manos acarician la prominente barriga; él se levanta, la besa. En ese instante tengo una certeza: son felices mientras yo vivo atrapada en un rencor que me impide serlo. La evidencia, lejos de revolverme las tripas, despierta nuevos sentimientos en mí. Se acabó. El pasado muere aquí. Mis labios dibujan un atisbo de sonrisa. Empujo la puerta del restaurante y enfilo el camino de vuelta a casa.

La maleta de Olga vuelve a estar en el recibidor, justo frente a la puerta, pero esta vez no tropiezo con ella. Brutus asoma la cabeza gruñendo. Le caigo tan mal como él a mí; mientras entienda que mi cuarto es terreno vedado, todo irá bien.

Me estoy quitando las botas para no ensuciar el suelo cuando veo el rastro de manchas de barro. Son huellas de patas. Desde el salón me llega el sonido de la tele.

—Olga, ¿me traes la fregona, por favor?

Al cabo de un minuto, mi compañera de piso aparece con un cubo lleno de agua. Una premura encomiable teniendo en cuenta que, por lo general, hay que repetirle las cosas.

—Lucas debería haberle limpiado las patitas a Brutus —se queja mirando las manchas con un mohín de desagrado.

Como no se decide a pasar la fregona, lo hago yo.

—Pues menos mal que no han entrado todos los perros que pasea —replico. Me fijo en que Olga no vuelve al salón. ¿Son imaginaciones mías o presiento que quiere decirme algo?—. ¿Vienes de viaje o te marchas? —pregunto señalando el *trolley*.

—¡Oh! Acabo de llegar —suspira, y se alisa el uniforme—. Esto... Tengo que comentarte una cosa.

—¿Qué pasa?

—Pues... El caso es que...

—¡Qué! —Me temo lo peor.

—Ha sido un accidente, te lo aseguro —musita.

La malévola vocecilla me silba al oído: «El cabronazo del perro ha entrado en tu cuarto, verás la que ha liado». Sin soltar la fregona, corro a mi habitación.

Ni yo reconozco el alarido que escapa de mi garganta al ver sobre mi cama un amasijo de restos de edredón, papeles mordisqueados y babas.

Olga, consternada, observa el desastre.

—Lo siento mucho, Nora, cuando me he dado cuenta de lo que hacía Brutus ya era tarde. Por supuesto, te compraré un edredón nuevo.

No soy consciente de la fuerza que ejerzo sobre el palo de la fregona hasta que Olga, temerosa de que lo utilice para descargar mi furia en el animal, me lo quita de las manos. ¡Como si fuera a atreverme! Al menor atisbo de amenaza, Brutus me desgarraría la garganta.

—Ese perro es un problema. —Trato de mantener la calma—. Los vecinos se han quejado de sus ladridos. Me he hecho la loca, pero tienes que hablar con Arnau. Me importa un bledo esa chorrada de la custodia compartida. Dile que, o se lo queda su exmujer, o se largan él y su dóberman.

Arnau hace acto de presencia en la habitación seguido de su mascota. No sé quién dijo que con el tiempo los perros acaban pareciéndose a sus dueños, ¿o era al revés? El caso es que era del todo cierto: Arnau y Brutus son clavaditos, como dos gotas de agua.

—¿Qué ha pasado? *Collons*, le tienes que haber hecho una gorda, Nora, normalmente es un cachorro tranquilo —suelta el impresentable antes de volver al salón, a repantigarse en el sofá.

El ojo deformado de Christopher, fundido con lo que tiene aspecto de ser la nariz, me mira desde las páginas destrozadas del dominical. El animal se ha empleado a fondo. Olga me escolta hasta la cocina y contempla desde el umbral lo que me cuesta desprenderme de los restos de la revista.

—¿No la habías leído? Seguro que en el quiosco aún quedan. Si quieres, bajo a comprarte una —se ofrece con escaso entusiasmo.

—La culpa es mía, debí guardarla antes de irme —me recrimino a mí misma en voz alta.

—Bueno, no es el fin del mundo —concluye ella—. Nora, estás empapada. Cámbiate o pillarás un resfriado. ¿Tienes hambre? Arnau ha pedido comida tailandesa.

Nada me apetece menos que compartir espacio con Brutus y su dueño.

—Gracias, pero estoy cansada. Cenaré algo ligero y me iré a dormir.

—Como quieras.

—Lo decía en serio, Olga. El perro tiene que marcharse o el propietario del piso nos echará a nosotras.

—Vale, vale, hablaré con Arnau.

Poco después oigo los ladridos de Brutus dirigidos al incauto repartidor que ha tenido la osadía de entregarle la cuenta a Arnau.

Me despierta una sinfonía de gruñidos y gemidos. Abro los ojos y parpadeo para lograr despejarme. El reloj marca las dos y media de la madrugada. Me lleva medio minuto asimilar que los gemidos provienen de la habitación de Olga. Los gruñidos, en cambio, suenan más cerca. Demasiado cerca. Me incorporo despacio, medio dormida, tratando de identificar su origen. Al inclinarme para mirar debajo de la cama doy un brinco. Brutus, cómodamente instalado sobre un revoltijo de prendas que de algún modo ha logrado arrancar de sus perchas, me observa retador con sus ojos saltones. Hago un tímido intento de recuperar mi ropa, pero me disuade la visión de sus puntiagudos dientes. Sin pensarlo dos veces, cojo el móvil y llamo a mi prima.

—Mmm... —contesta somnolienta después de dos intentos—. ¡Ah! Nora. ¿Te pasa algo?

—¿Tienes libre el sofá cama?

72

Bárbara vive en un piso de cuarenta y cinco metros cuadrados en Claudio Coello, a dos calles de su trabajo. Por lo que paga de alquiler podría disfrutar del doble de espacio en un barrio modesto, pero se niega a mudarse.

Las tres últimas noches he dormido en el sofá cama del salón, aunque me apropio de la habitación de mi prima cuando Bárbara pernocta en casa de su pareja, lo que no ocurre tan a menudo como ella desearía.

—No entiendo por qué no vivís juntos —comento al verla meter unas bragas limpias en una bolsa de mano.

—Lo haremos tan pronto como sus hijas se larguen.

—Creía que la mayor estaba casada y que la otra andaba por el quinto infierno, con una oenegé.

—Sí, pero han vuelto a casa de papaíto —refunfuña—. La solidaria está de paso, mientras que la otra me da que va para largo porque acaba de separarse y no tiene un céntimo. Son un par de taradas. El otro día me olvidé el cepillo de dientes y cogí uno nuevo sin saber que era de la misionera. Se puso hecha una fiera. Y luego va por el mundo dando lecciones de generosidad, la hipócrita.

—Podríais vivir aquí.

—Javier dice que mi piso es una caja de cerillas.

—Un poco de razón sí tiene.

—Ya querrían muchos pillar esta casa. Además, no todas podemos vivir en un pisazo.

—Si lo dices por mí, ahórrate la ironía —replico.

Bárbara deja la bolsa sobre la cama y se sienta en una esquina.

—Te advertí que era mala idea compartir alquiler con una adolescente —dice apuntándome con el índice.

—Tiene veinticuatro años. Además, no puedo afrontar sola los gastos, y Olga no me da problemas.

—Porque es azafata y se pasa la mitad del tiempo en las nubes, pero mira lo que ha ocurrido cuando el amigo se ha instalado en casa.

Hago un gesto displicente con la mano para restar importancia al asunto.

—Eso es lo de menos, aunque el tío es una rata. Lo peor es el perro.

—Chica, me temo que el can y su dueño no salen del piso ni echándoles agua hirviendo. Bueno, cambiando de tema, ¿qué has planeado hacer hoy?

—Trabajar. Y quizá vaya a un museo.

—¡Pues que te diviertas! —exclama mirando el reloj—. Me voy, llego tarde y tenemos un día de perros. —Cuando repara en su chiste, suelta una carcajada.

—Muy graciosa.

Mientras deambulo por la plaza Mayor, después de comerme un plato de callos con chorizo y morcilla que me ha sabido a gloria, suena mi móvil.

—¿Por dónde andas?

—Hola, Bárbara, pues justo ahora...

—Necesito un favor —me interrumpe. Por la ansiedad de su voz asumo que mis planes de visitar el Museo del Prado acaban de irse al garete. Aunque, quién sabe, tal vez solo quiere que compre pan integral para el desayuno. Mi prima hace una pausa dramática antes de soltar la bomba—. La canguro de Alexia no puede recogerla esta tarde. Tiene un examen o no sé qué milonga. ¿Puedes ir tú?

—¿No hay nadie más?

La oigo suspirar al otro lado de la línea.

—Su madre está en Sevilla, la abuela tiene partida de bridge y la asistenta libra hoy. Iría yo, pero vienen pacientes hasta las nueve.

—No creo que la dejen venir conmigo.

—¡Nora!, que la niña no es un bebé, además te conoce. Tienes que estar en el colegio a las cuatro y media.

—¿Y si no se acuerda de mí?

—Claro que se acuerda. Cada vez que viene a la clínica me pregunta por ti. Si hasta ha colgado en su Facebook las fotos que hizo en tu mansión. Me las enseñó el otro día.

—¿Lexi tiene Facebook? ¿Y se lo permiten sus padres?

—Yo qué sé. No les habrá pedido permiso. En la red es Jessica Ravitt, como la coneja de los dibujos, pero escrito con una uve y dos tes, por si quieres cotillear. Venga, prima, hazme el favor, que ya le he dicho a su padre que la recoges tú.

—Está bien —claudico—. ¿A qué colegio va?

—A uno inglés.

—Dame la dirección.

—No la sé.

—Pues pregúntale al padre.

—Imposible. Está con una paciente. Nora, no me lo pongas difícil. ¿Cuántos colegios británicos puede haber en Madrid? Coge un taxi. El taxista seguro que sabe dónde es. Luego te lo pago.

—¿Y qué hago con Lexi? ¿La llevo a casa de su madre?

—¡Allí no hay nadie! Además, hoy le toca quedarse con su padre. Mira, cómprale algo para merendar y la llevas al zoo o al parque. A eso de las ocho y media la traes aquí.

Estupendo. El plan ideal. Hacer de canguro. Y no creo que a la niña le apetezca pasarse la tarde recorriendo las salas de un museo.

Siguiendo las indicaciones de Bárbara, le pido al taxista que me lleve al colegio británico, pero el hombre, un búlgaro que lleva tres semanas al volante, no está familiarizado con los colegios de Madrid ni con las calles ni con el castellano.

—¿No tiene una guía? —le pregunto. Él señala el GPS.

Recuerdo los tiempos en que le dabas a un taxista una dirección y, si la desconocía, la buscaba rápidamente en la guía que contenía los trazados de las calles y pasajes de la ciudad. Ahora todos confían en el GPS. El problema es que no sé la dirección del colegio.

—Señora, si tú no me das nombre de calle, yo no puedo llevarte —se queja el taxista con su exótico castellano.

Saco el móvil para consultar Google, pero acabo más confusa que antes. Hay colegios de habla inglesa diseminados por todo Madrid, desde Serrano hasta Tres Cantos, pasando por Pozuelo y Alcobendas.

—¿A cuál querer tú ir? —me apremia el taxista.

Llamo a Bárbara. Salta el buzón de voz y el taxímetro sigue corriendo. Me responde al tercer intento.

—¿Qué pasa? Estoy meando.

Creía que hablaba en broma hasta que oigo descargarse la cisterna.

—¿Tienes idea de cuántos colegios británicos hay? —le pregunto irritada.

—Ni pajolera —responde.

—¿Seguro que no puedes preguntarle a tu jefe?

—¿Y qué crees que pensará de mí? Se supone que a estas alturas debería saber en qué colegio estudia su hija. Espera. Se me ha ocurrido una idea.

Escucho los pasos de Bárbara alejándose del baño. Seguidamente se abre una puerta y me llega el eco lejano de una voz femenina. Pasados un par de minutos, mi prima vuelve a ponerse al teléfono.

—Dice la mujer de la limpieza que queda cerca de la casa del doctor.

Algo es algo.

—¿Y dónde vive?

—En La Moraleja. Adiós —se despide antes de colgar.

Vuelvo a abrir el navegador y busco centros educativos de habla inglesa en esa zona. El taxista asiente satisfecho cuando encuentro un resultado viable. Media hora después detiene el vehículo frente a los verdes y frondosos setos que flanquean la puerta principal del elitista colegio británico. Le pido que me espere y salgo a toda prisa, esquivando a los críos que suben a los autobuses escolares. Una vez en el patio me sitúo en un lugar bien visible. Distingo la melena pelirroja de Lexi entre un grupito de niñas, le hago señas con la mano. Nada más verme se acerca a todo correr, cargando a su delgada espalda el peso de una voluminosa mochila.

—¡Nora! Hola, ¿qué haces aquí? —me pregunta sorprendida. Pese al frío, sostiene el anorak en la mano y lleva los calcetines a la altura del tobillo.

—Tu canguro no podía venir. Bárbara me ha enviado a buscarte.

—¡Guay!

—Ponte el anorak.

La ayudo a quitarse la mochila mientras me devano los sesos pensando dónde llevarla.

—¿Me has traído la merienda? Tengo hambre.

—¿Te apetece una hamburguesa? —Imagino que querrá comer justo lo que sus progenitores le prohíben.

—Prefiero chocolate con churros.

—De acuerdo.

—Cuando viene a buscarme la abuela siempre vamos a un sitio cerca de Sol. Es súper raaancio —dice arrastrando la sílaba—, pero el chocolate está de muerte. Yo te llevo.

—Vale, tú mandas. Sube al taxi.

Cuando traspasamos el umbral de la cafetería tengo la impresión de haber viajado en el tiempo hasta finales del siglo XIX, pero en las mesas de mármol blanco no hay caballeros con chistera ni damas con tocado de plumas y polisón, sino gente variopinta del siglo XXI, ataviada a la última. En una de las mesas, un hombre de mediana edad teclea en un portátil, un toque anacrónico en el castizo ambiente que nos rodea. Lexi y yo tomamos asiento en un rincón, cerca de un par de señoras que discuten sobre su próximo viaje. Una quiere ir a Tenerife, la otra prefiere Santiago. La conversación aumenta de volumen a medida que crecen sus discrepancias. El camarero las mira con el ceño fruncido desde detrás del mostrador.

Damos cuenta de dos grandes tazas de chocolate espeso acompañado de media docena de churros. Lexi dice que un niño de su clase quiere ser su novio, pero ella no le hace caso porque su abuela le ha dicho que una chica tiene que hacerse valer. Me cuenta que el novio de su madre es guay, pero la amiga especial de su padre es megaguay porque le compra ropa y da *likes* a sus fotos. Cuando menos me lo espero saca a colación Nightstorm.

—Tu castillo mola. —Hinca el diente a su quinto churro. Espero que mañana no se levante con dolor de tripa—. ¿Puedo volver otro día?

—No creo que sea posible.

Levanta los ojos de la taza y me mira sorprendida. Se ha puesto perdida de chocolate. Como no tenga uniforme de repuesto, alguien tendrá que lavar esta noche.

—¿Por qué no?

—Es que no creo que vuelva por allí.

—¿Y por qué no?

—Hace mucho frío.

—En casa de la abuela Enriqueta también. La abuela dice que el frío es bueno para el cutis, pero mamá dice que es una tacaña que no enciende la calefacción para no gastar, y eso que la pasta le sale por las orejas. Oye, Nora, ¿y no será que te da miedo el fantasma?

Doy un respingo. Confío en que no le dé por recordar el trauma vivido en el pasadizo y me monte una escena de lloros. Pero la he subestimado.

—¿El fantasma? —Estoy decidida a recuperar la teoría de Christopher. La niña vio su sombra proyectada en la pared y se asustó—. No hay fantasmas en Nightstorm.

—Sí los hay —replica—. Yo creía que el túnel de tu casa era una bodega como la del abuelo Vicente. Cuando vamos en verano, yo y mis primos jugamos allí a los piratas. Es tope guay, pero no tiene fantasma.

—Lexi, cielo, el túnel de mi casa tampoco... Y se dice «mis primos y yo» —la corrijo.

—¡Sí, te repito que hay uno! ¡Yo lo vi!

—Lo que viste fue tu sombra en la pared.

—¡Era un fantasma y estaba sentado en el suelo!

—Pues ahí lo tienes. Los fantasmas no se sientan, flotan en el aire, van vestidos con túnicas blancas y arrastran una bola de hierro.

Lexi fija en mí sus enormes ojos azules. Un gorgoteo de risa brota de su garganta al responder:

—Sí, claro, y hacen «¡Uuuh!». Ay, Nora, qué graciosa eres. Eso lo has visto en los dibujos. El fantasma de tu casa está vestido y lleva zapatos.

Resulta difícil manipular a una niña inteligente como Lexi, y más aún convencerla de que todo fueron imaginaciones suyas. Me preocupa que en cualquier momento le largue la historia a su padre. El hombre no se creerá lo del ectoplasma, pero si la cría habla de Nightstorm, Bárbara tendrá problemas. Es hora de dar carpetazo al asunto.

—Dime, Lexi, ¿sabe alguien más lo del fantasma? Aparte de Bárbara y de mí, quiero decir.

—No. *Esa* me compró unas botas superchulas para que no le contara a papi que íbamos a verte. Después no pude decirle lo del fantasma porque si *esa* se enteraba, fijo que me obligaba a devolvérselas.

—¿Por qué te refieres a Bárbara de forma despectiva?

—¿Cómo? —pregunta, aunque estoy segura de que me ha entendido.

—Nunca la llamas por su nombre. Siempre dices «esa». ¿No te cae bien?

Se encoge de hombros.

—Psé... No sé. Tú me caes mejor.

—Si te cuento un secreto, ¿me prometes que quedará entre tú y yo?

—¡Te lo juro por Justin Bieber! —grita cruzando los dedos frente a mi cara.

Por un instante sopeso decirle la verdad, que su fantasma era un cadáver, pero podría ser peor el remedio que la enfermedad, así que le doy la razón.

—Es cierto que había un fantasma, Lexi, pero ya se ha ido.

—¿Adónde?

—No tengo ni idea —le aseguro negando con la cabeza. Como no se va a conformar con la respuesta, continúo—. Le conté a un amigo lo que me dijiste y bajamos al pasadizo a echar un vistazo. Lo encontramos sentado en una cueva y lo ahuyentamos. Tal vez se fue al cielo.

—¿Ves como yo tenía razón? —Se queda pensativa un instante y vuelve a la carga—. ¿Cómo lo hicisteis?

—Supongo que se asustó al vernos. —Confío en que no insista—. Mi amigo es muy muy feo.

—¡Ah!... Tengo sed, ¿puedo pedir una Coca-Cola?

—No creo que sea buena después del chocolate. Mejor agua mineral.

Lexi, acostumbrada a salirse con la suya, hace una mueca de contrariedad.

—¿Y patatas fritas?

Echo una ojeada a mi reloj. Son las seis. Quedan más de dos horas para la hora convenida con Bárbara, y no se me ocurre qué hacer para entretenerla.

—¿Quieres ir al parque?

Suelta un bufido desdeñoso.

—Eso es para niños pequeños.

—Pues tú dirás qué hacemos. —Hago una tentativa—. ¿Te apetece visitar un museo?

—Quiero patatas fritas y Coca-Cola. ¡Y lenguas de gato!

Llamo al camarero, le pido la cuenta y una botella de agua. El chico aprovecha para retirar las tazas. Miro de reojo a las ancianas de la mesa de al lado. Han resuelto sus diferencias y ahora se dedican a repasar a la parentela de una tal Eustaquia, compañera de su club de bolillos. La mujer tiene una familia de traca que incluye un yerno imputado por estafa, lo cual no les extraña, ya se veía que no era trigo limpio; una nieta que ha salido con medio barrio y un nieto que trapichea no saben con qué. El regreso del camarero con el agua y las patatas y una cajita de lenguas de gato que Lexi le ha pedido a mis espaldas me impide escuchar el capítulo dedicado a la madre.

—Luego no te quejes si te duele la barriga —le advierto tras abonar la cuenta, que asciende a veintitrés euros. Para endulzar el trago, viene con una piruleta de regalo. Por ese precio podían darnos una bolsa entera. Cuando salimos de la cafetería no puedo resistirme a preguntar a Lexi cómo encontró el pasadizo.

—No sé —dice lamiendo la piruleta—. Estaba mirando y de repente la puerta aquella se abrió sola.

—Pero tocarías algo.

—A lo mejor... No me acuerdo. Oye, Nora, ¿me compras rotuladores? Los Reyes Magos me trajeron una caja grande, pero me la he dejado en casa de mami y los necesito para hacer los deberes.

—¿Llevas dinero?

Me mira como si estuviera loca.

73

—Me debes cincuenta euros —le reclamo a Bárbara mientras compartimos una pizza de cuatro quesos y una botella de vino. Mi prima no es precisamente un adalid de la comida sana y mi estómago empieza a resentirse.

—¿Y eso? —pregunta extrañada.

—La cría me llevó a merendar a una chocolatería pija, y te recuerdo que cogí un taxi para ir a buscarla al cole. Da gracias a que luego nos movimos en metro y a que no te cobro los rotuladores ni esta pizza grasienta.

—La mocosa te caló bien.

—No me digas. Pues a ti te sacó unas botas de cien euros.

—Bueno, vale. Dame los tíquets.

—No los tengo.

Bárbara pone los ojos en blanco.

—Pues a ver cómo justifico yo el gasto. Hace calor aquí, ¿no te parece?

—Son tus hormonas, que están alteradas. Mira, olvida el dinero. Además, lo pasé bien con Lexi. Es lista y divertida.

—Y astuta como una zorra. No veas cómo rentabiliza el divorcio de sus padres. Finge que le gustan sus nuevas parejas para sacarles regalos. Por cierto, Nora, he estado hojeando el diario.

Dejo caer el trozo de pizza en el plato. De pronto he perdido el apetito.

—¿Has fisgado en mis cosas?

—No seas tan susceptible. Fui a coger una caja del armario y, sin querer, tiré tu maleta al suelo. El cuaderno salió disparado.

—Ya, claro, me voy a creer que solo le has echado un vistazo.

Frunce el ceño.

—No sé por qué te molesta, si no es tuyo. ¡Quién iba a decir que la arpía tuvo un amante! A saber cuántos secretos guardaba bajo la manta.

—¡Ni te lo imaginas! —exclamo un poco más calmada.

—Me importa un bledo. Aún estoy resentida con ella por la jugarreta de las joyas; si hay justicia divina, arderá en el infierno. Para mí, Cordelia será siempre una bruja que os volvió a todos en mi contra. Sé que te obligó a espiarme cuando me enrollé con aquel chico del pueblo.

Trago saliva. Estaba convencida de que desconocía mi implicación en las artimañas de Cordelia.

—¿Desde cuándo lo sabes? —la tanteo, sorprendida de que haya guardado silencio tanto tiempo.

—Desde el minuto uno. A los doce años no eras precisamente James Bond. El patán y yo nos dimos cuenta enseguida de que nos seguías.

—¿Por qué no dijiste nada?

—Por seguirte el juego. Creía que sentías curiosidad por ver cómo nos lo montábamos. Cuando la vieja me llamó a capítulo comprendí que te habías ido de la lengua.

—Nunca me lo recriminaste.

Bárbara niega con la cabeza y rellena mi vaso.

—Reconozco que al principio me enfadé mucho, ideé mil formas de hacerte sufrir, luego me di cuenta de que Cordelia te habría amenazado o te habría chantajeado con algo. Además, me hiciste un favor, estaba deseando largarme de aquella casa.

En fin, han pasado milenios desde aquello. Olvidémonos de Cordelia, de sus intrigas y secretos. Prefiero que me cuentes los tuyos.

—No tengo ninguno —murmuro.

—A otro perro con ese hueso —se carcajea—. Te estás toqueteando la oreja. Siempre lo haces cuando estás nerviosa. Sé que escondes algo.

—Conoces mi vida al dedillo.

Bárbara arruga la frente.

—Conozco la mierda que tragaste cuando vivías con Ignacio. Me arrepiento de no haberte contado en su día que habíamos follado. Me habrías dejado de hablar una temporada, pero habrías abierto los ojos. No me alegró que te dejara, aunque era un cerdo, te engañaba con cualquiera que se le pusiera a tiro. Admítelo, prima, hacía tiempo que te ahogabas en esa relación, solo que te faltaban arrestos para cortar por lo sano. Cuando fui a verte a Nightstorm te brillaban los ojos. ¡Yupi!, pensé. Por fin ha enterrado el pasado. Ahora vuelves a ser un alma en pena.

Siempre he pensado que mostrarme como soy realmente haría pedazos la armadura que me he forjado con los años. Me quedaría indefensa. Vulnerable. Por eso me esfuerzo en protegerme, vigilo qué partes de mi interior doy a conocer. Ese credo reza también para Bárbara. Sin embargo, es tenaz, no se dará por vencida a las primeras de cambio.

—Cuéntame qué sucedió con Christopher Hamilton. Ya sabes que puedes sincerarte conmigo —insiste, tras una pausa.

La miro suspicaz. Es imposible que tenga la certeza de que pasó algo entre nosotros. Lo más probable es que me esté lanzando el anzuelo, a ver si pico.

—Christopher y yo coincidimos en un lugar durante un tiempo. Punto final. No creo que volvamos a vernos.

—¿Eso es lo que quieres? ¿De verdad?

Me encojo de hombros.

—Bueno, él vive en Nueva York; yo, en Barcelona. No será fácil que nos encontremos por casualidad, y...

—Pero te gusta —me interrumpe.

—... no se puede mantener una amistad a base de correos electrónicos y wasaps —concluyo.

—Pero él te gusta.

—Pareces un disco rayado —protesto—. De todas formas, Christopher no está interesado en mí.

—Sí lo está —afirma vehemente. Por un instante, recuerdo a Naomi.

—Qué sabrás tú, apenas coincidiste con él unos minutos en la lectura del testamento, no cruzasteis ni una palabra.

—El otro día mantuvimos una charla bastante interesante.

—¿Cómo? —Me quedo rígida. Espero haberla entendido mal.

—No sé por qué dices que es arrogante y soberbio. A mí me parece un tipo decente.

—¿A santo de qué hablaste con Christopher?

Noto la garganta reseca pese al vino que he bebido. Tratándose de Bárbara me temo lo peor. Desvía la mirada hacia la botella, se sirve un buen trago antes de responder.

—Quería saber lo que siente por ti, así que le llamé por teléfono.

—¡¿Que hiciste qué?! —Me llevo las manos a la frente—. Tú has perdido la cabeza. No tienes idea de lo que has hecho.

—¡Ni que hubiera cometido un crimen! Tú y yo hemos crecido juntas, somos como hermanas, te conozco muy bien. Sé cuándo eres feliz, cuándo estás enfadada, cuándo te deprimes. He llorado contigo la muerte de tus padres, te he visto languidecer en una relación fracasada, he visto cómo tirabas el dinero confiando tus penas a los loqueros, y no he dicho nada. Sabía que después de toda esa decepción, tristeza y rabia emergerías de tus cenizas como el ave fenicio. Porque eres fuerte.

—El ave fénix —la corrijo.

—Da igual. Lo que intento decirte es que me preocupas. Parece que no hayas aprendido nada de los palos que te ha dado la vida.

—No he venido aquí a que me psicoanalices.

—¡Ni se me ocurriría! Ya sabes lo que opino de esas chorradas. Has venido porque no aguantabas ni a Olga ni a Armand ni a Golfus.

—Arnau y Brutus.

—Lo que sea.

Las palabras de Bárbara me han dolido. Estoy tentada de hacer la maleta y marcharme, pero soy incapaz de moverme.

—No tienes derecho a entrometerte en mi vida —murmuro en voz tan baja que apenas me oigo.

—Si sospecho que una persona a la que quiero lo está pasando mal, hago lo que sea para ayudarla. Aunque se enfurezca y me tatúe la cara con las uñas.

—Te equivocas. Estoy perfectamente —declaro.

—Pues nadie lo diría —me espeta.

—Las apariencias engañan.

—No si observas con atención, y eso lo hago muy bien cuando quiero.

—Y porque piensas que estoy deprimida has hablado de mí con un hombre que apenas te conoce —le recrimino.

—Cuando éramos crías, Christopher pasaba los veranos con nosotras en Nightstorm. Sabe de sobra quién soy.

—Por el amor de Dios, Bárbara, ¡solo coincidimos con él un verano, unos días! Ni siquiera nos prestó atención. Bueno, a mí me tiraba de las trenzas. Sabe que eres mi prima, poco más. ¿Dónde encontraste su número? Deja que lo adivine: en mi móvil.

—¿Por quién me tomas? —Se hace la ofendida—. Llamé a su agencia.

Me tapo la cara con ambas manos mientras muevo la cabeza, desesperada.

—No puedo creerlo —musito.

—Me hice pasar por una reportera de la edición británica de *Vanity Fair* que quería una entrevista. Oye, no habré estudiado una carrera, pero mi inglés es bueno y cuando me lo propongo soy educada. El caso es que una secretaria me contestó que el señor Hamilton ya les había dado una en diciembre. ¡Cómo iba yo a saber eso! Luego me pidió que le diera de su parte no sé qué mensaje al editor; como comprenderás, me faltó tiempo para colgar.

»Volví a llamar impostando la voz y dije que era una prima de Christopher que necesitaba hablar con él por un asunto familiar. Por si acaso añadí que no tenía su número porque me habían robado el móvil. Me pasaron de nuevo con la secretaria y pensé: «Fijo que me reconoce y cuelga», pero coló. Me pidió mi teléfono y me aseguró que le haría llegar mi mensaje. Le di tu nombre.

Mientras la escucho, una oleada de náuseas asciende desde mi estómago. Maridar pizza grasienta con vino barato no ha sido buena idea.

—Ahora viene lo mejor —prosigue—. Al día siguiente, Christopher me llamó.

—¿No le extrañó que no contestara yo?

—¡Claro! Le dije que estabas pasando unos días conmigo, que habías salido y te habías dejado el móvil. Debió de pensar que habías cambiado de número. Entonces me contó lo que pasó entre vosotros.

—No me lo creo. Invéntate algo mejor.

—Vale, era una trola —admite. Hace una pausa como si sopesara qué confesar, lo que me resulta raro porque mi prima no tiene filtros. La espoleo para que continúe.

—Le expliqué que andas mustia desde que volviste de la isla. Bueno..., tal vez añadí que si se había enrollado contigo para luego abandonarte como un trapo viejo, yo misma le cortaría los huevos.

Sus palabras me dejan estupefacta. Bárbara estalla en carcajadas.

—Serás pava, cómo iba a soltarle eso, aunque ganas no me faltaron. En fin, lo que importa es que tú le gustas.

—¿Se lo preguntaste, así sin más?

—No hizo falta. Se interesó por cómo estabas, y yo sé leer entre líneas.

Muerde un trozo de pizza, hace una mueca y lo escupe en el plato.

—Puaj, fría sabe a plástico.

—¿Por qué me complicas la vida?

—Hago lo que deberías hacer tú en vez de lloriquear. Mírate al espejo. Las ojeras te llegan al suelo. Venga, sé sincera, estás loca por ese hombre.

—Vale. Christopher me gusta. Mucho. —Admito—. Pero somos como el agua y el aceite. Incompatibles. Además, le dije cosas horribles.

Mi prima me dedica una sonrisa burlona.

—No te imagino perdiendo los papeles. Eso es más propio de mí. ¿Sabes lo que creo? Que la culpa de todo este embrollo la tienen Cordelia y su maldita mansión. La vieja actuó como la madrastra del cuento de *Blancanieves*. Te regaló una manzana envenenada, le diste un mordisco y ahora te encuentras en una especie de limbo.

—Confundes el cuento. La madrastra es de *Cenicienta*. En *Blancanieves* hay una bruja malvada.

Bárbara pone los ojos en blanco.

—No me corrijas, que por una vez tengo razón. Pues eso, Cordelia es la madrastra bruja, Nightstorm la manzana podrida y tú, Blancatontanieves.

—¿Y quién eres tú? ¿El apuesto príncipe?

—No, ese papel se lo dejo a Hamilton. Yo soy el hada.

—En *Blancanieves* no hay hadas —digo para mosquearla.

—¡Y qué más da! Es mi versión del cuento, y quiero un hada en vez de enanos. La cuestión es que el príncipe te despierte antes de que sea tarde.

Suelto un bufido. Quiero tomarme una pastilla y meterme en la cama. Con suerte, Morfeo me sumirá en un profundo sueño. Quizá mañana me despierte con el coraje suficiente para llamar a Olga y decirle que si quiere vivir con Arnau y su bestia perruna tendrá que mudarse. O mejor, lo haré yo. Va siendo hora de buscar un piso asequible. Quiero zanjar la discusión, pero Bárbara me tiene acorralada como un cazador a su presa.

—Ya es hora de que dejes de esconderte de la vida, Nora. ¿Por qué no sales de tu piscinita y te aventuras en el océano? Nada entre tiburones. Asume riesgos por una puñetera vez.

—A ti no te ha ido muy bien, que digamos.

—Vale, las olas me han tumbado en más de una ocasión y me ha costado salir a la superficie, pero ¿acaso los problemas no forman parte de la vida?

Niego con la cabeza.

—¿Dices que no asumo riesgos? Me he enamorado de Christopher. Es como un campo de minas. Aunque a simple vista no se aprecia el peligro, si doy un paso en falso...

—¡La vida es un campo de minas! Algunos tienen suerte y lo atraviesan sin sufrir un rasguño; la mayoría, en cambio, saltamos por los aires en algún momento. —Se acerca y me coge las manos—. El presente es todo lo que tenemos. Hazte un favor a ti misma, olvida tus miedos, ve a por tu príncipe. No podrá rescatarte con un beso si no acortas la distancia entre ambos.

—¡No puedo! —exclamo—. Si realmente estuviera interesado en mí, me habría llamado.

—¡Mira que eres lerda, prima! Será porque espera que le llames tú, al fin y al cabo diste el primer paso; bueno, en realidad fui yo, pero él pensaba que eras tú. ¡Buf, me estoy liando! Harás algo mejor que hablar por teléfono.

Bárbara alarga el brazo y saca del bolso un folio doblado.

—Le pedí a Javier que se encargara. Si me hubiera ocupado yo, te habría hecho coger tres vuelos para llegar a tu destino. Ya sabes que soy un poco rácana.

Es un billete de ida a Roma. Para esta tarde. Lo agito en el aire.

—¿Me pagas unas vacaciones? Puesta a ser generosa, ¿por qué no al Caribe? No me vendría mal un poco de sol después de tanta lluvia. ¿Y el billete de vuelta?

—Déjate de monsergas. Christopher está en Italia. Haz la maleta. Yo tengo que volver al trabajo.

—Es una pérdida de tiempo —murmuro con una voz apenas audible.

Bárbara alza los brazos en un gesto de frustración. Su camiseta ajustada combinada con unos shorts vaqueros no parece el vestuario más apropiado para la recepción de un prestigioso odontólogo, pero me guardo de expresarlo en voz alta. Espero que le hagan llevar uniforme.

—Ah, ¿sí? ¿Y qué opción te queda? ¿Apuntarte a una página de contactos? Te dije una vez que no encontrarás a los guaperas de los anuncios de la tele. Solo adefesios y salidos a la caza de un polvo rápido.

—Te aseguro que no me interesa...

Su pregunta me pilla desprevenida.

—A ver, Nora, si mañana no despertaras, ¿de qué te arrepentirías?

—No podría arrepentirme de nada si estuviera muerta.

—Hablo en sentido figurado. Supón que palmas mientras duermes y tu alma abandona tu cuerpo para presentarse ante san Pablo.

—San Pedro.

—San Pablo, san Pedro, san Nicodemo, ¡da igual! El caso es que mientras estés esperando a que el santo de turno valore tus méritos para entrar en el paraíso, tendrás tiempo de pensar en lo que te hubiera gustado hacer y, por las razones que fueren, no hiciste. Y no me digas que no te arrepentirás de nada. Cuando llega el momento de hacer balance final, todos nos arrepentimos de algo. Yo, sin ir más lejos, tengo una lista enorme.

—¿En serio?

—Para empezar, me arrepiento de no haberme liado con más tíos.

—Mira que eres bruta —le recrimino, aunque no puedo evitar reírme.

—¡Qué quieres! No soy tan guapa como tú; he tenido que

aprovechar cada oportunidad que se me ha presentado en esta cochina vida por si era la última. También me arrepiento de no haber estudiado, ahora ganaría más dinero y no tendría que aguantar a esas esnobs que vienen a blanquearse los dientes. Y me arrepiento de haberme comprado en el mercadillo los zapatos de leopardo que me provocaron una erupción en los pies. Pero, por encima de todo, siento no haber tenido un hijo.

—No sabía que querías ser madre. —Me ha sorprendido su revelación.

—Pues ya ves. Lo que pasa es que no di con la pareja adecuada y no me atreví a tenerlo sola. Bueno, dispara, ¿de qué te arrepientes tú?

Me encojo de hombros. Mi lista es breve.

—Está bien. Lamento haber perdido siete años de mi vida con alguien que no me merecía. Y siento no haberte contado que cuando Ignacio me abandonó, sufrí un aborto.

Mi prima arruga la frente.

—No tenía ni idea.

—Nadie lo sabía, bueno, con excepción de Patricia, mi excuñada. Se enteró de casualidad. Tú eres la primera persona a quien se lo cuento. Supongo que he empezado a superarlo, o eso espero.

—Pues me alegro por ti. Es decir, lamento lo del crío, pero está bien que dejes atrás lo malo. Y ahora, muévete o perderás el avión. Si cuando vuelva del curro te encuentro aquí, de una patada te envío a colonizar Saturno.

74

La puerta de embarque del vuelo de las 18.30 a Roma está relativamente tranquila. Los pasajeros no llegan al centenar; la mayoría son hombres de negocios que regresan a casa tras un día de reuniones. Por un instante elevo una plegaria a quien corresponda para que cancelen el vuelo. No debería haber dejado que Bárbara me convenciera.

Llevo en el bolso el diario de Cordelia. Me servirá para entretener la hora y media de vuelo y será una excusa plausible cuando Christopher me pregunte qué hago en su hotel.

Tras dejar la maleta en el portaequipajes, busco mi asiento. Es de ventanilla, pero cuando intento decírselo a la oronda mujer que lo ocupa, esta me suelta una parrafada en italiano que me hace desistir. Acabo embutida entre ella y un ejecutivo que nada más sentarse abre su portátil. La italiana se persigna compulsivamente mientras el avión se separa del *finger*.

El comandante anuncia la salida inminente del vuelo y nos informa del tiempo que nos espera en Roma. Soleado pero frío. Una vez consultados varios gráficos, el hombre sentado a mi izquierda guarda el ordenador en su maletín y saca un periódico. La italiana me dice que esta mañana ha sufrido un ataque de ciática y va dopada hasta las cejas. Al menos, eso me ha parecido entender, su vocalización no es precisamente la de una presentadora de la RAI, o sea que podría estar insultando a la compañía aérea por no permitirle subir a bordo un túper con espaguetis carbonara. Respiro aliviada cuando a los cinco minutos de despegar baja la persiana, echa el asiento hacia atrás y se sumerge en un profundo sueño. Al poco rato sus ronquidos pueden oírse desde la cabina de mando. El hombre de mi izquierda la mira furibundo y se inclina sobre mí para levantar la persiana. Lo hace con tan poco cuidado que el diario de Cordelia acaba bajo los asientos de delante. Por lo menos tiene el detalle de recogerlo y disculparse.

Cuando lo abro reparo en unas anotaciones que no había visto antes. Estaban camufladas entre unas páginas en blanco pegadas a la contracubierta. Imagino que el golpe ha ayudado a soltarlas. Las líneas, redactadas con mano trémula, datan del 24 de marzo de 2012. Hay un salto de más de seis décadas entre estas y las anteriores palabras escritas por Cordelia.

> Yo, Cordelia Mary Elizabeth Drummond MacDonald, en pleno uso de mis facultades mentales, me confieso culpable del asesinato de Ross Hamilton, perpetrado la tarde del 24 de octubre de 1945 en esta casa.
>
> Siento que es mi deber dejar constancia por escrito del delito. Solo así pondré freno a las especulaciones que desatará el descubrimiento del cadáver. Naturalmente, tal eventualidad no se producirá mientras yo sea la señora de Nightstorm House.
>
> Mi crimen fue la consecuencia de un odio que me ha torturado y carcomido las entrañas a lo largo de los años. No sabía entonces que la muerte de Ross, lejos de calmar mi sed de venganza, me dejaría el alma desgarrada por un dolor insoportable.
>
> Ross Hamilton fue el único amor de mi vida, y he envejecido junto a él como siempre deseé. Bueno, no exactamente igual, pero la vida no es generosa. Rara vez nos da lo que merecemos. Llegados a este punto, querida Nora, imagino que has empezado a cuestionarte por completo mi equilibrio mental.

Apoyo la cabeza en el respaldo del asiento y observo las algodonosas nubes que el avión va dejando atrás a medida que gana altura. Conocedora de que su vida se apagaba, Cordelia ideó un plan para que yo encontrara sus diarios. Sabía que no la defraudaría. Mi necesidad de ajustar cuentas con el pasado era superior al desprecio que sentía por ella. Continúo leyendo.

Si todo sale conforme he planeado y tú, Nora, has hecho bien los deberes, en este momento tienes en tus manos el último de una serie de tres diarios que recogen el episodio más feliz, y al mismo tiempo más trágico, de mi vida.

Considera mis palabras una especie de testamento vital. Sé que no me decepcionarás; tampoco lo hará mi sobrino nieto, Christopher, un hombre fuerte y el vivo retrato de su abuelo Ross. He podido constatarlo a través de los recortes de prensa. En las estanterías más altas de la biblioteca encontrarás sus libros y algunos álbumes con lo que he recopilado sobre él. Aunque nunca conseguimos llevarnos bien y no ha querido saber nada de mí, me inclino a pensar que mi dureza contribuyó en buena medida a forjar su carácter.

Ruby, otrora mi doncella de confianza, me ayudó a ocultar el cuerpo de Ross. Seré parca en detalles, puesto que, llegado el momento, los conocerás de su boca. Hace decenas de años que no hablamos, aunque siempre ha existido un vínculo entre nosotras. ¿Por qué crees que empleé a su hija a mi servicio? Albergaba la esperanza de que Melva hiciera de puente entre tú y su madre. Confío en no haberme equivocado. En tal caso, todo habrá sido una pérdida de tiempo y tú no tendrás en tus manos el magnífico collar de diamantes. No te ilusiones, querida, no se trata de un regalo. No es mi intención traspasarte la desgracia que mi padre trajo a esta casa llevado por su codicia.

No tuve conocimiento de la maldición que se cernía sobre mi familia hasta poco antes de su fallecimiento, cuando en su lecho de muerte me habló de un crimen y me pidió que me deshiciera del collar. No tuve el valor de atender su demanda.

Mi padre compró los diamantes en Australia, por un precio irrisorio, al capataz de una mina. Al parecer, este había pillado a un par de aborígenes robando uno. En lugar de denunciarlos, lo que no le reportaría ningún beneficio, decidió chantajearlos. Si no querían ver arruinadas sus vidas y las de sus familias, cada día deberían robar un par de diamantes para él. Por supuesto, la mina estaba vigilada, la única forma de sacar los diamantes sin ser pillados era tragárselos. A medida que pasaba el tiempo, la ambición del capataz fue en aumento y empezó a exigirles más piedras. Un día, uno de los aborígenes descubrió un diamante singular. Era rosa y demasiado grande para que le bajara por la garganta, pero el capataz lo obligó a engullirlo. Cuando murió asfixiado, no dudó en rajarle el cuello.

Poco después, la viuda del aborigen siguió al capataz hasta el hotel donde se alojaba mi padre. Irrumpió en su habitación mientras negociaba y los maldijo a ambos. Desconozco qué suerte corrió aquel hombre en la vida, la nuestra de sobra la conoces.

Mi padre no creía en maldiciones. Las consideraba supercherías propias de indígenas analfabetos, pero bien sabe Dios que desde el día en que aquella mujer se cruzó en su camino ningún miembro de mi familia ha conocido la felicidad, o no la ha mantenido largo tiempo. La primera que sucumbió al mal fue mi madre. Pocos años después de que papá mandara engarzar las piedras en un espectacular collar, que le regaló con motivo del nacimiento de Eilean, empezó a mostrar síntomas de depresión. Yo era muy joven entonces, pero recuerdo que permanecía encerrada en su dormitorio durante días, negándose a comer y confundiendo a los criados y a mí misma con comentarios extraños. Depresión posparto, le habrían diagnosticado hoy los médicos, pero mi padre intuía que era más que eso. Una noche subió a darle las buenas noches y la encontró muerta. Junto a su cama hallaron veneno para ratas. ¿Te imaginas el calvario que debió de padecer hasta que su vida se apagó? Naturalmente, la versión oficial fue una enfermedad de la sangre. La señora Brown respetó nuestra decisión y guardó silencio, fiel a nosotros hasta su muerte.

No te dejes seducir por su brillo, Nora, haz lo que debería haber hecho yo. Tira el collar al mar o cava un hoyo profundo en la tierra y entiérralo para que nadie lo encuentre.

Volviendo a mi confesión, reconozco que fue un acto egoísta recurrir a Ruby, pero ¿en quién más podía confiar? Ella mantendrá el secreto hasta que llegue el momento de revelártelo.

Me he preguntado en infinidad de ocasiones si podría haberlo hecho sola. Tal vez. A diferencia de mi hermana, nunca fui débil, y es bien cierto que si la necesidad obliga, la naturaleza nos dota de fuerzas insospechadas.

Sí. Habría sido capaz de arrastrar el cadáver de Ross por el pasadizo, pero Ruby había sido testigo de mi felicidad y fue cómplice de mi posterior humillación y desgracia. Justo era que presenciara también el canto de cisne de Ross Hamilton.

Jamás olvidaré la expresión de su rostro cuando vio el cuerpo inerte junto a la chimenea. Ruby, aquel animalillo triste y maltratado. Incluso limpió la sangre de la alfombra.

Aquella noche juramos no volver a vernos. Cuando me enteré de que su marido había muerto, la acompañé mentalmente en su celebración silenciosa. Ruby, al igual que yo, mantiene a la parca a raya. Eilean, en cambio, murió en la flor de la juventud y llena de belleza. Te preguntarás si sentí su pérdida. En aquel momento la odiaba demasiado, aunque me hice cargo de su hijo. Era igual que Eilean. Es curioso, pero, con el paso del tiempo, ya no me resulta difícil pronunciar el nombre de mi hermana.

Con estos párrafos me despido de mis recuerdos. El dolor que siento en las articulaciones es atroz, apenas puedo sostener la pluma. Me consuela saber que en breve abandonaré este mundo. Nada me haría más feliz que ser enterrada junto a Ross, aunque me temo que es un sueño imposible, por razones obvias. Hace tiempo que no lo visito. Necesito ayuda para caminar y no puedo arriesgarme a que alguien descubra mi secreto. Tres personas solo podrán guardar un secreto si dos de ellas han fallecido, escribió Benjamin Franklin.

En lo que a ti respecta, Nora, ojalá que en el amor hayas tenido más suerte que yo y que Ruby. Ojalá no te hayas convertido en una mujer con cicatrices en el alma. Si así fuere, no desesperes. Siempre hay esperanza. Busca en tu corazón la fortaleza para escribir el último capítulo de esta historia y rubrícalo con un final feliz. Y, aun a riesgo de que sea demasiado tarde, concédeme el perdón que debí pedirte hace mucho tiempo.

No me queda más por decir, solo rogar para que Ross, allá donde esté, comprenda que todo lo que hice lo hice por amor.

Cuando termino de leer, las lágrimas surcan mis mejillas. Pese al dolor que me causó Cordelia, no puedo evitar sentir lástima por ella y su desdichada vida. Alzo la cabeza al oír la voz de la azafata.

—Abróchese el cinturón, por favor. Aterrizaremos dentro de unos minutos. ¿Se encuentra bien?

—Perfectamente, gracias —respondo limpiándome las lágrimas con el dorso de la mano.

En cuanto salgo del aeropuerto Leonardo Da Vinci, al sur de la capital, llamo a Christopher. El corazón me palpita de forma incontrolada y me falta el aire a causa de los nervios.

—Pronto?

Convencida de que me he equivocado, vuelvo a llamar, pero contesta la misma voz femenina. Si fuese lista, compraría un billete de vuelta a Barcelona. Me limito a colgar el teléfono.

«¿Vas a actuar como una gallina ahora que has llegado hasta aquí? Tu prima tiene razón, eres cobarde», me echa en cara la voz de siempre. Vale, no pasa nada, me digo a mí misma para infundirme ánimos, si está con otra no es asunto mío. Le doy lo que es suyo y regreso a casa. Luego haré todo lo posible para olvidarme de él.

75

Mientras atravieso el vestíbulo del hotel trato de no dejarme intimidar por las impresionantes arañas de cristal que reflejan sus haces multicolores sobre las losetas dispuestas en damero. En este gran tablero de ajedrez me siento como un peón a punto de ser pisoteado por un caballo. Un espejo me devuelve mi imagen gritándome en silencio que este no es mi lugar.

La inseguridad y el miedo me han acompañado a lo largo del recorrido en taxi desde el aeropuerto hasta la via Vittorio Veneto, la avenida serpenteante que alberga los mejores hoteles de la ciudad. Hoteles como el Westin Excelsior, donde se aloja él.

Me dirijo al mostrador dispuesta a afrontar el minucioso escrutinio de los recepcionistas. «Lo sé —les contesto con los ojos—, no llevo un bolso de marca y el precio de mi abrigo apenas llega a los cien euros». Pero lo cierto es que el hombre que me atiende no puede ser más amable. Quizá estos reparos sean solo imaginaciones mías. Hace tiempo que los hoteles de lujo dejaron de ser territorio exclusivo de ricos y aristócratas. Incluso los más suntuosos han tenido que rendirse a los paquetes de viajes con todo incluido. De repente oigo una voz familiar.

—¡Eleonora!

Es absurdo fingir sorpresa, así que me giro y lo saludo con naturalidad.

—Hola, Christopher.

—¿Te alojas aquí?

—No, en realidad... estoy de paso, he venido a darte... —titubeo mientras saco el diario del bolso y lo pongo en sus manos.

—¿Has venido hasta Roma para traerme esto? —Enarca las cejas—. Podías haberlo enviado por correo a la editorial.

Este viaje ha sido un error. Para disimular mi turbación, me sumerjo en un análisis exhaustivo de mis zapatos. Pasados unos segundos, el silencio se hace insoportable, no me queda otra que enfrentarme a la mirada inquisitiva de Christopher. Reparo en que a su lado hay una chica joven, guapa y esbelta, con el cabello castaño cortado a lo pincho, un peinado difícil que le otorga un aspecto pícaro. Luce mallas negras y un chaquetón de cuadros rojos y grises que proclama a los cuatro vientos su diseño italiano. El aguijón de los celos me inyecta una dosis de veneno. Verlos juntos me reafirma que he cometido una equivocación al viajar a Roma. Quiero dar media vuelta y salir corriendo, pero mis piernas se niegan a obedecerme.

—Bueno, como he dicho, estoy de paso en la ciudad, así que... —Me aturullo ante la mirada divertida de Christopher. Es evidente que no cree una palabra, pero tiene el detalle de no demostrarlo. Ni siquiera ha alzado una ceja, ese gesto suyo tan expresivo como enervante. Lejos de mostrar cinismo, parece decidido a facilitarme las cosas.

—Estás aquí por trabajo, imagino.

—Sí, más o menos.

Christopher se vuelve hacia su acompañante.

—Te presento a Giorgia Meroni. Eleonora es una amiga de Barcelona.

Tras los besos de rigor, la chica declara en un vacilante castellano su amor incondicional a mi ciudad.

—*Mi scusi* —dice antes de dirigirse, erguida como una jirafa, hacia la recepción. ¿Por qué todas las amigas de Christopher parecen haberse tragado el palo de una escoba?

—¿Hablas italiano? —le pregunto por entablar conversación.

—Sé decir: *prego*, *grazie*, *buon giorno* y *caffè macchiato*. ¡Ah!, también: *il conto per favore*. Resultan útiles en los restaurantes. A propósito, me disponía a salir a cenar. ¿Me acompañas?

—No sé, tal vez deberías preguntarle a Giorgia si no le importa.

Me mira perplejo.

—Bueno —me apresuro a explicarme—, cuando te he llamado por teléfono ha contestado ella, he supuesto que...

—¿Por qué no iba a hacerlo? —me interrumpe.

Y yo qué sé. ¿Quizá porque Giorgia tenía previsto cenar a solas contigo y le he estropeado el plan?, quiero gritar. Y entonces sus palabras son música para mis oídos.

—Giorgia trabaja en la editorial que publica mis libros en Italia. Me echa una mano con el idioma. La mitad de los archivos que consulto están en italiano.

—¿Has empezado a escribir otra novela?

—Estoy en fase de documentación. En Nueva York me ayuda un estudiante de historia, aquí tengo que apañármelas solo. Por suerte, cuento con Giorgia.

—¿Hay gente que investiga para ti? Pensaba que eso formaba parte del trabajo de un escritor.

—Mi trabajo es ofrecer a los lectores una buena historia.

—¿Transcurre en Roma?

Asiente con la cabeza.

—En parte. No sé tú, pero yo me muero de hambre. Vamos a dejar tu maleta.

Frunzo los labios. Como no me invite a quedarme en su habitación, me veo durmiendo en un cajero. Suponiendo que quede alguno libre.

—No me alojo aquí. A decir verdad, aún tengo que buscar hotel —admito con cierta vergüenza—. He venido directa desde el aeropuerto.

—¿Tu periódico no te reservó habitación? —pregunta irónico—. No importa, yo me ocupo.

Intenta coger la maleta, pero me adelanto.

—Antes quiero arreglarme un poco.

Giorgia regresa a tiempo de indicarme la ubicación de los aseos.

Las dudas que me asaltaron frente el espejo del baño se esfuman cuando veo la expresión de Christopher. Y no solo la suya. El espectacular vestido de lentejuelas no le ha pasado desapercibido a ninguno de los huéspedes que pululan por el vestíbulo del hotel.

—¡Impresionante! —exclama Christopher mirándome de arriba abajo. Como no hace más comentarios, dudo que lo haya reconocido.

—Gracias —musito con timidez—. Igual es un poco excesivo.

—Nada es demasiado para la noche romana.

Él lleva vaqueros, jersey de cuello alto y una chaqueta de cuero, pero no desentonamos. Coge la maleta de mis manos y se acerca al mostrador. Con el rabillo del ojo le veo poner unos billetes en la mano de un recepcionista.

—Aquí el clima es más agradable que en Escocia —comenta poniéndome el abrigo sobre los hombros—, pero en primavera las noches son frescas. ¿Damos un paseo antes de cenar?

Mi prima me mataría si me viera caminando por los adoquines de las calles romanas con sus sandalias nuevas. Se las he cogido sin decirle nada. Si todo sale bien, mañana le compraré otras. De Jimmy Choo.

—Lástima que el foro esté cerrado. Siempre que vengo a la ciudad me acerco a visitarlo, es como dar un paseo por la historia —dice Christopher cuando cruzamos la via dei Fori Imperiali.

—Yo lo visité hace años, con amigos de la universidad. Por aquel entonces me interesaba poco la Domus Flavia.

—¿Qué es? ¿Un lupanar de la época? —me pregunta mirándome con la ceja izquierda ligeramente arqueada. No sé si me toma el pelo o habla en serio.

—Se supone que son las ruinas de una casa patricia —lo informo—, pero, ya que lo dices, es posible que fuera un burdel. Me hice una foto en la entrada. Y otra junto a la tumba donde, según la leyenda, está enterrado Rómulo; también tengo fotos en la casa de las vestales y en el templo de Julio César. Lo que se espera de los turistas.

—En mi primera visita compré un catálogo con láminas superpuestas que permitían ver cómo era el foro en la Antigua Roma.

—Ah, sí. Me pareció caro. Luego me gasté el doble en una estatuilla de Paulina Borghese que acabó descabezada antes de llegar a casa.

—En los puestos callejeros hay que regatear.

—Yo no valgo para eso. En Marruecos pagué quince euros por un cuenco que no valía ni tres. Cuando mi prima se enteró le formó tal escándalo al vendedor que logró que le devolviera el dinero.

Christopher sonríe de buena gana.

—Sois las clientas ideales para los mercaderes de un zoco.

Al final de la vía divisamos la silueta iluminada del Coliseo. Las sandalias de Bárbara no son cómodas, una de las cintas me está dando la noche.

—El Coliseo, también conocido como anfiteatro Flavio —me explica cuando nos detenemos frente a uno de sus arcos—. Se cree que debe su nombre al monumental tamaño de su estructura, aunque algunos historiadores afirman que proviene de la estatua de un coloso que se erigía al lado y que fue retirada en la Edad Media.

—Se conserva bastante bien —afirmo admirándolo.

—Un terremoto derrumbó aquella parte. —Christopher la señala, dirigiendo mi atención hacia el extremo sur de la edificación—. Pero el ser humano también ha colaborado en su destrucción. Hasta que, en el siglo XVIII, Benedicto XV lo consagró como lugar sagrado, el Coliseo servía de cantera.

—He leído que Napoleón utilizó las pirámides como campo de tiro durante la campaña de Egipto. Al parecer se lio a cañonazos contra la esfinge de Gizeh porque tenía fobia a los gatos. ¿A ti Gizeh te parece un gato?

Mi pregunta le divierte tanto que empiezo a pensar si habré dicho una estupidez.

—En realidad, la esfinge había perdido la nariz mucho antes de que Napoleón invadiera Egipto. También se ha dicho que fueron los árabes quienes desplegaron su ira contra Gizeh. La mayoría de los expertos coinciden en que más que la mano humana, la causante de los estragos fue la erosión natural causada por el paso del tiempo.

—Dudo que resulte tan impactante como el Coliseo de noche.

—Si Roma quedara sumida en el silencio unos minutos, escucharíamos los lamentos de los cristianos masacrados aquí durante el periodo imperial. Es una leyenda urbana, obviamente.

—Mi madre soñaba con venir en Semana Santa y asistir a una audiencia pública del Papa. Por desgracia, nunca pudo hacerlo —digo con cierta tristeza.

—Una vez acudí a un viacrucis de Jueves Santo dirigido por Juan Pablo II. Me impresionó la solemnidad del acto y los miles de fieles congregados.

—¿Seguiste el ritual? —Lo miro, escéptica—. Si tú no eres católico.

Christopher se encoge de hombros.

—Tampoco soy budista y he ido a ver al Dalai Lama. Que no profese culto alguno no significa que no manifieste interés por las religiones. Eleonora, ha llegado el momento de coger un taxi. Estas sandalias que llevas son bonitas, pero poco adecuadas para callejear por Roma.

76

Los italianos, al igual que los españoles, tienen un elevado concepto de su gastronomía, así que no me molesto cuando el *maître* del restaurante nos canta las excelencias del menú sin darnos tiempo a ojearlo. Insiste en que tomemos un *primo* y un *secondo*. Y para beber, chianti.

Ignoro las advertencias de Christopher y me atrevo con los *spaghettini all'amatriciana* y la *spigola*. Él pide una ensalada *caprese* y un filete poco hecho, aderezado con vinagre balsámico.

Mi plato tiene un aspecto inofensivo, pero la salsa de tomate esconde una notable cantidad de guindilla. En cuanto pruebo el primer bocado, la garganta me quema como si hubiera tragado ascuas.

—No digas que no te avisé —se mofa Christopher pinchando con el tenedor una rodaja de tomate con mozzarella fresca y albahaca.

Me bebo la copa de agua de un trago y vuelvo a llenarla.

—Come un poco de pan —dice acercándome la panera.

—Caray con la salsa *amatriciana*. —Me limpio las lágrimas con la servilleta procurando que no se me corra el rímel.

—No tienes que acabarte el plato, si no te ves capaz.

—¡Por supuesto que sí! —respondo desafiante.

Poco después, el camarero deposita ante mí una lubina con guarnición de verduras caramelizadas. Mi aprensión inicial desaparece tras saborear la exquisita ligereza de su textura.

—El vestido de Ruby te sienta muy bien. ¿Qué te apetece de postre? —me tienta Christopher con una mirada cargada de intención. Desvío los ojos hacia el carrito de las tartas para ocultar mi turbación.

—No creo que pueda comer más.

—Este no es el mejor restaurante de Roma, pero sus postres no tienen rival. Y a ti te encanta el dulce.

De forma inconsciente me paso la lengua por el labio superior. Lleva razón, los pasteles son muy apetitosos.

—¿Qué vas a pedir tú? —le pregunto mientras trato de decidirme.

—Eleonora, el postre que me apetece realmente no se encuentra en ese surtido. —Su enigmático tono de voz no oculta el doble sentido de la respuesta. La guindilla me ha subido tanto la temperatura corporal que daría lo que fuera por tener a mano un abanico.

—Creo que... pediré un helado —acierto a farfullar.

El camarero aparece para retirar los platos. Minutos después nos ofrece la carta de postres. Sin mirarla, Christopher pide *caffè macchiato* y un helado de mango y mandarina.

—¿No quieres probarlo? —lo invito cuando el camarero deja frente a mí una copa con tres bolas anaranjadas decoradas con hojitas de menta y nata.

Me observa por encima de su taza. Tras dejarla en el platillo, suelta:

—Así que quieres subastar el collar.

Si estuviera comiendo pastel de nueces, me habría atragantado. ¿Era pedir demasiado que Naomi mantuviese la boca cerrada?

—Me hubiera enterado igualmente —añade. Su tono es calmado, pero está enfadado y me lo hace saber—. ¿Por qué has actuado a mis espaldas? ¿Tienes idea del valor de esa joya?

Lejos de amilanarme, dejo la cuchara en el plato y me encaro con él.

—¡Pues claro! Naomi se encargó de notificármelo mientras me tachaba de loca. Pensé que no te darías cuenta, que unos cuantos miles de libras pasarían desapercibidos en el montante final de la subasta.

Enarca una ceja, incrédulo.

—¿Naomi te dijo que valía solo unos cuantos miles?

—No exactamente. Aseguró que era muy valioso, pero no especificó cuánto.

—Eleonora, te lo señalé la última vez que hablamos del asunto, ¿recuerdas? Supongo que no me escuchaste. Podría alcanzar los veinte millones.

—¡¿Veinte millones?! ¿De libras?

—Puede que más, depende del número de interesados que haya en la puja. Deberías haberme consultado antes de lanzarte.

—Dijiste que no querías el collar —le recuerdo.

—¡Y no lo quiero!

—Entonces ¿qué más te da? Está maldito y mi vida ya es bastante difícil.

Christopher entorna los ojos y emite un bufido.

—¿Sigues creyendo esa patraña de la maldición? ¡Joder! Ahora me dirás que los elfos fabrican juguetes durante todo el año para que Santa Claus los reparta en Nochebuena.

Hago un gesto despectivo.

—No me tomes por estúpida. Yo solo creo lo que veo y lo que he leído en los diarios de tu tía. Desde que la mujer aborigen maldijo a tus antepasados, el infortunio ha perseguido a tu familia. Es una realidad innegable —apostillo con seguridad.

—A mí no me va nada mal —dice airado.

—Porque el collar no ha acabado en tus manos.

—De acuerdo, supongamos que esa mujer maldijo a mi bisabuelo y a sus descendientes. —Christopher se inclina hacia delante y cruza las manos sobre el mantel—. O mejor dicho, a los diamantes y a sus propietarios. Supongamos que todo aquel que posea el collar está condenado a ser infeliz o a acabar loco o asesinado. Si lo subastas, transmitirás la maldición a un inocente.

—La alternativa era tirarlo al mar o enterrarlo.

—Me importan poco los motivos que tuviera Cordelia para esconder el collar en un cuadro y escribir luego una carta exigiéndote que quemes Nightstorm y te deshagas de la joya. Si la vieja arpía quería destrozarte la vida, lo está consiguiendo. Mira adónde te ha conducido su obsesión: a desprenderte de un collar que vale una fortuna. Eleonora, olvídate de esa chorrada de la maldición y quédate el dinero. Te solucionará la vida.

—¿Qué...?

—Según las condiciones del testamento —prosigue él—, la suma obtenida en la subasta de los bienes de Nightstorm, incluido el collar, será destinada a obras benéficas. Una vez que el dinero sea transferido a la cuenta bancaria, no verás un céntimo, aunque cambies de opinión.

—¿Qué haría yo con veinte millones de libras?

—Como mínimo.

—No sabría gestionar tanto dinero.

—Para eso están los bancos y los asesores fiscales. Le diré a Naomi que retire el collar, al menos hasta que te hayas decidido —dice sacando el móvil de su chaqueta. Alargo la mano para impedírselo.

—¡Ni se te ocurra! El collar se subasta. El dinero recaudado ayudará a los necesitados. De ese modo, el bien prevalecerá y la maldición perderá su poder. Estoy convencida.

Christopher asiente resignado. Mi alocución ha debido de sonarle a sermón dominical.

—Admiro tu altruismo. Conozco a pocas mujeres que prefieran pasar apuros económicos pudiendo tener una cuenta saneada. ¡Qué diablos! No conozco a ninguna.

—Gracias. Tema zanjado. —Es hora de sacar a colación otro asuntillo—. Por cierto, ¿recuerdas el camafeo que el príncipe Estuardo regaló a Flora? Solo por curiosidad, ¿qué cifra podría alcanzar en una subasta?

Si le ha sorprendido mi pregunta, no lo da a entender.

—El valor de esa pieza es incalculable.

—¿Dónde crees que se encuentra?

—Cuando me lo preguntaste la otra vez te contesté que se desconoce su paradero. Puestos a hacer conjeturas, dije que tal vez alguien lo perdió en una partida de cartas o se lo regaló a una amante. O quizá esté en manos de alguna prima en quinto grado de Cordelia. Los MacDonald son un clan amplio, aunque no tengan relación.

—¿Tu tía nunca lo mencionó? —lo tanteo con cuidado.

—No, que yo recuerde.

—Ruby nos habló de un camafeo. Lo llevaba Eilean en el cuello la noche de su fiesta de cumpleaños.

—¿Y?

—Se me ha ocurrido que tal vez fuera el mismo.

—No lo creo. En los años treinta los camafeos eran un adorno muy común.

Los hombres sin cerebro tienden a pensar que son más listos y perspicaces que cualquier mujer. Christopher es inteligente y sagaz. Por eso me sorprende que no atara cabos cuando Ruby nos habló del camafeo. Estoy segura de que es el del príncipe Estuardo. Lo he tenido en mis manos, he leído la inscripción. Sigo insistiendo en el tema, confiando en que, de un momento a otro, verá la luz.

—De acuerdo, pero... imagina que un día llegase a tus manos de forma inesperada —aventuro llevándome a la boca la última cucharada de helado. Su deliciosa textura, fría y suave, se desliza por mi garganta como seda líquida.

—Lo veo difícil. ¿A qué viene ese repentino interés por el camafeo?

—¡Curiosidad! —exclamo—. Tenías razón. El helado estaba riquísimo.

Por unos instantes me observa con los ojos entornados. Sospecha que le oculto algo. La culpa es mía. No se puede abrir la caja de los truenos sin hacer un poco de ruido.

La aparición del camarero me libera de responder más preguntas. Tras agradecerle las copas de grapa, detalle del restaurante, Christopher saca su American Express platino. Un hombre alto y corpulento, vestido con la elegancia que distingue a los italianos, reclama su atención. El dueño del restaurante no podía haber elegido mejor momento para acercarse a saludar.

La tensión de los últimos días, la emoción de estar con Christopher y el alcohol ingerido durante la cena hacen que me adormile en cuanto me acomodo en el taxi. Una mano me sacude con cuidado el hombro.

Hemos llegado al hotel.

La certeza me despierta bruscamente: no tengo dónde dormir.

Avanzo titubeante hacia la recepción. La factura dará un buen mordisco a mis ahorros, pero es tarde para buscar un hotel modesto. Mientras saco la tarjeta de crédito veo que el recepcionista le entrega algo a Christopher. Tardo unos instantes en reconocer el diario de Cordelia.

—Ya han subido tu maleta —me informa.

—No voy a dormir contigo.

—Eleonora, en mi suite hay espacio de sobra. No seas terca, apenas te tienes en pie. Además, ya te he visto desnuda —concluye en un tono de voz sarcástico que causa regocijo entre los clientes que esperan su llave—. Claro que si prefieres dormir en la calle...

—Está bien, tú ganas —mascullo, incapaz de rebatir sus argumentos—. Pero dormiré en el sofá.

—Como gustes —me responde riéndose.

En el ascensor, un hombre cuyo rostro me resulta familiar me mira de arriba abajo con lascivia. Christopher me pasa el brazo por los hombros con un gesto protector. Las llamas que hace un rato me quemaban las entrañas se avivan. La acompañante del baboso, ataviada con un vestido que deja escaso margen a la imaginación, no aparta los ojos de Christopher ni cuando el ascensor se detiene en su planta y el tipo la arrastra fuera.

—Si metes la mano en el bolsillo de la chaqueta seguro que encuentras su teléfono —refunfuño—. Eres más apetecible que el sapo que tiene por marido.

—Eleonora, hasta la fecha jamás he tenido que pagar por echar un polvo.

—¿Esa mujer es puta? —voceo, los ojos en blanco.

—Ningún hombre con clase manosea en público a su esposa ni a su novia. Es de pésimo gusto. ¿En serio no lo has reconocido?

—He visto su cara en algún sitio, pero... —Me susurra un nombre al oído—. ¡Anda ya! Ese tipo sale en las revistas con su familia. Cuando se lo cuente a Bárbara, va a alucinar.

77

Acostumbrada a la majestuosidad decadente de Nightstorm House, la suite Grand Luxe no debería impresionarme, pero es imposible no rendirse a su encanto. Tiene más metros que el piso de Bárbara, y la decoración combina tonos grises y vainilla en un comedido alarde de elegancia.

—No me importaría instalarme aquí de forma indefinida —comento asomándome al balcón—. Si pudiera pagarla, claro.

—La suite Imperial es aún mejor, si te van los doseles.

—No mucho. Antes lo he dicho en serio. Dormiré en el sofá.

Para dejar constancia de mi resolución, cojo la maleta y me encamino a la sala de estar. Christopher me sigue y toma asiento en el sofá. Cuando da unas palmadas en la tapicería gris marengo, me acerco obediente.

—En Nightstorm dijiste que no volverías a tener nada conmigo hasta que el infierno se congelara o algo por el estilo. Tranquila, capté el mensaje.

Escuchar esas palabras de su boca hace que me avergüence de haberlas pronunciado.

—Aquella noche fue muy dura para mí —prosigue sin dejar de mirarme a los ojos—. Descubrir que Cordelia había asesinado a mi abuelo, encontrarlo en el pasadizo, tener que enterrarlo... Luego regresé para disculparme, pero tú...

Christopher coge uno de mis rizos y lo entrelaza entre sus dedos.

—Siento lo que te dije, estaba harta de tus burlas.

—Jamás me he burlado de ti. Me resulta fácil mostrarme encantador con las mujeres que no significan nada. Contigo, sin embargo... Estos sentimientos son nuevos para mí y... bueno, no estoy seguro de saber gestionarlos.

El corazón me da un vuelco.

—Naomi piensa que soy peligrosa para sus intereses. Está loca por ti —murmuro. Sé que lo negará.

Christopher frunce el ceño.

—¿Te ha ofendido de algún modo?

—En absoluto. Sinceramente, después de hablar con ella la bolsa de mi autoestima subió varios puntos.

—Entonces ¿crees que podrías olvidarlo todo y darme una oportunidad? —me pregunta al cabo de unos segundos. Me complace percibir un deje de ansiedad en su voz.

—Claro. Y, puesto que empezamos de cero, tengo que confesarte una cosa; bueno, dos. —Intento adoptar un tono serio, lo que no resulta fácil, pues se ha llevado mi mano a los labios y está besándome los dedos uno a uno.

—¿A qué te refieres?

—No he venido a Roma por trabajo.

—Lo suponía.

Deja los dedos y se centra en la muñeca. Cuando su boca llega a la altura del codo, me quedo sin aliento.

—¿Qué más?

—Bueno —titubeo—. Lo de no acostarme contigo...

Christopher acaba la frase por mí:

—Tampoco era verdad.

Hacía tiempo que no dormía del tirón, y sin tomar pastillas. Apenas son las seis de la mañana, pero me levanto sin hacer ruido y descorro ligeramente las cortinas. Debido al insomnio, me he acostumbrado a disfrutar del amanecer, ese momento mágico en que la luna se oculta con parsimonia y deja paso al nuevo día.

La via Veneto sigue sumida en un plácido letargo. Posiblemente sea la calle más famosa de Roma, aunque su esplendor actual poco tiene que ver con el de los años cincuenta, cuando se convirtió en paradigma de la *dolce vita*. Casi estoy esperando ver a Anita Ekberg y a Marcello Mastroianni doblando la esquina camino de la Fontana de Trevi para revivir una de las escenas más famosas de la historia del cine. Hacia el final de la via diviso la Porta Pinciana, que conduce a Villa Borghese. Me entran ganas de vestirme y salir a recorrer los jardines. Intentaré convencer a Christopher de que se tome el día libre.

Saco el bolso de la maleta. Lo guardé anoche tras comprobar que su practicidad andaba reñida con la sofisticación de mi vestido.

Christopher, todavía dormido, se revuelve en la cama. Sigo sin creerme que esté conmigo. Me parece que me muevo sumida en la ilusión propia de un sueño del que despertaré bruscamente para enfrentarme al lecho vacío. Un rato después, los primeros rayos de sol bañan la estancia. Trato de atajarlos cerrando las cortinas, pero él ya ha abierto los ojos.

—Siento haberte despertado. Quería ver amanecer.

—No importa. ¿Has disfrutado de las vistas?

Afirmo con la cabeza.

—Desde aquí son espectaculares.

—Vuelve a la cama.

—He pensado que hoy podrías olvidarte del trabajo y enseñarme la ciudad.

—Creí que ya la conocías.

—La otra vez solo estuve un par de días. No me dio tiempo a ver casi nada —le explico volviendo al calor de las sábanas—. Además, no tenía un guía tan bueno como tú. Igual hasta se me ocurre una idea para un reportaje.

—Me has convencido. Te llevaré a ver mis rincones favoritos. Incluso meteré la mano en la Bocca della Verità para que pongas a prueba mi sinceridad.

—¿Te arriesgarías a quedarte manco? Por cierto, casi lo olvido. Tenía pensado dártelo luego, pero la paciencia no es una de mis virtudes.

Al ver el llamativo envoltorio dorado, Christopher esboza una sonrisa.

—Son restos de papel navideño que encontré en casa de mi prima. Es como las urracas, le gusta todo lo que brilla.

—Te has adelantado un día. Mi cumpleaños es mañana —declara.

Lo miro de hito en hito. No lo sabía, pero no me importa marcarme un tanto.

—Felicidades por anticipado.

Él arquea las cejas.

—Una mujer supersticiosa como tú debería saber que abrir los regalos antes de tiempo trae mala suerte.

—¡Ábrelo de una vez! —refunfuño.

A lo largo de mi vida he hecho infinidad de regalos. Algunos han alegrado a sus destinatarios y otros les habrán despertado el deseo de utilizarlos como proyectiles contra mi persona. En este caso, sé que he acertado cuando veo la emoción reflejada en los ojos de Christopher.

—¿Dónde... dónde lo has encontrado? —murmura sin apartar la mirada de la exquisita pieza tallada.

—En un compartimento oculto del secreter de Cordelia.

—Mira que llegaba a ser retorcida.

Me apresuro a sacarlo de su error.

—Ella no sabía que estaba allí. Murió creyendo que su hermana se había llevado el camafeo. Se lo prestó a Eilean para que lo luciera en su fiesta de cumpleaños. Ruby tenía que devolverlo al joyero, pero no lo hizo por miedo a que Cordelia descubriera su complicidad con la huida de Eilean. Decidió esconderlo ahí dando por hecho que lo encontraría tarde o temprano.

—El secreter es una de las piezas inventariadas para la subasta. El camafeo podría haberse perdido para siempre —se lamenta Christopher.

—Lo encontré por casualidad. Estaba registrando el mueble en busca de los diarios y debí tocar algún resorte. Imagino que tu tía desconocía que tuviera un compartimento oculto.

—Es fantástico. Tenías razón al sospechar que el camafeo del que habló Ruby podía ser el del príncipe Estuardo. ¿Cómo no caí en la cuenta?

—Estabas tan fascinado con la historia de tu familia que pasaste por alto los detalles. Al principio, yo tampoco lo reconocí, luego recordé lo que me habías contado sobre Carlos y Flora. El camafeo es tuyo, te pertenece por derecho.

—Gracias. Lo siento por ti, Eleonora, al final sales de esta historia con las manos vacías.

—No creas, junto al camafeo encontré unos pendientes, un collar de perlas y un broche que deben de valer una pequeña fortuna. Y pienso quedármelos.

—Por supuesto. ¡Joder, qué familia la mía! A saber cuántos secretos habrá escondido Cordelia entre las paredes de Nightstorm.

—A juzgar por cómo termina el diario que hallamos en la cueva, todas sus cartas están ya sobre la mesa. Creo que es hora de que yo ponga las mías.

Me interroga con la mirada.

—Como decía Ruby: calla y escucha. Conocí a Ignacio en una entrega de premios. Fue amor a primera vista, por lo menos en lo que a mí respecta.

—No tienes por qué contármelo.

—Necesito que me comprendas. Quiero dar respuesta a las preguntas que a veces me haces en silencio.

Christopher asiente. Yo continúo.

—Llevábamos dos semanas saliendo cuando supe que Ignacio acababa de salir de una relación difícil. Una amiga suya, algo bebida, me dijo que yo era la calma después de la tormenta y me espetó que lo nuestro no saldría bien. Tenía razón, aunque tardé algún tiempo en descubrirlo. En aquel momento preferí pensar que me envidiaba. Ni yo misma podía creer mi buena suerte. Había encontrado al hombre ideal: atractivo, simpático, con negocio y piso propios... A los dos meses vivíamos juntos.

»Resultó que el piso era de sus padres. Accedí a pagar la mitad de un alquiler astronómico. Ignacio ganaba bastante dinero, pero tenía gustos caros, al contrario que yo. Nunca me ha hecho falta comer en restaurantes con estrella Michelin ni llevar ropa de firma. Desde el principio insistió en tener cuentas separadas y compartir gastos. Fuimos pareja durante casi siete años. Visto con la perspectiva del tiempo, debería haber salido de aquella relación mucho antes.

»A pesar de todo, era feliz. Vivía en una nube. Además, cuando lo conocí pasaba de los treinta y, te parecerá rancio, pero tenía pánico a quedarme sola. Mis amigas solteras siempre se lamentaban de que no quedaban hombres que merecieran la pena, así que me esforcé en que la relación funcionara. Cuando Ignacio llegaba tarde del trabajo o me decía que se iba de viaje, nunca lo cuestionaba... Una noche le comenté que quería ser madre.

Hago una pausa antes de seguir.

—Se le pusieron los pelos de punta. Dijo que no pensaba traer hijos a un mundo de locos. Era mentira, claro. Por supuesto que deseaba ser padre, pero no conmigo. Un día se marchó a un viaje de trabajo y no volvió. Me dejó, sin más conversación que unos mensajes por WhatsApp. Poco después descubrí que había otra mujer.

—¿Cómo te enteraste? —me pregunta Christopher con delicadeza.

—A través de Patricia, su cuñada. Me contó que se iba a casar con una tal Valeria. Hace poco los vi juntos. Supongo que era ella, quizá fuera otra. Estaba embarazada. Posiblemente me fue infiel desde el principio. No entiendo cómo no me di cuenta, puede que no quisiera verlo.

—¿Por qué no rompió contigo antes si prefería la compañía de otras?

—Imagino que no le interesaban lo suficiente, y yo no le montaba escenas. Conmigo como pareja estable, Ignacio tenía la excusa para cortar por lo sano con cualquier pendón que lo presionara. Hasta que conoció a Valeria, claro. Ella debía de ser importante. Bueno, ahora conoces mi historia.

—Perdiste demasiado tiempo con un hombre que no te merecía —murmura. No puedo estar más de acuerdo.

—Ya lo he perdonado y haré lo mismo con Bárbara cuando consiga olvidar que traicionó mi confianza.

Christopher parece sorprendido.

—Creía que habías vuelto a hablarte con ella. Por cierto, me llamó el otro día. No te ofendas, pero está un poco chiflada.

Me río.

—Es la única familia que me queda, aparte de una tía. Cuando admitió que se había acostado con Ignacio la odié, pero luego recordé a mi madre. Cuando nos peleábamos de niñas nos obligaba a hacer las paces de inmediato. «El perdón es medicina para el espíritu», decía. No sé en qué tratado zen lo leería, pero estaba en lo cierto, ahora me encuentro mejor. Se dice que el alma pesa veintiún gramos, en cambio nadie ha medido el peso del odio. Pues bien, yo tengo una ligera idea de cuál es y no quiero ir por la vida cargándolo a mi espalda. Cordelia lo hizo y mira adónde la condujo esto. En fin, cambiemos de tema. ¿Qué harás con el camafeo? ¿Lo incluirás en la subasta?

—No. El camafeo se queda conmigo. Y tú, ¿has decidido algo respecto a Nightstorm? La última vez que hablamos de la casa dijiste que la venderías.

—Más o menos, ahora no quiero hablar de eso —susurro melosa—. Se me ocurren mejores cosas que hacer.

—¿Turismo?

—Roma puede esperar.

Tres meses después

Si hace un año me hubieran dicho que comería en The Ivy, me habría reído, pero aquí estoy, compartiendo mesa con Toby, Naomi, Christopher y Makenna.

Christopher y yo estamos juntos desde la noche que me presenté en su hotel de Roma y cada día que pasa es mejor. Toby propone un brindis para celebrar el éxito de la subasta y el camarero se acerca solícito a rellenar mi copa de Dom Pérignon.

Aunque nunca he suspirado por los lujos, reconozco que me gustan los buenos restaurantes, volar en primera clase y vivir a caballo entre un dúplex en Nueva York y un adosado en Londres. Bárbara teme que me convierta en una esnob, pero mi vocecita incordiante ya se encarga de recordarme que hasta hace poco contaba los euros para llegar a fin de mes.

Hace dos meses me despedí del periódico. Esta vez hice las cosas bien y no insulté a Fabián, pese a que ganas no me faltaron. Gracias a los contactos de Christopher consigo entrevistas que se publican en algunas de las revistas más influyentes. Manu me contó que la mujer de Mateo Romagosa, el director del diario, vio en *Vogue* una a Nicole Kidman firmada por mí y le preguntó a su marido por qué no la habían publicado ellos. Me hubiera encantado ver la cara de Fabián cuando le pidieron explicaciones.

La semana pasada me llamó Olga. Ha roto con Arnau y me echa de menos. Después de que Brutus le destrozara medio piso en un arrebato, la exmujer de Arnau le cedió la custodia del animal y cada vez que Olga llegaba de viaje se encontraba el sofá lleno de babas y la nevera vacía. Además, Arnau seguía sin contribuir a los gastos.

A Naomi, mi relación con Christopher la tiene amargada. Los celos la corroen, aunque se esfuerza en disimular delante de él. Por mi parte, hago lo posible para que nos llevemos bien.

—Ha sido espectacular —comenta Naomi tras dar un largo sorbo a su copa—. Algunas pinturas eran fabulosas, pero no imaginé que los lotes despertarían tanto interés dada la situación del mercado.

—Será que los coleccionistas se han cansado de que les tomen el pelo y empiezan a apostar por el arte con mayúsculas —tercia Toby.

—¿Tú crees? —Christopher parece interesado en conocer sus argumentos.

Makenna pone los ojos en blanco; entiende de arte menos que yo.

—Hace unos años, por un escualo disecado e incrustado en una vitrina se pagaron diez millones de dólares —explica Toby soltando un bufido—. Y por esa fuente que parece un urinario, otros tantos. Warhol tenía razón cuando decía que un buen negocio es la mejor obra de arte.

Naomi apura el champán, hace una señal al camarero para que le rellene la copa mientras replica a su colega:

—Toby, querido, muchos impresionistas fueron objeto de burla en su tiempo por atreverse a pintar escenas de la vida real.

—¿Qué artistas de los últimos años creéis que se han ganado el derecho a pasar a la historia del arte y ser recordados?

No soy consciente de haber abierto la boca hasta que todas las miradas convergen en mí.

—¿Quieres invertir en alguno? —Naomi arrastra ligeramente las palabras; después de varias copas anda algo más que achispada.

—En absoluto, pero os oigo hablar y tengo la impresión de que el arte se ha convertido en un producto. Es como si hubiera gente interesada en hacer que la obra de algunos artistas se cotice a unas cifras estratosféricas, aunque sea una birria. Yo puedo pasarme horas admirando las pinturas del Museo del Prado, pero ante las obras conceptuales o abstractas no puedo evitar pensar que el autor se está riendo de mí. Por eso pregunto si alguno de esos artistas nuevos sobrevivirá al transcurso del tiempo.

Mi inspirada alocución ha sorprendido incluso a Naomi.

—Bueno, no puedo predecir quién no pasará de moda, pero... si tengo que apostar por alguien me quedo con Koons. Me encanta su porcelana de Michael Jackson y Bubbles, el chimpancé.

Toby salta en su asiento como si le hubiera picado una avispa.

—Coincido con Nora —afirma, desviando la atención de Naomi para centrarla en mí—. Actualmente, la proyección de un artista depende en gran medida de la pasta que invierta en promocionarse. Y de relaciones públicas, Koons sabe un rato.

—Aunque los expertos lo critiquéis, cuenta con el beneplácito de la gente, como yo con mis novelas —apostilla Christopher sonriendo.

Observo de reojo a Makenna, entretenida en roer el esmalte negro de sus uñas. La reina del hielo la mira horrorizada, casi se cae de la silla cuando Makenna da una palmada en la mesa.

—¡A ese lo conozco! Estuvo casado con Cicciolina, una actriz de cine p... —empieza a explicar, satisfecha de poder meter baza en la conversación. Naomi la frena en seco.

—¿No hablábamos de temas serios?

Al ver la mirada furibunda de Makenna, juzgo oportuno intervenir. Sé cómo las gasta cuando se enoja y, aunque me encantaría que pusiera en su sitio a la valkiria, no creo que los clientes del restaurante apreciasen sus métodos.

—¿Sabéis quién ha comprado el collar? —Miro directamente a Naomi.

—La puja se hizo a través de un intermediario —me informa de mala gana—. El comprador ha pagado veinticinco millones de libras, así que, obviamente, es muy rico. —De inmediato, se vuelve hacia Christopher—. ¿Tu tía abuela dejó a tu criterio escoger las oenegés que recibirán el dinero?

—Sí —responde lacónico. Desde que descubrimos que Cordelia asesinó a Ross, evita hablar de ella.

Cuando comprende que no le va a sonsacar nada, Naomi lo intenta conmigo.

—¿Mantendrás Nightstorm House como segunda residencia? ¿O tal vez tienes previsto venderla?

—Ni una cosa ni la otra.

Christopher me mira intrigado. Por fortuna, la intervención de Toby deja a Naomi con las ganas de saber más.

—Amigos, la sobremesa es muy agradable, pero me espera una montaña de trabajo. Aparte de que los camareros agradecerán que empecemos a desfilar. Por supuesto, el almuerzo corre de mi cuenta. —Hace un gesto al camarero.

Makenna, que se ha cogido la tarde libre en la tienda, se lanza sin ambages.

—¿Te importa acercarme a casa?

—Si no está muy lejos... —contesta él, indeciso.

—Oh, no, es aquí al lado.

Daría cualquier cosa por ver la cara de Toby cuando descubra que «aquí al lado» es la otra punta de la ciudad.

—¿Crees que a Makenna le gusta Toby? —le pregunto a Christopher cuando salimos del restaurante.

—Espero que no.

—Vale, resulta un poco rara con todos esos piercings, y él es muy formal, pero ya sabes lo que dicen: los polos opuestos se atraen.

—En este caso lo dudo.

—¿Por qué eres tan carca? Yo creo que...

Christopher me interrumpe.

—No insistas. Digamos que a él... le va otra cosa.

Por fin capto el mensaje.

—¡Ah! Pues no es amanerado ni tiene pluma. Es de lo más normal.

—Toby es un ejecutivo serio que prefiere salir con hombres. Punto final. ¿Damos un paseo? Hace una tarde estupenda.

—Esto... Me apetece hacer una cosa.

—Parece prometedor —afirma con una sonrisa pícara.

—No te emociones. En realidad, es un antojo la mar de inocente.

El London Eye, la noria mirador construida con ocasión del cambio de milenio junto al puente de Westminster, es una de las atracciones más típicas de Londres. Christopher recibe mi idea con escaso entusiasmo.

—¿De verdad no habías subido nunca? —le pregunto sorprendida.

—No, y de no ser por tu capricho, jamás lo habría hecho.

Comprendo lo que quiere decir cuando percibo en su voz un leve temblor. Cojo su mano, entrelazo mis dedos con los suyos y me pongo de puntillas para besarlo. Pese a su formidable aspecto, Christopher Hamilton sufre de vértigo. Ahora entiendo por qué en los aviones nunca se sienta junto a la ventanilla.

—No le diré a nadie que te dan miedo las alturas —le susurro al oído.

—Yo no... Vale, lo confieso: tengo vértigo —reconoce con una mueca.

—Pues es una lástima, el Támesis se ve precioso desde aquí. Mira, el Big Ben. —Doy unos golpecitos en el cristal de la cabina para señalarlo.

—Lo he visto muchas veces, gracias —masculla con los ojos cerrados.

—Bueno, tranquilo, la noria solo tarda media hora en dar la vuelta completa. Por cierto, ya he decidido lo que haré con Nightstorm.

—Me pica la curiosidad desde que Naomi ha sacado el tema en la mesa.

—Pues has sido muy discreto. No me has preguntado.

—Sabía que no tardarías en contármelo. Venga, dispara.

—Para ser sincera, fue Bárbara quien me dio la idea.

Christopher entreabre ligeramente un ojo, escéptico.

—Sugirió hacer algo positivo con la mansión. Le he estado dando vueltas al asunto y...

—¡Eleonora! Suéltalo ya —me urge impaciente.

—Quiero convertirla en un hogar para mujeres maltratadas.

—Cordelia te dejó la casa, puedes hacer con ella lo que te plazca. Si eso es lo que quieres, me parece bien.

—Solo hay un problema —musito.

—¿Cuál?

—Una mansión como Nightstorm acarrea muchos gastos, por no hablar de las reformas que necesita. Se me ha ocurrido que, puesto que se trata de una obra benéfica, podrías invertir en mi proyecto parte del dinero conseguido en la subasta. Una parte pequeñita.

—¿Tiene nombre ese proyecto?

—Residencia Eilean Hamilton. En homenaje a tu abuela.

Christopher abre los ojos de par en par.

—¿Por qué no darle el nombre de Ruby? Ella sí fue una mujer maltratada.

Niego con la cabeza.

—Ruby se llevó su secreto a la tumba. No creo que le hubiese gustado ver su nombre relacionado con los malos tratos. Entonces ¿me das el dinero? —lo presiono.

—No, si eso significa que te implicarás en la gestión de la residencia. Te verías obligada a residir en Nightstorm, y yo no tengo intención de instalarme allí.

—Yo tampoco. Iría solo de visita.

—En ese caso, cuenta conmigo. Te ayudaré a buscar a una persona de confianza para dirigirla.

—No hace falta. Ya la he encontrado.

—Deja que lo adivine. ¿Bárbara? —dice preocupado—. Si has pensado en ella...

Suelto una carcajada.

—Mi prima es la última persona en quien pensaría para una obra benéfica.

Él alza una ceja, inquisitivo.

—Melva. Necesita un aliciente en su vida y diría que este es perfecto.

—¿Melva? ¿Estás segura? Quizá no le interese.

—Ya lo creo que sí. Estaba entusiasmada cuando se lo conté por teléfono.

—¿Te parece que tiene suficiente capacidad? No me malinterpretes, me cae bien, pero no sé si ella sola podrá dirigir una casa de acogida, con los problemas y el trabajo que conlleva...

—Melva es cariñosa y protectora, sabe escuchar y no teme el trabajo duro; tiene las cualidades necesarias para cuidar a mujeres que han sufrido maltrato. Naturalmente, harán falta profesionales para la gestión financiera y la atención psicológica; he pensado que el bufete del señor Ferguson y la gente de tu fundación podrían encargarse de eso.

Christopher finge sorprenderse.

—No te hagas el inocente. Sé que tienes una fundación que ayuda a niños desfavorecidos. Me lo dijo Sam.

—Sam es un bocazas.

—Le pregunté qué te parecería mi idea y una cosa llevó a la otra.

—Mi madre es la presidenta y la cara visible, ella se encarga de organizar eventos para recaudar fondos, como sin duda te habrá contado Sam. Yo soy un benefactor en la sombra y así pretendo seguir.

Conozco a su madre, Amanda. Hemos cenado con ella y su marido un par de veces. Es una mujer muy guapa e inteligente que encaja el paso del tiempo sin sucumbir al bisturí. Acostumbrada a ver a su hijo del brazo de mujeres despampanantes, imagino que se sorprendió cuando este le presentó a una del montón que ha cumplido más de cuarenta, pero fue cariñosa conmigo.

En cuanto la noria completa su vuelta y pisamos terreno firme de nuevo, Christopher respira aliviado. Hasta su cara ha recuperado el color.

—Una vez me llamaste manipulador —dice cogiéndome la mano—, pero creo que la alumna ha superado al maestro en el arte de manipular a la gente.

—Aún tengo mucho que aprender. Por cierto, hay un asuntillo que tengo ganas de comentarte —suelto como el que no quiere la cosa.

—¿Relacionado con tu proyecto?

—No exactamente. Aunque también es un proyecto.

—Eleonora, no te andes por las ramas.

—Vale. Dijiste que no quieres ser padre, aun así...

—¿Estás embarazada? —me pregunta de sopetón.

—¡No! Pero de eso precisamente quiero hablarte. Me gustaría ser madre.

—Nora, creo que podré acostumbrarme a la idea.

No doy crédito.

—Repite eso.

—Estoy dispuesto a estudiar tu proyecto.

—¡Me has llamado Nora por primera vez! —exclamo.

Él arquea las cejas y sacude la cabeza.

—No, ¡qué va! Son figuraciones tuyas.

—Lo que tú digas —replico riéndome—. Mira, me había resignado a no tener hijos, pero desde que estamos juntos he vuelto a pensar en ello. No voy a quedarme embarazada a tus espaldas, tranquilo, aunque lo más probable es que necesite una fecundación in vitro. Tampoco te dejaré si te niegas a tener hijos conmigo. No seré la primera ni la última mujer que pase por este mundo sin parir y no me consideraré incompleta ni frustrada por ello. Dicho esto, no volveré a mencionar el asunto.

—Tú quieres un hijo, mi madre quiere un nieto —suspira al cabo de unos segundos interminables. Su tono jocoso es suficiente para convencerme de que ambas hemos perdido la batalla.

Mientras trago saliva e intento contener las lágrimas, Christopher saca del bolsillo interior de su chaqueta una cajita de terciopelo azul y la abre ante mis ojos. Es un anillo de oro blanco con un diamante rosa de talla esmeralda. Lo flanquean dos brillantes más pequeños.

—Eleonora, si hace un rato hubieses prestado atención, me habrías oído decir que estoy dispuesto a ser padre. Como hombre tradicional que soy, aunque algunos se empeñen en decir lo contrario, antes te haré la pregunta: ¿quieres casarte conmigo? Quede claro que no pienso llamarte Nora.

Me da igual cómo me llame, mientras diga las palabras adecuadas.

Gilbert K. Chesterton escribió que lo más maravilloso de los milagros es que a veces ocurren. Estaba en lo cierto. Yo he vivido uno. He perdido el miedo a enfrentarme a mis demonios; he visto derrumbarse a mi alrededor el mundo que conocía y he renacido entre las ruinas.

Si algún día el nuevo universo que he construido se tambalea, me bastará con recordar este momento. Y es que, por malas que sean las cartas que nos toca jugar, el gran milagro de la vida es que la suerte puede cambiar en un instante.

Nota de la autora

Cuando pisé las Tierras Altas de Escocia, supe que, si algún día escribía una novela, gran parte de la trama transcurriría en aquellos parajes. De algún modo, la semilla de esta historia empezó a gestarse mientras visitaba los castillos y descubría las tradiciones del país.

Mientras buscaba información sobre la heroína escocesa Flora MacDonald, encontré la novela de Alexander MacGregor *The life of Flora Macdonald, and her adventures with Prince Charles*, una edición de 1882 que se puede consultar online en la Biblioteca Nacional de Escocia. El libro es una entretenida (y romántica) recreación de los días que pasaron juntos Flora y el príncipe Carlos Eduardo Estuardo. Es muy probable que algunas de las gestas que el autor le atribuye a Flora sean mera leyenda, aun así, qué más da. La realidad siempre resulta menos interesante que la ficción.

No es el caso del brigadier Simon Fraser, «Lord Lovat». Winston Churchill lo definió ante Stalin como «el hombre de modales más refinados que haya rajado jamás una garganta». A juzgar por las fotografías, Lord Lovat tenía, además, un físico atractivo. Tanto que bien podría haberse interpretado a sí mismo en *El día más largo* (20th Century Fox, 1962), película que narra el desembarco en la playa Sword de Normandía el

6 de junio de 1944. En la incursión tuvo un papel estelar Bill Millin, el gaitero de Lovat. Millin se paseó playa arriba playa abajo ataviado con falda escocesa, tocando piezas tradicionales. Poco le importó a Lovat que la Oficina de Guerra de Londres lo hubiera prohibido a raíz del importante número de gaiteros abatido en la Primera Guerra Mundial. Y si a Millin no lo dispararon fue porque los alemanes lo tomaron por un loco. De cualquier forma, lo que no se puede negar es que Lovat y su gaitero se las pintaron solos para levantar el ánimo de los hombres, el primero con sus arengas patrióticas y el segundo con su gaita.

Parte del argumento de esta novela tiene como telón de fondo la Segunda Guerra Mundial. Para documentar el drama que supuso la contienda me fue de gran ayuda *La Segunda Guerra Mundial* (Pasado & Presente), de Antony Beevor, una obra que abrí con cierto temor por su volumen, pero que me sorprendió por su amenidad. Y para conocer los claroscuros de la fascinante Coco Chanel, recomiendo *El secreto de Chanel N.º 5: La historia íntima del perfume más famoso*, de Tilar J. Mazzeo (Indicios, 2011).

Como autora, me he tomado ciertas libertades creativas. Por ejemplo, el castillo de Eilean Donan abre sus puertas al público de febrero a diciembre, si bien me convenía para la trama abrirlo un poco antes. Por lo demás, he intentado ser fiel a las fechas de los acontecimientos históricos que se narran. Si hay algún error, es solo mío.

Barcelona, septiembre de 2022

Agradecimientos

Querido lector, que este libro esté en tus manos es gracias a Pablo Álvarez, de la agencia Editabundo. Él ha hecho posible que este manuscrito viera la luz. Que lo haya hecho a través de Penguin Random House ha sido la guinda del pastel. El equipo del sello Ediciones B se ha dejado la piel en este libro, y muy especialmente mi editora, Clara Rasero, que se enamoró de los personajes desde el principio y los enriqueció con sus acertados comentarios y su espléndido trabajo.

Hay una persona que me conoce mejor que nadie: Sara Gómez. Somos amigas desde el colegio y es la primera lectora de mis textos. Si les da el visto bueno, vamos bien. Desde que Sara leyó el primer esbozo de la trama no permitió que me rindiera, al igual que mis otros amigos del alma: Jorge Bosch, Cristina Palau y Héctor Cuello.

No puedo dejar de mencionar a Luis Pliego, director de la revista *Lecturas*, de cuyo equipo formo parte. Aun sin haber leído una línea de esta historia, Luis está convencido de que le va a encantar. Lo mismo que la subdirectora, Laura Giménez. Agradezco a la editora-fotógrafa Roser Camps que me saque tan guapa en las fotos. Sé que ella y el resto de los compañeros me apoyan en esta aventura literaria.

He dejado a mi familia para el final, pero saben que siempre son los primeros. Emilio, María, Clàudia y Marc: gracias por estar siempre ahí.

Y gracias a ti, lector, por confiar en esta novela. Espero que la hayas disfrutado tanto como yo al escribirla.

Barcelona, septiembre de 2022